張相著

詩詞曲語辭匯釋

上册

中華書局

圖書在版編目(CIP)數據

詩詞曲語辭匯釋/張相著. —北京:中華書局,1953. 4
(2024.11 重印)
ISBN 978-7-101-00870-8

Ⅰ.詩… Ⅱ.張… Ⅲ.①詩詞-注釋-中國-古代②
散曲-注釋-中國-古代 Ⅳ.I222

中國版本圖書館 CIP 數據核字(2001)第 060162 號

責任印製:陳麗娜

詩詞曲語辭匯釋
(全二册)
張 相 著
*
中 華 書 局 出 版 發 行
(北京市豐臺區太平橋西里 38 號 100073)
http://www.zhbc.com.cn
E-mail:zhbc@zhbc.com.cn
三河市宏盛印務有限公司印刷
*
850×1168 毫米 1/32 · 28⅞印張 · 4 插頁 · 540 千字
1953 年 4 月第 1 版 1954 年 4 月第 2 版
1955 年 1 月第 3 版 2008 年 11 月第 4 版
2024 年 11 月第 27 次印刷
印數:195301-196300 册 定價:110.00 元

ISBN 978-7-101-00870-8

重印説明

《詩詞曲語辭匯釋》，匯集了唐宋金元明以來流行於詩詞劇曲中的特殊語辭，詳引例證，解釋辭義與用法，兼談其流變與演化，對於研究古典文學、語言學都有一定參考價值。此書爲作者解放前的舊著，其中有些例句，内容不好，格調不高。爲滿足有關專業工作者的需要，現據一九五五年第三版，重印發行。

中華書局

一九七七年三月一日

敍言

詩詞曲語辭者，卽約當唐宋金元明閒，流行於詩詞曲之特殊語辭，自單字以至短語，其性質泰半通俗，非雅詁舊義所能賅，亦非八家派古文所習見也。自來解釋，未有專書。然詞爲詩餘，曲爲詞餘，詩詞曲三者各爲分流，仍屬同源，竊意匯而釋之，事或較便。匯之之法凡二：因其分流，則詩證詩，詞證詞，曲證曲，是爲自匯；因其同源，則三者或二者互證，是爲互匯。綜合各證，得其解釋，則假定爲一義。一義不足概括，則別求解釋，復假定爲他義。凡屬於普通義者，除有聯帶關係時，不復闌入；其字面生澀而義晦，及字面普通而義別者，則皆在探討之列。意在囊括衆義，取材因而從寬，詩詞幷及題序，劇曲幷及白文。采掇所及，往往有列證至十餘或更以上者。西江之水，元難盡吸，祇以所述意義，多爲假定，故於適當範圍，羅列諸文，冀以得其左驗。又有進者，假定之義，自知不愜，譬之草案，殊非定論。深冀天下學人，引繩落斧，或就所有之證，轉益多聞，重定確義，則今此之羅列諸文，雖未詳盡，亦足以供給資源也。

每條排列之次序，大體由詩而詞而曲，依次爲組，無則闕其一或闕其二。每組之證，亦略依撰人之時代以爲次。惟因敍述之便，取其比事屬文，意義益得醒豁，則偶爾淩次，亦所不避。詩以唐人爲中心，宋詩次之；詞以宋人爲中心，金元詞次之；曲以金元人爲中心，元以後次之。所采唐宋人詩，除大家專集外，多取之《全唐詩》與《宋詩鈔》，二書流傳頗廣，熟而易詳，故不標舉書名。《宋百家詩存》及《南宋六十家小集》，流傳較少，故冠書名以著所自出。詞家專集，出於汲古閣、侯亦園（粟香室本所自出）、四印齋、彊村、雙照樓、涉園、江氏《宋元名家詞》等叢刻者，亦不標舉，惟標舉其采自總集者，以便復檢。曲之總集，大率爲楊朝英二選、《樂府羣玉》、《樂府新聲》、《雍熙樂府》、《詞林摘豔》諸書，或非人人案頭所備，輒亦著所自出。其采自各曲譜及《永樂大典戲文三種》者準此。取材所資，巨編祕籍，深戴前賢刊布之功。而近時名賢，於詞曲俗文，蒐輯校訂，致力尤劬，如吳梅氏、王季烈氏、任訥氏、盧前氏之於曲，趙萬里氏、唐圭璋氏之於詞，錢南揚氏之於南戲，鄭振鐸氏之於敦煌文學，藝林伐山，巨靈足亞。不佞所取未精，所用實宏，飲水思源，敬識所自。

援引例證時：詩則稱某人某題詩。詩題過長，間亦節短，但題首每仍其舊，以便復檢。詞則稱某人某調詞，或加題目，惟《減字木蘭花》則沿稱《減蘭》，以資省括。雜劇則逕稱某某劇，惟《拜月亭》則冠稱關漢卿《拜月亭》劇，以別於同名之《幽閨記》傳奇。小令則稱某人小令某調，或加題目。套數則稱某書某人某套，或加題目；無題目者則標其首句曰某某篇；其某書止此一套，或某人止此一套，檢之卽得者，則篇名亦從略。凡撰人姓氏，一律稱名。惟清以前總集所載，有稱號者，亦爲便於復檢計，姑仍其舊。至於書名詳略，約如下述：宋趙聞禮所選《陽春白雪》，則稱《陽春白雪》；元楊朝英所選《樂府新編陽春白雪》，則省稱《樂府陽春白雪》；又所選《朝野新聲太平樂府》，則省稱《太平樂府》；無名氏所選《梨園按試樂府新聲》，則省稱《樂府新聲》；近年發見之《劉知遠諸宮調》，則依《世界文庫》本而省稱《劉知遠傳》。傳奇則沿《幽閨記》、《牡丹亭》省稱之舊例，不附傳奇字樣。至於版本關係，稱引時大致如次：臧氏《元曲選》本雜劇，流傳最廣，則僅舉劇名，不標書名。近時涵芬樓新刊之《孤本元明雜劇》（即也是園本）準此。元刻本雜劇不分折，明刻本始分折，故引用明以來刊本元曲時，則標一、二、三、四等折名，引用元刻本《古今雜劇三十種》（即士禮居本）時，則逕稱某某劇，不標折名。其同一劇而與《元曲選》本或涵芬樓本並見者，則冠稱三十種本，以爲識別。暖紅室本《董西廂》，有四卷本、一卷本兩種。一卷本較合原始形式，然以內容太富，渾稱《董西廂》，不便復檢，故依四卷本仍標一、二、三、四卷數。王關《西廂》爲五本雜劇所合成，有方諸生本（明王驥德伯良別署方諸生）及暖紅室刻即空觀本（明凌濛初初成別署即空觀主人）可據，故標稱一之一、一之二等等，以復其初。《西遊記》爲六本雜劇所合成，特今之傳本，挨次分爲二十四折，恐非吳昌齡所撰原本（近孫楷第氏考定爲元末明初人楊景言作）如此，茲姑從傳本之折數名。又凡版本不同，或同此一文而所載之書不同，如專集與總集，其文字每有出入，遇此場合，則徵引時必標稱某某本或某某書。惟唐詩則多根據原本所注之一作某，緣《全唐詩》如此，卽唐人專集，亦多如此，其一作某者爲何本，已不可考也。其他凡云一作某者準此。復次，同此一文，間有撰人姓氏，所傳各異，或編集者從寬而收存，或轉載者無心而誤次，凡此之屬，除依據定說外，一一考覈，僕病未能，對於讀者，敢告負罪。

例證所引文字，直接與本條之標目有關者，字旁加套圈以爲識（校者案：今改用黑體字排）；間接足以相發明者，字旁加尖角以爲識（校者案：今改用仿宋體字排）。又詞曲之讀法，有從譜讀與從文讀之異。如蘇軾詠楊花《水龍吟》詞，其結拍數句，從譜讀，當作「細看來不是，楊花點點，是離人淚」；從文讀，當作「細看來不是楊花，點點是，離人淚」。四卷本之《董西廂》，多從文讀；一卷本之《董西廂》，多從譜讀。從譜讀者，有時須割裂文義，本書側重文義，故寧從文讀。又如詞曲中之豆句，其斷句之點，應施於上下兩句橫縫之中間，茲從權宜，一律施於句旁，削足適履，知不能避方家之訶也（校者案：今排在字下，不在句旁）。

假定一義之經過，就其要者粗陳於下：一曰體會聲韻。有韻之文，押韻爲難，古人容有遷就。況律詩須諧平仄，詞曲并嚴上去，聲韻所限，下字易窘，斯字義寬假之處，當亦愈多。在解釋時，自當多設方便，以謀適應。雖一字多義之原因，不盡屬此，要亦消息之一。至於聲近義通，訓詁舊例，顧在末流，稍失之滑。茲事江河不廢，陳義寧取矜愼。二曰辨認字形。便書通假，古人往往隨手拈用，亦有後人傳寫摹刻，輾轉變易者。爲偏旁整齊，則尤殢增成殑殢；爲形體簡便，則傒倖省作奚幸。故誚悄俏可視其從肖而認爲同義；謾漫慢可視其從曼而認爲同義。形近義同之處，無從繩以小學，第於文義求之，姑且望文生義而已。三曰玩繹章法。有倒裝之字，有倒裝之句，更有倒裝之段落。有本句爲呼應，有上下句爲呼應，有隔若干句爲呼應。試以詞論，普通前後分兩片，此乃譜之起訖，未可卽認爲文之起訖。名家傑搆，其前片後半與後片前半，合成一段落者甚多，所謂過片不斷曲意也。夢窗（吳文英）之詞，號稱難治，與其云在字句之澀，毋寧云在章法之細。玉田（張炎）評夢窗詞，謂如七寶樓臺，拆碎下來，不成片段。竊爲下一轉語，樓臺結搆，本成片段，見爲不成，以拆碎故。故本書所引文字，除單句意義明白者外，輒每引上下文，成一起訖，俾意義得以完全，了解易於正確。四曰揣摩情節。詩詞小令套數，題序所及，爲其命意所在。劇曲更各有關目由歷，尋其脈絡，得其辜較，不中不遠。又語氣輕重緩急有殊，意義亦卽大異，子細翫索，幷於上下文求之，或就命意求之，亦可想象八九。例如誰家一辭，誰猶云甚，此可就姓甚名誰之恆言，推得其義。家與價同，爲估量某種光景之辭，與箇字相近。誰家，猶如今日蘇杭語之啥箇，亦猶云甚麽也。杜甫《少年行》云：「馬上誰家白面郎！臨階下馬坐人牀。不通姓字粗豪甚，指點銀瓶索酒嘗。」此誰家字語氣激切，乃是詈辭，猶今云甚麽東西。《西遊記》劇十二云：「誰家一個黃口孺子，焉敢罵我！」文義亦同。若解爲某家郎或某家孺子，語氣未免不合。《牡丹亭·驚夢》云：「良辰美景奈何天，賞心樂事誰家院！」此誰家字語氣沉重，乃是悲語。誰家院猶云甚麼院落，意言尙成甚麼院落也，故與奈何天相對。此非臆測，上句云「似這般都付與斷井頹垣」，下文云「便賞遍了十二亭臺是惘然」，俱其明證。若解爲某一家之院，則迂緩而不切矣。五曰比照意義。茲事稍繁，復析爲六項述之。甲、有異義相對者，取相對之字以定其義。例如：駱賓王《樂大夫挽詞》：「城郭猶疑是，原陵稍覺非。」李嶠《早發苦竹館》詩：「早霞稍霏霏，殘月猶皎皎。」兩詩之稍字均與猶字相對，因假定稍猶已也。再證之韋應物《休沐東還胄貴里》詩：「竹木稍摧翳，園場亦荒蕪。」韓愈《秋雨聯句》：「氛醨稍疏映，雺亂還擁薈。」一與亦字相對，一與還字相對，稍字之已義益明。復證之蘇軾《十月四日以病在告獨酌》詩：「月華稍澄穆，霧氣尤清薄。」陳師道《次韻晁無斁夏雨》詩：「稍無蟲飛喧，復覺蟬語多。」一與尤字相對，一與復字相對，稍字之已義益確。凡此諸詩之稍字，以少小之本義釋之，殊無當也。乙、有同義互文者，從互文之字以定其義。例如：李商隱《昨日》詩云：「昨日紫姑神去也，今朝青鳥使來賒。」賒字初覺費解，然此爲七律詩體，對仗工整，賒字當與也字同爲語助辭而互文；因假定來賒猶之來兮，亦猶之來也。然後韋應物《池上》詩所云「池上一來賒」，及楊萬里《多稼亭看梅花》詩所云「更上城頭一望賒」者，迎刃而解，知其亦爲語助辭也。丙、有前後相應者，就相應之字以定其義。例如：邵雍《答安之少卿》詩云：「輕風早是得人喜，更向芰荷深處來。」又孫光憲《浣溪沙》詞云：「早是銷魂殘燭影，更愁聞着品絃聲。」兩早是字均與下句更字相應，因假定早是之義，猶云本是或已是也。丁、有文從省略者，玩全段之文以定其義。例如：早是字與更字相應，然馮延巳《擣練子》詞云：「早是夜長人不寢，數聲和月到簾櫳。」又《董西廂》四云：「早是離情恁苦，病體兒不能痊愈。」兩上句均有早是字，知其下句均省去更字也。戊、有以異文印證者。同是一書，版本不同，某字一作某，往往可得佳證。例如：王維《燕支行》詩云：「教戰須令赴湯火，終知上將先伐謀。」趙殿臣注本云：「須，顧元緯本、凌本俱作雖。」李商隱《中元作》詩云：「羊權須得金條脫，溫嶠終虛玉鏡臺。」朱鶴齡注本云：「須一作雖。」兩詩之須字作雖字解，方與下句之終字相應。又巾箱本《琵琶記》三十云：「他媳婦須有之。」凌刻臞仙本及陳眉公本，俱作「雖有之」。據此三證，則知須猶雖也。己、有以同義異文印證者。類似之文句，甲文某字作某，乙文作某，比照之而其義可見。例如：陳師道《寄泰州曾侍郎肇》詩云：「是處逢人說項斯。」實脫胎於楊敬之《贈項斯》詩之「到處逢人說項斯」。則知是處卽到處也。陳與義《雨中再賦海山樓》詩云「一生襟抱與山開」。實脫胎於杜甫《奉待嚴大夫》詩之「一生襟抱向誰開」。則知與猶向也。（以上所舉各例，俱詳見各本字條。）凡此方法，大率不出劉淇氏《助字辨略》、王引之氏《經傳釋詞》及清代諸訓詁大師所啓示，創始難而因仍易，不佞惟有遙謝古人而已。

疏釋之事，自古爲難，是以說詩，忌着死句。古人託興所及，乍陰乍陽，正其妙絕天人之處，假定意義，卽落呆詮；況以今語譯古語，竭其千慮，終隔一指。古人語簡，一語辭包涵數義，當時口耳流行，聞者意會，在今日則不得不設爲多義，以求脗合。然古德譯經，多義不譯，今乃自設多義，毋乃治絲自棼。且也詩詞欣賞，義理與神情並重，試以着字爲例。着有落義、近義、到義：黃庭堅《落星寺》詩云：「星宮游空何時落，着地亦化爲寶坊。」此云落星，着地當解爲落地。謝翺《北府酒》詩云：「柳枝着地春垂垂，祇管人間新別離。」此云垂柳，着地當解爲近地；且亦未嘗不可云到地，特到地爲特別而近地其普通也。此自義理而言也。着有生義、添義：陳亮懷辛幼安《賀新郎》詞云：「樽酒相逢成二老，却憶去年風雪，新着了幾莖華髮。」華髮曰新生，未嘗不合，然不如曰新添之得趣。着有被義、遇義：楊萬里《北風》詩云：「如何急灘水，更着打頭風。」打頭風曰更被，未嘗不合，然不如曰更遇之得勁。此自神情而言也。然而此義彼義，相通相近，推敲愈細，迷惘愈甚；兼之欣賞之事，憑乎主觀，要在素養。吾斯未信，繩差糾謬，是所望於通人。又歌唱文學，與普通散文不同。歌唱之時，有文有聲，例如劇曲，伶工因聲調關係，往往加襯，芝庵《唱論》，稱爲添字節病。故除「的這」「也波」之屬，一望可知外，其必須迂迴說之而始可通者，及辭義複沓而不可繩以文法者，實皆襯字襯語使然也。就一辭論，固有意義，就全句論，無關宏恉。凡是等等，易落呆詮，覽者幸自分別。

李杜韓蘇黃陳等詩集，雖有舊注，多重典實，間涉語辭，究亦寥寥。詞集則《片玉》、《無住》及《草堂詩餘》外，舊注本殊不概見。傅注東坡詞（據龍沐勛氏《東坡樂府箋》後記）及魏注《明秀集》，已爲殘帙，然亦注重典實。《西廂》各注本，始重方言，以方諸生本爲大成，羅列比較，求其確解，方法最爲縝密。《助字辨略》，範圍較《經傳釋詞》爲廣，古書而外，旁及詩詞，惜元曲部分，自序云別編續出，迄未見有傳本也。徐渭《南詞敍錄》、沈雄《古今詞話》、張德瀛《詞徵》諸書，或曲或詞，亦掇拾單辭碎語，施以解釋。其餘諸家詮評所及，偶涉方言雋義者有之。東鱗西爪，要皆不佞參考之資。鄙見有與古人異者，我申我說，各行其是，不因欲立我說，悍焉引之，遽加辨駁。學問者天下之公，見解者人心之異，況治學方法，隨時代而演進，今日羣籍大備，又與古人時代不同。汲綆既修，活水易得，未敢沾沾自喜，輒以「非也」「失之」一類之語，反脣相稽也。

不佞壯歲以還，瀏覽詩詞，紬繹疑滯，心識而已。五十以後，漸事箚錄，時則詞曲之學鼎盛，新刊日富，隨筆件繫，積數巨帙。六十以後，專心茲事，且箚錄，且整理，閱六年而寫成六卷。又閱二年，賡續要刪，始寫定爲今本。自慚讀書不多，學力所限，未能臆解者，蓋闕如也。衰廢之軀，視蔭汲汲，時以不克蕆事爲懼。孤燈深夜，扶病奮闘，幸得粗成，始願匪及。抑居恆每念吾國文學領域，極爲廣袤。普通披吟所及，率在毛詩、楚辭、漢魏樂府。其唐以來之近古文學，於方今有絕大關繫者，輒爲文字所障，未盡撢掔。不揣棉力，蓽路藍縷，姑試初步，大雅有作，分爲隸秕。然揚棄之餘，菁華斯見，他日名著益出，訓詁益精，得於欣賞近古文學，深有裨助，則不佞之所深望者也。書成，由桐鄉朱文叔氏磨勘一過，得改訂數十事，合爲誌謝。

公元一九四五年農曆歲次乙酉，杭縣張相獻之述，時年六十有九。

目次

卷一

卷二

卷三

卷四

卷六

詩詞曲語辭匯釋

杭縣張　相獻之述

卷一

須（一）　須至

須，猶應也；必也。杜甫《投簡梓州幕府兼簡韋十郎官》詩：「固知貧病人須棄，能使韋郎迹也疏。」人須棄，猶云人應棄也。韋莊《令狐亭》詩：「若非天上神仙宅，須是人間富貴家。」須是，猶云必是或應是也，與上句若非字相應。《瀛奎律髓》六，姜梅山《呈方叔》詩：「不是論松須說劍，若非尋壑即觀山。」亦應義、必義，與不是字相應。陳師道《晦日》詩：「即事無同異，旁觀有是非。食蔬如許瘦，飽肉未須肥。」未須肥，猶云未必肥也。方岳《滿江紅》詞：「倘只消江左管夷吾，終須有。」終須有，猶云終應有也。周密《瑤花慢》詞：「杜郎老矣，想舊事花須能說。」須能說，猶云應能說也。《董西廂》三：「料當日須曾讀聖先典教，五常中禮義偏大。」須曾讀，猶云應曾讀也。《黃粱夢》劇四：「道不的殷勤過日災須少，僥倖成家禍必多。」須與必爲互文，須少，猶云必少或應少也。《蝴蝶夢》劇一：「止不過是一人處死，須斷不了王家宗祀。」言應不至於斷宗祀也。《小孫屠》戲文：「梅香！媳婦在房幃，須是照管家計。」須是，猶云應得也。《張協狀元》戲文：「今歲賢良，須是選個年少。」義同上。又有須至一詞，亦猶云應得也。邵雍《人物吟》：「人破須至護，物破須至補，補護既已多，卒歸於敗露。」言應得護、應得補也。按黃庭堅《次韻時進叔》詩：「人故義當親，衣故義當補。」兩詩之句，機軸相同，一用須至字，一用義當字，當卽應也，可相證也。

須（二）

須，猶是也；自也；正也。王安石《見鸜鵒戲作》詩：「直須強學人間語，舉世無人解鳥言。」直須，猶云直是也。《小孫屠》戲文：「他須煙花潑妓，水性從來怎由己，緣何會做得人頭妻。」他須，猶云他是也。按當時熟語，稱妻爲脚頭妻，頭妻之上，疑脫一脚字。又：「他如今須脫了名籍，我見他誠實要他歸。」如今須，猶云如今是也。《賺蒯通》劇二：「漢蕭何忒下的，救他出井底，將他斬首訖，那的也須放着旁州例。」也須，猶云也是。旁州例，榜樣之義。《麗春堂》劇二：「我與那左丞相是兄弟，我和你須叔姪。」須與是互文，須卽是也。以上爲是字義。涵芬本《遇上皇》劇一：「既然他不肯斷酒呵！不要他城市中住，敎他村裏莊兒上去住，須沒有酒吃。」此須字作自字解，言自沒有酒吃也。《勘頭巾》劇三：「大古是脚踏實地，你從來本性我須知。」言我自知也。《十探子》劇二：「您肺腹我須知，都則爲飲食。」義同上。有時須字與是字聯用，語氣較强，則可解爲自是或正是。《遇上皇》劇二：「小人則(只)是箇隨驢把馬喬男女，你須是說古論文士大夫。」須是，猶云自是或正是也。《舉案齊眉》劇一：「這須是五百年前天對付，怎敎咱自做主。」《趙氏孤兒》劇一：「你你你要慇懃照覷晨昏，他須是趙氏門中一命根。」義均同上。《殺狗勸夫》劇楔子：「咱須是一父母，又不是兩爺娘。」又一：「我又不是庶出逃生子，須是你同胞共乳親。」《神奴兒》劇一：「我和你須是親兄弟，又不是厮認義。」《舉案齊眉》劇二：「這不是我言語村，須是你情性緊。」上列四則之須是，均與不是對舉，亦猶云自是或正是，而前三則亦可解爲本是，須有本義，見次條。《小尉遲》劇二：「老將軍！那劉無敵須年少，你如今可老了也。」須年少，猶云正年少也。《謝金吾》劇三：「你道我不知道你哩！則那賀驢兒小名須是你。」言那小名叫賀驢兒的正是你也。《東窗事犯》劇：「陛下索趁逐，替微臣報寃讎，臣須是一日无常萬事休。」此猶云正是。《殺狗勸夫》劇二：「俺須是死無個葬身之地，只落得抱雙肩緊把頭低。」此亦猶云正是。以上爲正字義。

須(三)

須，猶本也。語氣較自字、正字義爲强。《太平樂府》九，睢景臣《哨遍》套，《高祖還鄉》：「你須身姓劉，您妻須姓呂，把你兩家兒根脚從頭數。」言你本姓劉，你妻本姓呂也。根脚，猶云出身。《東堂老》劇二：「這的是你爹行基業，是你自己錢財，須沒箇別姓來爭。」言本沒別人來爭也。《謝金吾》劇三：「我可也不怕你、不懼你，我須是天潢支派沒猜疑。」須是，本是也。《金線池》劇二：「我須是讀書人凌雲豪氣；偏遇這潑虔婆全無顧忌。」《神奴兒》劇一：「俺須是親手足，您須是親妯娌，有什麼話不投機。」巾箱本《琵琶記》二十：「爹媽休疑，奴須是你孩兒的糟糠妻室。」義均同上。《趙氏孤兒》劇一：「你本是趙盾家堂上客，我須是屠岸賈門下人。」須與本互文。《倩女離魂》劇一：「俺本是乘鸞豔質，他須有中雀丰標。」須與本亦互文。《㑇梅香》劇三：「這的是赴約的風流況，須不是樂道的顏回巷。」須不是，猶云本不是也。《李逵負荊》劇四：「須不是我倚強凌弱，還是你自攬禍招災。」義同上。

須（四）

須，猶終也。語氣較應字義爲強。王建《歲晚自感》詩：「一向破除愁不盡，百方迴避老須來。」老須來，老終來也。羅鄴《別夜》詩：「若在人間須有恨，除非禪伴始無情。」須字與始字相對，須有恨，終有恨也。楊萬里《前苦寒歌》：「勸君莫出君須出，冰脫君髯折君骨。」須出，終出也，意言偏偏出門去也。《樂府雅詞》上，無名氏《調笑》集句：「萬里蒼蒼煙水暮，留君不住君須去。」須去，終去也。黃庭堅《步蟾宮》詞，《妓女》：「照清溪，匀粉面，插山花，也須勝風塵氣味。」《山谷琴趣外篇》彊村本校記云：「也須，明本作算終。」須與終同義也。晁元禮《雨中花》詞：「但知記取，此心常在，好事須成。」言好事終成也。又《河滿子》詞：「但願人心長在，到頭天眼須開。」言天眼終開也。又《步蟾宮》詞：「奴哥一向不賭是，算誰敢共他爭氣。且偎隨須有喜歡時，待款款說些道理。」言終有喜歡時也。辛棄疾《婆羅門引》詞：「男兒事業，看一日須有致君時。」言終有致君時也。《花菴詞選》，宋自遜《西江月》詞：「世上風波任險，門前路徑須寬。」須寬，終寬也，與上句任字相應。郭應祥《鵲橋仙》詞，《丙寅七夕》：「休言夜半悄無人，那喜鵲也須知道。」須知道，終知道也。楊无咎《多麗》詞：「功名事，到頭須在，休用忙呵！」高登《多麗》詞：「循環事，亡羊須在，失馬何憂。」兩須在，均猶云終在也。《樂府雅詞》拾遺上，無名氏《西江月》詞：「飲罷高陽人散，曲終巫峽雲飛。千方修合鬬新奇，須帶別離滋味。」言終帶別離滋味也。按此當爲詠茶，古人宴會散時，點茶送客也。《董西廂》四：「說盡虛脾，使盡局段，把人贏勾廝欺謾，天須開眼。」言極盡欺瞞，天終有眼瞞不得也。《小孫屠》戲文：「常言道，公門可行方便。人昜謊，天須見。」義同上。《羅李郎》劇三：「占猱兒，養弟子，我良言，須逆耳。」須逆耳，終逆耳也。猱兒、弟子，均爲妓女之稱。《西廂》二之一：「歡郎雖是未成人，須是崔家後代孫。」須是，終是也。《瀟湘雨》劇一：「雖然俺心下有，我須是臉兒羞。」《舉案齊眉》劇二：「須有日御簾前高捧三台印，都省裏官身正一品。」須有日，終有日也。巾箱本《琵琶記》五：「但願得雙親長健，**須**有日，拜堂前。」義同上。

須（五）

須，猶却也。於語氣轉折時或語氣加緊時用之。朱敦儒《水調歌頭》詞：「中秋一輪月，只和舊青冥。都緣人意，**須**道今夕別般明。」須道，却道也；言中秋之月，只與常時一樣，都緣心理作用，却道別樣光明也。《花草粹編》三，無名氏《菩薩蠻》詞：「含笑問檀郎：『花強妾貌強？』檀郎故相惱，**須**道『花枝好』。」須道，義同上。《小孫屠》戲文：「孫二**須**不是這般人。」言却不是這種人也。《馬陵道》劇三：「先生！我**須**不是故意來賺你的。」《謝金吾》劇四：「楊景擅離信地，私下三關，焦贊殺死謝金吾家一十七口，都是他自犯出來罪過，**須**不是王樞密屈陷他的。」《灰闌記》劇一：「這**須**不是我妬他，是他自做出來的。」凡云須不是，均猶云却不是。《漁樵記》劇一：「怕不的他外相兒好看，只是那腹中文章**須**假不得。」言腹中文章却假不來也。《㑳梅香》劇一：「莫非是來偷望小生，我**須**不知，一定惱將去了。」須不知，却不知也。《岳陽樓》劇一：「我則待朗吟飛過洞庭湖，**須**不曾搖鞭誤入平康巷。」須不曾，却不曾也。《氣英布》劇三：「元來他罵的也則(只)是鄉間漢、田下叟；**須**不共英雄輩，做敵頭。」須不共，却不共也；言却不與英雄輩爲難也。按本條所述，與作終字解者頗相近，特彼爲直敍語氣，此爲轉折語氣耳。

須（六）

須，猶雖也。王維《燕支行》：「教戰須令赴湯火，終知上將先伐謀。」顧元緯本、凌本須均作雖，須字與終字相應，言教戰之令雖嚴，終以伐謀爲先也。李商隱《中元作》詩：「羊權須得金條脫，溫嶠終虛玉鏡臺。」須一作雖，亦與終字相應。錢起《江行》詩：「放歌雖自遣，一歲又崢嶸。」雖一作須。王建《昭應官舍》詩：「文案把來看未會，雖書一字甚慚顏。」雖一作須。玩上所舉，可知須與雖本通用也。更廣其例。元稹《酬樂天得微之知通州事》詩：「此中愁殺須甘分，惟惜平時舊著書。」言愁死雖甘心，惟惜著書之事未結束耳。杜牧《李甘》詩：「賢者須喪亡，讒人尙堆堵。」言賢人雖死而讒人猶高張也。曹松《送僧入蜀過夏》詩：「五月峨眉須近火，木皮嶺裏只如冬。」言峨眉雖熱，木皮嶺則不熱也。敦煌文庫，《晏子賦》：「梧桐樹須大，裏空虛；井水須深，裏無魚。」須大，雖大也；須深，雖深也。賀鑄《望湘人》詞：「須知鸞絃易斷，奈雲和再鼓，曲終人遠。」言雖知琴絃易斷，奈幷鼓曲之人而亦杳然乎。吳文英《三姝媚》詞：「春夢人間須斷，但怪得當年，夢緣能短。」言春夢今雖已斷，但怪當時夢緣恩恩太短耳。蘇軾《殢人嬌》詞，《小王都尉席上贈侍人》：「密意雖傳，羞容易變，平白地爲伊腸斷。問君終日，怎安排心眼？須信道司空自來見慣。」末三句乃倒裝文法，蓋脫胎於劉禹錫「司空見慣渾閒事，惱亂蘇州刺史腸」詩意。言雖曰在君已司空見慣，然終疑君之怎能安排心眼也；意言我已無端爲伊動情，君何以獨能無情也。心眼與心同義，辛棄疾《永遇樂》詞：「誰知老子，萬事不關心眼。」猶云不關心也，可證。《董西廂》一：「須看了可憎底千萬，兀底般媚臉兒不曾見。」言雖見過美人千萬，然如此之美貌則不曾見過也。《小孫屠》戲文：「空有日月須明，不照覆盆下面。」案《五燈會元》十五，淨法章禪師：「日月雖明，不鑒覆盆之下。」一作須，一作雖，語意同也。三十種本《博望燒屯》劇：「這個是庶子，有心機；這個須降將，顯忠直。」是亦雖也，兒是字條。言雖曰庶子，頗有心機；雖曰降將，頗見忠直也。按劇情，庶子指劉封，降將指趙雲。《薛仁貴》劇三：「上墳的須有許多人，也不似你，你。」《蕭淑蘭》劇一：「你須惡厭，不由我腮斗兒上添笑靨。」《舉案齊眉》劇二：「須是在夫婦行殷勤，也要去爺娘行孝順。」巾箱本主張，您須熱鬧俺荒涼。」《老生兒》劇三：「這一場胡《琵琶記》三十：「他媳婦須有之，念奴須是他孩兒的妻，那曾有媳婦不得事親闈。」須有之，凌刻臞仙本、陳眉公本均作「雖有之」。《繡襦記》四：「你腰間須軟，背上還硬。」背硬，諱其爲龜也。

凡此諸須字，亦皆雖字義也。

是（一）　是則　是則是　是即是

是，猶雖也。白居易《遊平泉宴浥澗宿香山石樓》詩：「古詩惜晝短，勸我令秉燭。是夜勿言歸，相攜石樓宿。」言雖夜亦勿歸也。柳永《滿江紅》詞：「中心事，多傷感。人是宿，前村館；想鴛衾今夜，共他誰暖。」言人雖獨宿孤館，而心中猶想念鴛衾也。《風月紫雲庭》劇：「兩陣狂風是緊，也不到得交(教)吹散楚城雲。」是緊，雖緊也。不到得，猶云不至於。三十種本《薛仁貴》劇：「上墳處是有醉的婆娘，也不似你，你。吃得來東倒西歪，後合前偃，吐天吐地。」是有，雖有也。《元曲選》本作「上墳的須有許多人」。須亦雖也，見須字條。又《博望燒屯》劇：「這個是庶子，有心機；這個須降將，顯忠直。」是庶子，猶云雖庶子也。是與須互文而皆爲雖義。《虎頭牌》劇二：「則俺那山壽馬姪兒是軟善，犯着的休想他便肯見憐。」言山壽馬人雖軟善，但是犯他不得也。《詞林摘豔》一，王伯成小令，《春從天上來》：「他情是歹，咱心且捱，終須也要還滿了相思債。」言彼心雖變，我心不變也。《太平樂府》一，張小山小令，《蟾宮曲》：「是有紅塵，不到幽居。」是有，義見前。又五，趙顯宏小令，《刮地風》，《別思》：「團圓日是有，相思病怎休。」義同上。徐氏影刻元本《樂府陽春白雪》前二，徐容齋小令，《蟾宮曲》：「一個可喜娘身材兒是小，便做天來大福也難消。」意言美人身材雖小，然即使在福分有如天之大者，亦難消受之也。又前三，馬東籬小令《壽陽曲》：「因他害，染病疚。相識每勸咱是好意。相識若知咱就裏，和相識也一般憔悴。」意言朋友勸我不必爲他而憔悴，雖曰好意，但未知就裏耳；倘若知我就裏，恐連勸我者亦將與我表同情而一般憔悴也。又後二，無名氏《八聲甘州》套，「盃中酒冷」篇：「是費了些精神，一夜歡娛正了本。」意言對於彼美，雖耗費了些工夫，但一夜歡娛，足以償本也。又後四，無名氏《鬬鵪鶉》套，「半世飄蓬」篇：「寨兒裏相知是有，一見咱望風舉手。」意言寨中素日相知之人雖儘有，但見我則無不降伏也。《樂府羣玉》三，陳德和小令，《落梅風》，《雪中十事》之一，《陶穀烹茶》：「試烹來是覺風韻美，比羊羔較爭些滋味。」羊羔，酒名；爭些，差些也。言茶之風韻雖美，比之羊羔美酒，則滋味較差也。有云是則者。方岳《酹江月》詞：「是則江南江北，月明飛夢，認得溪橋屋。」是則，雖則也。言雖則江南江北隔絕，但夢中猶認得溪橋屋也。劉學箕《賀新郎》詞：「是則中年傷懷抱，客裏何堪送客，又添取一襟悽咽。」言雖則中年例為傷懷之時，然何堪因送客而又添悽咽也。葛長庚《酹江月》詞，《西湖》：「遙想和靖東坡，當年曾勝賞，一觴一詠。是則湖山常不老，前輩風流去盡。」言雖則湖山如故，然人物已非也。程文海《金縷歌》詞，《壽胡鑑泉憲僉》：「老子精神眞滿腹，合借福星當道，怎長寄東皋舒嘯？是則顛崖人渴望，奈一川風月多情好。」言雖則人人渴望其出山，奈老子之戀風月而不肯出也。陳著《燭影搖紅》詞：「是則蒼髯白髮，笑微微朱顏自渥。」言人雖老而顏自潤也。《張協狀元》戲文：「是則無妻，我身自不由己。須有爹媽在家鄉，尤（猶）未知。」須字作却字解，見須字條。意言我雖未娶，却有爹媽在，不可不告也。《南戲百一錄》，《王祥行孝》：「是則冒寒途路遙，順父母顏情，怎敢辭勞。」凡此是則，皆雖則也。　有云是則是者。《花草粹編》七，劉改之《天仙子》詞，《初赴省，於廓（郭）外別寵姬》：「**是則**青衫終可喜，不道恩情拋得未？」彊村本《龍洲詞》作「**是則是**功名終可喜，不道恩情拚得未？」是則是，猶云雖則是也。辛棄疾《洞仙歌》詞：「十里漲春波，一棹歸來，只做箇五湖范蠡。**是則是**一般弄扁舟，爭知道他家有箇西子。」陳著《寶鼎現》詞：「**是則是**霜嚴雪勁，到底春風生意滿。」又《沁園春》詞：「從容莫問城中，**是則是**繁華九市通；奈一番雨過，沾衣泥黑，三竿日上，撲面塵紅。」又《念奴嬌》詞，《端午》：「**是則是**年年佳節在，無奈閒心悄悄。」義均同上。《董西廂》一：「**是則是**英雄臨陣披重鎧，倚仗着他家有手策，欲反唐朝世界。」言孫飛虎雖則是將軍臨陣打扮，實則自恃有本領，欲反叛唐朝也。又三：「相國夫人自窨約，**是則是**這冤家沒轉剝，陡恁地精神偏出跳，轉添嬌，渾不似舊時了。」言夫人暗自思忖，雖則是鶯鶯容貌生來沒批評，但何以陡然變得如此之出跳添嬌不似舊時也。《柳毅傳書》劇一：「**是則是**海藏龍宮曾共逐，世不曾似水如魚。」言雖則是在海中成爲夫妻，然從未效魚水之歡也。凌本《幽閨記》二十六：「到得今朝，平安幸非淺；**是則是**身狼狽，眼前受迍邅。」此倒裝文法，言雖則是狼狽迍邅，幸而今得平安也。凡此是則是，均猶雖則是也。　亦有作是卽是者，卽與則同。晁元禮《安公子》詞：「**是卽是**從來好事多磨難；就中我與你纔相見，便世間煩惱，受了千千萬。」言雖則是好事多磨難，但我與你則特別磨難尤多也。《董西廂》四：「**是卽是**下梢相見咱，大小身心，時下打疊不過。」言雖則是後來還得相見，但目下則如許離愁，安排不下也。凡此是卽是，亦猶是則是也。復次，是字有雖義，則字亦有雖義。是則是一語，從語法之組織上分析之：以是字爲本位，則可解爲雖則是；以則字爲本位，而讀第一是字略頓，則可解爲是雖是，與小則小之猶云小雖小，老則老之猶云老雖老同。參看則字下猶雖也條。

是（二）

是，與試同，以音同而假用之。方諸生本《西廂》附錄王實甫《絲竹芙蓉亭》劇《點絳脣》一折：「你是猜，止不過月明千里故人來。」明無名氏《詞謔》附詞套，載此文作「你試猜」。是卽試也。《竹塢聽琴》劇二：「梁尹云：『道姑！我此一來，你試猜咱！』正旦云：『相公此來，貧姑是猜波！』」《金錢記》劇一：「賀知章云：『我是猜咱。』正末云：『哥哥試猜。』」是與試皆互文也。《兩世姻緣》劇三：「手抵着牙兒是記咱！不由我心兒裏相牽掛。」《竹塢聽琴》劇二：「你將那無顯驗的文書是監察，須不是俺孔宣聖遺留下。」《牆頭馬上》劇四：「我心中意氣怎消除，你是寗付，負與何辜。」寗付猶云思忖。《望江亭》劇一：「掛起這秋風布帆，是看他碧雲兩岸。」《詞林摘豔》一，無名氏小令，《八寶妝》：「開窗是看時，果是情人至。」又三，無名氏《粉蝶兒》套，「寶殿生涼」篇：「則聽的黃鸝聲囀，是看那白鷺成行。」又六，無名氏《端正好》套，「玉露滴金風起」篇：「蟾光清似水，明月照神京，**是**看這清秋桂影。」又九，無名氏《醉花陰》套，「楊柳橫塘淡烟鎖」篇：「**是**看他江山依舊，惟有俺人物消磨。」凡此是字，均卽試字也。今皮黃劇《搜孤救孤》之「卑人言來你**是聽**」，《烏盆記》之「我有言來你**是聽**」，猶其遺意。

是（三）　是麽　是末

是，與甚同，以音近而假用之。張埜《沁園春》詞，《止酒，效稼軒體》：「請生亟退休停，更說**是**濁賢與聖清。」《宋元名家詞》本《古山樂府》作說是，粟香室本作說甚，說是卽說甚也。生指麴生，酒之寓言。《元草堂詩餘》，段宏章《洞仙歌》詞，《荼蘼》：「**是**曾約梅花帶春來，又自趁梨花，送春歸去。」是曾約云云，卽甚曾約云云也；言爲甚與梅花帶春來，又隨梨花送春歸也。《董西廂》三：「姐姐爲人**是**稔色，張生做事忒通疏。」此是字與忒字相對，是稔色卽甚稔色也。稔色猶云美貌。《勘頭巾》劇三：「**是**好**是**好！一了說，碧桃花下死，做鬼也風流。」是好卽甚好也。《薦福碑》劇二：「正末唱：『這人姓甚名誰？』曳剌云：『姓張是張浩。』正末唱：『他年紀**是**大小？』曳剌云：『三十歲也。』」是大小，言甚樣大小，卽猶云年紀大小如何也。《詞林摘豔》七，陳大聲《集賢賓》套，《代友人有懷》：「茶飯又不**是**調，夢兒又不大箇好。」《雍熙樂府》十四作「茶飯又不甚調。」不是卽不甚也。又甚麽亦作是麽。《詞林摘豔》七，無名氏《集賢賓》套，「倚幃屏數聲長歎」篇：「雖然你送了人，當**是麽**便宜。」《雍熙樂府》十四作「算甚麽便宜」。是麽卽甚麽也。更廣是麽之例。《神奴兒》劇楔子：「擡了我，打**是麽**不緊。」與打甚麽不緊同；卽不打緊之意。《詞林摘豔》三，無名氏《粉蝶兒》套，「心下疑猜」篇：「倘或間些兒箇無**是麽**管待，你休笑俺這女裙釵。」又：「休笑我麄鹵的旗婆，別無**是麽**管待。」無是麽卽沒甚麽也。又五，無名氏《步步嬌》套，「綠水青山」篇：「一會家悶來時，看閒花野草，管**是麽**今日明朝。」管是麽卽管甚麽也。又五，無名氏《新水令》套，「越王臺無道似摘星樓」篇：「到大來千自在，百自由。我可**是麽**扶持君王直到頭。」可是麽與可甚麽同，可與却同。可甚麽猶云却說甚麽或却算甚麽，意則云說不到也，那裏算也；詳可字條。又五，無名氏《五供養》套，「覷了這窮客程」篇：「覷了這窮客程，舊行裝。我可**是麽**衣錦還鄉。」《裴度還帶》劇三：「爲尊君寃枉坐囚牢。賣詩呵，把父母恩臨報。小姐也！你可**是麽**家富小兒嬌。」義均同上。凡以上所云是麽，均卽甚麽也。亦有作是末者。三十種本《汗衫記》劇：「讀書萬卷多才俊，少**是末**一世不如人。」少是末卽少甚麽，言儘多着也，見少甚麽條。《霍光鬼諫》劇：「量這廝有**是末**高識遠見，怎消的就都堂戶封八縣。」《太平樂府》六，無名氏《點絳脣》套，《省悟》：「想着你恩情也不**是末**久，恰便似風中落花水上漚。」《詞林摘豔》三，無名氏《粉蝶兒》套，「賽社處人齊」篇：「再有**是末**樂器，又無他那路岐。俺正是村裏鼓兒村裏擂。」路岐卽伶人，見《路岐》條。又：「他道是縱橫壯士，他道**是末**周德威。」凡以上所云是末，均卽甚麽也。任訥輯佚本《陽春白雪補集》，不知名氏小令，《普天樂》：「鄭元和，鄭元和打瓦罐到鳴珂。保兒爲我陪錢貨，我爲是来窮漢身上情多。可憐見他靈車前唱挽歌，打從我門前過。」原注云：「第四句待校。」按末乃末之形誤，當作是末，爲是末卽爲甚麽也。又今梆子劇辭於問人姓名時，有「姓字名誰」之費解語，見徐凌霄《京劇辭典釋例》五七頁。按字乃是之誤文，當作姓是名誰，卽姓甚名誰也。然其沿誤由來已久，《劉知遠傳》一：「老翁歎曰：『此人異日必貴，未知姓字名誰。』」此可證也。

是(四)　是處　是人　是事　是物

是，該括辭，猶凡也。習見者爲是處、是人、是事、是物等語。茲分疏之。

是處，猶云到處或處處也。陳師道《寄泰州曾侍郎肇》詩：「今朝有客傳河尹，是處逢人說項斯。」按下句實原本於楊敬之《贈項斯》詩「到處逢人說項斯」，可證是處卽到處也。更廣其例。顧非熊《暮春早起》詩：「鵾鳩數聲花漸落，園林是處總殘春。」張耒《暮春》詩：「庭前落絮誰家柳，葉裏新聲是處鶯。」柳永《八聲甘州》詞：「是處紅衰翠減，冉冉物華休。惟有長江水，無語東流。」向子諲《醜奴兒》詞：「無雙亭下瓊花樹，玉骨雲腴，傾國稱姝，除却揚州是處無。」辛棄疾《鷓鴣天》詞：「是處移花是處開，古今興廢幾樓臺。」朱敦儒《水調歌頭》詞，《中秋》：「是處簾櫳爭卷，誰家管絃不動，樂世足歡情。」《張協狀元》戲文：「**是處**山頭叫子規。」凡云是處，均猶云到處也。

是人，猶云人人或凡人也。姚合《贈張籍》詩：「古風無手敵，新語**是人**知。」是人知，猶云人人盡知或凡人皆知也。周邦彥《三部樂》詞：「回紋近傳錦字，道爲君瘦損，**是人**都說。」趙以夫《水龍吟》詞：「擊楫功名，摧鋒意氣，**是人**都說」。楊无咎《眼兒媚》詞：「**是人**總道，新來瘦也，着甚來由。」巾箱本《琵琶記》十一：「小娘子才貌兼全，**是人**知道。」凡云是人，義均同。

是事，猶云事事或凡事也。柳永《定風波》詞：「自春來慘綠愁紅，芳心**是事**可可。」《謝天香》劇二，引此詞作「芳心事事可可」。可證是事卽事事也。更廣其例。韓愈《戲題牡丹》詩：「長年**是事**皆抛盡，今日欄邊暫眼明。」陸龜蒙《記事》詩：「都緣新卜築，**是事**皆草創。」姚合《武功縣》詩：「曉鐘驚睡覺，**是事**便相關。」僧修睦《秋日閑居》詩：「**是事**不相關，誰人似此閒。」柳永《錦堂春》詞：「墜髻慵梳，愁蛾嬾畫，心緒**是事**闌珊。」秦觀《望海潮》詞：「蘭苑未空，行人漸老，重來**是事**堪嗟。」《陽春白雪》二，潘元質《玉蝴蝶》詞：「怱怱，庾郎去後，香銷玉減，**是事**疏慵。」程垓《蓦山溪》詞：「老來風味，**是事**都無可。只愛小書舟，牕圍著琅玕幾箇。」《張協狀元》戲文：「今日**是事**却都休。」凡云是事，義均同。

是物，猶云物物或凡物也。杜甫《歸雁》詩：「**是物**關兵氣，何時免客愁。」是物關兵氣，言凡物皆與兵事有關也。項斯《曉發昭應》詩：「是物寒無色，湯泉正自流。」言萬物皆寒，溫泉自流也。歐陽炯《題景煥畫應天寺壁天王歌》：「人間是物皆求得，此樣欲於何處傳。」言凡物易得，佛像難求也。陳師道《柏山》詩：「是物皆爲萬世計，闔棺猶有一朝窮。」楊萬里《過太湖石塘》詩：「松江是物皆詩料，蘭槳穿湖即水仙。」《張協狀元》戲文：「目前是物不如意。」義均同。

其餘是字之作凡字解者，尚可得數證。白居易《狂吟》詩：「是客相逢皆故舊，無僧每見不殷勤。」是客，猶云凡是客也。項斯《送僧》詩：「逢寺暫投宿，是山皆獨尋。」是山，猶云凡是山也。賈島《送孫逸人》詩：「是藥皆諳性，令人漸信仙。」是藥，猶云凡是藥也。《南宋六十家》趙汝鐩《琳宇》詩：「是院皆扃戶，無人但聽琴。」是院，猶云凡是院也。《梅磵詩話》引宋自遜《看梅》詩：「是花寒不芳，此花寒獨香。」是花，猶云凡是花也。戴復古《賀新郎》詞：「早晚樞庭開幕府，是英雄盡爲公奔走。」是英雄，猶云凡是英雄也。巾箱本《琵琶記》十四：「況衣衾棺槨，是件皆無。」是件，猶云件件也。凌延喜本《幽閨記》二十六：「睡不着，是愁都做了枕邊淚。」是愁，猶云凡是愁或一切愁也。《雍熙樂府》十五後集，無名氏小令，《駐雲飛》，《閨怨》：「是話休題，你是何人我是誰。」是話休題，猶云一切話休提也。

是（五）

是，猶務也。《董西廂》二：「是須休怕怖，請夫人放心無慮。」是須，務須也。又：「請寬尊抱，是須休把兩眉結。」《西廂》五之一：「指日拜恩衣晝錦，是須休作倚門妝。」義同上。《董西廂》四：「你咱是必把音書頻寄。」是必，務必也。《太平樂府》二，宋方壺小令，《清江引》：「是必常團圓，休着些兒缺。」三十種本《單刀會》劇二：「你是必挂口兒，只休提着那荆州。」《薦福碑》劇二：「你是必與心兒再認下這搭沙和草。」義均同上。

然　然雖

然，猶雖也。邵雍《感事吟》：「士老林泉誠所願，民塡溝壑諒何辜。然非我事我心惻，珍重羲皇一卷書。」然非我事，言雖非我事也。黄庭堅《寄南陽謝外舅》詩：「然知今人巧，未覺故人迂。」然知，卽雖知也；然字與未字相應。《董西廂》四：「然終須相見，奈時下難捱。」此與奈字相應。又：「然憔悴，尙天眞。」此與尙字相應。又：「我然是箇官人，却待教兀誰做縣君。」此與却字相應；言却教誰做夫人也。又：「珙曰，師言然善，奈處凡浮，遭此屈辱，不能無恨。」此與奈字相應。關漢卿《拜月亭》劇一：「然是弟兄心，殷勤意，本酒量窄，推辭少喫。」此與本字相應；然本字疑是奈字之訛。《三奪槊》劇："他每親父子，俺**然**是舊忠臣，**則**（只）是四海他人。"此與則是相應；四海他人，意言泛泛之路人。《太平樂府》八，朱庭玉《梁州第七》套，《妓門庭》："端的不曾見兀的般眞行院，雖是個女流輩，**然**住在花街柳陌，小末的誰及。"然字與雖字爲互文，行院卽樂戶，亦卽妓院，眞行院贊美之辭；小末猶云尋常。巾箱本《琵琶記》十九："**然**則是飢荒年歲，只兀的教我怎吃。"此指吃糠而言。以上各然字，皆雖字義也。今人曰雖然，古人亦曰然雖。《張協狀元》戲文："老漢**然雖**是個村肐落裏人，稍通些個人事。"《小孫屠》戲文："**然雖**路上堪行，俺則（只）是心中未穩。"巾箱本《琵琶記》十一："**然雖**他高占魁名，得相招，多少榮？榮依繡幕，選中雀屏，媒婆！你此去他必從命。"巾箱本《琵琶記》多存舊文，其後如凌刻臞仙本、陳眉公本等，則然雖均改爲雖然矣。又按《通俗編》三十三語辭門引《晉書八王傳序》："**然雖**克滅權逼，猶足維翰王畿。"此亦可旁證也。

則（一）

則，猶卽也；就也。李端《冬夜與故友聚送吉校書》詩："途窮別**則**悲，何必天涯去。"言別卽是悲，不必天涯之遠也。元稹《估客樂》詩："估客無住着，有利身**則**行。"則一作卽。則行，卽行也。白居易《金鑾子》，《晬日》詩："若無夭折患，**則**有婚嫁牽。"則有，卽有也；與上句若無相應。《全唐詩》，無名氏《天竺國胡僧念珠》詩：「若非月下滴秋露，則是井底圓春冰。」則是，卽是也；與上句若非相應。《草堂詩餘》，秦少游《桃源憶故人》詞：「羞見枕衾鴛鳳，悶則和衣擁。」汲古閣本《淮海詞》，悶則作悶卽。《樂府雅詞》，徐師川《鷓鴣天》詞：「朝廷若覓元眞子，不在雲邊則酒邊。」《花菴詞選》作「卽酒邊」。則與卽同義也。《救孝子》劇一：「道不的個公子登筵，不醉卽飽；武夫臨陣，不死則傷。」則與卽互文也。《虎頭牌》劇一：「俺姪兒去了也，則今日往渤海撥取家小走一遭去。」則今日，卽今日也。《凍蘇秦》劇三：「正末云：『那裏是張丞相的住宅？』張千云：『則這箇門樓便是。』正末云：『哥哥！你在這裏做甚麼勾當？』張千云：『則我便是丞相爺把門的叫做張千。』」此猶云卽此便是，卽我便是也。把門一語，緊跟上文門樓之門字而來，意言把守此門樓之門者卽我便是也。《魔合羅》劇二：「也不昨宵，則是今朝，被風寒暑濕吹着。」則是，就是也。《黑旋風》劇四：「休言語，但開口，脖子上則一刀。」則一刀，言就一刀殺你也。《三戰呂布》劇楔子：「你眞箇不與我，我則一槍。」則一槍，言就一槍刺你也。《昊天塔》劇二：「你若不說，劈了你這顆狗頭來，我則一斧。」則一斧，言就一斧劈你也。《老生兒》劇三：「卜兒云：『孩兒也！你爲甚麼不穿些好衣服？』旦兒云：『則這般罷波！』」猶云就這般罷。《硃砂擔》劇四：「望上聖可憐見，我與他看經禮懺，請高僧大德，超度他生天，你則饒了我罷！」猶云就饒了我罷。《凍蘇秦》劇二：「孛老云：『你出去！你出去！』正末云：『您孩兒出去則便了也。』」猶云孩兒出去就算啦，口雖順其言而心懷不服。《神奴兒》劇一：「你惱怎的？我**則**依着你。」猶云我就依着你。《老生兒》劇楔子：「卜兒云：『不與他二百兩，我則與他一百兩。』正末云：『依着你，**則**與他一百兩罷。』」上則字與只同，下則字爲就字義，猶云就與他一百兩罷。

則（二）

則，猶卽使也；就使也；亦猶雖也。凡文筆作開合之勢者，其上句所用之則字，可作雖字解。杜甫《別蔡十四著作》詩：「天地**則**瘡痍，朝廷多正臣。」則瘡痍，猶云雖瘡痍也。又《喜晴》詩：「丈夫**則**帶甲，婦女終在家。」則帶甲，言雖帶甲而出征也。又《槐葉冷淘》詩：「獻芹**則**小小，薦藻明區區。」則小小，雖小小也。楊萬里《送張倅》詩：「捕逐虎豹公**則**老，坐運籌策公尙少。」則老，雖老也，與下句尙字相應。謝逸《柳梢青》詞：「後回來**則**須來，便去也如何去得。無限離情，無窮江水，無邊山色。」則須來，雖須來也。李彌遜《聲聲慢》詞，《詠木犀》：「花兒大**則**不大，有許多瀟灑清奇。」則不大，雖不大也。李甲《帝臺春》詞：「拚**則**而今已拚了，忘則今生怎忘得？」則已拚，雖已拚也。下則字作但字解，見本條之四。《花草粹編》一，唐無名氏《醉公子》詞：「醉**則**從他醉，還勝獨睡時。」則從他，猶云雖任他也。《金錢記》劇三：「害**則**害，甘心兒爲他僝僽。」言病雖病，也甘心爲他病也。《太平樂府》八，喬夢符《一枝花》套，《雜情》：「小**則**小，心腸兒到狡猾，顯出些情雜。」則小，雖小也。情雜，負心或薄倖之義。《西廂》三之二：「小**則**小，心腸兒轉關。」義同上。《雍熙樂府》一，《醉花陰》套，《祿山戲楊妃》：「這廝也蠢**則**蠢，到大如皇帝福。」則蠢，雖蠢也。《舉案齊眉》劇二：「你悔**則**悔，**喒**須是百年恩；你惱**則**惱，**喒**須是兩意肯。」則悔，雖悔也；則惱，雖惱也。《樂府陽春白雪》前三，關漢卿小令，《沉醉東風》：「害**則**害，何曾慣；瘦**則**瘦，不似今番。」言往日雖病，而似今番之病則未曾；往日雖瘦，而似今番之瘦則未曾也。《北詞廣正譜》十六，《越調》《耍三臺》，《不伏老》雜劇：「老**則**老，老不了咱年紀；老**則**老，老不了我擎天柱石；老**則**老，老不了我虎略龍韜；老**則**老，老不了我妙策神機；老**則**老，老不了我一片忠心貫白日；老**則**老，尚兀自萬夫難敵；老**則**老，添了些雪鬢霜髯，那些箇駝腰曲脊。」凡云老則老，皆猶云老雖老也。《認金梳》劇一：「我說則說，這關節。待不說，怎攔遮。說則說，兇徒命可兀的合該滅；我說**則**說，心中悲切痛傷嗟；說**則**說，我孤寒無靠倚；說**則**說，兒可也莫要心別。說則說，這人心毒害，他將你子母暗摧折。」凡六用說則說，除首次兩句及末句作說就說解，中間三句皆猶云說雖說也。按劇情，陳都知殺安英而奪其妻，并欲殺其遺孤安禮，由霍王氏收養，始得成人。此爲霍王氏告安禮語，蓋恐其認生母而棄己也。

則（三）　不則　則不

則，與只同；祇也。限量辭。吳泳《摸魚兒》詞：「休聽取，這氣象精神，則要人來做。」則要，只要也。《草堂詩餘》，僧仲殊《金菊對芙蓉》詞，《桂花》：「花則一名，種分三色，嫩紅妖白嬌黃。」則一名，只一名也。《爭報恩》劇二：「我可也萬千事不折證，則我這心兒裏忍耐。遮莫他翻過天來，則你那動人情四般兒不愛：我可也不殢酒；不貪財；我不爭氣；不放歹。」又：「你則道我不肯將門開，多管是你壁聽在這窗兒外。」又：「他兩個數次尋我的不是，則怕久後落在他勾中，你則是早些來救我。」又：「俺這官府中則要你從實的取責，不要你當廳抵賴。」《元曲選》中各劇之曲文白文中，凡只字多數均作則字，茲舉一折爲例，不備舉。劉克莊《賀新郎》詞：「恰近洛人修禊節，莫惜飛觴臨水，怕則怕追鋒徵起。」則怕，只怕也。方岳《哨遍》詞：「恐古時月與今人異，恨則恨今人不千歲。但見今冰輪如洗，阿誰會自古看到隋唐世。」則恨，只恨也。《凍蘇秦》劇三：「我喜則喜一盞瓊花釀；恨則恨十分他這個冰雪般涼。」義同上。《樂府陽春白雪》前三，關漢卿小令，《沉醉東風》：「憂則憂，鸞孤鳳單；愁則愁，月缺花殘。爲則爲，俏冤家；害則害，何曾慣；瘦則瘦，不似今番。恨則恨，孤幃繡衾寒；怕則怕，黃昏到晚。」除害則害、瘦則瘦兩則字應作雖字解外，餘五則字皆只字也。又有不則一辭，卽不只也，亦卽不止或不但也。楊萬里《乙未春日山居雜興》詩：「卽今遍地欒枝錦，不則梢頭幾點紅。」《梧桐雨》劇二：「不則向金盤中好看，便宜將玉手擎餐。」《來生債》劇一：「自古及今，因這幾文錢上，不則送了一個。先生不厭絮繁，聽我在下試說一遍與你聽者。」《救風塵》劇二：「**不則**周舍說謊也，那一個不指皇天各般說咒，恰似秋風過耳早休休。」凡云不則，義均同上。然不則二字，往往倒用之爲則不，此亦一種習慣也，例如下。《詞林摘豔》六，王伯成《端正好》套，《唐明皇幸蜀》：「**則不**路人愁，鳥也倦飛騰。」《張天師》劇一：「正旦云：『封家姨也！**則不**俺思凡。』封姨云：『仙子！可再有何人思凡哩？』」《合汗衫》劇一：「正末云：『漢子！自古以來，**則不**你受貧。』孝友云：『父親！可是那幾個古人受貧來？』」《薛仁貴》劇一：「當日三箭定了天山，……也**則不**這件，一總過海平遼，有五十四件大功，都被張士貴賴了。」《黑旋風》劇三：「我解放了我哥哥，**則不**俺哥哥一個人，我把這滿牢裏人都放了。」《老生兒》劇二：「這錢，**則不**那窮漢每爭，便這富的每也爭。」又三：「你上墳來！你烈紙來！你添土來！**則不**你來，你背後又有一個。」凡云則不，猶云不則，皆猶云不但或不止也。

則（四）

則，與只同；但也。轉折辭。李甲《帝臺春》詞：「拚**則**而今已拚了，忘**則**今生怎忘得。」上則字作雖字解，下則字作但字解。言雖一時拚捨，但終不能忘情也。《西廂》一之一：「且休題眼角留情處，**則**這脚蹤兒將心事傳。」言但這脚蹤已傳將心事也。涵芬本《單刀會》劇四：「俺哥哥合情受漢家基業，**則**你這東吳國的孫權，和俺劉家却是甚枝葉？」言但是你們姓孫的與我劉家有甚宗親關係也；意言荊州本是劉家舊物，你東吳是別姓，不能索取也。《謝金吾》劇四：「便不合離邊關，到帝都；便不合將謝家十七口一時屠。**則**俺箇官家怎不看功勞簿，縱有那彌天罪，也准贖。」言但君王怎不看功勞簿也。《薦福碑》劇三：「千里而來，早則不與闌了子猷訪戴。乾賠了對踐紅塵踏路的芒鞋。**則**俺那守饒州范學士，故人安在。」言但不見故人范學士也。《麗春堂》劇二：「你的是無價寶；**則**我的也不是無名器。」言但我的也不壞也。《西廂》三，楔子：「說道張生好生病重，**則**俺姐姐也不弱。」言但是鶯鶯之病也不弱於張生也。《趙禮讓肥》劇三：「我是個殺人放火擲搜漢，**則**他這孝心腸感動我這鐵心腸。」言但爲他孝心所感動也。《梧桐葉》劇一：「雖是坐享富貴，**則**夫婦分離，不知音耗，這煩惱如之奈何！」言但夫婦分離無音耗，不勝煩惱也。《留鞋記》劇一：「姐姐！我說便說了，**則**沒箇媒人，怎生是好？」言但無媒人也。又：「姐姐！我去便去，**則**是把什麼做定禮那？」則是卽但是。《瀟湘雨》劇一：「得一官半職回來，改換家門，**則**是休忘了我的恩念。」義同上。

則（五）　則甚　則劇

則，**猶作也**；做也。楊萬里《過樂平縣》詩：「筍蕨都無且**則**休，菜無半葉也堪羞。」則休，猶云作休或作罷。呂濱老《二郎神》詞：「過了鶯花休**則**問，風共月一時閒却。」則問，猶云作問。《花草粹編》七，徐淵子《一剪梅》詞：「道學從來不**則**聲，行也東銘，坐也西銘。」不則聲，猶云不做聲。《硃砂擔》劇二：「你自睡去，我拽上這門，插上這鎖。你但**則**聲，我就殺了你。」義同上。黃庭堅《阮郎歸》詞：「夜來算得有歸期，燈花**則甚**知？」則甚，猶云做甚或爲甚。怎字卽則甚之切音也。向子諲《浣溪沙》詞：「人意天公**則甚**知？故教小雨作深悲。」辛棄疾《西江月》詞：「千年往事已沉沉，閒管興亡**則甚**！」義均同上。此習見不備舉。《南宋六十家》，岳珂《宮詞》：「紅塵一騎傳天使，爲送宮中**則劇**錢。」則劇，猶云作劇。劉克莊《賀新郎》詞：「生不逢場閒**則劇**，年似龔生猶夭，喫緊處無人會道。」義同上。趙長卿《柳梢青》詞：「不爭百萬呼盧，賭今夜鴛幃痛惜。好忍馬兒，若還輸了，當甚**則劇**。」此與惡作劇之作劇同義。當甚猶云算甚，言算甚麼玩意也。《張協狀元》戲文：「京師有甚土宜**則劇**，買些歸家里。」此則劇爲好玩義。又：「白日笑語，常是樂春臺**則劇**。」此則劇爲取樂義。復次，便則道與便做道同，更則道與更做道同，俱見做字條。喚則與喚做同，見喚作條。

則（六）

則，語助辭，與者同。《貶黃州》劇一：「近聞又生怨謗，妄斥朝廷，未知眞僞，左右！喚御史臺來，朕問取**則**。」又四：「來到朝外，只索進見駕**則**。」又：「卿離朕數年，遠居南服，頗覺辛苦，可也想朕來不曾，你試說一遍**則**。」《雲窗夢》劇四：「早來到也，咱見相公去**則**。」又：「小生來到府前，須索過去**則**。」皆其例也。

子（一）

子，與則同，猶只也。《董西廂》二：「和尚何曾動着，**子**喝一聲，那時諕殺。」言只喝一聲也。又三：「法聽聞言先陪笑，道咱弟兄面情非薄，**子**除了我耳朵兒愛的道。」子除，只除也。又三：「眼又瞑，頭又低，**子**管裏長出氣。」子管裏，猶云只管的。《范張雞黍》劇三：「恨**子**恨這個月之間，少個人來問候。」子恨，只恨也。《誤入桃源》劇楔子：「避不得登山驀嶺，便**子**索回首問前程。」子索，只得也。按子字作只字用，頗習見，茲再舉三十種本《薛仁貴》劇爲例，以見元曲使用子字之一斑。《薛仁貴》劇：「你休問得官不得官，**子**早回家些兒者。」又：「也不索將軍爭競功勞簿，你**子**似鳳凰飛上梧桐樹。」又：「**子**待平地上放雕去拿獐兔，不肯滄海內釣鼇魚。」又：「豈不聞久的**子**是久，疏的到頭疏。」按久與舊音近，即親舊之義。又：「**子**聽的吖吖地叫了我一聲薛大伯。」又：「欲要你殘生得在，**子**除是九重天滴溜溜飛下一紙詔書來。」又：「俺不是推東主西，**子**怕言不按典，話不投機。」又：「**子**一句話道〔得〕我淚盈腮。」薛仁貴兒，**子**被你沒主意了爺爺孄孄。」餘不備舉。

子（二）

子，與則同，猶卽也；雖也。《董西廂》四：「有**子**有牢房地匣，有**子**有欄軍夾晝，有**子**有鐵裹槍枷，更年沒罪人犯他戴他。」凡云有子有，均猶云有卽有或有雖有也。更年沒猶云終年無。《太和正音譜》，《越調》《耍三台》無名氏《敬德不伏老》第三折：「老**子**老，又不干咱年紀。老不了我擎天柱石，老不了我虎略龍韜，老不了我妙策兵機。老**子**老，一片忠心貫白日；老**子**老，猶自萬夫難敵；老**子**老，添了些雪鬢霜髯，那些兒跎腰曲脊。」凡云老子老，均猶云老卽老或老雖老也。按此與則字條之二所引《北詞廣正譜》之《不伏老》劇同出一源，特文字有異同，彼作則，此作子耳。（校者按：明刻本本劇作「老只老」。）

只

只，語助辭，猶着也。讀張恥切，見《元曲選》音釋。《凍蘇秦》劇二：「我這官職呵，大古裏是箱兒裏盛**只**。」此猶云盛着也。《伍員吹簫》劇三：「我待來，且慢**只**，我問他個擘兩分星，說一段從頭的至尾。」此猶云慢着也。《瀟湘雨》劇二：「這幞頭呵！除下來與你戴**只**。這羅襴呵！脫下來與你穿**只**。」此猶云戴着、穿着也。《黑旋風》劇三：「他前面引**只**，我背後把他跟隨。」《誶范叔》劇四：「揀一搭乾淨田地，將這廝跪**只**按**只**，與我杖**只**，直打的皮開肉碎。」此猶云跪着、按着、杖着也。

待（一）　大

待，擬辭，猶將也；打算也。柳永《菊花新》詞：「留取帳前燈，時時**待**看伊嬌面。」又《木蘭花》詞，《柳枝》：「楚王空**待**學風流，餓損宮腰終不似。」晁元禮《安公子》詞：「**待**寄封書去，更與丁寧一遍。」又《步蟾宮》詞：「且偎隨須有喜歡時，**待**款款說些道理。」阮閱《洞仙歌》詞，《贈妓》：「向尊前酒底，得見些時，似恁地能得幾回細看。**待**不眨眼兒覷着伊，將眨眼底工夫剩看幾遍。」辛棄疾《最高樓》詞：「**待**不飲，奈何君有恨；**待**痛飲，奈何吾又病。」又前調詞：「**待**葺個園兒名佚老，更作個亭兒名亦好。」《兒女團圓》劇二：「敢則是天生的聰俊，**待**改家門，氣象兒全別。」皆其例也。待與大同音，故大亦借爲待字。關漢卿《拜月亭》劇：「阿也！是敢**大**較些去也。」言疾病將有起色也；較爲病愈之義，見較字條。又：「梅香安排香卓兒去，我**大**燒炷夜香者。」言打算燒炷夜香也。元時刻本待字多從簡便寫作大，不備舉。

待(二) 大

待，語助辭。或在語末，或在語中，略同呵字、啊字。其在語末者例如下。何夢桂《沁園春》詞：「壽何逢原《北堂》：『孔蓋蜺旌，月佩雲裳，人間女仙。問韶光九十，何如今待！明朝最處，好是明年。』」此詞見四印齋本《潛齋詞》。何如今待，猶云何如今日呵。《桃花女》劇楔子：「卜兒做叫科云：『石留住待！』石留住做應科云：『哎！』」此於呼喚人時用之，石留住待，猶云石留住呵！《霍光鬼諫》劇：「我王待！遠法商湯，臣伏戎羌，……選用忠良，行止端方，才智非常，論道經邦，展土開疆，……似這等油煤猢猻般性輕狂，他怎圖畫作麒麟像。」我王待，猶云我王呵。三十種本《薛仁貴》劇：「官裏待！報答你那血濺的戰袍紅，草染的紅柳綠。」官裏卽君王之尊稱，官裏待與我王待同。《黑旋風》劇三：「叔待！叔待！你家裏有人麼？」又：「叔待！你爲甚打我那？」又：「叔待！呆廝不曾湯着你。」湯着你，猶云碰着你。又：「叔待！我先進來了也；叔待！你家裏怎生這般黑洞洞的？」凡云叔待，猶云叔呵，稱人爲叔，乃敬稱也。《勘頭巾》劇二：「叔待！開門來！」又：「叔待！還我草錢來！」又：「叔待！怎生黑洞洞的？」義均同上。其在語中者例如下。《竇娥冤》劇一：「天若是知我情由，怕不待，和天瘦。」此猶云怕不是呵。《金錢記》劇一：「那姐姐怕不待龐兒俊俏可人憎，知他那眉兒淡了教誰畫。」義同上。《樂府新聲》中，無名氏小令，《水仙子》：「由你**待**誇強說**會**，我則**待**隨高就低。」由你**待**，猶云由你呵。我則待，猶云我只是呵。《桃花女》劇四：「果然他六壬課又出我之先，我只**待**服降他低頭甘引罪。」只待與則待同。《來生債》劇一：「幾曾和那窮相識，每日家相尋趁，都只**待**共那富家郎逐日相親近。」《王粲登樓》劇一：「何止是析圭儋爵，都只**待**拜爵封王。」義均同上。《兒女團圓》劇三：「他是個不覩事的喬男女，你便橫枝兒**待**犯些口舌。」橫枝兒爲從旁岔入之義。此待字亦係於言語中間略作頓逗之勢，猶云橫枝兒呵。亦有借大字爲之者。關漢卿《拜月亭》劇：「怕不**大**傾心吐膽盡筋截(竭)力把個牙推請。」怕不大，卽怕不待也，義見上。牙推，卽醫生。又：「我寧可獨自孤孀，怕他**大**抑勒我則(別)尋個家長，那話兒便休想。」怕他大，猶云如其他呵。又：「男兒！怕你**大**贖藥時準備春衫當，探食後低(提)防百物傷。」怕你大，猶云如其你呵。男兒，卽夫君；贖藥，卽購藥。

管　多管是

管，猶准也；定也。楊萬里《過霅川大溪》詩：「老夫乍喜櫂夫悶，**管**有到時君莫問。」言准有到時也。又《江行七日阻風繁昌舍舟出陸》詩：「**管**取如今遵陸了，雲開風順水東流。」管取，猶云包得定也。蘇軾《殢人嬌》詞，《戲邦直》：「別駕來時，燈火熒煌無數。向青瑣隙中偷覷，元來便是，共綵鸞仙侶。方見了，**管**須低聲說與。」管須，猶云定要也。黃庭堅《卜算子》詞：「要見不得見，要近不得近。試問得君多少憐，**管**不解，多於恨。」管不解，猶云斷不會也。周邦彥《蝶戀花》詞，《詠柳》：「擬插芳條須滿首，**管**教風味還勝舊。」管教，猶云准教也。曾覿《醉落魄》詞：「百般做處百廝愜。**管**是前生，曾負你冤業。」管是，准是也。石孝友《清平樂》詞：「醉紅宿翠，髻嚲烏雲墜。**管**是夜來不得睡，那更今朝早起。」義同上。朱敦儒《憶帝京》詞：「**管**取沒人嫌，便總道，先生俏。」劉克莊《摸魚兒》詞：「愁箇甚，君**管**取有薇堪采松堪蔭。」《風光好》劇一：「則消得我席上歌金縷，**管**取他尊前倒玉山。」義均見前。《劉知遠傳》十二：「有一事最大，救取夫人，不**管**分毫有損害。」不管，不准也。又：「只**管**擒賊不**管**敗。」言只准勝不准敗也。《倩女離魂》劇一：「他**多管是**意不平，自發揚。」多管是爲一熟語，猶云大分是，蓋准義、定義之未能全然肯定者也，與多敢是義近。《望江亭》劇二：「**多管是**前妻將書至，知他娶了新妻。」《西廂》三之三：「便做道你摟慌索覷咱，**多管是**餓的你窮酸眼花。」又四之一：「望的人眼欲穿，想的人心越窄。**多管是**冤家不自在。」又五之一：「我這裏開時節和淚開，他那裏修時節和淚修。**多管是**筆尖兒未寫淚先流。」義均同上。

敢（一）

敢，猶可也；亦猶可是也。皮日休《泰伯廟》詩：「一廟爭祠兩讓君，幾千年後轉淸氛。當時盡解稱高義，誰敢教他莽卓聞。」誰，猶那也；誰敢，猶云那可也。《董西廂》一：「數幅花箋，相思字寫滿，無人敢暫傳。」言無人可一遞也。暫，猶一也，見暫字條。《西廂》四之一：「試教司天臺打算半年愁，端的太平車敢道十餘載。」太平車，載貨之大車也；道，猶到也，見道字條。言將愁載在大車上，可到十餘載之多也。《㑳梅香》劇三：「白敏中云：『小生敢去也不敢去？』正旦云：『先生，你去不妨。』」此猶云可去不可去也。《羅李郎》劇三：「正末云：『我待捨些飯與他每吃，哥哥！可是敢麼？』甲頭云：『那裏不是積福處，則（只）管捨，不妨事。』」此敢麼之敢，即可否之可。以上爲可義。元稹《寄劉頗》詩：「唯愛劉君一片膽，近來還敢似人無？」還敢，猶云還可是也；似人，意言與尋常人同也。《董西廂》三：「解元聽分辨！你便做摟荒，敢不開眼？」意言你便使情急摟得慌忙，可是閉着眼不看人的麼。此張生誤摟紅娘當做鶯鶯時，紅娘譏張生語。《灰闌記》劇一：「自喪了親爺撇下個娘，偏你敢不姓張，怎教咱辱門敗戶的妹子去支當。」此張海棠責備其兄張林語，意言你可是不姓張麼。《梧桐雨》劇二：「那些個齊管仲鄭子產？敢待做假忠孝龍逢比干？」意言可是要做假忠孝麼。《樂府陽春白雪》後二，無名氏《賞花時》套「只爲多情」篇：「忽見人來敢是他，只恐有爭差。咨咨認了，正是那嬌娃。」敢是他，可是他也；咨咨同孜孜，子細之意。《龐掠四郡》劇三：「孔明云：『張飛！你取首級如何？』張飛云：『我殺了龐士元也。』孔明云：『**敢**不是麼？』張飛云：『他說道正是縣令，我怎肯錯殺了別人！』」敢不是，可是不是此人也。按劇情，龐爲耒陽縣令。肯，猶會也，見肯字條。以上爲可是義。

敢（二）　多敢是

敢，與管同，猶正也；准也；定也。李覯《階基》詩：「誰會羅襪雙來上，多謝蒼苔久不離。從此便成貧景致，竹簾垂處**敢**相宜。」敢相宜，正相宜也。《抱妝盒》劇四：「**敢**可便抱定妝盒，背却宮娥，疾行前去。不防他劉太后劈頭相遇。」可便，語助辭。言正當抱妝盒疾行時，不料遇到劉太后也。《度黃龍》劇一：「更有一黃龍禪師，此僧十分戒行精嚴，善通經典，今日**敢**講說大乘妙法哩！」言今日正講大乘妙法也。《魯齋郎》劇一：「恁時節，帶鐵鎖，納贓錢。那其間**敢**賣了城南金谷園。」此敢字爲准義，言一准賣去莊園也。曹組《品令》詞：「促織兒聲響雖不大，**敢**教賢，睡不着。」言准鬧得你睡不着也。《兩世姻緣》劇二：「旦云：『梅香！我恰纔待睡一會，是甚麼驚覺我來？』梅香云：『姐姐！不是這窗前花影，**敢**是那樓外鶯聲。』」敢是，猶云准是或定是也；意言不是甲，定是乙，兩者必居一也。《漁樵記》劇二：「嗨！他眞個走了！他這一去，心裏**敢**有些怪我哩！」言准定有些怪我也。《抱妝盒》劇四：「俺則道這回定把機關露，**敢**陳琳也**不**知死所。」上云定，下云敢，互文也。《對玉梳》劇一：「和他笑一笑，**敢**忽的軟了四肢；將他靠一靠，管烘的走了三魂。」管，亦猶定也，見上管字條，敢與管互文。關漢卿《拜月亭》劇：「您的管夢回酒醒誦詩篇；俺的**敢**燈昏人靜誇征戰。」義例同上。按劇情，您的者，您的丈夫也，俺的者，俺的丈夫也，從省文則曰您的、俺的。此外復有多敢是一熟語，猶云大分是，蓋准義、定義之未能全然肯定者，與多管是義近。三十種本《遇上皇》劇：「見三匹金鞍馬，拴在老桑樹，**多敢是**國戚皇族。」《東窗事犯》劇：「却怎竹節也似差天使，**多敢是**聖明君犒賞特宣賜。」《魔合羅》劇一：「我猜着這病也，**多敢是**一半兒因風一半兒雨。」《秋胡戲妻》劇三：「他不是閒遊浪子，**多敢是**取應的名儒。」取應，爲應考或應舉之義。《昊天塔》劇三：「猛聽得城邊喊聲舉，早捲起足律律一陣黑塵土，**多敢是**韓延壽那廝緊追逐。」義均同。復次，敢則是及敢則，另見敢則是條。

敢（三）

敢，猶會也；肯也。陶潛《榮木》詩：「脂我名車，策我名驥，千里雖遙，孰**敢**不至。」此敢字作會字解，孰敢不至，猶云那會不到也。《董西廂》四：「合下尋思，料他不**敢**違言。」此鶯鶯料張生語，言料他不會得言而無信也。《樂府陽春白雪》後五，劉時中《新水令》套，《代馬訴冤》：「雕鞍金轡，再誰**敢**一鞭行色夕陽低。」誰敢，猶云誰會也。《謝天香》劇一：「但有箇**敢**接我這上廳行首案，情願分付與你這妝演戲臺兒。」言但有人會接承我妓女班頭之行業，我就交卸與他也。此敢字若作本義解，語氣嫌太重；按此敢字亦可作肯字解。《智勇定齊》劇二：「空有江山拌社稷，無人敢與定封疆。」言無人會與定封疆也。《合汗衫》劇一：「你看那人，也則是時運未至，他可敢一世裏不如人！」可敢，猶云豈會也。可猶豈也，見可字條。《鎖魔鏡》劇二：「若拿不住呵！你告與那吒太子。他可敢掃蕩魔軍；他也敢擒妖怪，拿孽畜，領天兵。」可敢，猶云却會也，可猶却也，見可字條。也敢，猶云也會也。以上爲會字義。羅虬《比紅兒》詩：「若敎粗及紅兒貌，爭敢樓前斬愛姬！」此敢字作肯字義，詩意指平原君姬笑躄者，因斬之以謝躄者事；爭敢，猶云怎肯也。《董西廂》二：「怎禁他，諸賊黨，着弓箭射，爭敢停時霎。」言怎肯霎時暫停也。又三：「鄧將軍！你敢早行麽？」此猶云你肯快走麽。鄧將軍係借用鄧林事以喻日頭；此描寫張生迫不待晚口吻。以上爲肯字義。

便（一）

便，猶雖也；縱也；就使也。杜甫《送鄭十八虔貶台州司戶闕爲面別》詩：「便與先生應永訣，九重泉路盡交期。」便與，猶云縱與也。言就使此生永訣，然九泉之下，盡是交期，今日之不及面別無傷也。陳師道《拱翠堂》詩：「便有文公來作記，尙須我輩與題詩。」言就使有他人作記，亦尙須我輩題詩也。便字與尙字相應。陳與義《送人歸京師》詩：「故園便是無兵馬，猶有歸時一段愁。」言就使無兵禍也。便字與猶字相應。柳永《合歡帶》詞：「莫道千金酬一笑，便明珠萬斛須邀。」言就是明珠萬斛也不惜也。便字與莫道字相應。賀鑄《梅香慢》詞：「翦綵凝酥，無處學天然奇絕。便壽陽妝工夫費盡，豔姿終別。」便字與終字相應。趙令時《浣溪沙》詞：「風急花飛晝掩門，一簾殘雨滴黃昏。便無離恨也銷魂。」便字與也字相應。晁補之《摸魚兒》詞：「便做得班超，封侯萬里，歸計恐遲暮。」便字與恐字相應。史達祖《祝英臺近》詞：「此情老去須休，春風多事，便老去越難迴避。」便字與越難字相應。辛棄疾《滿江紅》詞，《暮春》：「便恁歸來能幾許，風流已自非疇昔。」便字與已自字相應。《絕妙好詞》三，陸叡《瑞鶴仙》詞：「便行雲都不歸來，也合寄將音信。」便字與也合字相應。《東堂老》劇二：「便有那人家謊後生，都不似你這箇腌臢潑短命。」此與都不似字相應。大抵此種作縱字解或就使解之便字，多用於開合呼應句。此外復有便做及便做道，詳見做字條。

便（二）

便，猶豈也。文同《可笑》詩：「若無書籍兼圖畫，便不教人白髮生！」便不，豈不也。意言倘無書畫消遣，豈不使人易老也。楊萬里《游豐湖》詩：「三處西湖一色秋，錢唐潁水更羅浮。東坡元是西湖長，不到羅浮便得休？」便得，豈得也。趙彥端《鵲橋仙》詞，《送路勉道赴長樂》：「南風吹酒玉虹翻，便忍聽離絃聲斷！」便忍，豈忍也。按彊村本《介庵琴趣外篇》校記云：「虹疑缸誤。」劉克莊《賀新郎》詞：「自古一賢能制難，有金湯便可無張許？」便可，豈可也。《董西廂》二：「侵晨等到合昏箇，不曾湯箇水米，便不餓損卑末！」湯，碰一下之義，言自朝至昏不進一點飲食也；卑末，自稱之謙辭。又三：「俺父親，居廊廟。宰天下，存忠孝。妾守閨門，些兒恁地，便不辱累先考！」又三：「我爲箇妹妹，你作此態，便不枉了教人喚做秀才！」又三：「便不辱你爺！便不羞見我！」又四：「姑舅做親，便不敗壞風俗！」凡此便不，皆猶豈不也。《東堂老》劇三：「苦惱苦惱！你當初也是做人的來，你也曾照顧我來，我便下的要你做傭工，還舊帳。」便下的，猶云豈忍得。

更（一）

更，猶豈也。杜甫《春日梓州登樓》詩：「戰場今始定，移柳更能存！」更一作豈，更與豈相通也。又三絕句：「羣盜相隨劇虎狼，食人更肯留妻子！」更肯，豈肯也。劉長卿《登潤州萬歲樓》詩：「聞道王師猶轉戰，更能談笑解重圍！」更能，豈能也。陸龜蒙《江城夜泊》詩：「漏移寒箭丁丁急，月掛虛弓靄靄明。此夜離魂堪射斷，更須江笛兩三聲！」更須，豈須也，言豈須聽笛而始斷魂也。蘇軾《太皇太后升遐挽詞》：「一聲慟哭猶無所，萬死酬恩更有時！」更有，豈有也。又

《寄劉孝叔》詩：「公廚十日不生煙，**更**望紅裙踏筵舞！」更望，豈望也。又《和蔣夔寄茶》詩：「死生禍福久不擇，**更**論甘苦爭蚩妍！」言豈論甘苦、豈爭蚩妍也。又《無題》詩：「吾今頭半白，把鏡非不見。惟應花下杯，**更**待他人勸！」更待，豈待也。又《豆粥》詩：「身心顛倒自不知，**更**識人間有眞味！」更識，豈識也。陳師道《懷遠》詩：「生前只爲累，身後**更**須名！」更須已見前。楊萬里《水西野店皆不着宿，夜抵石山虛》詩：「見容幸有此，雖陋**更**嫌他！」更嫌，豈嫌也。又《夜過揚州》詩：「祇今何許問迷樓，**更**有垂楊記御溝！」更有已見前。辛棄疾《杏花天》詞：「蛛絲網遍玻璃盞，**更**問舞裙歌扇！」更問，豈問也，亦猶那問也。又《鵲橋仙》詞：「啼鴉衰柳自無聊，**更**管得離人腸斷！」更管得，豈管得也，亦猶那管得也。周紫芝《玉樓春》詞：「眼前不忍對西風，夢裏**更**堪追往事！」更堪，猶云豈堪或那堪也。陸游《望梅》詞：「似夢裏來到南柯，這些子光陰，**更**堪輕擲！」義同上。

更(二)

更，甚辭，猶云不論怎樣也；雖也；縱也；亦猶云絕也。陳師道《別負山居士》詩：「**更**病可無酒，猶寒已自和。」言不論怎樣病，不可不飲酒也；亦可解爲縱病。陸游《閒趣》詩：「**更**貧家業猶供酒，未死年光盡屬身。」言不論怎樣貧，猶須供給酒也；亦可解爲縱貧。又《生涯》詩：

「縱老豈容妨痛飲，**更**慵亦未廢新詩。」更與縱互文。劉克莊《羅浮》詩：「瀧吏不須前白事，**更**忙定要看羅浮。」言不論怎樣忙，羅浮終要看也；亦可解爲縱忙。李後主《清平樂》詞：「離恨恰如春草，**更**行**更**遠還生。」言不論怎樣行得遠，終是到處生春草也。柳永《如魚水》詞：「**更**歸去，徧歷鑾坡鳳沼，此景也難忘。」言縱有鑾坡鳳沼之勝，不能忘此景也。又《鳳銜杯》詞：「**更**時展丹青，強拈書信頻頻看。又爭似，親相見。」此據彊村本《樂章集》，焦本作縱，汲古閣本作總，總猶縱也，見總字條。言縱使看其畫、看其信，終不如見其面也。晁補之《鹽角兒》詞，《詠梅》：「直饒**更**疏疏淡淡，終有一般情別。」言卽使不論怎樣疏淡，終有一種情別也。李之儀《蝶戀花》詞：「**更**不嗅時須百徧，分明消得人腸斷。」按此亦詠梅詞，言不論怎樣說不嗅，也須嗅到百徧也。《火燒介子推》劇：「他子父每**更**歹殺呵，痛關着骨肉。」言父子關係，不論歹到怎樣，終是骨肉痛癢相關也。《㑳梅香》劇二：「我**更**不中呵！須是相國之家。」言我不論怎樣不成，終是相國人家也。不中，見不中條。其可作絕字解者。張祜《雨霖鈴》詩：「長說上皇和淚敎，月明南內**更**無人。」更無人，猶云絕無人也。李商隱《王十二兄畏之員外相訪見招小飲》詩：「**更**無人處簾垂地，欲拂塵時簟竟牀。」義同上。花蕊夫人《述國亡》詩：「十四萬人齊解甲，**更**無一箇是男兒。」陸游《十五日》詩：「天宇**更**無雲一點，譙門初報鼓三通。」周紫芝《謁金門》詞：「薄倖**更**無書一紙，畫樓愁獨倚。」凡云更無，皆猶云絕無也。李商隱《風》詩：「已寒休慘淡，**更**遠尚呼號。」言風雖絕遠，尚如聞其呼號也。楊萬里《讀淵明詩》詩：「淵明非生面，穉歲識已早。極知人更賢，未契詩獨好。」此猶云人絕賢也。辛棄疾《尋芳草》詞：「更也沒書來，那堪被雁兒調戲。」此猶云絕無書來也。《兩世姻緣》劇二：「看了他容貌兒實是撑，衣冠兒別樣整。更風流，更灑落，更聰明。」此三更字亦均作絕字解。

却（一）

却，語助辭，用於動辭之後。杜甫《一百五日夜對月》詩：「斫却月中桂，清光應更多。」韓愈《病鴟》詩：「計較生平事，殺却理亦宜。」斫却、殺却，猶云斫掉、殺掉也。皮日休《李處士郊居》詩：「滿引紅螺詩一首，劉楨失却病心情。」又《奉酬魯望見答魚牋》詩：「輕如隱起膩如脂，除却鮫工解製稀。」失却、除却，猶云失了、除了也。陸龜蒙《再和襲美次韻》詩：「寒蔬賣却還沽喫，可有金貂換得來？」又《石竹花》詩：「而今莫共金錢鬬，買却春風是此花。」賣却、買却，猶云賣得、買得也。楊萬里《蠟梅》詩：「殷勤滴蠟緘封却，偷被霜風拆一枝。」意猶云蠟封着也。又《苦熱登多稼亭》詩：「偶見行人回首却，亦看老子立庭間。」意猶云首回着也。按本條所述語助辭之用法，最習見，不備舉。

却（二）

却，猶於也。李白《別魯頌》詩：「誰道太山高，下**却**魯連節；誰云秦軍衆，摧**却**魯連舌。」下却，猶云低於也。言魯連有高節，太山雖高，低於魯連之節也；摧却，猶云挫於也，言秦軍雖衆，挫於魯連三寸之舌也。李咸用《早秋遊山寺》詩：「靜於諸境靜，高**却**衆山高。」却與於互文，言高於衆山之高也。杜荀鶴《長安春感》詩：「此時情景愁於雨，是處鶯聲苦**却**蟬。」却與於互文，言苦於蟬也。又《經九華費徵君墓》詩：「凡弔先生者，多傷荆棘間。不知三尺墓，高**却**九華山。」言高於九華山也。李後主《應天長》詞：「昨夜更闌酒醒，春愁過**却**病。」言春愁劇於疾病也。

却（三）

却，猶正也。於語氣加緊時用之。戴叔倫《代書寄京洛舊遊》詩：「欲寄遠書還不敢，**却**愁驚動故鄉人。」却愁，正愁也。杜甫《水宿遣興》詩：「歸路非關北，行舟**却**向西。」却字與非字相應，却向西，正向西也。韋莊《離筵訴酒》詩：「不是不能判酩酊，**却**憂前路醉醒時。」却字與不是字相應，却憂，正憂也。李商隱《有感》詩：「非關宋玉有微詞，**却**是襄王夢覺遲。」却是與非關相應，却是，正是也。又《蜀客》詩：「金徽**却**是無情物，不許文君憶故夫。」陸龜蒙《後池》詩：「**却**是陳王詞賦錯，枉將心事託微波。」義均同上。蘇軾《賀新郎》詞：「簾外誰來推繡戶，枉教人夢斷瑤臺曲。又**却**是，風敲竹。」却是與誰來相應，又却是，卽又正是也。晏殊《踏莎行》詞：「一場愁夢酒醒時，斜陽**却**照深深院。」却照，正照也。晏幾道《臨江仙》詞：「夢後樓臺高鎖，酒醒簾幕低垂。去年春恨**却**來時，落花人獨立，微雨燕雙飛。」却來時，正來時也。姜夔平韻《滿江紅》詞：「**却**笑英雄無好手，一篙春水走曹瞞。又怎知人在小紅樓，簾影間。」却笑與又怎知相應，却笑，正笑也。言正笑英雄不能走曹瞞，又怎知走曹瞞者乃巢湖神姥一篙春水之力也。事詳本詞序。辛棄疾《滿江紅》詞：「當日念君歸去好，而今**却**恨中年別。」却恨，正恨也。又《昭君怨》詞：「試看如今白髮，**却**爲中年離別。」却爲，正爲也。言正爲不堪離別之苦，故中年卽白髮也。又《六州歌頭》詞：「手種青松樹，礙梅塢，妨花逕，纔數尺，如人立，**却**須鋤。」却須，正須也。

却（四）

却，猶倒也；反也。此爲由正字義加強其語氣者，於語氣轉折時用之。李白《江夏行》：「爲言嫁夫壻，免得長相思。誰知嫁商賈，令人**却**愁苦。」言令人反愁苦也。又《把酒問月》詩：「人攀明月不可得，月行**却**與人相隨。」言月倒與人相隨也。杜甫《丹青引》：「玉花**却**在御榻上，榻上庭前屹相向。」榻上之玉花驄，畫中假馬也；庭前之玉花驄，眞馬也。然以畫馬逼眞，故玉花反在御榻上，與庭前之眞馬對峙而不可辨矣。却在，反在也。張祜《集靈臺》詩：「却嫌脂粉污顏色，淡掃蛾眉朝至尊。」言反嫌脂粉爲累也。又《孟才人歎》：「偶因淸唱奏歌頻，選入宮中十二春。却爲一聲《河滿子》，下泉須弔舊才人。」言平時並不重其歌唱，反爲臨死時一聲《河滿子》，欲弔之於地下也。司空圖《河湟有感》詩：「漢兒盡作胡兒語，却向城頭罵漢人。」言反用胡語罵漢人也。胡曾《漢宮》詩：「何事將軍封萬戶，却令紅粉爲和戎。」言反令女子和戎也。鄭谷《西蜀淨衆寺七祖院小山》詩：「峨眉咫尺無人到，却向僧窗看假山。」言眞山不看，反看假山也。歐陽修《采桑子》詞，詠西湖：「行雲却在行舟下，空水澄鮮，俯仰流連，疑是湖中別有天。」言湖底倒映天色，行雲反在行舟下也。蘇軾《定風波》詞：「試問嶺南應不好，却道，此心安處是吾鄉。」却道，猶云倒說也。又《蝶戀花》詞：「牆裏鞦韆牆外道。牆外行人，牆裏佳人笑。笑漸不聞聲漸悄，多情却被無情惱。」言多情之人，反被無情之人撩撥也。秦觀《一絡索》詞：「楊花終日空飛舞，奈久長難駐。海潮雖是暫時來，却有箇，堪憑處。」言楊花無定，倒不如海潮之有準也。毛滂《驀山溪》詞，詠《楊花》：「那人拈得，吹向釵頭住。不定却飛揚，滿眼前攪人情懷。」言反而飛揚滿眼也。程垓《瑤階草》詞：「睡來又怕，飲來越醉，醒來却悶。」言醒來反悶也。辛棄疾《玉樓春》詞：「故人別後書來勸，乍可停杯強喫飯。云何相見酒邊時，却道達人須飲滿？」言通訊時勸我戒酒，見面時反勸我飲酒也。吳文英《漢宮春》詞：「休謾道，花扶人醉，醉花**却**要人扶。」言倒反花要人扶也。

却（五）

却，猶返也；回也。此由退却之本義引伸而來。李白《對酒憶賀監》詩：「金龜換酒處，**却**憶淚沾巾。」却憶，回憶也。又《下終南山過斛斯山人宿置酒》詩：「**却**顧所來徑，蒼蒼橫翠微。」却顧，返顧也。又《題元丹邱潁陽山居》詩：「**却**顧北山斷，前瞻南嶺分。」此却顧字與前瞻字相對，義同上。杜甫《自閬州領妻子却赴蜀山行》詩：「棧懸斜避石，橋斷**却**尋溪。」此亦返字、回字義。又《春日梓州登樓》詩：「身無**却**少壯。」白居易《春去》詩：「一老從無**却**少人。」却少壯與却少，均爲返少年意。張祜《楓橋》詩：「長洲苑外草蕭蕭，**却**算游程歲月遙。」却算，回算也，言回頭計算也。賈島《渡桑乾》詩：「客舍幷州已十霜，歸心日夜憶咸陽。無端更渡桑乾水，**却**望幷州是故鄉。」咸陽在幷州西，幷州在桑乾西，欲歸咸陽，當先歸幷州，故回望幷州成爲第二故鄉也。却望，回望也。韓偓《離家第二日却寄諸兄弟》詩：「**却**望山川空黯黯，迴看僮僕亦依依。」却望與迴看互文。韋莊《漢州》詩：「人心不似經離亂，時運還應**却**太平。」却太平，返太平也。李商隱《夜雨寄北》詩：「何當共剪西窗燭，**却**話巴山夜雨時？」却話，猶云回溯也，意言何時得能聚首，以回溯今夜相思情形也。張炎《三姝媚》詞：「待得重逢，**却**話巴山夜雨。」即沿用李詩意。晁補之《驀山溪》詞：「恐是九龍泉，堪一飲霜毛**却**翠。」言白色返爲翠色也。又《安公子》詞：「問劉郎何計，解使紅顏**却**少。」段克己《鷓鴣天》詞：「百川尙有西流日，一老曾無**却**少時。」朱敦儒《好事近》詞：「春去尙堪尋，莫恨老來難**却**。」上三詞亦均爲返少年意。

却（六）

却，猶還也；仍也。李白《玉階怨》詩：「玉階生白露，夜久侵羅襪。**却**下水精簾，玲瓏望秋月。」此詩極寫怨情，夜久不寐，還下簾而望月也。杜甫《羌村》詩：「晚歲復偷生，還家少歡趣。嬌兒不離膝，畏我**却**復去。」言嬌兒防我之還家而仍復去家也。畏，猶防也，怕也，見畏字條。又得《廣州張判官叔卿書，使還以詩代意》：「**却**寄愁雙眼，相思淚點圓。」却寄，以詩還寄也。又宇文晁《崔或重泛鄭監前湖》詩：「樽當霞綺輕初散，棹拂荷珠碎**却**圓。」碎却圓，言碎而仍圓也。李白《自漢陽病酒歸寄王明府》詩：「聖主還聽《子虛賦》，相如**却**與論文章。」白居易《飲後夜醒》詩：「將歸梁燕還重宿，欲滅窗燈**却**復明。」韓偓《亂後春日途經野塘》詩：「船衝水鳥飛還住，袖拂楊花去**却**來。」王安石《愁臺》詩：「傾壺語罷還登眺，岸幘詩成**却**嘆嗟。」陳師道《久雨》詩：「映日還蒙霧，懸麻**却**散絲。」上五詩却與還均爲互文。白居易《元九以綠絲布白輕褣見寄》詩：

「欲著**却**休知不稱，折腰無復舊形容。」言欲著還休也。歐陽修《涼州令》詞：「一去門閑掩，重來**却**尋朱檻。」却尋，還尋也。晏殊《浣溪沙》詞：「漁父酒醒重撥棹，鴛鴦飛去**却**回頭。」却回頭，還回頭也。晏幾道《采桑子》詞：「長情短恨難憑寄，枉費紅箋。試拂幺絃，**却**恐琴心可倩傳。」言紅箋不能寄情恨，恐怕還是琴心可以代傳也。蘇軾《江城子》詞：「天涯流落思無窮。既相逢，**却**匆匆。」言還匆匆也。曹組《憶少年》詞：「清明又近也，**却**天涯爲客。」言又是清明近矣，仍舊天涯爲客也。周邦彥《南鄉子》詞：「早起怯梳頭，欲綰雲鬟又**却**休。」言又還休也。陸游《南鄉子》詞：「重到故鄉交舊少，凄涼，**却**恐他鄉勝故鄉。」却恐義見前，言恐怕還是他鄉有朋友也。辛棄疾《鷓鴣天》詞，《徐衡仲撫幹惠琴不受》：「不如**却**付騷人手，留和南風解慍詩。」却付，還付也。言不如還付與騷人也。張鎡《菩薩蠻》詞，《詠鴛鴦梅》：「前生曾是風流侶，返魂**却**向南枝住。」却向，仍向也。楊无咎《卜算子》詞：「謝了**却**重開，若个花同侶？」言還重開也。李清照《如夢令》詞：「昨夜雨疏風驟，濃睡不消殘酒。試問卷簾人，**却**道海棠依舊。知否？知否？應是綠肥紅瘦。」言還說海棠依舊也。茲再以他書證之。京本通俗小說《碾玉觀音》：「小娘子要嫁人，**却**是趨奉官員？」言要嫁人呢，還是侍奉官員呢。却是與還是同。

却(七)

却，猶再也，意義有時與作還字解者略近。李白《白頭吟》：「覆水**却**收不滿杯。」集中另一首《白頭吟》作「覆水再收豈滿杯」。却即再也。又《送賀監歸四明應制》詩：「借問欲棲珠樹鶴，何年**却**向帝城飛？」却向，再向也。又《鳳笙篇》：「重吟眞曲和清吹，**却**奏仙歌響綠雲。」却奏，再奏也，與重字互文。白居易《殘暑招客》詩：「**却**取生衣著，重拈竹簟開。」却取，再取也，亦與重字互文。杜甫《高都護驄馬行》：「青絲絡頭爲君老，何由**却**出橫門道。」却出，再出也。長安城北出西頭第一門曰橫門，言此馬無由再出國門效死戰場也。白居易《宿池上》詩：「異夕期新漲，攜琴**却**此遊。」却此遊，再作此遊也。又《有感》詩：「絕絃與斷絲，猶有**却**續時。唯有衷腸斷，應無續得期。」却續，再續也。周賀《留別南徐故人》詩：「未斷**却**來約，且伸臨去情。」却來，再來也。蘇軾《留別釋迦院牡丹》詩：「春風小院**却**來時，壁間惟見使君詩。應問使君何處去，憑花說與春風知。」楊萬里《中途小歇》詩：「寄下君家老瓦盆，他日重遊**却**來取。」義均同上。王安石《次韻十四叔賜詩留別》：「班草數行衣上淚，何時杖屨**却**相親。」却相親，再相親也。蘇軾《弔天竺海月辯師》詩：「欲訪浮雲起滅因，無由**却**見夢中身。」却見，再見也。黃庭堅《武陵》詩：「**却**覓洞門煙鎖斷，歸舟風月夜深寒。」却覓，再訪也。又《好女兒》詞：「假饒來後，教人見了，**却**去何妨！」却去，再去也。晁補之《清平樂》詞：「瑤臺月下曾逢，何由**却**覩冰容。」却覩，再覩也。張元幹《石州慢》詞：「到得**却**相逢，恰經年離別。」雙照樓景宋本作却，汲古閣本作再，却即再也，却相逢，即再相逢也。沈會宗《驀山溪》詞：「邂逅**却**相逢，又還有此時歡否？」義同上。石孝友《夜行船》詞：「教俺兩下不存濟，你莫**却**信人調戲！」莫却，莫再也。《絕妙好詞》一，陸淞《瑞鶴仙》詞：「待歸來先指花梢教看，**却**把心期細問。」却把，再把也，與上句先字相應。大意是詰責歸來愆期，故先指令看花梢零謝情形，然後再細問心期也。方岳《沁園春》詞，《餞春》：「春且住，待新篘熟了，**却**問行期。」却問，再問也。《董西廂》四：「把馬兒控着，不管人煩惱。程程去也，相見何時**却**。」何時却，何時再也。《西遊記》劇十二：「身子困倦，早些尋箇宿頭，安排些齋吃，**却**行。」却行，再行也。《西廂》一之三：「回夫人話了，**却**去回小姐話去。」却去已見前。又二之一：「我不喫筵席了，我回營去，異日**却**來慶賀。」却來，已見前。《小孫屠》戲文：「兄弟！款款地起來！扶着杖子行，闌闔到家，**却**作區處。」却作區處，再作商量也。闌闔猶云掙紥。《錯立身》戲文：「如今不免親去分付一遭，**却**去坐衙。」却去坐衙，再去坐衙也。茲復於他書證之。京本通俗小說《西山一窟鬼》：「我且歸去了，**却**理會。」却理會，猶云再作計較或再說。又《菩薩蠻》：「且將他量輕發落，**却**又理會。」此與却理會同。《五代史評話》，《梁史》：「且去買些酒喫了，**却**做話說。」此亦猶云再作計較或再說。又《晉史》上：「契丹主曰：先立您做天子，則臣民有主，**却**

圖進取未遲。」此猶云再圖進取也。

却(八)

却，猶豈也。李商隱《富平少侯》詩：「不收金彈拋林外，**却**惜銀牀在井頭！」却惜，豈惜也。描寫豪侈，與上句語意一貫。楊萬里《自嘲白鬚》詩：「涅髭只誑客，**却**可誑妻兒！」却可，豈可也，言不能瞞家人也。《西廂》二之一：「俺家無犯法之男，再婚之女，怎捨得你獻與賊漢，**却**不辱沒了俺家譜！」却不，豈不也。又二之三：「既然夫人不與，小生何慕金帛之資。**却**不道書中有女顏如玉，小生則今日便索告辭。」却不道，豈不道也。又：「張先生！你少喫一盞，**却**不好！」却不好，豈不好也。《漢宮秋》劇三：「我依舊與漢朝結和，永爲甥舅，**却**不是好。」却不是好，豈不是好也。《㑳梅香》劇一：「趁此好天良夜，不去賞玩，**却**不辜負了這春光！」言豈不辜負春光也。《倩女離魂》劇二：「老夫人許了親事，待小生得官回來，諧兩姓之好，**却**不名正言順！你今私自趕來，有玷風化，是何道理？」言豈不名正言順也。三十種本《遇上皇》劇：「人生死子(只)在一時半晌，斷了金波綠釀，**却**不我等閒的虛度時光。」言豈不虛度時光也。《金線池》劇二：「還須親見藥娘，討箇明白。若他也是虔婆的見識，沒有嫁我之心，**却**不我在此亦無指望了。不如及早上朝取應，幹我自家功名去。」言豈不我亦無望也。

可，猶却也。於語氣轉折時，或語氣加緊時用之。李白《相逢行》：「相見情已深，未語**可**知心。」可知心，猶云却知心也。趙令時《思越人》詞：「**可**是相逢意便深，爲郎巧笑不須金。」楊无咎《南歌子》詞：「年來老子厭風情，**可**是於君一見眼雙明。」可是與却是同。《東堂老》劇三：「他**可**也爲甚麼立欽欽恁的膽兒虛！」《竹葉舟》劇楔子：「我**可**也幾迴家(價)闇哂，則是箇無面目見鄉人。」《誶范叔》劇二：「不是我范睢說口，想報冤之期，**可**也不遠。」可也與却也同。《東堂老》劇二：「你這般撧耳撓腮，**可**又待怎生？」可又與却又同。《青衫淚》劇四：「他便似莽張騫天上浮槎，**可**原來不曾到黃泉下。」可原來與却原來同。《岳陽樓》劇一：「我上樓巡綽一遭，**可**是爲何？恐怕他傷害了人性命。」《馬陵道》劇三：「你不與我同去，**可**是爲何？」可是爲何與却是爲何同。《度柳翠》劇三：「師父！我柳翠將來的究竟，**可**是如何？」《桃花女》劇四：「不知我孩兒性命，**可**是如何？」可是如何與却是如何同。《董西廂》二：「夫人**可**來夾衩，剛強與張生說話。」又：「夫人**可**來積世，瞧破張生深意。」來爲語助辭，可即却也。又有云可甚麼者，一熟語也。可**甚麼**猶云却算甚麼或却說甚麼，意則云算不得或說不到，其下必引一成語或熟語接之。《昊天塔》劇四：「似這等沸騰騰，**可甚麼**綠陰滿地禪房靜！」《東坡夢》劇四：「那裏有和尚做女壻的，俺

可甚麼帽兒光光！」按帽兒光光，做個新郎，爲當時諺語。亦作可什麼。《東堂老》劇一：「先氣得個娘命夭，後併的你那爺死了。好也囉！好也囉！你**可什麼**養子防備老！」《趙氏孤兒》劇一：「多**喒**是人間惡煞，**可什麼**閫外將軍！」亦作可是麼。《金錢記》劇三：「將這開元通寶傳心事，你**可是麼**一春常費買花錢！」《詞林摘豔》五，無名氏《新水令》套，「越王臺無道似摘星樓」篇：「到大來千自在，百自由，我**可是麼**扶持君王直到頭！」是麼與甚麼、什麼同，義均同上。

可（二）　可可

可，猶恰也。李白《古風》十：「吾亦澹蕩人，拂衣**可**同調。」可同調，猶云恰同調也。李商隱《辛未七夕》詩：「由來碧落銀河畔，**可**要金風玉露時。」可要，猶云恰要也。《西廂》一之一：「**可**正是人値殘春蒲郡東。」《倩女離魂》劇一：「**可**正是暮秋天道。」《李逵負荊》劇一：「**可**正是清明時候。」又：「**可**正是一盞能消萬古愁。」可正是，恰正是也。《金錢記》劇一：「**可**便似舞困三眠柳，端的是這春風恰破瓜。」可便似，恰便似也。《爭報恩》劇一：「甚風兒今夜吹來到，也是天對付，**可**教我和兄弟廝尋着。」可教我，恰教我也。《合汗衫》劇三：「哎喲！**可**則俺兩口兒都老邁，肯分的便正該。」《劉弘嫁婢》劇一：「**喒**這人眼前貧波富，**可**則也則是兀那枕上的這榮枯。」可則，**恰則**也；恰則，猶云恰恰。《曲江池》劇一：「**可**臨郊外，乍到城邊。」猶云恰臨郊外，正到城邊也。復次，可字疊用之則曰可可，猶云恰恰也。《隔江鬭智》劇三：「天假其便，我**可可**拾着這錦囊兒，劉備！你合敗也！」《灰闌記》劇一：「**可可**的妹子正在門前，待我去相見咱！」《竹塢聽琴》劇一：「我那裏不尋，那裏不覓，你**可可**在這裏。」《生金閣》劇三：「不想失錯了，**可可**打在相公背上。」《㑇梅香》劇三：「左想右想，全不想**可可**夫人撞上。」皆其例也。

可（三）

可，猶再也。《老生兒》劇三：「我去莊院人家，盪（燙）熱了這酒。吃了呵，**可**來取我這把鐵鍬。」可來取，卽再來取也。《看錢奴》劇二：「倈兒云：『爹爹！你寫甚麽哩？』正末云：『我兒也！我寫的是借錢的文書。』倈兒云：『你說借那一箇的？』正末云：『兒也！我寫了**可**與你說。』」可與你說，卽再與你說也。《襄陽會》劇一：「若聚集的些人馬呵！那其間**可**與曹操讎殺，未爲晚矣。」可與卽再與，義同上。《破窰記》劇一：「長老云，小和尚！每日都喫了齋時，**可**與我聲鐘。」此卽飯後鐘事，言喫了齋後再打鐘也。《老生兒》劇楔子：「別人家的甕兒，借將的來家做酒。只等酒熟了時，**可**把那甕兒送還與他本主去。」言再把甕兒送還他也。《黑旋風》劇四：「我把這一顆頭，且放在這裏，我**可**殺白衙內去。」言再殺白衙內去也。《龍門隱秀》劇四：「到家中參拜了公婆，然後**可**拜姐姐。」言再拜姐姐也。《渭城奇遇》劇三：「盧云：『秀才如收租回來，**可**往那裏去？』小末云：『小生收租回程，上朝取應去。』」言再往那裏去也。《臨潼鬭寶》劇楔子：「你可領五百人馬，去那深山峪裏巡哨。若有各國諸侯來時，先奪了他的寶物，**可**來見我。」言再來見我也。

可（四）

可，猶當也。劉禹錫《生公講堂》詩：「高坐寂寥塵漠漠，一方明月**可**中庭。」言當庭也。按此可字或疑可作恰字解，然周邦彥《南柯子》詞：「曉（當是晚）來階下按新聲，恰有一方明月**可**中庭。」若作恰字解，則有兩恰字矣，故知可中庭者卽當中庭也。又楊无咎《雨中花慢》詞，詠《中秋》：「想嫦娥應念，待久西廂，爲**可**中庭。」言特爲當中庭也。若云爲恰中庭，則不詞矣。侯寘《西江月》詞：「**可**庭明月綺窗閒，簾幙低垂不卷。」若云恰庭，則更不詞矣。上三詞均從劉詩出，可以證劉詩之義。白居易《宿張雲舉院》詩：「隔房招好客，**可**室致芳筵。」可室，言當室也。陳與義《題繼祖蟠室》詩：「日斜疏竹**可**窗影，正是幽人睡足時。」可窗，言當窗也。《花菴中興詞選》，張材甫《霜天曉角》詞：「霜月**可**窗寒影，金猊冷，翠衾薄。」義同上。

可（五）

可，猶稱也；合也。蘇軾《秋晚客興》詩：「流年又喜經重九，**可**意黃花是處開。」可意，猶云稱意或合意也。黃庭堅《王立之送並蔕牡丹》詩：「露晞風晚別春叢，拂意殘妝**可**意紅。」楊萬里《題金山妙高臺》詩：「老夫平生不奈事，點檢風光難**可**意。」張元幹《浣溪沙》詞：「**可**意湖山留我住，斷腸煙水送君歸。」義均同。由可意而演之則曰可人意。《宋百家詩存》，林尚仁《北山林僉藥房陳必復晦日載酒相過》詩：「幽鳥**可**人意，數聲清似絃。」又俞德鄰《題葉勸農對山樓》詩：「遙岑寸碧**可**人意，風月一天閒倚樓。」亦皆稱意或合意義。而可人一語，起原更早，《禮記·雜記》「**可**人也」疏：「可人也者，謂其性行是堪可之人也。」就此義以求例證。蘇軾《廣陵後園題申公障子》詩：「閒吟繞屋扶疏句，須信淵明是**可**人。」黃庭堅《對酒寄懷元翁》詩：「**可**人不在眼，樽俎思促坐。」陳師道《絕句》四首：「書當快意讀易盡，客有**可**人期不來。」此均可解爲性行堪可之義。然可人一語，有當解爲可人意之義者。蘇軾《谷林堂》詩：「稚竹眞**可**人，霜節已專車。」孫覿《明水逵老黃甘荔子士芋爲餉》詩：「蹲鴟勸加餐，風味亦**可**人。」黃庭堅《次韻食蟹》詩：「趨蹌雖入笑，風味極**可**人。」又和曹子方《雜言》詩：「曹侯束書丞太僕，試說相馬猶**可**人。」陳與義《次韻春雪》詩：「斜斜既**可**人，整整亦不惡。」楊萬里《秋涼晚步》詩：「秋氣堪悲未必然，輕寒政是**可**人天。」石孝友《好事近》詞：「微雨灑芳塵，醞造**可**人春色。」俞國寶《清平樂》詞：「**可**人猶有芙蕖，向人冷澹妝梳。」沈端節《菩薩蠻》詞：「窈窕**可**人花，路長何處家？」以上皆可人意之義也。更廣可字之例證。王安石《示德逢》詩：「處世但令心自可，相知何藉一劉龔。」心自可猶云心自愜，卽稱心合意義。陸游《書歎》詩：「平生不可俗子眼，後世誰知吾輩心。」言不合俗子眼也。張翥《多麗》詞：「麝香粉繡茸衫子，窄窄可身裁。」言稱身合體也。《董西廂》四：「青衫忒離俗，裁得暢可體。」《揚州夢》劇二：「可體樣春衫親手兒縫。」可體，亦稱身合體義。黃庭堅《古詩上蘇子瞻》：「終然不可口，擲置官道旁。」沈與求《曾宏父別詩次韻》詩：「野店山茶亦可口，試敲松火煮石泉。」楊萬里《和李天麟》詩：「可口端何似，霜螯略帶糟。」可口，合口味也；按可口語出《莊子·天運》篇。《樂府羣玉》二，王日華小令，《天香》引，《問黃肇》：「怕不你身上知心可腹，爭知他根前似水如魚。」知心可腹，亦爲稱心合意義。張先《南鄉子》詞：「何處可魂銷？京口終朝兩信潮。不管離心千萬疊，滔滔，催促行人動去橈。」可魂銷，猶云合魂銷，意言應得魂銷也。程垓《蓦山溪》詞：「老來風味，是事都無可。只愛小書舟，贉圍著琅玕幾箇。」是事都無可，言事事都不合意也。又《小桃紅》詞：「燒筍園林，嘗梅天氣，有何不可？」有何不可，猶云有何不好也，亦卽猶云有何不合也。方岳《酹江月》詞，《戊戌壽老父》：「兒輩雖不如人，有何不可？怎敢嫌遲暮。」義同上。

可（六）

可，猶愈也，病愈之愈。趙長卿《訴衷情》詞：「臨行祝付眞意，臂間皓齒留香。還更毒，又何妨，儘成瘡。瘡兒可後，痕兒見在，見後思量。」可後，愈後也。《董西厢》三：「瘦得渾如削，百般醫療終難可。」言終難愈也。又四：「些兒鬼病天來大，何時是可？」言何時方愈也。《西厢》二之三：「從今後玉容寂寞了梨花朵，脂脣淺淡了櫻桃顆，這相思何時是可？」義同上。又三之一，楔子：「若得靈犀一點，敢醫可了病厭厭。」又四之一：「猛見了可憎模樣，早醫可九分不快。」《揚州夢》劇四：「醫可了游蕩疏狂病。」醫可，醫愈也。《本平樂府》一，盧疏齋小令，《沈醉東風》：「醫不可相思病體。」醫不可，醫不愈也。《降桑椹》劇三：「則願的老母安康，病體健可。」言康健而痊愈也。

可（七）

可，約估數目之辭。王維《洛陽女兒行》：「洛陽女兒對門居，纔可容顏十五餘。」黃滔《歸思》詩：「寒爲旅雁暖還去，秦越離家可十年。」陸游《曉雨初霽》詩：「曉來一雨洗塵痕，濃綠陰陰可一園。」又《夜興》詩：「涼蟾吐暈團千丈，老木移陰可一庭。」又《霜夜》詩：「黃甘磊落圍三寸，赤蟹輪囷可一斤。」姜夔《虞美人草》詩：「江東可千里，棄妾蓬蒿中。」《花菴中興詞選》，嚴次山《鷓鴣天》詞：「桐舒碧葉慳三寸，柳引金絲可一尋。」皆其例也。

可（八）

可，猶豈也；那也。白居易《蝦蟇》詩：「豈惟玉池上，污君清冷波；可獨瑤瑟前，亂君鹿鳴歌。」可與豈爲互文，可獨，卽豈惟也。韓愈《楸樹》詩：「幸自枝條能樹立，可煩蘿蔓作交加！」可煩，猶云豈煩或那煩也。顧非熊《途次懷歸》詩：「正値江南新釀熟，可容閒却老萊衣！」可容，猶云豈容或那容也。李商隱《錦瑟》詩：「此情可待成追憶！只是當時已惘然。」可待，猶云豈待或那待也。方干《山中言志》詩：「潛夫自有孤雲侶，可要王侯知姓名！」可要，猶云豈要或那要也。李涉《謫康州先寄弟渤》詩：「惟將直道信蒼蒼，可料無名抵憲章！」可料，猶云豈料或那料也，言不料沒來由竟觸國法也。陸龜蒙《館娃宮懷古》詩：「可料座中歌舞袖，便將殘節拂降旗。」義同上。白居易《酬嚴給事》詩：「不緣啼鳥春饒舌，青瑣仙郎可得知！」可得，猶云豈得或那得也。盧仝《石再請客》詩：「我在天地間，自是一片物。可得杠壓我！使我不得出。」蘇軾《送春》詩：「夢裏青春可得追！欲將詩句絆餘暉。」義均同上。岑參《北庭》詩：「可知年四十，猶自未封侯。」可知，猶云豈知或那知也。白居易《微之到通州錄寄十五年前贈妓人阿軟絶句》詩：「偶助笑歌嘲阿軟，可知傳誦到通州！」又《放言》詩：「但愛臧生能詐聖，可知甯子解佯愚！」又《獨樹浦夜雨寄李六郎中》詩：「可知風雨孤舟夜，蘆葦叢中作此詩！」義均同上。蘇軾《送歐陽季默赴闕》詩：「郎君**可**是筦庫人！乃使騄驥隨蹇步。」可是，猶云豈是也。黄庭堅《題伯時天育驃騎圖》詩：「邂逅今身猶姓李，**可**非前世江都王！」可非，猶云豈非也。按唐宗室江都王緒善畫馬，與伯時俱姓李，故云然。陳師道《敬酬三賜之辱兼戲楊理曹》詩：「江山故國難留鶴，科斗荒池**可**着鯤！」可着，猶云豈着也。着爲安置或容納之義。楊萬里《表弟周明道工於傳神，山水亦佳，來訪贈詩》：「**可**把吳淞半江水，博他頭上進賢冠。」可把，猶云豈把也。白居易《題新澗亭》詩：「禽魚出得池籠後，縱有人呼**可**更迴！」可更迴，那更迴也。黄機《酹江月》詞：「黄昏**可**更，子規聲碎煙塢。」可更猶云那更；**此**劉淇《助字辨略》說。按那更，爲況更義，兼之義，詳那更條。故此可更字與上述白詩可更迴之可更義異。李商隱《春日寄懷》詩：「縱使有花兼有月，**可**堪無酒又無人！」可堪，那堪也。賀鑄《清平樂》詞：「楚城滿目春華，**可**堪游子思家！」義同上。又《浣溪沙》詞：「兩點春山一寸波，當筵嬌甚不成歌。動人情態**可**須多！」可須，猶云豈須或那須也。張先《夢仙鄉》詞：「花月好，**可**能常見！」彊村本《子野詞》注云：「可一作豈。」可能，即豈能也。劉克莊《賀新郎》詞：「**可**但紅塵難着脚，便山林未有安身地。」可但，豈但也。《西廂》二之二：「幽僻處**可**有人行！」西河論定本注云：「北語以豈有爲可有」。《青衫淚》劇四：「他準備下一場說謊天來大，本待要緑珠辭衞尉，則說道賈誼沒長沙，**可**不這寄哀書的該萬剮！」可不，豈不也。巾箱本《琵琶記》三十一：「若是他不瞧，**可**不是空教我受艱辛！」可不是，豈不是也。《謝金吾》劇三：「可不的山河易改，本性難移！」可不的，猶云豈不是也。又四：「要鳴冤，何處所？可不的屈殺無辜！」《趙氏孤兒》劇四：「若不是爹爹照覷，把您孩兒擡舉；可不的二十年前早攖鋒刃，久喪溝渠！」《魔合羅》劇四：「這當堂假限剛三日，可不的勢劍倒是咱先喫！」義均同上。又可不道猶云豈不是，詳見可不道條。

可（九）　小可　閒可　輕可　可事　可可

可，輕易之辭。引伸之則猶云小事也；容易也；尋常也；在其次也；不在意也。再引申之，則猶云含糊也；隱約也。黃庭堅《題竹石牧牛》詩：「牛礪角尚可，牛鬬殘我竹。」尚可，尚是小事也。辛棄疾《菩薩蠻》詞：「木葉下平湖，雁來書有無？雁無書尚可，好語憑誰和？」義同上。沈會宗《尋梅》詞：「眼前大抵情無那，好景色只消些個。春風爛漫却且可，是而今枝上一朵兩朵。」且可與尚可同義。言將來春風爛漫時之好景色，倒在其次；眞正好景色，却在今一朵兩朵之些個也。趙師俠《蝶戀花》詞：「茶飲不慳猶自可，臉兒瘦得些娘大。」言茶飲不慳，猶是小事，無奈臉兒瘦得如許也。些娘爲驚異之辭，見娘字條。些娘大，猶云這點點大也。《西廂》二之三：「一杯悶酒尊前過，低首無言自摧挫。不堪醉顏酡，可早嫌玻璃盞大。從因我，酒上心來較可。」意言心中摧挫，只爲我耳；若云酒上心來，還比較是在其次也。可與小同義，聯用之則曰小可。

《絕妙好詞箋》五，樓扶《沁園春》詞：「小可詩情，尋常酒量，到此應須分外豪。」小可與尋常互文。《西廂》三之一：「雖是些假意兒，小可的難辦此。」小可的，猶云尋常人。《太平樂府》三，馬謙齋小令，《柳營曲》：「曾窨約，細評薄，將業兵功非小可。」非小可，猶云不尋常也。《劉知遠傳》二：「團苞用草苫着，欲要燒毀全小可，堵定個門兒放着火。」團苞與團標同，草屋之義。全小可，猶云極容易也。又十一：「且得相逢知細瑣，發迹高官非小可。」義見前。又：「二十五兩造，莫看成做小可。」言莫看做尋常也。可與閒（等閒之閒）同義，聯用之則曰閒可。《西廂》二之三：「而今煩惱猶閒可，久後思量怎奈何。」猶閒可，猶小事也。可與輕同義，聯用之則曰輕可。《氣英布》劇一：「楚將極多，漢軍微末，眞輕可，戰不到十合，早已在睢水邊廂破。」眞輕可，眞容易也。《還魂記》二十六，《玩眞》：「相看四目誰輕可，恁橫波，來迴影，不住的眼兒睃。」誰輕可，誰肯輕可也。言四目相看，誰肯含糊過去也。又小事則逕曰可事。《南宋六十家》，薛嵎《買山范灣自營藏地》詩：「十萬買山渾可事，放敎身死骨猶香。」歐陽修《青玉案》詞：「綠暗紅薦渾可事。綠楊庭院，暖風簾幕，有箇人憔悴。」陳允平《江城子》詞：「瘦却舞腰渾可事，銀蹀躞，半闌珊。」義均同。可字疊用之，則曰可可。《梅苑》九，無名氏《漁家傲》詞：「雪點江梅纔可可，梅心暗弄纖纖朵。」言小小雪點也。劉辰翁《摸魚兒》詞：「春去也！尚欲留春可可，問公一醉能頗？」言尚欲小小留春也。此亦猶云稍稍。薛昭蘊《浣溪沙》詞：「瞥地見時猶可可，却來閒處暗思量。

如今情事隔仙鄉。」此言當初見面時不在意也。史浩《青玉案》詞，《爲戴昌言歌姬作》：「驚落梁塵渾**可可**。一聲轉處，故園春近，桃李還知麼？」此言歌時驚落梁塵猶在其次也。柳永《定風波》詞：「自春來慘綠愁紅，芳心是事**可可**。」言凡事不在意或一切含糊過去也。《樂府陽春白雪》前五，張小山小令，《滿庭芳》：「愁春未醒，芳心**可可**，舊友卿卿。」此卽本上柳詞。元稹《春》詩：「九霄渾**可可**，萬姓尙忡忡。」此當爲含糊或隱約義，意言九霄夢夢也。姜夔《小重山令》詞：「鷗去昔遊非，遙憐花**可可**，夢依依。」此爲隱約義，猶云隱隱也。周密《南樓令》詞：「暗想芙蓉城下路，花**可可**，霧冥冥。」義同上。

可能

可能，推論之辭，其義須隨文義而定。李商隱《華清宮》詩：「當日不來高處舞，**可能**天下有胡塵！」此猶云何至。韓偓《偶題》詩：「蕭艾轉肥蘭蕙瘦，**可能**天亦妬馨香！」此猶云何至或難道。張仲謀《題搔口》詩：「嘗聞燒尾便拏空，只過天門更一重。大禹未生門未鑿，**可能**天下總無龍！」此猶云難道。王安石《謝安》詩：「謝公才業自超羣，誤長淸談助世紛。秦晉區區等亡國，**可能**王衍勝商君！」此猶云難道。又《酬鄭閎中》詩：「宜有至言來助我，**可能**空寄好詩篇！」此亦猶云難道或何至。陳師道《九日寄秦覯》詩：「淮海少年天下士，**可能**無地落烏紗！」

此猶云豈能或難道。劉克莊《愚溪》詩：「青雲失脚謫零陵，十載溪邊意未平。溪不與人家國事，**可能**一例受愚名！」此猶云豈能或何至或難道。白居易《哭微之》詩：「哭送咸陽北原上，**可能**隨例作灰塵！」此猶云難道或可是。吳融《山禽》詩：「**可能**知我心無定？頻裛花枝拂面啼。」此猶云可是。羅隱《嘲鍾陵妓雲英》詩：「鍾陵醉別十餘春，重見雲英掌上身。我未成名君未嫁，**可能**俱是不如人？」此當作可是解。按《全唐詩話》，妓譏隱猶未第，故以此詩嘲之，若作難道或何至解，則變爲感慨牢騷口氣，而非婉言以嘲弄之口氣矣。《梅苑》九，李清照《漁家傲》詞：「造化**可能**偏有意！故教明月玲瓏地。共賞金尊沉綠蟻，莫辭醉，此花不與羣花比。」此亦猶云可是。李商隱《井絡》詩：「堪歎故君成杜宇，**可能**先主是眞龍？將來爲報姦雄輩，莫向金牛訪舊蹤。」此猶云能否，言能否如劉先主也。《齊己聞沈彬赴吳郡請辟》詩：「**可能**更憶相尋夜？雪滿諸峯火一爐。」此亦猶云能否，言能否相憶也。《全唐詩》，張蠙《青塚》詩：「傾國**可能**勝效國，無勞冥漠更思迴。太眞雖是承恩死，祇作飛塵向馬嵬。」此猶云却能，言美人却能勝效國之任也。王安石《絕句呈陳和叔》：「永日終無一樽酒，**可能**留得故人車。」此亦猶云却能，言雖無樽酒，却能留得故人也。

可知　可知道

可知，猶云當然也；難怪也。其作當然解者：《後庭花》劇一：「你便道，李順，你要饒麼？他道，**可知**要饒哩！」《竹塢聽琴》劇三：「梁尹云：『……你可怕麼？』正旦云：『**可知**怕哩！』梁尹云：『你要饒麼？』正旦云：『**可知**要饒哩！』」巾箱本《琵琶記》：「這般福地洞天，**可知**有仙姝玉女。」義均同。亦有作可知道者，義亦同。《趙氏孤兒》劇二：「少不得從實攀供，**可知道**你箇程嬰怕恐。」《紅梨花》劇一：「不知前世今生甚的緣法？相會在花枝下。**可知道**劉郎喜殺，又值我玉眞未嫁。」《竹葉舟》劇一：「陳季卿云：『……難道你要度我麼？』正末云：『**可知道**來！秀才！你今日是個落第的舉子，若跟了貧道出家去，明日便是一個神仙，也不辱沒了秀才。』」以上可知道，均爲當然義。其作難怪解者：《兩世姻緣》劇四：「元來如此，**可知**韋皋他前日見面生情也。」巾箱本《琵琶記》三：「元來恁地，**可知**你快活也。」亦有作可知道者，義亦同。《西廂》二之二：「見了衣冠濟楚龐兒整，**可知道**引動俺鶯鶯。」又五之一：「紅〔娘〕笑云：『琴童！你幾時來到？**可知道**昨夜燈花爆，今朝喜鵲噪。』」又五之四：「他是賊心，**可知道**誹謗他。老夫人如何便輕信他？」以上可知道，均爲難怪義，無事疏釋。《梧桐雨》劇一：「我爲君王猶妄想，你做皇后尙嫌輕。**可知道**斗牛星畔客，回首問前程。」意言難怪人心不足也。《王粲登樓》劇三：「那王仲宣別也不別，竟自去了，有這般傲慢的！**可知道**荆王不肯用他。」言難怪荆王不肯用他也。巾箱本《琵琶記》二十：「苦人吃着苦味，兩苦相逢，**可知道**欲吞不去。」此趙五娘吃糠時語，言難怪其吞不下也。以上可知道，均爲難怪義。

可中

可中，猶云如其或假使也。王建《鏡聽》詞：「卷帷上牀喜不定，與郎裁衣失翻(反)正。**可中**三日得相見，重繡鏡囊磨鏡面。」李涉《早春霽後發頭陀寺寄院中》詩：「草檄**可中**能有暇，迎春醉也無妨。」又《題善光寺》詩：「雲門天竺舊因緣，臨老移家住玉泉。早到**可中**涓南寺(按似當作可中早到)，免得翻經住幾年。」羅虬《比紅兒》詩：「倚檻還應有所思，半開東閣見嬌姿。**可中**得似紅兒貌，若遇韓朋好殺伊。」陸龜蒙《和龔美寄韋校書》詩：「萬古風煙滿故都，淸才搜括妙無餘。**可中**寄與芸香客，便是江南地里書。」吳融《贈䛒光上人草書歌》：「**可中**一入天子國，絡素裁縑灑毫墨。不繫知之與不知，須言一字千金值。」又《贈李長史歌》：「咨嗟長史出人藝，如何値此艱難際？**可中**長似承平基，肯將此爲閑人吹！」曹松《羅浮山下書逸人壁》詩：「**可中**更踐無人境，知是羅浮第幾天？」羅隱《繡》詩：「**可中**用作鴛鴦被，紅葉枝枝不礙刀。」蔣貽恭《嘲僞蜀給事王允光短小》詩（見《全唐詩諧謔門》）：「**可中**與箇皮裩著，擎得天王左脚無？」敦煌文庫，《燕子賦》：「賴值鳳凰恩澤，放你一生草命。**可中**鷂子搦得，百年當鋪了竟。」又：「緣君修理屋，不索價房錢。一年十二月，月別伍伯文。**可中**論房錢，定是賣君身。」皆其證也。

且（一）

且，粗略之辭。杜甫《逢唐興劉主簿弟》詩：「江山**且**相見，戎馬未安居。」言於客途中悤悤相見也，爲粗略義。又《豎子至》詩：「樝梨**且**綴碧，梅杏半傳黃。」言粗綴碧也，與半字相對；一作纔，纔亦粗略義。王安石《晝寢》詩：「百年惟有**且**，萬事總無如。」此亦粗略不經意之義。黃庭堅《題郭熙山水扇》詩：「一段風煙**且**千里，解如明月逐人行。」此猶云可千里，爲粗略估計之辭。陸游《東窗偶書》詩：「安得吾身**且**強健，一藤隨處更幽尋。」此猶云粗強健也。楊萬里《題吉水飛梟閣》詩：「塵外塵中儘靜喧，閣前閣後**且**山川。」且山川，猶云大率是山川也，亦粗略義。

且（二）

且，猶藉也；就也。杜甫《寄岑嘉州》詩：「外江三峽**且**相接，斗酒新詩終自疏。」且相接，猶云藉相接也；言就使嘉州之江路相接，而詩酒相會之緣終疏也；且字與終字相應。程垓《浪淘沙》詞：「山盡兩溪頭，水合天浮。行人莫賦大江愁，**且**是芙蓉城下水，還送歸舟。」此且是，猶云就是也；言就是芙蓉城下之水也還會送人歸去也；且字與還字相應。杜安世《胡搗練》詞：「狂風橫雨**且**相饒，又恐有彩雲迎去。牽破少年心緒，無計長爲主。」此蓋有所歎之詞；言狂風橫雨就使相饒，又恐爲彩雲所迎而奪去，所以使人心緒無計也；且字與又字相應。周紫芝《踏莎行》詞：「明朝**且**做莫思量，如何過得今宵去！」且做猶云就使，詳見做字條。又《江城子》詞：「**且**做如今相見也無緣，因甚江頭來處雁，飛不到，小樓前。」言就使不得見面，却因甚連雁也不來，書信也無有也。《西廂》二之四：「夫人**且**做忘恩，小姐！你也說謊呵！」且字與也字相應。

且(三)　且是

且，猶正也；亦猶倒也。却字有正義與倒義，故此且字有時亦可以却字釋之。綦毋潛《春泛若耶溪》詩：「生事**且**瀰漫，願爲持竿叟。」言人事正紛紜也。白居易《元微之除浙東觀察使喜得杭越鄰州》詩：「官職比君雖校小，封疆與我**且**爲鄰。」言杭與越正爲鄰也，亦猶云倒爲鄰，亦猶云却爲鄰，與雖字相應。王安石《酬朱昌叔》詩：「拙於人合**且**天合，靜與道謀非人謀。」且天合，猶云正與天合或倒與天合也，亦猶云却與天合也。黄庭堅《泊大孤山》詩：「中流擢寒山，正色**且**無朋。」且無朋，猶云正無比也。《南宋六十家》，施樞《禹廟》詩：「**且**要盡淸懽，須知一出難。」且要，猶云正要或却要也。《張協狀元》戲文：「小二出江陵幹事歸，道娘行交（教）倩買登科記。」**且**說張郎中狀元，特也特來拜賀喜。」且說，猶云却說也。又有且是一熟語，亦猶云倒是或却是。《張協狀元》戲文：「此廟雖無勅額，**且是**威靈。」言倒是威靈也。凌本《幽閨記》七：「這牆是誰家的，**且是**造得高。」言倒是造得高也。《東堂老》劇二：「我着那好言語勸你你不應；那廝們謊話兒弄你**且是**娘的靈！」言倒來得靈也。娘爲驚異辭，且是娘亦一熟語，詳娘字條。《范張雞黍》劇一：「那兩椿其實不知；這椿兒**且是**做得滑熟。」言這一椿却是嫻熟也。巾箱本《琵琶記》三十二：「娘咳！陳留**且是**遠，我不去。」此猶云却是遠也；亦猶云正遠也。

且（四）

且，猶尚也。杜甫《詠懷古跡》詩：「羯胡事主終無賴，詞客哀時**且**未還。」且未還，尚未還也。又《閬山歌》：「中原格鬭**且**未歸，應結茅齋着青壁。」**且**未歸，尚未歸也。又《得家書》詩：「今日知消息，他鄉**且**舊居。」且舊居，言尚是舊居也。又《鸂鶒》詩：「**且**無鷹隼患，留滯莫辭勞。」言幸而尚無鷹隼之患，不妨留滯於此也。又《復愁十二首》：『巫山猶錦樹，南國**且**黃鸝。』且與猶互文，亦尚義也。白居易《和元九與呂二同宿話舊感贈》詩：「聞道秋娘猶**且**在，至今時復問微之。」且在，尚在也。王安石《送丁廓秀才歸汝陰》詩：「好去翩然丁令威，昔人**且**在不應非。」義同上。又《題勇老退居院》詩："夢境此身能**且**在，明年寒食更應尋。"義同上。

且(五)

且，猶只也；但也。杜甫《送高三十五書記》詩："崆峒小麥熟，**且**願休王師，請公問主將，安用窮荒爲！"且願，猶云只願也。又《後出塞》詩："六合已一家，四夷**且**孤軍。"且孤軍，猶云只孤軍，言不過孤軍而已。白居易《舟行阻風》詩："**且**愁江郡何時到，敢望京都幾歲還。"且愁，只愁也。盧仝《客答蛺蝶》詩："**且**須看雀兒，雀兒銜爾將。"且須，只須也。李商隱《水天閒話舊事》詩："王昌**且**在牆東住，未必金堂得免嫌。"且在，只在也。按韓偓《晝寢》詩："何必苦勞雲雨夢，王昌只在此牆東。"語意同而字作只，可證。李商隱《同崔八詣藥山訪融禪師》詩："巖花澗草西林路，未見高僧只見猿。"《統籤》只作**且**，且卽只也。王安石《弔王先生致》詩："雖有聲名高後世，**且**無饘粥永今朝。"且無，只無也。《南宋六十家》，林希逸《身外》詩："不須指擬文章力，**且**要消除人我心。"且要，只要也。蘇軾《虞美人》詞："持杯更復勸花枝，**且**願花枝長在莫披離。"且願，義見前。《張協狀元》戲文："孩兒去則猶閒，**且**是無人照管門戶。"此且是，猶云只是也。言出門去不要緊，只是無人照管門戶爲難也。

且(六)　要且

且，猶本也；自也。杜甫《欆拂子》詩：「欆拂**且**薄陋，豈知身効能。不堪代白羽，有足除蒼蠅。」且薄陋猶云本薄陋，意言庸劣之物也。盧仝《蜻蜓歌》：「篙工檝師力**且**武，進寸退尺莫能度。」力且武，猶云力本大也。鶯鶯《告絕》詩：「棄置今何道，當時**且**自親。」言本自親也。皮日休《傷盧獻秀才》詩：「只爲白衣聲過重，**且**非青漢路難通。」且非猶云本非。青漢路意卽青雲路；言富貴爲聲望所折除也。《寒山》詩：「獨坐無人知，孤月照寒泉。泉中**且**無月，月自在青天。」言泉中本無月也。《漢宮秋》劇一：「吾當**且**是耍，鬬卿來便當眞假。」言吾本是戲耍也。以上爲本義。李商隱《南山趙行軍新詩盛稱游讌之洽》詩：「梁王司馬非孫武，**且**免宮中斬美人。」此且免，自免也。米黻《題泗濱南山石壁曰第一山》詩：「莫論衡霍撞星斗，**且**是東風第一山。」此且是，猶云自是也。此外又有要且一熟語，意則猶云要自。白居易《夜題玉泉》詩：「遇客多言愛山水，逢僧盡道厭囂塵，玉泉潭畔松間宿，**要且**經年無一人。」意言人人言愛山水，愛寂靜，然在玉泉夜宿者，要自無一人也。方干《送弟子伍秀才赴舉》詩：「由來不要文章得，**要且**文章出衆人。」得，語末助辭。意言世人特不要文章耳，以君之文章論，要自出衆也。又《項洙處士畫水墨釣臺》詩：「雖云智慧生靈府，**要且**功夫在筆端。」羅鄴《早梅》詩：「滿園桃李雖堪賞，**要且**東風晚始生。」《南宋六十家》，周弼《送陳雲崖遊三衢》詩：「不專瘦島元和末，**要且**長城大曆間。」義並同。以上爲自義。

且可

且可，且也。可爲助辭，與乍可、寧可、省可之可同。韓愈《感春》詩：「百年未滿不得死，**且可**勤買拋青春。」拋青春，酒名。又《別鵠操》：「更無相逢日，**且可**繞樹相隨飛。」王安石《次韻酬龔深甫》詩：「百年邂逅能多少，**且可**勤來共草菴。」又《次韻酬朱昌叔》詩：「已知軒冕眞吾累，**且可**追隨馬少游。」又《次韻葉致遠置洲田》詩：「土山欲爲羊曇賭，**且可**專心學弈秋。」又《對碁呈道原》詩：「北風吹人不可出，清坐**且可**與君碁。」黃庭堅《答許覺之惠桂花椰子茶盂》詩：「故人相見各貧病，**且可**烹茶當酒肴。」劉克莊《示畫者》詩：「**且可**夷猶狎鷗鷺，不消夭矯比龍鸞。」陸游《次韻和楊伯子》詩：「不願峨冠赤墀下，**且可**短劍紅塵中。」郭應祥《踏莎行》詞：「却憐相聚日無多，偷閑**且可**陪觴豆。」皆其例也。

且道

且道，估量之辭，猶云試想或試問也；試看也；且看也。楊萬里《次昌英主簿叔出門韻》

詩：「好懷非自闕，**且道**向誰傾！」猶云試問向誰傾或試想向誰傾也；言無人可與傾懷一談也。又《張子儀折送秋日海棠》詩：「春紅更把秋霜洗，**且道**精神佳不佳！」此猶云試想也。又《酴醿》詩：「借令落盡仍香雪，**且道**開時是底花！」又《行闕養種園千葉杏花》詩：「於中更出紅千葉，**且道**此花奇不奇！」又《初二日苦熱》詩：「船窗周圍各五尺，**且道**此中底寬窄！」義均同上；底寬窄，猶云寬窄如何也。方岳《如夢令》詞：「春去，春去，**且道**干卿何事？」猶云試問干卿何事也。以上且道字，均作試想或試問解。《宋百家詩存》，饒節《示故人》詩：「八萬四千方便門，**且道**何門不可入。」猶云試看何門不可入也。楊萬里《題王季安佚老堂》詩：「造物那能惱我曹，軟紅塵裏漫徒勞。是中却有商量處，**且道**青原幾許高？」猶云試看青原山高幾許也。意言造物欲以軟紅塵中之風景，打動我曹，殊屬徒勞，但却有例外，只除是青原山之高耳。又《中秋無月既望月甚佳》詩：「中秋無月莫尤天，月入秋來夜夜妍。**且道**今宵明月色，何曾減却半分圓？」猶云試看今宵月色也。以上且道字，均作試看解。楊萬里《送丁子章將漕湖南》詩：「人言補外樂，**且道**定如何？」意云人言外官樂於京官，且看究竟如何也。《花菴中興詞選》，嚴少魯《沁園春》詞，題《吳仲明竹坡》：「休說龍吟，莫言鳳嘯，**且道**高標難勝渠。」言且看竹之高標，已覺難以勝渠也。以上且道字，均作且看解。

乍可(一)

乍可，猶只可也。高適《封丘作》詩：「我本漁樵孟諸野，一生自是悠悠者。**乍可**狂歌草澤中，寧堪作吏風塵下。」言我本悠悠之徒，只可草澤狂歌，豈堪風塵作吏也。元稹《浮塵子》詩：「**乍可**巢蚊睫，胡爲附蟒鱗。」上句言其小，應作只可解；下句諷辭。《南宋六十家》，趙崇鉘《有贈》詩：「鉤簾恐礙雙棲鵲，**乍可**桃花隔霧看。」言只可隔簾看桃花也。賀鑄《鳳棲梧》詞：「愛我竹窗新句鍊，小砑綾牋，偷寄西飛燕。**乍可**聞名賒識面，十年多病風情淺。」賒者，稀少之義，詳賒字條。此謝彼美寄書之詞，意言只可慕我名，休來見我面，蓋因我已非復當年風情也。按陳師道《次韻答晁无咎》詩：「却慚懷璞似周人，祇可聞名不相識。」語意相近，彼作祇可，此作乍可，**乍可**猶祇可也。蔣捷《瑞鶴仙》詞，《鄉城見月》：「勸清光，**乍可**幽窗相伴，休照紅樓夜笛。怕人間換譜《伊》《涼》，素娥未識。」意言月光只可在鄉間伴我，若城市之中，萬事非昔，恐素娥亦有所未識也；按此蓋宋亡後寄慨之辭。

乍可(二)　乍能　乍

乍可，猶寧可也。駱賓王《代女道士王靈妃贈道士李榮》詩：「**乍可**匆匆共百年，誰使遙遙期七夕。」言寧可爲人間之恩恩百年，可以常聚，不願爲天上之遙遙七夕，反而久曠也。元稹《古決絕》詞：「**乍可**爲天上牽牛織女星，不願爲庭中紅槿枝。」此言寧可爲牛女，與駱詩意相反。又《夢遊春》詩：「**乍可**沈爲香，不能浮作瓠。」言寧可沈而爲香，爲人所重，不甘浮而爲瓠，如瓠落之無所容也。又《任醉》詩：「殷勤滿酌從聽醉，**乍可**欲醒還一杯。」言寧可再飲也。韓愈《南溪始泛》詩：「拕舟入其間，溪流正清激。隨波吾未能，峻瀨**乍可**刺。」言不甘隨波浮沈，寧可刺船以進也。賈島《夏夜》詩：「唯愁秋色至，**乍可**在炎蒸。」杜荀鶴《秋日閑居寄先達》詩：「**乍可**百年無稱意，難教一日不吟詩。」劉克莊《飲方校書園》詩：「**乍可**生前稱醉漢，也勝死後謚愚公。」以上各詩，無俟疏釋。賀鑄《踏莎行》詞：「深藏華屋鎖雕籠，此生**乍可**輸鸚鵡。」言寧可不及鸚鵡也。辛棄疾《六州歌頭》詞：「刪竹去，吾**乍可**，食無魚，愛扶疏。」意言不可居無竹，寧可食無魚也。又《玉樓春》詞：「故人別後書來勸，**乍可**停杯彊喫飯。」言寧可戒酒而加餐也。楊无咎《鵲橋仙》詞：「經年怨別，霎時歡會，心事如何可了。朝朝暮暮是佳期，**乍可**在人間先老。」此詞與上述駱詩意相同。亦有作乍能者。白居易《和微之夢游春》詩：「不忍曲作鉤，**乍能**折爲玉。」此即寧爲玉碎之意。元稹《酬翰林白學士代書》詩：「**乍能**還帝笏，詎忍折吾文。」此爲寧可致仕不願折腰之意。亦有祗用一乍字者。謝靈運《述祖德》詩：「臨組**乍**不緤，對珪寧肯分。」珪組爲仕宦之事，乍與寧互文，言臨組寧可不繫，對珪豈肯分受也。李白《設辟邪伎鼓吹雉子班曲辭》：

「乍向草中耿介死，不求黃金籠下生。」言寧可向草中耿介而死也。孟郊《上張徐州》詩：「乍作支泉石，乍作翳松蘿，一不改方圓，破質爲琢磨。」言寧作支泉之石、翳松之蘿，匿迹空山中，不肯改方圓而破質也。

乍（一）

乍，猶恰也；正也。張九齡《晨坐齋中》詩：「寒露潔秋空，遙山紛在矚。孤頂乍修聳，微雲復相續。」乍修聳，猶云正修聳也。郎士元《送林宗配雷州》詩：「海霧多爲瘴，山雷乍作鄰。」乍作鄰，猶云恰作鄰或正作鄰也。皇甫冉《臺頭寺小松栽毫末新生與纖草不辨》，賦詩：「細草亦全高，秋毫乍堪比。」乍堪比，猶云恰堪比也。張仲素《宮中樂》詩：「笙歌臨水檻，紅燭乍迎秋。」乍迎秋，猶云恰迎秋也。歐陽修《玉樓春》詞：「腰柔乍怯人相近，眉小未知春有恨。」乍怯，猶云正怯也。柳永《二郎神》詞：「乍露冷風清庭戶，爽天如水，玉鉤遙掛。」言正露冷風清時也。万俟詠《明月照高樓慢》詞：「夜宴花漏長，乍鶯歌斷續，燕舞回翔。玉座頻燃絳蠟，素娥重按《霓裳》。」言夜宴正歌舞時也。又《三臺》詞：「乍鶯兒百囀斷續，燕子飛來飛去。」此第二段起句；其第三段起句云：「正輕寒輕暖漏永，半陰半晴雲暮。」乍與正互文。袁去華《雨中花》詞：「向老來功名心事懶，客裏愁難遣。乍飄泊，有誰管？」言正在飄泊中也。張翥《眞珠簾》詞：「涼透小蘢櫳，乍夜長遲睡。」言正夜長也。

乍(二)

乍，猶初也；纔也。柳永《笛家弄》詞：「韶光明媚，乍晴輕暖清明後。」乍晴，猶云初晴也。又《滿朝歡》詞：「巷陌乍晴，香塵染惹，垂楊芳草。」義同上。又《宣清》詞：「背銀釭孤館乍眠，擁重衾醉魄猶噤。」乍眠，猶云初眠也。王易簡《齊天樂》詞，《賦蟬》：「錦瑟重調，綃衣乍著，聊飲人間風露。」乍著，猶云初著也。以上均作初字解；作初字解者語氣緩，作纔字解者語氣緊。晏幾道《真珠髻》詞：「乍幾日好景和風，次第一齊催發。」乍幾日，猶云纔幾日也；且作纔字解者，往往與還、又等字相應。柳永《望漢月》詞：「明月明月，明月爭奈，乍圓還缺。」言方纔月圓，還又月缺也。又《黃鶯兒》詞：「乍出暖煙來，又趁游蜂去。」言方纔飛出暖烟，還又飛趁游蜂也。周邦彥《留客住》詞：「乍見花紅柳綠，處處林茂。又覩霜籬畔，菊散餘香，看看又還秋暮。」言方纔見春景，還又見秋景也。周密《齊天樂》詞，《賦蟬》：「槐陰忽送清泠怨，依稀乍聞還歇。」言方纔聞聲，還又歇聲也。王沂孫《齊天樂》詞，《賦蟬》：「乍咽涼柯，還移暗葉，重把離愁低訴。」言方纔鳴於涼柯，還又移至暗葉也。亦有與先字相應者。周邦彥《宴清都》詞：「淒涼病損文園，徽絃乍拂，音韻先苦。」言琴絃纔動，流韻先苦也。

乍（三）

乍，衝動之義；又爲聳豎之義。《盆兒鬼》劇四：「直被你諕得人心慌膽**乍**。」《鴛鴦被》劇二：「不由我意張狂，心驚**乍**。」《昊天塔》劇二：「湧彪軀，舒猿臂，肝橫膽**乍**。」此皆衝動之義也。《梧桐雨》劇三：「諕的我戰欽欽遍體寒毛**乍**。」《留鞋記》劇三：「諕的我兢兢戰戰寒毛**乍**。」《小尉遲》劇二：「不由我這胡髯**乍**，滿頷頦。」《澠池會》劇楔子：「惱的我髮**乍**衝冠，怒的我氣沖牛斗。」《怒斬關平》劇四：「見張飛怒從心上起，**乍**開髭髮，剔豎神眉。」此皆聳豎之義也。

況（一）　況乃　況是

況，猶正也；適也。與況且之本義異。韋應物《奉同郎中使君郡齋雨中宴集》詩：「好鳥依嘉樹，飛雨灑高城。**況**與數君子，列坐分兩楹。」況與，猶云正與或適與也。杜甫《觀公孫大娘弟子舞劍器行》：「絳脣朱袖兩寂寞，**況**有弟子傳芬芳。」他本杜集，況一作晚；麻沙本及玉鉤本杜集均作況有。況有，猶云正有或適有也。儲光羲《霽後貽馬十二巽》詩：「高天風雨散，清氣在園林。**況**我夜初靜，當軒鳴綠琴。」況我，猶云我正於此，或我適於此也。唐彥謙《蒲澤荷亭》詩：「思鄉懷古多傷別，**況**此哀吟意不勝。」況此，猶云正是也。《醉翁琴趣》，歐陽修《蝶戀花》詞：

「衣帶漸寬都不悔，**況**伊銷得人憔悴。」況伊，猶云正爲伊也。《花草粹編》五，聶勝瓊《鷓鴣天》詞：「尋好夢，夢難成，**況**誰知我此時情。枕前淚共芭蕉雨，隔箇窗兒滴到明。」意言正無人知我此時情也。黄庭堅《惜餘歡》詞：「歌闌旋燒絳蠟，**況**漏轉銅壺，煙斷香鴨。」言正是漏轉煙斷時也。又有況乃字亦應作正字、適字義解者。杜甫《毒熱寄簡崔評事十六弟》詩：「老夫轉不樂，旅次兼百憂。蝮蛇暮偃蹇，空牀難暗投。炎宵惡明燭，**況乃**懷舊邱。開襟仰內弟，執熱露白頭。」況乃，猶云正乃也。大意言炎宵難寐，正乃於此際懷舊鄉而思內弟也。白居易《友人夜訪》詩：「檐間清風簟，松下明月杯。幽意正如此，**況乃**故人來。」此況乃字跟上句正字來，猶云適有也。又有況是字亦應作正字、適字義解者。《南宋六十家》，余桂《雜興》詩：「漫山花發草萋萋，楊柳飛綿水拍隄。**況是**客懷禁不得，那堪杜宇耳邊啼。」況是，猶云正是也；言正是客懷無聊之際，那堪杜宇復啼也。《董西廂》二：「生不勝怏怏，**況是**無聊，又聞夜雨。」言正是無聊也。《幽閨記》十三：「**況是**君臣分散，那看母子臨危。」此爲《幽閨記》第十三折之起首兩句，況是二字前無所承，當然不能以況且義解之，此亦猶云正是或適當也；言正是君臣們分散之秋，那堪母子們更臨危也。此處那看與那堪同。張孝祥《木蘭花慢》詞：「那看更值春殘，斟綠醑，對朱顏。」《董西廂》四：「黄昏後，守僧舍，那看暮秋時節。」其字均作那看，可證。

況（二） 況乃 況復

況，猶恍也。元稹《酬樂天書懷見寄》詩：「想君書罷時，南望勞所思；**況**我江上立，吟君懷我詩。」言恍如我江上立而吟君詩也。又有況乃字亦然。謝靈運《遊赤石進帆海》詩：「周覽倦瀛壖，**況乃**陵窮髮。」況乃，猶恍然也；說本王闓運。杜甫《江邊星月》詩：「映物連珠斷，緣空一鏡升，餘光隱更漏，**況乃**露華凝。」言恍如露華凝也。元稹《和樂天秋題曲江》詩：「今來雲雨曠，舊賞夢魂知。**況乃**江楓夕，和君秋興詩。」言恍如江楓夕和君詩也。又有況復字亦然。寒山詩：「昨夜夢還家，見婦機中織，駐梭如有思，停梭似無力。呼之回面視，**況復**不相識，應是別多年，鬢毛非舊色。」言恍如不相識也。王維《汎前陂》詩：「秋空自明迥，**況復**遠人間。」言恍如遠隔人間也。

若（一） 若爲

若，猶怎也；那也。白居易《送人貶信州判官》詩：「**若**於此郡爲卑吏？刺史廳前又折腰。」若於，猶云怎於也。意言怎的往信州爲卑吏而效折腰之事也。王安石《奉酬永叔見贈》詩：「他日**若**能窺孟子，終身何敢望韓公。」他日猶云平生；言平生那能窺孟子也。《詐妮子調風月》劇：

「覷了他兀的模樣，這般身分。若脫過這好郎君？」言怎放過這好郎君而不嫁也。《竹塢聽琴》劇二：「枉將你那機謀用煞，若知俺這棊中姦詐？」若知，猶云怎知或那知也。而詩詞中最習見者，則爲若爲字。有讀時宜將若字一頓而弗與爲字連讀者。杜荀鶴《春宮怨》詩：「承恩不在貌，敎妾若爲容？」爲容爲一讀；若爲容，怎爲容也。此證之張先《漢宮春》詞：「承恩不在貌，如何敎妾爲容？」可見若字與爲字之不聯屬也。賀鑄《送陳傳道攝官雙溝》詩：「禪坊養痾客，輕別若爲心？」爲心爲一讀；若爲心，猶云何以爲情也。毛滂《小重山》詞：「江山雄勝爲公傾。公惜醉，風月若爲情？」爲情爲一讀；若爲情，猶云何以爲情或難以爲情也。楊炎正《水調歌頭》詞：「都把平生意氣，只做如今憔悴，歲晚若爲謀？」爲謀爲一讀，意言何以卒歲，實難爲謀也。其有若爲二字聯屬爲一辭者。王維《送楊少府貶郴州》詩：「明到衡山與洞庭，若爲秋月聽猿聲？」言怎堪於秋月之下聽猿聲，觸起貶謫之悲也。李白《與諸公送陳郎歸衡陽》詩：「江上送行無白璧，臨岐惆悵若爲分？」言怎能分離也。杜甫《和裴迪送客逢早梅見寄》詩：「幸不折來傷歲暮，若爲看去亂鄉愁？」言我怎堪見梅，見梅則動鄉愁也。白居易《重到華陽觀舊居》詩：「憶昔初年三十二，當時秋思已難堪。若爲重入華陽院，病鬢愁心四十三。」又《冬至宿楊梅館》詩：「若爲獨宿楊梅館，冷枕單衾一病身。」亦均作怎堪解。柳宗元《與浩初上人同看山寄京華故舊》詩：「若爲化得身千億？散上峯頭望故鄉。」此亦怎能義。蘇軾《菡萏亭》詩：「若爲化作龜千歲？巢向田田亂葉中。」義與上詩同。賀鑄《小重山》詞：「孤舟裏，單枕**若爲**眠？」言怎能眠也。李綱《望江南》詞：「江上雪，獨立釣魚翁。蒻笠但聞冰散響，蓑衣時振玉花空。圖畫**若爲**工？」言雪景怎能畫出也。辛棄疾《水調歌頭》詞：「休說須彌芥子，看取鵾鵬斥鷃，小大**若爲**同？」言怎能同也。楊无咎《南歌子》詞：「直教筆底有文星，欲狀此時情味**若爲**成？」言怎能成也。凡作怎能解者略舉如上。亦有應作怎樣或如何解者。王縉《青雀歌》：「莫言不解銜環報，但問君恩今**若爲**？」言但問君恩怎樣耳。王維《送晁監還日本》詩：「別離方異域，音信**若爲**通？」言異域音信，怎樣通法。此爲商量口氣；若作怎能解，則直是不能通音信矣，似乎過火，故以作怎樣解爲妥。李白去婦詞：「浮萍失綠水，教作**若爲**流？」言怎樣流法。又《寄遠》詩：「桃李今**若爲**？當窗發光彩。」猶言桃李今如何也。白居易《寒亭留客》詩：「冷落**若爲**留客住，冰池霜竹雪髯翁。」言怎樣留客，無非冰霜雪一類之物耳，極寫冷落之致。王建《雨中寄東溪韋處士》詩：「一箇月來山水隔，不知茅屋**若爲**居？」言雨水之中，不知茅屋怎樣居住也。《宋百家詩存》，葉茵《友人自淮至》詩：「別子**若爲**久？於心終不忘。」言不論怎樣久，心終不忘也。向子諲《虞美人》詞：「去年雪滿長安樹，望斷揚州路。今年看雪在揚州，人在蓬萊深處**若爲**愁？」言愁得如何也。陳人傑《沁園春》詞：「如此淒涼，**若爲**排遣，不是詩邊即酒邊。」言如何排遣淒涼乎，亦非詩即酒而已。

若(二)

若，與偌同。奚賈《尋許山人亭子》詩：「桃源若遠近，漁子棹輕舟。」若遠近，偌遠近也。戴叔倫《昭君》詞：「漢宮若遠近，路在沙塞上。」皇甫冉《登玄元廟》詩：「函關若遠近，紫氣獨依然。」義均同上。白居易《見敏中初到邠寧詩中頗多鄉思寄和》詩：「望鄉心若苦，不用數登樓。」若苦，偌苦也。《盆兒鬼》劇三：「許了俺一個盆兒，若多時纔與得俺，也該揀一個好的。怎生與俺個破聲雌雌的！」若多時，偌多時也。

惹

惹，與偌同。三十種本《汗衫記》劇：「我問甚玉杯筊下下，惹大个東大岳耶耶，他閒管您肚皮裏娃娃。」耶耶卽爺爺。又：「兒呵！俺從那水胡花擡舉的惹來大。」又《東窗事犯》劇：「不想去惹多時節。」又《李太白貶夜郎》劇：「肚嵐躭喫得惹來胖。」嵐躭，當爲大腹貌。又《霍光鬼諫》劇：「暗想高祖創立起惹大漢朝天下，也非同小可呵！」《太平樂府》七，馬致遠《集賢賓》套，《思情》：「近來自知浮世窄，少負他惹多苦債。」《雍熙樂府》十五，《玉翼蟬煞》套，《遊月宮》：「惹早晚行沙！待那裏去？」此猶云偌時候走呵，打算那裏去。沙，語助辭。巾箱本《琵琶記》十一：「我每須勝別媒婆，有動使惹多。」動使卽傢具。又：「婆婆！我且問你，你挑着惹多鞋做甚麼？」又二十四：「雖然這頭髮直不得惹多錢，也只把佐(做)些意兒。」佐些意兒，猶云略表意思。

誰

誰，猶何也；那也；甚也。與指人者異義。岑參《獻封大夫破播仙凱歌》：「漢將承恩西破戎，捷書先奏未央宮。天子預開麟閣待，祗今誰數貳師功。」誰數，猶云那數也，言漢將之功那足數也。王昌齡《萬歲樓》詩：「誰堪登望雲烟裏，向晚茫茫發旅愁。」誰堪，猶云何堪或那堪也。張籍《各東西》詩：「道路悠悠不知處，山高海闊誰辛苦！」誰辛苦，猶云何辛苦或何其辛苦也。白居易《戲答夢得和楊柳枝》詩：「誰能更學孩童戲？尋逐春風捉柳花。」誰能，猶云那能或怎能也。唐彥謙《贈孟德茂》詩：「塵土竟成誰計是，山林又悔一年非。」誰計，猶云何計也。皮日休《寄潤卿博士》詩：「若使華陽終臥去，漢家封禪有誰文？」有誰文，猶云有甚文章也。楊萬里《視旱遇雨》詩：「病民豈天意，致此定誰生？」生，語辭，猶云怎生或何者也。又《小溪至新田》詩：「欲揀一峯誰子是，總如筆末退尖時。」誰子亦猶云何者。又《不寐》詩：「翻來覆去體都痛，乍暗忽明燈爲誰？」爲誰，猶云爲甚也。秦觀《踏莎行》詞：「郴江幸自繞郴山，爲誰流下瀟湘去？」毛滂《浣溪沙》詞：「細酌流霞君且住，更深風月更清妍。爲誰凄斷小橋邊？」盧祖皋《踏莎行》詞：

「小樓低隔一街塵，爲誰長恁巫山遠？」義均同上。李清照《聲聲慢》詞：「滿地黄花堆積，憔悴損，如今有誰堪摘？」言無甚可摘也。蘇軾《南鄉子》詞：「誰似臨平山上塔？亭亭，迎客西來送客行。」程垓《玉漏遲》詞：「門外星星柳眼，看誰似當時風月？」凡云誰似，猶云何似也。陸游《感皇恩》詞：「壯心空萬里，人誰許？」誰許，猶云何許也。

幾 幾般 幾樣 幾家

幾，猶何也；那也；怎也。李白《送祝八之江東》詩：「君去西秦適東越，碧山清江幾超忽？」超忽，遠也，幾超忽，猶云怎樣遠也。杜甫《西閣口號呈元二十一》詩：「社稷堪流涕，安危在運籌。看君話王室，感動幾銷憂！」幾銷憂，猶云怎銷憂也。劉長卿《上巳日越中與鮑侍郎泛舟耶溪》詩：「君見漁船時借問，桃源幾路入烟霞？」幾路，猶云何路也。黄庭堅《演雅》詩：「醯雞瓮裏天幾大？」楊萬里《送劉覺之歸蜀》詩：「陋巷柴扉共寒餓，安知頭上天幾大？」幾大，猶云怎樣大也。陳造《寄鄉中親友》詩：「南岡北阜憑高地，引首吳天幾愴神！」幾愴神，猶云怎樣傷心也。趙嘏《贈陳正字》詩：「野艇幾曾尋水去，故山從此與雲疏。」劉克莊《田舍即事》詩：「幾曾識奇字？門外客休來。」李後主《破陣子》詞：「四十年來家國，三千里地山河。鳳閣龍樓連霄漢，玉樹瓊枝作烟蘿。幾曾識干戈？」幾曾，猶云何曾或那曾也。李白《把酒問月》詩：「青天有月來**幾**時？我今停杯一問之。」蘇軾《水調歌頭》詞：「明月**幾**時有？把酒問青天。」**幾**時卽何時，此習用，不備舉。吳文英《訴衷情》詞：「春此去，那天涯？**幾**煙沙？」幾與那爲互文。《絕妙好詞》三，趙希邁《八聲甘州》詞：「**幾**傷心橋東片月！趁夜潮流恨入秦淮。」幾傷心，猶云怎樣的傷心也。《王粲登樓》劇一：「想漫漫長夜何時旦，**幾**能勾斬蛟北海，射虎南山。」幾能勾，猶云怎能够也。又：「則爲我五行差，沒亂的難迭辦，**幾**能勾靑瑣點朝班。」義同上。亦有作**幾般**者。辛棄疾《錦堂春》詞：「幾許風流？**幾般**嬌嬾？」幾般猶云怎樣也。《董西廂》一：「小齋閒閉戶沒一箇外人知處。一間兒半，撋掠得**幾般**來淸楚！」猶云收拾得怎樣的乾淨也。又二：「諕得臉兒來渾如蠟滓，**幾般**來害怕！」猶云怎樣的害怕也。又一：「諕得顫着一團，**幾般**兒害羞赧！」幾般兒與幾般來同。《太平樂府》七，睢景臣《黃鶯兒》套，《寓僧舍》：「舊恨新愁深似海。情緣在，人無奈，**幾般**兒可怪！」《雍熙樂府》一，無名氏《醉花陰》套，《離思》：「則聽的簷馬玎璫不住敲，**幾般**兒使鬧炒！」凡云幾般兒，均猶云怎樣的也。亦有作**幾樣**者。《西遊記》劇二：「別離**幾樣**憂！如摘下心肝上肉。」義同。亦有作**幾**家者，家與價同，詳見家字條。

底（一）

底，猶何也；甚也。《讀曲歌》：「月沒星不亮，持**底**明儂緒？」言持何物也。王維《慕容承攜素饌見過》詩：「空勞酒食饌，持**底**解人頤？」義同上。又《愚公谷》詩：「緣**底**名愚谷？都由愚所成。」言因何也。杜甫《可惜》詩：「飛花有**底**急？老去願春遲。」言有甚急，或有何急也。白居易《寒食日寄楊東川》詩：「不知楊六逢寒食，作**底**歡娛過此辰？」言作甚也。又《早出晚歸》詩：「若抛風景常閑坐，自問東京作**底**來？」言爲甚也。杜荀鶴《釣叟》詩：「渠將**底**物爲香餌？一度擡竿一箇魚。」言何物也。又《蠶婦》詩：「年年道我蠶辛苦，**底**事渾身著苧麻？」言何事也。范成大《雙燕》詩：「**底**處雙飛燕？銜泥上藥欄。」言何處也。韓愈《瀧吏》詩：「潮州**底**處所？有罪乃竄流。儂幸無負犯，何由到而知？」陳與義《蠟梅絕句》：「來從**底**處所？黃露滿衣濕。」陸游《秋興》詩：「中原日月用胡曆，幽州老酋著柘黃。榮河溫洛**底**處所？可使長作氈裘鄉。」凡云底處所，均言何處也。《宋百家詩存》，葛立方《桐廬牛嶺》詩：「垂堂千古戒，**底**急爲名來？」又張綱《傷春》詩：「苦索吟哦成**底**急？且休拘束任吾眞。」底急，均見前。趙長卿《鷓鴣天》詞，詠《梅》：「化工不肯辜人意，做**底**懽娛報答渠？」做底同作底，言做甚也。

底（二）

底，猶這也；此也。陸游《遣興》詩：「子孫勉守東皋業，小甑吳粳**底**樣香。」底樣香，這樣香也。楊萬里《遊蒲澗晚歸》詩：「煙鐘能**底**急，催我入城闉。」能底，猶云如此也。又《望姑蘇》詩：

「最愛河堤能**底**巧，截他山脚不勝齊。」義同上。《南宋六十家》，林希逸《題達磨渡蘆圖》詩：「此圖誰筆面如活，客來却詠陵波韈。若將**底**事比渠儂，老胡暗中定羞殺。」底事，此事也；言若將洛妃之羅韈陵波比渠，則渠定羞殺也。《河汾諸老詩集》，段克己《與隱之會午芹精舍酒間雨作》詩：「麥田日日起黄埃，官長憂民意不開。**底**是山靈相嫵媚，故驅風雨過江來。」底是，這是也。言這是山靈有意討好官長也。《梅苑》二，無名氏《驀山溪》詞：「竹籬茅舍，**底**是藏春處。玉蓓鎖檀心，帶黄昏輕烟細雨。」底是藏春處，卽這是藏春處也。

底（三）

底，猶許也，猶云如許或何其。李商隱《柳》詩：「柳映江潭**底**有情！望中頻遣客心驚。」底有情，猶云許有情或如許有情也，亦猶云何有情或何其有情也。又《述德抒情》詩：「雅宴初無倦，長歌**底**有情！」義同上。楊萬里《寒食遊翟園得十詩》詩：「荆溪老守**底**風流！哦就十詩一笑休。」底風流，猶云許風流或如許風流也。又《和王才臣》詩：「生兒**底**巧翁何恨，得子消愁我未窮。」底巧，猶云許巧也，亦猶云如許巧也。又《送客夜歸呈蕭岳英》詩：「老去病身禁**底**苦！向來危宦若爲情？」底苦猶云許苦，言禁受如許苦也。

底(四)　底裏

底，猶裏也。杜甫《哀王孫》詩：「長安城頭頭白烏，夜飛延秋門上呼；又向人家啄大屋，屋**底**達官走避胡。」屋底，屋裏也。楊萬里《月夜阻風泊舟太湖石塘南頭》詩：「誰有工夫寒夜**底**，獨尋水月五湖中。」寒夜底，寒夜裏也。又《送吳敏叔致仕》詩：「自憐病鶴樊籠**底**，方羨冥鴻片影寒。」樊籠底，樊籠裏也。又《花嶼》詩：「桃李無言照水光，玻璃盆**底**洗新妝。」盆底，盆裏也。林景熙《寄陳振先同舍》詩：「湖山猶憶笙歌**底**，笑領春香綠滿觥。」笙歌底，笙歌裏也。《陽春白雪》三，王武子《朝中措》詞：「閑看枕屏風上，不如畫**底**鴛鴦。」畫底，畫裏也。辛棄疾《卜算子》詞，賦《荷花》：「根**底**藕絲長，花裏蓮心苦。」底與裏互文，底猶裏也。《殺狗勸夫》劇三：「有等人道，宜掃雪烹茶在讀書舍裏；又道是，宜羊羔爛醉在銷金帳**底**。」互文同上。底與裏同義，故底、裏亦聯用之而成爲一辭。陳師道《送汪端禮》詩：「汎愛經過數，移書**底裏**傾。」任淵注：「《後漢·竇融傳》云，自以**底裏**上露。」按此猶云底蘊。楊萬里《題薦福寺》詩：「千山**底裏**着樓臺，半夜松風萬壑哀。」此直猶云千山裏。又《同尤延之京仲遠玉壺餞客》詩：「十里水風已無價，水風**底裏**更荷香。」此直猶云水風裏。楊詩蓋以底裏爲重言也。復次，底字不限於裏義，亦有下義、前義、邊義、旁義，茲附述如次。杜甫《游何將軍山林》詩：「翻疑柁樓**底**，晚飯越中行。」此猶云柁樓下。又《晝夢》詩：「故鄉門戶荊棘**底**，中原君臣豺虎邊。」此與邊字相對，可云荊棘裏，亦可云荊棘邊。又《秦州雜詩》：「秋花危石**底**，晚景臥鐘邊。」此亦與邊字相對，亦可云危石邊。白居易《代州民問》詩：「龍昌寺**底**開山路，巴子臺前種柳林。」此與前字相對，可云寺前或寺旁。又《金閨怨》詩：「秋霜欲下手先知，燈**底**裁縫剪刀冷。」此猶云燈下或燈前。王建《宮詞》：「院院燒燈如白日，沈香火**底**坐吹笙。」此猶云沈香火旁或火邊。又：「樹頭樹**底**覓殘紅，一片西飛一片東。」此與頭字對舉而成文，不能單獨解釋，意則猶云樹上、樹下或樹前、樹後也。韓偓《南浦》詩：「直教筆**底**有文星，亦應難狀分明苦。」此猶云筆下。按分明似當作分離，以南浦爲送行之處故也。韓駒《呈館中舊同舍》詩：「而今臥病衡門**底**，自哂茅簷幾卷書。」此猶云衡門下或衡門裏，然以下字爲對勁，以詩意脫胎於《毛詩》「衡門之下」句也。《陽春白雪》二，田不伐《惜黃花慢》詞：「晚風**底**，落日亂鴻，飛起無際。」此可云晚風裏，亦可云晚風前。餘義詳根底條之單用底字者各證。

底（五）

底，與得同。杜甫《赴青城縣出成都寄陶二少尹》詩：「文章差**底**病，迴首興滔滔。」差猶云瘥，言文章瘥得病也。元稹《病醉戲作吳吟贈盧十九經濟張三十四弘辛丈丘度》詩：「醉伴見儂因病酒，道儂無酒不相窺。那知下藥還沽**底**，人去人來賸一巵。」還沽底，還沽得也。朱敦儒《卜算子》詞：「撚**底**梅花總是愁，酒盡人歸去。」撚底，撚得也。趙長卿《浣溪沙》詞：「先自愁懷容易感，不堪聞**底**子規聲。」聞底，聞得也。言本有愁懷，不堪再聽得子規聲也。

抵

抵，猶底也；何也。溫庭筠《西洲曲》：「去帆不安福，作**抵**使西風？」作抵與作底同，言將如何使用西風乎。《宋百家詩存》，賀鑄《提壺引》：「提壺眞起予，十千美酒當賸沽。金龜寶貂家所無，持**抵**可過黃公壚？」持抵與持底同，言家貧無金龜寶貂可以換酒，將持何物往酒壚乎。方岳《送胡兄歸嶽》詩：「場屋**抵**須新議論？書堂更做好規模。」抵須，何須也。又《排門夫》詩：「沙場草靑胡運衰，軍書**抵**急飛塵埃？」抵急，與底急同。作底、持底與底急，均見底字條。楊萬里《雪後十日，日暖雪猶未融》詩：「生愁便銷去，將**抵**伴銀髭？」意言倘若白雪融化，則將何物伴我白鬚也。

祗

祗，猶底也；何也。李商隱《所居永樂久旱縣宰祈禱得雨》詩：「甘膏滴滴是精誠，晝夜如絲一尺盈。**祗**怪閭閻喧鼓吹，邑人同報束長生。」祗怪，何怪也；蓋以報束長生擬縣宰也。晉束晳禱雨得救大旱，人民德之，歌曰：「何以疇之，報束長生。」見《晉書》。楊萬里《舟過城門村淸曉雨止日出》詩：「五日銀絲織一籠，金烏捉取送籠中。知誰放在扶桑樹，**祗**怪滿江烟浪紅。」義同上。又《送簡壽玉主簿之官臨桂》詩：「二十六年纔四面，驪駒抵死**祗**相催！」祗相催，何相催也。劉克莊《三和實之春日詩》：「買鄰**祗**用百萬價，好事爭爲十二窩。」祗用，何用也。馮延巳《應天長》詞：「人事改，空追悔，枕上夜長**祗**如歲！」言夜長何其似歲也。

抵死　底死

抵死，猶云分外也；急急或竭力也；亦猶云終究或老是也。王安石《與微之同賦梅花》詩：「向人自有無言意，傾國天敎**抵死**香。」此猶云分外香也。楊萬里《宿城外張氏莊早起入城》詩：「幸蒙曉月多情白，又遣東風**抵死**寒。」言分外寒也。陸游《午睡覺復酣臥至晚》詩：「枕痕着面眼芒羊，欲起元無**抵死**忙。」此急急義，言元無急急之忙也。楊萬里《送簡壽玉主簿之官臨桂》詩：「二十六年纔四面，驪駒**抵死**祗相催！」祗相催，何相催也，言急急然何爲相催也。又《梅花盛開》詩：「春被梅花**抵死**催，今年春向去年回。」義同上。孫洙《菩薩蠻》詞：「樓頭尙有三通鼓，何須**抵死**催人去！」義亦同上。楊萬里《食老菱有感》詩：「何須**抵死**露頭角，荇葉荷花老此身。」

此竭力義，言竭力露頭角也。周邦彦《西平樂》詞：「馳褐寒侵，正憐初日，輕陰**抵死**須遮。」言日光竭力遮寒也。趙長卿《謁金門》詞：「把酒東皋日暮，**抵死**留春春去。」言竭力留春也。向滈《西江月》詞：「**抵死**漫生求見，偷方覓便求歡。」抵死漫生爲當時熟語，猶云拚命盡力，亦猶云殫智竭慮，爲竭力義之引申。漫亦作謾，《董西廂》三：「待閻王道俺無憑准，**抵死**謾生斷不定。」義同上。亦作瞞，《龐掠四郡》劇三：「我安排着脫身利己的機謀，正中這**抵死**瞞生的手策。」義同上。柳永《傾杯樂》詞：「追舊事一餉憑闌久。如何媚容豔態，**抵死**孤歡偶。」此終究義，言終究與情人暌隔也。《青衫淚》劇一：「稍似間有些錢，**抵死**裏無多債。」言終究無多債也。晏殊《蝶戀花》詞：「百尺朱樓閒倚遍。薄雨濃雲，**抵死**遮人面。」此老是義，言老是遮人不得望見也。辛棄疾《浣溪沙》詞：「去雁無憑傳錦字，春泥**抵死**污人衣。海棠過了有荼蘼。」此亦老是義，意言春雨行役之可厭也。又《滿庭芳》詞：「恨兒曹**抵死**，謂我**心憂**。」義同上。亦作底死。柳永《滿江紅》詞：「不會得都來些子事，甚恁**底死**難拚棄！」此終究義。周邦彦《看花回》詞：「因箇甚？**底死**嗔人，半晌斜眄費貼熨。」此分外義。石孝友《清平樂》詞：「**底死**留春春不住，那更送春歸去。」此竭力義。侯寘《菩薩蠻》詞：「**底死**欲留伊，金塵簌簌飛。」義同上。

大底

大底，與大抵同。白居易《醉後走筆》詩：「**大底**浮榮何足道，幾度相逢身卽老。」元稹《送劉太白》詩：「洛陽**大底**居人少，從善坊西最寂寥。」劉言史《讀故友于君集》詩：「**大底**從頭總是悲，就中最愴《築城詞》。」秦韜玉《問古》詩：「**大底**榮枯各自行，兼疑陰隲也難明。」羅隱《聽琵琶》詩：「**大底**曲中皆有恨，滿樓人自不知君。」皆其例也。按《文選》司馬子長《報任少卿書》：「詩三百篇，**大底**賢聖發憤之所爲作也。」善注：「《爾雅》曰，底，致也。」向注：「底，致也。」然則大底猶言大致也。

等

等，猶底也；何也。應璩《百一詩》：「問我何功德？三入承明廬。所占於此土，是謂仁智居。文章不經國，筐篋無尺書。用**等**稱才學？往往見歎譽。」上所引八句皆爲問詞，前用何字，後用等字，互文也，等猶何也，用等猶云「以何」也。王維《歎殷遙》詩：「念君**等**爲死？萬事傷人情。慈母未及葬，一女纔十齡。」等爲死猶云何爲死，意卽何可死也；慈母兩句卽申說其不可死之理由。蘇軾《和子由除夜元日省宿致齋》詩：「江湖流落豈關天，禁省相望亦偶然。**等**是新年未相見？此身應坐不歸田。」等是卽底是，猶云爲何也；意言爲何而新年不相見乎，無非爲官事所羈耳，無非爲此身不歸田之故耳。《宋百家詩存》，陳藻《寄劉九》詩：「暗中魑魅籍姓名，我有朋儔等不足！」等不足猶云何不足，卽何缺憾之意。《鴛鴦被》劇一：「他是名門舊族，現有百萬家財，何等不好？」等與何聯用而重文，言有何不好也。復次，顏師古《匡謬正俗》六：「問曰，俗謂何物爲底，底義何訓？答曰，此本言何等物，其後遂省，但言直云等物爾。……應瑗（瑗當是璩）詩云，……用等稱才學，……以是知去何而直言等，其言已舊。今人不詳其本，乃作底字，非也。」按此，可知由「何等」而演變爲「等」，又由「等」而演變爲「底」也。

得（一）

得，猶底也；何也；怎也；那也；豈也。凡作反詰口氣者均可作此解。杜甫《後苦寒行》：「巴東之峽生凌澌，彼蒼迴斡人得知？」得知，怎知也。又《次晚洲》詩：「中原未解兵，吾得終疏放？」吾得，猶云吾豈，言中原有事，吾豈終於在野也。陳師道《送鄭祠部》詩：「四著儒冠甘送老，數經奇運得銷憂？」奇卽李廣數奇之奇，猶云厄運。得銷憂，那銷憂也。又《別三子》詩：「汝哭猶在耳，我懷人得知？」得知，見前杜詩。楊萬里《題王宣子吉州學前詠歸亭》詩：「箇裏諸生高着眼，仕和不仕得相關？」得相關，猶云那相干也。又《送盧山人》詩：「有欠牛眠子爲尋，剩將朽觜換華簪。家阡只免牛羊到，此外窮通得上心？」得上心，猶云那在心也。又《都下和同舍客李元老承信贈詩之韻》詩：「論交何必星霜久，白頭得似傾蓋友？」得似，怎似也。又《詔追供職學省》詩：「帝城萬事好，**得**似早還家？」義同上。《南宋六十家》，許棐《閨怨》詩：「恨君**得**似梁間燕？社日辭家社日歸。」此得似猶云那似也；恨夫君之不歸，非若燕之辭家歸家有定期也。吳潛《浪淘沙》詞：「**得**似《滿庭芳》一曲，美酒千鍾？」此得似，猶云何如也；言何如歌一曲、酒千鍾也。

得（二）

得，語助辭，用於動辭之後。杜甫《漫興九絕》之二：「恰似春風相欺**得**，夜來吹折數枝花。」黄庭堅《寄上叔父夷仲》詩：「更懷父子東歸**得**，手種江頭柳千尋。」得字緊接欺字、歸字之後，此普通使用法也。其與動辭隔開者，舉例如下。杜甫《草堂卽事》詩：「蜀酒禁愁**得**，無錢何處賒？」此云禁得愁也。楊萬里《霜寒》詩：「誰能忍寒**得**，苦死去看書。」此云忍得寒也。楊萬里《送鄉僧德璘》詩：「不妨參透諸方**得**，别有宫牆第一層。」此云參得透也。又《和謝昌國送管相士韻》詩：「憐渠識盡公卿**得**，一馬歸來骨轉高。」此云識得盡也。黄庭堅《和張沙河招飲》詩：「誰料丹徒布衣**得**，今朝忽有酒如川。」此云誰料得也。陳與義《後三日再賦》詩：「不奈長安小車**得**，睡鄉深處作奔雷。」此云不奈得也。

裏

裏，語助辭，猶哩也；呢也；亦猶底也。張先《八寶妝》詞：「這淺情薄倖，千山萬水，亦須來裏！」此猶云亦須來哩。晁元禮《金盞子》詞：「屈指重算歸期，知他是何時見去裏！」此猶云知他是何時見着哩。辛棄疾《鵲橋仙》詞，《送粉卿行》：「莫嫌白髮不思量，也須有思量去裏！」此猶云也自有思量處哩。又《謁金門》詞，《和陳提幹》：「因甚無箇阿鵲地？沒工夫說裏！」此猶云沒工夫念你說你哩。阿鵲，噴嚏聲，爲有人惦念之徵，見阿鵲條。吳潛《如夢令》詞：「春意，春意，只怕杜鵑催裏！」此猶云只怕杜鵑催哩。史達祖《蝶戀花》詞：「幾夜湖山生夢寐，評泊尋芳，只怕春寒裏！」此猶云只怕春寒哩。《絕妙好詞》一，張履信《謁金門》詞：「簾外雨聲花積水，薄寒猶在裏！」此猶云薄寒猶在哩！趙孟堅《感皇恩》詞，《次任爲慈閫壽，是年慈閫六十二歲》：「一百二十年，兩番甲子。前番風霜飽諳矣；今番甲子，一似臘盡春至。……從今數去，尙有五十八生朝裏！」此裏字亦卽哩也。詞見彊村本《彝齋詩餘》。《盆兒鬼》劇二：「正末云：『我就是你家瓦窰神。』淨云：『啐！我養着家生哨裏！我一年二祭，好生供奉你；你不看覷我，反來折挫我！』」此裏字亦卽哩也。奴婢所生子曰家生子，哨爲詈辭。以上爲哩或呢義。周密《掃花遊》詞：「怕裏流芳暗水，啼烟細雨帶愁去。」怕裏猶云怕底，亦猶云怕的是。又《露華》詞：「選歌試舞，連宵戀醉珍叢。怕**裏**早鶯啼醒，問杏鈿誰點愁紅。」此猶云怕的是被鶯啼醒也。又《一枝春》詞：「還怕**裏**，簾外籠鶯，笑人醉語。」此猶云怕的是被鶯笑人也。《花菴中興詞選》，馬莊父《月華清》詞：「心裏恨，莫結丁香；琴上曲，休彈秋思。怕**裏**，又悲來老卻蘭臺公子。」此猶云怕的是身老與悲也。以上爲底或的義。

怪底(一)　怪得　怪來

怪底，爲驚怪或疑怪義。怪得與怪來亦同。杜甫《奉先劉少府新畫山水障歌》：「堂上不合生楓樹，**怪底**江山起烟霧。」蘇軾《周教授索枸杞》詩：「短檠照字寫如毛，**怪底**昏花懸兩目。」楊萬里《立春日舟前細雨》詩：「急風陣陣吹白塵，着人**怪底**濕衣巾。」《南宋六十家》，鄭清之《二色山茶》詩：「紅紅白白共枝榮，**怪底**山茶有寧馨。」《花草粹編》七，汪宗臣《蝶戀花》詞，《清明前兩日聞燕》：「年去年來來去早。**怪底**不來，庭院春光老。」辛棄疾《永遇樂》詞，《梅雪》：「**怪底**寒梅，一枝雪裏，直恁愁絕。」以上怪底字皆驚疑義。白居易《和郭使君枸杞》詩：「不知靈藥根成狗，**怪得**時聞夜吠聲。」李曾伯《滿江紅》詞，《詠雪》：「推枕聞雞，正**怪得**乾坤都白。」《陽春白雪》四，徐山民《清平樂》詞：「**怪得**今朝偏起早，笑道牡丹開了。」以上怪得字皆驚疑義。王維《班婕妤》詩：「**怪來**妝閣閉，朝下不相迎。總在春園裏，花間笑語聲。」楊萬里《紫宸殿拜表賀雪》詩：「**怪來**臘日起春風，一夜瓊花發禁中。」以上怪來字皆驚疑義。

怪底（二）　怪得　怪來

怪底，爲難怪義。怪得與怪來亦同。唐庚《壬辰九月二十三日天氣始寒》詩：「朝來**怪底**冷，前此已重陽。」楊萬里《梅花下小飲》詩：「今年春在臘前回，**怪底**空山見早梅。」《南宋六十家》，胡仲參《和伯氏春雨》詩：「兩堤楊柳拂新亭，**怪底**遊人嬾踏青。手撚梨花成小立，半窗湖水雨冥冥。」楊炎正《秦樓月》詞：「斷腸芳草萋萋碧，新來**怪底**相思極。」以上怪底字皆難怪義。張元幹《怨王孫》詞：「相思**怪得**今番甚，寒食近，小研魚箋信。屏山半掩，微醉獨倚闌干，恨春寒。」倪偁《減蘭》詞：「陶寫須詩，**怪得**連篇字字奇。」以上怪得字皆難怪義。韋應物《休暇日訪王侍御不遇》詩：「**怪來**詩思淸人骨，門對寒流雪滿山。」白居易《寄王祕書》詩：「**怪來**秋思苦，緣詠祕書詩。」元稹《遣懷》詩：「**怪來**醒後旁人泣，醉裏時時錯問君。」王安石《隴東西》詩：「隴西流水向西流，自古相傳到此愁。添却征人無限淚，**怪來**嗚咽已千秋。」楊萬里《四月中休日聞蟬》詩：「荷露柳風餐未飽，**怪來**學語不分明。」又《和李元老承信贈詩韵》詩：「雲端烽烟半點無，**怪來**將軍不好武。」又《上元日晚過順溪》詩：「**怪來**平地寒如許，雪滿遠峯人未知。」《南宋六十家》，許棐《訪潘叔明》詩：「**怪來**几案無寒色，春在題詩卷子中。」晁補之《黃鶯兒》詞：「覷數點茗浮花，一縷香縈炷。**怪來**人道陶潛，做得羲皇侶。」葛勝仲《虞美人》詞：「**怪來**文譽滿淸時，柿葉書殘猶自日臨池。」以上怪來字皆難怪義。

有底(一)

有底，猶云有如許或有甚也；亦猶云爲甚也。杜甫《可惜》詩：「花飛**有底**急，老去願春遲。」此猶云有如許之急，若解爲加重其語氣而作詰問用時，則猶云有甚急。又《寄邛州崔錄事》詩：「久待無消息，終朝**有底**忙。」此猶云有如許之忙，若解爲加重其語氣而作詰問用時，則猶云有甚忙。有底忙一語，詩詞中屢見，玆類擧之如下。韓愈《曲江春遊寄白舍人》詩：「曲江水滿花千樹，**有底**忙時不肯來。」此亦有如許或有甚，均可解。時字相當於呵或啊，爲語氣間歇之用，詳時字條。楊萬里《李與賢閒居五詠次韻》詩：「無邊春裏花饒笑，**有底**忙時草喚愁。」義同上。蘇軾《大風雪留金山兩日》詩：「細思城市**有底**忙？却笑蛟龍爲誰怒。」此與爲誰作對而互文，爲誰猶云爲甚，有底亦猶云爲甚也。陸游《遊鳳凰山》詩：「窮日文書**有底**忙，幅巾蕭散集蘭堂。」此爲有如許義。李之儀《鷓鴣天》詞：「由來好處輸閒地，堪歎人生**有底**忙。」此亦爲有如許義。辛棄疾《鷓鴣天》詞：「倦途却被行人笑，只爲林泉**有底**忙。」此亦爲有如許義。以上各詩詞之有底忙，字面雖同，隨文解釋之，大別如此。杜荀鶴《山居自遣》詩：「此中一日過一日，**有底**閒愁得到心。」此爲有甚義，猶云有甚閒愁也。陸龜蒙《正月十五惜春》詩：「無窮嬾惰齊中散，**有底**權謀敵右侯？」此猶云有甚權謀也。陳師道《贈王聿修商子常》詩：「**有底**百年須薄祿，相看一笑却閒身。」此爲有如許義，百年意言一生，言須薄祿養生也。《南宋六十家》，林希逸《樂軒先師挽歌》：「十年燈火若爲情，一日簫笳**有底**聲！惆悵門前舊時路，白頭扶杖夜深行。」此猶云有如許之聲也。上兩句倒裝，意言一旦聽喪樂如許之聲，回思十年燈火，難乎爲情也。以上爲有如許或有甚義。黃庭堅《芭蕉》詩：「**有底**春風能好事？解持刀尺翦青天。」此爲爲甚義，言爲甚春風如此好事也。又《南柯子》詞：「庖丁**有底**下刀遲？直要人牛無際是休時。」語本《莊子·養生主》，意言庖丁下刀，爲甚如此審顧躊躇也。楊萬里《和吳伯承孟冬風雨》詩：「覓句許奇險，**有底**惱肝腎？」意言爲甚而使肝腎受苦惱也。以上爲爲甚義。

有底(二)　有的　有得

有底，猶云儘着也；亦猶云無限或不了也。其義不從底字本義發生而只從有字發生，底字卽的字，有底與有的或有得同。楊萬里《督諸軍求盜梅州宿曹溪》詩：「一鉢可能容尺許，千年**有底**萬人看。」此爲儘着義，言儘着後人看也。張孝祥《青玉案》詞：「相春堂上聞鶯語。正花柳，芳菲處。**有底**尊前歡且舞。」此亦儘着義，言儘着歡且舞也。黃庭堅《卜算子》詞：「禁止不得淚，忍管不得悶。天上人間**有底**愁，向箇裏，都諳盡。」此猶云所有一切的愁，爲無限義。辛棄疾《蝶戀花》詞：「**有底**風光留不住，烟波萬頃春江櫂。」此亦無限義。劉過《祝英臺近》詞：「**有底**風光，都在畫欄側。」廖行之《千秋歲》詞：「梅信動，春先到。曉來湘水上，**有底**風光好。」又《卜算子》詞，《元夜觀燈》：「最是江城**有底**佳，燈火人烟沸。」又《點絳脣》詞：「小登科第，**有底**新桃李。」同上均爲無限義。《董西廂》四：「駟馬臨軍挑鬬，十場鎮贏八九。天下**有底**英雄漢，聞名難措手。」此猶云儘天下所有英雄，亦爲無限義。其作有的者。《董西廂》三：「**有的**言語，對面評度。凡百如何，老婆斟酌。」此猶云儘所有的言語。《灰闌記》劇一：「普天下**有的**婆娘，誰不待要佔些獨強。」此猶云儘所有的婦女。《桃花女》劇二：「若許了這親呵！你居蘭堂，住畫閣，重裀臥，列鼎食，**有的**受用哩！」此猶云儘受用。又四：「三口兒都活了，這喜酒我**有的**吃哩！」此猶云儘吃或吃不了這許多喜酒。《東堂老》劇一：「揚州奴！你久以後**有的**叫化也！」此猶云窮不了。《冤家債主》劇二：「你哥哥那裏，**有的**是錢，俺幫着你到那裏討去來。」此猶云儘多。《四馬投唐》劇楔子：「喒這裏**有的**是糧，借與他些糧，圖他些利錢，可不好！」義同上。《燕青博魚》劇一：「那東京城裏**有的**是買賣營生。你尋些做，可不好那！」此言買賣生意儘多。其作有得者。《桃花女》劇二：「我特來與你家姐姐說這門親事。你姐姐到他家時，用不了，使不了，穿不了，着不了，味不了，嚽不了，**有得**好哩！」此猶云無限好。

敎（一）　交

敎，猶使也。通作交。金昌緒（一作蓋嘉運）《春怨》詩：「打起黄鶯兒，莫**敎**枝上啼。」杜荀鶴《春宮怨》詩：「承恩不在貌，**敎**妾若爲容。」韓偓《南浦》詩：「直**敎**筆底有文星，亦應難狀分明苦。」蘇軾《水龍吟》詞，詠楊花：「似花還似飛花，也無人惜從**敎**墜。」又《賀新郎》詞：「簾外誰來推繡戶，枉**敎**人夢斷瑤臺曲。」又《虞美人》詞，《與秦少游維揚飲別》：「誰**敎**風鑑在塵埃，醞造一場煩惱送人來。」凡此敎字，均使義也。周邦彥《玉樓春》詞：「酒邊誰使客愁驚，帳裏不**敎**春夢到。」敎與使互文。敎字使義，最爲習見，不備舉，兹舉其通作交字者如次。杜甫《承聞河北諸道節度入朝》詩：「自是乾坤王室正，却敎江漢客魂銷。」敎一作**交**。岑參《歎白髮》詩：「白髮生偏速，**交**人不奈何。」交一作敎。玩上兩詩，知敎與交同也。王建《送裴相公上太原》詩：「聖主分明**交**暫去，不須高起見京樓。」《花間集》，韋莊《浣溪沙》詞：「欲上鞦韆四體慵，擬**交**人送又心忪。」又薛昭蘊《謁金門》詞：「早是相思腸欲斷，忍**交**頻夢見。」晏幾道《鷓鴣天》詞：「須**交**月戶纖纖玉，細捧霞觴灩灩金。」晁沖之《臨江仙》詞：「應恐登臨腸更斷，故**交**煙雨迷空。」史達祖《臨江仙》詞：「莫**交**無用月，來照可憐宵。」三十種本《疎者下船》劇：「能可**交**我無兒，怎肯**交**你先絕戶。」又《博望燒屯》劇：「若得勝，**交**你腰間掛了虎符；若不贏，**交**識我斬斫權謀。」凡此交字，均使義也。

敎(二) 交

敎，猶給也；亦猶能也；得也。通作交。李賀《大隄曲》：「青雲**敎**綰頭上髻，明月與作耳邊璫。」此敎字與與字互文，敎綰，猶云給綰也。歐陽修《鵲橋仙》詞：「多應天意不**交**長，恁恐把歡娛容易。」意言牛女每年一會，乃天意不給以長見之機會，恐其把歡娛看做容易也。周邦彥《還京樂》詞：「怎得青鸞翼，飛歸**敎**見憔悴。」敎見，給見也。又《留客住》詞：「待擬沉醉扶上馬，怎生向主人未肯**敎**去。」言不給我歸去也。又《法曲獻仙音》詞：「待花前月下，見了不**敎**歸去。」言不給伊歸去也。張鎡《宴山亭》詞：「怎得伊來，花霧繞小堂深處，留住，直到老不**敎**歸去。」義同上。陸淞《瑞鶴仙》詞：「待歸來先指花梢**敎**看，却把心期細問。」敎看，給看也。以上爲給義。晏幾道《虞美人》詞：「羅衣著破前香在，舊意誰**敎**改。」此敎字爲能義，誰敎，猶云那能也。周邦彥《蝶戀花》詞，詠《柳》：「擬插芳條須滿首，管**敎**風味還依舊。」管敎，猶云定能也。趙輯《宋金元人詞》，劉鎮《感皇恩》詞：「好景良辰，滿堂和氣，唱箇新詞管**敎**美。」義同上。曹元寵《相思會》詞：「住箇宅兒，只要不大不小，常**敎**潔淨，不種閑花草。」常敎，常能也。楊无咎《雨中花慢》詞，《七夕》：「誰道是嫦娥不嫁，獨守清秋。雅有騷人伴侶，長**交**清影夷猶。」長交，長能也。《董西廂》三：「你還待**教**跳龍門，不到得恁的。」此紅娘調侃張生語，不到，猶云不料；恁的，指張生跳牆而言。教跳，能跳也，言讀書人準備能跳龍門，博取功名，不料得乃跳牆也。以上爲能義。羅隱《銅雀臺》詩：「祇合當年伴君死，免**交**憔悴望西陵。」此交字爲得義，免交，猶云免得也。柳永《集賢賓》詞：「爭似和鳴偕老，免**教**斂翠啼紅。」義同上。晏幾道《憶悶令》詞：「願期信似月如花，須更**交**長遠。」更交，猶云更得也。周邦彥《醉桃源》詞：「情黯黯，悶騰騰，身如秋後蠅。若**教**隨馬逐郎行，不辭多少程。」若教，若得也。按此暗用蠅附驥尾意。高觀國《蘭陵王》詞：「只愁入夜東風惡，怕催**教**花放，趲將花落。」言催得花放也。王實甫《絲竹芙蓉亭》劇：「我怎肯**教**信斷音乖，則(只)要你常準備迎風戶半開。」肯，猶會也，見肯字條。怎肯教，猶云怎會得也。《金線池》劇一：「卜兒云：『你要嫁韓輔臣，這一千年不長進的，看你打《蓮花落》也！』正旦唱：『他怎肯**教**一年春盡又是一年春。』」義同上；按一年春盡一年春，爲《蓮花落》詞文。以上爲得義。

放（一）　放教

放，猶教也；使也。楊萬里《春暖郡圃散策》詩：「倩誰留許春寒著，更**放**梅花住少時。」更放，更使也。晏幾道《留春令》詞：「鸚鵡杯深豔歌遲，更莫**放**，人腸斷。」黃庭堅《鷓鴣天》詞：「人生莫

放酒杯乾。」程垓《玉漏遲》詞：「冷篆餘香，莫**放**等閒消歇。」辛棄疾《鷓鴣天》詞：「但將痛飲酬風月，莫**放**離歌入管絃。」凡此莫放，皆猶云莫使也。周邦彦《四園竹》詞：「浮雲護月，未**放**滿朱扉。」未放，即未使也。楊炎正《蝶戀花》詞：「點檢笙歌多釀酒，不**放**東風，獨自迷楊柳。」《伍員吹簫》劇：「都是些傲窮民，趨富漢。不**放**我同歡同會。」不放，即不使也。亦有與遣字對舉者。程垓《八聲甘州》詞：「問東君既解遣花開，不合**放**花飛。」放與遣互文，皆使義也。亦有與教字對舉者。張籍《寒食內宴》詩：「千官盡醉猶教坐，百戲皆呈未**放**休。」楊萬里《舟行阻風清泥》詩：「未**放**人扶下江柁，却教眼看上江帆。」吳文英《滿江紅》詞：「人境不教車馬近，醉鄉莫**放**笙歌歇。」放與教互文，皆使也。亦有放教二字聯用者。白居易《春來頻與李二同遊》詩：「可惜濟時心力在，**放**教臨水復登山。」陸游《晚興》詩：「造物閔憐君會否，**放**教折臂老新豐。」辛棄疾《江神子》詞：「杖屨當時，聞早**放**教疏。」趙長卿《賀新郎》詞：「世諦人多錯，阿誰將虛名微利，**放**教輕着。」朱敦儒《勝勝慢》詞，詠《雪》：「開簾**放**教飄灑，度華筵飛入金樽。」元好問《滿江紅》詞：「暫**放**教老子據胡牀，邀明月。」蓋以放與教本同義，故聯用之而成爲一辭也。

放（二）

放，猶請也。如今云「**放**尊重些」「**放**明白些」之放字是。《望江亭》劇一：「你**放**心安，不索㤥語話相關。」你放心安，卽你請心安也。《蝴蝶夢》劇三：「哥哥！你丢我時，放仔細些！我肚子上有個癬子哩。」放仔細些，卽請仔細些也。《劉弘嫁婢》劇一：「春郎云，父親，母親來了也，你放精細者。」按劇情，此春郎當其父李遜臨終時告父之語，精細，猶云心裏清楚，蓋因臨終時神智不清也。

放(三)

放，猶有也；具也。朱敦儒《驀山溪》詞：「元來塵世，放著希奇事。行到路窮時，果然有眞山眞水。」又《桃源憶故人》詞：「人人放著逍遙路，只怕君心不悟。」《樂府新聲》中，盧疎齋小令，《折桂令》，《洛陽懷古》：「老子婆娑，放著行窩，不醉如何。」《太平樂府》九，睢景臣《哨遍》套，《高祖還鄉》：「有甚胡突處，明標著冊曆，見放著文書。」《西廂》二之一：「聽說罷，魂離殼，放著個，禍滅身。」《救風塵》劇四：「無徒，到處裏胡爲做。現放著休書，望恩官明鑒取。」《燕青博魚》劇三：「可也不須你折證，見放著一個不語先生。」《兒女團圓》劇四：「你再休呫唇波掛齒，現放著一個正名師。」《望江亭》劇一：「放著你這一表人物，怕沒有中意的丈夫嫁一箇去。」《張天師》劇四：「現放著斫桂的吳剛巨斧風般快。只問他奔月的嫦娥曾否下妝臺；更和那搗藥的兔兒那日當何在。」皆其證也。復次，《陳州糶米》劇楔子：「隨他有什麼議論，到學士根前，現放着我哩！你兩箇放心的去！」《兩世姻緣》劇一：「末向旦云：『大姐！你娘支我哩！』正旦云：『解元放心！見有我哩！睬他怎的。』」現放着我與見有我，語法相同，放卽有義，益可證。

做

便做道　更做道　更做到　更則道　便則道

做，猶使也，以應用於假設口氣時爲多。郭應祥《霜天曉角》詞：「從他吹急管，杯行須款款。儘**做**更移漏轉，也猶勝，春宵短。」袁去華《清平樂》詞：「桃花流水茫茫，歸來愁殺劉郎。儘**做**風情減盡，也應未怕顛狂。」李彌遜《青玉案》詞：「楊花儘**做**無拘管，也解趁，飛紅伴。」凡云儘做，皆猶云儘使也。周紫芝《江城子》詞：「斷雲飛雨又經年，思淒然，淚涓涓。且**做**如今要見也無緣。因甚江頭來處雁，飛不到，小樓前。」又《小重山》詞：「明朝且**做**莫思量，如何過得今宵去。」《西廂》二之四：「夫人且**做**忘恩，小姐！你也說謊呵！」凡云且做，皆猶云且使也，亦猶云就使也。秦觀《江城子》詞：「便**做**春江都是淚，流不盡，許多愁。」朱淑眞《蝶戀花》詞：「滿目山川聞杜宇，便**做**無情，莫也愁人意。」《花草粹編》七，譚明之《江城子》詞：「便**做**無情終軟美，天付與，眼眉腰。」案爲詠柳詞。《董西廂》一：「倘或明日見他時分，把可憎的媚臉兒飽看了一頓，便**做**受了這恓皇也正本。」又三：「你便**做**摟荒(慌)，敢不開眼。」凡云便做，皆猶云便使或就使也。亦有作便做道者。《灰闌記》劇二：「我將這虛空中神靈來禱告，便**做**道男兒無顯跡，可難道天理不昭昭。」《伍員吹簫》劇一：「便**做**道人生在世有無常，也不似俺一家兒死的來忒枉。」《西廂》二之四：「便**做**道十二巫峯，他也曾賦高唐來夢中。」《竹葉舟》劇一：「端的個枉受苦，便**做**道佩蘇秦相印待何如。」凡云便做道，猶云便使是或就使是也。　便做又作更做。《董西廂》三：「明日告官衙，教賢分別。官人每更**做**擔饒你，須監守得你幾夜。」又：「姐姐便不可憐見不肖，更**做**於人情分薄，思量俺日前恩非小，今夕是他不錯。」　便做道又作更做道。《牆頭馬上》劇三：「更**做**道向人處無過背說，是和非，須辯別。」《救風塵》劇三：「更**做**道你眼鈍，那唱詞話的有兩句留文：喒也曾武陵溪畔曾相識，今日佯推不認人。」更做道亦作更做到。《雲窗夢》劇三：「別離人更**做**到心腸硬，怎禁蒼梧落葉凋金井，銀燭秋光冷畫屏。」　到猶道也，見到字條。　更做道又作更則道。《秋胡戲妻》劇二：「更則道你莊家每葫蘆提沒見識，我既爲了張郎婦，又着我做李郎妻，那裏取這般道理。」　便做道亦作便則道。《兒女團圓》劇三：「便則道腸裏出來腸裏熱，怎生把俺來全不惜。」蓋則字與做字爲一聲之轉也。

從　任從

從，猶任也；聽也。　高適《重陽》詩：「豈有白衣來剝啄，一**從**烏帽自欹斜。」一從，一任也。常建《白龍窟泛舟》詩：「環迴**從**所汎，夜靜猶不歇。」從所汎，任所汎也。　李白《白頭吟》：「莫捲龍鬚席，從他生網絲。」從他，任他也。杜甫《畏人》詩：「畏人成小築，編性合幽棲。門逕從榛草，無心待馬蹄。」又《屏迹》詩：「杖藜從白首，心迹喜雙清。」又《三絕句》：「會須上番看成竹，客至從嗔不出迎。」鄭谷《山鳥》詩：「小婢不須催柘彈，且從枝上喫櫻桃。」施肩吾《春日宴徐君池亭》詩：「池上有門君莫掩，從教野客見青山。」蘇軾《水龍吟》詞，詠楊花：「似花還似非花，也無人惜從教墜。」毛滂《減蘭》詞：「從教不惜，自有使君家不夜。」晁補之《安公子》詞：「命小轡翩翩隨處金尊倒，從市人拍手攔街笑。」周邦彥《定風波》詞：「休訴金尊推玉臂，從醉，明朝有酒遣誰持。」又《解語花》詞：「年光是也，唯只見舊情衰謝。清漏移，飛蓋歸來，從舞休歌罷。」張鎡《滿庭芳》詞，詠蟋蟀：「今休說，從渠牀下，涼夜伴孤吟。」吳文英《霜葉飛》詞，《重九》：「早白髮緣愁萬縷，驚飆從捲烏紗去。」以上各從字，均爲任義、聽義。以下更舉從字、任字對舉之例。杜甫《不離西閣》詩：「失學從愚子，無家任老身。」又《屏迹》詩：「失學從兒嬾，長貧任婦愁。」又《春日江邨》詩：「過嬾從衣結，頻遊任履穿。」劉長卿《對酒寄嚴維》詩：「嬾從華髮亂，閒任白雲多。」白居易《九日醉吟》詩：「身從漁父笑，門任雀羅張。」又《對酒吟》：「履舃從相近，謳吟任所需。」姚合《閒居遺懷》詩：「萍任連池綠，苔從匝地斑。」皮日休《武丘寺前古杉》詩：「任苔爲癬疥，從蠹作瘡痍。」韋莊《和薛先輩》詩：「鳥喧從果爛，階淨任苔侵。」又《感懷》詩：「花間醉任黃鶯語，亭上吟從白鷺窺。」方千里《望江南》詞：「夜貪酒香從蟻鬭，曉窗眠足任雞啼。」辛棄疾《卜算子》詞：「江海任虛舟，風雨從飄瓦。」以上皆從與任爲互文，從任同義也。以下更舉從字、任字聯用之例。關盼盼《燕子樓》詩：「瑤瑟玉笙無意緒，任從蛛網任從灰。」薛逢《長安春日》詩：「嬾出任從遊子笑，入門還是舊生涯。」秦韜玉《紫騮馬》詩：「若遇大夫能控馭，任從騎取覓封侯。」《花草粹編》十二，沈唐《霜葉飛》詞：「判與西風，任從開落。」以上皆從與任聯用之而爲一辭，從任同義也。復次，《會眞記》載崔鶯鶯詩：「自從消瘦減容光，萬轉千迴嬾下牀。」此自從字不作從來義，言自己一任其消瘦也，蓋失戀後之灰心語，應是如此。

總

總，猶縱也；雖也。杜甫《酬郭十五判官》詩：「藥裹關心詩總廢，花枝照眼句還成。」總字與還字相應，言雖因病廢詩，然見花還作詩也。李益《度破訥沙》詩：「莫言塞北無春到，總有春來何處知。」總有，縱有也。劉禹錫《傷愚溪》詩：「總有鄰人解吹笛，山陽舊里更誰過。」義同上。又《遊桃源》詩：「總無西山姿，猶免長戚戚。」總無，縱無也。李商隱《代贈》詩：「總把春山掃眉黛，不知供得幾多愁。」總把，縱把也。楊敬之《贈項斯》詩：「幾度見詩詩總好，及親標格過於詩。」總好，縱好也，言見其詩，詩縱好；見其人，人更好也。晏殊《清平樂》詞：「總把千山掃眉黛，未抵別愁多少。」此卽脫胎上述李商隱詩意。柳永《鳳銜盃》詞：「總時展丹青，強拈書信頻頻看。」

又爭似，親相見。」此據汲古閣本《樂章集》。焦本作縱，彊村本作更，更猶縱也，見更字條。蘇軾《江城子》詞：「爲問東君餘幾許？春**總**在，與誰同？」總在，縱在也。歐陽修《浪淘沙》詞：「**總**使花時常病酒，也是風流。」程垓《八聲甘州》詞：「**總**使梁園詞賦在，奈長卿老去亦何爲。」蔡伸《醉落魄》詞：「後期**總**使無端的，月下風前，應也解相憶。」凡云總使，即縱使也。辛棄疾《洞仙歌》詞，《紅梅》：「風流嘅，說與羣芳不解。更**總**做北人未識伊，據品調難作杏花看待。」總做與總使同，即縱使也。朱淑眞《念奴嬌》詞：「**總**有十分輕妙態，誰似舊時憐惜。」總一作縱，總有，即縱有也。《風光好》劇三：「**總**然你富才華，高名分，誰不愛翠袖紅裙。」總然，即縱然也。

終　終然

終，猶縱也；**雖**也。茲先舉杜詩中之終然字以起例。杜甫《鄭典設自施州歸》詩：「歎爾疲駑駘，汗溝血不赤，**終然**備外飾，駕馭何所益。」言外飾雖然齊備，但不堪駕馭也。又《孟冬》詩：「**終然**減灘瀨，暫喜息蛟螭。」言雖然無灘瀨之觀，而蛟螭之患自息也。又《寫懷》詩：「放神八極外，俛仰俱蕭瑟。**終然**契眞如，得匪金仙術。」言雖然與眞如相契，但得此匪由佛法也。以上所云終然，猶云雖然或縱然也。方干《贈信州高員外》詩：「膺門若感深恩去，**終**殺微軀未足酬。」言縱殺微軀，亦難酬恩也。李商隱《籌筆驛》詩：「管樂有才**終**不忝，關張無命欲何如！」言諸葛縱有管樂之才，惜乎關張之早死也。與上文「終見降王走傳車」之終字意義不同，並不犯複。按《全唐詩》及朱鶴齡注本俱作終，別本作「眞不忝」，殆以字面相同，避而改之歟？王安石《絕句呈陳和叔》：「永日**終**無一樽酒，可能留得故人車。」言雖無一樽酒也。可能猶云却能，詳可能條。晏幾道《少年遊》詞：「離多最是，東西流水，終解兩相逢。淺情**終**似，行雲無定，猶到夢魂中。」終似，縱似也。與上文終解之終字，意義不同，亦不犯複也。《西廂》一之二：「**終**則是未得風流況，成就了會溫存的嬌壻，怕甚麼能拘束的親娘。」言鶯鶯雖則是未諳風流，然一得嬌壻之溫存，則親娘亦不能拘束其風流矣。終則是，雖則是也。

世（一）

世，猶從也；終也。《神奴兒》劇二：「我這裏潛踪躡足臨芳徑，我與你破步撩衣近小亭。見孩兒，**世**不曾。不由我，不悲哽。」世不曾，終不曾也。言於院宇中尋遍，終不曾見孩兒也。《薛仁貴》劇四：「老的！他**世**不回來了也，你煩惱怎麼？」言終不回來也。《樂府新聲》中，無名氏小令，《慶東原》：「花陰話，柳陰歌，**世**不曾口綻兒些個。」此言從不曾有些少之口中差錯也。《西廂》二之一：「我從來駁駁劣劣，**世**不曾忑忑忐忐。」忑音忒，忐音坦，言從來莽撞，從來不曾懼怯也。又三之二：「似等辰勾常把佳期盼，我將角門兒**世**不曾關。願得做夫妻，無危難。」此亦從不曾義。《盆兒鬼》劇一：「**世**不曾閒閒暇暇，常則是結結的這巴巴。」義同上。《柳毅傳書》劇一：「是則是海藏龍宮曾共逐，**世**不曾似水如魚。」義同上。《瀟湘雨》劇二：「你這短命賊，怎將我來胡雕刺，迭配去別處官司，**世**不曾見這等蹺蹊事。」義同上。《謝金吾》劇二：「倘若有些好歹呵！你可便着誰人搭救宋山河。**世**不曾來家愁殺我，你也心兒裏精細不風魔。」義同上。家與價同，見家字條。因世不曾爲熟語，故借以爲形容辭，言有世不曾來那樣的愁也，猶云從來未有之奇愁也。

世（二） 勢

世，猶既也；已也。《董西廂》二：「賢不是九伯與風魔。**世**言了，怎改抹。」言業已出口，怎能改抹也。《西廂》四之二：「**世**有，便休，罷手。大恩人怎做敵頭。」言張生鶯鶯戀愛，業已有此事矣，只得罷休，不必阻撓也。《西廂》元本於董詞，《董西廂》三云：「已恁地出乖露醜，潑水再難收，夫人休出口。」語意相同，世有，猶云已恁地也。《北詞廣正譜》十七，《雙調》，王伯成《快活年》，《天寶遺事》：「起陣狂風，迸道寒光，見箇妖魔。**世**相逢也，怎生奈何！」言業已相逢，怎生對付也。《任風子》劇三：「正旦云：『任屠！咱家去來。』正末唱：『**世**來到林下山間，再休想星前月底。』」言既已來到林下山間也。又：「**世**跳出紅塵內，我則尋泛游槎天浪，下爛斧柯仙棋。」

言既已跳出紅塵也。又：「我世跳出虎狼叢，拜辭了鴛鴦會。」此任屠對其妻索休書時語，上句意言我既跳出人生患難，下句意言更何有夫妻恩愛也。兩句直貫，不平列，有上句之世字作既字解，下句省去更字，乃一面見兩面法也。《伍員吹簫》劇二：「我這裏悄悄歎吁，敢命兒裏合受奔波苦。世做的背時序，且一半惺惺一半愚。說甚當初。」世做的爲一熟語，猶云業已弄到如此也。背時序卽背晦之意，言業已弄到如此背晦地步，且假癡假呆可也。《生金閣》劇一：「罷罷罷！怎干休！世做的馮河暴虎。赤緊的先要了我這希奇的無價物，又生出百計虧圖。」怎干休，猶云怎得了。言怎得了呢，業已弄到如此馮河暴虎一般的危險也。赤緊的兩句，卽申說危險情事。《勘金環》劇三：「世做的潑水難收，到官中怎生解救。」義同上。亦有作勢者，此於本義轉近。《氣英布》劇一：「那裏發付這殃人貨，勢到來如之奈何。若是楚國天臣見了呵，其實難迴避，怎收撮！」此言業已到此地步，如之奈何也。《哭存孝》劇一：「慚愧也！勢得一箇遠相離，各霸着城池。不恁的呵！這李存信、康君立斷送了你。」慚愧，幸辭。言幸而業已得遠離，免遭李康二人之毒手也。

會　會須　會當

會，猶當也；應也。有時含有將然語氣。杜甫《寄彭州高適虢州岑參》詩：「會待妖氛靜，論文暫裹糧。」李白《行路難》：「長風破浪**會**有時，直挂雲帆濟滄海。」上兩則含有將然語氣。蘇軾《和陽行先》詩：「拔葵終相魯，辟穀**會**封留。」言應當封留也。有作會須者。李白《將進酒》詩：「烹羊宰牛且爲樂，**會須**一飲三百杯。」此猶云應須。杜甫《三絕句》：「**會須**上番看成竹，客至從嗔不出迎。」義同上。皮日休《寄瓊州楊舍人》詩：「清切**會須**歸有日，莫貪勾漏足丹砂。」此含有將然語氣。蘇軾《初別子由》詩：「**會須**掃白髮，不復用黃精。」又《次韻胡完夫》詩：「萬事**會須**咨伯始，白頭容我占清閑。」上兩則皆猶云應須。有作會當者。杜甫《望嶽》詩：「**會當**凌絕頂，一覽衆山小。」蘇軾《次韻景仁留別》詩：「南遊許過我，不憚千里邈。**會當**聞公來，倒屣笑一握。」又《次韻答元素》詩：「流落天涯先有識，摩挲金狄**會當**同。」上三則均含有將然語氣。

還

還，猶云如其也。韓愈《送文暢師北遊》詩：「僧**還**相訪來，山藥煮可掘。」還相訪，猶云如其相訪也。陳師道《次韻關子容湖上晚飲》詩：「如今歸去**還**高臥，更問風光有幾旬？」還高臥，猶云如其高臥也。蘇軾《虞美人》詞：「君**還**知道相思苦，怎忍拋奴去。」還知道，猶云如其知道也。秦觀《水龍吟》詞：「名韁利鎖，天**還**知道，和天也瘦。」義同上。辛棄疾《賀新郎》詞：「啼鳥**還**知如許恨，料不啼清淚長啼血。」義亦同上。又《卜算子》詞，《飲酒敗德》：「盜跖倘名丘，孔子**還**名跖，跖聖丘愚直至今，美惡無眞實。」趙輯本、涵芬樓本均作還，汲古閣本、四印齋本均作如，還猶如也，與倘字互文。《花草粹編》四，無名氏《與團圓》詞：「天**還**有意，不違人願，與箇團圓。」言天如有意也。李萊老《揚州慢》詞，《瓊花次韻》：「歎而今杜郎**還**見，應賦悲春。」還見，如其見也。曾覿《念奴嬌》詞：「嫩紫嬌紅**還**解語，應爲主人留客。」還解語，如其解語也。姜夔《疏影》詞，詠梅：「莫似春風，不管盈盈，早與安排金屋。**還**教一片隨波去，又却怨玉龍哀曲。」詞意言宜早爲安排，使之得所，倘若任其自開自落，則一片隨波而去，又遺玉笛落梅之哀怨矣。此還字應作如其解，若作本義解，則與下句又字重複。《董西廂》三：「我**還**待送斷你子箇，又子母情腸意不過。」此與《疏影》詞同機軸，上句着一還字，下句着一又字。崔母意言如其將鶯鶯幽會之事出首，則又礙於母女之情而不忍也。子箇與則箇同，語助辭。又二：「我**還**取次隨賊寇，怕後人知道，這一場污名不小。」還取次，猶云如其草草。又三：「鶯鶯！你**還**知道我相思，甘心爲你相思死。」還知道，義見前。《西廂》五之二：「鶯鶯呵！你**還**知道我害相思，我甘心兒死。」卽脫胎《董西廂》原文。《張協狀元》戲文：「使留下金珠，饒你命；你**還**不肯，不相饒。」使者，倘使也，還與使互文。又：「奴**還**不得太公廝提攜，如何得過一個時辰。」又：「神**還**許妾嫁君時，覓一個聖杯。」杯卽杯珓，今云打卦。又：「神**還**靈異，賜照杯，許妾同連理。若不是，恩恩分散無終始。」還與若互文。又：「那張解元**還**得個祿衫上身時，終不成忘了貧女！」又：「那張解元未有信之前，奴家便有此念，**還**及第，奴竟往京師討他，如何？」討，猶云尋覓也。巾箱本《琵琶記》五：「公公可憐！俺的爹娘，望你周全。此身**還**貴顯，自當效銜環。」又八：「君**還**念妾，迢迢遠遠，也索回顧。」又十六：「公公！伊**還**身棄，我苦怎言。公**還**死了婆怎免。」伊即你也，見伊字條。伊還身棄，言你如其身死也。以上《張協狀元》戲文及《琵琶記》各還字，均作如其解。

和

和，猶連也。秦觀《阮郎歸》詞：「衡陽猶有雁傳書，郴陽**和**雁無。」言連傳書之雁亦無有也。又《水龍吟》詞：「名韁利鎖，天還知道，**和**天也瘦。」言連天亦不免當此苦況而消瘦，何況於人也。以下所舉各和字准此。晏幾道《阮郎歸》詞：「夢魂縱有也成虛，那堪**和**夢無。」柳永《傾杯樂》詞：「夢難極，**和**夢也多時間隔。」宋徽宗《燕山亭》詞，《北行見杏花》：「怎不思量，除夢裏有時曾去。無據，**和**夢也新來不做。」趙長卿《青杏兒》詞：「待要作個巫山夢，孤衾展轉，無眠到曉，**和**夢都休。」楊无咎《天下樂》詞：「今番爲寒忒太切，**和**天地也來廝鼈。」鼈即鬧別紐之別。《陽春白雪》二，魯逸仲《惜餘春慢》詞：「門外無窮路歧，天若有情，**和**天須老。」辛棄疾《蝶戀花》詞：「楊柳見人離別後，腰肢近日**和**他瘦。」杜安世《卜算子》詞：「我亦多情不忍聞，怕**和**我，添憔悴。」《花草粹編》九，無名氏《滿庭芳》詞：「聲聲腸欲斷，**和**我也點點珠淚成血。」按此爲詠孤雁詞。楊无咎《步蟾宮》詞：「自身作壞匹如閒，更和却旁人帶累。」《樂府陽春白雪》前三，馬東籬小令，《壽陽曲》：「因他害，染病疚。相識每勸咱是好意，相識若知咱就裏，和相識也一般憔悴。」凡此和字，均可以今之口語連字代之也。

解（一）　能解

解，猶會也；得也；能也。辛棄疾《念奴嬌》詞：「莫倚忘懷，西風也解，點檢尊前客。」四卷本《稼軒詞》丁集，也解作也會，解卽會也。更廣其例。李白《月下獨酌》詩：「月既不解飲，影徒隨我身。」不解飲，不會飲也。李頎《聽安萬善吹觱篥歌》：「世人解聽不解賞，長飆空中自來往。」言會聽不會賞也。羅隱《姑蘇臺》詩：「讓高泰伯開基日，賢見延陵復命時。未會子孫因底事，解崇臺榭爲西施。」意言吳國祖宗如泰伯季札皆賢君，不意子孫荒淫，竟會築臺以居西施也。蘇軾《王莽》詩：「百尺穿成連夜井，千金購得解飛人。」解飛人，會飛之人也。辛棄疾《祝英臺近》詞：「是他春帶愁來。春歸何處，却不解帶將愁去。」不解，不會也。以上爲會義。李商隱《題鵝》詩：「那解將心憐孔翠，羈雌常共故雄分。」解一作得，解卽得也。更廣其例。韓愈《月蝕》詩：「杷沙脚手鈍，誰使女解緣青冥。」意言誰使汝得上青天也。楊萬里《秋雨歎》詩：「霖霖滴滴未休休，不解教儂不白頭。」不解，不得也，言對雨憂愁，使我不得不頭白也。張先《一叢花》詞：

「沉恨細思，不如桃杏，猶解嫁東風。」猶解，猶得也。晁補之《紫玉簫》詞：「無花解比，似一鉤新月，雲際初生。」言無花得比也。以上為得義。李嘉祐《夜聞江南人家賽神》詩：「南方淫祀古風俗，楚媼解唱迎神曲。」解一作能，解即能也。更廣其例。王昌齡《青樓怨》詩：「腸斷關山不解說，依依殘月下簾鉤。」不解說，猶云不能說或不得說也。杜甫《洗兵馬》詩：「隱士休歌《紫芝曲》，詞人解撰《河清頌》。」解撰，能撰也。羅隱《西施》詩：「家國興亡自有時，吳人何苦怨西施！西施若解傾吳國，越國亡來又是誰？」言西施若能亡吳，則越又因誰而亡也。黃庭堅《寄賀方回》詩：「解作江南腸斷曲，只今唯有賀方回。」解作，能作也。柳永《木蘭花》詞：「解教天上念奴羞，不怕掌中飛燕妬。」解教，能教也。晁補之《安公子》詞：「問劉郎何計，解使紅顏却少。」解使，能使也。周邦彥《意難忘》詞：「知音見說無雙，解移宮換羽，未怕周郎。」言深諳音律，能移宮換羽，不怕周郎之糾誤也。張炎《鬬嬋娟》詞：「又暗約明朝鬬草，誰解先到。」誰解，誰能也。吳文英《祝英臺近》詞：「有情花影闌干，鶯聲門戶。解留我霎時凝竚。」解留我，猶言能留我或會留我也。以下更略舉解與能為對舉之互文者。陶潛《九日閒居》詩：「酒能祛百慮，菊解制頹齡。」王維《聽百舌鳥》詩：「入春解作千般語，拂曙能先百鳥鳴。」崔顥《雁門胡人歌》：「解放胡鷹逐塞鳥，能將代馬獵秋田。」張謂《夜同宴》詩：「竹風能醒酒，花月解留人。」又《春園家宴》詩：「櫻桃解結垂簷子，楊柳能低入戶枝。」白居易《池上竹下》詩：「水能性淡為吾友，竹解心虛即我師。」又《放言》詩：「但愛臧生能詐聖，可知甯子解佯愚。」又《送客南遷》詩：「水蟲能射影，山鬼解藏形。」韓愈《醉贈張祕書》詩：「不解文字飲，惟能醉紅裙。」韓湘《言志》詩：「解造逡巡酒，能開頃刻花。」李商隱《哭劉蕡》詩：「只有安仁能作誄，何曾宋玉解招魂。」吳融《浙東筵上有寄》詩：「隴禽有意猶能說，江月無心也解圓。」崔塗《鸚鵡洲卽事》詩：「曹瞞尙不能容物，黃祖何因解愛才。」韋莊《悼亡姬》詩：「竹葉豈能消積恨，丁香空解結同心。」蘇軾《六月二十七日望湖樓醉書》詩：「水枕能令山俯仰，風船解與月徘徊。」又《臨城道中》詩：「未應愚谷能留柳，可獨衡山解識韓。」陳與義《書懷》詩：「柏樹解說法，桑葉能通禪。」楊萬里《醉吟》詩：「身前只解皺兩眉，身後還能更杯酒。」康與之《應天長》詞：「鶯能舞，花解語，念後約頓成輕負。」《樂府雅詞》拾遺下，無名氏《臨江仙》詞：「正味能銷酒力，餘甘解助茶清。」《樂府新聲》上，馬致遠《行香子》套：「花能助喜，酒解忘憂。」《錯立身》戲文：「能教官吏如冰潔，解使民心似水清。」皆其例也。以上爲上下句對仗之互文。亦有散見於一句或上下句中者，略舉如下。元稹《獨醉》詩：「桃花解笑鶯能語。」李賀《走馬引》詩：「能持劍向人，不解持照人。」歐陽修《漁家傲》詞：「花不能言惟解笑。」辛棄疾《祝英臺近》詞：「畫梁燕子雙雙，能言能語，不解道相思一句。」凡此解字，均猶能字也。因能字與解字同義，故能解二字又聯用之而成一辭。兹附述於次。陸游《南堂雜興》詩：「如今百事無能解，只擬清秋上釣槎。」廖省之《沁園春》詞：「直下承當，本來能解，莫遣乾休。」能解之義，略如今所云能耐或本領。此在詩詞中不概見，然自是當時熟語，茲於詩詞外證之。《朱子語類》九十四：「卽是伊尹在莘野時，全無些**能解**，及至伐夏救民，逐旋叫喚起來。」又九十七：「如獼猴與人略似，則便有**能解**。」又：「盡被這些子**能解**，擔閣了一生，便無暇子細理會義理。」此可旁證也。以上爲能義。

解（二）

解，猶回也；次也。《花菴唐宋詞選》，李蕭遠《水龍吟》詞：「狂歌兩**解**，淸尊一舉，超然千里。」兩解，猶兩回也。《黑旋風》劇楔子：「恰纔囑付了三回五**解**。」解與回互文，解卽回也。《蝴蝶夢》劇四：「俺孩兒落不得席捲椽擡，誰想有這一**解**？」言那料有這一回事也。《張天師》劇四：「惹下場橫禍飛災，怎支吾這一**解**？」言怎對付這一回事也。《太平樂府》七，馬致遠《集賢賓》套，《思淸》：「聽夜雨無情，悄（哨）紗窗緊慢有三千**解**。」言有三千回也。

解（三）

解，武藝名辭，抵抗之義，轉而爲搏戰術之義，又遂以搏戰術之一套爲一解。《射柳捶丸》劇三：「把鋼刀舉起，覷箇明白。他可便難措手，忙架**解**。」《單鞭奪槊》劇三：「我見他格截架**解**不放空，起一陣殺氣黑濛濛。」《五馬破曹》劇一：「我這裏連肩帶臂大刀芟，他那裏遮截架**解**忙哀告。」《病劉千》劇二：「一狠二毒三短命，便是擂的舊家風，你怎生遮截架**解**，你試說一遍。」解與架聯用，此抵抗之義也。《太平樂府》七，關漢卿《鬭鵪鶉》套，《女校尉》：「演習得踢打溫柔，施逞得**解**數滑熟。」又一首：「甚旖旎，**解**數兒希，左盤右折煞曾習。」解數之數，義略同路數之數，此猶云搏戰術也。今江湖拳術家所云賣**解**，義與此同。《東平府》劇三：「衙內云：『怎生不見作戲打擂的？』……社頭云：『恰纔衙內爹爹，喚您呈幾**解**耍子哩！』呂彥彪云：『俺呈**解**有甚希罕。』」此以搏戰術之一套爲一解，故曰呈幾解，猶云演幾套也。《病劉千》劇二：「你看我橫裏丢，豎裏砍，往上兜，往下抛，……馬前劍撲手有那三十**解**。」《九宮八卦陣》劇四：「占乾方不敢那一驀，領兒郎則索暗藏埋，斧雙輪舞到有十餘**解**。」義均同上。

解道（一）

解道，猶云會說也；其指前人之名句而言者，則猶云會詠也。李白《金陵城西樓月下吟》：「**解道**澄江淨如練，令人長憶謝玄暉。」餘霞散成綺，澄江淨如練，爲謝朓（玄暉）《晚登三山還望京邑》詩。解道應作會詠解。蘇軾《送張嘉州》詩：「峨眉山月半輪秋，影入平羌江水流。謫仙此語誰**解道**，請看見月時登樓。」峨眉兩句，爲李白（謫仙）峨眉山月歌。解道義同上。楊萬里《謝譚德稱國正惠詩》詩：「君不見李家謫仙吟掉頭，**解道**峨眉山月半輪秋。又不見蘇家老仙冰琢句，更說只恐夜深花睡去。」峨眉句見上；只恐夜深花睡去，高燒銀燭照紅妝，爲蘇軾《海棠》詩。道與說對舉互文，道卽是說，益可證明。解道義仍同上。又《次昌英主簿叔雪韻》詩：「令人還憶柳柳州，**解道**千山絶飛鳥。」千山鳥飛絶，爲柳宗元《江雪》詩，此倒其字。解道義仍同上。晁端禮《滿庭芳》詞：「誰似風流太守，端**解道**春草池塘。」池塘生春草，爲謝靈運《登池上樓》詩，此約其語。靈運曾爲會稽太守，故以太守稱之。解道義仍同上。姜夔《水龍吟》詞：「甚謝郎也恨飄零，**解道**月明千里。」隔千里兮共明月，爲謝莊《月賦》中語，此約其意。解道義仍同上。趙長卿《漁家傲》詞，詠《梅》：「竹外一枝斜更好，誰**解道**，古今惟有東坡老。」江頭千樹春欲闇，竹外一枝斜更好，爲東坡《答秦太虛梅花》詩。解道義仍同上。沈端節《朝中措》詞：「**解道**淺妝濃抹，從來惟有東坡。」欲把西湖比西子，淡妝濃抹總相宜，爲東坡《飲湖上初晴後雨》詩。解道義仍同上。

亦有作會道者。辛棄疾《沁園春》詞：「朱雀橋邊，何人會**道**，野草斜陽春燕飛。」朱雀橋邊野草花，烏衣巷口夕陽斜，舊時王謝堂前燕，飛入尋常百姓家，爲劉禹錫《烏衣巷》詩，此約其意。會道義仍爲會詠。亦有作解言者。韓駒《次韻館中上元游葆眞宮觀燈》詩：「開卷愛公如李益，**解**言明月逐人來。」暗塵隨馬去，明月逐人來，爲蘇味道《上元》詩，韓駒詩意似指爲李益所作，俟考。解言義仍爲會詠；以須用平聲字，故不用解道而用解言。以上所舉各例，皆指詩賦名句，故道字當作吟詠解。更旁證之，姜夔《法曲獻仙音》詞："喚起淡妝人，問逋仙今在何許？象筆鸞牋，甚而今不**道**秀句？"逋仙指詩人林逋，不道秀句，猶云不吟秀句或不詠秀句也。若以不言秀句或不説秀句解之，則不愜矣。至於解道之泛説事情，不指名句者，則當作會説解。李商隱《贈歌妓》詩："只知**解道**春來瘦，不道春來獨自多。"只知解道，猶云只知會説也。僧仲殊《蝶戀花》詞："經歲別離閑與問。花上啼鶯，**解道**深深恨。"解道深深恨，猶云會説深深恨也。陳克《臨江仙》詞："微吟休作斷腸聲。流鶯百囀，**解道**此時情。"解道此時情，猶云會説此時情也。復次，陳造《上巳溪上燕》詩："**解道**蘭亭亦陳迹，肯吟楚些愴幽情。"俯仰之間，已成陳迹，此王羲之《蘭亭序》中語，然非詩賦，不當以會詠解之，而當以會説解之也。

解道(二)

解道，猶云知道也，此從解之本義。張籍《涼州》詩："邊將皆承主恩澤，無人**解道**取涼州。"言邊將只承恩澤，不知取涼州也。陸龜蒙《早春雪中》詩："君披鶴氅獨自立，何人**解道**眞神仙。"言無人知其爲神仙也。葉夢得《永遇樂》詞："此中高興，何人**解道**，天也未應輕付。"義同上。蔡松年《月華清》詞："念老去鏡裏流年，空**解道**人生適意。"言雖知道人生貴適意，亦枉然也；然此作會説解，亦得。

饒（一）

饒，猶讓也。李白《上皇西巡南京歌》：「柳色未饒秦地綠，花光不減上陽紅。」未饒，未讓也。李商隱《宋玉》詩：「《楚辭》已不饒唐勒，《風賦》何曾讓景差。」饒與讓爲互文，饒卽讓也。白居易《有木》詩，詠櫻桃：「色求桃李饒，心向松筠妬。」吳融《蛙聲》詩：「君聽月明人靜夜，肯饒天籟與松風。」晁補之《綠頭鴨》詞：「喜淸時杯銜樂聖，未饒綠野堂前。」辛棄疾《最高樓》詞：「風流怕有人知處，影兒守定竹旁廂。且饒他，桃李趁，少年場。」趙師俠《酹江月》詞：「眞香冶態，未饒紅紫春色。」《樂府新聲》中，無名氏《折桂令》，《紅梅》：「共倚竹佳人看時，索饒他風韻些兒。」義均同上。

饒（二）　擔饒　躭饒

饒，猶恕也；憐也。杜甫《立秋後題》詩：「日月不相饒，節序昨夜隔。」杜牧《送隱者》詩：「公道世間惟白髮，貴人頭上不相饒。」均爲饒恕義，此普通義，不備舉。其在曲中則曰擔饒。《董西廂》三：「六十餘歲的婆婆，道千萬擔饒我女呵！子母腸肚終須熱。」又：「官人每更做擔饒你，須監守得你幾夜。」亦作躭饒。《傷梅香》劇二：「怎生向賤妾行告躭饒。」《伍員吹簫》劇四：

「若要我躭饒，只除是東方日落。」擔饒或躭饒，均饒恕義也。由饒恕義引申之則爲憐義。白居易《喜小樓西新柳抽條》詩：「爲報金堤千萬樹，饒伊未敢苦爭春。」饒伊，猶云憐伊也。宋徽宗《聲聲慢》詞，詠《梅》：「前村夜來雪裏，殢東君須索饒伊。」須索重言，猶云須要憐伊也。劉克莊《卜算子》詞，《惜海棠》：「盡是手成持，合得天饒借。」饒借，亦憐惜義。而最習見者則爲索饒及得饒，均可作得憐解。陸龜蒙《自遣》詩：「誰使寒鴉意緒嬌，雲晴山晚動情憀。亂和殘照紛紛舞，應索陽烏次第饒。」次第猶云頃刻，見次第條。言寒鴉得陽烏頃刻之憐，故飛舞於殘照中也。黄庭堅《次韻高子勉》詩：「蔞蒿穿雪動，楊柳索春饒。」索春饒，猶云得春憐也。陸游《數日暄妍頗有春意》詩：「小春花蕾索春饒，已有暄風入紫貂。」義同上。楊萬里《落梅有歎》詩：「纔看臘後得春饒，愁見風前作雪飄。」得春饒，亦猶云得春憐也。和凝《河滿子》詞：「正是破瓜年紀，含情慣得人饒。」得人饒，猶云得人憐也。魏承班《訴衷情》詞：「春情滿眼臉紅綃，嬌妬索人饒。」索人饒，亦猶云得人憐也。柳永《木蘭花》詞，《柳枝》：「殢烟尤雨索春饒，一日三眠誇得意。」《絕妙好詞》四，譚宣子《江城子》詞，《詠柳》：「嫩黄初染綠初描，倚春嬌，索春饒。」《花草粹編》二，張小山《小桃紅》詞：「一汀烟雨索春饒，添得楊花鬧。」義均見前。按毛滂《踏莎行》詞：「管曾獨自索春憐，而今覷着東風笑。」索憐，猶云索饒，此更可爲饒與憐同義之一證。

饒(三)

饒，猶添也；連也；不足而求增益也。即今所云討饒頭之饒。沈佺期《和上巳連寒食》詩：「行樂光輝寒食借，太平歌舞晚春饒。」意言上巳帶寒食，不啻爲饒頭也。韓愈《春雪》詩：「莫愁陰景促，夜色自相饒。」意言夜間雪光，不啻爲陰景之饒頭也。王建《題所賃宅牡丹花》詩：「賃宅得花饒，初開恐是妖。」言花爲賃宅之饒頭也。姚合《武功縣》詩：「移花兼蝶至，買石得雲饒。」言石能生雲，故雲爲饒頭也。李商隱《當句有對》詩：「但覺游蜂饒舞蝶，豈知孤鳳憶離鸞。」言連帶舞蝶也。陸游《雨》詩：「紙帳光遲饒曉夢，銅鑪香潤覆春衣。」言添得曉夢也。楊萬里《郡齋梅花》詩：「不應臘尾春頭裏，兩歲風光一併饒。」言將兩歲之風光一併饒來也。《南宋六十家》，周弼《冬賽行》：「去年田家五分熟，更饒三分百事足。」言討三分饒頭也。柳永《黃鶯兒》詞：「當上苑柳濃時，別館花深處。此際海燕偏饒，都把韶光與。」言海燕偏饒得韶光也。史達祖《浪淘沙》詞：「幾點落花饒柳絮，同爲春愁。」言落花連帶柳絮，同作春愁材料也。劉子寰《阮郎歸》詞，詠《桃木》：「風影舞，露痕潮，買來和蝶饒。」此與前王建詩、姚合詩之用法同。《黃粱夢》劇一：「呂洞賓云：『兀那打火的婆婆，央你做飯與我吃。行人貪道路，你快些兒。』王婆云：『客官！你好急性也，饒一把兒火者。』」又：「洞賓云：『飯熟也未？』王婆云：『還饒一把火兒。』」饒一把火，言添一把火也。《西廂》四之二：「猜他窮酸做了新婿，猜俺小姐做了嬌妻，猜那賤人做了饒頭。」此則逕用饒頭字矣。《張協狀元》戲文：「似恁唱說諸宮調，何如把此話文敷演。後行脚色，力齊鼓兒，饒個攛掇末泥色，饒個踏場，……饒個《燭影搖紅》斷送。」斷送，卽贈品之意；所謂饒個某某項者，卽饒頭戲之意。又：「未說員夢，先饒一個聽聲。」員夢，卽圓夢。聽聲者，聽人之言語聲音以斷其禍福，亦江湖術士之一行。《風月紫雲庭》劇：「我唱的是《三國志》，先饒十大曲。」義均同上。

饒（四）　嬌饒　妖饒　夭饒

饒，猶嬌也；妖也。爲佳美之義。嬌嬈之嬈字本作饒，《玉臺新詠》及《樂府詩集》均載宋子侯《董嬌饒》詩，字作饒，唐人亦多作饒。杜甫《春日戲題惱郝使君》詩：「細馬時鳴金騕褭，佳人屢出董嬌饒。」元稹《哭女樊》詩：「爲占嬌饒分，良多眷戀誠。」溫庭筠《柳》詩：「香隨靜婉歌塵起，影伴嬌饒舞袖垂。」李商隱《無題》詩：「露花終裛濕，風蝶強嬌饒。」此四詩均作律體對仗，玩其所對嬌饒之字，或爲人名，或爲疊韻字，均屬平用，則嬌饒二字亦必平用無疑，二字同爲美義，非嬌多之義也，饒猶嬌也。又妖嬈之嬈字亦作饒。王安石《北坡杏花》詩：「一坡春水遶花身，身影妖饒各占春。」《醉翁琴趣外篇》，歐陽修《訴衷情》詞：「歌時眉黛舞時腰，無處不妖饒。」

又《少年游》詞：「綠雲雙嚲插金翹，年紀正妖饒。」《花菴中興詞選》，吳子和《醜奴兒》詞：「謾回首妖饒何處，眷戀無由。」侯寘《鳳凰臺上憶吹簫》詞，《詠蠟梅》：「妖饒似，曉鏡乍開，綠沁眉山。」亦作夭饒。晁端禮《水龍吟》詞：「小桃一種，夭饒偏占，春工用意。」《陽春白雪》三，吳大年《南鄉子》詞：「遙想晚妝呵手罷，夭饒，更傍朱脣暖玉簫。」妖饒、夭饒均猶妖嬈，饒猶妖也。嬌與妖或夭，均爲佳美之義，故嬌饒、妖饒、夭饒，均爲同義之重言。以下再舉單用饒字之各證。李嶠《人日侍宴大明宮應制》詩：「鳳城景色已含韶，人日風光倍覺饒。」言帝城景色已佳，人日風光益美也。綦毋潛《題鶴林寺》詩：「願謝攜手客，茲山禪誦饒。」言以在山中禪誦爲佳也。韓愈《次同冠峽》詩：「今日是何朝，天晴物色饒。」言物色風景佳美也。又《城南聯句》：「書饒罄魚繭，紀盛播琴箏。」饒字與盛字對舉，均爲佳美義。杜牧《題吳興消暑樓》詩：「晴日登攀好，危樓物象饒。」饒字與好字對舉，均爲佳美義。柳永《法曲獻仙音》詞：「慣憐惜，饒心性鎮厭厭多病，柳腰花態嬌無力。」饒心性猶云美性情。趙長卿《柳梢青》詞：「晴雪樓臺，試燈簾幕，適是元宵。羅綺嬌春，帝城風景，今夜應饒。」言今夜風景應佳美也。《詞林摘豔》一，無名氏小令，《二犯江兒水》：「悶倚闌干凝眺，天寒景色饒。見梅開玉蕊，雪墜瓊瑤。」景色饒與物色饒、物象饒同義；梅開二句即其注脚。又七，無名氏《集賢賓》套，「鶯花寨近來無戰討」篇：「他戀着蓬窗下風致佳，舵樓中景物饒，棹歌聲裏樂陶陶。」饒字與佳字對舉而同義。

饒(五)　縱饒　假饒　直饒

饒，猶任也；儘也。假定之辭。凡文筆作開合之勢者，往往用饒字爲曲筆以墊起之。徐凝《鸚鵡》詩：「任饒長被金籠闔，也免棲飛雨雪難。」言任是長在籠中，也免得在雨雪中也。任饒二字爲重言。杜牧詠《猿》詩：「三聲欲斷腸疑斷，饒是少年今白頭。」言任是少年，聽猿聲傷感而亦變白頭也。楊萬里《秋雨歎》詩：「枯荷倒盡饒渠著，滴損蘭花太薄情。」言秋雨摧倒枯荷也儘由他，奈何滴損蘭花。又《雪凍未解散策郡圃》詩：「圃中散策饒君強，敢犯霜風上古城？」強，即倔強之強，言儘爾能在圃中扶策散步，亦敢登城否。又《觀社》詩：「王侯將相饒尊貴，不得渠儂一餉癲。」饒尊貴，儘尊貴也。張先《山亭宴》詞：「饒他此後更思量，總莫似當筵情緒。」饒他，猶云任他也。趙長卿《探春令》詞，《賞梅》：「便饒他百計千方做就，醞藉如何學。」言他花任學得梅花之形似，而醞藉處終不能學也。《樂府新聲》中，陳草菴小令，《山坡裏羊》：「饒君更比石崇富，合眼一朝天數足，金也換主，銀也換主。」饒君，猶云任君也，總之皆墊起以取勢也。有作縱饒者。杜荀鶴《下第投所知》詩：「縱饒生白髮，豈敢怨明時。」陳陶《隴西行》：「縱饒奪得胡林塞，磧地桑麻種不生。」羅隱《病中上錢尙父》詩：「縱饒吳土容衰病，爭奈燕臺費料錢。」又《重九廣陵道中》詩：「佳節縱饒隨分過，流年無奈得人憎。」加一縱字，墊起之勢更明顯。有作假饒者。李山甫《南山》詩：「假饒不是神仙骨，終抱琴書向此遊。」又《柳》詩：「假饒張緒如今在，須把風流暗裏銷。」程垓《孤雁兒》詞：「假饒眞箇，雁書頻寄，何似歸來早。」黃庭堅《好女兒》詞：「假饒來後，教人見了，却去何妨。」楊旡咎《眼兒媚》詞：「假饒薄命，因何瘦了，剗地風流。」陸游《玉蝴蝶》詞：「假饒相送，上馬何妨。」蔣捷《小重山》詞：「假饒無分入雕闌，窺妝鏡也合小溪灣。」《董西廂》四：「便假饒天下雪，解不得我這腹熱。」巾箱本《琵琶記》四：「假饒一舉登科日，難道是雙親未老時。」又三十：「假饒親戚孩兒貴，終不然便拋棄。」加一假字，假定之義更明顯。有作直饒者。直字亦假定辭，與饒同義。李咸用《依韻修睦上人山居》詩：「秉濟直饒同巨楫，自由何似學孤雲。」《瀛奎律髓》二十七，楊契玄《莎衣》詩：「直饒紫綬金章貴，未肯輕輕博換伊。」歐陽修《鼓笛慢》詞：「便直饒更有丹青妙手，應難寫，天然態。」又《洞仙歌令》詞：「便直饒伊家總無情，也拚了一生爲伊成病。」程垓《四代好》詞：「直饒酒好如澠，未抵意中人好。」黃庭堅《望江東》詞：「直饒尋得雁分付，又還是，秋將暮。」晁補之《鹽角兒》詞，《亳社觀梅》：「直饒更疏疏淡淡，終有一般情別。」辛棄疾《聲聲慢》詞，《送上饒黃倅秩滿赴調》：「便直饒萬家淚眼，怎抵得這眉間黃色一點。」又《水龍吟》詞：「富貴他年，直饒未免，也應無味。」趙彥端《鵲橋仙》詞，《送路勉道赴長樂》：「直饒書與荔枝來，問纖手誰傳冰盌。」《絕妙好詞》五，莫崙《玉樓春》詞：「直饒明日便相逢，已是一春閑過了。」《花草粹編》六，郭承禧《踏莎行》詞：「直饒雲雨夢陽臺，夢回依舊無尋處。」直字與饒字聯用，假定之義更顯，曲筆之力量亦愈足。

直(一)

直，與就使、卽使之就字、卽字相當，假定之辭。凡文筆作開合之勢者，往往用直字以埶起，與饒字相似，特饒字緩而直字勁耳。羊士諤《亂後曲江》詩：「遊春人盡空池在，直至春深不似春。」言卽使在春深時亦不似春也。李商隱《海上》詩：「石橋東望海連天，徐福空來不得仙。直遣麻姑與搔背，可能留命待桑田。」意言卽使能得麻姑搔背，亦豈能長命成仙乎。又《無題》詩：「直道相思了無益，未妨惆悵是清狂。」清狂爲不慧或白癡之義。言卽使相思無益，亦不妨終抱癡情耳。杜牧《池州送孟遲先輩》詩：「人生直作百歲翁，亦是萬古一瞬中。」言卽使人生百歲，亦是萬古一瞬也。又《雲夢澤》詩：「直是超然五湖客，未如終始郭汾陽。」意言卽使韓信能避禍全身，終不如高帝能保全功臣之爲愈也。陸龜蒙《和襲美虎丘寺西小溪閒泛》詩：「雲涯一里千萬曲，直是漁翁行也迷。」言卽使漁人能入桃源，然至此則也應迷路矣。又《江墅言懷》詩：「直使貂裘敝，猶堪過一冬。」直使與卽使同。韓偓《南浦》詩：「直敎筆底有文星，亦應難狀分明苦。」按分明似應作分離。言卽在能文之士，亦難狀此苦也。而楊无咎《南歌子》詞：「直敎筆底有文星，欲狀此時情味若爲成？」卽從韓詩脫胎。吳融《關西驛亭卽事》詩：「直是無情也腸斷，鳥歸帆沒水空流。」言卽在無情之人亦不免腸斷也。李九齡《詠鶴》詩：「不須更飲人間水，直是清流也汚君。」言卽使清流亦不飲也。蘇軾《吳江三賢畫像》詩：「不須更說知機早，直爲鱸魚也自賢。」言張翰卽使專爲鱸魚而回吳，亦是賢也。黃庭堅《效王仲至詠姚花》詩：「直言紅塵無路入，猶傍蜂須蝶翅來。」言卽使說紅塵無路也。按姚花謂牡丹也。王安石《詳定試卷》詩：「文章直使看無纇，勳業安能保不磨。」言卽使文章無疵纇也。辛棄疾《玉樓春》詞：「謝公直是愛東山，畢竟東山留不住。」言卽使愛東山也。

直（二）

直，指示方位之辭。有云直上者。邱爲《尋西山隱者不遇》詩：「絶頂一茅茨，直上三十里。」韋應物《黿頭山神女歌》：「黿頭之山直上洞庭連青天。」《西廂》一之一：「頭直上只少箇圓光，卻便似捏塑來的僧伽像。」《倩女離魂》劇三：「頭直上打一輪皁蓋，馬頭前列兩行朱衣。」有云直下者。岑參《過磧》詩：「黃沙磧裏客行迷，四望雲天直下低。」郎士元《郢西城樓吟》：「朱欄直下一百尺。」《董西廂》二：「屹搭搭地直驅來馬直下。」又三：「行不到書窗直下，兜地回來，又說些兒話。」《紅梨花》劇一：「妾身住處，兀那東直下，深村曠野不堪誇。」有云直東者。劉學箕《臨江仙》詞：「漢江迷望眼，衮衮直東流。」《董西廂》一：「君瑞正行之次，僕人順手直東指。」有云直南者。《董西廂》二：「何曾敢與他和尚爭鋒，望著直南下便迓。」有云直西者。王建《田家留客》詩：「雙塚直西有縣路，我教丁男送君去。」《南宋六十家》，周弼《望太湖》詩：「直西一道孤光起，指點人看是白龍。」有云直北者。杜甫《小寒食舟中》詩：「愁看直北是長安。」又《秋興》詩：「直北關山金鼓震。」韓偓《雨後月中玉堂閒坐》詩：「銀臺直北金鑾外。」蘇庠《菩薩蠻》詞：「荒坡垂斗柄，直北鄉山近。」以上皆指空間方位而言。此外復有直下一語，性質不同者，附述於此。歐陽詹《許州送張中丞》詩：「孫吳去後無長策，誰敵留侯直下孫。」又《送郭秀才》詩：「幷州細侯直下孫，才膺秋賦懷金門。」所云直下，殆猶今所謂直系，與指示方位之意義有別也。

盡

盡，猶儘也；任也。杜甫《朱鳳行》：「願分竹實及螻蟻，盡使鴟梟相怒號。」白居易《題山石榴花》詩：「爭及此花檐戶下，任人采弄盡人看。」此與任字互文。又《行香歸》詩：「鸞臺鳳尾道，合盡少年登。」盡字自注上聲。司空圖《有感》詩：「功臣盡遣詞人贊，不省滄洲畫魯連。」和凝《柳枝詞》：「醉來咬住新花子，拽住仙郎盡放嬌。」秦觀《南鄉子》詞：「盡道有些堪恨處，無情，任是無情也動人。」上用盡字，下用任字，亦互文。僧揮《洞仙歌》詞：「愛橫管孤度《隴頭》聲，盡拚得幽香，爲君分付。」趙輯《宋金元人詞》本《篁嵲詞》，劉子寰《玉漏遲》詞：「樓居簟枕清涼，盡永日闌干，與誰同凭。」《樂府陽春白雪》前二，貫酸齋小令，《蟾宮曲》：「相逢忘却余咱，夢隔行雲，**盡**好詩誇。」《樂府羣玉》一，任則明小令，《沉醉東風》：「**盡**醉梅花不要醒，怕孤負良辰媚景。」皆其例也。

遮莫（一） 折莫 折末 折麽 折摸 者莫 者麽 者磨

遮莫，猶云儘教也。此《鶴林玉露》說。字亦作折莫、折末、折麽、折摸、者莫、者麽、者磨。杜甫《書堂飲既夜，復邀李尚書下馬，月下賦絕句》：「久拚野鶴如雙鬢，**遮莫**鄰雞下五更。」言儘教飲至達旦無妨也。方干《贈鄰居袁明府》詩：「朝昏幸得同醒醉，**遮莫**光陰自下坡。」意卽脫胎杜詩，此習見，不備舉。舉其字異而義同者如下。《漁樵記》劇四：「**折莫**你便逩井投河自推自跌自埋自怨，便央及煞俺也不相憐；**折莫**便一來一往一上一下將咱解勸，總蓋不過你這前愆。」《陳摶高臥》劇四：「**折末**胡廝纏到晨鍾撞，休想我一點狂心蕩。」《貶黃州》劇一：「臣**折麽**流儈耳，臣**折麽**貶夜郎。」巾箱本《琵琶記》二十五：「**折摸**你是怎生俏俏的，也落在我圈圚。」《雍熙樂府》六，虞伯生《粉蝶兒》套，詠《十花仙》：「引長藤紅刺難親傍，散高架淸陰得路岐。也不甚，十分貴。**者莫**你連枝引蔓，到惹的挽袖牽衣。」按此指薔薇而言。《元明雜劇》，《豫讓吞炭》劇四：「**者麽**教鼎鑊烹，**鈇鉞**誅，凌遲苦痛。休想俺這鐵心腸半星兒改動。」《雍熙樂府》一，無名氏《醉花陰》套，《賞翫》：「**者麼**你重裀列鼎更如何？積玉堆金待怎麼？」以上皆與遮莫同，皆爲儘教義。

遮莫（二）　折莫　折末　者麼　者莫

遮莫，猶云不論或不問也。折莫、折末、者麼、者莫同。岑參《原頭送范侍御》詩：「別君祗有相思夢，**遮莫**千山與萬山。」言相思之夢能通，不論如何之遠也。楊萬里《梅》詩：「老無半點看花意，**遮莫**明朝雨及晴。」言不問晴雨如何也。《花草粹編》九，劉靜甫《水調歌頭》詞：「選甚范侯高爵，**遮莫**陶公鉅產，爭似五湖舟。」此與選甚互文，選甚，卽不論之義，見選甚條。《董西廂》二：「**遮莫**賊軍三萬垓，便是天蓬黑煞，見他也應伏輸。」言莫說賊軍，就使天蓬黑煞也無用也。《飛刀對箭》劇二：「**遮莫**待開弓也那蹬弩，揚威也那耀武，我情願陣面上相持去。但能轂罩陣裏做一箇小卒，**遮莫**便合後等，當先去；**遮莫**待遇水疊橋，逢山開路。」言不論開弓蹬弩，不論合後當先，不論疊橋開路也。《董西廂》一：「**折莫**老的少的，俏的村的，滿壇裏熱荒。」言不論老少村俏甚麼樣人也。《錯立身》戲文：「我舞得彈得吹得。**折莫**大（待）擂鼓吹笛；**折莫**大（待）裝神弄鬼；**折莫**特（待）調當撲旗。我是宦門子弟，也做得您行院人家女壻。」凡三折莫字，皆作不論解。大字特字均與待字同，待者猶云要也。三十種本《博望燒屯》劇：「轅門外望着，**折末**有甚人來，報與我者。」言不論甚麼人也。又：「您二人或揣着，或搭着，**折末**甚物，俺哥哥十猜十個着。」言不論甚麼物也。《龍虎風雲會》劇一：「十八般武藝，非敢道，自矜誇。**折末**鎗刀幷劍戟，鞭簡(鐧)共椎檛。」言不論甚麼兵器也。《太平樂府》八，無名氏《粉蝶兒》套，《閱世》：「**折末**圍棊趕個相知，打雙陸攀個門庭。**折末**妝蹺小踢，賽個輸贏。不是我逞，我逞。**折末**共釋道清談，漁樵閒話，我可也略通蹊徑。**折末**道謎續麻合笙，**折末**道字說書打令，諸般樂藝都曾領。」凡五折末字，皆作不論解。《三化邯鄲》劇二：「若盧生不打從這裏過呵！徒弟使一箇鳥道。**者麼**那裏，拿也拿將他來。」言不問甚麼地方也。涵芬本《博望燒屯》劇四：「**者麼**你甚麼物件，不問你藏在何處，我這哥哥便得知道。」者麼與不問互文，者麼猶不問也。《魏徵改詔》劇三：「你將那沉枷鐵鎖都開放，**者莫**是犯滿徒，發遞流，不問那該笞杖。」者莫與不問互文，義例同上。

遮莫(二) 者莫

遮莫，猶云假如也。者莫同。劉朝霞獻明皇帝幸溫泉詞：「**遮莫**你古時千帝，何如我今日三郎。」此爲開合呼應句法，下句曰何如，則上句之遮莫，以解作假如爲得勁。文見仇兆鰲注杜詩二十一引唐鄭綮《傳信記》。李白《少年行》：「**遮莫**枝根長百丈，不如當代多還往。**遮莫**姻親連帝城，不如當身自簪纓。」此亦開合呼應句法，義同上。《董西廂》三：「休道你姐姐，**遮莫**是石頭人也心動。」言假如是石頭人也心動也。《魯齋郎》劇一：「或是流二千，**遮莫**徒一年，恁時節則落的幾度喘。」遮莫與或是互文，遮莫猶或是也；或是亦假如之義。《暗度陳倉》劇二：「**者莫**便逢着大海，或是便遇着大江。」者莫與或是互文，義例同上。劉庭信小令，《寨兒令》：「假若你是銅脊梁，**者莫**你是鐵肩膀，也磨擦成風月擔兒瘡。」者莫與假若互文，者莫猶假若也。《打韓通》劇三：「**者莫**他能走能飛，假若是能戰能敵。」義例同上。

遮莫（四）　者麽　者末　折莫

遮莫，猶云甚麽也。者麽、者末、折莫同。《才調集》，李白《寒女吟》：「憶昔嫁君時，曾無一夜樂。不是妾無堪，君家婦難作。起來強歌舞，縱好君嫌惡。下堂辭君去，去後悔**遮莫**？」悔遮莫，猶云悔甚麽也，此決絕之辭。《花草粹編》四，徐淵子《阮郎歸》詞：「茶寮山上一頭陀，新來學**者麽**？蝸蚌螃蟹與烏螺，知他放幾多？」學者麽，猶云學甚麽也，卽指下二句放生之事。原注略云，丁少詹與妻有違言，棄家居茶寮山，茹素誦經，日買海物放生，淵子作此詞。《鴛鴦被》劇三：「從今後女孩兒每休惹他這酸丁，都是些之乎者也說合成，我道來可是**者麽**娘七代先靈！」者麽娘，猶云甚麽娘也，詈詞用之。《劉弘嫁婢》劇一：「我問甚麽〔他〕那跛臂瘸臁，**者麽**他那眼瞎頭禿。」者麽與甚麽互文，者麽卽甚麽也。《雍熙樂府》六，無名氏《粉蝶兒》套，《妓女收心》：「問甚麽官人令史；**者末**儒流秀士，浪子人兒。但來的與兩箇相思字，端的是誰害相思。」

者末與甚麼互文，者末卽甚麼也。《錯立身》戲文：「管甚麼抹土搽灰，**折莫**擂鼓吹笛。」折莫與甚麼互文，折莫卽甚麼也。

遮莫（五）

遮莫，猶云莫要也。陳傅良《和張端士初夏詩》：「短夜得眠常不足，僧鐘**遮莫**報晨昏。」此遮莫字玩詩意，應作莫要解。宋人歐良所編《撫掌詞》，詞均不著撰人姓名，其中遮莫字凡三見，均應作莫要解。其一、《沁園春》詞，《詠未開梅》，全首如下：「我善觀梅，識梅妙處，舍我其誰？待裁冰剪雪，已無足道；凝酥弄粉，愈不爲奇。枉費心神，巡簷索笑，點檢南枝並北枝。梅應道，似這般題品，未是相知。　分明有箇端倪。**遮莫**把人間凡眼窺。那精神全在，半含蕊處；風流全在，未有香時。萬木叢邊，兩三點白，此是生生化化機。花開也，又怎生消得，箇樣詞兒？」玩全詞之意，遮莫句，言莫要將人間凡眼去看也。其二、《買陂塘》詞：「逢場戲，**遮莫**悲秋憔悴。今朝有酒須醉。」言莫要悲秋憔悴也。其三、《長相思》詞：「酒如池，醉如泥。**遮莫**敎人有醒時，雨晴都不知。」言莫要敎人有醒時也。此外更廣其例。晏殊《秋蕊香》詞：「今朝有酒今朝醉，**遮莫**更長無睡。」此亦應作莫要解；言莫要無睡也。李光《臨江仙》詞，《甲子中秋微雨，聞施君家宴戲贈》：「畫棟朱樓凌縹緲，全家住在層城。中秋風露助淒清。香凝宴寢，**遮莫**下簾旌。佳節喜逢今夕月，後房重按新聲。姮娥端解妒娉婷。微雲點綴，不放十分明。」此亦應作莫要解，言莫要因微雨而下簾，正須慶賞佳節也。張雨《茅山逢故人》詞：「能消幾度相逢？遮莫而今歸去。」此亦應作莫要解，言惟其會難，莫使別易也。

遮渠

遮渠，猶云儘他或任他也。遮莫字作儘教解，此遮字解亦如之。《賀知章答朝士》詩：「鈒鏤銀盤盛蛤蜊，鏡湖蓴菜亂如絲。鄉曲近來佳此味，遮渠不道是吳兒。」遮渠不道爲一熟語。不道，不料也，言儘他料亦料不到也。吳兒字殆暗用木人石心事：賈充稱夏統，此吳兒木人石心也。見《晉書·夏統傳》。詩意言不料是木石心腸之吳兒，偏諳此風味也。白居易《答州民》詩：「宦情抖擻隨塵去，鄉思消磨逐日無。唯擬騰騰作閒事，遮渠不道使君愚。」遮渠不道義同上，言不料使君如此之愚，其好作閒事之心終不改也。按此詩共兩首，上一首《代州民問》詩云：「龍昌寺底開山路，巴子臺前種柳林。官職家鄉都忘却，誰人會得使君心？」閒事，即指開山種林之事。元稹《放言》詩：「乞我杯中松葉滿，遮渠肘上柳枝生。」言但使杯中酒滿，儘他身上發生變化也。

遮

遮，與這同。這本音彥，迎也，係借用之字，本字應從遮或者。陸游《點絳脣》詞：「江湖上，遮回疏放，作箇閒人樣。」遮回，這回也。張鎡《漁家傲》詞：「遮箇漁翁無慍喜，乾坤都在孤篷底。」遮箇，這箇也。楊无咎《洞仙歌》詞：「幽歡猶未足，催度橋歸，烏鵲無端便驚散。別後欲重來，杳杳銀河，空悵望不勝悽斷。最可惜當初泛槎人，甚不問天邊，遮些麼難。」麼難卽磨難，遮些，這些也。詞係詠牛女事。《陽春白雪》五，史藥泉《花心動》詞：「遮愁緒，丹青怎生畫取？」遮愁緒，這愁緒也。

者（一）

者，與這同。蜀王衍《醉妝》詞：「者邊走，那邊走，只是尋花柳。那邊走，者邊走，莫厭金杯酒。」者邊，這邊也。晏幾道《少年游》詞：「細想從來，斷腸多處，不與者番同。」者番，這番也。宋徽宗《宴山亭》詞：「憑寄離恨重重，者雙燕何曾，會人言語。」者雙燕，這雙燕也。辛棄疾《醜奴兒近》詞：「只消山水光中，無事過者一夏。」者一夏，這一夏也。黃孝邁《湘春夜月》詞：「者次第，算人間沒箇，并刀剪斷，心上愁痕。」者次第，這情形也。楊澤民《少年游》詞：「冶葉叢中，閒花堆裏，那有者相知。」者相知，這相知也。戴復古《木蘭花慢》詞：「者一點閒愁，十年不斷，惱亂春風。」者一點，這一點也。

者(二)

者，語助辭，猶着也；亦猶焉也。王維《送晁監還日本國詩序》：「子其行乎，余贈言**者**。」此猶云余贈言焉。唐玄宗《經魯祭孔子》詩：「夫子何爲**者**，栖栖一代中。」此猶云何爲焉或何爲乎。辛棄疾《賀新郎》詞：「我輩從來文字飲，怕壯懷激烈須歌**者**。」此猶云須歌焉，或須歌着。《太平樂府》二，李愛山小令，《壽陽曲》：「彈**者**舞**者**唱**者**，只喫到楊柳岸曉風殘月。」此猶云彈着、舞着、唱着；若在文言，則猶云彈焉、舞焉、唱焉。又二，宋方壺小令，《清江引》：「剔團圞一輪天外月，拜了低低說。是必常團圓，休着些兒缺。願天下有情底都似你**者**。」此者字與似字相應，猶云像着；若在文言，則猶云都似汝焉。又四，九皐小令，《山坡羊》：「斷霞遮，夕陽斜，山腰閃出閒亭榭，分付畫船且慢**者**。」猶云慢着。《氣英布》劇三：「看**者**看**者**喒爭鬬，都教望着風兒走。看**者**看**者**喒爭鬬，都教死在喒家手。」猶云看着看着。《望江亭》劇三：「珠冠兒怎戴**者**？霞帔兒怎掛**者**？這三簷傘怎向頂門遮？喚侍妾簇擁**者**。」猶云戴着、掛着、簇擁着。按者字多屬命令口氣，茲復舉《虎頭牌》一劇爲例。《虎頭牌》劇一：「山壽馬聽聖人的命……謝了恩**者**！」「叔父！你受了這牌子**者**！」「叔叔去取行李，路上小心在意**者**！」又三：「左右！拿下去打着**者**！」「安排下大棒子，先摧折他兩臁骨**者**！」「推出老完顏斬了**者**！」「鐃了他項上一刀，改過狀子，杖一百**者**！」又四：「既然元帥親身到此，須索開門，請他進來**者**！」「快與我殺羊盪酒來，與叔父煖痛**者**！」餘不備舉。復次，舊式公文如須至文憑者、須至照會者等語之者字，亦大都爲命令口氣，亦可解爲與焉字相當。須至猶云應得，猶云應得文憑焉、應得照會焉。

者(三)

者，猶儘也。遮有儘義，者亦有儘義。關漢卿《拜月亭》劇：「從今後休從俺耶娘家根脚排，只做兒夫家親眷**者**。」此者字與排字相對，句法整齊，當非助辭。按劇情，此爲王瑞蘭知瑞蓮爲其夫蔣世隆之妹後語。言由姊妹關係進而爲姑嫂關係，當先做夫家親眷來儘也。《西廂》二之一：「濟不濟權將這箇秀才且儘。」句法相近。《百花亭》劇一：「正末唱：『我將明珠一斛親棄撇。』小二云：『官人！你敢是心邪了也？』正末唱：『不是俺心邪，我只是一半兒支吾一半兒**者**。』」此者字與支吾字相應，若作助辭，則費解矣。按劇情，此爲王煥拚以傾家蕩產嫖妓女賀憐憐語。言半是假意支吾，半是眞情，儘着一斛明珠棄撇也。《詞林摘豔》七，陳大聲《集賢賓》套，《秋懷》：「我爲他朋親上將謊話兒丟，他爲我母親行將喬樣兒**者**。」此亦儘義，言儘將假面目對付母親也。《幽閨記》三十二：「散失忙尋相應**者**，那時節只爭個字兒差迭。」此亦儘義，言慌忙之中，找尋親屬，聞有呼名相似者，胡亂答應，只得且儘也。按劇情故事，《幽閨記》原本關漢卿《拜月亭》，當兵亂散失時，蔣世隆呼喚其妹瑞蓮，而王瑞蘭於慌忙中誤以爲呼己，遂不及端詳，儘答應之，爲一段姻緣之樞紐，蓋蓮與蘭只差一個字見而音又相近也。

本

本，猶這也；那也；該也。與作自稱用者異。關漢卿《拜月亭》劇：「您孩兒无挨靠，沒倚仗。深得他**本**人將傍。」他本人，猶云他這人或他那人也。又：「父親息怒，容瑞蘭一步。分付他**本**人三兩句言語呵！喒便行波。」又：「你不知我兵火中，多得他**本**人氣力來。我已（以）此上忘不了他。」三十種本《單刀會》劇：「自襄陽會罷，與劉皇叔相見，**本**人有高皇之氣。」按劇情，此司馬徽語，本人指劉皇叔，義均同上。《北詞廣正譜》十四，馬致遠小令，《水仙子》：「因緣事不退，重相見學取**本**情意。」學猶說也，見學字條。言訴說着這情意也。《貶黃州》劇一：「獨翰林學士蘇軾，十分與我不合，昨日上疏說我奸邪。……且**本**官志大言浮，離經畔道，見新法之行，往往形諸吟詠。」官，卽指翰林學士；本官，猶云該翰林學士蘇軾。又：「前日着廷尉司勘問蘇軾，至今不見復旨。朕想來，**本**官清才重名，見重當世。」又：「臣見得學士蘇軾忠心爲國，……伏望聖明收回成命，復**本**官之職。」凡云本官，猶云該官也。又：「朕亦惜爾之才，赦爾死罪，謫黃州團練副使，**本**州安置。」本州，猶云該州也。

卷二

鎭

鎭，猶常也；長也；儘也。唐太宗《詠燭》詩：「鎭下千行淚，非是爲思人。」言常下淚也。韓愈《題炭谷湫祠堂》詩：「林叢鎭冥冥，窮年無由删。」言常冥冥也。李商隱《無題》詩：「益德冤魂終報主，阿童高義鎭橫秋。」言長橫秋也。又《獨居有懷》詩：「蠟花長遞淚，筝柱鎭移心。」鎭移，言常移也。此與上句長字義近而對舉。柳永《傾杯》詞：「情知道世上，難使皓月長圓，彩雲鎭聚。」鎭聚，言長聚也。此與上句長字義同而互文。韓愈《杏花》詩：「浮花浪蕊鎭長有，纔開還落瘴霧中。」此與長字義同而聯用爲重言。李羣玉《龍安寺》詩：「好魚輸獺盡，白鷺鎭長飢。」顧敻《玉樓春》詞：「鎭長獨立到黃昏，却怕良宵頻夢見。」姜夔《眉嫵》詞：「又爭似相攜，乘一舸，鎭長見。」洪瑹《水龍吟》詞：「念平生多少，情條恨葉，鎭長使，芳心困。」石孝友《洞仙歌》詞：「儘從他烏兔促年華，看綠鬢朱顔，鎭長依舊。」義均同上。元稹《和樂天秋題曲江》詩：「十載定交契，七年鎭相隨。」言常相隨也。楊萬里《二月將半寒暄不常》詩：「脱了又添添又脱，寒衣暑服鎭相隨。」柳永《定風波》詞：「鎭相隨，莫抛躲。」義均同上。來鵠《病起》詩：「在舍渾如遠鄉客，詩僧酒伴鎮相尋。」言常相尋也。以上爲常義、長義。王績《晚年敍志》詩：「三晨寧舉火，五月鎮披裘。」言儘披裘也。李商隱《燕臺》詩：「直教銀漢墮懷中，未遣星妃鎮來去。」鎮來去，儘來去也。黃庭堅《憶帝京》詞：「恐那人知後，鎮把你，來僝僽。」此猶云儘把。又《品令》詞：「楚山千里暮雲，鎮鎖離人懷抱。」此猶云儘鎖。晁補之《安公子》詞：「鎮瓊樓歸臥，麗日三竿未覺。」此猶云儘歸臥。李玉《賀新郎》詞：「簾外殘紅春已透，鎮無聊殢酒厭厭病。」此猶云儘無聊。《花草粹編》二，無名氏《卜算子》詞：「鎮日相看未足時，忍便使，鴛鴦隻。」鎮日，猶云儘一日或長日也。又九，康伯可《滿江紅》詞，詠《杜鵑》：「鎮日叮嚀千百遍，只將一句殷勤說。道不如歸去不如歸，傷春切。」盧祖皋《倦尋芳》詞：「倚危樓，但鎮日繡簾高捲。」楊无咎《天下樂》詞：「雪後雨兒雨後雪，鎮日價，長不歇。」《董西廂》四：「鎮日家耽酒迷花，便把文君不顧。」鎮日家與鎮日價同，詳價字及家字條。按鎮日一語，最爲習見，不備舉。以上爲儘義。

衡

衡，猶儘也；純也。其作儘義者。秦觀《品令》詞：「衡倚賴臉兒得人惜。放軟頑，道不得。」言儘賴着臉兒得人愛也。放軟頑猶云撒嬌。按此詞萬氏《詞律》注：「衡音諄。」《花草粹編》二，康仲伯《卜算子》詞：「細細寫鸞牋，衡寄相思語。」衡寄，猶云儘寄也。《後庭花》劇二：「早則這沒情腸的兇漢衠跋扈，更打着有智量的婆娘更狠毒。」言儘跋扈也。打着，猶云逢着。《桃花女》劇四：「您脫空衠脫空，我朦朧打朦朧。」言儘脫空也。脫空，爲掉弄玄虛之義。《金安壽》劇四：「儘豪奢，衠氣概；忒聰明，更精彩。」衠與儘互文，衠猶儘也。以上爲儘義。其作純義者。《西廂》一之二：「甚的是混俗和光，衠一味風清月朗。」玩一味語，則衠爲純義。按方諸生本《西廂》注：「衠音諄，俗借叶去聲。」《隔江鬬智》劇三：「那裏是錦上添花，衠一味笑裏藏刀。」義同上。《王粲登樓》劇一：「你那裏有江湖心量，衠一片虀鹽肚腸。」此猶純一片也。《魯齋郎》劇一：「衠一片害人心，勒揹了些養家緣。」義同上。《西廂》一之四：「妖嬈，滿面兒堆着俏；苗條，一團兒衠是嬌。」衠是，猶云純是也。《青衫淚》劇一：「俺娘不殢酒，時常鬏髻歪，一鼻凹衠是乖。」義同上。《三戰呂布》劇二：「我則道你是衠鋼槊，呸！原來是個蠟槍頭。」衠鋼，即純鋼也。《北詞廣正譜》四，無名氏《鴛鴦塚》劇，《玄鶴鳴》：「望夫石當過衠鋼鏨，暢好是眼黑心饞。」義同上。以上爲純義。

甚

甚，猶是也；正也；眞也。詞中每用以領句，與甚麼之甚作怎字、何字義者異。張炎《南浦》詞，《春水》：「和雲流出空山，甚年年淨洗花香不了。新淥乍生時，孤村路猶憶那回曾到。」此甚字句順承和雲流出句，文氣輕緩，不當以怎義、何義解之。甚年年云云，猶之是年年云云也。《元草堂詩餘》，趙功可《氐州第一》詞，《送春》：「借問東風，甚飄泊天涯何處？」句中已有何字，此甚字當然不作怎義、何義解，甚飄泊天涯何處，猶云是飄泊天涯何處也。又楊樵雲《滿庭芳》詞，詠《影》：「甚徘徊窺鏡，交翼鸞文。」甚徘徊云云，猶云是徘徊云云也。言是鸞翼對鏡而成雙也。張翥《水龍吟》詞，《西池敗荷》：「西子湖邊，越娘舟上，憶曾同采。甚人今未老，花應依舊，約明年再。」此甚人句之人字，跟上文越娘而來，甚字順承上文，猶云是人未老，花依舊也。王惲《木蘭花慢》詞：「十年慚愧草堂靈，自分苦飄零。甚一片閒雲，幾回歸夢，野釣林耕。」此甚字亦順承上文作是字解。又前調：「漢家一論到書生，六合望塵清。甚樓上元龍，山中宰相，何止虛名。」義例同上。以上爲是字義。周密《聲聲慢》詞，《送王聖與》：「尊前漫題《金縷》，奈芳情已逐東流。還送遠，甚長安亂葉，都是閒愁。」此甚字爲正字義，言不堪送遠之時，正當長安落葉紛亂，在在足以引起閒愁也。張炎《聲聲慢》詞，《題吳夢窗遺筆》：「渾疑夜窗夢蝶，到如今猶宿花陰。待喚起，甚江蘺搖落，化作秋聲。」言待欲喚醒蝶夢，正有江蘺搖落，化作秋聲，聲聲如喚也。李彭老《法曲獻仙音》詞：「池苑鎖荒涼，嗟事逐鴻飛天遠。香徑無人，甚蒼蘚黃塵自滿。」言正是蘚徑滿塵情景也。《元草堂詩餘》，趙功可《桂枝香》詞：「看萬里跳龍躍虎，甚花嬌英氣，劍清塵嫵。」言正是一種英豪氣概也。又尹公遠《尉遲杯》詞，《題盧石溪響碧琴所》：「想天上羣仙老矣，甚比似人間更愁苦。倩畫闌留住西風，莫教吹入雲去。」言正比人間更苦也。王惲《水龍吟》詞，《舜泉水去來不常，今秋泉復流出，邦人以爲神來之兆》：「瑤瑟聲沈，畫闌愁絶，幾回如許。甚風煙依約，魚龍黯慘，空回首，珠簾暮。」此一段追詠舜泉水未來時事，瑤瑟即指舜妃鼓瑟。甚風煙云云，猶之正風煙云云也。邵亨貞《賀新郎》詞，《和貫酸齋琵琶詞韻》：「便有傳來中原譜，終帶穹廬烟月。甚長是未歌先咽。」言正長使人未歌先咽也。以上爲正字義。《醉翁琴趣》，歐陽修《錦香囊》詞：「一寸相思無着處，甚夜長難度。」此甚字爲眞字義，言眞是夜長難度也。黄庭堅《歸田樂引》詞：「憶我，又喚我見我嗔我，天甚教我怎生受？」此甚字亦眞字義，天字當一逗，意言天乎，此種情景，眞教我怎生受也。秦觀《河傳》詞：「恨眉醉眼，甚輕輕覷着，神迷魂亂。」言眞是一覷即使人迷魂也。張元幹《蘭陵王》詞：「寂寞，念行樂。甚粉淡衣襟，音斷絃索。」言眞是迹已湮，音已斷也。高觀國《蘭陵王》詞：「南陌，阻金勒。甚望斷青禽，難倩紅葉。」言眞是消息不通也。陳允平《瑞鶴仙》詞：「蛾眉畫來淺，甚春衫懶試，衣燈慵翦。」此描寫無聊情緒，言眞是懶得試春衫，懶得翦夜燈也。張炎《甘州》詞：「明日琴書何處，正風前墜葉，草外閑鷗。甚消磨不盡，惟有古今愁。」言眞是古今愁消磨不盡也。《陽春白雪》五，王月山《齊天樂》詞：「閑愁似綫。甚繫損柔腸，不堪裁剪。」言愁腸眞爲愁綫所繫損也。不堪裁剪，意言愁綫不能截斷。《元草堂詩餘》，蕭東父《齊天樂》詞：「軟玉分裯，膩雲侵枕，猶憶吹蘭低語。如今最苦，甚怕見燈昏，夢游間阻。」此甚字用在最字之後，以作眞字解爲對勁。言眞是怕見燈昏云云也。又曾允元《水龍吟》詞，《春夢》：「枕落釵聲，簾開燕語，風流雲散。甚依稀難記，人間天上，有緣重見。」言眞是依稀難記也。以上爲眞字義。按以上三義，是字義口氣最輕；正字義口氣微重；眞字義口氣最重。正義、眞義，已與甚矣之甚義相近。甚矣之甚，古文上習用之，在塡詞則嫌其板重而不波峭，以之領句，當作正字、眞字解爲對勁也。

暢　唱　常　暢道　唱道　暢好道　常好道　暢好是　常好是

暢，猶甚也；好也；眞也；正也。《董西廂》三：「暢忒昏沈，忒暮古，忒猖狂。」猶云眞忒昏沈云云也。又四：「隔窗促織泣新晴，小卽小，叫得暢喤。」猶云叫得眞響或好響也。關漢卿《拜月亭》劇：「男兒！兀的是俺親耶(爺)的惡儻，休把您這妻兒怨暢。」怨暢，怨之甚也，猶云怨煞。《西蜀夢》劇：「暢則(只)爲你大膽上落便宜。」暢則爲猶云正只爲，言正只爲你大膽因而失便宜也。《西廂》一之四：「暢懊惱，響當當雲板敲。行者又嚎，沙彌又哨咷，您須不奪人之好。」暢懊惱，猶云眞懊惱或好懊惱也。又三之二：「暢好乾，對着人巧語花言，背地裏愁眉淚眼。」暢好乾，猶云眞好乾也。暢亦有好義，暢好，亦可視爲同義重言。乾者，枉空之意。又五之四：「一鞭驕馬出皇都，暢風流，玉堂人物。」暢風流，猶云好風流也。《漁樵記》劇二：「你這般毁夫主暢不該。」暢不該，猶云甚不該、眞不該或正不該也。暢亦作唱。《董西廂》二：「唱呵！好風風韻韻，捻捻膩膩，濟濟楚楚。」唱呵，猶云眞的呵或正是呵。亦作常。《抱妝盒》劇三：「你常好有上梢，無下梢。」常好，卽暢好也。

此外習見者，則爲暢道。道猶是也，詳見道字條。暢道猶云正是或眞是。按《九宮大成》五，《賺煞》條注云：「暢道二字，係《賺煞》中之格。」自爲譜格所必用，沿習之餘，有時遂成僵化而爲話搭頭之性質，不能強解矣。《揚州夢》劇四：「**暢道**朋友同行，尙則怕衣衫不整。」《後庭花》劇三：「**暢道**殺人賊不在海角天涯，我先知一個七八。」上兩則可解爲眞是或正是。《還牢末》劇三：「囑付了僧住，叮嚀與賽娘。**暢道**拖出牢門，和你娘墳同葬。燒一陌紙，澆一碗涼漿。」《鐵拐李》劇三：「往常我請俸祿，修養的紅白。飲羊羔，將息的豐肥。**暢道**我殘病身軀，醜詫面皮。穿着這繿褸衣服，呸，可怎生聞不的這腥膻氣。」上兩則爲話搭頭性質之語氣。亦作唱道。《梧桐雨》劇三：「黃埃散漫悲風颯，碧雲黯淡斜陽下。一程程水綠山青，一步步劍嶺巴峽。**唱道**感歎情多，恓惶淚灑。」《牆頭馬上》劇三：「指望生則同衾，死則共穴。**唱道**題柱胸襟，當壚的志節。也是前世前緣，今生今業。」《竹葉舟》劇二：「**唱道**幾處笙歌，幾家僝僽。」《東坡夢》劇四：「**唱道**是卽色卽空，無遮無障。」唱道卽暢道也，可解作眞是或正是，有時亦可視爲話搭頭。

此外又有暢好道。《虎頭牌》劇一：「**暢好道**廝殺無過是喒父子軍。」亦作常好道，《虎頭牌》

劇三：「你這個關節兒**常好道**來的疾。」皆爲眞是或正是之義，與暢道同。

此外又有暢好是。道猶是也，故暢好是亦與暢好道同義。《樂府陽春白雪》後二，不忽麻平章《點絳脣》套，《辭朝》：「紫簫吹斷三更後，**暢好是**孤鶴唳，一聲秋。」《紅梨花》劇一：「貪和你書生打話，**暢好是**兒兒搭搭。」《還牢末》劇一：「一杖起一層皮，**暢好是**腕頭着力。」《羅李郎》劇四：「你**暢好是**安樂也蘇文順。」按《元曲選》本《羅李郎》作暢好是，而《元明雜劇》本《羅李郎》則作**常好是**，故暢好是亦作常好是。《灰闌記》劇二：「您街坊每**常好是**不合天道。」《盆兒鬼》劇二：「則這個殺人賊，圖財漢，**常好是**心粗膽大。」《梧桐雨》劇二：「你道我因歌舞壞江山，你**常好是**占姦。早難道羽扇綸巾笑談間，破強虜三十萬。」《兒女團圓》劇一：「你一個歹東西，**常好是**不賢慧。」總之亦爲眞是或正是之義。而暢好亦可視爲同義重言，常好亦然。

賸　剩

賸，甚辭，猶眞也；儘也；頗也；多也。字亦作剩。岑參《送張祕書》詩：「鱸鱠**剩**堪憶，蓴羹殊可餐。」剩堪，猶云眞堪也。李商隱《景陽井》詩：「景陽宮井**剩**堪悲，不盡龍鸞誓死期。」義同上。杜牧《代人寄遠》六言詩：「**賸**肯新年歸否？江南綠草迢迢。」楊萬里《寄題開州使君陳師宋柴扉》詩：「**賸**肯早歸來，盈尊酒初綠。」趙彥端《水調歌頭》詞：「**賸**肯南遊否？蓬海試窮探。」

凡云賸肯，猶云眞肯也。張翥《石州慢》詞：「相看老矣！剩須陶寫留連，尊前遞把紅牙節。」此猶云眞須。王沂孫《水龍吟》詞：「剩拚醉了，醒來還醉。」此猶云眞拚。《玉鏡臺》劇四：「從今後姻緣注定姻緣簿，相思還徹相思苦。賸道連理歡濃，于飛願足。」此猶云眞是。道猶是也，見道字條。以上爲眞義。司空圖《白菊》詩：「黄鸝囀後誰同聽，白菊開時且賸過。」賸過，猶云儘過也。歐陽修《蝶戀花》詞：「老去風情應不到，憑君剩把芳尊倒。」剩把，儘把也。晏幾道《鷓鴣天》詞：「今宵賸把銀釭照，猶恐相逢是夢中。」義同上。賀鑄《梅香慢》詞：「莫放芳菲歇，賸永宵歡賞，酒酣吟折。」柳永《應天長》詞：「塵勞無暫歇，遇良會賸偷歡悅。」程垓《驀山溪》詞：「只愛小書舟，賸圍著琅玕幾箇。」朱敦儒《聒龍謠》詞：「勸阿母偏與金桃，教酒星賸斟瓊醑。」上四詞之賸，皆猶儘也。以上爲儘義。韓偓《寄鄰莊道侶》詩：「夜來雪壓前村竹，賸見溪南幾尺山。」賸見，猶云頗見也。杜甫《舍弟觀赴藍田取妻子到江陵喜寄》詩：「剩欲提攜如意舞，喜多行坐白頭吟。」此猶云頗欲。陳師道《和黄生出遊》詩：「賸欲登臨強作歡，衣冠未動意先闌。」又《春懷示鄰里》詩：「剩欲出門追語笑，却嫌歸鬢逐風沙。」楊萬里《苦熱登多稼亭》詩：「剩欲啜茶還罷去，却愁通夕不成眠。」義均同上。戴復古《秋日病餘》詩：「秋來賸有行山興，病後全無涉世心。」此猶云頗有。辛棄疾《鷓鴣天》詞：「吾家籬落黄昏後，剩有西湖處士風。」盧祖皋《漁家傲》詞：「不用五湖尋小艇，吾廬賸有閒風景。」義均同上。以上爲頗義。岑參《玉門關蓋將軍》歌：「我來塞外按邊儲，爲君取醉酒**剩**沽。」剩沽，猶云多沽也。王維《送張道士歸山》詩：「人間若**剩**住，天上復離羣。」此猶云多住。柳宗元《種木槲》詩：「祗因長作龍城守，**剩**種庭前木槲花。」此猶云多種。元稹《哭女樊》詩：「秋天淨綠月分明，何事巴猿不**賸**鳴？應是一聲腸斷去，不容啼到第三聲。」此猶云多鳴。韓偓《詠浴》詩：「不知侍女簾幃外，**賸**取君王幾餅金。」此猶云多取。蘇軾《歸宜興留題竹西寺》詩：「**賸**覓蜀岡新井水，要攜鄉味過江東。」此猶云多覓。又《庚辰歲人日》詩：「典衣**賸**買河源米，屈指新芻作上元。」此猶云多買。楊萬里《次昌英叔晴望韻》詩：「猶須剗千嶂，**剩**與放雙明。」此猶云大放光明，亦多字義。又《華鐙著六經解》詩：「《河圖》三畫已**剩**却，《堯典》萬言猶欠着。」此與欠字相對，亦多字義。李商隱《鏡檻》詩：「月中供藥**剩**，海上得綃多。」又《李夫人》詩：「**剩**結茱萸株，多擘秋蓮的。」方岳《最高樓》詞：「且容儂，多種竹，**剩**栽梅。」段克己《江城子》詞：「**賸**種閒花多釀酒。」《單刀會》劇一：「你則索多披上幾副甲，**剩**穿上幾層袍。」上五則均與多字互文。《雍熙樂府》一，《醉花陰》套，《明皇告代楊妃死》：「枉與他廣增些怨望，**剩**添些驚怕。」此與廣字互文。以上爲多義。

剛

剛，猶偏也；硬也；亦猶云只也。隋煬帝《夜飲朝眠曲》：「憶睡時，待來**剛**不來。」此爲偏義。

白居易《惜花》詩：「可憐夭豔正當時，剛被狂風一夜吹。」此爲偏義、硬義。溫庭筠《題西平王舊賜屏風》詩：「世間剛有東流水，一送恩波便不回。」此爲只義。盧肇《競渡》詩：「向道是龍剛不信，果然奪得錦標歸。」此爲偏義、硬義。皮日休《奉酬魯望醉中戲贈》詩：「剛戀水雲歸不得，前身應是太湖公。」此爲偏義、只義。杜荀鶴《送李鐔遊新安》詩：「一間茅屋住不穩，剛出爲人平不平。」此爲偏義、硬義。貫休《書倪氏屋壁》詩：「春光靄靄忽已暮，主人剛地不放去。」元好問《戚夫人》詩：「無端恨煞商山老，剛出山來管是非。」義均同上。陳允平《雪》詩：「可笑世人剛道冷，不知片片是陽春。」此兼有偏、硬、只三義。張先《菩薩蠻》詞：「含笑問檀郎：『花強妾貌強？』檀郎故相惱，剛道『花枝好』。」義同上。蘇軾《水調歌頭》詞：「堪笑蘭臺公子，未解莊生天籟，剛道有雌雄。」此偏義、硬義。辛棄疾《水調歌頭》詞，《壽韓南澗七十》：「上古八千歲，纔是一春秋。不應此日，剛把七十壽君侯。」此爲只義。趙長卿《似娘兒》詞：「短檠燈燼無人問，此時只有，窗前素月，剛伴相思。」此爲偏義。《花草粹編》五，無名氏《望江南》詞：「這癡騃，休恁淚漣漣。他是灞陵橋畔柳，千人攀後到君攀。剛甚別離難。」義同上。又八，無名氏《相思會》詞：「人無百年人，剛作千年調。」義同上。《董西廂》三：「幸自沒嗔剛做嗔，渾不似那臨危忙許親。」此偏義、硬義。又三：「據恰纔的做作，心腸料必如土木，剛誇貞烈，把人恥辱。」義同上。《伍員吹簫》劇三：「枉教你頂天立地，空教你帶眼安眉。剛一味，胡支對。」此爲偏義、只義。《傷梅香》劇一：「忙哀告，膝跪着。強扎掙，剛陪笑。」剛與強均有硬義，對舉之，互文也。《殺狗勸夫》劇三：「別件都依得，剛除背死人。」此爲只義，言只除開背死人之事不做也。《詞林摘豔》五，劉庭信《夜行船》套，《青樓詠妓》：「腰瘦剛爭不姓沈，被閒愁惱至如今。」此亦只義，爭猶差也，言只差的不姓沈也；意言腰瘦與沈約無異，所異者只不姓沈耳。《太平樂府》二，吳西逸小令，《水仙子》：「寄來書剛寫個鴛鴦字，墨痕溼透紙，吟不成幾句新詩。」義同上。又七，周仲彬《青杏子》套，《元宵》：「剛道了個安置，都別無話，意遲遲手撚梅花。」義同上。安置爲敬辭，略如今所謂問安。

苦

苦，甚辭，又猶偏也；極也；多或久也。杜甫《所思》詩：「苦憶荊州醉司馬，謫官樽俎定常開。」苦憶，猶云甚憶也。又《戲贈閿鄉秦少府短歌》：「今日時清兩京道，相逢苦覺人情好。」猶云甚覺也。韓愈《贈崔立之》詩：「崔侯文章苦捷敏，高浪駕天輸不盡。」猶云甚捷敏也。又《鴛駘》詩：「力小苦易制，價微良易酬。」苦與良互文，皆甚辭。白居易《罷杭州領吳郡寄三相公》詩：「那將最劇郡，付與苦慵人。」苦與最互文，皆甚辭。秦韜玉《貧女》詩：「苦恨年年壓金線，爲他人作嫁衣裳。」《瀛奎律髓》三十一載此詩，苦恨作最恨，苦與最同爲甚辭也。杜牧《池州送孟遲先輩》詩：「歷陽裴太守，襟韻苦超越。」猶云甚超越也。蘇軾《徑山道中》詩：「玲瓏苦奇秀，名實巧相稱。」猶云甚奇秀也。陸游《農桑》詩：「農事初興未苦忙，且支漏屋補頹牆。」未苦忙，猶云無甚忙也。楊萬里《雨中送客有感》詩：「不知春向雨中回，只道春光未苦來。」猶云無甚來也。又《次昌英叔晚霞韻》詩：「病眼何愁未苦佳，曉看霜了晚看霞。」猶云無甚佳也。李清照《攤破浣溪沙》詞：「梅蕊重重何俗甚，丁香千結苦麤生。」苦麤生，猶云太麤生，亦甚辭。《董西廂》一：「不苦詐打扮，不甚豔梳掠。」苦與甚互文。又四：「收拾些兒閒鍼線，奈身心不苦懽。」猶云無甚懽也。其作偏義者。李白《公無渡河》詩：「旁人不惜妻止之，『公無渡河』苦渡之。」苦渡之，偏渡之也，言不聽其妻勸止之言而偏渡之也。杜甫《成都府》詩：「自古有羈旅，我何苦哀傷！」猶云偏哀傷也。又《送裴五赴東川》詩：「東行應暫別，北望苦銷魂。」猶云偏銷魂，言雖暫別而偏銷魂也。其作極義者。杜甫《後苦寒行》：「蠻夷長老怨苦寒，崑崙天關凍應折。」苦寒，極寒也。蘇軾《姪安節遠來夜坐》詩：「便思絕粒真無策，苦說歸田似不情。」苦說，猶云極言或偏說也。柳永《玉蝴蝶》詞：「苦流連，鳳衾鴛枕，忍負良天。」苦流連，猶云極流連也。《張協狀元》戲文：「苦會插科使砌，何吝搽灰抹土，歌笑滿堂中。」苦會，猶云極會也。其作多或久義者。王之渙《送別》詩：「楊柳東門樹，青青夾御河。近來攀折苦，應爲別離多。」言別離多故攀折多也。白居易《編集成十五卷題卷末》詩：「每被老元偷格律，苦教短李伏歌行。」苦教，猶云多教也。與每字相對，應作多義。杜牧《吳宮詞》：「鶴鳴山苦雨，魚躍水多風。」此與多字相對，苦雨，猶云久雨或多雨也。陸龜蒙《春雨卽事》詩：「雙屐著頻看齒折，敗裘披苦見毛稀。」此與頻字相對，披苦，猶云披得次數多或披得時候久也。

重　難重陳

重，甚辭；又猶盡也。張九齡《玉泉山仲春行縣復往》詩：「靈境信幽絶，芳時重暄妍。」猶云甚暄妍也。杜甫《十二月一日》詩：「他日一杯難強進，重嗟筋力故山違。」重嗟，猶云甚歎也。白居易《渭村雨歸》詩：「復茲夕陰起，野色重蕭條。」猶云甚蕭條也。又《村居》詩：「門閉仍逢雪，廚寒未起烟。貧家重寥落，半爲日高眠。」重寥落，猶云甚寥落也。又和《李勢女》詩：「自言重不幸，家破身未亡。人各有一死，此死職所當。」重不幸，猶云大不幸或甚不幸也。張籍《舟行寄李湖州》詩：「客愁無次第，川路重辛勤。」猶云甚辛勤也。李商隱《春日寄懷》詩：「世間榮落重逡巡，我獨丘園坐四春。」逡巡，迅速之義，見逡巡條。重逡巡，猶云甚迅速也。黃庭堅《次韻寄李六弟濟南橋亭之》詩：「本無封侯骨，見事又重遲。」猶云見事甚遲也。元好問《雨夜》詩：「無錢正坐詩作祟，識字重爲世所讐。」猶云大爲世所讐或甚爲世所讐也。陳師道《菩薩蠻》詞：「曉來誤入桃源洞，恰見佳人春睡重。」睡重，猶云睡足，卽酣睡之義，亦甚辭。史達祖《菩薩蠻》

詞：「廣寒夜搗玄霜細，玉龍睡重癡涎墜。」義同上。此外，詩詞中又有難重陳一語，此重字不一定作再字解，其與杜甫《寄薛三郎中》詩：「憶昔村野人，其樂難具陳」之具字同義者頗多。難重陳，猶云難具陳或難盡言也。高適《酬裴秀才》詩：「長卿無產業，季子慙妻嫂。此事難重陳，未於衆人道。」於一作爲。又《宋中送族姪式顏》詩：「去矣難重陳，飄然自茲始。遊梁且未遇，適越今何以？」又《答侯少府》詩：「吏道頓羈束，生涯難重陳。」李頎《古行路難》詩：「薄俗嗟嗟難重陳，深山麋鹿可爲鄰。」杜甫《奉贈鮮于京兆》詩：「途遠欲何向，天高難重陳。」劉禹錫《送張盥赴舉》詩：「況今三十載，閱世難重陳。」羅隱《送人赴職任褒中》詩：「物態時情難重陳，夫君此去莫傷春。」和凝《菩薩蠻》詞：「離恨又迎春，相思難重陳。」以上各難重陳之重字，蓋皆盡字義也。

全

全，甚辭。杜甫《南鄰》詩：「錦里先生烏角巾，園收芋栗不全貧。」不全貧，猶云非甚貧也。又《後遊》詩：「客愁全爲減，捨此復何之。」全爲減，猶云大爲減也。元稹《和樂天題王家亭子》詩：「都大資人無暇日，泛池全少買池多。」言遊池之機會甚少也。蘇軾《滿庭芳》詞：「曾親見，全勝宋玉，想像賦高唐。」全勝，猶云遠勝也。袁去華《紅林檎近》詞：「調冰薦飲，全勝河朔飛觴。」張鎡《謁金門》詞，《賞梅》：「雪後偏憐香猛處，**全**勝開半樹。」義均同上。又《清平樂》詞：「山居未覺**全**貧，園收今歲輪囷。」義見前杜詩。《陽春白雪》五，黃澹翁《瑞鶴仙》詞：「任相如多病，宋玉**全**瘦，都沒音塵寄問。」全瘦，猶云甚瘦也。

雅

雅，猶頗也；又為發語辭。蘇軾《廬山五詠》詩：「博士**雅**好飲，空山誰與娛？」雅好飲，猶云頗好飲也。黃庭堅《花光仲仁出秦蘇詩卷》詩：「**雅**聞花光能畫梅，更乞一枝洗煩惱。」雅聞，猶云頗聞也。張元幹《念奴嬌》詞：「八十仙翁，**雅**宜圖畫，寫取橫江檝。」言頗宜入畫也。朱敦儒《眼兒媚》詞：「青錦成帷瑞香濃，**雅**稱小簾櫳。」雅稱，頗相稱也。盧炳《小重山》詞：「一見情懷便**雅**投，尊前密約意綢繆。」雅投，頗相投也。又《玉團兒》詞：「邂逅相逢，情懷**雅**合，全似深熟。」言頗合也。王之道《浣溪沙》詞，《木犀》：「衣與酴醾新借色，肌同薝蔔更薰香。風流荀令**雅**相當。」言頗相當也。又前調，《海棠》：「新浴太眞增豔麗，微風新燕鬬清奇。綠窗朱戶**雅**相宜。」言頗相宜也。其作發語辭用者。史浩《鄮峯眞隱大曲》，《採蓮舞》花心念辭：「聊尋澤國之芳，**雅**寄丹臺之曲。」此與散文中之聿字、式字、爰字用法相同，故與聊字作對。花心乃舞人所扮之脚色。《宋百家詩存》，徐集孫《舟中》詩：「**雅**陪雲衲三生話，分得漁舟半日涼。」此種雅字，均不爲義。

生（一） 生扭做

生，甚辭，猶偏也；最也；只也；硬也。盧照鄰《長安古意》詩：「**生**憎帳額繡孤鸞，好取門簾帖雙燕。」生憎，猶云偏憎或最憎。元稹《古決絕詞》：「**生**憎野鶴性遲回，死恨天雞識時節。」劉採春《望夫歌》：「不喜秦淮水，**生**憎江上船。載兒夫婿去，經歲又經年。」晏幾道《木蘭花》詞：「**生**憎繁杏綠陰時，正礙粉牆偷眼覷。」義均同上。林逋《春陰》詩：「苦憐燕子寒相並，**生**怕梨花晚不禁。」生怕，猶云只怕或最怕。周邦彥《慶春宮》詞：「**生**怕黃昏，離思牽縈。」又《虞美人》詞：「柳花吹雪燕飛忙，**生**怕扁舟歸去斷人腸。」李清照《鳳凰臺上憶吹簫》詞：「**生**怕閒愁暗恨，多少事欲說還休。」劉克莊《滿江紅》詞：「**生**怕客談楡塞事，且教兒誦《花間集》。」義均同上。楊萬里《雪後十日，日暖雪猶未融》詩：「**生**愁便銷去，將抵伴銀髭？」生愁，猶云只愁或偏愁。抵與底同，何也，見抵字條。李彌遜《浣溪沙》詞：「小側金荷迎落蕊，高燒銀燭照殘英。**生**愁斜月酒初醒。」史達祖《龍吟曲》，詠《雪》：「想兒童健意，**生**愁霽色，情頻在窺簾處。」義均同上。楊萬里《負丞零陵更盡而代者未至》詩：「吾母病肺**生**怯寒，晚風鳴屋正無端。」生怯，猶云最怯。《又清明雨寒》詩：「梅子猶粘雪前蕊，海棠**生**恨夜來風。」生恨猶云只恨。賀鑄《南鄉子》

詞：「無限鮮飈吹芷若，汀洲，**生**羨鴛鴦得自由。」生羨猶云最羨。韓愈《李花》詩：「東風來吹不解顏，蒼茫夜氣**生**相遮。」生相遮，猶云偏相遮。《太平樂府》七，酸齋《鬭鵪鶉》套，《憶別》：「遙岑十二遠烟迷，**生**隔斷，武陵溪。」生隔斷，猶云偏隔斷或硬隔斷。又有生扭做一語，曲中習見。《太平樂府》八，馬致遠《一枝花》套，《惜春》：「本待學煮海張生，**生扭做**游春杜甫。」生扭做，猶云硬扭做，扭者，相反之義。《詞林摘豔》四，王伯成《點絳脣》套，《十美人賞月》：「誰承望開元天子昭陽殿，**生扭做**蕊珠王母蟠桃宴。」《漢宮秋》劇二：「從今後，不見長安望北斗，**生扭做**織女牽牛。」《雍熙樂府》二，無名氏《端正好》套，《趕蘇卿》：「本是對美甘甘錦堂歡，**生扭做**悲切切陽關怨。」《樂府陽春白雪》後三扭作紐，義均同上。

生（二）　太生　大生

生，語助辭，用於形容語辭之後，有時可作樣字或然字解。柳永《臨江仙》詞：「問怎**生**禁得，如許無聊？」《陽春白雪》三，万俟雅言《木蘭花慢》詞：「雙燕歸來問我，怎**生**不上簾鉤？」此習用語，怎生猶云何以或怎樣也。《西廂》二之二：「休道這**生**年紀後生，恰早害相思病。」這生，猶云這樣也，言這樣的年輕也。《中原音韻》，無名氏《落梅風》曲，《切鱠》：「金刀利，錦鯉肥，更那堪玉葱纖細。若得醋來風韻美，試嘗着這**生**滋味。」此猶云這樣的滋味也。《太平樂府》八，喬夢符《南呂一枝花》套,《合箏》:「風流這**生**,喫戲可憎。」義同上。又上引《中原音韻》無名氏《落梅風》一曲,《樂府陽春白雪》前三作李壽卿《壽陽曲》,末句作「試嘗道甚**生**滋味?」甚生猶云甚樣也。楊萬里《覩旱遇雨》詩:「病民豈天意,致此定誰**生**?」誰,猶何也,誰生略同怎生;言究因何致此也。又《和子上弟春雹》詩:「青春已在殘紅裏,更着渠儂何似**生**?」又《上元後一日往山莊途中望見莊裏杏花》詩:「莊裏杏花何似**生**?山頭轉處最分明。」陸游《春晴》詩:「新春易失遽如許,薄宦忘懷何似**生**?」何似生亦略同怎生。楊萬里《題王季安主簿佚老堂》詩:「只言此老渾無事,種竹移花作麼**生**?」言既然云無事,怎麼又種竹移花也。又《早發建安寺過大櫟墟》詩:「近路還如此,長途作麼**生**?」作麼生亦習用語,猶云怎麼也。柳永《長春樂》詞:「待恁時,等着回來賀喜,好**生**地臢與我兒利市。」《西廂》一之一,楔子:「今日至親,則這三四口兒,好**生**傷感人也呵!」又一之三:「被紅娘好**生**搶白了一頓,去了。」又三,楔子:「說道張生好**生**病重,則俺姐姐也不弱。」好生爲滿量之辭,猶云十分,此亦習用語。張元幹《春光好》詞:「可是春來偏倦繡,乍**生**兒。」王沂孫《南浦》詞:「認麴塵,乍**生**色嫩如染。」乍生,猶云忽然。宋祁《好事近》詞:「天氣驟**生**輕暖,襯沈香羅薄。」驟生與乍生同。楊萬里《下橫山灘頭望金華山》詩:「道是蘭溪水較寬,蘭溪欲到恠**生**難。」又《清明雨雪來朝晴霽》詩:「清明一雪恠**生**寒,逗曉新晴雪未殘。」恠生,猶云好生或偏生也。又《舟過安仁》詩:「恠**生**無雨都張傘,不是遮頭是使風。」

此所云怪生，猶云怪得。晁元禮《清平樂》詞：「早來簾下逢伊，怪**生**頻整衫兒。元是那回歡會，齒痕猶在凝脂。」義同上。元好問《楊生玉泉墨》詩：「涴袖秦郎無藉在，畫眉張遇可憐**生**。」劉辰翁《水調歌頭》詞：「我欲嗚嗚起舞，我舞傲傲白髮，顧影可憐**生**。」黄公紹《望江南》詞：「可憐**生**是我來遲，不見輭紅時。」《元草堂詩餘》，王從叔《阮郎歸》詞：「無限事，可憐**生**，能消幾度春。」可憐生，猶云可憐得或可憐着也。張鎡《烏夜啼》詞：「月兒猶未全明，乞憐**生**，幾片彩雲來去更風輕。」乞與可一聲之轉，乞憐生猶云可憐生也。楊萬里《夏至雨霽暮行溪上》詩：「夕涼恰恰好溪行，暮色催人底急**生**？」底急生，猶云何急然也。元稹《俠客行》：「海鯨露背橫滄溟，海波分作兩處**生**。」兩處生之語，今猶用之。元好問《惠崇蘆雁》詩：「休道畫工心獨苦，題詩人也白頭**生**。」此生字可作了字解。戴復古《玉華洞》詩：「奇奇怪怪**生**，妙不可模寫。」此生字可作樣字解。此外又有以生字承太字者，詩詞中頗習見。李白《戲杜甫》詩：「借問別來**太**瘦**生**，總爲從前作詩苦。」蘇軾《次韻答頓起》詩：「早衰怪我遽如許，苦學憐君**太**瘦**生**。」辛棄疾《生查子》詞：「歲晚**太**寒**生**，喚我溪邊住。」又《御街行》詞：「怕君不飲**太**愁**生**，不是苦留君住。」又《江神子》詞：「酒兵昨壓愁城，**太**狂**生**，轉關情，寫盡胸中磈磊未全平。」丘崈《訴衷情》詞，《早梅》：「十分風味似詩人，有些子，**太**清**生**。」劉辰翁《最高樓》詞，《詠雪》：「喚起老張寒簌簌，好歌白雪與君聽。但党家，人笑道，**太**粗**生**。」而楊萬里尤喜用之。楊萬里《過五里逕》詩：「野水奔來不小停，知渠何事**太**忙**生**。」又《三月三日上忠襄墳》詩：「覽盡山川更城郭，雨花臺上**太**奇**生**。」又《過羅溪南望撫州泉嶺》詩：「泉嶺諸峯**太**劣**生**，與儂爭走學儂行。」又《雨作抵暮復晴》詩：「風伯顛狂**太**劣**生**，雨師嬾困灑來輕。」又《發孔鎮晨炊漆橋》詩：「雨入秋空細復輕，松梢積得**太**多**生**。」又《題胡季亨觀生亭》詩：「漫說春風有阿亨，一雙詩眼**太**乖**生**。草根未響渠先覺，不待黃鸝第一聲。」太亦作大。虞世基《嘲袁寶兒》詩：「學畫鴉兒半未成，垂肩嚲袖**大**憨**生**。」張泌《浣溪沙》詞：「消息未通何計是，便須佯醉且隨行。依稀聞道**大**狂**生**。」大即太也。其他如：方岳《雨中有感》詩：「山蟄驚塵已發聲，移花移竹正忙**生**。」李清照《攤破浣溪沙》詞：「梅蕊重重何俗甚，丁香千結苦麤**生**。」辛棄疾《蝶戀花》詞：「意態憨**生**元自好。學畫鴉兒，舊日偏他巧。」總之爲語助辭也。復次，楊萬里《不寐》詩：「不知討論底事着，爲復怨嗟誰子**生**？」誰子一語，若據杜甫《白帝城最高樓》詩，「杖藜歎世者誰子」之義，則誰子係指人；而據楊萬里《小溪至新田》詩，「欲揀一峯誰子是」之義，則誰子又指物也。此所謂怨嗟誰子生者殆指事，猶云爲何事怨嗟也；誰子生義與誰生相近。誰生已見前引楊詩。

惡

惡，甚辭；又好之反言也。邵雍《自詠吟》：「平生積學無他效，只得胸中**惡**坦夷。」惡坦夷，猶云極坦夷也。楊萬里《見周子充舍人敍懷》詩：「公今貧賤庸非福，我更清愁惡似公，」猶云甚於公也。似猶過也，見似字條。《宋百家詩存》，鄧肅《次鼓腹謠元韻》詩：「夾路花香破酒惡。」李後主《浣溪沙》詞：「酒惡時拈花蕊嗅。」王之道《浪淘沙》詞：「餘馥尚能消酒惡。」凡云酒惡，醉甚也，猶云酒困。馮延巳《江城子》詞：「早是自家無氣力，更被你，惡憐人。」惡憐，猶云痛惜深愛也。黄庭堅《撼庭竹》詞：「空恁惡憐伊，風日損花枝。」義同上。又《步蟾宮》詞：「蟲兒眞個惡靈利，惱亂得道人眼起。」惡靈利，猶云好伶俐或怪伶俐也。柳永《滿江紅》詞：「惡發姿顏歡喜面，細追想處皆堪惜。」發卽發妝之發，惡發姿顏，卽濃妝之意。周邦彥《木蘭花令》詞：「惡嫌春夢不分明，忘了與伊相見處。」惡嫌，猶云最嫌也。賀鑄《謁金門》詞：「歷歷短檣沙外泊，東風晚來惡。」風惡，風猛也。陸游《釵頭鳳》詞：「東風惡，歡情薄。」義同上。陳克《謁金門》詞：「雲壓枕函釵自落，無端春夢惡。」夢惡，夢酣也。丘崈《謁金門》詞：「起晚欠伸蓮步弱，倚牀嬌韻惡。」言嬌韻足也。陳允平《丹鳳吟》詞：「過了幾番花信，曉來剗地寒意惡。」言寒意足也。張元幹《醉花陰》詞：「傷春比似年時惡，潘鬢新來薄。」言傷春甚於往年也。辛棄疾《臨江仙》詞：「小醫人憐都惡瘦，曲眉天與長顰。」惡瘦，猶云怪瘦或好瘦也。杜安世《玉樓春》詞：「病容先怯見春寒，長到恁時添瘦惡。」瘦惡卽惡瘦之意。《花草粹編》五，陳瑩中《鷓鴣天》詞：「宜笑宜顰掌上身，能歌能舞惡精神。」惡精神，猶云好精神也。好精神爲稱美之語。馮延巳

《江城子》詞：「碧羅衫子鬱金裙，好精神，小腰身。」張先《行香子》詞：「更巧談話，美情性，好精神。」可證。好與惡皆甚辭，惡者好之反言也。

旋（一）

旋，猶云已而也；還又也。李商隱《對雪》詩：「寒氣先侵玉女扉，清光**旋**透省郎闈。」與先字相應，爲已而義。陸游《宿野人家》詩：「土釜煖湯先濯足，豆藉吹火**旋**烘衣。」亦與先字相應，義同上。蘇軾《過永樂文長老已卒》詩：「初驚鶴瘦不可識，**旋**覺雲歸無處尋。」與初字相應，亦爲已而義。又次韻《子由使契丹至涿州》詩：「始憶庚寅降屈原，**旋**看蠟鳳戲僧虔。」與始字相應，亦爲已而義。楊萬里《十二月二十七日大雪中過吉水小盤渡》詩：「臘殘勝六不歸家，白晝乘風撒玉沙。**旋**種瓊田茁瑤草，更栽琪樹着銀花。」旋與更互文，爲還又義。柳永《尾犯》詞：「秋漸老，蛩聲正苦；夜將闌，燈花**旋**落。」此與正字相應，亦爲還又義。晁補之《摸魚兒》詞：「買陂塘**旋**栽楊柳，依稀淮岸江浦。」言還又栽柳也。又《八六子》詞：「醉休醒，醒來舊愁**旋**生。」言舊愁還又生也。《殺狗勸夫》劇三：「俺哥哥便今日有事呵！到明日**旋**折證。」此猶云明日再計較，亦還又義之引申。又有時於一句中迭用旋字，以表一面如此一面又如彼，則還又之義尤顯。王建《宮詞》：「悶來無處可思量，**旋**下金階**旋**憶牀。」陸龜蒙《奉和題達上人藥圃》詩：「藥味多從遠客齎，**旋**添花圃**旋**成畦。」楊萬里《再和羅武岡》詩：「春風一夜吹幐六，**旋**落**旋**開不成簇。」陸游《欲卜庵居未有勝地》詩：「破裘百結鬢垂蓬，**旋**過流年**旋**已空。」司空圖《酒泉子》詞：「**旋**開**旋**落**旋**成空。」皆其例也。

旋(二)

旋，緊迫之辭，猶急也；新或現也；便也。元稹《連昌宮詞》：「力士傳呼覓念奴，念奴潛伴諸郎宿，……春嬌滿眼睡紅綃，掠削雲鬟**旋**裝束。」旋裝束，急裝束也。陳師道《次韻關子容湖上晚飲》詩：「**旋**傾美酒留連客，急作新詩報答春。」旋與急互文，旋亦急也。楊萬里《過上湖嶺望招賢江南北山》詩：「嶺下看山似伏濤，見人上嶺**旋**爭豪，一登一陟一回顧，我脚高時他更高。」旋爭豪，猶云忽爭豪或急爭豪也。蘇軾《浣溪沙》詞：「**旋**抹紅妝看使君，三三五五棘籬門，相排踏破蒨紅裙。」意言鄉婦急於至籬門看使君也。王觀《高陽臺》詞：「東郊十里香塵滿，**旋**安排玉勒，整頓雕輪。趁取芳時，去尋島上紅雲。」意言急於整理車馬，與下文趁字相應。辛棄疾《沁園春》詞：「快東風吹斷，西江對語，急呼斗酒，**旋**拂塵埃。」旋與急互文。盧祖皋《洞仙歌》詞：「待他年功退學商顏，却**旋**種木奴，緩尋瑤草。」旋字與緩字相應；木奴即橘樹，生長甚緩，故宜急種。以上爲急義。楊萬里《記張定叟煮筍經》詩：「巖下清泉須**旋**汲，熬出霜根生蜜汁。」旋汲，猶云新汲或現汲也。又《題廣濟圩》詩：「旋插綠楊能幾日，新枝已自不勝繁。」旋插，新插也。又《晨炊光口砦》詩：「新摘柚花薰熟水，旋撈萵苣浥生虀。」旋字與新字相應，旋撈，猶云現撈也。《南宋六十家》，趙汝鐩《訪黃簿留飲》詩：「旋切銀絲鱠鮮鯽，新嘗金顆擘香柑。」亦與新字相應，旋切，猶云現切也。又許棐《鄭介道見訪》詩：「溪羹旋煮蓴絲滑，野飯新炊芡玉圓。」義例同上，猶云現煮也。陸游《東籬》詩：「新營茅舍軒窗靜，旋煮山蔬匕筯香。」義例同上，亦猶云現煮也。又《南堂雜興》詩：「翳茅旋補東廂屋，伐石新成北港橋。」旋與新互文，猶云新補也。又《家園小酌》詩：「旋作園廬指顧成，柳陰已復著啼鶯。」猶云新造也。張孝祥《踏莎行》詞：「旋葺荒園，初開小徑，物華還與東風競。」旋與初互文，均為新義。辛棄疾《小重山》詞：「旋製離歌唱未成，陽關先畫出，柳邊亭。」旋製，猶云新製或現製也。《玉壺春》劇二：「能譔梨園新樂章，我可便旋打新腔。」旋打，猶云現打也。以上為新或現義。李益《渡破納沙》詩：「眼見風來沙旋移，經年不省草生時。」沙旋移，猶云沙便移也。王建《贈索暹將軍》詩：「輪劍直衝生馬隊，抽旗旋踏死人堆。」與直字相應，直猶便也，旋亦猶便也。花蕊夫人《宮詞》：「梨園子弟簇池頭，小樂移來候燕游，旋炙銀笙先按拍，海棠花下合《梁州》。」言樂人便炙笙按拍而歌也。又：「平頭船子小龍牀，多少神仙立御旁，旋刺高竿令過岸，滿池春水蘸紅妝。」言船子便刺船而進也。又：「新秋女伴各相逢，罨畫船飛別渚中，旋折荷花伴歌舞，夕陽斜照滿衣紅。」言女伴便折荷花而相與歌舞也。陸游《錢道人囊中不蓄一錢，所須飯及草履二物，皆臨時乞錢買之》詩：「食時無飯芒鞋破，只向街頭**旋**乞錢。」旋乞錢，便乞錢也。劉克莊《沁園春》詞：「病叟慚惶，尊官寧耐，待鐵拐先生**旋**出來。」旋出來，便出來也。按詞意敍門外賓客性躁，怪主人遲遲延客，故主人云然；鐵拐先生，劉以自況也。侯寘《臨江仙》詞：「與君同一醉，明日**旋**分愁。」言明日便離愁開始也。以上爲便義。

旋（三）

旋，猶屢也；頻也。杜荀鶴《山中寡婦》詩：「時挑野菜和根煮，**旋**斫生柴帶葉燒。」旋字與時字作對，猶云頻或屢也。又《早發》詩：「時逆帽簷風括頂，**旋**呵鞭手凍黏鬚。」亦與時字作對，義同上。邵雍《答李希淳》詩：「胸中日月時舒慘，筆下風雲**旋**合離。」亦與時字作對，言時合時離也，爲頻字義。又《首尾吟》：「朝昏天氣屢變易，今古人情**旋**合離。」與屢字作對，義同上。陸游《夜興》詩：「劇談頻剪燭，久坐**旋**更衣。」與頻字互文，旋亦頻也。又《游山戲作》詩：「晚景頻辭祿，窮居**旋**學耕。」義例同上，蓋因頻辭祿故頻學耕也。

旋（四）

旋，猶漫也，猶云漫然爲之或隨意爲之也。李白《少年行》：「好鞍好馬乞與人，十千五千**旋**沽酒。」言不惜金錢，漫然沽酒也。李商隱《對雪》詩：「**旋**撲珠簾過粉牆，輕於柳絮重於霜。」言漫然撲簾而過牆也。張耒《上元都下》詩：「管絃樓上爭酤酒，巧笑車頭**旋**買花。」言隨意買花也。陸游《遣興》詩：「聒聒鳴鳩莫笑渠，百年我亦**旋**枝梧。」旋枝梧猶云漫對付，意言莫笑鳩拙，我亦隨事漫然對付，未爲巧也。楊萬里《同劉季游登天柱岡》詩：「我行誰與報江楓，**旋**擺旌旗一路紅。」言楓葉一路紅，漫然如爲我擺旌旗也。歐陽修《漁家傲》詞：「酒盞**旋**將荷葉當，蓮舟蕩，時時盞裏生紅浪。」言漫將荷葉當酒盞也。劉克莊《滿江紅》詞：「且亂簪破帽，**旋**呼鳴瑟。」旋字與亂字相對，旋亦胡亂義，胡亂亦漫義。《城南柳》劇三：「**旋**沽村酒家家賤，自釣鱸魚箇箇鮮。」旋沽酒義見上引李白詩，此言漫然隨意沽村酒也，惟其家家賤，故漫沽之可已。

旋（五）

旋，猶漸也。元稹《離思》詩：「須臾日射燕脂頰，一朵紅酥**旋**欲融。」旋欲融，猶云漸欲融也。按賀鑄《減蘭》詞云：「曉日曈曚，愁見凝酥暖漸融。」可證。《南宋六十家》，施樞《新晴》詩：「林梢淡抹烟初霽，菜甲新抽土**旋**融。」義同上；凡言融者，必逐漸而成也。陸游《閒中偶詠》詩：「酒逋詩債何時了，未死何妨且**旋**還。」旋還，猶云逐漸還也。又《山行》詩：「**旋**償酒券何時足，罷諾僧碑盡日閒。」與上詩意同而可互證其義。晏殊《玉樓春》詞：「東風昨夜回梁苑，日脚依稀添一線。**旋**開楊柳綠蛾眉，暗拆海棠紅粉面。」旋開，猶云漸開也；拆卽坼裂之坼，漸開者不覺其開，故取義與暗字作對。周密《齊天樂》詞：「東風千樹易老，怕紅顏**旋**減，芳意偷變。」旋減，猶云漸減也；漸減者不覺其減，故取義與偷字作對。陸游《感皇恩》詞，《伯禮立春生日》：「溫詔鼎來，延英催對，鳳閣鸞臺看除拜，……箇時方**旋**了，功名債。」旋了，漸了也。

旋旋

旋旋，旋之重言也，義與旋同。旋有已而義、還又義及漸義，旋旋亦然。白居易《和薛秀才尋梅花同飲》詩：「歌聲怨處微微落，酒氣薰時**旋旋**開。」此猶云漸漸開也。楊萬里《同主簿叔暮立》詩：「**旋旋**前山沒，騣騣半臂寒。」此言前山爲暮色所沒，猶云已而沒或漸漸沒也。又《晚飲》詩：「**旋旋**哦詩**旋旋**抄，一尊野蔌更山肴。」此言一面哦詩，一面抄詩也，爲還又義。《醉翁琴趣》，歐陽修《蝶戀花》詞，《詠枕兒》：「昨夜佳人初命偶，論情**旋旋**移相就。」此猶云已而相就或漸漸相就也。旋有緊迫義，旋旋亦然。《宋百家詩存》，劉翰《客去》詩：「酒醒今夜銀屏冷，沈水薰爐**旋**旋添。」此預計之辭，意言爐香趁早添也。楊萬里《瑞香花新開》詩：「森森千萬筍，**旋旋**兩三花。」題曰新開，則意猶云轉眼兩三花也。又《暮熱游河池上》詩：「空中斗起朵雲頭，**旋旋**開來

旋旋收。」此亦緊迫義，猶云隨即開來隨即收也，與斗起字相應，斗起即陡起。旋有頻義、屢義，旋旋亦然。楊萬里《發孔鎮晨炊漆橋道中紀行》詩：「斫地燒畲**旋旋**開，豆花麻莢更菘栽。」此言逐步開墾也，爲頻頻義。又《上巳同沈虞卿等游春湖上》詩：「隨宜**旋旋**商量着，晴即行行雨即休。」此言或行或止，逐步商量也，亦頻頻義。管鑑《點絳脣》詞：「**旋旋**花開，圖得春長遠。」此猶云陸續花開，與長遠字相應。王之道《蝶戀花》詞，詠《梅花》：「點綴南枝紅**旋旋**，準擬杯盤，日向花前宴。」此亦陸續義，與日向花前宴句相應，日者，日日也。

稍（一）

稍，猶頗也；深也。甚辭，與小或少之本義相反。《文選》，江淹《恨賦》：「紫臺**稍**遠，關山無極。」五臣注，濟曰：「稍遠，極窮也。」可證稍爲甚辭。李白《前有樽酒行》：「落花紛紛**稍**覺多，美人欲醉朱顏酡。青軒桃李能幾何！流光欺人忽蹉跎。」詩意旣曰落花紛紛，又曰桃李幾何，可證稍覺多乃頗覺多也。柳宗元《與崔策登西山》詩：「謫居安所習，**稍**厭從紛擾。」稍厭，猶云深厭也。裴說《冬日作》詩：「**稍**寒人却健，太飽事多慵。樹老生煙薄，牆陰積雪重。」稍寒，即嚴寒也，亦甚辭。玩積雪句更可證其爲嚴寒，詩見《全唐詩》。蘇軾《次韻王雄州還朝留別》詩：「老李威名八十年，壁間精悍見遺顏。自聞出守風流似，**稍**覺承平氣象還。」稍覺義見前。黄庭堅

《流民歎》詩：「**稍**聞澶淵渡河日數萬，河北不知虛幾州。」稍聞，猶云頗聞也。陳師道《答魏衍惠朱櫻》詩：「開門先得故人書，**稍**喜提攜起覆盂。」稍喜，猶云深喜也。又《和酬魏衍》詩：「不憂寒餓成吾老，**稍**喜朝廷記此公。」此公，任淵注謂指東坡；稍喜義同上。又《席上勸客酒》詩：「**稍**開襟抱使心寬，大放酒腸須盞乾。」玩下句大放字，知稍開猶云儘開也，亦甚辭。《董西廂》一：「秦樓謝館鴛鴦幄，風流**稍**是有聲價。」言頗是有聲價也。又一，白云：「法本云，空門何計此利，寮室**稍**多。」曲云：「況敝寺其間，多有寮舍。」曲與白相應，可證稍多即頗多也。又三：「姐姐**稍**親文墨，君瑞博通今古。姐姐不枉做媳婦，君瑞不枉做丈夫。」稍親與博通作對，可證稍親文墨，猶云頗親文墨也。巾箱本《琵琶記》十八：「君才冠天祿，我的門楣**稍**賢淑。看相輝清潤，瑩然冰玉。」我的門楣，猶云我的女兒。稍賢淑與冠天祿作對，可證稍賢淑猶云頗賢淑也。復次，杜甫《諸將》詩：「**稍**喜臨邊王相國，肯銷金甲事春農。」此稍字若從本義解，則一種尖刻之口吻，實爲貶辭；然詩人之貶辭，義取渾涵，恐無指名王相國之理。王相國即王縉，《解悶》詩云：「未絕風流相國能，」即指王縉，明明褒之。蓋指名褒之則可，指名貶之則不可，義例可以類推。然則此所云稍喜者，亦猶云頗喜或深喜，且與老杜平生忠愛熱烈之情懷亦極合也。

稍（二）

稍，猶已也；既也。李白《單父東樓秋夜送族弟沈之秦》詩：「坐來黃葉落四五，北斗已掛西城樓。」已一作**稍**，稍與已通，稍掛猶云已掛也。駱賓王《樂大夫挽詞》：「城郭猶疑是，原陵**稍**覺非。」稍字與猶字相應，言已覺非也。趙冬曦《和尹忞秋夜遊㶚湖》詩：「山暗雲猶辨，潭幽月**稍**來。」亦與猶字相應，言月已來也。李嶠《早發苦竹館》詩：「早霞**稍**霏霏，殘月猶皎皎。」亦與猶字相應，言霞已起也。韋應物《休沐東還胄貴里》詩：「竹木**稍**摧翳，園場亦荒蕪。」稍字與亦字相應，言竹木既摧，園場亦荒也。又《清明日憶諸弟》詩：「杏粥猶堪食，榆羹已**稍**煎。」已稍重言，與業已或既已之爲重言同；已稍與猶堪相應，已稍煎，猶云業已煎也。柳宗元《覺衰》詩：「久知老將至，不謂便見侵。今年宜未衰，**稍**已來相尋。」稍已亦重言，言業已來相尋也。韓愈《秋雨聯句》：「氛醨**稍**疏映，霧亂還擁薈。」此與還字相應，言已疏映也。王安石《次韻張子野秋中久雨晚晴》詩：「菊泣花猶重，秔肥穗**稍**長。」此亦與猶字相應，言穗已長也。蘇軾《十月四日以病在告獨酌》詩：「月華**稍**澄穆，霧氣尤清薄。」此與尤字相應，稍澄穆，既澄穆也。陳師道《次韻答晁無斁》詩：「**稍**無車馬音，復作賓客請。」此與復字相應，稍無，已無也。請，猶謁也。又次韻《晁無斁夏雨》詩：「**稍**無蟲飛喧，復覺蟬語多。」義例同上。黃庭堅《和答魏道輔寄懷》詩：「別時燕辭屋，草黃秋半分。今來冬日至，**稍**添刺繡紋。」此卽冬至日添一線意；稍添，已添也。言別時秋分，今已冬至也。又《僧景宣相訪寄法王航禪師》詩：「抱犢**稍**退鳧鷖行，倦禪時作橐駝坐。」

稍退，已退也。按法王係寺名。言抱持文牘之羣吏已雁行而退，長官安閑，時作禪坐也。又《次韻黃斌老晚遊池亭》詩：「綠荷菡萏稍覺晚，黃菊拒霜殊未秋。」言已覺晚也。與殊字相應，殊者猶也，見殊字條，殊未秋，猶未秋也。楊萬里《九月一日夜宿盈川寺》詩：「下灘一日抵三程，到得盈川也發更。兩岸漁樵稍燈火，滿江風露更波聲。」稍字與上句也字下句更字相應，稍燈火，已燈火也。《董西廂》二：「相國夫人，怕伊不信自家說。請寬尊抱，是須休把兩眉結。倚着闌干，凝望時節，寺宇周迴，賊軍間列稍寧帖。」稍寧帖，已寧帖也。此爲張生馳書杜將軍發兵解圍時語。言如其不信我馳書杜將軍處請兵，則請夫人放心，登高一望，應見救兵已到，紛亂之賊軍已早帖服也。間列，當爲間雜排列之義，借作紛亂解，本書一有「松檜交加，花竹間列」之語，間列與交加互文，足證間列亦可作紛亂解也。

稍（三）

稍，猶旋也；已而也；還也。韋應物《歎楊花》詩：「纔縈下苑曲，稍滿東城路。」稍字與纔字相應，言纔縈下苑，旋滿東城也。李商隱《蝶》詩：「初來小苑中，稍與瑣闈遥。」與初字相應，言初來小苑，旋通瑣闈也。又《微雨》詩：「初隨林靄動，稍共夜分涼。」義例同上。王安石《夜讀試卷》詩：「蕉中得鹿初疑夢，牖下窺龍稍眩眞。」又《春風》詩：「日借嫩黃初著柳，雨催新綠稍歸田。」又《秋露》詩：「初疑宿雨泫，**稍**怪曉霜稠。」蘇軾《夜燒松明火》詩：「快焰初煌煌，碧煙**稍**團團。」陳與義《秋月》詩：「初如金盆湧，**稍**若玉鑑磨。」均與初字相應，亦均爲旋義或還義。王安石《次韻鄧子儀》詩：「君才有用方求祿，我志無成**稍**問田。」求田問舍，降志之意，言我既不得志，還當求田問舍，不爲高論也。又《賞心亭卽事》詩：「孤城倚薄青天近，細雨侵陵白日昏。**稍**覺野雲乘晚霽，却疑山月是朝暾。」稍覺卽旋覺，言細雨之後，旋覺晚霽也。又和張仲通三絕句：「醉鄉舊業拋來久，更欲因君**稍**問塗。」言還問醉鄉之塗也；因託言舊業，故曰還問。又《送致政朱郎中東歸》詩：「已上印書通北闕，**稍**留冠蓋餞東門。」與已字相應，稍留，還留也。

稍（四）

稍，猶纔也；方也；正也。杜審言《和李大夫嗣眞奉使存撫河東》詩：「**稍**觀汾水曲，俄指絳臺前。」稍字與俄字相應，稍觀，猶云纔觀或纔遊也。白居易《截樹》詩：「始有清風至，**稍**見飛鳥還。」與始字互文，稍見，猶云纔見也。蘇軾《書王定國所藏煙江疊嶂圖》詩：「行人**稍**度喬木外，漁舟一葉江吞天。」稍度，猶云方度或正度也。王安石《發館陶》詩：「笳鼓遠多思，衣裘寒始輕。**稍**知田父隱，燈火閉柴荆。」隱者安穩之義，言行役之人，方知田父安穩，有燈火閉門之樂也。黃庭堅《次韻清虛同訪李園》詩：「**稍**見燕脂開杏蕚，已聞香雪爛梅枝。」與已字相應，稍見，猶云纔見也。陳師道《次韻螢火》詩：「**稍**能穿幔入，已復受風回。」亦與已字相應，稍能，猶云纔能也。又《和寇十一遊城南阻雨》詩：「**稍**看飛霧斷，復作遠山橫。」與復字相應，稍看，猶云方看或正看也。又《寄晁無斁春懷》詩：「**稍**聽春鳥語叮嚀，又見官池出斷冰。」與又字相應，稍聽，猶云纔聽也。吳儆《偶成》詩：「晚來一雨破炎蒸，蕉葉葵花照眼明。**稍**與燈花尋舊約，却嫌庭樹作秋聲。」與却字相應，却者還也，言初涼之夜，方得與燈火相親，還嫌庭樹之秋聲又作也；作正字解亦得。

稍（五）

稍，猶一也；頓也；偶也；祇也；聊也；且也。王安石《送石賡歸寧》詩：「**稍**出平生言，道藝相琢磨。」此稍字爲一義，猶云一吐平生言也。蘇軾《次韻孔文仲見贈》詩：「一對高人談，**稍**忘俗吏卑。」此稍字爲頓義，稍忘，猶云頓忘也。又蘇軾《孫莘老寄墨》詩：「晴窗洗硯坐，蛇蚓**稍**蟠結，便有好事人，敲門求醉帖。」此稍字爲偶義，蛇蚓句以喻寫字，言偶爾揮筆作蛇蚓狀，便有人求帖也。黃庭堅《都下喜見八叔父》詩：「咨嗟舊田園，慟哭新松楸，**稍**詢耆舊間，大半歸山丘。」稍詢，偶詢也。陳師道《寄李學士》詩：「**稍**尋東刹論茲事，賴有西方託後車。」稍尋，偶尋也。杜甫《別蔡十四著作》詩：「我衰不足道，但願子意陳；**稍**令社稷安，自契魚水親。」此稍字爲祇義，稍令，祇令也。按上文有「獻書謁皇帝」及「萬乘爲酸辛」云云，翫文義猶云祇敎天下能安，則君臣自契也。又《陪王使君晦日泛江》詩：「山豁何時斷，江平不肯流，稍知花改岸，始驗鳥隨舟。」稍知，祇知也；始亦有祇義，見始字條。稍與始互文。言在舟中不覺江水之流，祇覺花改岸，鳥隨舟而已。《瀛奎律髓》二十，尤延之《德翁有詩再用前韻》詩：「未放柔柯攢玉雪，稍看紅蒂染燕支。」稍看，猶云祇看或祇見也；按此爲催梅詩。陳師道《寄亳州林待制》詩：「一似聽兒童迎五馬，稍修書札問專城。」此稍字爲聊義、且義，稍修，聊修也。又《老柏》詩：「稍看棲鳥集，聊待晚風秋。」稍看，猶云且看，稍與聊互文。孟浩然《與崔二十一遊鏡湖》詩：「將探夏禹穴，稍背越王城。」猶云且出越王城也。按本條所述，皆由稍之本義爲小、爲少引申之。

稍（六）

稍，猶漸也。《說文》：「稍，出物有漸也，」此本義也。陶潛《雜詩》：「猛志逸四海，騫翮思遠翥，荏苒歲月頹，此心稍已去。」言漸已去也。王維《歸輞川》詩：「谷口疏鐘動，漁樵稍欲稀。」言漸欲稀也。劉長卿《登揚州棲靈寺塔》詩：「稍登諸劫盡，若騁排雲翮。」諸劫以喻諸級，言一級一級漸登以至於盡也。王安石《次韻景仁雪霽》詩：「坳中餘宿潤，曖處自朝暉，稍見青青色，還從柳上歸。」稍見，漸見也。陳與義《舍弟踰日不知雪勢密因再賦》詩：「稍積草木上，斷槁莽聯絡。」稍積，漸積也。漸義習見，不備舉。

稍稍　梢梢

稍稍，稍之重言也，義與稍同。與作形容辭用之有蕭森義者異。稍有頗義，稍稍亦然。姚合《武功縣》詩：「腥羶都不食，**稍稍**覺神清。」此猶云頗覺神清也。稍有已而義、旋義，稍稍亦然。李白《送王屋山人魏萬還王屋》詩：「亂流新安口，北指嚴光瀨。釣臺碧雲中，邈與蒼梧對。**稍稍**來吳都，徘徊上姑蘇。煙綿橫九疑，漭蕩見五湖。」此猶云已而來吳都，上姑蘇也。王昌齡《初日》詩：「初日淨金閨，先照牀前暖。斜光入羅幕，**稍稍**親絲管。」此與先字相應，言日光先照牀前，人則旋親絲管也。稍有纔義，稍稍亦然。顧況《李供奉彈箜篌歌》：「李供奉，儀容質。身才**稍稍**六尺一。」言身材短矮，纔得六尺一也。至於稍稍之作蕭森義者，附述於下，以見其與上列諸義相異。孟雲卿《傷懷贈故人》詩：「稍稍晨鳥翔，淅淅草上霜。」韋應物《曉坐西齋》詩：「鼕鼕城鼓動，稍稍林鴉去。」上二詩皆以形容鳥羽之森然。韋應物《答崔主簿問兼簡溫上人》詩：「靡靡芳草積，稍稍新篁抽。」又《新理西齋》詩：「稍稍覺林聳，歷歷忻竹疏。」白居易《孟夏思渭村舊居》詩：「嘖嘖雀引雛，稍稍筍成竹。」上三詩或以形容竹枝之森然，或以形容樹枝之森然。然其字又作梢梢。白詩嘖嘖一聯，黃庭堅《謫居黔南》詩中亦見之，惟稍稍則作梢梢。曹勛《和王倅見惠》詩：「惟公霄漢姿，梢梢摩天翮。」此仍爲鳥羽森然義。常建《空靈山應田叟》詩：「拽策背落日，江風鳴梢梢。」此當爲蕭然義。李商隱《出關宿盤豆館》詩：「蘆葉梢梢夏景深，郵亭暫欲灑塵襟。」曹勛《山居雜興》詩：「梢梢岸上柳，粼粼岸下波。」亦皆爲蕭然義。

劣

劣，指示限度之辭，其義須隨文而定。有可作僅字解者。岑參《與鮮于庶子成都少尹同至利州》詩：「巖傾劣通馬，石窄難容車。」言僅通馬也。陸龜蒙《江南秋懷》詩：「小徑纔分草，斜扉劣辦荆。」言僅以荆辦之爲扉也。蘇軾《與梁左藏會飲》詩：「彭城老守本虛名，識字劣能欺項籍。」劣能，猶云僅能也。楊萬里《轎中看山》詩：「劣行兩三驛，已閱千百變。」此亦僅義，與已字相應。又《入陂子逕》詩：「兩山如壁岸如削，一逕緣空劣容脚。」言僅能容脚也。方岳《蟄室》詩：「不供並橫肱，所貴劣容膝。」言僅能容膝也。有可作稍字解者。吳融《敗簾》詩：「伴燈微掩夢，兼扇劣遮羞。」言稍遮羞也。楊萬里《過臨平蓮蕩》詩：「蓮蕩中央劣露沙，上頭更着野人家。」言稍露沙也。有可作剛字解者。楊萬里《中秋無月至十七日曉晴》詩：「劣到中秋雲便興，中秋過了却成晴。」劣到，猶云剛到也。又《初三日遊翟園》詩：「劣到翟園風便止，猿鶴前導花迎門。」義同上。又《過八尺遇雨》詩：「垂虹登了劣歸船，又復毛空暗水天。」劣歸船，猶云剛歸船也。陳克《菩薩蠻》詞：「綠陰寂寂櫻桃下，盆池**劣**照薔薇架。」劣照，猶云剛照或恰照也。有可作可字解者。楊萬里《初夏三絕句》：「手種琅玕**劣**十年，今年新筍不勝繁。」劣十年，猶云可十年也。又《幼圃》詩：「寓舍中庭**劣**半弓，燕泥爲圃石爲墉。」劣半弓，意云隙地可半弓也。

捋

捋，猶劣也；低也。言不如人也。《太平樂府》三，喬夢符小令，《雁兒落》帶《得勝令》：「農桑事上熟，名利場中**捋**。」言名利場中甘退避也。又九，睢玄明《耍孩兒》套，詠《鼓》：「這廝則嫌樂器低，却不道本事**捋**。」言不知打鼓之工夫淺也。又六，曾瑞卿《端正好》套，自序：「既生來命與時相挫，去虎狠叢服低**捋**。」低捋，猶云低劣也；服者甘服之義。捋字原誤作將，據《雍熙樂府》二校改。《對玉梳》劇二：「你個馮員外捨性命推沒磨，則這箇蘇小卿怎肯服低**捋**。」義同上。按捋字原亦誤作將。

漸（一）

漸，猶正也。李商隱《喜雪》詩：「粉署闈全隔，霜臺路**漸**賒。」漸一作正，漸與正義同也。賒有遠義，路漸賒，路正遠也。柳永《醉蓬萊》詞：「**漸**亭皋葉下，隴首雲飛，素秋新霽。」此爲起首三句，言正當葉落雲飛，一片新秋也」；漸字與新字相應。次段起句爲「正值昇平」云云，次段以正字領起，首段以漸字領起，爲避複故互文也。又《迎新春》詞：「漸天如水，素月當戶，香徑裏，絕纓擲果無數。」言正值明月當戶，男女嬉遊景況也。周邦彥《塞垣春》詞：「煙深極浦，樹藏孤館，秋景如畫。漸別離氣味難禁也，更物象，供瀟灑。」漸字與更字相應，言正當別思無聊之際，而秋天物象更助其淒清也。又《蘭陵王》詞：「悽惻，恨堆積。漸別浦縈迴，津堠岑寂。」言離恨堆積，正是別浦縈迴津堠岑寂時也。陳允平《塞垣春》詞：「漸一聲雁過南樓也，更細雨，時飄灑。」又《蘭陵王》詞：「惻惻，怨懷積。漸楚榭寒收，隋苑春寂。」兩詞均脫胎上述周詞，義亦同。又《垂楊》詞：「銀屏夢覺，漸淺黃嫩綠，一聲鶯小。」言夢覺時正聞一聲鶯也。又《早梅芳》詞：「柳邊驕馬去，翠閣空凝眺。漸春風，綠愁江上草。」言正春風綠草時也。吳文英《六醜》詞，《壬寅吳門元夕》：「漸新鵝映柳，茂苑鎖，東風初掣。館娃舊遊，羅襦香未滅，玉夜花節。」此爲起首一段，以漸字領起，與柳詞《醉蓬萊》同。蓋以思念舊遊入手，言正當新柳纔黃，東風初到，那回嬉遊館娃時節也。邵亨貞《玲瓏四犯》詞：「秋晚登臨，漸古驛丹楓，初試霜信。」言登高一望，正是霜楓初丹時也。

漸（二）

漸，猶旋也；還又也。柳永《八聲甘州》詞：「對瀟瀟暮雨灑江天，一番洗清秋。漸霜風淒緊，關河冷落，殘照當樓。」言雨後旋又爲淒風殘照之景況也。又《竹馬子》詞：「對雌霓挂雨，雄風拂檻，微收煩暑。漸覺一葉驚秋，殘蟬噪晚，素商時序。」言暑氣收後，旋卽覺爲素秋時序也。又《征部樂》詞：「況漸逢春色，便是有舉場消息。」言旋卽逢春，便有舉場消息也。黃庭堅《踏莎行》詞：「明日重來，落花如綺，芭蕉漸展山公啓。」惟其明日，故爲旋義。言蕉葉展開，可以寫字，變作山公啓事也。周邦彥《紅林檎近》詞，《雪晴》：「才喜門堆巷積，可惜迤邐銷殘。漸看低竹翩翻，清池漲微瀾。」漸字與才字相應，言才看雪之堆積，旋卽看雪之銷融也。呂濱老《早梅芳近》詞：「染眉山對碧，匀臉霞相照。漸更衣對客，微坐自輕笑。」言染眉匀臉後，旋卽更衣對客也。漸與旋互訓，旋猶漸也，漸亦猶旋也，參閱旋字條。

漸（三）

漸，猶到也；亦猶向也。《南宋六十家》，劉過《從軍樂》詩：「兒時鼓篋走京國，漸老一第猶未叨。」漸老，猶云到老也。柳永《佳人醉》詞：「儘凝睇。厭厭無寐，漸曉雕闌獨倚。」漸曉，猶云到曉也，言倚闌凝望到曉也，亦猶云向曉也。姜夔《揚州慢》詞：「自胡馬窺江去後，廢池喬木，猶厭言兵。漸黃昏，淸角吹寒，都在空城。」漸黃昏，猶云到黃昏也，亦猶云向黃昏也。張先《少年游》詞：「探花人向花前老，花上舊時春。行歌聲外，靚妝叢裏，須貴少年身。」向一作漸，漸猶向也。陳允平《過秦樓》詞：「無奈離愁亂織，藉酒銷磨，倩花排遣。漸江空霜曉，黃蘆漠漠，一聲來雁。」言夜來花酒消遣，直到天曉雁來時也。《董西廂》三：「向花陰底潛身立。漸審聽多時，方見伊端的。」言到審聽移時之後，方見端的也。按本條與作正字解者略近，特作正字解者爲當前義，語氣急；作到字向字解者爲移時義，語氣緩。

暫（一）

暫，猶且也。李白《月下獨酌》詩：「月既不解飲，影徒隨我身。暫伴月將影，行樂須及春。」暫伴月將影，猶云且伴月與影也。李端《江上逢司空曙》詩：「唯當執杯酒，暫食漢江魚。」暫食，且食也。韓愈《戲題牡丹》詩：「長年是事皆拋盡，今日欄邊暫眼明。」暫眼明，且眼明也。劉禹錫《酬樂天席上見贈》詩：「今日聽君歌一曲，暫憑杯酒長精神。」暫憑，且憑也。張籍《早春閒遊》詩：「遙聞有花發，騎馬暫行看。」暫行看，且行看也。項斯《邊游》詩：「防秋故鄉卒，暫喜語音同。」暫喜，且喜也。李商隱《寄和水部馬郎中題興德驛》詩：「仙郎倦去心，鄭驛暫登臨。」暫同暫，言且登臨也。黄庭堅《題安福李令朝華亭》詩：「對案昏昏迷簿領，暫來登覽見高明。」言且來登覽也。

暫（二）

暫，猶初也；纔也；剛也。李益《來從竇車騎行》：「讀書良不武，學劍暫非智。」暫非智，猶云初非智也。又《宿石邑山中》詩：「曉月暫飛千樹裏，秋河隔在數峯西。」暫飛，猶云初昇，言曉月初昇，秋河已遠而將沉也。錢起《送楊著作歸東海》詩：「酒酣暫輕別，路遠始相思。」暫輕別，言初不以別爲意也，與始字相應。何遜《七夕》詩：「逢歡暫巧笑，還淚已啼妝。」暫巧笑，猶云纔巧笑也，與已字相應。白居易《和高僕射罷節度授少保分司喜遂遊山水》詩：「蹔辭八座罷雙旌，便作登山臨水行。」蹔同暫，蹔辭，猶云纔辭也。韓愈《秋懷》詩：「寒蟬暫寂寞，蟋蟀鳴自恣。」暫寂寞，猶云纔寂寞也。李後主《一斛珠》詞：「曉妝初過，沉檀輕注些兒箇。向人微露丁香顆，一曲清歌，暫引櫻桃破。」暫引櫻桃破，意言纔始啓口作唱也。與上文各語合看，一片矜持神情，語意一貫。《董西廂》四：「恰俺與鶯鶯，鴛幃暫相守，被功名使人離缺。」暫相守，言剛得相合或纔得相合也，與恰字語意一貫。又四：「去年暫斬逆臣頭，腰間劍是帝王親授。」言去年剛誅逆臣也。又四：「收拾行李，一步地都行上，兩口兒眉頭暫開放。」此敍鄭恆奪婚，經法聽定計，張生鶯鶯兩口兒投奔白馬將軍時情形。眉頭暫開放，言眉頭纔得展開也。

暫（三）

暫，猶忽也；頓也；便也。李白《東海有勇婦》詩：「金石忽暫開，都由激深情。」忽暫爲同義之重言。獨孤及《賈員外處見中書賈舍人巴陵詩集》詩：「暫若窺武庫，森然矛戟寒。」暫若，猶云忽若也。韓愈《叉魚》詩：「迷火逃翻近，驚人去暫遙。」暫遙，猶云忽遠也。又《遠遊聯句》：「魍魎暫出沒，蛟螭互蟠蟉。」暫出沒，猶云倏出沒，亦忽字義。又《謝自然》詩：「簷楹蹔明滅，五色光屬聯。」蹔同暫，蹔明滅，猶云乍明滅，亦忽字義。黃庭堅《見子瞻粲字韻詩次韻》：「臭腐蹔神奇，嘻噫卽飄散。」蹔神奇，猶云忽神奇也。趙令畤《商調蝶戀花》詞：「兩意相歡朝又暮，爭奈郎鞭，暫指長安路。」暫指，忽指也，言郎鞭忽指長安而啓行也。又：「獨寐良宵無計遣，夢裏依稀，暫若尋常見。」暫若義見前，言忽若尋常時相見也。王灼《七娘子》詞：「暫作行雲，暫爲行雨，陽臺望極人何處？」言忽爲行雲忽爲行雨也。《董西廂》二：「覷着日頭兒，暫時間，齋時過。」暫時間與霎時間同，言忽然間午齋時已過也。以上爲忽義。杜甫《晨雨》詩：「暫起柴荊色，輕沾鳥獸羣。」暫起，猶云頓起也。白居易《赴蘇州至常州答賈舍人》詩：「厭見簿書先眼合，喜逢杯酒暫眉開。」暫眉開，猶云頓眉開或便眉開也。劉禹錫《秋日題竇員外崇德里新居》詩：

「長愛街西風景閒，到君居處暫開顏。」暫一作便，暫卽便也；言便開顏也。以上爲頓義、便義。

暫（四）

暫，猶偶也；適也。李白《猛虎行》：「張良未遇韓信貧，楚漢存亡在兩臣。暫到下邳受兵略，來投漂母作主人。」暫到，猶云偶到或適到也。又《春陪商州裴使君遊石娥溪》詩：「暫出東城邊，遂遊西巖前。」暫出，偶出也。韓愈《出城》詩：「暫出城門蹋青草，遠於林下見春山。」義同上。張籍《送令狐尚書赴東都留守》詩：「行香暫出天橋上，巡禮常過禁殿中。」義同上。又《閒遊》詩：「今朝暫共遊僧語，更恨趨時別舊山。」暫共，猶云偶共或適共也。王昌齡《黃鍊師院》詩：「暫因問俗到眞境，便欲投誠依道源。」暫因，猶云偶爲也。寒山詩：「儂家暫下山，入到城隍裏，逢見一羣女，端正容貌美。」暫下山，偶下山也。韓偓《早發藍關》詩：「路盤暫見樵人火，棧轉時聞驛使鈴。」暫一作偶，暫卽偶也。李商隱《杏花》詩：「上國昔相値，亭亭如欲言。異鄉今暫賞，脈脈豈無恩。」暫賞，言適逢其會而欣賞也。無恩，猶言無情。又和《劉評事永樂閒居》詩：「白社幽閒君暫居，青雲器業我全疏。」暫居，言適逢其會而閒居也。

暫（五）

暫，猶一也。杜甫《人日》詩：「佩劍衝星聊暫拔，匣琴流水自須彈。」暫拔，猶云一拔也，言佩劍聊一拔也。又《寄彭州高適虢州岑參》詩：「會待妖氛靜，論文暫裹糧。」裹糧，啓行之意，言將爲論文而一行也。又《曲江對雨》詩：「何時詔此金錢會，暫醉佳人錦瑟旁。」暫醉，猶云一醉也。韓愈《奉和裴相公東征途經女几山下》詩：「敢請相公平賊後，暫攜諸吏上崢嶸。」暫攜，猶云一攜也。李賀《南園》詩：「請君暫上凌烟閣，若箇書生萬戶侯。」暫上，猶云一上也。白居易《答張籍因以代書》詩：「今日正閑天又暖，可能扶病暫來無？」言可能一來否也。又《聞微之臥病以藥寄之》詩：「到時想得君拈得，枕上開看眼暫明。」言眼爲之一明也。又《琵琶行》：「豈無山歌與村笛，嘔啞嘲哳難爲聽。今夜聞君琵琶語，如聽仙樂耳暫明。」言耳爲之一爽也。又《聽李士良琵琶》詩：「閑人暫聽猶眉斂，可使和番公主聞！」閑人暫聽，猶言旁人一聽也。《瀛奎律髓》四十七，僧道潛《夏日龍井卽事》詩：「何時暫著登山屐，來岸烏紗漉酒巾。」言何時一著登山屐也。柳永《柳腰輕》詞：「算何止傾國傾城，暫回眸萬人腸斷。」言一回眸已足使萬人腸斷也，腸斷猶云魂銷。王安中《洞仙歌》詞：「迎人巧笑道，好箇今宵，怎不相尋暫攜手。」言怎不一攜手也。《董西廂》一：「數幅花箋，相思字寫滿，無人敢暫傳。正是咫尺是冤家，渾如天樣遠。」言無人可一遞此花箋於我冤家處也。敢猶可也，見敢字條。冤家，指鶯鶯。

僅

僅，庶幾之辭。杜甫《泊岳陽城下》詩：「江國踰千里，山城僅百層。」僅一作近，義通，言近百層或幾百層也。白居易《昭國閒居》詩：「槐花滿田地，僅絕人行迹。」言幾乎絕人迹也。又《初出藍田路作》詩：「潯陽僅四千，始行七十里。人煩馬蹄跙，勞苦已如此。」言近四千里或幾四千里也。李賀《樂詞·七月》：「僅厭舞衫薄，稍知花簟寒。」言幾乎厭憎舞衫太薄也。蘇軾《次韻景仁留別》詩：「詩新眇難和，飲少僅可學。」言庶可學也。《宋百家詩存》，曹勛《泛水曲》：「春服僅能試，荷小未成蓮。」言庶能試也。《瀛奎律髓》四十二，廖剛《代祖父次韻酬羅君實》詩：「蕭條門巷陋於顏，老去青春僅得閒。」言庶得閒也。楊萬里《游東坡白鶴峯故居》詩：「詩人眼底高四海，萬象不足供詩愁。帝將湖海賜湯沐，僅僅可以當冥搜。」此言庶幾足供冥搜也。復次，本條立義，根據段玉裁說。

纔　才　財

纔，猶一也；但也；如其也。字亦作才作財。祖詠《泊揚子津》詩：「纔入維揚郡，鄉關此路遙。」纔入，猶云一入也，言一入揚郡，離鄉從此便遠也。韓愈《寄盧仝》詩：「勸參留守謁大尹，言語纔及輒掩耳。」言一聽到勸其參謁之言語輒掩耳也。王安石《雨過偶書》詩：「誰似浮雲知進退，纔成霖雨便歸山。」言作霖一了便歸山也。《瀛奎律髓》二十，張澤民《梅花》詩：「纔有梅花便自奇，清香分付入新詩。」纔有，猶云一有或但有也。又：「纔有梅花便不同，一年清致雪霜中。」義同上。《宋百家詩存》，張道洽《詠梅》詩：「纔有梅花便絕塵，霜鋪月冷倍精神。」義同上。又武衍《示舵師》詩：「不逢水活魚休買，纔見清溪米便淘。」纔見，猶云一見也。又胡仲亨《郊行暮歸》詩：「不妨竟日酬心賞，纔到明朝事又忙。」纔到，猶云一到也。《南宋六十家》，許棐《贈術士張癡》詩：「**財**吟詩好日，便是命窮時。」此財字亦一字義，意云詩一好，命便窮也。又《前人贈芸窗》詩：「能書能畫又能詩，除却芸窗別數誰？只是霜毫冰繭紙，**才**經拈起便新奇。」又才經，猶云一經或但經也。又高九萬《歸寓舍》詩：「梅欲開時多是雨，草**財**生處便成春。」此財字亦一字義，言草一生，便成春也。又周弼《遊道場山遇雨》詩：「飄然久作登臨想，**纔**遇名山雨亦遊。」纔遇，猶云但遇或如其遇也。又何應龍《無愁》詩：「世間惟我最無愁，**纔**是無愁得自由。」言但敎無愁便得自由也。楊萬里《晚晴》詩：「**纔**雨便晴寒便暖，四時佳處是春天。」此纔字冠兩項，言一雨便晴一寒便暖也。晁元禮《安公子》詞：「是卽是從來好事多磨難；就中我與你**纔**相見，便世間煩惱，受了千千萬萬。」纔相見，猶云一相見也。辛棄疾《夜遊宮》詞：「幾箇相知可喜，**才**廝見說山說水。顛倒爛熟只這是，怎奈向一回說，一回美。」才廝見與纔相見同。爲一相見義。又《婆羅門引》詞，《別叔高》：「爭如不見，才相見便有別離時。」此猶云但教相見或如其相見也。《絕妙好詞》六，張林《唐多令》詞：「纔是別離情便苦，都莫問，淡和濃。」此猶云但令是別離，情味便苦，不必問苦之程度如何也。《花草粹編》七，薛泳《客中憶》詞：「此身本是山中箇，纔出山來便希差。」差讀如錯，去聲，言一出山便錯也。汲古閣本《漱玉詞》，李清照《浣溪沙》詞：「眼波纔動被人猜。」言眼波一動也。按此詞是否李作，存疑。趙輯《宋金元人詞》，張之翰《金縷曲》詞：「君去丁寧無別語，怕山靈怪我來何暮。纔有伴便同去。」言一有伴便同去也。《張協狀元》戲文：「才到黄昏至，虎嘯猿啼起。」言一到黄昏也。又：「〔旦〕『小二哥！你幾時去江陵府納稅？』〔丑〕『小二便去，怕知縣點追。才點着，定喫十五大棒。』」才點着，猶云一點着或如其點着也。又：「伊才跌下，那得遍身都是血。」此張協劍砍王貧女後，王貧女對李大公詭言跌在坑中致傷，李大公不信，故如此云。伊才跌下，猶言你如其跌下也。又：「〔外〕『教相公親遞絲鞭多少好？』〔末〕『自古及今是府眷揭起采樓，刺起絲鞭。才不接，明日相公別作道理。』」此敍樞密使相黑王府招張協爲女壻時情形。遞絲鞭與拋綵球同爲招壻儀式。才不接，言張協如其不接絲鞭也。

始（一）

始，猶正也。《焦仲卿妻》詩：「年始十八九，便言多令才。」言年正十八九也。王筠《望夕霽》詩：「石溜正浹潺，山泉始澄汰。」始與正互文，始亦正也。江淹《雜體》詩，《休上人怨別》：「露彩方泛豔，月華始徘徊。」始與方互文，始徘徊，猶云正徘徊也。又《左記室詠史》：「終軍才始達，賈誼位方尊。」亦始與方互文，才始達，猶云才正達也。按《孟子·公孫丑》篇上：「凡有四端於我者，知皆擴而充之矣，若火之始然，泉之始達。」兩始字形容擴充之義，亦猶云火正然泉正達，此可旁證也。溫庭筠《過陳琳墓》詩：「詞客有靈應識我，霸才無主始憐君。」始憐君，正憐君也。《南宋六十家》，羅與之《看葉》詩：「紅紫飄零草不芳，始宜撰杖向池塘。看花應不如看葉，綠影扶疏意味長。」始宜，正宜也。吳文英《渡江雲》詞：「還始覺留情緣眼，寬帶因春。明朝事與孤鴻去，做滿湖風雨愁人。」始覺，正覺也。還者，幸之之辭，一至明朝，便愁人矣。

始（二）

始，猶祗也；僅也。李白《梁園吟》：「天長水闊厭遠涉，訪古始及平臺間。」始及，祗及也。杜甫《陪王使君晦日泛江》詩：「山豁何時斷，江平不肯流，稍知花改岸，始驗鳥隨舟。」稍亦有祗義、僅義，見稍字條。始與稍互文，稍知，猶云祗知或僅知，始驗，猶云祗覺或僅覺也。言在舟中不覺江水之流，祗覺花改岸，鳥隨舟而已。韓愈《崔十六以詩及書見投因酬》詩：「冬惟茹寒齏，秋**始**識瓜瓣。」始與惟互文，始識，祇識也。劉禹錫《吏隱亭》詩：「外來**始**一望，寫盡平生心。」始一望，祇一望也。曹鄴《文宗陵》詩：「**始**隨蒼梧雲，不返蒼龍闕。」始隨，祇隨也。李商隱《贈孫綺新及第》詩：「陸機**始**擬誇《文賦》，不覺雲間有士龍。」馮浩注：「此必兄弟能文而綺方年少。」始擬，祇擬也，意云技祇此耳。不覺，即不意之義。韓偓《小隱》詩：「靈椿朝菌由來事，却笑莊生**始**欲齊。」意謂莊子祇知《齊物論》也。又《仙山》詩：「水清無底山如削，**始**有仙人跨鶴來。」始有，祇有也。杜荀鶴《苦吟》詩：「**始**擬歸山去，林泉道在茲。」始擬，亦猶云祇擬，與商隱詩字面同而語意異。

必

必，假擬之辭，猶倘也；若也；如也；或也。與決定之義異。杜甫《丹青引》：「將軍畫善蓋有神，**必**逢佳士亦寫眞。」必逢，猶云倘逢也。又《送章諷上閬州錄事參軍》詩：「**必**若救瘡痍，先應去蝥賊。」必若，猶云倘若也，必與若皆擬辭。元稹《當來日大難行》詩：「泥潦漸久，荆棘旋生，行**必**不得，不如不行。」必不得，猶云若不得或如不得也，必字與不如字相應。杜荀鶴《題會上人院》詩：「**必**能行大道，何用在深山。」必能，倘能也。又《恩門致書遠及山居因獻》詩：「**必**許酬恩酬未晚，且須容到九華山。」必許，倘許也。貫休《送新羅人及第歸》詩：「到鄉**必**遇來王使，與作唐書寄一篇。」必遇，倘遇也。來王使，指來王之使臣。又《春送趙文觀送故合州座主神櫬歸洛》詩：「他年**必**立吾君側，好把書紳答至公。」必立，倘立也。蘇軾《玉樓春》詞，《宿造口寄子由才叔》：「尊前**必**有問君人，爲道別來心與緒。」必有，倘有也。白居易《哭李三》詩：「哭君仰問天，天意安在哉？若**必**奪其壽，何如不與才。」若必義同而重言，與必若同。又《病眼花》詩：「**必**若不能分黑白，却應無悔復無尤。」必若，義見前。韓偓《雷公》詩：「**必**若有蘇天下意，何如驚起武侯龍。」杜荀鶴《訪蔡融》詩：「**必**若天工主人事，肯教吾子委衡茅。」貫休《送僧歸天台寺》詩：「**必**若雲中老，他時得有鄰。」凡云必若，義均同。白居易《崔州宣大夫忽以近詩數十首見示》詩：「謝玄暉歿吟聲寢，郡閣寥寥筆硯閒，……忽驚歌雪今朝至，**必**恐文星昨夜還。」必恐，猶云倘恐也；亦猶云或恐也。恐亦假擬之辭。張喬《谷口》詩：「晴朝採藥尋源去，**必**恐雲深見異人。」又《送友人遊蜀》詩：「**必**恐臨邛客，疑君學賦非。」方干《送王霖赴舉》詩：「須憑吉夢爲先兆，**必**恐長才偶盛時。」按偶卽遭逢不偶之偶。又《獻王大夫》詩：「**必**恐借留終不遂，越人相顧已先愁。」凡云必恐，義均同。復次，必義之爲倘爲若，自古而然。《論語·顏淵》篇：「子貢曰：『**必**不得已而去，於斯二者何先？』曰：『去兵。』子貢曰：『**必**不得已而去，於斯二者何先？』曰：『去食。』」必不得已，猶云倘不得已，若不得已也。《左傳》昭公十五年：「**必**求之，吾助子請。」必求之，猶云倘求之，若求之也。《史記·封禪書》：「陛下**必**欲致之，則貴其使者，令有親屬，以客禮待之，勿卑，使各佩其印信，乃可使通言於神人。」又：「秦皇帝不得上封；陛下**必**欲上，稍上卽無風雨，遂上封矣。」兩言必欲，皆猶云倘欲也。此皆可旁證也。

殊

殊，猶猶也。《文選》謝靈運《南樓中望所遲客》詩：「園景早已滿，佳人**殊**未適。」殊字五臣本作猶，殊卽猶也。適者歸也，言猶未歸也。江淹《擬休上人》詩：「日暮碧雲合，佳人**殊**未來。」謝朓《遊敬亭山》詩：「緣源**殊**未極，歸徑窅如迷。」宋之問《題大庾嶺北驛》詩：「陽月南飛雁，傳聞至此迴，我行**殊**未已，何日復歸來？」孟浩然《題融公蘭若》詩：「談玄**殊**未已，歸騎夕陽催。」白居易《早蟬》詩：「西風**殊**未起，秋思先秋生。」又《西樓夜》詩：「月沒江沈沈，西樓**殊**未曉。」又《秋霽》詩：「冬衣**殊**未製，夏服行將綻。」黃庭堅《歐陽從道許寄金橘》詩：「霜枝搖落黃金彈，許送筠籃**殊**未來。」又《次韻黃斌老晚游池亭》詩：「綠荷菡萏稍覺晚，黃菊拒霜**殊**未秋。」楊萬里《子上弟折贈木犀》詩：「我家**殊**未有秋色，君家先得秋消息。」義並同。

共

共，甚辭，猶極也；苦也；深也；細也。與共人之義異。謝朓《和伏武昌登孫權故城》詩：

「文物**共**葳蕤，聲明且葱蒨。」葳蕤，盛貌，言文物極盛也。杜甫《獨酌成詩》：「兵戈猶在眼，儒術豈謀身，**共**被微官縛，低頭媿野人。」共一作苦，共卽苦義，苦亦甚辭；共被，猶云苦被也。白居易《潯陽秋懷贈許明府》詩：「**共**思除醉外，無計奈愁何。」共思，猶云深思或細思也。李嘉祐《答泉州薛播使君重陽日贈酒》詩：「**共**知不是潯陽郡，那得王弘送酒來。」共知，猶云深知也。劉長卿《夏中海紅搖落一花獨開》詩：「**共**憐芳意晚，秋露未須溥。」共憐，猶云深憐也。秦韜玉《貧女》詩：「誰愛風流高格調，**共**憐時世儉梳妝。」憐有惜義，見可憐條。此共憐乃深惜之義。時世者，時下流行之義，猶今云時髦。白居易《新樂府·時世裝》詩云：「元和妝梳君記取，髻堆面赭非華風。」牛嶠《女冠子》詞：「綠雲高髻，點翠勻紅時世。」均爲時下流行義，猶云風流。白居易《江南喜逢蕭九徹》詩：「時世高梳髻，風流澹作妝。」又《代書寄微之》詩：「風流誇墮髻，時世鬭啼眉。」亦均以時世與風流作對，與韜玉此詩相同。共憐時世儉梳妝者，深惜時世妝之糜費，故儉梳妝也。此共字若從共人義，則貧女爲未嫁之閨女，未肯擬託良媒，而遽曰與他人共憐，頗嫌不合分際也。陳師道《九月十三日出善利門》詩：「去國吾何意，歸田病不關，**共**看霜白鬢，似得半生閒。」共看，猶云細看也。陳與義《陳叔易賦渁織佛圖詩次韻》：「**共**惟此事不思議，細看衆巧無遺蹤。」共惟，猶云深思也，正與細看相對。晁元禮《綠頭鴨》詞：「**共**凝戀，如今別後，還是隔年期。」共凝戀，猶云深凝戀也。

迭（一）　不迭　迭不

迭，猶及也。《樂府陽春白雪》前三，馬東籬小令，《壽陽曲》：「金蓮肯分迭半折，瘦厭厭柳腰一捻。」半折，猶云半握，形容其小之辭。肯分，恰恰也，言恰恰及半握也。《曲江池》劇一：「你看那香車寶馬迭萬千。」言車馬盈萬千也，亦及義。《鐵拐李》劇三：「那婆娘人材迭七八分，年紀勾四十歲。」勾與够同，迭七八分，言趕得及七八分之美也；亦可作够字解。《雍熙樂府》七，《耍孩兒》套，《稍刷行院》：「請箇有聲名旦色，迭標垜嬌羞。」標垜，殆爲標準之義，言及標準之女子，亦猶云及格或合式也。《幽閨記》二十六：「迭得到孟津驛，且安息。」此猶云趕得到，亦及義。《樂府新聲》中，無名氏小令，《喜春來》：「笑將紅袖遮銀燭，不放才郎夜看書。一更才盡二更初，止不過迭應舉，不及第待何如？」迭應舉，猶云趕考試，亦及義。吳文英《瑞鶴仙》詞：「對小山不迭，寸眉愁碧。」不迭，來不及也，言新愁接舊愁，一寸之眉，愁得來不及也，蓋不勝其愁之意。《董西廂》二：「一箇走不迭和尚，被小校活拿。」走不迭，逃不及也。又四：「淚點兒淹破人雙頰，淚點兒怕搵不迭是相思血。」搵不迭，搵不及也，亦不勝其搵之意。又四：「是人後，疾忙快分說；是鬼後，應速滅。入門外（內）取劍取不迭，兩個來的近也近也。」言不及入門取劍也。三十種本《三奪搠》劇：「見齊王元吉都來到，半晌不迭手脚，我強強地曲脊低腰。」按劇情尉遲恭正在病中；言勉強起身迎接，措手不及作完全之敬禮也。《秋胡戲妻》劇三：「他是何人，却走到園子裏面來，着我穿衣服不迭。」言穿衣不及也。《牆頭馬上》劇三：「魄散魂消，腸慌腹熱，手脚麞狂去不迭。」言逃避不及也。《五馬破曹》劇四：「曹丞相混戰中脫袍換騎，解不迭鎧甲頭盔。」言來不及解卸盔甲也。亦倒其文而作迭不，義同。《三奪搠》劇：「你知我迭不的相迎，不沙賊丑生！你也合早些兒通報。」言不及相迎也。不沙，語助辭。賊丑生即賊畜生，叱其僕人也。又：「交（敎）我忍不住微微地笑，我迭不得把你慢慢地交（敎）。」言不及慢慢地敎也。

迭（二）

迭，猶的或底也。關漢卿《拜月亭》劇：「我又不風欠，不癡呆，要則甚迭！」則甚迭，猶做甚的也。按《幽閨記》三十二：「爹娘行快活，要他做甚的。」此折脫胎《拜月亭》劇，語意相同。又三十種本《博望燒屯》劇：「其實當不得寒，濟不得飢。請下這臥龍岡，待則甚的！」句法亦相同，迭猶的也。又《拜月亭》劇：「薄設設衾共枕空舒設，冷清清不恁迭。閒遙遙身枝節，悶懨懨怎捱他如年夜。」不恁迭，猶云不恁的也；意言再無有冷清清過於此者。又：「我怨感我合哽咽；不刺你啼哭你爲甚迭！」爲甚迭，猶云爲甚的也。不刺，語中助辭。《樂府陽春白雪》前四，關漢卿小令，《碧玉簫》：「你性隨邪，迷戀不來也；我心癡守，等到月兒斜。你歡娛受用別；我淒涼爲甚**迭**！」義同上。《王蘭卿》劇二：「你心兒要恁**迭**，這道兒更合轍。」恁迭義見上。《爭報恩》劇二：「這般苦禁持，惡搶白，怎生寧奈？只索便一刀兩段，倒大來**迭**快！」言不如吃一刀倒來的爽快也。按本劇四：「這關節兒到來的疾！」一作來迭，一作來的，來迭與來的同也。

禁（一）

禁，猶主也；持也。杜甫《舍弟觀赴藍田取妻子到江陵》詩：「巡簷索共梅花笑，冷蕊疏枝半不**禁**。」意言梅亦不禁爲我而笑也。不禁，猶云情不自禁，卽不自主、不自持之意。溫庭筠《洞戶》詩：「露委花相妒，風欹柳不**禁**。」義同上。韓偓《厭花落》詩：「半醉狂心忍不**禁**，分明一任旁人見。」忍不禁者，言雖欲忍之而不能自主持也。孫光憲《浣溪沙》詞：「翠袂半將遮粉臆，寶釵長欲墜香肩。此時模樣不**禁**憐。」此與上述杜詩溫詩之不禁同義。又《菩薩蠻》詞：「爭奈別離心，近來尤不**禁**。」賀鑄《思越人》詞：「幾行書尾情何恨，一尺裙腰瘦不**禁**。」義均同上。李清照《浣溪沙》詞：「遠岫出雲催薄暮，細風吹雨弄輕陰。梨花欲謝恐難**禁**。」言梨花欲謝，他自己亦做不得主也。韓疁《高陽臺》詞，《除夕》：「鄰娃已試新妝了，更蜂腰簇翠，燕股橫金。勾引東風，也知芳思難**禁**。」此亦情不自禁義。周密《憶舊遊》詞：「不**禁**許多芳思，青子漸成陰。」義同上。

禁(二)　禁當　禁受　禁耐

禁，猶當也；受也；耐也。故禁當、禁受、禁耐，均聯用之而成一辭。茲先舉禁當以起例。杜甫《春水生》詩：「一夜水高二尺強，數日不可更**禁當**。」楊萬里《過金臺天氣頓熱》詩：「舊說長江無六月，暮春已自不**禁當**。」又《上巳》詩：「雨冷風酸數日強，老懷不可更**禁當**。」劉克莊《漢宮春》詞：「而今零落，更**禁當**多少風吹！」呂濱老《醉思仙》詞：「到如今，瘦損我，又還無計**禁當**。」凡云禁當，禁猶當也，禁當重言之耳。次更舉禁受以起例。陳允平《六醜》詞：「更杜鵑院落黃昏近，誰**禁受**得！」《太平樂府》七，酸齋《好觀音》套，《怨恨》：「薄倖虧人難**禁受**，想着那稔色風流，不良殺教人下不得呪。」《雍熙樂府》十，無名氏《一枝花》套，《離情》：「甘不過輕狂子弟，難**禁受**村紂勤兒。」村紂，惡劣之義；勤兒，嫖客之稱。凡云禁受，禁猶受也，禁受重言之耳。次更舉禁耐以起例。孔平仲《種花口號》：「**禁奈**久長顏色好，繞階更使種雞冠。」禁奈與禁耐同。《宋百家詩存》，周弼《留題唐棲寺》詩：「香臺穴碎逃秋蟻，古殿巢翻失暮鴉。惟有溪梅最**禁耐**，傍籬爭發向陽花。」凡云禁耐，禁猶耐也，禁耐重言之耳。至於單用一禁字者例如下。杜牧《邊上聞笳》詩：「遊人一聽頭堪白，蘇武爭**禁**十九年！」唐彥謙《春陰》詩：「一寸迴腸百慮侵，旅愁危涕兩爭**禁**！」爭禁，猶云怎當、怎受或怎耐也。張炎《綺羅香》詞：「纔忘了還著思量，**待**

去也怎禁離別！」怎禁與爭禁同。吳融《水鳥》詩：「烟爲行止水爲家，兩兩三三睡暖沙。爲謝離鸞兼別鵠，如何禁得向天涯？」如何禁得，猶云如何當得、如何受得或如何耐得也。柳永《臨江仙》詞：「問怎生禁得，如許無聊？」義同上。彊村本《樂章集》校引焦本禁作奈，《花草粹編》九亦作奈，奈即耐也。黃庭堅《沁園春》詞：「向眼前常見，心猶未足；怎生禁得，眞個分離？」李漢老《女冠子》詞：「這一雙情眼，怎生禁得，許多胡覷？」義均同上。趙長卿《瑞鶴仙》詞：「漫愁明怕暗，單棲獨宿，怎生禁也？」義亦同上。劉克莊《臨江仙》詞：「可憐雙雪鬢，禁得幾秋風？」此亦爲難當、難受、難耐義。黃昃《木蘭花慢》詞：「問潘郎兩鬢，更禁得，幾番秋？」義同上。賀鑄《浣溪沙》詞：「望處定無千里眼，斷來能有幾迴腸？少年禁取恁淒涼！」禁取，猶禁得也。晁補之《一叢花》詞：「西城未有花堪採，醉狂興，冷落難禁。」難禁，猶云難當、難受、難耐也。周密《鷓鴣天》詞：「海棠半坼難禁雨，燕子初歸不耐寒。」高觀國《玉蝴蝶》詞：「古臺荒，斷霞殘照；新夢驛，微月疏砧。總難禁，盡將幽恨，分付孤斟。」義均同上。周密《南樓令》詞：「新雁舊蛩相應和，禁不過，冷清清。」禁不過，猶云當不了、受不了。《太平樂府》一，甜齋小令，《壽陽曲》：「怕梨花不禁三月雨，是誰教燕銜春去。」不禁，亦當不了、受不了義。《樂府陽春白雪》後一，劉太保小令，《乾荷葉》：「乾荷葉，色無多，不禁風霜剉。」義同上。至於禁字之專作耐義者。梅堯臣《永叔寄澄心堂紙》詩：「蜀牋脆蠹不禁久。」言不耐久也。蘇軾《次韻定惠院寓居月夜偶出》詩：「萬事如花不可期，餘年似酒那**禁**瀉。」言不耐瀉也，一瀉即完也。

禁（三） 禁害 禁持

禁，猶云擺佈也；牽纏也。其義之顯著者則爲禁害與禁持。茲先舉禁害以起例。劉克莊《賀新郎》詞，《王實之喜余出嶺，命愛姬歌新詞相勞次韻》：「此腹元空洞，少年時諸公過矣，上天吹送。老大被他**禁害**殺，身與浮名孰重。這鼓笛休休拈弄。」此擺佈義，意言被浮名所擺佈也。《西廂》四之一：「不良會把人**禁害**，咍！怎不肯回過臉兒來！」意言裝腔作勢會擺佈人也。劉克莊《洞仙歌》詞：「信醫言，斷了重碧輕紅。**禁害**殺，不遣高吟大醉。」此牽纏義。言被醫生之言牽纏殺，不得高吟大醉也。巾箱本《琵琶記》三十七：「他要辭官，官裏不從；辭婚，牛丞相不肯；……便是他當元在家辭赴選，他父母也不從他。這是三不從把他厮**禁害**，三不孝亦非其罪。」意言有這三不從輾轉相牽纏，以致陷入不孝也。次更舉禁持以起例。辛棄疾《鷓鴣天》詞：「一夜清霜變鬢絲，怕愁剛把酒**禁持**。」此擺佈義，猶云硬將酒來擺佈愁懷也。姜夔《浣溪沙》詞：「打頭風浪惡**禁持**。」言風浪是惡擺佈也。周密《柳梢青》詞，《次韻梅詞》：「萬雪千霜，**禁持**不過，玉雪生光。」言霜雪擺佈不得梅花也。《太平樂府》三，張小山小令，《柳營曲》，《妓怨》：「**禁持**向歌扇底，**僝僽**在繡牀前。」僝僽亦有擺佈義，見**僝僽**條。言妓女之生活環境，不脫歌扇繡牀之擺佈也。又五，胡紫山小令，《一半兒》：「孤眠嫌殺月兒明，風力**禁持**酒力醒。」言爲風力所擺佈，意卽風吹酒醒也。《雍熙樂府》四，無名氏《翠裙腰》套，《閨思》：「鬱悶長縈係，鬼病廝**禁持**。」此牽纏義，言鬼病相牽纏也。又五，無名氏《點絳脣》套，《慶朔堂》：「更撞着村沙子弟，將俺這不自由的身軀苦**禁持**。」言被惡劣子弟牽纏殺也。又五，無名氏《點絳脣》套，《李亞仙曲江池》：「你箇好歹鬬的驢頹道甚的！怎睃那喬嘴臉獾兒勢！靠那壁，少**禁持**！罵你箇，潑東西！」此一段爲詈詞。靠那壁猶云走開些，少禁持猶云少來牽纏，皆呵斥口氣也。至於單用一禁字者例如下。杜甫《草堂卽事》詩：「蜀酒**禁**愁得，無錢何處賖？」此擺佈義，言擺佈愁懷，使之無愁也。盧祖皋《烏夜啼》詞：「繫恨腰圍頓減，**禁**愁酒力難加。」又《魚遊春水》詞：「離愁**禁**不去，好夢別來無覓處。」義均同上。楊萬里《送新守值雨》詩：「春雨不大又不晴，只與行人**禁**送迎。」言春雨擺佈行人，使之送客迎客爲難也。《陽春白雪》六，曾蒼山《小重山》詞：「梅花夢事落孤山。**禁**人處，霜重鼓聲寒。」言霜寒擺佈人也。侯寘《鷓鴣天》詞：「風簾不礙尋巢燕，雨葉偏**禁**鬬草人。」言擺佈鬬草人使之爲難也。李涉《柳枝詞》：「不必如絲千萬縷，只**禁**離恨兩三條。」此牽纏義，詩就折柳贈行立說，言柳絲千萬條，牽纏離恨者只兩三條也。陸游《安公子》詞：「萬事收心也，粉痕猶在香羅帕。恨月愁花，爭信道如今都罷。空憶前身便面章臺馬。因自來**禁**得心腸怕，縱遇歌逢酒，但說京都舊話。」此亦牽纏義，意言從前爲鍾情之事牽纏得可怕，如今萬事收心，在歌酒場中，不敢新生鍾情之事，但說鍾情舊話以支吾一下耳。《太平樂府》五，查德卿小令，《醉太平》，《題情》：「離情厮**禁**，舊約難尋。落紅堆徑雨沉沉。」厮禁，猶云相纏也。《詞林摘豔》七，王元鼎《河西後庭花》套：「走將來笑吟吟，妝呆妝婪。（婪與啉通用，方諸生本《西廂》三之四注引王元鼎此詞作妝啉。啉，愚也。）硬厮掙，軟厮**禁**。」軟厮禁，言用軟工夫相擺佈、相牽纏也。《西廂》三之四：「得箇紙條兒恁般綿裏針，見那玉天仙怎生軟厮**禁**！」義同上。

禁（四）

禁，猶勝（平聲）也；勝任之勝。此與當義、受義大同而小異，當義、受義之辭氣強，勝義之辭氣婉。白居易《楊柳枝詞》：「小樹不**禁**攀折苦，乞君留取兩三條。」言因樹小不能勝攀折之苦也。不禁，猶今吳語所云吃弗消。《瀛奎律髓》四十四，李後主《病中書事》詩：「庸醫嬾聽詞何取，小婢將行力未**禁**。」言因婢小未能勝扶行之任也。蘇軾《汲江煎茶》詩：「枯腸未易**禁**三椀，坐聽荒城長短更。」言因枯腸之故，不能勝茶力之猛也。下句言飲茶而不能入睡。張耒《絕句九首》：「老去不**禁**茶力悍，兩甌破盡五更眠。」言因年老之故，不能勝茶力之悍也，下句意與蘇詩同。陸游《六月二十四日夜夢范李尤諸公請賦江湖之樂》詩：「白菡萏香初過雨，紅蜻蜓弱不**禁**風。」言因弱故不能勝風力也。柳永《歸去來》詞：「持杯謝酒朋詩侶，餘酲更不**禁**香醑。」言因醉後更飲，故力不能勝也。《陽春白雪》四，石瑤林《清平樂》詞：「雲涴寶釵蟬墜翼，嬌小爭禁酒力！」言因嬌小不能勝酒力也。《花草粹編》三，曾舜卿《謁金門》詞：「空說銷愁須酒力，病多禁未得。」言因多病不能勝酒力也。劉過《霜天曉角》詞：「酒醒不禁寒力。紗窗外，月華薄。」言因酒力已過，不能勝寒力也。劉克莊《水調歌頭》詞：「待得銀盤放出，只怕玉峯醉倒，衰病不禁寒。」言因衰病不能勝寒力也。玩上所引各例證，所以不能勝之故，均有條件，非無故而然者，故曰辭氣較婉也。

禁(五)

禁，願樂之辭，此爲耐義之引伸。杜甫《奉陪鄭駙馬韋曲》詩：「綠樽須盡日，白髮好禁春。」好禁春，猶云好賞春也。白居易《感春》詩：「老思不禁春，風光滿眼新，……心情多少在？六十二三人。」言老來於春無心情也。《天下同文》，盧摯《清平樂》詞，《歙郡清明》：「溪山今日無塵，繡衣却待禁春。莫遣鳴騶多事，老夫也是遊人。」意言歡迎春、欣賞春也。楊萬里《二月十四日梅花》詩：「雨打知無那，春暄絕不禁，小風千點雪，落日一鬟金。」此實詠落梅也，無那卽無奈。言雨打固然無奈，而梅本凌寒之花，故於春暄亦絕無心情也；下二句乃接言落梅情形。又《再病書懷呈仲良》詩：「功名銷盡向來心，詩酒從今也不禁。夜雨遺人歸思動，不知湘水幾篙深？」

言從今以後，詩酒也無興致也。又《食蓮子詞》：「蜂不禁人採蜜忙，荷花蕊裏作蜂房。」此以蓮房比蜂房，言一若蜂不願意人之採蜜，避而向荷蕊作蜂房也。程垓《江城梅花引》詞：「手拈一枝獨自對芳樽，酒又難禁花又惱，漏聲遠，一更更，總斷魂。」言酒又無興致，花又惱人也。辛棄疾《蝶戀花》詞，《送人行》：「蜂蝶不禁花引調，西園人去春風少。」言蜂蝶亦不理睬花之勾引也。總以見客去之後，一切都無心情，不特人爲然也。劉一止《喜遷鶯》詞，《曉行》：「歎倦客，悄不禁重染風塵京洛。」言倦客不願意再奔走風塵京洛也。黄機《浣溪沙》詞：「着破春衫走路塵，子規啼斷不禁聞。功名似我却羞人。」言不願聽子規聲也。子規卽杜宇，意卽厭聽杜宇聲道不如歸去也。趙長卿《浣溪沙》詞：「我自愁多魂已斷，不禁楚雨帶巫雲。人情又是一番新。」言愁多魂斷之後，於楚雨巫雲已無心情，蓋心情又從新一變矣。人情卽指己之心情言，勿泥。任訥輯《樂府陽春白雪補集》，貫酸齋小令，《紅繡鞋》：「秋興淺，不禁詩。彫零了，紅葉兒。」意言紅葉本可題詩，祇以秋興闌珊，嬾得題詩，遂一任紅葉之彫零矣。

消(一)

消，猶須也。蘇軾《六月乞會稽將去》詩：「斷送一生消底物，三年光景六篇詩。」又《永和清都觀道士》詩：「自笑餘生消底物，半篙清漲百灘空。」消底物，猶云須何物也。劉克莊《示畫者》

詩：「且可夷猶狎鷗鷺，不消夭矯比龍鸞。」晏幾道《六么令》詞：「不消紅蠟，閒雲歸後，月在庭花舊闌角。」不消，猶云不須也。楊萬里《雪》詩：「毛錐自堪戰，寸鐵亦何消？」何消，猶云何須也。又《霧中見靈山依約不眞》詩：「天欲惱人消幾許？只教和霧看靈山。」消幾許，猶云須幾何也。趙令畤《淸平樂》詞：「斷送一生憔悴，能消幾箇黃昏？」能一本作只，詳能字條五。韓疁《高陽臺》詞，《除夕》：「餞舊迎新，能消幾刻光陰？」均與消幾許之義同。方岳《滿江紅》詞：「倘只消江左管夷吾，終須有。」辛棄疾《臨江仙》詞：「只消閒處過平生。酒杯秋吸露，詩句夜裁冰。」只消，猶云只須也。

消（二）

消，猶抵也；値也；配也。李商隱《牡丹》詩：「終銷一國破，不啻萬金求。」銷與消同；言其豔色値得如佳人之傾國也。司空圖《淮西》詩：「莫誇十萬兵威盛，消箇忠良效順無？」此爲抵義。言不在雄兵，只在效順，不知十萬之兵抵得一箇忠良否也。按詩意卽《單鞭奪槊》劇二所謂「千軍容易得，一將最難求」也。柳永《玉女搖仙佩》詞：「且任相偎倚，未消得憐我多材多藝。」此亦抵義。言看似偎倚情深，實抵不得憐我材藝之情尤深也。劉克莊《六州歌頭》詞，《客贈牡丹》：「絕代佳人，不入金張室，却訪吾廬。對茶鐺禪榻，笑殺此翁臞。珠髻金壺，始消渠。」此爲配義。言惟珠鬙金壺，始足配他也。《花菴中興詞選》，劉叔安《行香子》詞，《贈柳兒行》：「露葉煙條，天與多嬌，算風流張緒難**消**。」難消，猶云難配或難比也。崔塗《夷陵夜泊》詩：「一曲巴歌半江月，便應**消**得二毛生。」消得，猶云值得也，言月夜巴歌，悲感動人，值得愁人鬢白也。柳永《尾犯》詞：「一種勞心力，圖利祿殆非長策。除是恁，點檢笙歌，訪尋羅綺**消**得。」言一樣是勞心力，但爲利祿而勞，不值得；爲徵歌訪豔而勞，始值得也。又《鳳棲梧》詞：「衣帶漸寬終不悔，爲伊**消**得人憔悴。」言爲伊之故，值得憔悴也。黃庭堅《歸田樂引》詞：「爲伊聰俊，**消**得人憔悴。」言爲伊聰明俊秀值得憔悴也。《樂府雅詞》上，鄭彥能《調笑轉踏》：「相如年少多才調，**消**得文君暗斷腸。」義同上。周密《長亭怨慢》詞：「十年舊事，儘**消**得庾郎愁賦。」儘消得猶云儘值得。《董西廂》三：「爲郎今夜更相訪，**消**得一人，因君狂蕩。不枉不枉。」以上所云消得，均爲值得義。《宋百家詩存》，朱南杰《孤山觀梅》詩：「一枝映帶窗前月，**消**得逋仙作主翁。」此猶云配得，換言之，即非逋仙不配作主人翁也。柳永《惜春郎》詞：「玉肌瓊豔新妝飾，好壯觀歌席。潘妃寶釧，阿嬌金屋，也應**消**得。」言就使寶釧金屋也配得也。《絕妙好詞》三，鍾過《步蟾宮》詞：「水邊珠翠香成陣，也**消**得鶯窺燕認。」此猶云配得或稱得。《花菴中興詞選》，劉叔安《沁園春》詞：「物象搜奇，風流懷古，**消**得文章萬丈虹。」義同上。又前人《花心動》詞：「柳外金衣，花底香鬚，**消**得豔陽天氣。」義同上。《陽春白雪》七，利登《齊天樂》詞：「藍橋人斷歲久，舊家曾共賞，九華花事。豔雪初融，生香自暖，**消**得金蓮貼地。」義亦同上。意言美人款步尋芳，與景物相配相稱也。《花草粹編》三，劉叔安《清平樂》詞：「着雨荷花紅半斂，**消**得盈盈綠扇。」義亦同上。意言荷花半斂時，荷葉襯托其間，紅綠相配相稱也。以上所云消得，均爲配得稱得義。

消(三)

消，猶禁也，猶云禁當也。《南宋六十家》，施樞《午夢》詩：「午夢驚回槐國遠，浮生**消**得幾斜陽！」消得，禁得也，意言禁不得幾度斜陽也。楊炎正《蝶戀花》詞：「昨日解醒今日又。**消**得情懷，長被春僝僽！」義同上。意言怎禁得長被春僝僽也。亦可解爲怎當得。又《踏莎行》詞：「瘦減難豐，悲傷易老。淡觴**消**得黃花笑！」意言禁不得黃花一笑也。辛棄疾《摸魚兒》詞，《置酒小山亭》：「更能**消**幾番風雨？悤悤春又歸去。」言禁不起幾番也。周密《瑤花慢》詞：「**消**幾番花落花開？老了玉關豪傑。」義同上。又《聲聲慢》詞：「百年正**消**幾別？對西風休賦登樓。」意言禁不得幾次別離也。王沂孫《齊天樂》詞，詠《蟬》：「病翼驚秋，枯形閱世，**消**得斜陽幾度？」義見前。又《高陽臺》詞：「如今處處生芳草，縱憑高不見天涯。更**消**他，幾度東風？幾度飛花？」義亦同。姚雲文《洞仙歌》詞：「問楊柳梢頭幾多青？**消**不得朝來，雨寒一陣。」消不得，猶云禁不起或當不起也。

消(四)

消，猶受也，猶云消受也。白居易《哭從弟》詩：「一片綠衫**消**不得，腰金拖紫是何人！」意猶云無福消受也。晁元禮《滴滴金》詞：「從來薄命多阻隔。未曾有，恁相識。除非燒香做功德，且圖**消**得。」意言只有燒香做功德，庶可以消受也。趙長卿《念奴嬌》詞：「高唐雲雨，甚人有分**消**得？」義同上。徐氏影刻元本《樂府陽春白雪》前二，徐容齋小令，《蟾宮曲》：「一個可喜娘身材兒是小，便做天來大福也難**消**。」義同上。《東窗事犯》劇：「**消**不得上馬金，下馬銀；也合交(教)出朝將，入朝相。」《舉案齊眉》劇一：「你道他一介儒，**消**不的千鍾粟！」《魯齋郎》劇一：「**消**不的你請我墳院裏坐一坐！」又一：「**消**不得拜我一拜！」《范張雞黍》劇四：「怎**消**的一方之地，百萬生靈，將咱倚仗。」《誶范叔》劇一：「我可也敢嫌輕，非爲少。則俺這窮命裏，**消**他不了。」《西廂》五之四：「夫人云，休拜休拜！你是奉聖旨的女壻，我怎麽**消**的你拜我也！」以上亦均爲消受義。

役

役，猶牽也；引也。孟郊《古離別》詩：「春芳**役**雙眼，春色柔四肢。」言引動雙眼也。韋莊

《應天長》詞：「碧雲凝，人何處。空**役**夢魂來去。」言牽引夢魂也。歐陽修《玉樓春》詞：「思量還有舊家心，蝴蝶時時來**役**夢。」義同上。秦觀《昭君怨》詞：「**役**損風流心眼，眉上新愁無限。」役損，猶云牽引煞。心眼，與心同義。趙令時《商調蝶戀花》詞：「懊惱嬌癡情未慣。不道看看，**役**得人腸斷。」言引得人斷腸也。役一作逗，逗亦引也，見逗字條。《花草粹編》四，侯彥周《朝中措》詞：「從今記取，臨風把酒，**役**夢忘餐。」役夢，義見前。其與牽字聯用者，例如下。顧敻《獻衷心》詞：「被嬌娥牽**役**，魂夢如癡。」又《浣溪沙》詞：「露白蟾明又到秋，佳期幽會兩悠悠。夢牽情**役**幾時休？」晏殊《漁家傲》詞：「綠柄嫩香頻採摘，心似織，條條不斷誰牽**役**。」楊无咎《雙雁兒》詞：「利名牽**役**幾時閒。還又驚，一歲圓。」蓋役與牽本同義也。

投

投得　一投　一頭　投到　投至　投至得　投至的

投，猶到也；臨也。王安石《觀明州圖》詩：「**投**老心情非復昔，當時山水故依然。」陸游《冬夜》詩：「**投**老難逢身健日，讀書偏愛夜長時。」投老，臨老也。此習見，不備舉。唐庚《湖上》詩：「湖邊得二友，夜語**投**三更。」投三更，到三更也。晁補之《洞仙歌》詞：「待都將許多明，付與金樽，**投**曉共流霞傾盡。」投曉，臨曉也。夏元鼎《水調歌頭》詞：「順風得路，夜裏也行船。豈問經州過縣，管取**投**明須到，舟子自能牽。」投明與投曉同，言臨天明也。《西遊記》劇十一：「恰便似

投天明的曉燈明滅。」義同上。袁去華《訴衷情》詞：「曉來猶自雨冥冥，**投**晚却能晴。」投晚，到晚也，亦猶臨晚也。此外，有云投得者。李之儀《江城子》詞：「**投得**花開，還報夜來風。惆悵春光留不住，又何似，莫相逢。」投得，到得也，言到得花開時風又起也。吳文英《解蹀躞》詞：「會稀，**投得**輕分頓惆悵。此去幽曲誰來，可憐殘照西風，半妝樓上。」會稀者，難晤也；輕分者，遽別也。言本來會晤爲難，又臨到悤悤遽別時，不禁頓起惆悵也。有云一投者。三十種本《博望燒屯》劇：「**一投**定了華夷，**一投**罷了相持，那里(裏)想國難之時，用人之際。早安排下見識，便剗官罷職。」一投，言一到這時候也。《㑳梅香》劇四：「那窮酸每**一投**得了官呵！胸腆在九霄雲外。」義同上。《老生兒》劇一：「**一投**的憑罷那脈也，婆婆道：『老的！你索與我換上蓋咱！』」言一到診脈已畢，決其爲懷孕之脈，婆婆道喜，需索酬謝也。換上蓋，卽換新服之意。《漁樵記》劇三：「他不看見我，萬事全休；**一投**得見了我，便認識俺是本村裏張伯伯。」義同上。一投亦作一頭。《鐵拐李》劇二：「**一頭**亡了夫主，廢了家緣。您嫂嫂是個年少婦人家，他從來靦腆。怕有那無廉恥謊漢子胡來纏。」義同上，蓋投頭音同而借用。《漢宮秋》劇二：「我雖是見宰相似文王施禮，**一頭**地離明妃早宋玉悲秋。」《襄陽會》劇一：「**一頭**的袁紹興兵行跋扈，可又早曹公霸道騁奸回。」義均同上。又有云投到者。《魯齋郎》劇二：「**投到**安伏下兩個小的，收拾了家私，四更出門，急急走來，早五更過也。」投與到重言之，意言等到或到得。又有云投至者。《樂府陽春白雪》前四，左山小令，《潘妃曲》：「**投至**望君回，滴盡多少關山淚。」投至義與投到同。關漢卿《拜月亭》劇三：「韻悠悠**比及**把角品絕，碧熒熒**投至**那燈兒滅。」《勘頭巾》劇三：「**投至**今日得見孔目哥哥呵！似那撥雲見日，昏鏡重磨。」義均同上。《單鞭奪槊》劇一：「軍師！**投至**俺得這尉遲恭，非同容易也呵！」言到此地步不是容易也。亦有云投至得或投至的者。《西廂》五之二：「**投至得**引人魂卓氏音書至，險將這鬼病相如盼望死。」此猶云等到。《東堂老》劇二：「**投至得**十年五載我這般鬆寬的有，也是我萬苦千辛積儹成。」義同上。《聚獸牌》劇一：「削除了羣雄草昧，**投至的**五年滅楚定邦基。」此猶云到此地步。《大戰邳彤》劇一：「端的是平除奸黨，勦滅羣雄，**投至的**草芥驅除寧宇宙，輔佐着吾皇垂統定神京。」義同上。復次，投至、投到等語，有猶云在此時以前者，例如下。《陳州糶米》劇楔子：「**投至**你說時，老夫先在聖人根前奏過了也。」此與先字相應。聖人根前，猶云君主面前。意言不等你說，老夫先已奏過也。《老生兒》劇三：「**投到**孩兒每來時，喒老兩口兒先拜了墳者。」此亦與先字相應。言在孩兒們未到墳上以前，我們先拜了墳也。《虎頭牌》劇三：「叔叔！你放心！**投到**你說時，我昨日晚夕話頭兒去了也。」此文雖無先字，義則同上。意言不等你說，我昨晚已將此話說去，代你請求過也。《西廂》一之一：「**投至得**雲路鵬程九萬里，先受了雪窗螢火二十年。」此與先字相應，言在未曾得意以前，先受了許多攻讀之苦也。《陳州糶米》劇四：「**投至的**分屍在市街，我着你一靈兒先飛在青霄外。」此與先字相應，義同上。《金鳳釵》劇一：「**投至的**十年身到鳳凰池，知他磨了幾錠烏龍墨？知他壞了幾管霜毫筆？」此文雖無先字，義同上。《聚獸牌》劇一：「則俺那厚德寬仁明聖主，逼綽了喑嗚叱咤項王籍。**投至的**四海皆寧謐，受了些眠霜卧雪，日炙風吹。」此言漢高帝在平定四海以前，先受了風霜之苦也。逼綽，猶云解決。此文雖無先字，義同上。復次，《桃花女》劇二：「**投至得**到我根前，問個定奪，討個提掇，決個死活。哎！周公倈！你便有靈驗的陰陽，敢可也近不的我。」此劇係演桃花女與周公比法故事。到我根前四句，即向我請教向我拜倒之意。意言你周公將來只有拜倒我之一法，而在未曾拜倒我以前，縱有小小本領，也奈何不得我也。倈爲語助辭，猶之啊與呵。此文之投至得，意亦猶云在未做此事以前也。

逗（一）

逗，猶臨也；到也。與投通，參投字條。楊萬里《新寒》詩：「**逗**晚添衣併數重。」逗晚，臨晚也。《陽春白雪》六，無名氏《樓心月》詞：「含嗔**逗**晚不梳洗。」義同上。周邦彥《鳳來朝》詞：「**逗**曉看嬌面。」逗曉，臨曉也。辛棄疾《臨江仙》詞：「**逗**曉鶯啼聲昵昵。」義同上。《梅苑》九，王逐客《浪淘沙》詞，《楊梅》：「素手水晶盤，壘起仙丸，紅綃剪碎却成圓。**逗**得安排金粟遍，何似雞冠。」玩上下文，逗得乃弄到或做到之意，猶云到得也。《花草粹編》八，沈會宗《夢玉人引》詞：

「水遠山長，不成空相憶。**逗**歸去重來，又却是幾時來得。」言到歸去重來也。史浩《瑞鶴仙》詞，《元日朝回》：「**逗**歸來酒暈生霞，湛恩怎報。」言上朝時賜飲，故到歸來時面有酒暈也。張榘《水龍吟》詞：「**逗**歸來折得花枝教看，人人似麽？」亦言到歸來時也。人人爲對於所暱者之稱，意指彼美也。

逗（二）

逗，猶趁也；趕也。李嘉祐《白鷺》詩：「江南渌水多，顧影**逗**輕波。」逗輕波，猶云趁輕波或逐輕波也。陸龜蒙《晚渡》詩：「各樣蓮船**逗**村去，笠簷蓑袂有殘聲。」逗村去，猶云趕村去，與趁墟趕市之義彷彿，亦趁逐義。方干《將歸湖上留別陳宰》詩：「歸去春山**逗**晚晴，縈回樹石罅中行。」言趁晚晴歸去也。楊萬里《進賢初食白菜》詩：「江西菜甲要霜栽，**逗**到炎天總不佳。」此亦趕義，言趕早在炎天也。

逗（三）

逗，猶駐也，此爲逗留義。劉孝綽《夕**逗**繁昌浦》詩：「疑是辰陽宿，於此**逗**孤舟。」逗孤舟，駐孤舟也。謝微《濟黃河應教》詩：「朝辭金谷戍，夕**逗**黃河渚。」言夕駐黃河渚也。張謂《早春陪崔中丞浣花溪宴》詩：「紅亭移酒席，畫鷁逗江村。」逗江村，駐江村也。杜甫《將別巫峽贈南卿兄瀼西果園四十畝》詩：「殘生逗江漢，何處狎樵漁。」逗江漢，駐江漢也。韓愈《南山》詩：「或羅若星離，或蓊若雲逗。」言如雲之駐也。元稹《開元觀閒居酬吳士矩》詩：「簫聲吟茂竹，虹影逗虛簷。」此爲駐景之義。陸龜蒙《曉次神景宮》詩：「曉帆逗碕岸，高步入神景。」此爲起首二句，正寫曉次事，爲舟帆駐岸之義。周密《梅花引》詞，賦《落梅》：「瑤妃鸞影逗仙雲，玉成痕，麝成塵。」此以瑤妃喻梅花，梅落故以逗字狀之，亦取駐景義並駐雲義。

逗（四）

逗，猶透也；露也。梁武帝《籍田》詩：「嚴駕佇霞昕，浥露逗光曉。」言於浥露中透出曉光也。薛能《黃河》詩：「勇逗三峯坼，雄摽四瀆尊。」三峯，指華山，言河流之力透過華山，使之坼裂，而成龍門也。王安石《秋夜》詩：「幔逗長風細，窗留半月斜。」言長風透過幔也。《宋詩鈔》，楊萬里《萬安道中書事》詩：「玉峰雲剝逗斜明，花徑泥乾得晚行。」《楊文節公詩集》，《南海集》，逗作透，逗即透也。賀鑄《浣溪沙》詞：「嫩涼如水逗窗紗。」四印齋本《東山詞》注：「逗，浙本作透。」逗即透也。張先《迎春樂》詞：「枕清風，停畫扇，逗蠻簟碧紗零亂。怎生得伊來，今夜裏，銀蟾滿。」此詞文法倒裝，意言今夜月光滿照，透澈於簟席紗窗間，如此良宵，奈伊人之不來也。

逗猶透也。史達祖《祝英臺近》詞，詠《薔薇》：「緒流蘇，垂錦綬，煙外紅塵逗。」言紅塵之色透露也。周密《桂枝香》詞，《雲洞賦桂》：「巖霏逗綠，又涼入小山，千樹幽馥。」言綠色透露也。李萊老《木蘭花慢》詞：「曉色千巖逗冷，照人眼底長青。」言透冷色也。張榘《浪淘沙》詞：「杏花疏雨逗清寒。」言透清寒也。

逗（五）　迤逗　拖逗　挑逗

逗，猶引也。杜甫《懷錦水居止》詩：「朝朝巫峽水，遠逗錦江波。」仇注云，逗，引也。趙令時《商調蝶戀花》詞：「不道看看，逗得人腸斷。」《侯鯖錄》作役得。此據趙輯《宋金元人詞·聊復集》注，引明刻全像註釋《西廂記》；又方諸生本《西廂》附錄此詞，亦云舊本作逗。案役者牽引之義，猶逗也。《西廂》二之一：「殺人心逗起英雄膽。」此惹引義。《玉鏡臺》劇三：「休題(提)着違宣抗敕，越逗的他煩天惱地。」此亦惹引義。《秋胡戲妻》劇四：「嗨！適纔桑園裏逗的那個女人，敢是我媳婦麼？」此勾引義。《紅梨花》劇一：「教我假妝做王同知女兒，往後花園逗引那趙秀才。」《秋胡戲妻》劇四：「他桑園裏逗引我。」逗與引同義重言，此亦勾引義。《㑳梅香》劇一：「別引逗出半點兒風聲。」亦為同義重言，此惹引義。又一：「老夫人着你伴我讀書，你倒搬逗我廢學。」搬逗為引誘義。《黃粱夢》劇二：「這小的每眼見的說謊，逗我要哩！」《殺狗勸夫》劇三：「哥哥！嫂嫂！休驚莫怕！我逗你耍哩。」逗我耍、逗你耍，爲曲白中常語，猶云惹引玩笑，不備舉。其習見者則爲**迤逗**。（《元曲選》音釋，迤音拖。）《西廂》四之二：「我着你但去處行監坐守，誰着你**迤逗**的胡行亂走。」此牽引或勾引義。《秋胡戲妻》劇四：「誰着你戲弄人家妻兒，**迤逗**人家婆娘。」此勾引義。《劉行首》劇二：「我我我**迤逗**的他心內焦。」此惹引義。《李逵負荆》劇一：「待不吃呵！又被這酒旗兒將我來**迤逗**。」此惹引或勾引義。亦作拖逗。《殺狗勸夫》劇一：「這村醪酒，剛半盆，紙錢兒，值幾文。不是我將父母相**拖逗**。也是你歹孩兒窮孝順。」此孫蟲兒上墳時語，意言本不敢驚動先靈，不過窮孝順而已，亦惹引義。《薛仁貴》劇二：「正末唱：『是誰人吖吖的叫一聲薛大伯？』卜兒云：『是我叫你來。』正末唱：『哦！我則道又是那一箇**拖逗**我的小喬才。』」《詞林摘豔》三，《粉蝶兒》套，「花落春愁」篇：「想雕鞍何處追遊，夢兒中幾番**拖逗**。」義均同上。亦作挑逗。《蕭淑蘭》劇三：「今日著管家嬤嬤，持《菩薩蠻》詞一首，戲而**挑逗**。誰想那生，仍將惡語相犯。」《詞林摘豔》二，陳大聲《南呂香遍滿》套，《春情》：「那時節兩意相投，琴心宛轉頻**挑逗**。」均爲勾引義。

鬭（一）　拖鬭　調鬭　挑鬭

鬭，猶引也。與逗通，參逗字條。邵亨貞《沁園春》詞，詠目：「醉後看承，歌時**鬭**弄，幾度孜孜頻送情。」鬭弄，猶云逗引。《樂府新聲》上，張彥文《一枝花》套：「都因眼約心期，引鬭得腸懷(慌)腹熱。」引與鬭同義重言，此勾引義。《西廂》第二本《絡絲娘煞尾》：「不爭惹恨牽情鬭引，少不得廢寢忘餐病證。」亦爲同義重言，此牽引義。《太平樂府》二，〔張〕小山小令，《慶宣和》：「一朵妖紅爲誰開，鬭買鬭買。」鬭買，猶今人所謂兜銷兜售也，亦勾引義。又七，喬夢符《新水令》套：「鬭的滿街裏閒嗑牙，待罷呵！如何罷？」此惹引義。言惹引得路人皆知，變成話把，勢不能罷休也。《梧桐雨》劇三：「鬭的個祿山賊亂了中華。」此牽引義。《詞林摘豔》一，無名氏小令，《嬾畫眉》：「要見時不能勾，鬭的傷心兩淚流。」此惹引義。《漢宮秋》劇一：「休煩惱！吾當且是耍，鬭卿來便當眞假。」亦惹引義；言吾本是作耍以惹引你也。吾當，與吾同，當字不爲義；且猶本也，見且字條。《爭報恩》劇楔子：「休鬭我耍！」《傷梅香》劇二：「我恰纔鬭你耍來！」此與逗你耍、逗我耍同，爲惹引義，亦曲白中常語，不備舉。《東坡夢》劇三：「你看那花間四友相搬弄，鬭起他那春心動。」此勾引義。《小尉遲》劇四：「鬭起我美良川很氣勢，榆科園惡精神。」此惹引義。又有云拖鬭者。《小尉遲》劇三：「我見他遮截得來省氣力，倒拖鬭的氣喘狠籍。」此牽引義。亦作調鬭。三十種本《單刀會》劇：「那漢酒性操(躁)，不中調鬭，你是必挂口兒則(只)休提着那荆州。」不中調鬭，言不好惹引也。《太平樂府》六，朱庭玉《行香子》套，《寄情》：「娘間阻，人調鬭，枉交(教)咱千生萬受。」言有人勾引也。《劉行首》劇二：「我怕大街上有人調鬭我，我往這後巷裏去。」言怕有人勾引我也。亦作挑鬭。《董西廂》三：「俺姐姐夜來箇聞得琴中**挑鬭**。」又三：「更着閒言把我**挑鬭**。」又四：「瑤琴是你咱撫，夜閒曾**挑鬭**奴。」《百花亭》劇二：「**拚**的箇擲黃金，揮白璧，暗中**挑鬭**，則待要買斷了謝館秦樓。」皆勾引義。案拖鬭、調鬭、挑鬭，猶逗字條之迤逗、拖逗、挑逗也。

鬭（二）　鬭釘　鬭飣　餖飣

鬭，猶湊也；拼也；合（入聲）也。合如合藥、合金之合。李賀《梁臺古意》詩：「臺前**鬭**玉作蛟龍，綠粉掃天愁露濕。」王琦注：「木石鑲榫合縫之處謂之鬭。」徐賁《憶山中友人》詩：「**鬭**開碧沼分明月，各領青天占白雲。」鬭開碧沼，猶云兩家合開一池也。韋莊《和鄭拾遺秋日感事》詩：「八珍羅膳府，五采**鬭**筐牀。」言五采拼合也。陳與義《美哉亭》詩：「天掛一匹練，雙崖**鬭**嵯峨。忽然五丈缺，亭構如危窠。」言兩崖相接湊也。晏殊《漁家傲》詞：「荷葉荷花相間**鬭**，紅嬌綠掩新妝就。」相間鬭，言參差拼合也。吳潛《晝錦堂》詞：「管簫笙簧相間**鬭**，遠如聲韻碧霄來。」亦同。秦觀《浣溪沙》詞：「錦帳重重卷暮霞，屏風曲曲**鬭**紅牙。」亦拼湊義。杜安世《合歡帶》詞：「樓臺高下玲瓏，**鬭**芳樹，綠陰濃。」此接湊義。秦觀《河傳》詞：「亂花飛絮，又望空**鬭**合，離人愁苦。」辛棄疾《鵲橋仙》詞：「三分蘭菊十分梅，**鬭**合就一枝風月。」史達祖《菩薩蠻》詞，賦

《輭香》：「廣寒夜擣玄霜細，玉龍睡重癡涎墜。鬬合一團嬌，偎人煗欲消。」《絕妙好詞》，史介翁《菩薩蠻》詞：「柳絲輕颺黃金縷，織成一片紗窗雨。鬬合做春愁，困慵熏玉篝。」《陽春白雪》外集，曹邍《惜餘妍》詞，賦《二色木香》：「費却春工，鬬合靚芳濃馥。」以上五則，鬭合聯用，同義之重言也。賀鑄《剪征袍》詞：「拋練杵，傍窗紗，巧剪征袍鬬出花。」此拼合義。陳克《漁家傲》詞：「淺色宮羅新染就，晴時候，裁縫細意花枝鬬。」義同上。《樂府新聲》上，無名氏《夜行船》套：「院宇深沈」篇：「四壁秋蟲，一簾疏雨，兩般兒鬬來相鬧。」言湊在一起相鬧也。此外，又有餖飣一語，爲零碎湊合之義。原爲鬭飣，《玉海》云：「今俗燕會，黏果列席前，曰看席飣坐；古稱釘坐，謂釘而不食者。」《通雅》云：「《食經》言五色小餅盛盒累積曰鬭飣，因作餖釘。」鬭與餖，釘與飣，皆以音近而通。陸游《晨起》詩：「溪柴旋篝火，野蔌鬬登槃。」即用鬭飣之義。此外有作鬭釘者，李流謙《西江月》詞，詠《木樨》：「色似蠟梅渾淺，香如薝蔔微清。更張綠蓋蔽輕盈，巧着工夫鬬釘。」有作鬭飣者，陸游《歲未盡前數日》詩：「鬬飣春盤兒女喜，擣簁臘藥婢奴忙。」趙必瑑《蘭陵王》詞：「畫闌直，鬬飣千紅萬碧。」有作餖飣者，王觀《慶清朝慢》詞：「陰則箇，晴則箇，餖飣得天氣有許多般。」周密《滿江紅》詞：「百戰徵求千里馬，十年餖飣《三都賦》。」郭應祥《好事近》詞，《丁卯元夕》：「客來草草辦杯盤，餖飣雜蔬果。」張綱《西江月》詞：「爲具隨宜餖飣，烘堂不用笙簫。」按今以餖飣爲最普通，不備舉。

鬭（三）

鬭，猶紛也；亂也。韓愈《初南食貽元十八》詩：「章舉馬甲柱，鬭以怪自呈。」章舉卽章魚，馬甲柱卽江珧柱，言紛紛以怪自呈也。《陽春白雪》一，潘元質《孟家蟬》詞，詠《蝶》：「正暖日溫風裏，鬭採遍香心。」言紛紛遍採花心也。《花菴中興詞選》，康與之《瑞鶴仙》詞，《上元》：「鬧鵝兒滿路，成團打塊，簇着冠兒鬭轉。」鬭轉，猶云亂轉也。按此指上元夜婦人出遊之妝飾。王之道《桃源憶故人》詞：「庭巷落花如雨，鬭亂穿窗戶。」鬭亂，猶云紛亂也。蔣捷《賀新郎》詞：「帝遣江神長守護，八柱蛟龍纏尾，鬭吐出寒烟寒雨。」鬭吐出，猶云紛吐出或亂吐出也。

鬭（四）

鬭，猶對也。蘇軾《記夢》詩：「紅焙淺甌新火活，龍團小碾鬭晴窗。」言對晴窗也。晁補之《揚州雜詠》詩：「雙堤鬭起如牛角，知是隋家萬里橋。」言雙堤如牛角之相對也。晁元禮《感皇恩》詞：「醉中但記，紅圍綠繞，人面花光鬭相照。」言對相照也。曹冠《水調歌頭》詞，《紅梅》：「好向歌臺舞榭，鬭取紅妝嬌面，偎倚韻偏宜。」鬭取，猶云對着也。趙長卿《霜天曉角》詞：「閤兒幽靜處，圍爐面小窗。好是鬭頭兒坐，梅烟炷，返魂香。」鬭頭，猶云對面也。《樂府雅詞》拾遺，無名氏《南歌子》詞：「偏他能畫鬬頭眉。」此爲眉頭對眉頭之意。蔡伸《感皇恩》詞：「倚闌凝望久，眉空鬬。」此爲雙眉對蹙之意。呂濱老《卜算子》詞：「守着殘燈鬬着眉，怎不腰肢瘦。」義同上。《樂府新聲》上，關漢卿《新水令》套：「雙歌採蓮，鬬撫冰絃。」言相對彈琴也。又下，無名氏小令，《齊天樂》過《紅衫兒》，《村居》：「鬬舉香醪，齊歌採蓮。」言相對舉杯也。

鬬（五）

鬬，猶趁也。王建《醉後憶山中故人》詩：「遇晴須看月，鬬健且登樓。」鬬一作閗，閗猶趁也，詳閗字條；鬬亦趁也，鬬健卽趁健也。《尊前集》，王建《江南三臺》詞：「鬬身強健早爲，頭白齒落難追。」《全唐詩》作閗身，義同上，言趁身強健也。元稹《連昌宮詞》：「百官隊仗避岐薛，楊氏諸姨車鬬風。」鬬風，趁風也，猶云乘風或追風。賀鑄《小重山》詞：「鈿輪珠網玉花驄，香陌上，誰與鬬春風。」義同上。陸游《對酒示坐中》詩：「綠橙丹柿鬬時新，一笑聊誇老健身。」晏殊《訴衷情》詞：「青梅煮酒鬬時新，天氣欲殘春。」鬬時新，趁時新也。晏幾道《泛清波摘徧》詞：「露紅煙綠，儘有狂情鬬春早。」此爲趁早義。史浩《水龍吟》詞，《梅》詞：「排斥風霜，掃除氛霧，直教鬬早。」義同上。按鬬早亦猶云閗早，詳閗字條。

鬭（六）

鬭，猶陡也；頓也。蘇軾《寒食遊南塔寺》詩：「城南鐘鼓鬭清新，端爲投荒洗瘴塵。」言陡然清新也。按軾又有《贈清涼寺和長老》詩云：「雨餘鐘鼓更清新，」句法相類，知不當以鐘聲鼓聲相鬭賽爲解，可以旁證。張先《鳳棲梧》詞：「紅翠鬭爲長袖舞，香檀拍過驚鴻翥。」言陡然起舞也，與驚鴻語意相應。晏殊《酒泉子》詞：「春色初來，徧被紅芳千萬樹。流鶯粉蝶鬭翻飛，戀香枝。」言鶯蝶陡然飛也，與春色初來語意相應。晏幾道《菩薩蠻》詞：「鶯啼似作留春語，花飛鬭學回風舞。」意言落花聞鶯語而陡然起舞也。《花菴中興詞選》，吳子和《謁金門》詞：「風乍扇，簾外落紅千片。飛盡落花春不管，鬭忙鶯與燕。」鬭忙，陡然忙也，與風乍扇之乍字相應。朱敦儒《勝勝慢》詞，詠《雪》：「開簾放教飄灑，度華筵飛入金樽。鬭迎面，看美人呵手，旋浥羅巾。」言陡然迎美人之面也。旋有急義，見旋字條；與陡然義相應。《豫讓吞炭》劇三：「他道乞丕丕心驚，我惡狠狠跳出，鬭將我嗔忿忿捉拿。」言陡然將我捉住也。

鬭（七）　鬭作

鬭，喜樂戲耍之辭。牛僧孺《席上贈劉夢得》詩：「休論世上升沉事，且鬭樽前見在身。」鬭者，受用之義，猶云且受用樽前見在也，亦猶云且樂樽前見在也。此可於黃庭堅詞證之，黃庭堅《清平樂》詞：「使君一笑眉開，新晴照酒尊來；且樂尊前見在，休思走馬章臺。」黃詞脫胎牛詩，直以樂字易鬭字，鬭猶樂也。白居易《代夢得吟》詩：「世上爭先從盡（儘）汝，人間鬭在不如吾。」即代夢得答牛詩鬭見在意而省之曰鬭在，鬭在亦猶云樂見在也。歐陽修《聖無憂》詞：「人間長久身難得，鬭在不如吾。」即本白詩意。此外宋人詩詞中引用牛詩鬭樽前見在者，略舉如下。蘇軾《次韻張昌言給事省宿》詩：「謾誇年少容吾在，若鬭尊前舉世稀。」歐陽修《采桑子》詞：「白首相逢，莫話衰翁，但鬭尊前語笑同。」蘇軾《沁園春》詞：「身長健，但優游卒歲，且鬭尊前。」晁元禮《雨中花》詞：「不如沈醉，莫思身外，且鬭尊前。」又《金盞倒垂蓮》詞：「此外莫問升沈，且鬭尊前。」辛棄疾《沁園春》詞：「却怕青山，也妨賢路，休鬭尊前見在身。」趙輯《宋金元人詞》補遺，陳亮《賀新郎》詞：「恰好良辰花共酒，鬭尊前見在陽臺女。」以上凡鬭尊前云云，義並同。白居易《自題小園》詩：「不鬭門館華，不鬭林園大；但鬭爲主人，一坐十餘載。回看甲乙第，列在都城內，……主人安在哉？富貴去不迴，……何如小園主，拄杖閑即來，……以此聊自足，不羨大池臺。」此詩中所云鬭，亦猶云樂也；言不樂園之華麗，不樂園之廣大，但樂其得能長爲園主人也；起處言不鬭，結處言不羨，語意正一貫。以上爲喜樂義。《尊前集》，成文幹《楊柳枝》詞：「王孫宴罷曲江池，折得春光伴醉歸。怪得美人爭鬭乞，要他穠翠染羅衣。」此鬭字義猶戲也，言美人爭相戲乞柳枝，欲染羅衣也。辛棄疾《南歌子》詞，《新開池戲作》：「鬬勻紅粉照香腮，有箇人人，當做鏡兒猜。」言有美人戲勻紅粉，臨池對照，當做鏡兒也。《陽春白雪》八，張榘《應天長》詞，西湖十景之一，《雷峰夕照》：「飛鴻倦，低未泊。鬬倒指數來還錯。」倒指，與屈指同；數者數飛鴻也，言戲數之而還錯也；蓋惟其戲所以錯也。此外復有鬬作一熟語，亦爲戲耍義。馮延巳《鳳棲梧》詞：「莫作等閑相**鬬作**，與君保取長歡樂。」言莫作尋常之戲耍，須謀長久之歡樂也。三十種本《薛仁貴》劇：「你把我難當，**鬬作**，戲耍（戲字原誤作覷），睡夢裏拖逗得我心中怕。」難當，見難當條；難當與鬬作，同爲戲耍義，連舉同義之三熟語以爲言，乃重文以極言之，意言將我極端來戲耍也。以上爲戲耍義。

斗

斗，與陡同，猶頓也。杜甫《義鶻行》：「**斗**上捩孤影，噭哮來九天。」韓愈《答張十一功曹》詩：「吟君詩罷看雙鬢，**斗**覺霜毛一倍加。」又《郴口又贈》詩：「山作劍攢江寫鏡，扁舟**斗**轉疾於飛。」又《陪杜侍御遊湘西兩寺》詩：「況當江闊處，**斗**起勢匪漸。」方干《自縉雲赴郡》詩：「仰瞻青壁開天罅，**斗**轉寒灣避石稜。」蘇軾《四時詞》詩：「黃昏陡覺羅衾薄。」陡一作**斗**。陳師道《題明發高軒過圖》詩：「平湖遠嶺開精神，**斗**覺文字生清新。」舒亶《蝶戀花》詞：「短鬢潘郎，**斗**覺年華換。」辛棄疾《永遇樂》詞：「又何事催詩雨急，片雲斗暗。」以上各斗字，均卽陡字也。辛棄疾《賀新郎》詞：「斗頓南山高如許，是先生拄杖歸來後。山不記，何年有。」趙長卿《醉落魄》詞：「不應斗頓音書絕，烟水連天，何處認紅葉。」斗頓聯用，同義之重言也。

廝

廝，猶相也。歐陽修《漁家傲》詞：「蓮子與人長廝類；無好意，年年苦在中心裏。」廝類，相類也。又前調：「天與多情絲一把，誰廝惹，千條萬縷縈心下。」廝惹，相惹也。黃庭堅《千秋歲》詞：「世間好事，恰恁廝當對。」廝當對，相當對也。又《定風波》詞：「准擬階前摘荔枝，今年歇盡去年枝。莫是春光廝料理，無比，譬如痎瘧有休時。」料理，猶云幫助；廝料理，猶云相幫助也。楊无咎《天下樂》詞：「今番爲寒忒太切，和天地也來廝鼈。」鼈，義如鬧別紐之別；廝鼈，猶云相拗也。張鎡《夜遊宮》詞：「到老長廝守，不喫飯也須喞噹。」廝守，相守也。辛棄疾《夜遊宮》詞：「幾箇相知可喜，才廝見說山說水。」廝見，相見也。周邦彥《風流子》詞：「天便教人，霎時廝見何妨。」《樂府雅詞》，廝見作相見。郭應祥《鵲橋仙》詞，《丙寅七夕》：「兩情相向，一年廝睚，等得佳期又到。」廝與相爲對舉之互文；睚與捱同。《馬陵道》劇四：「會合各國大將，與龐涓相持廝殺。」《雁門關》劇三：「你看我對壘交鋒，相持廝殺。」《幽閨記》十七：「自驚疑，相呼廝喚兩三回。」均同上。按斷字詞曲中習見，不備舉。

肯(一)

肯，猶豈也。岑參《梁園歌》：「當時置酒延枚叟，肯料平臺狐兔走！」劉長卿《贈別于羣投筆赴安西》詩：「本持鄉曲譽，肯料泥塗辱！」肯料，猶云豈料也。李頎《送喬琳》詩：「阮公能飲酒，陶令肯羞貧！」肯羞貧，豈羞貧也。劉禹錫《河南白尹長句繼和》詩：「遙羨光陰不虛擲，肯令絲竹暫生塵！」肯令，豈令也。嚴維《送崔峒使往睦州》詩：「如今相府用英髦，獨往南州肯告勞！」肯告勞，豈告勞也。杜甫《驄馬行》：「近聞下詔喧都邑，肯使騏驎地上行！」肯使，豈使也。又《寄司馬山人》詩：「髮少何勞白，顏衰肯更紅！」肯更，豈更也。李白《流夜郎贈辛判官》詩：「氣岸遙淩豪士前，風流肯落他人後！」肯落，豈落也。王維《老將行》：「射殺山中白額虎，肯數鄴下黃鬚兒！」肯數，豈數也。韓愈《左遷至藍關示姪孫湘》詩：「欲爲聖明除弊事，肯將衰朽惜殘年！」肯將或作豈將，一作豈於，肯豈同義也。蘇軾《贈寫御容妙善師》詩：「平生慣寫龍鳳質，肯顧草間猿與獐！」肯顧，豈顧也。楊萬里《寄周舍人子充》詩：「省齋先生太高寒，肯將好詩博好官！」肯將，豈將也。又《聞一二故人相繼而逝》詩：「我福肯如郭！我德敢望顏！」肯如，豈如也，言豈如郭汾陽之福也。

肯（二）

肯，猶拚也。杜甫《江畔獨步尋花絕句》：「不是愛花卽肯死，只恐花盡老相催。」上句一作不是看花卽索死。言倘若無花消遣，直欲拚死。所以如此汲汲者，恐花盡而老將至也。肯死，猶云拚死也。王維《偶然作》詩：「生事不曾問，肯愧家中婦。」言不問生事，拚爲家中婦所譏也。柳永《尾犯》詞：「甚時向幽閨深處，按新詞流霞重酌。再同歡笑，肯把金玉珠珍博。」言拚以金玉珠珍博美人之歌酒歡會也。秦觀《望海潮》詞：「奴如飛絮，郎如流水，相逢便肯相隨。」言一見傾心，便拚相隨也。張炎《清波引》詞：「寄情在譚壆，難覓眞閒處。肯被水雲留住，泠然掉入川流，去天尺五。」言拚被水雲留住也。

肯（三）

肯，猶能也；得也。杜甫《草堂》詩：「唱和作威福，孰肯辨無辜。」錢注本肯一作能，肯猶能也。王安石《西山》詩：「但道使君留不得，那知肯更憶江南。」肯更憶，猶云能更憶也。杜甫《玉臺觀》詩：「更肯紅顏生羽翼，便應黃髮老漁樵。」更肯，猶云更得也。又《贈鄭十八賁》詩：「高懷見物理，識者安肯哂。」安肯，猶云那得也。蘇軾《贈黃山人》詩：「東坡若肯三年住，親與先生看藥爐。」若肯，猶云若得也。黃庭堅《清平樂》詞：「幾回笑口能開，少年不**肯**重來。」言少年時光景，一去不得再來也。按此亦可作不會解。

肯（四）

肯，猶**會**也；亦猶云至於也。上官昭容《奉和翦綵花》詩：「春至由來發，秋還未**肯**疏。」未肯，猶云不會也；言至秋而不會凋疏也。杜甫《徐卿二子歌》：「丈夫生兒有如此二雛者，名位豈**肯**卑微休！」言豈會卑微也；亦猶云何至於卑微也。朱慶餘《和秋園》詩：「深齋常獨處，詎**肯**厭秋聲。」詎肯，亦猶云豈會或何至於。陸龜蒙《自遣》詩：「人間縱道鉛華少，蝶翅新篁未**肯**無。」言不會無也；亦猶云不至於無也。李商隱《柳》詩：「曾逐東風拂舞筵，樂遊春苑斷腸天。如何**肯**到清秋日，已帶斜陽又帶蟬。」斷腸，猶云銷魂。如何肯，猶云如何會也；意言春日如許風流，奈何會到秋天，便斜陽暮蟬，如許蕭條也。王安石《梁王吹臺》詩：「況乃漢驕子，魂遊誰**肯**逢。」誰肯，猶云誰會也。蘇軾《觀杭州鈐轄歐育刀劍戰袍》詩：「書生只**肯**坐帷幄，談笑毫端弄生殺。」言書生只會弄筆墨也。又《鐵溝行》：「明年定起故將軍，未**肯**先誅霸陵尉。」未肯，不至於也；此用李廣事。《陽春白雪》七，鄭覺齋《念奴嬌》詞：「琢玉傳情，斷金訂約，總是愁根本。誰知薄倖，**肯**於長處尋短。」言偏會尋人短處也。《太平樂府》九，睢景臣《哨遍》套，《高祖還鄉》：

「只道劉三，誰肯把你揪捽住！白甚麽改了姓，更了名，喚做漢高祖？」此曲通首描摹漢高微時故人口氣，言儘着叫本名劉三，豈有人會把你抓住和你爲難，爲何要改稱漢高祖也。然「誰肯把你揪捽住」，亦可解爲何至於把你揪捽住。王實甫《絲竹芙蓉亭》劇，《點絳脣》折：「我怎肯敎信斷音乖，則（只）要你常準備迎風戶半開。」怎肯，怎會也；亦猶云何至於也。《瀟湘雨》劇二，祗從云：『俺相公自有夫人哩！』正旦唱：『兀的是閒言語，甚意思，他怎肯道節外生枝。……我則（只）道他不肯棄糟糠婦，他原來別尋了個女嬌姿。』」怎肯，怎會也；不肯，不會也。《哭存孝》劇一：「你放下一十八般兵器；你輪不動那鞭鐗撾槌，你怎肯祖下臂膊刀厮劈。」義同上。《曲江池》劇一：「今日和劉郎相見，不因你個小名兒沙！他怎肯誤入桃源。」此怎肯字猶云怎會或何至於。按劇情，小名係指妓女劉桃花；沙爲語助辭，相等於啊或呵。《東牆記》劇四：「淨云：『不瞞老夫人說，我這藥費本錢。』卜云：『老身怎肯少了藥貲。』」義同上。《龐掠四郡》劇三：「孔明云：『張飛！你取首級如何？』張飛云：『我殺了龐士元也。』孔明云：『敢不是麽？』張飛云：『他說道正是縣令，我怎肯錯殺了別人？』」義同上；按劇情，龐爲耒陽縣令。

肯（五）　肯分

肯，猶恰也。王安石《寄子思以代別》詩：「全家欲出嶺雲外，匹馬肯尋山雨中。」言匹馬恰在雨中尋山而行也。蘇軾《贈武道士彈賀若》詩：「清風終日自開簾，涼月今宵**肯**挂簷。」肯挂簷，恰挂簷也。又《聞林夫當徙靈隱寺寓居》詩：「不知水從何處來，跳波赴壑如奔雷。無情有意兩莫測，**肯**向冷泉亭下相縈回。」肯向，恰向也。巾箱本《琵琶記》七：「思鄉遠，愁路貧，**肯**如十度謁侯門。」肯如，恰如也。此在曲文或白中則多作肯分，肯分，猶云恰恰也，湊巧也。《漁樵記》劇三：「誰想朱買臣得了官，**肯分**的除授在俺這會稽做太守。」《青衫淚》劇二：「想着那蒙山頂上春風細，**肯分**地揚子江心月正圓。也是天使其然。」《忍字記》劇一：「兩個字**肯分**的都一般大小。」《誶范叔》劇四：「我掙閣起來，逃走性命，**肯分**的遇着老院公齎發我盤纏衣服，放出後門，得至秦國。」《看錢奴》劇二：「似這等凍雲萬里無邊屆，**肯分**的俺三口兒離鄉外。」馬致遠小令，《壽陽曲》：「金蓮**肯分**迭半折，瘦厭厭柳腰一搦。」肯分迭半折，言恰恰滿半握也。以上均猶云恰恰也。《兒女團圓》劇二：「我不敢往那前門裏去，恐怕人看見我。我往這後門裏去，却又撞見那**肯分**的老院公。」按此猶云湊巧的老院公也。《小尉遲》劇一：「我將你，卽發送。子父每，得相逢。將軍呵！你**肯分**的去出馬爭鋒。」按此猶云你湊巧的去出馬交鋒也。《楚昭公》劇三：「大都來是一興一敗天之數，但不知**肯分**的秦兵幾時到得楚。」按此猶云來得湊巧的秦國救兵也。淩本《幽閨記》二十六：「向日招商店，**肯分**的擡着家尊。」義同上。

漫(一)　謾　慢

漫，本爲漫不經意之漫，爲聊且義或胡亂義；轉變而爲徒義或空義。字亦作謾，又作慢。其作聊且解者。杜甫《閣夜》詩：「臥龍躍馬終黃土，人事音書漫寂寥。」漫寂寥，言且聽任其寂寥也。又《江上值水如海勢，聊短述》詩：「老去詩篇渾漫與，春來花鳥莫深愁。」漫與，言卽景寫情，聊以對付也。詳見與字條之漫與各證。辛棄疾《漢宮春》詞：「人生謾爾，豈食魚必鱠之鱸。」謾爾猶云聊爾。又《上西平》詞，《觀雪》：「凍吟應笑，羔兒無分謾煎茶。」羔兒，酒名，言煮酒無分且煎茶也。又凡《杜工部集》中「漫興」或「漫成」各詩題，意皆爲率意而作。此聊且之義也。其作胡亂解者，頗近於今語之浪漫。元結《漫酬賈沔州》詩：「漫醉人不嗔，漫眠人不嗅。漫遊無遠近，漫樂無早晏。漫中漫亦忘，名利誰能算。」詩中各漫字，皆爲胡亂或隨便義。又《遊㶏泉》詩：「顧吾漫浪久，不欲有所拘。」義同上。蓋結始稱浪士，繼稱漫郎，老稱漫叟，故曰漫浪久也。按今語倒用之則曰浪漫。杜甫《聞官軍收河南北》詩：「却看妻子愁何在，漫卷詩書喜欲狂。」言胡亂收卷詩書作歸計也。馮延巳《蝶戀花》詞：「夜夜夢魂休謾語，已知前事無尋處。」謾語，猶云胡言亂語。聶冠卿《多麗》詞：「休辭醉，明月好花，莫慢輕擲！」慢輕擲，言胡亂拋棄也。趙彥端《鵲橋仙》詞：「東風莫漫送扁舟，爲管取輕寒羅袖。」漫送，言胡亂送也。管取，意云顧着。張炎《暗香》詞：「憶昨，更情惡。謾認着梅花，是君還錯。」言胡亂猜認也。又《憶舊遊》詞：「遡萬里天風，淸聲謾憶，何處鸞簫。」言胡亂思憶也。又《燭影搖紅》詞，《隔窗聞歌》：「已信仙緣較淺，謾凝思風簾倒捲。出門一笑，月落江橫，數峯天遠。」言胡亂凝思也。又《鬭嬋娟》詞：「便白髮如今縱少，情懷不似前時好。謾竚立，東風外，愁極還醒，背花一笑。」言胡亂向風而立，又愁又笑也。此胡亂之義也。其作徒字、空字解者最多，略舉如下。岑參《行軍》詩：「早知逢世亂，少小謾讀書。悔不學彎弓，向東射狂胡。」李白《述德兼陳情上哥舒大夫》詩：「衞青謾作大將軍，白起眞成一豎子。」杜甫《賓至》詩：「豈有文章驚海內，漫勞車馬駐江干。」劉禹錫《三閣辭》：「朱門漫臨水，不可見鱸魚。」羅隱《仙掌》詩：「謾向上頭高舉手，何曾招得路旁人。」王安石《千秋歲引》詞：「當初漫留華表語，而今誤我秦樓約。」周邦彥《水龍吟》詞，詠《梨花》：「恨玉容不見，瓊英慢好，與何人比。」姜夔《玲瓏四犯》詞：「文章信美知何用，謾贏得天涯羈旅。」張炎《綺羅香》詞，詠《紅葉》：「謾倚新妝，不入洛陽花譜。」此皆徒字、空字之義也。其有與空字對舉而互文者。蘇軾《章質夫送酒不達》詩：「空煩左手持新蟹，漫繞東籬嗅落英。」馮延巳《浣溪沙》詞：「待月池臺空逝水，蔭花樓閣謾斜暉。」晏殊《浣溪沙》詞：「月好漫成孤枕夢，酒闌空得兩眉愁。」《花菴中興詞選》，吳子和《瑞鶴仙》詞：「十步九計，空撈攘，謾兒戲。」《霍光鬼諫》劇：「於家謾劬勞，爲國空生受。」皆其例也。其有與徒字對舉而互文者。陸龜蒙《江南秋懷》詩：「衣裾徒博大，文籍漫縱橫。」李好古《江城子》詞：「千古英雄成底事？徒感慨，謾悲涼。」皆其例也。其有與虛字對舉而互文者。杜甫《偶題》詩：「漫作《潛夫論》，虛傳幼婦碑。」虛與空同義也。其有與枉字對舉而互文者。曹組《相思會》詞：「我醒也，枉勞心，謾計較。」枉與徒同義也。

漫(二)　謾　慢

漫，猶瞞也。蘇軾《遊靈隱寺戲贈李居士》詩：「推倒垣牆也不難，一軒復作兩軒看。若教從此成千里，巧曆如今也被漫。」《圯橋進履》劇二：「謝尊師，承顧愛。教訓咱，意無歹。漫天機，我將做謎也似猜。」上兩則之漫字，皆瞞義也。亦作謾。《樂府新聲》上，無名氏《新水令》套：「謾着外人，忙裏偷閑厮濫存。」《氣英布》劇三：「不爭的信隨何說謊謾天口，你道喒封王業，時當就。」關漢卿《拜月亭》劇：「且着這脫身術，謾過這打家賊。」三十種本《寃家債主》劇：「天生下狡佞奸猾，和我這神鬼都謾下。」又：「謾不過湛湛青天，離不過漫漫黃沙。」上四則之謾字，皆瞞義也。亦作慢。《樂府新聲》上，侯正卿《醉花陰》套，「涼夜厭厭露華冷」篇：「慢不過天地神明，說來的咒誓終朝應。」此慢字亦瞞義也。

渾(一)

渾，猶全也；直也。其作全字解者。陳師道《山口》詩：「漁屋渾環水，晴湖半落東。」渾環水，全環水也；與半字相對。陸游《山行》詩：「水淺游魚渾可數，山深藥草半無名。」渾可數，全可數也；亦與半字相對。楊萬里《瓶中紅白二蓮》詩：「白蓮半蕾未開時，看作紅蓮更不疑。到得欲開渾別了，玉膚洗退淡臙脂。」渾別，全別也。劉過《唐多令》詞：「黃鶴斷磯頭，故人曾到不？舊江山渾是新愁。」渾是，全是也。盧祖皋《江城子》詞：「載酒買花年少事，渾不似，舊心情。」渾不似，全不似也。其作直字解者。杜甫《峽中卽事》詩：「雷聲忽送千峰雨，花氣渾如百和香。」渾如，直如也。又《江上値水如海勢，聊短述》詩：「老去詩篇渾漫與。」渾漫與，直漫與也，言簡直是率意對付而已。皮日休《初夏遊楞迦精舍》詩：「嵐姿與波彩，不動渾相着。」渾相着，猶云直相接也。王珪《宮詞》：「三十六窗明月夜，嫦娥渾在水晶宮。」渾在，猶云直在也。王安石《西江月》詞，《紅梅》：「北人渾作杏花疑，惟有青枝不似。」渾作，猶云直作也，言簡直疑作杏花也。

渾（二）

渾，猶還也。杜甫《十六夜翫月》詩：「巴童渾不寢，半夜有行舟。」渾不寢，猶云還未寢也。戎昱《移家別湖上亭》詩：「黃鶯久住渾相識，欲別頻啼四五聲。」邵長蘅補注《蘇詩》卷六贈別詩下，引作「還相識」，渾卽還也。曹唐《小遊仙》詩：「白龍久住渾相戀，斜倚祥雲不肯行。」此與戎詩同機軸，渾亦還也。蘇軾《常潤道中有懷錢塘寄述古》詩：「二年魚鳥渾相識，三月鶯花付與公。」陳師道《再到錢塘呈會宗伯益》詩：「湖上依舊渾相識，風月愁人不自由。」皆猶云還相識也。劉禹錫《贈李司空妓》詩：「司空見慣渾閒事，斷盡蘇州刺史腸。」渾閒事，猶云還不在乎。言此在見慣如司空者還不在乎，而在不見慣如我蘇州刺史者則斷腸矣。王安石《題黃司理園》詩：「爲憶去年梅，凌寒特地來。閏前空臘雪，渾未有花開。」渾未有，還未有也。《南宋六十家》，釋永頤《看梅雜興》詩：「閒問水邊行樂去，向陽渾有幾枝花。」渾有，還有也。陳師道《和和叟梅花詩》：「卷簾初認雲猶凍，逆鼻渾疑雪亦香。」渾疑，還疑也，與初字相應。楊萬里《和李天麟秋懷》詩：「老夫言語渾無味，不但秋來面可憎。」渾無味，還無味也。此倒裝句，與不但相應。又《感秋》詩：「舊不愁秋只愛秋，風中吹笛月中樓。如今秋色渾如舊，欲不悲秋不自由。」渾如舊，還如舊也。又《寒食相將諸子遊翟園》詩：「乍晴萱草渾無力，落盡梅花尚有香。」渾無力，還無力也，與尚字相應。《瀛奎律髓》四十二，劉子儀《寄靈仙觀舒職方學士》詩：「若向雲中見雞犬，可能渾望姓劉人？」渾望，還望也。袁去華《賀新郎》詞：「愁到春來依然在，舊事渾如夢裏。」渾別作還，渾還同也。辛棄疾《鷓鴣天》詞：「此身忘世渾容易，使世相忘却自難。」渾容易，還容易也。劉克莊《念奴嬌》詞，《木犀》：「繞籬尋菊菊猶遲，舍北芙蓉渾未。却是小山叢桂裏，一夜天香飄墜。」渾與猶爲互文，亦還字義也。趙彥端《謁金門》詞：「花滿深宮無路入，舊遊渾記得。」渾記得，還記得也。王惲《感皇恩》詞：「鬢華思此際，渾依舊。」《彊村叢書》本《秋澗樂府》校記云：「鈔本渾作還。」渾還同也。

誚 悄 俏 峭

誚，猶渾也；直也。字亦作悄作俏。劉禹錫《送李策秀才還湖南》詩：「悄如促柱絃，掩抑多不平。」蘇軾《松風亭下梅花盛開》詩：「先生索居江海上，悄如病鶴棲荒園。」悄如，猶云渾如或直是也。皮日休《魯望讀襄陽耆舊傳見贈五百言次韻》詩：「興替忽矣新，山川悄然舊。」悄然與悄如同，亦猶云依然。邵雍《依韻和王安之少卿見戲詩》：「誚然情意都如舊，剗地盃盤又見呼。」誚然與悄然同，義亦同。《南宋六十家》，鄭清之《和虛齋勸農》詩：「蔽日寒雲悄欲秋，仁風載路曉光浮。」悄欲秋，猶云渾欲秋或直欲秋也。此種用法，在詩中不多見，且亦多用悄字。在詞曲中則誚、悄、俏隨意用之，茲分字略述如下。其用誚字者。黃庭堅《歸田樂引》詞：「誚睡裏夢裏心裏，一向無言但垂淚。」舒亶《一落索》詞：「醉來却不帶花歸，誚不解，看花意。」楊无咎《於中好》詞：「欲知占盡春明媚，誚無意，看桃李。」周紫芝《好事近》詞：「自恨老來腸肚，誚不堪摧折。」劉仙倫《木蘭花慢》詞，《秋日海棠》：「誚一似當年，五陵公子，却厭膏粱。」石孝友《驀山溪》詞：「一似楚雲歸，**誚**沒箇鱗書羽信。」趙長卿《品令》詞：「黃昏時候，**誚**不語，心如醉。」袁去華《金蕉葉》詞：「煩惱無千萬億，**誚**將做飯吃。」葛長庚《永遇樂》詞：「尋思往事，千頭萬緒，回首**誚**如夢裏。」《張協狀元》戲文：「推白天香，**誚**如雪兒。」以上皆用誚字者也。其用悄字者。四印齋本《草堂詩餘》上，賀方回《柳梢青》詞：「丁香露結殘枝，**悄**未比愁腸寸結。」雙照樓本及涵芬樓本均作誚。張元幹《春光好》詞：「**悄**沒工夫存問我，且憐伊。」王之道《惜奴嬌》詞：「花月多情，搖碎半窗清影。安穩，**悄**不知人痛損。」盧祖皋《太常引》詞：「吹面桂花風，**悄**不似紅塵道中。」又《摸魚兒》詞：「慵荷倦柳，**悄**不似黃花，田田照眼，風味儘如舊。」辛棄疾《摸魚兒》詞，《觀潮》：「朝又暮，**悄**慣得吳兒不怕蛟龍怒。」四卷本《稼軒詞》作誚。劉過《滿江紅》詞：「**悄**一如人在水晶宮，銷袢暑。」丘崈《滿江紅》詞：「**悄**不禁俯仰一淒涼，成千古。」又《夜行船》詞：「一舸鷗夷雲水路，貪游戲**悄**忘塵數。」李甲《擊梧桐》詞：「正恁濃歡裏，**悄**不意頓有天涯離別。」趙長卿《探春令》詞，《賞梅》：「**悄**一似初覩東鄰女，有無限，風流意。」《董西廂》一：「百般**悄**如風漢。」又一：「坐間**悄**一似風魔顛倒。」《小孫屠》戲文：「**悄**似隨風柳絮無憑准。」巾箱本《琵琶記》二十：「糠！遭礱被舂杵，篩你簸揚你。吃盡控持，**悄**似奴家身狼狽。」以上皆用悄字者也。其用俏字者。四印齋本《草堂詩餘》下，康伯可《金菊對芙蓉》詞：「誰知別後相思苦，**俏**為伊瘦損香肌。」雙照樓本作誚，《花草粹編》十作悄。趙長卿《踏莎行》詞：「病酒情懷，光陰如許，閒愁**俏**沒商量處。」楊无咎《探春令》詞：「奈月華燈影交相照，俏沒個，商量地。」盧炳《賀新郎》詞：「惹起新愁無着處，細與端相未足。俏不忍遊蜂飛撲。」《太平樂府》六，朱庭玉《行香子》套，《癡迷》：「鬢髮已成潘，形骸俏如沈。」《樂府新聲》上，商政叔《一枝花》套，《歎秀英》：「奈惡業姻緣，好家風俏无些個。」《董西廂》一：「五魂俏無主。」又四：「你俏如相如獻了《上林賦》。」又四：「鶯鶯俏似章臺柳，縱使柔條依舊，而今折在他人手。」又四：「蒲州裏大小六十萬家，人人欽仰，俏如爹媽。」以上皆用俏字者也。亦間有作峭者。《詞林摘豔》一，無名氏小令，《攤破金字令》，《秋思》：「恨悠悠，峭似長江水，涓涓不斷流。」要之音近、形近，作者隨意用之，傳寫者亦隨意寫之，而其意義則俱可以渾字、直字解之也。

劃

劃，猶忽也；突也。杜甫《雷》詩：「龍蛇不成蟄，天地劃爭迴。」又《苦雨奉寄隴西公兼呈王徵士》詩：「劃見公子面，超然懽笑同。」任華《雜言寄李白》：「手下忽然片雲飛，眼前劃見孤峯出。」韓愈《南山》詩：「前低劃開闊，爛漫堆衆皺。」又《調張籍》詩：「垠崖劃崩豁，乾坤擺雷硠。」又《聽穎師彈琴》詩：「昵昵兒女語，恩怨相爾汝。劃然變軒昂，勇士赴敵場。」蘇軾《次韻孔毅父集古人句》詩：「劃如太華當我前，跛牂欲上驚崷崒。」《南宋六十家》，姜夔《契丹歌》：「海東健鶻健如許，韝上風生看一舉。萬里追奔未可知，劃見紛紛落毛羽。」又趙汝鐩《泛洞庭》詩：「吏塵貯兩袖，到此劃湔洗。」又張至龍《寓興》詩：「孤燈照長夜，膏盡燈影滅。劃見牕戶間，鮮鮮有明月。」以上各詩之劃字，均爲忽然義或突兀義。

猶

猶，與由同。徐幹《室思》詩：「重新而忘故，君子所猶譏。」所猶，卽所由也。此外，可於猶來一辭證之。李白《代贈遠》詩：「妾本洛陽人，狂夫幽燕客。渴飲易水波，猶來多感激。」又《怨情》詩：「新人如花雖可寵，故人似玉猶來重。」又《答王十二寒夜獨酌有懷》詩：「巴人誰肯和《陽春》，楚地猶來賤奇璞。」崔塗《聲》詩：「歡戚猶來恨不平，此中高下本無情。韓娥絕唱唐衢哭，盡是人間第一聲。」蘇軾《答氈帳》詩：「莫嫌雪裏閒氈帳，作事猶來未合時。」凡云猶來，卽由來也。

由

由，與猶同。羅隱《夏州胡常侍》詩：「仍聞隴蜀由多事，深喜將軍未白頭。」由多事，卽猶多事也，意云邊疆多事。又《送李右丞分司》詩：「所悲時漸薄，共賀道由全。」由全，卽猶全也，言猶能保全也。陸龜蒙《自遣》詩："水國君王又姓蕭，風情**由**是冠南朝。"由是，卽猶是也。司空圖《花下》詩："五更惆悵迴孤枕，**由**自殘燈照落花。"由自，卽猶自也。《容齋隨筆》十引作由自，《全唐詩》作猶自。歐陽修《玉樓春》詞："直到起來**由**是殢，向道夜來眞個醉。"由是義見前。影元刻本《樂府陽春白雪》後二，無名氏《賞花時》套，"水到湍頭燕尾分"篇："客況淒淒又一春，計載區區已四旬，**由**自在紅塵。"又："白日傷神**由**自輕，到晚來，更關情。"由自義見前。《北詞廣正譜》一，《黃鐘宮》，白无咎《九條龍》："白日且**由**閒，到晚來冷清清獨臥。"由閒，卽猶等閒也；意云尚可。

較(一)　校

較，猶差也。字亦作校。杜甫《狂歌行贈四兄》詩："與兄行年**校**一歲，賢者是兄愚者弟。"校一歲，差一歲也。韓愈《食蝦蟆》詩："彊號爲蛙蛤，於實無所**較**。"無所較，無所差也。白居易《和韋庶子遠坊赴宴未夜先歸》詩："到時常晚歸時早，笑樂三分**校**一分。"校一分，差一分也。又《酬元郎中書懷見贈》詩："靑衫脫早差三日，白髮遲生**校**九年。"校與差爲互文。曹松《拜訪陸處士》詩："性靈比鶴爭多少，氣力登山**較**幾分？"較與爭爲互文，爭亦差也。羅隱《鄴城》詩："英雄亦到分香處，能共常人**較**幾多？"元好問《論詩絕句》："無人說與天隨子，春草輸贏**較**幾多？」較幾多，差幾多也。柳惲《牡丹》詩：「近來無奈牡丹何，數十千錢買一顆。今朝始得分明見，也共戎葵不校多。」皮日休《汴河懷古》詩：「若無水殿龍舟事，共禹論功不較多。」不較多，不差多也。楊萬里《樊系》詩：「可惜一杯金屑酒，飲來祇較早些時。」言只差飲得早些也。

較（二）　校

較，猶瘥也。字亦作校。白居易《病中贈南鄰覓酒》詩：「頭痛牙疼三日臥，妻看煎藥婢來扶。今朝似校擡頭語，先問南鄰酒有無？」張籍《閑遊》詩：「病眼校來猶斷酒，却嫌行處菊花多。」薛能《黃蜀葵》詩：「記得玉人初病起，道家妝束厭禳時。」起一作較。皮日休《初冬偶作》詩：「酒病校來無一事，鶴亡松老似經年。」楊萬里《久病小愈雨中端午試筆》詩：「病較欣逢五五辰，宮衣忽憶拜天恩。」以上各較字、校字，均爲病瘥義。《董西廂》三：「小詩便是得效藥，讀罷頓然痊較。」關漢卿《拜月亭》劇：「你而今病疾兒都較痊，你而今身體兒全康健。」痊較與較痊，均爲同義之重言。亦有作較些者，卽瘥些也。晁元禮《遍地花》詞：「也擬待羅織伊家，圖開解較些可悶。把從前已往尋思，又無可教人得恨。」關漢卿《拜月亭》劇：「但較些呵！郎中行別有酬勞。」又：「這一炷香，則願俺那抛閃的男兒較些。」言願抛別之丈夫病瘥些也。又：「你哥哥暑溼風寒從較些，多被那煩惱憂愁上送了也。」言任是病能好些，恐被煩憂又釀成病也。《西廂》

四之四：「害不倒愁懷，恰纔較些；掉不下思量，如今又也。」害卽害病之害，不倒猶云不了，此與上述《拜月亭》文同機軸。《還魂記》，《拾畫》：「日來病患較些，悶坐不過。」義亦同上。

差（一）

差，猶較也。《南宋六十家》，趙汝鐩《汪丞招飲問梅》詩：「祇緣今歲寒差甚，故比常年花較遲。」差與較爲互文。劉克莊《水龍吟》詞，《癸卯生日》：「要知甲子，陳摶差大，邵雍差小。」差大卽較大，差小卽較小也。又《沁園春》詞：「君記取，向中州差樂，塞地無歡。」此以中州與塞地相較，言中州較樂也。又《賀新郎》詞，《端午》：「把似而今醒到了，料當年醉死差無苦。」此憑弔屈原，以獨醒與醉死相較，則醒眼閱世變，不如醉死不見一切，較爲無苦也。把似，猶云假如。

差（二）

差，甚辭，猶最也；頗也。與差少之本義相反。何遜《登石頭城》詩：「關城乃形勢，地險差非一；馬嶺逐紆回，犬牙傍隆崒。」差非一，頗不一也，下二句卽其注脚。陸游《七月十一日見落葉》詩：「物理貴見微，勇退差爲賢。」差爲賢，最爲賢也。《宋百家詩存》，葉紹翁《寓居》詩：「十年林下隱，差覺世緣輕。」差覺，頗覺也。又《貴遊》詩：「五陵年少儘風流，十日安排一日遊。

林下幽人**差**省事，筆牀茶竈便登舟。」差省事，最省事也。姜夔《永遇樂》詞，《次稼軒北固樓詞韻》：「有尊中，酒**差**可飲，大旗盡繡龍虎。」此暗用《晉書·郗超傳》京口酒可飲，兵可用事。差可飲，猶云大可飲得。陳亮《漁家傲》詞：「坐上少年**差**氣岸，題詩落帽從來慣。」差氣岸，頗氣岸也。劉克莊《賀新郎》詞：「《酒頌》一篇**差**要妙，《莊》《列》諸書土苴。」言《酒德頌》之要道妙旨，遠在《莊》《列》之上也。差要妙，頗要妙也。方岳《水調歌頭》詞，《壽吴尚書》：「眼中猶有公在，吾意亦**差**強。胸中甲兵百萬，筆底天人三策，堪補舜衣裳。」差強，甚強也，玩胸中筆底二語可知。按《後漢書·吴漢傳》：「吴公**差**彊人意，隱若一敵國矣。」王先謙《集解》引王幼學云：「謂漢甚起發人意思。」然則差彊人意云者，乃甚彊人意之謂，非稍彊人意之謂也，玩隱若敵國語意可知。邵亨貞《西江月》詞，《酒闌與南金信意小述》：「但得諸郎俊拔，不嫌我輩衰遲。殘年飽飯話心期，如此**差**強人意。」義見上。《舉案齊眉》劇一：「這馬家的是官宦，張家的是財主，比梁鴻**差**得多哩！」此差字亦甚辭。差得多，意云強得多，因梁鴻是窮儒也。復次，劉淇《助字辨略》差字條云：「《漢書·趙廣漢傳》：『廣漢歎曰，亂吾治者，常二輔也。誠令廣漢得兼治之，直**差**易耳。』此差字猶云頗也。」本條立義本此。

爭（一）

爭，猶差也。杜荀鶴《自遣》詩：「百年身後一丘土，貧富高低爭幾多？」爭幾多，差幾多也。陳標《蜀葵》詩：「能共牡丹爭幾許？得人嫌處祇緣多。」爭幾許，差幾許也。晏幾道《蝶戀花》詞：「三月露桃芳意早。細看花枝，人面爭多少？」爭多少，差多少也，言不甚差也。楊萬里《舟中夜坐》詩：「與月隔一篁，去天爭半篷。」爭半篷，差半篷也。又《食菱》詩：「雞頭吾弟藕吾兄，頭角嶄然也不爭。」不爭，不差也。方岳《滿庭芳》詞，《擘蟹醉題》：「笑鱸魚雖好，風味爭些。」辛棄疾《江神子》詞：「雪後疏梅，時見兩三花。比着桃源溪上路，風景好，不爭些。」爭些即差些，不爭些即不差些也。劉克莊《滿江紅》詞，《壽傅相生日》：「江左惟公，爭些子吾其衽髮。」爭些子即差些子，猶云險些兒。《漁樵記》劇一：「我尋賢士，覓賢士，爭些兒當面錯過了。」《柳毅傳書》劇二：「則俺這兩隻脚爭些兒踏空。」亦皆險些兒之意。《兩世姻緣》劇二：「我把他漢相如厮敬重，不多爭。」《玉鏡臺》劇二：「年紀和溫嶠不多爭。」不多爭，不多差也。《魯齋郎》劇二：「築座營和寨，斜搠面杏黃旗。梁山泊，賊相似，與蓼兒洼，爭甚的？」即差甚的也。《鴛鴦被》劇一：「則我這瘦形骸剮了四肢，小腰身爭了半指。」即差了半指也。凌本《幽閨記》十八：「看他舉止，與孩兒不甚爭。」不甚爭，不甚差也。《西廂》三之三：「赤緊的夫妻，意不爭差。」《合汗衫》劇二：「倘或間有些兒爭差。」《梧桐雨》劇二：「因甚軍心有爭差？」《龍虎風雲會》劇一：「多管是相法內有爭差。」此爭與差聯用也。《西廂》四之四：「我想那廢寢忘餐，香消玉減，花開花謝，猶自較爭些。」此爭與較聯用也；較亦差也。曹松《拜訪陸處士》詩：「性靈比鶴爭多少，氣力登山較幾分？」此爭與較互文也。

爭（二）

爭，猶怎也。自來謂宋人用怎字，唐人只用爭字。唐玄宗《題梅妃畫眞》詩：「霜綃雖似當時態，爭奈嬌波不顧人！」白居易《題峽中石上》詩：「誠知老去風情少，見此爭無一句詩！」又《燕子樓》詩：「見說綠楊堪作柱，爭敎紅粉不成灰！」杜牧《邊上聞笳》詩：「遊人一聽頭堪白，蘇武爭禁十九年！」韓偓《哭花》詩：「若是有情爭不哭！夜來風雨葬西施。」許渾《經故太尉段公廟》詩：「紀生不向滎陽死，爭有山河屬漢家！」皆其例也。此習見，略以唐詩爲例，不備舉。

曾

曾，猶爭也；怎也。爭字條引杜牧詩：「蘇武爭禁十九年。」徐倬《全唐詩錄》，爭禁作曾經。曾卽爭或怎也。爭禁者，言怎樣禁當；曾經者，言怎樣經過，義小異而大同。楊萬里《病中春雨聞東園花盛》詩：「花底報來開已鬧，雨中過了更曾知！」又《族人同諸友問疾》詩：「抵掌縱談天亦笑，此身安否更曾知！」更曾知，卽更爭知或更怎知也。又《木樨》詩：「東風染得千紅紫，曾有西風半點香！」又《德壽宮慶壽口號》詩：「太上垂衣今上拜，百王曾有箇家風。」又《昌英叔作歲座上賦餅裹梅花》詩：「醉插寒花望松雪，人間曾有箇般淸！」凡云曾有，猶云爭有或怎有也。《谷音》卷下，鮑輗《重到錢唐》詩：「萬家歌舞送浮生，曾有涓埃答太平！」《雍熙樂府》十二，無名氏《夜行船》套，《離恨》：「曾有半字兒眞實！把些神前呪做了小兒戲。」義均同上。范成大《菩薩蠻》詞：「多愁多病後，不識曾中酒；愁病送春歸，恰如中酒時。」言愁病之後戒酒，已不識怎樣是中酒況味，惟送春時之心緒，則儼如中酒矣。中酒，卽酒病或酒困之意。張翥《綺羅香》詞：「水閣雲窗，總是慣曾經處。曾信有客裏關河，又怎禁夜深風雨。一聲聲滴在疏篷，做成情味苦。」曾與怎爲對舉之互文，更可證。《李太白貶夜郎》劇：「不戀着九間天子長朝殿，曾如三尺黃公舊酒壚！」曾如與怎如同。

不爭（一）

不爭，猶云只爲也。《西廂》四之二：「不爭你握雨攜雲，常使我提心在口。」暖紅室本作不爭，西河論定本及《雍熙樂府》十三載此折，亦均作不爭，方諸生本作則爲；則爲與只爲同，不爭猶云只爲也。此紅娘之言，言只爲你們幽會，常使我躭心也。心亦稱心口，本云提防在心口，拆開用之，則曰提心在口，猶言將心提到口，提心之甚也。《揚州夢》劇一：「又不是司馬江州，商婦蘭舟，烟水悠悠，楓葉颼颼。**不爭**我聽琵琶楚江頭，愁淚濕，青衫袖。」此亦只爲義，與上文不是二字相應。《陳摶高臥》劇四：「我恰纔神遊八表放金光，禮拜三清朝玉皇，**不爭**你拽雙環呀的門關上，纏殺我也瞎大王！」言只爲你將門關上，眞乃纏殺我也。按劇情，瞎大王指鄭子明。《硃砂擔》劇三：「我正待劈頭毛廝扯撏，**不爭**你攀肐膊強拆散。」言只爲你所拆散也。《李逵負荆》劇二：「宋江云：『你從頭兒說，則要說的明白。』正末唱：『**不爭**你搶了他那花朵般青春豔質，拋閃殺草橋店白頭的。』」言只爲你搶了他女兒，拋閃殺那老人也。《王粲登樓》劇三：「從那荆王辭世呵！**不爭**你死喪之威，越閃得我不存不濟。」你卽指荆王，言只爲你已死，我無可投奔，拋閃得我無辦法也。《馬陵道》劇二：「孫臏也！**不爭**你讒言譖語遭人搆，直感的野草閑花滿地愁，那裏也正首狐邱！」不爭義同上。《氣英布》劇一：「**不爭**你殺了他楚使命，則被你送了咱也漢隨何。」《兩世姻緣》劇三：「**不爭**你舞劍田文意差，惱的個絕纓會將軍怒發。」《瀟湘雨》劇四：「**不爭**你虧心的解元，又打着我薄命的嬋娟，險些做樂昌破鏡不重圓，乾受了這場罪譴。」打着，猶云逢着。《倩女離魂》劇二：「人去陽臺，雲歸楚峽，**不爭**他江渚停舟，幾時得門庭過馬。」義均同上。復次，不爭二字作只爲解者，雜劇往往於收結時用之，如《絡絲娘煞尾》是也。《西廂》一、二、三、四各本均有《絡絲娘煞尾》作收結，以爲由上本到下本之過渡，今惟暖紅室本《西廂》，備載其文，完全不缺。其第一本云：「則爲你閉月羞花相貌，少不得剪草除根大小。」第二本云：

「**不爭**惹恨牽情鬬引，少不得廢寢忘餐病證。」第三本云：「因今宵傳言送語，看明日攜雲握雨。」第四本云：「都則爲一官半職，阻隔得千山萬水。」玩上四則之中，一用不爭字，一用因字，兩用則爲字，不爭之義，與因字、則爲字互文同義，益可證已。又《兩世姻緣》全劇之收結，亦用《絡絲娘煞尾》，其文云：「**不爭**你大鬧西川性窄，翻招了個笑坦東牀貴客。」其用不爭二字領起亦同。此殆可認爲一種格式，或用不爭字，或用則爲字，義出一致，猶之章回小說每回收結之格式，用正是二字領起韻文以爲收場白也。由是推之，《火燒介子推》全劇之《收尾》云：「**不爭**你個晉文公烈火把功臣盡，枉惹得萬萬載朝廷議論，常想趙盾捧車輪，也不似你個當今帝主狠。」此亦以不爭領起四句文字，收結全劇也。《薦福碑》全劇之《鴛鴦煞》結句云：「**不爭**將黃閣玉堂臣，幾乎的做了違宣抗敕鬼。」此以不爭領起兩句文字，收結全劇也。由是更推之，《趙氏孤兒》劇一，屠岸賈敍述處分孤兒一段白文畢，結語作韻文云：「**不爭**晉公主懷孕在身，產孤兒是我讎人，待滿月鋼刀鍘死，纔稱得剷草除根。」此并以不爭領起四句韻文，收結說白也。要之亦均可認爲《絡絲娘煞尾》之遺意，而其義則均爲只爲也。此亦猶之公文中之結語，如爲此照會云云，爲此告示云云，爲一種總結上文之格式也。

不爭(二)

不爭，猶云如其也；當眞也。《桃花女》劇楔子：「**不爭**兒板殭身死，天那！着誰人送我無常。」言如其兒果身死，則將來誰人送我之終也。按《小張屠焚兒救母》劇：「若母親命亡，天那！誰人覷當。」言若母親身亡，則誰人照管我也。語氣相同，彼作若，此作不爭，不爭猶若也，卽猶如其也。《忍字記》劇四：「師父也！**不爭**你昇天去後我如何！」義同上，言如其師父昇天則我將不了也。《鐵拐李》劇三：「那婆娘人材迭七八分，年紀勾四十歲。**不爭**我去的遲，被那家使心力，……使良媒，……我只怕謊人賊，營勾了我脚頭妻。」此不爭字亦作如其解，營勾爲哄騙勾引之義。按劇情，此敍岳壽死後借李屠屍首還魂時，恐其妻改嫁之詞文。去的遲，猶云還魂的遲；不爭我去的遲，猶云如其我還魂的遲也。三十種元刻本作「我若時(是)去的遲」，可證。《風雲會》劇二：「**不爭**這杏黃旗權當袞龍袍，可將這《出師表》扭作交(郊)天詔，我想受禪臺爭似凌烟閣。」按劇情，此演宋太祖陳橋兵變黃袍加身故事，此爲太祖遜讓詞文。不爭與下文爭似二字相呼應。言如其篡位，我想受禪臺上做皇帝，怎似凌烟閣上做功臣也。《救孝子》劇二：「**不爭**將這屍傷彩畫成圖本，則合把屍狀詞因依例申。……你道是難以檢覆，照覷屍親，許以燒焚；我只道不如生殯，且留着，別寃屈，辨清渾。」按劇情，此敍孝子楊謝祖被誣殺嫂，嫂屍實奸人移屍，以假作眞，且腐爛難認，問官不肯檢驗，欲畫一屍傷圖，將屍焚化，日後即以傷圖爲證據。上述一段文字，乃楊母對問官訴情之詞文，主張生殯待驗。不爭與下文不如二字，前後呼應。又：「**不爭**難檢驗的屍首燒做灰燼，却將那無對證的官司假認了眞。到來日急煎煎的娘親插狀論，怎禁他惡噉噉的曹司責罪緊。」此亦爲楊母詞文，不爭同上作如其解。又四：「**不爭**俺孩兒與他償了命，倘若拏住那殺人賊呵！可着誰償俺孩兒的命。」義同上。《合同文字》劇二：「**不爭**將先父母思量，又怕俺這老爺娘議論。則道把十月懷躭想，可將這數載情腸盡。他道親的則是親，我怎肯知恩不報恩。」不爭同上作如其解。此爲暗自忖度神情。先父母是生父母，老爺娘是養父母；十月懷躭是生父母，數載情腸是養父母。一片兩難割捨神情，以不爭二字領起。《灰闌記》劇四：「**不爭**爲這孩兒，兩家硬奪，中間必有損傷。」言如其兩家硬搶孩兒，必致孩兒受傷也。又：「**不爭**俺兩硬相奪，使孩兒損骨傷肌。」語意同上，亦作如其解。以上爲如其義。緩言之爲如其，急言之爲當眞。《霍光鬼諫》劇一：「臣子(只)怕連累三尺荒坵。**不爭**您剖棺槨，戮尸首，這一紙獨角赦書把老臣搭救，我便一似護身符，懷內牢收。**不爭**剖開亡父新坵塚，不交(教)人唾罵微臣業骨頭，勳業都休。」按劇情，此敍霍光將死時，諫言其子霍禹兒孫霍山必定造反，預先請求赦書，俾將來連累坐罪時，得免戮尸之一段詞文。兩不爭字皆應作當眞解。第一層言當眞要剖棺戮尸，有了赦書，便足護身。第二層更推言之，言當眞身後戮尸，豈不被人唾罵，勳業都休乎。不，豈不也。《火燒介子推》劇：「**不爭**宮殿上太極宮，**不爭**臺修成雲月臺，臣子(只)怕引得禍從天上來。」按劇情，此敍晉獻公蓋造雲月臺，介子推進諫之詞文。兩不爭字應作當眞解，亦可作果然解。言果眞臺高可通天，恐禍卽從天上來也。《西廂》四之二：「**不爭**共張解元參辰卯酉，便是與崔相國出乖弄醜。」言當眞與張生爲難，便是與相國出醜也。又五之一：「早是只因他去減了風流，**不爭**你寄得書來，又與我添些證候。說來的話兒不應口，無語低頭，書在手，淚盈眸。」意言我本爲傷離而病，但當眞有書信來了，又使我病上添病；因爲只見書來，不見人來，當餞別時囑咐疾早便回來的話兒不應口也。《殺狗勸夫》劇三：「**不爭**我開門去敎嫂嫂入來，這禮上又不是了。敎俺哥哥知道，又是打。」言當眞開門納嫂嫂，則又將被哥哥打也。《錯立身》戲文：「**不爭**你要來我家，我孩兒要招個做雜劇的。」言當眞你要來我家，則我們所需要者，乃能做雜劇之人也。以上爲當眞義。

不爭(三)

不爭，猶云不打緊也；不論也。此專用於開合呼應之文字，凡作開合呼應口氣者，每先用不爭二字以爲撇去一層地步。《馬陵道》劇二：「我死不緊，只可惜我腹中有卷六甲天書，不曾傳授與人。」又三：「那孫子臨刑之時，口稱我死**不爭**，可惜胸中三卷天書，無人傳授。」上兩則同敍一事，語意相同，一云不緊，一云不爭，不爭卽不打緊也。惟開合呼應句，往往有省文，一云只可惜，只字是呼應處；一云可惜，無只字，省文也。《西廂》二之一：「你出去與賊漢說，夫人本待便將小姐出來獻與將軍，奈有孝服在身。**不爭**鳴鑼擊鼓，驚死小姐，可惜了！將軍若要做女壻呵！可按甲束兵，退一射之地，限三日功德圓滿，脫了孝服，換上吉衣，倒陪房匳，定將小姐送與將軍。**不爭**便送來，一來父服在身，二來於將軍不利。你去說來！」此爲孫飛虎兵圍普救寺時，張生囑法本曉諭飛虎之白文。凡兩用不爭字，上不爭字應作當眞解，言當眞驚死小姐，可惜了。下不爭字應作不打緊解，言卽時將小姐送出來，本不打緊，但一爲有孝服，二爲於將軍不吉利耳。一來兩句上，應有但字，無之，省文也。《黃粱夢》劇三：「我死**不爭**，可憐見這一雙兒女。」我死不爭義見前；可憐見句上省去但字。《㑳梅香》劇一：「**不爭**向琴操中單訴着飄零，可不道𦡀兒外更有箇人孤另。」意言單單你一個人將琴聲來訴着飄零不打緊，無如連累了𦡀兒外更有孤另之人，不堪聽此琴聲也。可不道之可字，與却字同義，是呼應處，可不道，猶云却不想也。《抱妝盒》劇三：「**不爭**我打斷他口內詞，只敎他說不的心間事。」按劇情，此陳琳拷打寇承御時之詞文，意言打斷他口內詞，倒猶其次，要緊的只是使他說不出心間事，免致指攀我也。此不爭字亦不打緊義；只字是呼應處。以上爲不打緊義。《魯齋郎》劇二，白文云：「**不爭**我到這裏來了，拋下家中一雙兒女，着誰人照管。」此不爭字作不論解，言我到這裏來的一層，姑且不論也。

下接曲文云：「撇下親夫主不須提，單是這小業種好孤悽。從今後，誰照覷。」曲與白語意相同，一云不須提，一云不爭，可證不爭卽不論也。一有單是二字以爲呼應，一無之，省文也。《氣英布》劇一：「**不爭**我服事重瞳沒箇結果；赤緊的做媳婦先惡了公婆，怎存活？恰便似睜着眼，跳黃河。」按劇情，此爲隨何擅斬楚使後英布所唱之詞文。此不爭字作不論解。大意言臣節不終，這一層且不論，但業已眞個做到媳婦惡了公婆，那只有死路一條矣。赤緊，猶云眞個，赤緊句上省去但字。《范張雞黍》劇三：「兄弟也！**不爭**你在黃泉埋沒，却教我在紅塵奔走，……閃的我急急如漏網魚，呀呀似失羣雁，忙忙似喪家狗。」此不爭字應作不論解，意言死者長已矣，你死且不論，却是我在人世，被你拋棄的失伴伶仃也；却字是呼應處。《風雲會》劇二：「**不爭**這老鴉占了鳳凰巢；却不道君子不奪人之好。把柴家今日都屬趙，惹萬代史官笑，笑俺欺負他寡婦孤兒老共小，強要了他周朝。」意言鴉占鳳巢這一層且不論，却不明明是奪人之好，被天下後世笑我欺人孤兒寡婦以取天下乎？却字是呼應處。《雁門關》劇二：「**不爭**小人一箇受苦；上輩古人多有受窘的哩！」言如我個人之受苦且不論，就是古人受苦的亦正多也。上輩句上省去就是字。按上兩則亦可解爲不但。《倩女離魂》劇楔子：「**不爭**你左使着一片黑心腸，你不拘箝我可倒不想，你把我越間阻，越思量。」言不論你怎樣兇，但你越是間阻那人，我越是思量那人也。你把我句上省去但字。以上爲不論義。從不論義引申之則爲莫說。《薦福碑》劇三：「哥也！**不爭**你日轉千階，我便是第三番又劫着個空寨。」言莫說如你之得意，日轉千階也，我已落空三次矣。《忍字記》劇四：「**不爭**俺這一回還了俗，却原來倒做了佛。」言莫說還俗也，倒反成了佛矣。

把似　把如

把似有二義，一爲假如，一爲不如。茲爲敍述便利計，分四項如下。

（甲）把似，猶云假如或譬做也。《南宋六十家》，許棐《落花》詩：「落花傳語五更風，能傍亭臺幾日紅！**把似**悤悤又飛去，不消裁染費春工。」意言假如花要落，則直不須開也。辛棄疾《浪淘沙》詞，《送吳子似縣尉》：「來歲菊花開，記我清杯。西風雁過瑱山臺，**把似**倩他書不到，好與俱來。」此戲言假如倩雁傳書而書不到，則君但記着，於雁來時俱來可也。又《賀新郎》詞，《題趙兼善龍圖東山園小魯亭》：「**把似**渠垂功名淚，算何如且作溪山主。」言假如功名不遂志，何如歸隱也。劉克莊《賀新郎》詞，《端午》：「**把似**而今醒到了，料當年醉死差無苦。」言假如屈原獨醒至今日，不如當年醉死之差無苦也。《鐵拐李》劇三：「怎生腿瘸，師父也！**把似**你與我個完全屍首，怕做甚麼呢！」以上均作假如解。劉辰翁《花犯》詞：「便**把似**一年春看，惜花花自老。」又《永遇樂》詞：「而今無奈，月正元夕，**把似**月朝十五。」以上均作譬做解。復次，把如亦與把似同。劉克莊《乍歸》詩：「**把如**爲客看，還得似家無！」此亦譬做義。

（乙）把似，猶云不如也。《董西廂》一：「先生本待觀景致，**把似**這裏閒行隨喜。」言不如這裏游玩也。又四：「欲不分離，**把似**託箇知心友。」言不如託箇知心友想辦法也。《㑳梅香》劇三：「見他時膽戰心驚，**把似**你無人處休眠思夢想。」言不如背後休想他也。《望江亭》劇二：「**把似**你則（只）守着一家一計，誰着你收拾下兩婦三妻。」言不如一夫一婦爲得也。復次，把如亦與把似同。《董西廂》二：「漊婆娘兒好心毒，**把如**休教請俺去。及至請得我這裏來，却教我眼受苦。」此亦不如義。

（丙）凡開合呼應句法，把似二字用在上句時，作假如解。邵雍《先幾吟》：「**把似**衆中呈醜拙，爭如靜裏且談諧！」把似句開，爭如句合，把似猶云假如也。《太平樂府》六，朱庭玉《祆神急》套，《閨思》：「愁人倦聽，杜鵑聲更哀。不去向他根底，偏來近奴窗側訴離懷。**把似**喚將春去，爭如攛頓取那人來！」把似句開，爭如句合，攛頓與攛掇同，此言爭如去攛掇着我那意中人歸來也。《劉行首》劇二：「**把似**你受驚受怕將家私辦，爭如我無辱無榮將道德學。」把似句開，爭如句合。《董西廂》四：「鄭恆打慘道：**把如**吃恁摧殘廝合燥，不出衙門覓個身亡却是了。」把如與把似同，把如句開，不出句合。不出衙門上省去不如字，蓋鄭恆在杜太守處與張生爭鶯鶯不勝，被衙前衆人譏誚，故云假如這樣受欺，却不如覓箇自盡也。《西廂》三之二：「**把似**你使性子，休思量秀才，做多少好人家風範。」把似句開，休思量兩句合，休思量上省去不如字。凡此把似或把如，均猶云假如也。更旁證之。《藍采和》劇一：「你既爲出家人，比似你看勾闌呵！你學那許眞君白日上青天。」比似之用法，義與把似同，比似句開，你學那句合。你學那上省去不如字，大抵開合呼應句往往有省文。兹更以《西廂》證之。方諸生校注古本《西廂》三之四，《紫花兒序》曲全文：「**把似**你倚着櫳門兒待月，依着韻脚兒聯詩，側着耳朵兒聽琴，怒時節把箇書生迭窨，歡時節將箇侍妾逼臨，難禁，可敎我似線脚兒般殷勤不離針。從今後敎他一任，將人些義海盟山，變做了遠水遙岑。」迭窨與擷窨同，言使之頓足忍氣也。此爲張生跳牆被鶯鶯面責因而成病後，鶯鶯又倩紅娘送詩訂約時紅娘所唱之詞。蓋鶯鶯反復之後，紅娘頗有怨意，把似你至不離針七句爲開，從今後三句爲合，從今後之上省去不如字。大意言假如你這樣反復無常，始則待月聯詩聽琴而鍾情，繼則將張生迭窨而變卦，今則又逼我去轉圜而累得我似線脚不離針，爲我計，不如以後一任他負盟忘義，免使我受累也。此亦開合句法省文之例，與三之二把似你使性子三句之機軸同，不過文字有長短而已。復次，甲項下所引辛劉兩《賀新郞》詞，亦均爲開合句法，辛詞下句明點出何如字，而劉詞下句料字下省去不如字，則仍開合呼應句有省文之例也。

（丁）凡開合呼應句法，把似二字用在下句時，作不如解。《董西廂》一：「譬如這裏鬧鑊鐸，**把似**書房裏睡取一覺。」譬如句開，把似句合，鑊鐸，喧鬧之意。言假如在這裏鬧，不如歸去睡也。又四：「譬如對燈悶悶的坐，**把似**和衣強強的眠。」譬如句開，把似句合，言假如悶坐，不如和衣而眠也。《鐵拐李》劇二：「這衣服但存幾件，怕你子母每受窮時典賣盤纏。比如包屍裹骨棺函內爛，**把似**遇節迎寒你子母每穿，省可裏熬煎。」比如句開，把似句合，言假如將舊衣服殉葬，不如留着生人穿也。《九宮大成》四十，《青杏子》套，《天寶遺事》：「赤摟定君王低聲兒奏：……道聖壽綿綿萬年久，省可裏勞尊候。天子道：娘娘休虛謬，譬如怕寡人生受，**把似**你描不成畫不就。」譬如句開，把似句合，描不成畫不就云云，貌美貌醜均可解，此當作貌醜解。意言因你貌美，所以不惜勞尊；假如怕寡人勞尊，你何不生得貌醜也。凡此把似，均猶云不如也。更旁證之曲文中之逕用不如或爭如者。《董西廂》二：「譬如蹉踏俺寺家門戶，不如守着你娘墳墓。」又四：「譬如往日害相思，爭如今夜懸梁自盡，也勝他時憔悴死。」《九宮大成》七十三，《瑤臺月》，《天寶遺事》：「譬如向塵世爲君，爭如就月宮作贅。」以上三則，其爲開合呼應句法與本項同，下句逕用不如或爭如字矣。

把做　把作

把做，猶云當做也。張輯《南歌子》詞：「琵琶可是不堪聽，無奈愁人**把做**斷腸聲。」言當做斷腸聲也。辛棄疾《南歌子》詞，《新開池戲作》：「鬬勻紅粉照香腮，有箇人人，**把做**鏡兒猜。」言當做鏡兒猜也。劉克莊《滿江紅》詞，詠《丹桂》：「禱祝風姨，休**把做**揚沙吹礫。」言莫將桂花吹散，當做沙礫一般也。《花菴中興詞選》，鄭中卿《念奴嬌》詞：「嗟來咄去，被天公**把做**小兒調戲。」言當做小兒也。做與作同，亦作把作。劉克莊《木蘭花慢》詞：「**把作**一場春夢，覺來莫要尋思。」又《賀新郎》詞，《送陳眞州子華》：「記得太行山百萬，曾入宗爺駕馭，今**把作**握蛇騎虎。」亦均當做義。

喚作　喚做　喚則

喚作，想像之辭，猶云當做或以爲也。崔道融《病起》詩：「病起春已晚，曳筇傷綠苔。強攀庭樹枝，**喚作**花未開。」言春晚而枝上無花，猶當做花尙未開也。楊萬里《聽雨》詩：「歸舟昔歲宿嚴陵，雨打疏篷聽到明。昨夜茅檐疏雨作，夢中**喚作**打篷聲。」又《懷古堂前小梅漸開》詩：「忽然燈下數枝影，**喚作**窗間一樹梅。」又《秋夜》詩：「無端一陣秋聲起，**喚作**銅瓶蟹眼鳴。」蟹眼鳴，意言烹茶之沸聲。又《秋雨歎》詩：「忽忘九月清霜曉，**喚作**濛濛二月初。」以上各詩，語意明白，無事詮釋。柳永《秋夜月》詞：「當初聚散，便**喚作**無由再逢伊面。近日來不期而會重歡宴。」便喚作，便以爲也。杜安世《杜韋娘》詞：「爲少年狂蕩恩情薄，尙未有歸來消息。想當初鳳侶鴛儔，**喚作**平生更不輕離拆。倚朱扉，淚眼滴損，紅綃數尺。」喚作，以爲也。又《鵲橋仙》

詞：「當初相見偶然間，不**喚作**如今恁地。」不喚作，猶云不以爲或不料想也。劉克莊《清平樂》詞：「身遊銀闕珠宮，俯看積氣濛濛。醉裏偶搖桂樹，人間**喚作**涼風。」喚作涼風，猶云當做涼風也。亦作喚做。蘇軾《無愁可解》詞：「你**喚做**展却眉頭，便是達者，也則恐未。」毛滂《殢人嬌》詞，《約歸期偶差戲作寄內》：「短棹猶停，寸心先往，說歸期**喚做**的當。夕陽下地，重城遠樣。風露冷，高樓誤伊等望。」辛棄疾《念奴嬌》詞：「剪竹尋泉，和雲種樹，**喚做**眞閒客。此心閒處，未應長藉邱壑。」此與上述《無愁可解》詞同機軸。《花菴中興詞選》，吳子和《瑞鶴仙》詞：「誰編故紙，論古往英雄鬬智。在當時**喚做**功名，到此盡成閒氣。」以上各詞之喚做，當做或以爲均可解。《董西廂》二：「那法聰**喚做**眞實取勝，怎知是飛虎佯敗。」又二：「初間**喚做**得爲夫婦，誰知今日却喚俺哥哥。」又三：「初**喚做**鶯鶯，孜孜地覷來却是紅娘。」又三：「賤妾是凡庸輩，詩四句不知深意。只**喚做**先生解經理，解的文義。」又四：「上梢頭只**喚做**百年偕老，誰指望是他沒下梢。」以上《董西廂》各曲之喚做，作當做或以爲均可解。亦作喚則。《太平樂府》八，朱庭玉《一枝花》套，《女怨》：「驀聞門外簾兒揭。俺**喚則**他來到，出門接。元是風度竹篛篩翠葉。」義同喚作及喚做。作、做、則一聲之轉。

匹似　匹如

匹似，猶譬如也。徐鉉《離歌辭》：「莫嫌春夜短，**匹似**楚襄王。」黄庭堅《入窮巷謁李材叟翹叟戲贈》詩：「田多穀少無人會，**匹似**無田過一生。」楊萬里《郡圃杏花》詩：「海棠穠麗梅花淡，**匹似**渠儂別樣奇。」又《和彭仲莊對牡丹上酒》詩：「呼酒撚花談舊事，牡丹**匹似**夢中看。」劉克莊《乍歸》詩：「架書多散亂，信手偶拈開。**匹似**前生讀，茫然記不來。」蘇軾《減蘭》詞：「一語相開，**匹似**當初本不來。」張先《生查子》詞：「**匹似**沒伊時，更不思量也。」劉克莊《賀新郎》詞，《和詠荼蘼》：「惱人**匹似**中狂藥，凭危欄燭光交映，樂聲遙作。」皆其例也。亦作匹如。元稹《酬樂天醉別》詩：「好住樂天休悵望，**匹如**元不到京來。」白居易《九江春望》詩：「此地何妨便終老，譬**如**元是九江人。」譬一作**匹**。楊无咎《步蟾宮》詞：「自身作壞**匹如**閑，更和却旁人帶累。」匹如閑各例，詳見閑字條。

比及（一）

比及，猶云等到也；到得也。關漢卿《拜月亭》劇：「韻悠悠**比及**把角品絕，碧熒熒投至那燈兒滅。」比及與投至均爲到義，互文也。《燕青博魚》劇三：「我見他笑吟吟推入門桯。**比及**我唾潤開窗紙偷睛覷，他可也背靠定毬樓側耳聽。」毬樓，窗門之屬，見毬樓亮槅條。比及我云云，猶等到我云云也。此習用語，不備舉。

比及(二)

比及，猶云未及也；在此時以前也。《董西廂》二：「**比及**相面待追依，見了依前還又休。是背面相思對面羞。」比及，未及也。言未見面時頗思追求，及見面時又怕羞而不前也。又四：「**比及**夫妻每重相遇，各自準備下千言萬語。及至相逢，却沒一句。」比及，未及也，與及至字相呼應。言夫妻未見面時，心中有許多言語，及至見面，反無從說起也。《麗春堂》劇二：「押宴官云：『……隨你官人每手談博戲，盤桓一會，慢慢的飲酒。』正末云：『**比及**飲酒呵！我等且博戲一會咱。』」言於未飲酒以前，且博戲一會也。咱，語助辭，與者或着同。《緋衣夢》劇四：「**比及**拿王矮虎，先纏住一丈青。」言於未拿王矮虎時，先纏住一丈青也。《揚州夢》劇一：「**比及**賞吳宮花草二十年，先索費翰林風月三千首。」言未賞吳宮花草，先費翰林才華也。《西廂》三之二：「**比及**將暖帳輕彈，先揭起這梅紅羅軟簾偷看。」言未彈暖帳，先揭軟簾也。《詞林摘豔》三，《粉蝶兒》套，「賽社處人齊」篇：「他道是**比及**和你對壘，先着你試看咱武藝。」言未及對壘，先看武藝也。《雍熙樂府》十三，《鷫鷞》套，《別恨》：「**比及**相思病見他時節醫，少不得先被相思害殺俺。」言未及見他面時，先須害相思病也。按自《緋衣夢》劇以下五則，比及字均與先字呼應。《薦福碑》劇一：「**比及**哥哥來，我早知道了也。」此言哥哥未來以前，我早知道了也。《魯齋郞》劇楔子：「魯齋郞引張龍上：『……我見銀匠鋪裏一個好女子，……不曾得仔細看。張龍！你曾見來麽？』張龍云：『比及爹有這個心，小人打聽在肚裏了。』」此言不等到你有這心也。意卽你未起心，我已先知也。《老生兒》劇一：「張郞！比及你有心呵！我也有心多時了。」此言不等到你有心時，我纔有心，我也早已有心多時也。上三則均爲在此時以前義，無俟疏釋。

比及（三）

比及，猶云若使也；假如也。《西廂》一之四：「衆僧動法器，請夫人小姐拈香。比及夫人未來，先請張生拈香。」未來，猶云慢來或遲到。比及夫人未來，猶云若使夫人遲到也。又一之四：「他到晚向書幃裏，比及睡着，千萬聲長吁，怎得到曉。」西河論定本注云：「比及，若使也，與前白比及夫人未來同。」比及睡着，猶云若使要他睡着也。又一之二：「比及你心兒裏畏懼老母親威嚴，小姐呵！你不合臨去也回頭望。」此宜閣本《西廂》比及作假如，比及猶假如也。又三之二：「姐姐休鬧！比及你對夫人說呵！我將這東帖去夫人行出首去來。」義同上。

比及（四）

比及，猶云旣然也。《隔江鬭智》劇三：「正旦（孫夫人）唱：『想則想荆州消耗，與他那結義的人兒，這幾日離多來會少。』梅香云：『**比及**姐夫（指劉備）想他每兄弟呵！可着他回去了罷！』」正旦唱：『你說的來好沒分曉。俺哥哥（指孫權）有妙計千條，則待取霸圖王在這遭。』梅香云：『既然主公不肯放姐夫去，着他悄悄的走了罷！』」前用比及字，後用既然字，互文也。比及猶既然也。言既然姐夫想念兄弟，何不着他回去也。《張生煮海》劇二：「**比及**你來相問，先對俺說明白。」言既然見問，須先將事由告我也。《魔合羅》劇四：「你若是到七月七，那其間乞巧的將你做一家兒燕喜，你可便顯神通百事依隨。**比及**你露十指玉筍穿針線，你怎不啓一點朱脣說是非！」魔合羅爲乞巧日所供奉之像生孩兒。言你既然能爲乞巧者穿針，何不啓口一說是非也。《桃園結義》劇一：「**比及**做州尹，我做一路諸侯，有何不可？」言我既然做州尹，何不可做一路諸侯也。《倩女離魂》劇二：「正末云：『小姐是車兒來？是馬兒來？』魂旦唱：『嶮把，咱家，走乏。**比及**你遠赴京華，薄命妾爲伊牽掛，思量心幾時撇下；你抛閃咱，比及見咱，我不瘦殺，多應害殺。』」按劇情，此爲倩女之魂追趕王文舉，於中途相值時之一段問答。魂旦所唱詞文，兩用比及字，上比及字爲既然義，下比及字爲未及義，先言險將走乏而死，比及你遠走以下七句，乃申說冒死追趕之原因，實爲一種倒裝文法。大意言我既然爲你遠赴京華而牽掛殺，抛閃殺，恐未及與君相見，先將害相思而死，故率性冒死前來，險把咱家走乏，亦所不顧也。

比及（五）

比及，猶云與其也。與其之本義卽如其，凡開合呼應句之上句用比及字，下句用不如一類字者，則此比及字可作與其解。《薦福碑》劇二：「比及見這四方豪士頻插手，我爭如學五柳先生懶折腰。」插手猶云拱手，言與其頻拱手，爭如懶折腰也。《秋胡戲妻》劇二：「兀那小賤人！比及你受窮，不如嫁了李大戶，也得個好日子。」言與其受窮，不如嫁個富戶也。《九宮大成》二十八，《鬭鵪鶉》套，《不伏老》：「比及這呆老漢安邦定國，不好教李道宗相持對壘！」言與其教呆老漢去，那末，教李道宗去豈不好麼。《虎頭牌》劇一：「那素金牌子，着他手下有得用的人與他帶。比及與別人帶了，與叔叔帶可不好那！」又：「比及與別人帶時，不如與了叔叔。」兩文均言與其將素金牌子與別人帶，不如與叔叔帶也。《馮玉蘭》劇二：「比及你明日告我時，不如我先今日殺了你，可不好那！」言與其你明日向官廳告我啊，不如我今日先殺你也。《合汗衫》劇三：「比及你在這裏叫化，相國寺裏散齋哩！你那裏求一齋去，不好那！」言與其在這裏乞討，那末，到相國寺去求齋，豈不好麼。《雍熙樂府》十一，《新水令》套，《王魁負桂英》：「比及做摟帶扣頸上魂，則不如做裙刀兒刃下鬼。」言與其自縊，不如自刎也。按以上各則，下句均有爭如、不如或可不好一類之語，與上句之比及相呼應。然亦有省文之例。《謝天香》劇一：「比及你在花街裏留意，且去你那功名上用心。」下句省去不如字，言與其留意花柳，不如努力功名也。《㑇梅香》劇一：「小生**比及**在這書房中悶坐，我將過這琴來撫一曲咱！」下句省去不如字，言與其悶坐，不如撫琴也。《襄陽會》劇二：「我**比及**盜他這馬，我先斬了劉玄德也。」下句省去不如字，言與其盜他坐騎，不如殺他本人也。《裴度還帶》劇一：「**比及**你受窘時，你投托幾個相知，題上幾首詩，也得些滋潤也。」投托句省去不如字，言與其受窘，不如投托相知叨些好處也。總之開合呼應句往往有省文，玩語氣便得。

幸　幸是　幸自　幸有

幸，猶本也；正也。杜甫《除架》詩：「**幸**結白花了，寧辭青蔓除」意言白花正了，青蔓當除也。韓愈《薦士》詩：「魯侯國至小，廟鼎猶納郜。**幸**當擇珉玉，寧有棄珪瑁！」幸當，正當也，意言正當分玉石也。蘇軾《和子由岐下杏》詩：「關中**幸**無梅，汝強充鼎和。」幸無梅，正無梅也。張先《好事近》詞，詠《梅花》：「誰教強半臘前開，多情爲春惜。留取大家沈醉，**幸**雨休風息。」粟香室本《子野詞》作幸字，彊村本《子野詞》作正字，幸猶正也。《三奪槊》劇：「那凶頑很劣奸猾狡，**幸**則待篡位奪權。」言本來只打算篡奪也；亦猶云正在只打算篡奪也。《單刀會》劇一：「**幸**然是天無禍，是**喈**這人自招。」言本來天非降禍，是人自招禍也。此外有曰幸是者，例如下。徐賁《詠蜀》詩：「君王**幸是**中山後，建國如何號蜀都。」幸是，本是也；言蜀漢本是中山靖王之後也。楊萬里《趙達明四月一日招遊西湖》詩：「嬌雲嫩日無風色，**幸是**湖船好放時。」言正是放船天氣也。《劉知遠傳》一：「豪家變得貧賤，窮漢却番（翻）作豪富。**幸是**宰相爲黎庶，百姓便做了台輔。」言正是宰相云云也。朱敦儒《相見歡》詞：「浮生事，長江水，幾時閒？**幸是**古來如此，且開顏。」此猶云本是；言本是古來如此也。又有曰幸自者，例如下。韓愈《楸樹》詩：「**幸自**枝條能樹立，可煩蘿蔓作交加。」幸自，本自也。溫庭筠《楊柳》詩：「春來**幸自**長如線，可惜牽纏蕩子心。」楊萬里《晚風寒林》詩：「**幸自**寒林俱淡筆，却將濃墨點棲鳥。」又《夜聞風聲》詩：「**幸自**無形那有聲，無端樹子替渠鳴。」又《豫章江皋》詩：「**幸自**輕陰好片秋，如何餘熱未全休！」又《上巳》詩：「春寒**幸自**將歸去，喚取重來是海棠。」凡此各詩之幸自，皆本自也。秦觀《踏莎行》詞：「郴江**幸自**繞郴山，爲誰流下瀟湘去！」爲誰，猶云爲甚，與幸自意相應。晁元禮《踏莎行》詞：「家中**幸自**好熙熙，眉兒皺着乾煩惱。」史達祖《戀繡衾》詞：「因緣**幸自**天安頓，更題紅不禁御溝。」朱敦儒《如夢令》詞：「一夜蟠桃吹坼，剛道有人偷折。**幸自**沒來由，無奈蝶蜂胡說。胡說，胡說，方朔不須耳熱。」劉克莊《水龍吟》詞，《丁卯生日》：「此翁**幸自**偏盲，那堪右目生微翳。」石孝友《好事近》詞：「**幸自**得人情，只是有些脾鼈。」脾鼈猶云執拗。沈端節《菩薩蠻》詞：「**幸自**不思歸，子規心上啼。」趙長卿《菩薩蠻》詞：「**幸自**不思歸，無端烏夜啼。」凡此各詞之幸自，皆本自也。《董西廂》三：「**幸自**沒嗔剛做嗔。」言本自無嗔而偏作嗔也。又四：「**幸自**夫妻恁美滿，被旁人厮間諜。」間諜，離間之義；言夫妻本自美滿，奈被旁人相離間也。又有曰幸有者，有時亦應作本有或正有解，例如下。杜甫《曲江》詩：「杜曲**幸有**桑麻田，故將移住南山邊。」幸有，本有也；幸有字與故將字相呼應，故將卽固將，言本有桑田，固將移住也。白居易《桂華曲》：「遙知天上桂華孤，試問嫦娥更要無？月中**幸有**閒田地，何不中央種兩株？」此所云幸有，正有也。蘇軾《蒜山松林中可卜居》詩：「蒜山**幸有**閒田地，招此無家一房客。」楊萬里《不睡》詩：「睡鄉**幸有**閒田地，不放詩人做一居。」上兩詩皆脫胎《桂華曲》詩意。楊萬里《惶恐灘》詩：「小煩溪友語陽侯。好遣漂沙蓋石頭。能費奔流多少力，前頭**幸有**一沙洲。」此爲本有義，言前頭本有一沙洲，故奔流漂沙不費力也。賀鑄《望湘人》詞：「不解寄一字相思，**幸有**歸來雙燕。」此倒裝文法。不解，不會也；幸有，正有也。意言正有雙燕歸來，乃絕好寄書之機會，無如不將書交給他也。復次，自老杜有「杜曲幸有桑麻田」之句，後人本其意以入詞者頗多。柳永《鳳歸雲》詞：「拋擲雲泉，狎翫塵土，壯節等閒消。**幸有**五湖烟浪，一般風月，會須歸去老漁樵。」又《過澗歇近》詞：「此際爭可，便恁奔名競利去，九衢塵裏，衣冠冒炎暑。回首江鄉，月觀風亭，水邊石上，**幸有**散髮披襟處。」曹勛《二郎神》詞：「凝佇。山村水館，難堪羈旅。……**幸有**家山，青鸞應報，爲我整齊歌舞。一恁待醉倚羣紅，花沾酒污。」劉克莊《長相思》詞：「眉不開，眼不開，**幸有**江邊舊釣臺，拂衣歸去來！」以上各詞所用幸有字，皆同出一機軸，皆本有義也。

先　先自　先來

先，猶本也；已也。讀去聲。杜甫《解悶》詩：「翠瓜碧李沈玉甃，赤梨葡萄寒露成。可憐**先**不異枝蔓，此物娟娟長遠生。」此詠荔枝。言與瓜李等物枝蔓本來無異，而遠地生者偏美也。趙嘏《端正春樹》詩：「一樹繁英**先**著名，異花奇葉儼天成。」先著名，猶云本著名或早著名也。晏殊《望漢月》詞：「謝娘春晚**先**多愁；更撩亂，絮如雪。」先多愁，已多愁也。丘密《洞仙歌》詞：「**先**如許風光更元宵，算却好圖將鳳城誇去。」言風光本好，更兼之元宵也。有作先自者，猶云本自或已自也。上官婉兒《遊長寧公主流杯池》詩：「沁水田園**先自**多，齊城樓觀更無過。」《南宋六十家》，施樞《破榴》詩：「吟心**先自**清如水，嚼了寒霜骨更臞。」姜夔《齊天樂》詞，《蟋蟀》：「庾郎**先自**吟愁賦，淒淒更聞私語。」范成大《菩薩蠻》詞：「江南如塞北，別後書難得。**先自**雁來稀，那堪春半時！」辛棄疾《瑞鷓鴣》詞：「**先自**一身愁不了，那堪愁上又添愁！」趙長卿《念奴嬌》詞：「**先自**離愁，那更被曉角殘更催逼！」李彭老《踏莎行》詞：「周郎**先自**足風流，何須更擬秦笙咽！」眞德秀《蝶戀花》詞，《紅梅》：「**先自**冰霜眞態度，何事枝頭，點點胭脂污！」《絕妙好詞》四，陳逢辰《西江月》詞：「送春**先自**費啼紅，更結疏雲秋夢。」又五，史介翁《菩薩蠻》詞：「**先**

自爲詩忙，薔薇一陣香。」凡用先字者，其下往往用更字或那堪字以相呼應；此詞省去之，意言本忙於作詩，更那堪一陣薔薇香，催促詩興也。有作先來者，猶云本來也。毛滂《謁金門》詞：「歸臥晚香翠被，玉酒著人小醉。欲睡**先來**都不睡，此情那恁地！」都不睡，猶云總睡不着也；那恁地，猶云奈恁地也。趙長卿《聲聲慢》詞：「腰肢**先來**太瘦，更眉尖惹得閒愁。」又《水龍吟》詞：「**先來**天與精神，更因麗景添殊態。」又《御街行》詞：「**先來**離恨，打疊不下，天氣還淒楚。」又《眼兒媚》詞：「**先來**客路足傷悲，那更話別離。」蔡伸《踏莎行》詞：「**先來**羈思亂如雲，無端更被春醒惱。」《元草堂詩餘》，蕭允之《渡江雲》詞：「**先來**愁未了，又聽一聲新鬨落漁家。」《董西廂》二：「客館**先來**擗掠得雅，鋪設得更奢華。」亦多用更字、還字、又字以爲呼應也。

早是（一）　早　早爲　早來

早是，猶云本是或已是也。唐無名氏詩：「**早是**有家歸未得，杜鵑休向耳邊啼。」韋莊《長安清明》詩：「**早是**傷春夢雨天，可堪芳草更芊芊。」邵雍《依韻答安之少卿》詩：「輕風**早是**得人喜，更向芰荷深處來。」張泌《浣溪沙》詞：「**早是**出門長帶月，可堪分袂又經秋。」孫光憲《浣溪沙》詞：「**早是**銷魂殘燭影，更愁聞着品絃聲。」馮延巳《江城子》詞：「**早是**自家無氣力，更被你，惡憐人。」歐陽修《定風波》詞：「**早是**閒愁依舊在，無奈，那堪更被宿酲兼。」柳永《傾杯》詞：「**早是**多情多病，那堪細把，舊約前歡重省。」又《合歡帶》詞：「身材兒**早是**妖嬈，算風措，實難描。一箇肌膚渾似玉，更都來占了千嬌。」秦觀《迎春樂》詞：「**早是**被曉風力暴，更春共斜陽俱老。」《花草粹編》九，宋子京《玉漏遲》詞：「**早是**賦得多情，更遇酒臨花，鎮辜歡笑。」又七，王通叟《蘇幕遮》詞：「**早是**幽歡多障礙，更遣分飛，驀驀如天外。」《花菴唐宋詞選》，王晉卿《燭影搖紅》詞：「**早是**縈心可慣，更那堪頻頻回盼。」《絕妙好詞》五，丁宥《水龍吟》詞：「未更深**早是**梧桐泫露，那更度，蘭宵永。」袁去華《卓牌子近》詞：「睡眼瞢騰，今朝**早是**病酒，那堪更困人時候。」周紫芝《卜算子》詞：「**早是**淒涼惜別時，更惜年華換。」《董西廂》四：「**早是**恁悽悽涼涼受煩惱，那堪值暮秋時節。」《西廂》四之三：「**早是**離人傷感，況值暮秋時候。」又五之一：「**早是**只因他去減了風流，不爭你寄得書來，又與我添些證候。」其用法與先自同，在下句往往有更字、又字、況字、那堪字等相呼應。然上下呼應句法，有省文之例，茲更列舉**如下**。《尊前集》，馮延巳《擣練子》詞：「**早是**夜長人不寢，數聲和月到簾櫳。」數聲句省去更字。柳永《法曲獻仙音》詞：「**早是**乍淸減，別後忍教愁寂。」別後句省去更字。晁補之《清平樂》詞：「**早是**夜寒不寐，五更風雨無情。」五更句省去更字。周邦彥《南鄉子》詞：「**早是**愁來無會處，時聽，敗葉相傳細雨聲。」時聽句省去更字。李綱《江城子》詞：「**早是**客情多感慨，煙漠漠，雨濛濛。」煙雨兩句上省去更那堪字。《陽春白雪》一，康伯可《風入松》詞：「**早是**相思瘦損，梅花謝了春寒。」梅花句省去那堪字。

石孝友《菩薩蠻》詞：「**早是**夢難成，梅花腸斷聲。」梅花句亦省去那堪字。《董西廂》三：「**早是**孩兒一身離鄉客寄，死作箇不著墳墓鬼。」死作句省去更字。又四：「**早是**離情恁苦，病體兒不能痊愈。」病體句省去更字。又四：「**早是**離人心緒惡，閣不定淚啼清血；斷腸何處砧聲急，與愁人，助凄切。」斷腸句省去更字。又四：「**早是**轆轤來粗細腰，穿領布袋來寬布衫。」言本是很粗大的腰身，更穿一件很寬博的布衫也，穿領句省去更字。以上皆省文之例也。亦有祗用一早字者，早猶本也，已也。秦觀《阮郎歸》詞：「日長**早**被酒禁持，那堪更別離。」此可作本被解，亦可作已被解。又《河傳》詞：「雲雨未諧，**早**被東風吹散。」此猶云已被。《董西廂》一：「一箇箇精神，俏沒彈剁。三十的**早**年高，六尺的**早**最矬。」言一箇箇年輕身長，精神毫沒批評，三十歲的已算老，六尺高的已算矮也。又四：「果是貴人多忘，**早**不記得賊黨臨門。」早不記得，已不記得也。《西廂》二之四：「呀！却**早**發擂也！呀！却**早**撞鐘也！」却早，却已也。《漢宮秋》劇楔子：「道猶未了，聖駕**早**到。」早到，已到也。巾箱本《琵琶記》十五：「道猶未了，一個奏事官**早**來。」早來，已來也。按道猶未了，某某早來，為曲白老套，不備舉。復次，早是亦作早為或早來。李珣《浣溪沙》詞：「**早為**不逢巫峽夢，那堪虛度錦江春，遇花傾酒莫辭頻。」此為已是義，與那堪呼應，義見前。張先《水龍吟》詞：「問曉山亭下，山茶經雨，**早來**開麽？」義同上，猶云已經開麽。程垓《醉落魄》詞：「**早來**最苦離情毒，唱我新詞，掩着面兒哭。」此為本來義，唱我句上省去更那堪字，義見前。《村樂堂》劇二：「**早來**箇可便黑洞洞的，如今照耀的來便明朗朗。」此亦本來義。

早是（二）　早則

早是，猶云幸是也。蚤是同。《西廂》一之二：「先生是何言語，**早是**那小娘子不聽得哩！若知道呵！是甚麽意思？」又：「**早是**妾知，可以容恕；若夫人知此，決無甘休。」又二之四：「則見他走得來氣沖沖，怎不教人恨匆匆，諕得人來怕恐。**早是**不曾轉動，女孩兒家直恁響喉嚨。」方諸生注云：「早是不曾轉動，言幸無他故也。」又三之二：「紅娘！**早是**你口穩哩！若別人知呵！甚麽模樣？」《裴度還帶》劇三：「旦云：『呀！倒了這山神廟也！』夫人云：『**早是**秀才不在裏面。』」《魯齋郎》劇楔子：「**早是**在我這裏，若在別處，性命也送了你的。」《雍熙樂府》十九，無名氏《小桃紅》，《西廂》百詠之二十一，《生謝杜確》：「顛危性命在分毫，**早是**將軍到。」《東坡夢》劇二：「昨日被東坡學士魔障了一日。**蚤是**貧僧，若是第二個，怎生是好！」蚤早字同。《還牢末》劇四：「我連忙將繩解開，**早是**我快疾來，猛然見了覷明白，險些兒活驚殺。」《認金梳》劇二：「你將他一家父子都謀害，**早是**我保守的孤兒全美，他報父恨在今日。」以上所舉各早是或蚤是，均猶云幸是也。又有作早則者亦同。《鴛鴦被》劇二：「小姐！你也早些兒來波！着我遙遙的等着你。**早則**不是臘月，凍下我脚來。」言幸而不是臘月也。《爭報恩》劇一：「**早則**不曾衝撞着姐姐，姐姐休怪，受您兄弟兩拜咱。」言幸而不曾衝撞着姐姐也。《合同文字》劇四：「**早則**不迷失了百世宗支，俺可也敢忘昧了你這十載提攜。」言幸而不迷失宗支也。《雍熙樂府》十五後集，無名氏小令，《月兒高》：「若是**少盤纏**，差人便來討。**早則**成名後！千萬傳音耗。」猶云幸而成名啊，千萬要通報也。

那更

那更，猶云況更也；兼之也。此那字無意義，與作怎字、豈字、奈字解者異。柳永《祭天神》詞：「柔腸斷，還是黄昏，**那更**滿庭風雨。」蘇軾《虞美人》詞：「冰肌自是生來瘦，**那更**分飛後。」晁補之《千秋歲》詞：「休說深心事，但付狂歌醉。**那更**話，孤帆起。」趙長卿《水調歌頭》詞，《中秋》：「已是天高氣肅，**那更**清風灑灑，萬里沒纖雲。」李彌遜《虞美人》詞：「不堪對月已傷離，**那更**梅花開後海棠時。」石孝友《如夢令》詞：「**那更**，**那更**，簾外月斜風橫。」張炎《玉漏遲》詞：「可惜秦山晉水，甚却向此時登眺。清趣少，**那更**好游人老。」又《木蘭花慢》詞：「正寂寂江潭，樹猶如此，**那更**啼鵑。」《董西廂》二：「不惟眼辯與身輕，**那更**馬疾手妙。」《南戲百一錄》，《王祥行孝》：「看這廝乾淨身軀，**那更**沒多年紀。」巾箱本《琵琶記》五：「只怕萬里關山，**那更**音信難憑。」又十二：「金屋嬋娟，妖嬈**那更**貞潔。」又：「妻室青春，**那更**親鬢垂雪。」又二十四：「丈夫出去，

那更連喪了公婆。」此上各那更字，不作況更解，卽作兼之解也。

那堪

那堪，猶云兼之也。與本義之解作不堪者異。王建《涼州行》：「養蠶繰繭成匹帛，**那堪**繞帳作旌旗。」言養蠶成帛，兼之帛可繞帳作旌旗也。邵雍《暮春吟》：「林下居常睡起遲，**那堪**車馬近來稀。春深晝永簾垂地，庭院無風花自飛。」又《錦屏春吟》：「早是三春天氣好，**那堪**百里主人賢。同於一派水邊飲，醉向萬株花底眠。」又《插花吟》：「況復筋骸粗康健，**那堪**時節正芳菲。酒涵花影紅光溜，爭忍花前不醉歸。」以上邵子三詩之那堪，均爲兼之義。秦觀《八六子》詞：「怎奈向歡娛漸隨流水，素絃聲斷，翠綃香減。**那堪**片片飛花弄晚，濛濛殘雨籠晴。」此亦兼之義；若作本義解，則與上文之怎奈向犯複矣。史浩《滿庭芳》詞：「最好芙蓉繡褥，交輝敵孔雀銀屏。**那堪**更華裾滿座，和氣動歡聲。」《董西廂》一：「不惟道生得箇龐兒美，**那堪**更小字兒稱愜人意。」言不但相貌好，兼之名字亦取得好，那堪字與不惟字相呼應。《樂府新聲》上，馬致遠《雙調夜行船》套，「百歲光陰一夢蝶」篇：「紅塵不向門前惹，綠樹偏宜屋角遮，更**那堪**竹籬茅舍。」《錯立身》戲文：「問甚麼妝孤扮末諸般會，更**那堪**會跳索撲旗。」《張協狀元》戲文：「但咱門，雖宦裔，總皆通。彈絲品竹，**那堪**詠月與嘲風。」《玉壺春》劇一：「他生的身軀嬝娜眞堪羡，更**那堪**眉彎新月，步蹙金蓮。」《南戲百一錄》，《王祥行孝》：「看伊乾乾淨淨，**那堪**年紀後生。」又《蘇武牧羊》，《頒詔》：「堂上萱親兩鬢星，膝下**那堪**沒弟兄。」皆其例也。翫上所舉各那堪字，均用於兩項或數項平列時；其作那堪更或更那堪者，則猶云兼之更或更兼之也。

爲復　爲

爲復，猶復也，與抑或還是略同。王維《問寇校書雙溪》詩：「君家少室西，**爲復**少室東？」楊萬里《寄題王國華環秀樓》詩：「不知山與樓爭長，**爲復**樓隨山脚移？」又《山居》詩：「不知蟬報夏，**爲復**自吟風？」又《感秋》詩：「不覺病至此，**爲復**老使然？」又《夏夜玩月》詩：「上下兩輪月，若個是眞底？**爲復**水似天？**爲復**天似水？」《目連救母變文》：「**爲**當墮地獄？**爲復**向餓鬼之道？」此猶云：「還是墮地獄呢？還是向餓鬼道呢？」單用一爲字，義與爲復同。劉辰翁《摸魚兒》詞：「今又古，是楚對凡亡，**爲**是凡亡楚？」亦單用一爲字也。再旁證之他文，《文選》王元長永明十一年策秀才文：「豈薪槱之道未弘，**爲**網羅之目尚簡？」翰注：「言今日之求吏，未得賢者，豈薪積之未久，**爲復**網羅之目尚略？」是翰直以爲復字釋爲字也。由此推之，《孟子·告子》篇上「雖與之俱學，弗若之矣。**爲**是其智弗若與？曰，非然也。」此爲字亦同義也。《莊子·德充符》篇郭象注：「不知先生洗我以善道故耶？我**爲**能自反耶？」我爲疑是爲我之倒文，如作

「爲我能自反耶？」則此爲字亦同義也。

至如　至於

至如，猶云就使或就是也。《樂府陽春白雪》後二，不忽麻平章《點絳脣》套：「假如名利成，**至如**田園就，都是些去馬來牛。」此與假如互文，爲就使義。《火燒介子推》劇：「假若封加〔得〕你官位高，**至如**昇遷得你功勞大，剗地索招罪招殃添驚怕。」此與假若互文，亦就使義。《蕭何追韓信》劇：「空將文業功〔攻〕，武藝學，**至如**學將來，有甚好？」言就使學成亦有何好也。《誶范叔》劇二：「**至如**我有才如呂望，也則〔只〕怕無福可便遇文王。」言就使有呂望之才，恐亦無其福也。《秋胡戲妻》劇一：「**至如**他釜有蛛絲甑有塵，這的是我命運。」言就使沒飯吃，這也是我命運使然也。《岳陽樓》劇一：「**至如**我無有錢呵！我則待當了環縧醉一場。」言就使無錢，也要典當了環縧以謀一醉也。《樂府羣玉》二，《喬夢符》小令，《小桃紅》，《別楚儀》：「**至如**小子」十分不是，好處也想些兒。」言就使我十分不是，但我的好處也須想想也。暖紅室本《西廂》五之三：「**至如**你官上加官，也不合親上做親。」此爲就使義甚明。以上爲就使義。《鐵拐李》劇三：「則〔只〕爲當日罵韓魏公一場怕，一場氣；**至如**今日，若有人說腦背後韓魏公來也，哎喲！諕的我一脚高，一脚低。」此至如爲就是義，言只爲當日一嚇，就是在今日也提心弔膽也。《詐妮子調風月》劇：「大剛來婦女每常川有些沒是哏，止不過人道村。**至如**那村字兒有甚辱家門。」言就是以村論，亦不辱家門也。《岳陽樓》劇二：「爭奈濁骨凡胎，無人點化。……休道是他呂巖當初……遇着鍾離師父，再三點化，纔得成仙了道。」言就是呂巖也須鍾離點化也。《西廂》五之四：「從離了蒲東郡，來到京兆府，**至如**見箇佳人，世不曾回顧。」言就是見到佳人時，亦從不曾回看他一眼也。《㑳梅香》劇二：「小姐是未出嫁的閨中女，怎敢把淫詞來戲謔；**至如**那風火性的夫人性緊，把我這壞家門罪犯難招。」言固然不敢以淫詞戲小姐，就是以老夫人這方面論，我亦擔當不起敗壞家門的罪名也。以上爲就是義。復次，亦有作至於者，杜荀鶴《亂後逢村叟》詩：「還似平寧徵賦稅，未嘗州縣略安存。**至於**雞犬皆星散，日落前山獨倚門。」言就是雞犬，亦都無存也。按《論語·爲政》：「**至於**犬馬，皆能有養，不敬何以別乎？」古義本如此，言就是犬馬，亦皆有養也。

隔是　格是

隔是，猶云已是也。《容齋隨筆》二：「樂天詩云：『江州去日聽箏夜，白髮新生不願聞。如今**格是**頭成雪，彈到天明亦任君。』元微之詩云：『**隔是**身如夢，頻來不爲名。憐君近南住，時得到山行。』格與隔二字義同，格是猶言已是也。」案樂天詩爲《聽夜箏有感》詩，微之詩爲《日高睡》

詩。茲更廣其例證。元稹《古決絕詞》：「天公**隔是**妒相憐，何不便教相決絕？」敦煌文庫，《大目連變文》：「**隔是**不能相救濟，皃急隨娘娘身死獄門前。」此用隔是者也。顧況《露青竹杖歌》：「亭亭筆直無皴節，磨捋形相一條鐵。市頭**格是**無人別，江海賤臣不拘紲，垂鞘掛影西窗缺，稚子覓衣挑仰穴，家童拾薪幾拗折。」無人別，無人識別或鑒別也。韓偓《夜坐》詩：「**格是**厭厭饒酒病，終須的的學漁歌。」《南宋六十家》，岳珂《宮詞》：「龍鸞鶱舞寫宸章，祕閣交輝白玉堂。**格是**帝中稱第一，不交(教)合作羨鍾王。」此用格是者也。義並同。

甫能　副能　付能　不甫能　不付能　不付得

甫能，猶云方纔也。秦觀《鷓鴣天》詞：「**甫能**炙得燈兒了，雨打梨花深閉門。」辛棄疾《杏花天》詞：「**甫能**得見茶甌面，却早安排腸斷。」蔡伸《點絳脣》詞：「數盡更籌，滴盡羅巾淚。如何睡？**甫能**得睡，夢到相思地。」亦作副能。毛滂《最高樓》詞：「**副能**小睡還驚覺，略成輕醉早醒鬆。」石孝友《茶瓶兒》詞：「**副能**見也還抛棄，負了萬紅千翠。」亦作付能。關漢卿《拜月亭》劇：「阿！我**付能**把這殘春捱徹；海！剗地是俺愁人瘦色。」《太平樂府》七，沙正卿《鬬鵪鶉》套，《閨情》：「**付能**打揲起傷春，誰承望捱不過暮秋。」打揲，與打疊同，意言收拾。甫能、副能、付能，皆爲方纔義也。亦有作不甫能者。不字特以加強語氣，無意義；不甫能，仍爲方纔義，與甫能同。《西廂》五之四：「雖離了這眼前悶，却在我這心上有。**不甫能**離了心上，又早眉頭。」又：「我是受了些活地獄，下了些死工夫，**不甫能**做得妻夫。」妻夫即夫妻，元時語如此。《倩女離魂》劇四：「半年甘分躭疾病，鎮日無心掃黛，**不甫能**捱得到今日。」又：「都做了一春魚雁無消息，**不甫能**一紙音書盼得。我則道春心滿紙墨淋漓，原來比休書多了箇封皮。」《蝴蝶夢》劇四：「捱了些膿血債，受徹了牢獄災。今日箇苦盡甘來，**不甫能**黑漫漫塡滿這沈冤海，昏騰騰打出迷魂寨。」《㑇梅香》劇三：「當初那不能彀時，害的來狂上狂；**不甫能**得相見，諕的來慌上慌。」以上各曲之不甫能，均可以纔能够解之，亦可以好容易解之。亦作不付能。涵芬本《單刀會》劇一：「止留下孫劉曹操，平分一國作三朝，**不付能**河淸海晏，雨順風調。」又四：「兩朝相隔數年別，**不付能**見者，却又早老也！」《金鳳釵》劇一：「**不付能**恰做官，沒揣的罷了職。」《元明雜劇》本《梧桐雨》劇一：「他此夕把雲路鳳車乘，銀漢鵲橋平。**不付能**今夜成歡慶，枕邊忽聽曉鷄鳴。」又三：「眼前**不付能**栽起合歡樹，恨不得手掌裏奇擎着解語花，盡今生翠鸞同跨。」按以上《梧桐雨》劇兩則，臧氏《元曲選》本均作**不甫能**。《太平樂府》七，宋方壺《鬭鵪鶉》套，《送別》：「**不付能**恰住了送行客一帆風，又添起助離愁半江雨。」影刻元本《樂府陽春白雪》後一，無名氏小令，《遊四門》：「海棠花下月明時，有約暗通私。**不付能**等得紅娘至，欲審舊題詩，支，關上角門兒。」按支字爲一字句，關門聲也。又前二，楊淡齋小令，《湘妃怨》：「不付他博得個團圓夢，覺來時又撲個空。」任訥校本注云，殘元本作**不付得**。按得與能同義，不付得即不付能也。以上各曲之不付能與不付得，亦均可以纔能够或好容易解之。

不足

不足，猶云來不及也；亦猶云不盡或不厭也。楊萬里《英石鋪道中》詩：「一峯過了一峯來，病眼將迎看**不足**。」言來不及看也；與不迭義近。黄庭堅《江城子》詞：「見面暫時還不見，看**不足**，惜**不足**。」惜者憐愛之意；不足義同上。趙長卿《玉團兒》詞：「賴得相逢，若還虛度，生世**不足**。」意言當面錯過，此生此世將來不及也。按此亦作周邦彥詞。袁去華《鵲橋仙》詞：「若還虛度可憐宵，便做下來生**不足**。」義同上。按詞即從李商隱馬嵬詩「他生未卜此生休」之義脱胎來。以上均爲來不及義。歐陽炯《南鄉子》詞：「日暮江亭春影淥，鴛鴦浴，水遠山長看**不足**。」此言看不盡也。張先《偷聲木蘭花》詞：「曾居别乘康吳俗，民到於今歌**不足**。」此言歌詠不盡也。范成大《酹江月》詞，《嚴子陵釣臺》：「荒臺遺像，至今嗟詠**不足**。」義同上。楊无咎《殢人嬌》詞：「妬雪凝霜，淩紅掩翠，看**不足**可人情味。」此猶云看不厭。又《柳梢青》詞：「爲愛冰姿，畫看**不足**，吟看**不足**。」又《兩同心》詞：「行看**不足**，坐看**不足**。柳條軟，斜倚春風，海棠睡，醉欹紅玉。」義均同上。沈端節《憶秦娥》詞：「無窮幽韻，細看**不足**。」此爲不盡義。

祅知

祅知，猶云情知也。趙長卿《洞仙歌》詞：「爲多情生怕分離，祅知道準擬別來消瘦。」言情知別來消瘦也。又《賀新郎》詞：「毒害心腸祅知是，怕你生煩到底。」義同上。周邦彥《三部樂》詞：「回文近傳錦字，道爲君瘦損，是人都說。祅知染紅着手，膠梳黏髮。」着手黏髮云云，爲相思不捨之象徵，言情知其如此不捨也。汲古閣本、四印齋本《清眞詞》均作袄知；《花草粹編》作沃知；《詞譜》、《歷代詩餘》、《西泠詞萃》及鄭文焯本《清眞詞》均作祗知；《彊村叢書》本《片玉集》作祗知，校記云，原本祗作祅。按彊村原本，乃宋嘉定本也，則知作祅知者最爲可據矣。林淳《鷓鴣天》詞：「天近祅知雨露濃。」義同上。詞見楊易霖《周詞訂律》八，《三部樂》詞校記，引《大典》二二六五林淳《定齋詩餘》。楊按云：「疑祅字乃宋人俗語。《說文》讀火千切，《玉篇》讀阿憐切，《廣韻》讀於喬切。」按讀火千切者其字當從天，卽祆敎之祆字。讀於喬切者其字當從夭，疑卽祅知之祅也。復次，楊澤民《宴清都》詞：「沙邊塞雁聲遙，料不見當時伴侶。似怎地滿眼愁悲，袄如宋玉難賦。」此袄如字疑亦當作祅知。

奈何　耐何　奈

奈何，猶云對付也，處分也。與通常作「無辦法」解者異。杜甫《江梅》詩：「絕知春意好，最奈客愁何。」意言惟有春意好，最足以對付客愁也。韓愈《月臺》詩：「南館城陰闊，東湖水氣多。直須臺上看，始奈月明何。」言始能對付月明也。換言之，即始能看月而不爲城陰水氣所阻礙也。王安石《南澗樓》詩：「撲撲烟嵐遶四阿，物華終恨未能多。故應斗起三千丈，始奈重山複嶺何。」王詩與韓詩機軸同。白居易《何處難忘酒》詩：「何處難忘酒，霜庭老病翁。……此時無一盞，何計奈秋風。」言何以對付秋風也。又：「何處難忘酒，青門送別多。……此時無一盞，爭奈去留何。」言何以對付去者留者也。陳與義《美哉亭》詩：「臨高一吐氣，却奈雄風何。」言臨高吐氣，却可以對付雄風也。又《秋月》詩：「夜氣清入骨，奈此光景何，一盃幸相屬，安能廢吟哦。」言對付此好光景，酒之外，安能廢詩也。《鐵拐李》劇一：「正末云：『張千！休教走了這老子，等我慢慢的奈何他。』張千云：『哥哥！他諸般兒當，諸般兒做，你可怎生奈何他？』正末云：『你說我奈何不的他，我如今略說幾樁兒，看我奈何的他，奈何不的他。』」奈何的，即對付得了也；奈何不的，即對付不了也。《西遊記》劇十五：「行者索用機謀，休要膽大心粗。耐何得，親自下手；耐何不得呵！索尋後巷王屠。」耐何即奈何。言一人對付得了，便親自下手；如其對付不了，須尋王屠幫忙也。《張協狀元》戲文：「林浪裏五十個大漢，不得出來，我獨自一個奈何他。」言我獨自對付也。又：「願你長做小嘍囉，自有旁人奈汝何。百草怕霜霜怕日，惡人自有惡人磨。」言自有人對付你也。有時祗用一奈字，亦同。黃庭堅《和文潛舟中所題》詩：「誰**奈**離愁得，村醪或可尊。」言何物可以對付離愁，則惟酒或可耳。楊萬里《將至永豐縣》詩：「不**奈**永豐山色好，雲窺霧看未分明。」言無法對付山色，因看不分明也。又《六月十八日立秋送客夜歸雨作》詩：「一夜炎蒸無計**奈**，三更風雨領秋回。」言正在無計對付炎熱，幸而風雨領秋來也。

那

那，猶奈也。李白《長干行》：「自憐十五餘，顏色桃花紅。**那**作商人婦，愁水復愁風。」那作，奈作也，言奈何作商人婦也。白居易《罷杭州領吳郡寄三相公》詩：「**那**將最劇郡，付與苦慵人。豈有吟詩客，能爲持節臣。」那將，奈將也，言奈何將最劇之郡付與最慵之人也。杜甫《奉送郭中丞》詩：「漸衰**那**此別，忍淚獨含情。」那此別，奈此別也，言奈此別離何也。又《北征》詩：「**那**無囊中帛，救汝寒凜慄。」又《季秋蘇五弟纓江樓夜宴》詩：「對月**那**無酒，登樓況有江。」那無，均猶云奈無也。又《奉寄高常侍》詩：「汶上相逢年頗多，飛騰無**那**故人何。」那一作奈。王維《酬郭給事》詩：「強欲從君無**那**老，將因臥病解朝衣。」那一作奈。高適《夜別韋司士》詩：「只言啼鳥堪求侶，無**那**春風欲送行。」王昌齡《從軍行》：「更吹羌笛關山月，無**那**金閨萬里愁。」楊萬里《戲題常州草蟲枕屏》詩：「先生晝眠紙帳溫，無**那**此輩喧夢魂。」王易簡《酹江月》詞：「衰草寒蕪吟未盡，無**那**平烟殘照。」以上所云無那，均猶云無奈也。張籍《春別曲》：「江頭橘樹君自種，**那**不長繫木蘭船。」那不，奈不也。韋莊《山墅閒題》詩：「有名不**那**無名客，獨閉衡門避建康。」不那，不奈也。白居易《強酒》詩：「不然秋月春風夜，爭**那**閒思往事何。」韓偓《江樓》詩：「風光百計牽人老，爭**那**多情是病身。」崔塗《讀漢武內傳》詩：「爭**那**白頭方士到，茂陵紅葉已蕭疏。」孫光憲《菩薩蠻》詞：「爭**那**別離心，近來尤不禁。」毛熙震《菩薩蠻》詞：「無憀悲往事，爭**那**牽情思。」以上所云爭那，均即爭奈，亦即怎奈也。顧敻《玉樓春》詞：「良宵好事枉教休，無計**那**他狂耍壻。」《花草粹編》一，無名氏《楊柳枝》詞：「別易會難無計**那**，淚潸潸。」凡云無計那，即無計奈也。《花草粹編》七，李端叔《臨江仙》詞：「酒病厭厭何計**那**？飛紅更送無聊。」何計那，即何計奈也。楊萬里《食蒸餅》詩：「老夫饑來不可**那**，只要鶻崙吞一箇。」不可那，即不可奈也。鶻崙，與囫圇同。

奈 寧耐　寧奈

奈，猶耐也。奈耐二字通用，故耐即奈也，奈亦即耐也。杜甫《月》詩：「斟酌姮娥寡，天寒**奈**九秋。」奈一作耐，言耐寒、耐秋也。司空圖《退居漫題》詩：「花缺傷難綴，鶯喧**奈**細聽。」言耐聽也。楊萬里《題金山妙高臺》詩：「老夫平生不**奈**事，點檢風光難可意。」言不耐事也。周邦彥

《少年遊》詞：「南都石黛掃晴山，衣薄奈朝寒。」鄭刻本《清眞集》作奈；彊村本《片玉集》作耐。此亦耐寒意。盧祖皋《卜算子》詞：「瘦骨從來不奈秋，一夜秋如許。」此亦耐秋意。《鴛鴦被》劇三：「將俺那俊男兒奈心等。」奈心，卽耐心。《玉壺春》劇三：「教小生如何忍奈？」忍奈，卽忍耐。以上各奈字，均耐字義也。又有寧耐一詞，大意與忍耐同。劉克莊《鵲橋仙》詞：「回頭調戲竊桃兒，且寧耐等他桃熟。」又《沁園春》詞：「病叟慚惶，尊官寧耐，待鐵拐先生旋出來。」《董西廂》三：「紅娘勸道且寧耐，有何喜事，大驚小怪！」又三：「莫縈心，且暫寧耐。」耐字亦多作奈而爲寧奈。《樂府新聲》上，荆幹臣《醉春風》套：「廝等待，心腸各寧奈。」《樂府陽春白雪》前五，牧庵小令，《滿庭芳》：「今宵醉也，明朝去也，寧奈些些！」按任訥校本改正此調爲《普天樂》。《陳州糶米》劇四：「小懺古，且寧奈。」《柳毅傳書》劇二：「兒也！且索寧奈，慢慢尋個計策，報讎便了。」《合汗衫》劇三：「哎！我好呆也。合該十分寧奈。」《爭報恩》劇二：「這般苦禁持，惡搶白，怎生寧奈？」凡云寧奈，均卽寧耐也。

耐（一）　頗奈　叵奈　叵耐　頗耐

耐，猶奈也。黃庭堅《奉謝泰亨送酒》詩：「非君送酒添秋睡，可耐東池到曉蛙！」可耐，卽可奈也。此爲反言口氣。陳與義《夙興》詩：「美哉木枕與菅席，無耐當與戴朝幘。」無耐，卽無奈也。向子諲《西江月》詞：「春心擲處眼頻來，秀色着人無耐。」義同上。又《減蘭》詞：「絕知春意，不耐愁何心與醉。」不耐，即不奈也。又有叵耐一辭，叵爲不可之切音，耐即奈也。本爲不可奈何之義，引申之而成爲詈辭，一如今所云可惡。其字本作頗奈或叵奈；頗亦不可之切音也。盧仝《哭玉碑子》詩：「頗奈窮相驢，行動如跛鼈。」又《月蝕》詩：「頗奈蝦蟆兒，呑我芳桂枝。」《酷寒亭》劇一：「頗奈鄭孔目，終日只在蕭娥家，氣的我成病。」此作頗奈之例也。《梧桐雨》劇一：「叵奈楊國忠這廝，好生無禮！」白樸小令《醉中天》，詠《佳人黑痣》：「疑是楊妃在，怎脫馬嵬災。曾與明皇捧硯來，美臉風流殺。叵奈揮毫李白，覷着嬌態，灑松烟點破桃腮。」此作叵奈之例也。因奈耐字通，故遂作叵耐。馮延巳《鵲踏枝》詞：「叵耐爲人情太薄。幾度思量，眞擬渾拋却。」《尊前集》，歐陽炯《更漏子》詞：「雖叵耐，又尋思，怎生嗔得伊。」《漁樵記》劇二：「正末唱：『……我罵你個叵耐！』旦兒云：『你叵耐我甚麼？』正末唱：『叵耐你個賤才。』」皆其例也。又因取其偏旁整齊而書作尀耐。王觀《蘇幕遮》詞：「儘思量，還尀耐。爲甚當時，故故相招買。早是幽歡多障礙，更遣分飛，驀驀如天外。」石孝友《浪淘沙》詞：「好恨這風兒，催俺分離。船兒吹得去如飛，因甚眉兒吹不展？尀耐風兒。」《花草粹編》三，陳達叟《菩薩蠻》詞：「舉頭忽見衡陽雁，千聲萬字情何限。尀耐薄情夫，一行書也無。」皆其例也。而要之其義則皆如今所云可惡也。

耐(二)

耐，願辭，猶寧也；判（拚或拚）也；亦猶云值得也。岑參《郡齋南池招楊轔》詩：「閒時耐相訪，正有牀頭錢。」言願其相訪也。耐古通能，能猶寧也。能相訪，亦願辭。又《喜韓樽相過》詩：「三月灞陵春已老，故人相逢耐醉倒。」耐醉倒，猶云寧醉倒，意則猶云判醉倒也，或值得醉倒也。又《送楊子》詩：「斗酒渭城邊，壚頭耐醉眠。」李白《送殷淑》詩：「惜別耐取醉，鳴榔且長謠。」方干《金州客舍》詩：「此情偏耐醉，難遣酒壘閒。」凡耐醉字均猶云判醉，或值得一醉，均爲願辭。《宋百家詩存》，余桂《春日卽事》詩：「半晴半雨春無準，燕怯輕寒不耐飛。」此亦願辭，言燕不願飛也。盧祖皋《卜算子》詞：「木葉飛時看好山，山亦於人耐。」於人耐，猶云於人願也；意言人願看山，山亦願人看也。此卽李白《敬亭獨坐》詩「相看兩不厭，只有敬亭山」之意。

耐(三)

耐，猶宜也；稱也；配也。高適《廣陵別鄭威士》詩：「溪水堪垂釣，江田耐插秧。」耐插秧，意云宜插秧也。杜甫《洗兵馬》詩：「青春復隨冠冕入，紫禁正耐烟花繞。」正耐者，正相稱也，言宮殿與春光相宜相稱也。黃庭堅《次韻子瞻和子由觀韓幹馬》詩：「電行山立氣深穩，可耐珠韉白玉鸝。」此亦宜稱意，可耐，猶云恰配也。《南宋六十家》，沈説《冬日觀菊》詩：「清於薝蔔香尤**耐**，韻比猗蘭色更多。」香尤耐者，香尤配也。趙汝鐩《江閣夜》詩：「詩思偏宜夜，衰髯不**耐**秋。」耐與宜爲互文，耐卽宜也。王安石《芙蕖》詩：「芙蕖**耐**夏復宜秋。」楊萬里《秀州嘉興館拜賜春幡勝》詩：「綵幡**耐**夏宜春字。」晏殊《訴衷情》詞：「宜春**耐**夏，多福莊嚴，富貴長年。」《樂府羣玉》二，喬夢符小令，《折桂令》，《詠紅蕉》：「嬌**耐**春風，清宜夜雨。」耐字俱與宜字對舉，耐卽宜也。

耐可

耐可，有那可與寧可兩解。李白《陪族叔曄及賈舍人至游洞庭》詩：「南湖秋水夜無烟，**耐可**乘流直上天！且就洞庭賖月色，將船買酒白雲邊。」此當作那可解，猶云安得也。不得直上天，則且買酒白雲邊矣。《南宋六十家》，敖陶孫《上閫帥范石湖》詩：「騷人有幾登青竹，**耐可**同時欠執鞭！」此亦當作那可解，意猶云那可交臂失之也。李白《秋浦歌》：「水如一匹練，此地卽平天。**耐可**乘明月，看花上酒船。」王琦《李集》注，解爲能可，云卽寧可。按此願辭也，猶云願得乘明月。劉長卿《赴宣州使院留辭韋使君》詩：「春歸花殿暗，秋傍竹房多，**耐可**機心息，其如羽檄何！」此猶云願得機心息。《南宋六十家》，薛嵎《寄公衮舍弟》詩：「余生百計拙，**耐可**事清吟。」此亦願辭，猶云寧可事清吟也。復次，耐可二字不恆見，更旁證之明清人文字。王世貞《聞南中流言有感》詩：「偶然文字落塵寰，**耐可**爭名眼睫間！」此當爲那可義。曹貞吉《沁園春》詞，《贈柳敬亭》：「蕩子辭家，羈人遠戍，**耐可**逢場作戲來。」此當爲寧可義。又《永遇樂》詞，《望華山》：「咄哉韓子，蒼龍迴馭，那得褰衣長往；**耐可**拉青蓮居士，三峯高唱。」此爲願得義。

怎生

怎生，務須設法之義。與普通作怎樣解者異。《樂府陽春白雪》後五，蒲察善長《新水令》套，「聽樓頭畫鼓打三更」篇：「雁兒！你却是**怎生**暫停，聽我訴離情。」言務須暫停也。《西廂》一之二：「不要香積廚，枯木堂。**怎生**離着南軒，遠着東牆，近着西廂。」此張生借廂時之語，言務須設法除開南軒東牆而只要靠近西廂也。又：「小生亦備錢五千，**怎生**帶得一分兒齋，追薦俺生身父母。」又三之一：「小生有一簡，**怎生**煩小娘子達將去。」又三之三：「**怎生**看紅娘面，饒過這生者。」《剪髮待賓》劇一：「今寫了一箇錢字，一箇信字，當在夫人這裏。**怎生**當與小生五貫長錢使用。」《怒斬關平》劇四：「張苞云：『**怎生**饒過關平者。』正末云：『他的罪犯饒不過。』」《魏徵改詔》劇二：「將軍！**怎生**縱放我，此恩異日必當重報。」玩上各則，義並同，蓋大率爲一種懇求口氣也。

卷三

着（一）

着，（字本作著，以下各條着字均同。）猶加也；添也。韓愈《感春》詩：「畫蛇着足無處用，兩鬢雪白趨塵埃。」着足，添足也。蘇軾《王晉卿所藏着色山》詩：「爾來一變風流盡，誰見將軍着色山？」着色，加色也。陳師道《野望》詩：「平林霜着色，沙岸水留痕。」義同上。又《回風行》：「御風起柁虎着翼，衝風繫纜顏死灰。」虎着翼，虎添翼也。楊萬里《新霜》詩：「瓦脊生春總瓊玉，梅梢着粉忽琅玕。」着粉，加粉或傅粉也。陳亮《念奴嬌》詞：「秋水雙明，高山一弄，着我些悲壯。」言添我些悲壯也。又《賀新郎》詞，《懷辛幼安》：「樽酒相逢成二老，却憶去年風雪，新着了幾莖華髮。」新着，新添也。辛棄疾《破陣子》詞：「更着十年君看取，兩國夫人更是誰？」言更加上十年也。趙以夫《謁金門》詞：「梅共雪，着箇玉人三絕。」言添箇玉人變成三絕也。

着（二）

着，猶有也；帶也。陸游《泊舟》詩：「兩行楊柳吹晴雪，只着啼鶯未着蟬。」言只有啼鶯未有蟬也。然此亦可云從李商隱《柳》詩「已帶斜陽未帶蟬」句法脫胎來，解爲只帶啼鶯未帶蟬亦得。又《遣興》詩：「遠簷新葉着啼鶯，睡起東窗一榻橫。」言有啼鶯也。又《晚飯罷小立門外》詩：「百步空庭着明月，黄昏手自掩荆扉。」言有明月也。然作爲帶月解亦得。陶潛《田居》詩：「帶月荷鉏歸。」杜甫《聽楊氏歌》詩：「江城帶素月。」均可作證。楊萬里《春望》詩：「垂楊幸自風流殺，莫着啼烏只着鶯。」言無有啼烏只有鶯也，作帶字解亦得，義例見前。楊炎正《水調歌頭》詞：「回首江邊柳，空着舊棲鴉。」言空有舊棲鴉也，然作帶棲鴉解亦得。賀鑄《浣溪沙》詞：「淡黄楊柳帶棲鴉。」可證。王庭珪《江城子》詞：「遙望虹橋如畫裏，鼇背上，着人行。」言如風景畫中更帶有人行之點綴也。史達祖《燕歸梁》詞：「玉人只在楚雲旁，也着淚，過昏黄。」言帶淚也。《陽春白雪》四，張武子《採桑子》詞：「流水孤村，不着寒鴉也斷魂。」言流水孤村，風景淒寂，卽無有寒鴉，亦儘足斷魂也。作不帶解亦得。辛棄疾《清平樂》詞，《題上盧橋》：「十里盤盤平世界，更着溪山襟帶。」言更有也。段克己《鷓鴣天》詞：「古木寒藤蔭小溪，溪邊更着小山園。」義同上。向子諲《更漏子》詞：「暮江寒，人響絕，更着朦朧微月。」此更有與更帶均可解。王沂孫《埽花遊》詞，《秋聲》：「故山院宇，想邊鴻孤唳，砌蛩私語。數點相和，更着芭蕉細雨。」義同上。蔣捷《解佩令》詞：「春晴也好，春陰也好，着些兒春雨越好。」言帶些兒春雨也。《氣英布》劇四：「虛裏着實，實裏着虛，廝過瞞各自依法度。」言虛裏帶實，實裏帶虛也。作虛裏有實，實裏有虛解，亦得。

着（三）

着，猶接也；近也；切也。杜甫《閬山歌》：「中原格鬭且未歸，應結茅齋着青壁。」青壁，指山壁，言近傍山壁也。又《遣悶》詩：「倚着如秦贅，過逢類楚狂。」倚與着同義，言倚傍他人如贅壻也，亦近義。又自《閬州領妻子却赴蜀山行》詩：「我生無倚着，盡室畏途邊。」義同上。朱慶餘《南湖》詩：「野船着岸入青草，水鳥帶波飛夕陽。」着岸，猶云傍岸或近岸。皮日休《初夏遊楞伽精舍》詩：「嵐姿與波彩，不動渾相着。」渾相着，猶云渾相接也。楊萬里《新塗抛江》詩：「煙雨橫江水着天，不曾夏潦似今年。」言水接天也。謝翱《北府酒》詩：「柳枝着地春垂垂，祇管人間新別離。」此所云着地，猶云傍地，爲接近義。杜甫《觀安西兵過關中待命》詩：「老馬夜知道，蒼鷹飢着人。」此爲親近義，言鷹飢則親近人而求食也。楊萬里《過謝家灣》詩：「一邱一壑知何意，疏盡官人着牧童。」義同上，言疏遠官人而親近牧童也。韓偓《意緒》詩：「嬌饒意態不勝羞，願倚郎肩永相着。」相着，相貼近也。劉過《沁園春》詞，詠《美人指甲》：「算恩情相着，搔便玉體。」義同上。蘇軾《殢人嬌》詞，《贈朝雲》：「好事心腸，着人情態。」言有貼切人之情態也。程垓《一絡索》詞：「小小腰身相稱，更着人心性。」言有貼切人之心性也。《張天師》劇二：「怎比得玉天仙知心着意。」着意，猶云切心貼意。《楚昭公》劇三：「風浪越大了！船兒又小，滸上水來了也！不着親的快請一個下水去，纔救的一船人性命。」此不着爲不關切義，言親人之中比較疏者也。又：「他和我着疼，我和他着熱，你比他還疏。」着疼着熱，言疼愛親熱相關切也。《還牢末》劇三：「常言道，隔層肚皮隔堵牆，怎想他知疼着癢。」着癢與着疼義同。

着（四）

着，猶到也。沈佺期《雜詩》：「妾家臨渭北，春夢着遼西。」言到遼西也。黃庭堅《次韻公定世弼登北都東樓》詩：「日着闌干角，風吹濯澼衣。」言日光到闌干角也。又《對酒歌答謝公靜》：「但對清樽卽眼開，一杯引人着勝地。」言引人到勝地也。今習云引人入勝卽此義。陳與義《同叔易于觀我齋分韻》詩：「肅肅窗前竹，見引着勝地。」又《寄題趙景溫筠軒》詩：「引君着勝地，世事從紛紛。」義均同上。楊萬里《初離常州夜宿小井清曉放船》詩：「篙師莫遣船遲着，見說蘇州好牡丹。」言船遲到也。又《天絲行》：「元來着面化成水，是水是絲問誰子？」言到面也。又《跋袁起巖所藏後湖帖》詩：「白蘋滿棹何時歸，秋着蘆花知不知。」言秋氣到蘆花也。蘇軾《減蘭》詞，《贈君猷家姬》：「懊惱風情，春着花枝百態生。」言春氣到花枝也。石孝友《柳梢青》詞：「秋光已着黃花，又恰恨尊前見他。」言秋光到黃花也。趙長卿《點絳脣》詞：「離緒千重，角聲偏着覊人枕。」言角聲到枕上也。按此作落字解亦得。程垓《菩薩蠻》詞：「曉烟籠日浮山翠，春風着水回川媚。」言春風到水上也。此與沾水義別。

着(五)

着，猶值也；遇也。楊萬里《水精膾》詩：「齒牙着處霜霰響，骰鮪厭後胸襟開。」齒牙着處，言與齒牙相值也，卽碰到齒牙之意。又《糖霜》詩：「透骨清寒輕着齒，嚼成人迹板橋聲。」義同上。又《風花》詩：「海棠桃李雨中空，更着清明兩日風。」更着，猶云更值或更遇也。又《秋夜不寐》詩：「雨聲已遣儂無睡，更着寒蛩泣到明。」又《北風》詩：「如何急灘水，更着打頭風。」陸游《卜算子》詞，《詠梅》：「已是黄昏獨自愁，更着風和雨。」義均同上。陳著《沁園春》詞：「老後時光，眉間心事，恰似怕酸人着梅。」言如怕酸之人偏碰到梅子也。盧祖皋《江城子》詞：「暗數十年湖上路，能幾度，着娉婷！」言能有幾度遇到美人也。《董西廂》四：「思量俺，好命劣。怎着恁惡緣惡業。」言怎會遇到這般惡緣惡業也。三十種本《冤家債主》劇：「不想命不快，探親不着，又下着這大雪。」不着，不值也；不遇也。《留鞋記》劇楔子：「則做我銅錢不着，日日來買胭脂。」不着，不值也，此當解爲不值得之值，卽將錢看得不值錢也。《西廂》五之二：「似這等女子，張珙死也死得着了也。」死得着，死得值得也，卽云值得死也。

着（六）

着，猶向也；趁也。陳師道《戲元弼》詩：「山頭落日着窗明，花裏來禽起笑聲。」着窗明，向窗明也。《宋百家詩存》，彭汝礪《和瑛師》詩：「江湖日夜着東流，水上乾坤一點浮。」着東流，猶云趁東流或向東流也。陳亮《最高樓》詞，《詠梅》：「花不向沉香亭上看，樹不着唐昌宮裏觀。」着與向互文，着卽向也。袁去華《安公子》詞：「庾信愁如許，爲誰都着眉端聚。」言爲甚都向眉頭聚也。吳文英《解蹀躞》詞：「倦蜂剛着梨花惹遊蕩。」意言蜂趁梨花而飛也。

着（七）

着，猶被也；沾也；亦猶受也。杜甫《曲江對雨》詩：「林花着雨燕支溼，水荇牽風翠帶長。」着雨，猶云被雨或沾雨也。蘇軾《答李邦直》詩：「美人如春風，着物物未知。」着物，猶云被物也。又《將之湖州戲贈莘老》詩：「湖中橘林新着霜，溪上苕花正浮雪。」着霜，猶云被霜或沾霜也。陳師道《顏市阻風》詩：「阻風兼着雪，費日亦忘年。」着雪，猶云被雪或沾雪也。此與着雨字用法同。又《秋懷》詩：「雨淚落成血，着木木立槁。」着木，猶云沾木也。楊萬里《社日南康道中》詩：「淡着煙雲輕着雨，近遮草樹遠遮山。」淡着輕着，猶云淡沾輕沾也。毛滂《惜分飛》詞：

「淚溼闌干花着露，愁到眉峯碧聚。」花着露，猶云花沾露也。《花草粹編》四，周元吉《朝中措》詞：「清霜着柳夜來寒，新月印湖山。」霜着柳，猶云霜沾柳也。周邦彥《蝶戀花》詞，詠《柳》：「舞困低迷如着酒，亂絲偏近遊人手。」着酒，猶云被酒也。王之道《如夢令》詞，《海棠》：「一種最憐渠，酒着佳人半醉。」酒着乃倒文，義同着酒。以上均爲沾被義。其作受被之被字解者，例證如下。陳師道《宿齊河》詩：「還家只有夢，更着曉寒侵。」更着，猶云更被也。陳與義《鄧州西軒書事》詩：「千里空攜一影來，白頭更着亂蟬催。」義同上。楊萬里《三月三日雨作遣悶》詩：「報答春光酒一巵，貧中無酒着春欺。」着春欺，猶云被春欺或受春欺也。《宋百家詩存》，劉仙倫《題仲隆快目樓壁》詩：「眼中不着淮山礙，望到中原天際頭。」不着，猶云不被也。袁去華《雨中花》詞：「兩鬢青青，盡着吳霜偷換。」盡着，猶云盡被也。《太平樂府》六，周仲彬《蝶戀花》套：「着迷本是伊之禍，辜恩非是咱之過。」着迷，猶云受迷或被迷也。《魯齋郎》劇四：「任旁人勸我，我是個夢醒人，怎好又着他魔。」着魔，猶云受魔或被魔也。《後庭花》劇四：「你明知是鬼，怕他來纏你。常言道：愛他的，着他的。」着他的，猶云受他的，即一切甘受、願受之義，猶云愛吃者不毒也。

着（八）

着，猶中也；襲也；惹或迷也。楊萬里《誠齋詩集》，《道父山歌》：「種田不收一年辛，取婦不着一生貧。」不着，不中也，猶言不中用。《還牢末》劇楔子：「正是虎着重箭難展爪，魚經鐵網怎翻身。」着箭，中箭也。《後庭花》劇二：「我如今不先下手，倒着他道兒。」着他道兒，猶云中他詭計。《千里獨行》劇二：「則（只）被他倒空城，俺着他機彀。」言中他機彀也。《樂府陽春白雪》後五，無名氏《新水令》套，「鳳凰臺上」篇：「雖是不風騷，不到得着圈套。」言中他圈套也。以上爲中義。蘇軾《自有美堂乘月夜歸》詩：「凄風瑟縮經絃柱，香霧凄迷着髻鬟。」着髻鬟，猶云襲髻鬟或惹髻鬟也。陳師道《次韻敬酬元弼三兄》詩：「白髮尙堪供語笑，青衫不惜着風埃。」着風埃，猶云惹風埃也。又《和魏衍聞鶯》詩：「春力着人朝睡重，葉底黃鸝鳴自送。」着人，猶云襲人也。陸游《過鄰家》詩：「初寒偏着苦吟身，情話時時過近鄰。」言寒氣襲身也。又《晨起復睡》詩：「衰翁卯飲易上面，澤國春寒偏着人。」義同上。又《歲暮遣興》詩：「病着愁侵倂不支，孤村況遇歲殘時。」着與侵對舉，言爲病所侵襲也。以上爲襲義。陸游《雨夜》詩：「斷岸輕烟着柳條，孤村小雨夜蕭蕭。」着柳條，猶云惹柳條也。又《自寬》詩：「兀兀空齋靜掩扉，篝爐香細着秋衣。」着秋衣，猶云惹秋衣也。又《煙波卽事》詩：「煙水蒼茫絕四鄰，幽棲無地着纖塵。」着纖塵，猶云惹纖塵也。賀鑄《浣溪沙》詞：「連夜斷無行雨夢，隔年猶有着人香。」此所云着人，猶云惹人或迷人也。秦觀《如夢令》詞：「門外鴉啼楊柳，春色着人如酒。」李之儀《謝池春》詞：「着人滋味，眞個濃如酒。」毛滂《秦樓月》詞：「花和月，着人濃似，粉香酥色。」向子諲《西江月》詞：

「春心擲處眼頻來，秀色着人無耐。」義均同上。又《浣溪沙》詞：「姑射肌膚雪一團，摻摻玉手弄冰紈。着人情思幾多般。」此猶云惹人或動人。石孝友《清平樂》詞：「看你忔憎模樣，更須着我心腸。」着我，猶云惹我或動我。以上爲惹或迷義。

着（九）

着，猶愛也；亦猶云注重也。杜甫《寄賈司馬嚴使君兩閣老》詩：「晚着華堂醉，寒重繡被眠。」此追敍同官時樂事，猶云晚愛華堂醉，寒愛繡被眠也。着與重對舉而義同，重字義爲去聲而讀如平聲。韓愈《送靈師》詩：「佛法入中國，爾來六百年。齊民逃賦役，高士着幽禪。」着幽禪，愛幽禪也。又《李花贈張十一署》詩：「念昔少年着遊燕，對花豈省曾辭盃！」着遊燕，愛遊燕也。又《贈張籍》詩：「吾老着讀書，餘事不掛眼。」着讀書，愛讀書也。白居易《遊仙遊山》詩：「自嫌戀着未全盡，猶愛雲泉多在山。」戀着聯用，着猶戀也，戀猶愛也。陸游《和張功父見寄》詩：「超騰已得丹換骨，戀着肯求香返魂。」義同上。玩着字與戀字平用，故與超騰作對。黄庭堅《追憶予泊舟西江事》詩：「往事刻舟求墜劍，懷人揮淚着亡簪。」着亡簪，重亡簪也。又《思山齋》詩：「吳兒心着吳山深，滿目終南不開眼。」心着吳山深，猶云心愛吳山深也。陳與義《夙興》詩：「不見武林城裏事，繁華夢裏生荆棘。成壞由來幾古今，乾坤但可着山澤。西湖已無金碧麗，雨抹晴妝尙娛客。」着山澤，猶云愛山水也；意言繁華荆棘，成壞由來無定，天地間但有山水可愛而已。楊萬里《行路難》詩：「妾心不肯着別人，君心還肯如妾心！」着別人，猶云愛別人也。陸游《吳娃曲》：「忘憂石榴深淺紅，草花紅紫亦成叢。明年開時不望見，只望郎君不着儂。」不着儂，猶云不愛儂也。按元注云：「友有妾而內不容，戲爲作此，因得不去。」詩共四首，此其第二首也。第四首云：「臂上燒香拜佛前，願郎安穩過新年。多情已是長多病，莫要留心在妾邊。」莫要留心云云，更足爲只望郎君不着儂之注脚。蘇軾《中秋月》詩：「天公自着意，此會那可輕。」着意爲注重義，猶云注意。李清照《小重山》詞：「二年三度負東君，歸來也！着意過今春。」李好古《清平樂》詞：「更願諸君着意，休敎忘了中原。」劉克莊《卜算子》詞：「風雨於花有底讎，着意相陵藉。」凡云着意，着字皆爲注重義。《楚昭公》劇四：「只願你馬到成功，奏凱而還，……你則小心着志者！」着志與着意相近，亦爲注重義。《漁樵記》劇楔子：「兄弟此去，則要你着志者。」義同上。蘇軾《臨城道中作》詩：「逐客何人着眼看，太行千里送征鞍。」着眼亦注重義，猶云注目。陳師道《放歌行》：「不惜卷簾通一顧，怕君着眼未分明。」朱敦儒《鷓鴣天》詞：「詩萬首，酒千觴，幾曾着眼看侯王。」李好古《水調歌頭》詞，《和詠金焦》：「歷歷江南樹，半在水雲間。不須回首，且來着眼向淮山。」凡上所云着眼，着字亦皆爲注重義。史浩《鄮峯眞隱大曲》，《採蓮舞》：「幽泉一曲今憑棹，楚客還應着耳聽。」着耳聽，猶云着意聽，亦注重義。

着（十）

着，猶泥也；滯也。梁武帝《會三教》詩：「分別根難一，執着性易驚。」執着，佛家語，着與執均有泥滯義，故合爲一辭。司空圖《與伏牛長老偈》：「不算菩提與闡提，惟應執着便生迷。」義同上。李頎《宿瑩公房聞梵》詩：「始覺浮生無住着，頓令心地欲皈依。」住着，亦佛家語，着與住均有泥滯義，故合爲一辭。杜甫《戲韋偃爲雙松圖歌》：「松根胡僧憩寂寞，龐眉皓首無住着。」元稹《估客樂》詩：「估客無住着，有利身則行。」義均同上。陸游《秋夜》詩：「平生疑着處，忽若河冰泮。」疑着，猶云疑滯也。李昌符《尋僧元皎因贈》詩：「此生迷有着，因病得尋師。」有着，有所滯也。崔塗《送僧歸江東》詩：「去留那有着，語默不離禪。」義同上。劉長卿《題王少府堯山隱處》詩：「羣動心有營，孤雲本無着。」無着，無所滯也。陸游《初夏閒居》詩：「但能與物俱無着，小草新詩取次成。」趙長卿《念奴嬌》詞：「閒雲休問，去來本是無着。」趙以夫《夜飛鵲》詞：「道人無着，正蕭然竹枕練衾。夢回時天淡星稀，閒弄一曲瑤琴。」義均同上。

着（十一）

着，猶落也；下也。李白《贈宣城宇文太守》詩：「多逢勦絕兒，先着祖生鞭。」又贈《饒陽張司戶》詩：「一語已道意，三山期着鞭。」着鞭，下鞭也。黃庭堅《題落星寺》詩：「星宮游空何時落，着地亦化爲寶坊。」此所云着地，猶云落地也。晁元禮《菩薩蠻》詞：「午陰未轉晴窗暖，無風着地楊花滿。」義同上。楊萬里《水西野店皆不着宿夜抵石山虛》詩：「不着官人宿，無如野店何。」着宿，猶云下宿。又《九日憶同施少才集長沙》詩：「良辰美景只自美，不如且着黑棋子。」又《大兒長孺赴零陵簿》詩：「譬如着棋着到國手時，國手頭上猶更儘有着。」着棋，下棋也。又《和胡侍郎見簡》詩：「先生此曲難先和，着句如棋且着遲。」又《和濟翁弟惠》詩：「酒邊不着句，何許見天眞？」着句，下句也。又《題南海東廟》詩：「海神喜我着綺語，爲我改容收霧雨。」周邦彥《水調歌頭》詞：「何處今年無月，唯有謫仙着語，高絕莫能攀。」着語，下語也。司空圖《詩品》《含蓄》：「不着一字，盡得風流。」着字，下字也。韓愈《和裴僕射假山詩》：「猶嫌山在眼，不得着脚歷。」劉克莊《賀新郎》詞，《送唐伯玉還朝》：「可但紅塵難着脚，便山林未有安身地。」着脚，落脚也。庾肩吾《春宵》詩：「燭下夜縫衣，春寒偏着手。」韓愈《石鼓歌》：「牧童敲火牛礪角，誰復着手爲摩挲。」着手，下手也。

着（十二）

着，猶安也；置也；容也。杜甫《江上值水如海勢，聊短述》詩：「新添水檻供垂釣，故着浮槎替入舟。」着浮槎，猶云安置浮槎也。白居易《香爐峯下新卜山居》詩：「來春更葺東廂屋，紙閣蘆簾着孟光。」言於東廂安置妻室也。姚合《贈張質山人》詩：「酒好寧論價，詩狂不着題。」不着題，不安題也，猶云無題詩也。蘇軾《南堂》詩：「更有南堂堪着客，不憂門外故人車。」着客，猶云容客或安置客也。又《常潤道中有懷錢塘寄述古》詩：「地偏不信容高蓋，俗儉眞堪着腐儒。」着與容對舉，義同上。又《送魯元翰知衞州》詩：「冗士無處着，寄身范公園。」義同上。又《僧順清新作垂雲亭》詩：「江山雖有餘，亭榭着難穩。」言安置亭榭難以穩當也。黄庭堅《次韻寄李六弟濟南橋亭之詩》：「本無封侯骨，見事又重遲。徒能多着酒，大腹如鴟夷。」言腹中徒能置酒也。又《題燕邸洋川公養浩堂畫》詩：「陳郎浮竹葉，着我北歸人。」着我，猶云安置我或容我也。陳與義《和王東卿詩》：「何時着我扁舟尾，滿袖西風信所之。」陸游《題齋壁》詩：「稽山千載翠依然，着我山前一釣船。」張孝祥《念奴嬌》詞：「玉界瓊田三萬頃，着我扁舟一葉。」義均同上。陳師道《獨坐》詩：「魍魅須遊子，乾坤着腐儒。」此與前述蘇詩用法同。又《叔父惠缽》詩：「大有西來眞的意，飢時着飯飽時懸。」言於缽中置飯也。楊萬里《城頭秋望》詩：「秋光好處頓胡牀，旋喚茶甌淺着湯。」言於甌中置湯也。又《清明果飲》詩：「深着爐香淺着杯，杯行儘緩莫敎催。」言爐中置香須深，杯中置酒須淺也。又《送劉北秀》詩：「黄金賣盡延賓友，囊底何須着一錢。」言於囊中置錢也。陸游《見事》詩：「陰陰竹塢安茶竈，淺淺蘋汀着釣船。」着與安互文。

文《東籬》詩：「藥爐安着猶無地，擬展茅茨一兩間。」着與安聯用。趙以夫《沁園春》詞：「千巖透色如藍，新着個樓兒恰對南。」言安置一個樓兒也。張鎡《風入松》詞：「便須着個樓兒住，彩鸞看飛舞妖閒。」義同上。李萊老《木蘭花慢》詞：「向煙霞堆裏，着吟屋，最高層。」義亦同上。《花草粹編》二，李邦直《楊花落》詞：「長恨春醪如水薄，閒愁無處着。」又六，吳淑姬《小重山詞》：「心兒小，難着許多愁。」吳文英《賀新郎》詞：「着愁不盡宮眉小。聽一聲相思曲裏，賦情多少。」劉辰翁《摸魚兒》詞：「愁無可着。且取醉尊前，明朝休問，昨日已忘却。」凡此着字，均爲安置義或容義。

着（十三）

着，猶發也；生也。王維《雜詩》：「來日綺窗前，寒梅着花未？」着花，猶云生花或發花也。蘇軾《後十餘日復至》詩：「東君意淺着寒梅，千朵深紅未暇栽。」言無意使寒梅生花也。黃庭堅《戲贈彥深》詩：「幾日憐槐已着花，一心咒筍莫成竹。」義同上。王安石《陸機宅》詩：「野桃自着花，荒棘自生鍼。」着與生互文，着猶生也。韓愈《寄崔立之》詩：「玄花着兩眼，視物隔褷褵。」此用着花義引伸之，言兩眼發花，視物不明也。楊萬里《謝吳德章送東坡新集》詩：「病眼逢書輒着花，筆下蠅頭成老鴉。」義同上。陸龜蒙《島樹》詩：「波濤漱苦盤根淺，風雨飄多着葉遲。」着葉，猶云生葉也。蘇軾《謝關景仁送紅梅栽》詩：「爲君栽向南堂下，記取他年着子時。」着子，猶云生子或結子也。又《刁同年草堂》詩：「主人不用悤悤去，正是紅梅着子時。」黄庭堅《還家呈伯氏》詩：「去日櫻桃初破花，歸來着子如紅豆。」義均同上。楊萬里《道旁石榴花》詩：「石榴已着乾紅蕾，却問春歸有底忙。」此云石榴已生蕾或已發蕾也。韓愈《秋懷》詩：「霜風侵梧桐，衆葉着樹乾。」着樹，猶云生於樹上也。陳師道《楝花》詩：「密葉已成陰，高花初着枝。」着枝，猶云生於枝上也。蘇軾《南鄉子》詞，詠《梅花》：「花謝酒闌春到也，離離，一點微酸已着枝。」《花草粹編》五，張東父《鷓鴣天》詞：「萬絲柳暗才飛絮，一點梅酸已着枝。」義均同上。李彌遜《永遇樂》詞：「看筍成竿，等花着果，永晝供閒坐。」着果，猶云生果或結果也。陳師道《和魏衍聞鶯》詩：「退紅着綠春事殘，後時獨立知何言。」着綠，猶云生綠或發綠也。又《和黄預久雨》詩：「詩好聲生吻，書工手着胝。」着與生對舉，着胝，猶云生胝也。又《何郎中出示黄公草書》詩：「一官早要稱三字，二鬢何須着兩毛。』着兩毛，猶云生二毛也。陸游《信筆》詩：「吾生本暫寓，無日不可死。區區遲速間，何地着愠喜。」言無從生愠喜也。又《小築》詩：「澹然還過日，無處着悲歡。」言無從生悲歡也。又《冬朝》詩：「篝爐火着衣初暖，爨釜薪乾粥已成。」火着，猶云火發也。以下專就發字義舉其例。杜甫《初冬》詩：「漁舟上急水，獵火着高林。」言獵火發高林也。韓愈《鄆城夜會聯句》詩：「峨峨雲梯翔，赫赫火箭着。」言赫赫火箭發也。歐陽修《南鄉子》詞：「酒着臙脂紅撲面，須知，更有何人得似伊。」着臙脂，猶云發臙脂也。古人有發妝酒，故云然。楊萬里《曉聞竹雞》詩：「路不喚君君自去，爲誰着急不歸休。」着急，猶云發急也。陳師道《減蘭》詞，《贈晁无咎舞鬟》：「欲語還休，喚不回頭莫着羞。」着羞，發生羞態也。《李逵負荊》劇一：「你不知道，我自嫁我的女孩兒，爲此着惱。」着惱，猶云發惱也。《虎頭牌》劇一：「只見他越尋思越着昏，敢三魂失了二魂。」着昏，猶云發昏也。《神奴兒》劇一：「省可裏着嗔着惱，你休那等自跌自推。」着嗔着惱，猶云發嗔發惱也。

着（十四）

着，猶作也；成也。杜甫《鄭城西原送人赴成都府》詩：「野花隨處發，官柳着行新。」着行，猶云作行或成行也。陸游《觀花》詩：「我遊西川醉千場，萬花成圍柳着行。」着行與成圍相對，着猶成也。蘇軾《病中聞子由得告不赴商州》詩：「病中聞汝免來商，旅雁何時更着行。」義同上。高觀國《燭影搖紅》詞：「征鴻相喚着行飛，不耐霜風緊。」義同上。陳師道《奉陪內翰二友醴泉避暑》詩：「蠅頭小字密着行，四座歎叫醒而狂。」此言字之作行或成行也，義亦同上。杜甫《喜達行在所》詩：「眼穿當落日，心死着寒灰。」着寒灰，猶云作寒灰或成寒灰也。元稹《永貞二年上御丹鳳樓大赦，予與李公垂庾順之閒行曲江，不及盛觀》詩：「春來饒夢慵朝起，不看千官擁御樓。却着閒行是忙事，數人同傍曲江頭。」却着，却作也，言閒行却變作忙事也。陳師道《和魏衍同遊阻風》詩：「勝日着忙端取怪，妙年得此未須驚。」着忙，作忙也。又《寄兗州張龍圖文潛》詩：「齒脫空餘舌，顏衰早着秋。」着秋，言變作秋也。陳與義《寄奇父》詩：「竹輿兩面天明滅，秋令不到林西東。未必祿唐能辦此，題詩着畫寄興公。」意言借詩作畫。祿唐，地名。黃庭堅《次韻稚川》詩：「平生萬里興，斂退着寸尺。」着寸尺，成寸尺也，言斂縮萬里變成寸尺也。蘇軾《滿庭芳》詞：「蝸角虛名，蠅頭微利，算來着甚乾忙。」着甚，猶云作甚也。周邦彥《滿路花》詞：「也須知有我，着甚情懷，但你忘了人啊！」《董西廂》二：「你咱說謊，我着甚癡心沒去就！」義均同上。史達祖《臨江仙》詞：「一燈人着夢，雙雁月當樓。」着夢，猶云作夢或成夢也。盧祖皐《望江南》詞：「試把花梢和恨數，因看蝴蝶着雙飛。」着雙，猶云作雙或成雙也。復次，成熟同義，故如寐着、眠着、睡着等着字，可作成字解，亦可作熟字解。皮日休《三宿神景宮》詩：「氣清寐不着，起坐臨階墀。」寐不着，猶云寐不成也，亦可解爲寐不熟。楊萬里《寓倅廳寒夜不寐》詩：「自是老人眠不着，近來春夜幾曾長！」眠不着，猶云眠不成也，亦可解爲眠不熟。又《桑茶坑道中》詩：「童子柳陰眠正着，一牛喫過柳陰西。」眠正着，猶云正成眠也，亦可解爲眠正熟。杜甫《客夜》詩：「客睡何曾着，秋天不肯明。」睡何曾着，猶云睡何曾成也，亦可解爲睡何曾熟。杜荀鶴《溪興》詩：「山雨溪風卷釣絲，瓦甌篷底獨斟時。醉來睡着無人喚，流下前溪也不知。」睡着，猶云成睡也，亦可解爲睡熟。陸游《自詠絕句》：「睡着何曾厭夜長，老人少睡坐何妨。」義同上。又《自遣》詩：「睡無由着緣多感，醉不能成坐一貧。」着與成對舉，義同上。《西廂》一之二：「睡不着，如翻掌。少呵！有一萬聲長吁短歎，五千遍倒枕捶牀。」義同上。

着（十五）

着，猶憑也。石孝友《西江月》詞：「好景憑詩斷送，閒愁着酒消除。」着與憑爲互文，着猶憑也。王千秋《菩薩蠻》詞：「因何積恨山，着底攻愁陣？」着底，猶云憑甚也。趙長卿《鷓鴣天》詞：「愁多着甚消磨得？莫怪安仁鬢早秋。」楊旡咎《眼兒媚》詞：「是人總說，新來瘦也，着甚來由！」劉克莊《柳梢青》詞：「冷落磻溪，張皇牧野，着甚來由？」《花草粹編》十，僧仲璋《念奴嬌》詞：「花濃酒釅，問君着甚消受？」以上所云着甚，猶云憑甚也。《董西廂》一：「着甚消磨永日？有掃愁竹葉，侍寢青奴。」又三：「着甚才學？和恁文章。休強休強。」《西廂》一之二：「縱然酬得今生志，着甚支吾此夜長？」義亦均同上。《董西廂》二：「等閒要相見見無門，着何意思得成秦晉？」着何與着甚同，着何意思，猶云憑何理由也。

着（十六）

着，猶將也；把也；用也。韓愈《遣興》詩：「莫憂世事兼身事，須着人間比夢間。」須着，猶云須將或須把也。元稹《酬孝甫見贈》詩：「杜甫天才授絕倫，每尋詩卷似情親。憐渠直道當時語，不着心源傍古人。」不着，猶云不將或不把也。蘇軾《次韻楊公濟梅花》詩：「君知早落坐先開，莫着新詩句句催。」莫着，猶云莫將或莫把也。陸游《冬暮》詩：「巴江尺素何時到？剩着新詩寄斷腸。」剩着，猶云儘將或儘把也。《瀛奎律髓》四十二，房孺復《酬竇大閒居》詩：「煩君強着潘年比，騎省風流詎可齊。」強着，猶云強將或強把也。白居易《還李十一馬》詩：「傳語李君勞寄馬，病來唯着杖扶身。」着杖扶，猶云將杖扶或用杖扶也。蘇軾《和孔密州見邸家園留題》詩：「大旆傳聞載酒過，小詩未忍着磚磨。」着磚磨，猶云將磚磨或用磚磨也。楊萬里《清明雨寒》詩：「已貯春愁過萬斛，更令細細着升量。」着升量，猶云將升量或用升量也。又《早行見螢》詩：「書帷吾已嬾，不擬着囊盛。」着囊盛，猶云將囊盛或用囊盛也。陸游《記出遊所見》詩：「眉頭那可遣愁到，舌本正要着酒澆。」着酒澆，猶云將酒澆或用酒澆也。白居易《府酒》詩：「十千一斗猶賒飲，何況官供不着錢！」不着錢，不用錢也。《宋百家詩存》，李之儀《王爲道東軒》詩：「春來萬事不欲語，惟願沽酒不着錢。」義同上。《竹坡詩話》，東坡《戲作食豬肉》詩：「慢着火，少着水，火候足時他自美。」言慢用火少用水也。元稹《琵琶歌》：「逢人便請送杯盞，着盡工夫人不知。」言用盡工夫也。楊萬里《春興》詩：「着盡工夫是化工，不關春雨更春風。」義同上。黃庭堅《聽崇德君鼓琴》詩：「兩忘琴意與己意，迺似不**着**十指彈。」言似不用十指也。陸游《題徐子禮自覺齋》詩：「閑看此事從何得，正自他人**着**力難。」着力，用力也。程垓《鳳棲梧》詞：「湖海客心千萬里，**着**力東風，推得行人未？」義同上。韓愈《調張籍》詩：「騰身跨汗漫，不**着**織女襄。」不着，不用也。陳與義《題簡齋》詩：「不**着**散花女，而況使鬼兄。」義同上。蘇軾《減蘭》詞，《李公擇生子》：「多謝無功，此事如何**着**得儂！」言如何用得着我也。

着（十七）

着，猶教也；使也。陳師道《擬李義山柳枝》詩：「飛花已無定，忍**着**惡風吹。」忍着，猶云忍教也。又《次韻寇秀才寄下邳家兄》詩：「故**着**江山供極目，正將強健入新年。」故着，猶云故教也。陳與義《寄若拙弟兼呈二十家叔》詩：「政須青山映白髮，顧**着**皁蓋爭黃埃！」顧着，猶云反使也。張耒《秋蕊香》詞：「別離滋味如中酒，**着**人瘦。此情不及牆東柳，春色年年如舊。」着人瘦，猶云教人瘦也。陳允平《謁金門》詞：「春欲去，無計得留春住。縱**着**天涯渾柳絮，春歸還有路。」縱着，縱使也。《秋胡戲妻》劇二：「我既爲了張郎婦，又**着**我做李郎妻。」《詞林摘豔》一，無名氏《好事近》套，「風月兩無功」篇：「別來許久無音信，**着**我寒衣難送。」又五，無名氏《五供養》套，「覷了這窮客程」篇：「撇下一箇紅妝，獨守着空房，如何**着**我不思量。」凡云着我，猶云教我也。《西廂》四之二：「則合帶月披星，誰着你停眠整宿。」又：「我着你但去處行監坐守，誰着你迤逗的胡行亂走！」《望江亭》劇二：「誰着你收拾下兩婦三妻。」凡云着你，猶云教你也。《詞林摘艷》三，無名氏《粉蝶兒》套，「浪靜風恬」篇：「着這廝喫我會開荒劍。」着這廝，猶云教這廝也。會猶云一會。

着（十八）

着，猶得也；要也。陸游《病愈看鏡》詩：「鏡中稍復舊朱顏，一笑衰翁乃爾頑。三百瓮齏消未盡，不知更着幾年還。」更着，猶云更要也，言命裏注定尚須消受幾瓮黃齏，不知更要幾年，纔得脫離人間而歸去也。《南宋六十家，》周弼《舟次黃鶴磯》詩：「稍閒便着擕官酒，一酹吳王舊釣臺。」便着，猶云便得或便要也。又《烟波亭避暑》詩：「須着干求大帝君，莫使陽烏眼睛轉。」須着，猶云須得也。王安中《小重山》詞：「淩波新恨儘難忘，分擕也，觸事着思量。」着思量，猶云得思量或要思量也。張炎《綺羅香》詞：「纔忘了還着思量，待去也怎禁離別！」義同上。劉克莊《賀新郎》詞，《送唐伯玉還朝》：「慶曆諸賢方得路，便不容他老子！須着放延州城裏。」須着義見前。王邁《賀新郎》詞，《呈劉後村》：「宰相時來須着做，且舞萊衣侍奉。却不信大才難用。」義同上。《花草粹編》三，唐子西《訴衷情》詞：「平生不會皺眉頭，諸事等閒休。元來却到愁情，須着與他愁。」義同上。又二，僧如晦《卜算子》詞：「有意送春歸，無計留春住。畢竟年年用着來，何似休歸去！」用着與須着同義。《樂府陽春》前四，薛昂夫小令，《楚天遙帶過淸江引》：「有意送春歸，無計留春住。明年又着來，何似休歸去！」又着來，猶云又得來或又要來也。《董西廂》二：「我尋思，這事體，怎生是着。」猶云怎生着或怎生得也。巾箱本《琵琶記》四：「你眞個沒飯吃，便着餓死；沒衣穿，便着凍死。」便着，猶云便得或便要也。又九：「若借馬與小子騎，更着死。」眉公本作「便索死」。索死，卽要死也。

着（十九）

着，猶在也。古《瑯玡王歌》詞：「新買三尺刀，懸着中梁柱。一日三摩挲，劇於十五女。」懸着，懸在也。《全唐詩話》一，王維條：「在泉爲珠，着壁成繪。」着與在互文，着壁，在壁也。元稹《定僧》詩：「落魄閒行不着家，徧尋春事賞年華。」不着家，不在家也。王安石《嶺雲》詩：「寒莢着天楡歷歷，淨華浮海桂團團。」着天，在天也。陸游《午睡覺復酣臥至晚》詩：「枕痕着面眼芒芒，欲起元無抵死忙。」着面，在面也。楊萬里《懷古堂前小梅漸開》詩：「絕豔元非着粉團，眞香亦不在鬚端。」着與在互文，着卽在也。張元幹《醉落魄》詞：「惜花老去情猶着，客裏驚春，生怕東風惡。」言人老而惜花之情猶在也。《董西廂》一：「醉時歌，狂時舞，醒時罷。每日價疏散不曾着家。」不着家，義見前。又三：「早是孩兒一身離鄉客寄，死作箇不着墳墓鬼。」言作客死鬼不在家鄉墳墓也。《王粲登樓》劇三：「我本是未入廟堂臣，倒做了不着墳墓鬼。」《凍蘇秦》劇二：「我男子漢身長七尺，寧死也做一個不着家鄉的鬼。」義均同上。

着（二十）

着，命令辭。王建《和蔣學士新授章服》詩：「看宣賜處驚回眼，着謝恩時便稱身。」楊无咎《雨中花》詞：「畫鼓低敲，紅牙隨應，着個人勾喚。」《董西廂》四：「着路裏小心呵且須在意，省可裏晚眠早起，冷茶飯莫喫。」《西廂》二之三：「紅娘看熱酒來！着小姐與他哥哥把盞者！」又五之二：「奉聖旨着在翰林編修國史，因此多住兩月。」《殺狗勸夫》劇二：「你也忒老實，員外着你跪，你就跪，難道着你死，你就死了不成！」《盆兒鬼》劇四：「他怎麼又叫冤屈，着他進來！」皆其例也。不備舉。

着（二十一）

着，語助辭，用於動辭之後。白居易《惻惻吟》：「六年不死却歸來，道着姓名人不識。」王建《宮詞》：「今日踏青歸較晚，傳聲留着望春門。」許渾《送宋處士歸山》詩：「世間甲子須臾事，逢

着仙人莫看棋。」李山甫《柳》詩：「強扶柔態酒難醒，殢**着**春風別有情。」晏殊《訴衷情》詞：「東城南陌花下，逢**着**意中人。」張先《菩薩蠻》詞：「聞人話**着**仙卿字，嗔情恨意還須喜。」舒亶《減蘭》詞：「雁字頻飛，生怕人來說**着**伊。」陳師道《清平樂》詞：「休休莫莫！更莫思量**着**！記**着**不如渾忘**着**，百種情思枉却。」《董西廂》三：「辦得箇噉**着**摸**着**偎**着**抱**着**。」皆其例也。不備舉。

着（二十二）

着，擬辭。周邦彥《滿路花》詞：「玉人新間闊，**着**這情懷，更當恁地時節！」此着字可作有如解，意云有如這樣情懷更當這樣時節也。辛棄疾《最高樓》詞，《賦梅》：「**着**一陣霎時間底雪，更一箇缺些兒底月。」意云有如來一陣雪更來一箇月也。《絕妙好詞》六，趙崇霄《東風第一枝》詞：「**着**數點催花雨膩，更一陣遞香風細。」意云有如來數點雨更來一陣風也。《董西廂》二：「婦女知音的從古少，知音的止有箇文君。**着**一萬箇文君，怎比鶯鶯。」意云有如一萬箇文君也。又三：「**着**君瑞的才，**着**姐姐的福。咱姐姐消得箇夫人做，張君瑞異日須乘駟馬車。」意云有如君瑞的才，有如姐姐的福也。復次，着字爲擬議辭，故亦可作偌字解。陸游《貧病》詩：「要信榮枯元不動，胸中浩浩**着**空虛。」着空虛，猶云偌空虛也。朱敦儒《減蘭》詞：「慵歌怕酒，今日春衫驚**着**瘦。」着瘦，猶云偌瘦也。李公昺《賀新郎》詞：「此去一言回天力，看**着**高百尺竿頭立。**着**

高，猶云偖高也。

地

地，語助辭，猶着也。與作副辭語尾之地字異。此以坐地立地兩語爲最多。辛棄疾《行香子》詞：「小窗坐**地**，側聽簷聲。恨夜來風，夜來月，夜來雲。」坐地，猶云坐着也。《董西廂》一：「待登臨又不快，閑行又悶，坐**地**又昏沈睡不穩。」又二：「張生不免放身坐**地**，便是醍醐甘露酒，怎再吃！」又四：「旁邊鄭衙內怎生坐**地**，忍不住連打嚏。」《西廂》四之三：「酒席間斜簽着坐**地**，蹙愁眉死臨侵地。」《詐妮子調風月》劇：「臥**地**觀經史，坐**地**對聖人。」臥地，猶云臥着也。三十種本《薛仁貴》劇：「那廝早死遲生，落塹拖坑，下場少不的木驢上坐**地**。」《盆兒鬼》劇二：「剛走到家來，可便坐**地**，猛然間心中記起。」凡云坐地，義均同上。《陽春白雪》三，陸永仲《夜游宮》詞：「夜深點輛繡鞋兒，靠那個屏風立**地**。」立地，猶云立着也。《董西廂》一：「手撚粉香春睡足，倚門立**地**怨東風。」《西廂》一之一：「山門下立**地**，看有甚麽人來。」又三之三：「姐姐！這湖山石下立**地**，我閉了寺裏角門兒，看一看，怕有人聽俺每說話。」《謝天香》劇一：「立**地**剛一飯間，心戰勾兩炊時。」又三：「可又早七留七力來到我跟底，不言語立**地**。」《牆頭馬上》劇四：「你這裏立**地**，我家去也。」《虎頭牌》劇三：「只見他氣丕丕的庭階下立**地**，不由我不惡噷噷心下猜疑。」凡云立地，義均同上。王安石《載酒》詩：「黄昏獨倚春風立，看却飛花觸**地**愁。」觸地愁，猶云觸着愁也。《劉知遠傳》一：「那三翁聽説話，叱喝道：『畜生㴠悄**地**！』」此爲命令口吻，禁止其聒噪，悄地猶云靜着。㴠同們。

取

取，語助辭，猶着也；得也。其可作着字解者。武則天《如意娘》詩：「不信比來長下淚，開箱驗**取**石榴裙。」李白《長相思》詩：「不信妾腸斷，歸來看**取**明鏡前。」又《金陵酒肆留別》詩：「請君問**取**東流水，別意與之誰短長？」白居易《霓裳羽衣歌》：「李娟張態君莫嫌，亦擬隨宜且教**取**」。又《短歌行》：「歌聲苦，詞亦苦，四座少年君聽**取**。」又《時世妝》詩：「元和妝梳君記**取**，髻堆面赭非華風。」蘇軾《雨中花慢》詞：「不如留**取**，十分春態，付與明年。」黄庭堅《蝶戀花》詞：「仙籍有名天賜與，致君事業安排**取**。」毛滂《惜分飛》詞：「此恨平分**取**，更無言語空相覷。」向滈《卜算子》詞：「説與旁人也斷腸，你自思量**取**。」劉克莊《賀新郎》詞：「禱祝花神憐惜**取**，問開時晴雨須斟酌。」趙長卿《江神子》詞：「誰與東君收拾**取**，怕風雨，挫瓊瑤。」以上各取字，皆可作着字解者也。其可作得字解者。王維《老將行》：「少年十五二十時，步行奪**取**胡馬騎。」《樂府詩集》作奪得。杜甫《客至》詩：「肯與鄰翁相對飲，隔籬呼**取**盡餘杯。」元稹《六年春遣懷》詩：

「小於潘岳頭先白，學取莊周淚莫多！」劉禹錫《送李策還湖南》詩：「勉君刷羽翰，蚤取凌青冥。」杜牧《登樂遊原》詩：「看取漢家何事業，五陵無樹起秋風。」蘇軾《西江月》詞：「人間誰敢更爭妍，鬬取紅窗粉面。」賀鑄《浣溪沙》詞：「望處定無千里眼，斷來能有幾迴腸。少年禁取恁淒涼。」辛棄疾《水龍吟》詞：「倩何人喚取，紅巾翠袖，揾英雄淚。」《花菴中興詞選》，劉仙倫《念奴嬌》詞：「江上買取扁舟，排雲湧浪，直過金沙尾。」《花草粹編》十，趙龍圖《念奴嬌》詞：「吾今老矣，好歸來了取青山活計。」《太平樂府》八，鍾繼先《一枝花》套，《自序醜齋》：「那里取陳平般冠玉精神，何晏般風流面皮！那里取潘安般俊俏容儀！」那里與那裏同。以上各取字，皆可作得字解者也。

定（一）

定，語助辭，猶了也；得也；着也；住也。用於動辭之後。王建《長門》詩：「長門閉定不求生，燒卻頭花卸卻箏。」此猶云閉了。《南宋六十家》，趙汝鐩《斷腸曲》：「蜀羅一段茸五色，看定鴛鴦繡不成。」此猶云看了。劉克莊《水龍吟》詞：「把東籬掩定，北窗開了，悠然酌，頹然睡。」此猶云掩了，定與了互文。《竹塢聽琴》劇楔子：「我親筆立定紙文書，分付與你莊田和那地土。」此猶云立了。以上爲了字義。毛滂《滿庭芳》詞：「留花伴月，占定可憐春。」此猶云占得。朱敦儒《清平樂》詞，詠《木犀》：「冷淡仙人偏得道，買**定**西風一笑。」此猶云買得。以上爲得字義。毛滂《虞美人》詞：「百花趲**定**東風去，知與花何處？」此猶云趲着。李之儀《鷓鴣天》詞：「隨**定**我，小蘭堂。」此猶云隨着。史達祖《齊天樂》詞：「夢斷刀頭，書開蠆尾，別有相思隨**定**。」義同上。管鑑《醉落魄》詞：「守**定**花枝，不放花零落。」此猶云守着。張鎡《瑞鶴仙》詞：「粉蝶兒守**定**花心不去，閑了尋香兩翅。」義同上。《竹塢聽琴》劇三：「我將一個枕頭兒倚**定**。」此猶云倚着。《西廂》四之一：「則索呆打孩，倚**定**門兒待。」義同上。《柳毅傳書》劇一：「到廟前將**定**金釵股，香案邊擊響金橙樹。」此猶云將着，亦卽拿着。《玉鏡臺》劇二：「朝至暮不轉我這眼睛，孜孜覷**定**。」此猶云覷着。《漢宮秋》劇二：「怎禁他帶天香着莫**定**龍衣袖。」着莫，意言撩惹或沾惹，此猶云沾惹着。李清照《聲聲慢》詞：「守着窗兒，獨自怎生得黑？」趙輯《宋金元人詞·漱玉詞》本，着字下注云：「《貴耳集》上，引斷句作**定**。」是更可爲定與着義通之證。以上爲着字義。王建《贈李愬》詩：「和雪翻營一夜行，神旗凍**定**馬無聲。」此猶云凍住。晁補之《萬年歡》詞：「綵舫紅妝圍**定**，笑西風黃花斑鬢。」此猶云圍住。《董西廂》四：「早是離人心緒惡，閣不**定**淚啼清血。」此猶云擱不住。《魔合羅》劇三：「他緊拽**定**衣服不放。」此猶云拉住。《燕青博魚》劇三：「你道是沒奸夫抵死來瞞**定**。」此猶云瞞住。《樂府陽春白雪》後五，蒲察善長《新水令》套：「一封書與你牢拴**定**，快疾忙飛過蓼花汀。」此猶云牢拴住。以上爲住字義。復次，今皮黃劇詞中定字尙盛行，如

《黄金臺》之「抓一把灰土把臉罩**定**」，《宫門帶》之「左手拉**定**世民子，右手拉**定**褚先生」，《法門寺》之「叫衙役將人犯與爺帶**定**」，《上天臺》之「孤離了龍書案皇兄待**定**」，又：「一步一步隨**定**了寡人。」皆其例也。

定（二）

定，疑問辭，猶云究竟也。韋應物《寒食寄諸弟》詩：「聯騎**定**何如？予今顔已老。」定一作竟，可證。孟浩然《江上寄山陰崔少府國輔》詩：「山陰**定**遠近？江上日相思。」李白《新林浦阻風寄友人》詩：「歲物忽如此，我來**定**幾時？」杜甫《將曉》詩：「歸朝日簪笏，筋力**定**如何？」施肩吾《對月憶嵩陽故人》詩：「不知三十六峯前，**定**爲何處峯前客？」蘇軾《賀陳述古弟章生子》詩：「我亦從來識英物，試敎啼看定何如？」辛棄疾《一絡索》詞：「不知花**定**有情無？」又《洞仙歌》詞：「問如此青山，**定**重來否？」劉克莊《念奴嬌》詞：「兒童不識，禿翁**定**是誰子？」張元幹《水調歌頭》詞：「今夕**定**何夕，秋水滿東甌。」劉辰翁《摸魚兒》詞：「願金印重來，洪都開府，**定**復幾時到？」又《酹江月》詞：「山河如此，月中**定**是何物？」凡此定字，均可作究竟解。又有不定語氣之兩事並提時，僅加定字於第二事之前，而將第一事前之定字省去，其位置極似抑字者。杜甫《第五弟豐獨在江左》詩：「聞汝依山寺，杭州**定**越州？」猶言究竟在杭州抑在越州也。又

《不離西閣》詩：「不知西閣意，肯別**定**留人。」猶言究竟別乎抑留乎。楊萬里《中秋前兩日別劉彥純彭仲莊》詩：「要得長隨二三友，不知由我**定**由天？」《南宋六十家》，敖陶孫《上鄭參政》詩：「餘日知安在，南村**定**北村？」皆其例也。

似（一）

似，猶與也；向也；用於動辭之後，特於動作影響及他處時用之。羅鄴《宮中》詩：「芳草長含玉輦塵，君王遊幸此中頻。今朝別有承恩處，鸚鵡飛來說**似**人。」此說示之義，說似人，即說與人或說向人也。歐陽修《減蘭》詞：「留春不住，燕老鶯慵無覓處。說**似**殘春，一老應無却少人。」晏殊《漁家傲》詞：「對面不言情脈脈，烟水闊，無人說**似**長相憶。」晏幾道《長相思》詞：「欲把相思說**似**誰？淺情人不知。」劉過《賀新郎》詞：「老去相如倦，向文君說**似**，而今怎生消遣。」《樂府雅詞》下，李甲《望春回》詞：「這些離恨，除非對着，說**似**明月。」凡此說似，義均同。然說似字亦有聯用與字者，如蘇軾《邵伯梵行寺山茶》詩：「說**似**與君君不會，爛紅如火雪中開。」一是也。竇鞏《贈阿史那都尉》詩：「較獵燕山經幾春？雕弓白羽不離身。年來馬上渾無力，望見飛鴻指**似**人。」此指示或指點之義，指似人，即指與人或指向人也。元稹《連昌宮》詞：「指**似**旁人因慟哭，却出宮門淚相續。」似一作向，是可證似即向也。陳與義《遊峴山》詩：「老僧千金意，佳處相指似。」楊萬里《明發龍川》詩：「北人不識南中瘴，只到龍川指似君。」蘇軾《江城子》詞：「十里春風誰指似，斜日映，繡簾斑。」舒亶《鵲橋仙》詞：「教來歌舞，接成桃李，盡是使君指似。」義均同。蘇軾《贈東林總長老》詩：「溪聲便是廣長舌，山色豈非淸淨身！夜來八萬四千偈，他日如何舉似人。」舉似，猶云說似或指似，蓋舉示之義。楊萬里《送子上弟之石井》詩：「平生一瓣香，何嘗舉似人。」又《和邱宗卿韻》詩：「歸來急問有新詩，句句舉似君不疑。」《南宋六十家》高九萬《送別》詩：「人前舉似終難信，問着垂楊便可知。」又羅與之《虎溪》詩：「向人欲舉似，有舌不能吐。」葛長庚《賀新郎》詞：「業債須教還淨盡，這一回嘗遍紅塵苦。歸舉似，西王母。」義均同。姬翼《感皇恩》詞：「百般呈似，種種施爲俱妄。」又《巫山一段雲》詞：「表裏纖塵不立，呈似太虛消息。」呈似，表示向人之義。薛濤《寄舊詩與元微之》詩：「老大不能收拾得，與君開似教男兒。」開似，開示向人之義。韓愈《誰氏子》詩：「誰其友親能哀憐？寫吾此詩持送似。」《花草粹編》七，石孝友《蝶戀花》詞：「擬寫相思持送似，如何盡得相思意。」持送似，卽持送與也。楊萬里《和昌英主簿叔求潘墨》詩：「嬾邊此寶端無用，送似草《玄》揚子雲。」《瀛奎律髓》二十七，曾茶山《曾宏父分餉洞庭柑》詩：「黃柑送似得嘗新，坐我松江震澤濱。」凡云送似，卽送與也。歐陽修《月石硯屏歌寄蘇子美》：「呼工畫石持寄似，幸子留意其無謙！」持寄似，卽持寄與也。楊萬里《送林謙之司業出爲桂路提刑》詩：「得句能寄似，不須持嶺雲。」又《四月一日二衢阻雨》詩：

「小詩苦雨當雲牋，寄似南風一問天。」凡云寄似，卽寄與也。黃庭堅《謝送碾壑源揀茶》詩：「肯憐天祿校書郎，親敕家庭遺分似。」楊萬里《贈王墀時可》詩：「子來問訊維摩詰，分似家風一瓣香。」凡云分似，卽分與也。賈島《劍客》詩：「十年磨一劍，霜刃未曾試。今日把似君，誰爲不平事？」把，猶持也，把似，猶持與也。《南宋六十家》，葛天民《竹》詩：「此話有誰堪委似，幾回無語向青青。」委者，寄託之意，委似，亦猶云寄與或託與也。

似(二)

似，猶於也，意則猶過也。賀鑄《浣溪沙》詞：「東風寒似夜來些。」言寒過昨日也。劉克莊《浪淘沙》詞：「今年衰似去年些。」言衰過去年也。又《風入松》詞：「逆旅主人相問，今回老似前回。」言老過前回也。趙長卿《清平樂》詞：「試着春衫羞自看，窄似年時一半。」意言身體頓瘦，衣衫窄過從前一半也。《太平樂府》二，〔張〕小山小令，《沈醉東風》：「更盡茶蘼酒一壺，強似聽西園夜雨。」強似者，勝過之義。又前人前調：「一脚騰空上紫雲，強似向紅塵亂滾。」義同上。《隔江鬬智》劇二：「魯肅云：『小姐！如今無大似你的人，你同玄德公拜了天地，然後衆將參見。』」言無有大過你的人，意云再無有長輩也。

當

當，語助辭，猶着也。姚合《寄狄拾遺》詩：「睡當一席寬，覺乃千里窄。」睡當，睡着也。柳永《擊梧桐》詞：「近日書來，寒暄而已，苦沒切切言語。便認得聽人敎當，擬把前言輕負。」敎當，敎唆着也，言辨認得出是聽了旁人敎唆也。關漢卿《拜月亭》劇：「你心間，索記當；我言詞，更无妄。」索記當，須記着也。楊萬里《和張器先》詩：「他日君來相問當，南溪溪北北山前。」問當，問着也。方岳《雪後梅邊》詩：「開口便遭花問當，老夫媿面了無辭。」《董西廂》二：「沒留沒亂，不言不語。儘夫人問當，夫人說話，不應一句。」《魔合羅》劇三：「我待兩三番推阻不問當，他緊拽定衣服不放，不由咱不與你做商量。」又：「這殺人的要見傷；做賊的要見贓；犯姦的要見雙。一行人怎問當？」義均同上。《東坡夢》劇四：「一句句對當，一句句對當，總不離一曲《滿庭芳》。」對當，對答着也。《傷梅香》劇三：「你便有口呵怎對當。」義同上。《玉壺春》劇二：「多管是人遭遇，料應來天對當。」此所謂對當，猶云對付着也。《三奪槊》劇：「也是青天會對當。」《樂府新聲》中，無名氏小令，《水仙子》：「笑吟吟先倒在牙牀上，羞答答怎對當？」義同上。《張千替殺妻》劇：「若母親命亡，天那！誰人覷當？」覷當，看着也，意則云看管着或看待着也。《魔合羅》劇楔子：「你是必好覷當小嬰孩！」《范張雞黍》劇二：「大嫂！好覷當母親！」《黃粱夢》劇楔子：「父親！好覷**當**雙兒女者！」義均同上。《殺狗勸夫》劇二：「你便十分的覷**當**他，他可有一分兒知重你？」此專爲看待義。

在

在，語助辭，猶着也；得也。然用法複雜，其餘當隨文而異其解。杜甫《江畔獨步尋花》詩：「詩酒尚堪驅使**在**，未須料理白頭人。」驅使在，猶云驅使得也。白居易《酬別微之》詩：「且喜筋骸俱健**在**，勿嫌鬚鬢各皤然。」健在，猶云健着，此與然字作對。又《和韓侍郎題楊舍人林池》詩：「鳳池冷暖君諳**在**，二月因何更有冰。」諳在，猶云諳得。又《郡中閒獨寄微之及崔湖州》詩：「兩處也應相憶**在**，官高年長少情親。」憶在猶云憶着或憶得。又《與夢得同登棲靈塔》詩：「共憐筋力猶堪**在**，上到棲靈第九層。」堪在，猶云當得或禁得。李羣玉《洞庭乾》詩：「八月還平**在**，魚蝦不用愁。」言湖水八月還平着也。韓偓《春盡日》詩：「把酒送春惆悵**在**，年年三月病厭厭。」惆悵在猶云惆悵着。陸游《小園》詩：「拂衣司諫猶忙**在**，此意淵明却少知。」忙在，猶云忙着。元好問《夢歸》詩：「殘年兄弟相逢**在**，隨分虀鹽萬事休。」相逢在，猶云相逢着或相逢得。德祐太學生《念奴嬌》詞：「春色尚堪描畫**在**，萬紫千紅塵土。」描畫在，猶云描畫得，此卽脫胎上述杜詩句法。《牡丹亭》，《婚走》：「寫春容那人兒拾**在**，那勞承那般頂戴。」言拾着也。以上各證，皆作

着字得字解者也，此外更隨文分疏如下。王安石《華嚴院此君亭》詩：「煩君惜此根株**在**，乞與伶倫學鳳凰。」此在字相當於哉字，猶云惜此根株哉。陳師道《謝王立之送花》詩：「城南居士風流**在**，時送名花與報春。」義同上，猶云居士風流哉。黄庭堅《子瞻子由相繼入侍次韻》詩：「樂天名位聊相似，却是初無富貴心。只欠小蠻樊素**在**，我知造物愛公深。」此在字相當於耳字，猶云只欠蠻與素耳。楊萬里《同岳大用甫雪後遊西湖》詩：「湖暖開冰已借春，山晴留雪要娛人。作遊未當清奇**在**，踏凍重來眼却新。」義同上，未當即未算之意，猶云不算清奇耳。李白《歷陽壯士勤將軍》歌：「太古歷陽郡，化爲洪川**在**，江山猶鬱盤，龍虎祕光彩。」此在字相當於矣字，猶云化爲洪川矣。王安石《寄友人》詩：「登臨舊興無多**在**，但有浮槎意未忘。」義同上，猶云舊興無多矣。李咸用《題陳將軍別墅》詩：「明王獵士猶疏**在**，巖谷安居最有才。」此在字相當於些字，猶云猶疏些。楊萬里《小集食藕極嫩》詩：「比雪猶鬆**在**，無絲可得飄。」義同上，猶云猶鬆些。杜甫《因許八寄江寧旻上人》詩：「聞君話我爲官**在**，頭白昏昏只醉眠。」此在字相當於啊字，意云聞君談起爲官之事啊，我無心爲官，只昏昏欲醉眠耳。白居易《別微之》詩：「未死會應相見**在**，又知何地復何年。」義同上，猶云會應相見啊。齊己《謝元願上人遠寄檀溪集》詩：「猶能爲我相思**在**，千里封來夢澤西。」義同上，猶云爲我相思啊。白居易《因夢得酬牛相公見贈》詩：「詩酒放狂猶得**在**，莫欺白叟與劉君。」此在字相當於呢字或哩字，意云詩酒都還來得呢。又《就暖偶酌戲諸詩酒舊侶》詩：「細酌徐吟猶得**在**，舊遊未必便相忘。」語意與上同。又《別春爐》詩：「晚風猶冷**在**，夜火且留看。」此猶云猶冷呢。楊萬里《懷古堂前小梅漸開》詩：「近水數枝還小**在**，一梢雙朵忽齊開。」此猶云還小呢。陸游《秋晚書懷》詩：「却笑吾兒多事**在**，夜分未滅讀書燈。」此在字相當於也字，猶云却笑吾兒多事也。楊萬里《後圃杏花》詩：「淡了還紅**在**，留渠肯住不？」義同上，猶云淡了還紅也。《董西廂》三：「我曾見風魔九伯，不曾見這般箇神狗乾郎**在**。」義同上，猶云不曾見過這般人物也。《牡丹亭》，《婚走》：「傷春便埋，似中山醉夢三年**在**。」義同上，猶云似醉夢三年也。復次，在字有似語助辭而實非者，附述於此。杜甫《絕句漫興》詩：「懶慢無堪不出村，呼兒日**在**掩柴門。」黄庭堅《招子高》詩：「我行向厭次，夏扇日**在**搖。」此種在字之用法，可以「在處」一語參解之，在處猶云隨處或處處，日在猶云逐日或日日也；特日在倒其文，仿彿古詩「相去日已遠，衣帶日已緩」之字法耳。日在掩與日在搖，言日日如此做，日日如此進行也。

去（一）

去，語助辭，猶來也；啊也；着也；了也。其猶來字者。李商隱題《僧壁》詩：「大**去**便應欺粟顆，小來兼可隱針鋒。」李羣玉《送于少監自廣州還紫邏》詩：「宦情薄**去**詩千首，世事閒來酒一尊。」兩詩去字皆與來字對舉，互文也，去猶來也。杜甫《江上值水如海勢，聊短述》詩：「老**去**詩篇渾漫與。」老去，猶云老來也。白居易《題峽中石上》詩：「誠知老**去**風情少。」蘇軾《張子野年八十五尚聞買妾》詩：「詩人老**去**鶯鶯在。」史達祖《祝英臺近》詞：「此情老**去**須休，春風多事，便老**去**越難迴避。」凡云老去，義均同上。《太平樂府》八，李致遠《粉蝶兒》套，《擬淵明》：「量這些來小**去**官職，枉消磨了浩然之氣。」此猶云這一些些小來官職。《雍熙樂府》十八，無名氏小令，《朝天子》：「志高伯夷，才超仲舒，說的**去**，行不**去**。」此猶云說得來做不來。其猶啊字者。王維《觀別者》詩：「愛子遊燕趙，高堂有老親。不行無可養，行**去**百憂新。」言不行則無以養親，行啊，又覺百憂叢生也。歐陽修《梁州令》詞：「如今却恁空追悔，元來也會憶人**去**！」此猶云元來也會憶人啊。高觀國《鳳棲梧》詞：「拚却一番花信阻，不成日日春寒**去**！」此猶云難道日日春寒啊。劉辰翁《踏莎行》詞：「雪晴須有踏青時，不成也待明年**去**！」此猶云難道也待明年啊。黃庭堅《晝夜樂》詞：「夜深記得臨岐語，說花時，歸來**去**！」此猶云歸來啊。《絕妙好詞》三，趙與鋤《謁金門》詞：「歸去**去**！風急蘭舟不住。」此猶云歸去啊。《錯立身》戲文：「我要性命何用，不如尋個死**去**！」此猶云不如尋死啊。又：「尋思你**去**眞慘悽！只得與你躭着罪，到前途作個道理。」此猶我想你啊眞慘悽。其猶着字者。陸龜蒙《襲美以公齋小飲見招》詩：「依方釀酒愁遲**去**，借樣裁巾怕索將。」此猶云遲着。皮日休《寄潤卿博士》詩：「若使華陽終臥**去**，漢家封禪有誰文?」此猶云臥着。蘇軾《海棠》詩:「只恐夜深花睡**去**,故燒高燭照紅妝。」此猶云睡着。楊萬里《船中蔬飯》詩:「何曾萬錢方下箸,先生把菜亦飽**去**。」此猶云飽着。《董西廂》三:「不走了,廝覷者。神天報應無虛設,休休休!負德孤恩的見**去**也!」此猶云見着或看着,意言負德孤恩的結果看得見也。《北詞廣正譜》十七,《雙調》,王伯成《鴛鴦煞》:「暢道薄倖虧人,神天覷者。到如今着個堅心兒捱。不消分別,負德辜恩見**去**也!」義同下。《雍熙樂府》十,《一枝花》套,《陳玄禮駭赦》:「直等拏住賊臣恁時節,教那廝自分說,陛下聽者,臣是臣非見**去**也!」義同上。《樂府新聲》上,張彥文《一枝花》套,「春風醉碧桃」篇:「你個聰明的小姐,寧心兒記者,喒這說下的盟言應**去**也!」此猶云應着或驗着。其猶了字者。杜牧《杏園》詩:「莫怪杏園顦顇**去**,滿城都是插花人。」此猶云憔悴了。徐凝《翫花》詩:「明朝漸校無多**去**,看到黃昏不欲回。」此猶云無多了。校與較同,猶差也,見較字條。《太平樂府》二,劉時中小令,《清江引》:「風雨兩無情,庭院三更夜,明日落紅多**去**也。」此猶云明日落紅更多了也。《董西廂》一:「冗的般標格精神,管相思人**去**也嫣嫣!」此猶云定相思煞人了也。嫣嫣為無聊呼籲之辭。又:「是一段風流寃業,下梢管折倒了性命**去**也!」此猶云定犧牲性命了也。

去(二)

去，猶後也，指示時間之辭。陶潛《遊斜川》詩：「未知從今**去**，當復如此不？」從今去，卽從今後也。蘇軾《下天竺惠淨師以醜石贈行作三絕句》：「出處依稀似樂天，敢將衰朽較前賢！便從洛社休官**去**，猶有閒居二十年。」言樂天自洛社休官後，猶有二十年閒居也。又《次韻王鬱林》詩：「平生多難非天意，此**去**殘年盡主恩。」此去，此後也。《宋百家詩存》，陳必復《百五節》詩：「此**去**嬉遊少，風光又一年。」劉克莊《鵲橋仙》詞：「不交平勃，不**遊**田竇，也不朋他牛李。平章此**去**似何人，似洛社戴花舞底。」義均同上。晏幾道《浪淘沙》詞：「霜鬢知他從此**去**，幾度春風。」從此去，從此後也。巾箱本《琵琶記》十：「但願公婆從**此去**，相和美。」義同上。張元幹《感皇恩》詞：「願從今日**去**，身長健。」言從今日後也。吳泳《沁園春》詞：「從今**去**，且亭前放鶴，溪上垂綸。」義見前。《花草粹編》九，劉伯寵《滿庭芳》詞：「**後會芙蕖未老**，從今**去**，日望歸鴻。」義同上。劉克莊《水龍吟》詞：「從今向**去**，年年強健，插花高會。」向去卽以後，見向字條，言從今以後也。趙長卿《小重山》詞：「起來窗下看盆池。傷春**去**，消瘦不勝衣。」言自傷春以後也。吳潛《聲聲慢》詞，《賦梅》：「林逋**去**，問影疏香暗，誰賦其間？」言自林逋以後也。

看（一）

看，估量之辭。杜甫《贈韋左丞》詩：「賦料揚雄敵，詩**看**子建親。」看與料互文，看猶料也；

言料與子建相近也。李白《送別》詩：「看君潁上去，新月到應圓。」此猶云料君。高適《送田少府貶蒼梧》詩：「丈夫窮達未可知，看君不合長貧賤。」義同上。又《九日酬顏少府》詩：「蘇秦顛頹人多厭，蔡澤棲遲世看醜。」言看做醜也，亦估量辭。白居易《酬別周從事》詩：「辭官歸去緣衰病，莫作陶潛范蠡看。」作某某看，即當做某某看待也，亦估量辭。蘇軾《慶源宣義王丈》詩：「吏民莫作官長看，我是識字耕田夫。」又《與孟震同游常州僧舍》詩：「稺杉戢戢三千本，且作凌雲合抱看。」王安石《紅梅》詩：「北人初未識，渾作杏花看。」義均同上。劉辰翁《花犯》詞：「便把似一年春看，惜花花自老。」把似亦當做義。

看（二）

看，嘗試之辭，如云試試看。杜甫《空囊》詩：「囊空恐羞澀，留得一錢看！」白居易《寄明州于駙馬》詩：「何郎小妓歌喉好，嚴老呼爲一串珠。海味腥鹹損聲氣，聽看猶得斷腸無？」又《松下贈琴客》詩：「偶因羣動息，試撥一聲看！」又《眼病》詩：「人間方藥應無益，爭得金篦試刮看！」又《別春爐》詩：「晚風猶冷在，夜火且留看。」李商隱《無題》詩：「蓬山此去無多路，青鳥殷勤爲探看。」蘇軾《賀陳述古弟章生子》詩：「我亦從來識英物，試教啼看定何如？」柳永《滿江紅》詞：「待到頭終久問伊看，如何是？」晏幾道《河滿子》詞：「問看幾許憐才意，兩蛾藏盡離愁。」皆其例也。

後 后

後，猶呵或啊也。王周《問春》詩：「把酒問春因底意，爲誰來**後**爲誰歸？」後字爲語氣間歇之用，猶云爲甚來呵又爲甚歸去也。王爲五代時人，見《全唐詩》。歐陽修《醉蓬萊》詞：「更問假如事還成**後**，亂了雲鬟，被娘猜破。」按此詞見《醉翁琴趣外篇》。黃庭堅《好女兒》詞：「假饒來**後**，教人見了，却去何妨。」辛棄疾《最高樓》詞：「是夢他松**後**追軒冕，是化爲鶴**後**去山林。」史浩《新荷葉》詞：「秫來釀酒，便無**後**也解賒沽。」陸游《一叢花》詞：「從來不慣傷春淚，爲伊**後**滴滿羅衣。」趙長卿《賀新郎》詞：「爲你**後**甘心憔悴，終待說山盟海誓，這恩情到此非容易。」《絕妙好詞》四，譚宣子《江城子》詞，詠柳：「辦得重來攀折**後**，煙雨遠，不辭遙。」《元草堂詩餘》，杜善夫《太常引》詞：「不是不思量，說着**後**教人語長。」《董西廂》一：「說謊**後**，小人圖甚麼？」又：「若不與**後**，而今沒這本話說。」此爲張生借廂時之說書人口氣，言假如西廂不借與張生呵，那是根本取消，連這本《西廂記》也沒有了。又：「得**後**，是自家采；不得**後**，是自家命。」又二：「不來**後**，是衆僧大家采；來**後**，怎當待。」此指孫飛虎亂兵言。采爲幸運之意。又三：「要酒**後**，廚前自汲新泉；要樂，當筵自理冰絃；要絹，有壁畫兩三幅；要詩**後**，却奉得百來篇。」又四：

「是人後，疾忙快分說；是鬼後，應速滅。」按王實甫《西廂》四之四，此四語承用《董西廂》原文，兩後字均作呵字，益可證後之卽呵也。《劉知遠傳》十一：「有印後，爲安撫；無印後，怎結束。」三十種本《遇上皇》劇：「有酒後，聚得親房；有酒後，會得賢良。豈不聞古語常言，酒解愁腸。有酒後，寬洪海量；沒酒後，腹熱腸荒。」關漢卿《拜月亭》劇：「則兀那瑞蓮便是證見，怕你不信後，沒人處，問一遍。」怕你不信後，猶云如你不信呵。《陳摶高臥》劇一：「你休道掩不着情。不應後，我敢罰銀十錠。」此賣卜時語，言卜課不靈，我準罰銀十錠也。又二：「若做官後，每日價行眠立盹。休休休！枉笑殺凌烟閣上人。」《漁樵記》劇一：「醉了後，還只待笑吟吟美酒沽。」《太平樂府》六，曾瑞卿《端正好》套，自序：「失時也亡了家國；得意後霸了山河。」此與也字對舉，同爲語氣間歇之用。《青衫淚》劇四：「故人見後潯陽，怕甚水地湫凹；今日個君王召也長安，避甚道路兒搭。」義例同上。《金鳳釵》劇三：「時來呵鐵也爭光；運去後黃金失色。」此與呵字對舉，後卽呵也。《趙氏孤兒》劇三：「我七旬死後偏何老，這孩兒一歲死後偏知小。」《樂府陽春白雪》後一，呂止軒小令，《醉扶歸》：「瘦後因他瘦，愁後爲他愁。」以上所述各後字，總之均相當於呵或啊也。字亦作后。《樂府新聲》下，馬致遠小令，《四塊玉》：「二頃田，一具牛，飽后休。」又：「幾葉棉，一片紬，暖后休。」蓋猶云飽呵便休，暖呵便休也。

時

時，爲語氣間歇之用，猶呵或啊也。《錯立身》戲文：「你不去時，與我叫過狗兒都管過來。」此猶云你不去呵。《樂府新聲》下，無名氏小令，《寄生草》：「你不來時，還我香羅帕。」此猶云你不來呵。《張協狀元》戲文：「見說一女已傾棄，人道却有一女奇。若是時，若是時，却當與君作個道理。」此猶云倘若果然呵。傾棄，死亡之義。《裴度還帶》劇一：「比及你受困時，你投托箇相知，題上幾首詩，也得些滋潤也。」言與其受困呵，不如投托相知覓些好處也。《雍熙樂府》十五前集，《念奴嬌》套，《傷梅香》：「如足下病沉時，將艾焙燒；怕哥哥告殂時，着火葬了。」此猶云如其病沉呵，如其告殂呵。又二十，止軒小令，《醉扶歸》：「你若肯時肯，不肯時罷手，休把人空迤逗。」此猶云若是肯呵便肯，若是不肯呵便罷。《太平樂府》二，王愛山小令，《水仙子》：「我則道別離時易，誰承望相見呵難。」時與呵爲互文，時猶呵也。《黃鶴樓》劇一：「玄德公也，若你不來時，萬事罷論；若來呵，便插翅也飛不過這大江去。」義例同上。吳潛《望江南》詞：「欲把捉時無把捉，道虛空後不虛空。」時與後爲互文。後猶呵也，見後字條。《董西廂》四：「讒言可畏，十分不信後須疑；人氣好毒，一息不來時便死。」《西廂》四之四：「懶上車兒內，來時甚急，去後何遲。」《梧桐雨》劇二：「取時難，得後慳。可惜不近長安，因此上教驛使把紅塵踐。」按劇情係指荔枝言。涵芬本《遇上皇》劇一：「我有酒後寬洪海量，沒酒**時**腹熱腸慌。」白樸小令，《寄生草》，詠《飲》：「長醉後方何礙，不醒時有甚思。」義例均同上。按此種時字後字對舉，作語氣間歇之用，虛而不實，與王安石《千秋歲引》詞之「夢闌時，酒醒後」，及無名氏《燭影搖紅》詞之「海棠開後，燕子來時」，語意確指時間者不同也。

休

休，語助辭；用法複雜，隨文解釋如下。有可解爲了字者。《南宋六十家》，趙汝鐩《送青上人歸四明》詩：「平常心是道，莫更問人**休**！」此猶云莫問了。呂勝己《南鄉子》詞：「行客語滄洲，笑道漁翁太拙**休**！」此猶云太拙了。有可解爲罷字者。《南宋六十家》，許棐《送竹潭》詩：「已強詩仙一夜留，任教侵早放船**休**！」此猶云任他去罷。《花草粹編》一，無名氏《長相思》詞，《賈似道遭貶》：「吳循州，賈循州，十五年間一轉頭，人生放下**休**！」此猶云放下罷。朱敦儒《相見歡》詞：「人間事，如何是，去來**休**！」此猶云去來罷。有可解爲呵字或啊字者。楊萬里《題子仁姪山莊小集》詩：「莫笑山林小集**休**！篇篇字字爽於秋。」此猶云莫笑呵。《南宋六十家》，王同祖《午窗》詩：「浮雲得喪知何益，早悟莊周蝶夢**休**！」此猶云早悟呵。李清照《玉樓春》詞：「要來小酌便來**休**！未必明朝風不起。」此猶云快來呵。李彭老《生查子》詞：「拜了夜香**休**！翠被聽春漏。」此猶云既拜之後呵。有可解爲麽字者。杜甫《徐卿二子歌》：「丈夫生兒有如此二雛者，名位豈肯卑微**休**？」此猶云豈會卑微麽。章孝標《破山水屏風》詩：「殘雲飛屋裏，片水落牀頭。尚勝凡花鳥，君能補綴**休**？」此猶云君能麽。楊萬里《明發棲隱寺》詩：「將謂是夜着，月輪已沒星都落；將謂是晝**休**？銀河到曉爛不收。」此猶云是晝麽。按與着字對舉，此着字亦爲語助辭。有可解爲耳字者。方岳《卽事》詩：「魚兼熊掌不可得，寧負風光救口**休**！」此猶云寧救口耳。楊萬里《病中感秋》詩：「壽外康寧方是福，不然徒壽不須**休**！」此猶云徒壽無須耳。又《江行七日阻風繁昌舍舟出陸》詩：「山行辛苦水行愁，只是詩人薄命**休**！」此猶云只是薄命耳。

將（一）

將，語助辭，用於動辭之後。杜甫《冬晚送長孫漸舍人歸州》詩：「匣裏雌雄劍，吹毛任選**將**。」白居易《薔薇架》詩：「假如君愛殺，留着莫移**將**。」又《自喜》詩：「攜**將**貯作丘中費，猶免飢寒得數年。」韓愈《調張籍》詩：「仙官勅六丁，雷電下取**將**。」李商隱《碧城》詩：「檢與神方教駐景，收**將**鳳紙寫相思。」韓偓《贈僧》詩：「餅添澗水盛**將**月，衲挂松枝惹得雲。」陸龜蒙《襲美以公齋小宴見招》詩：「依方釀酒愁遲去，借樣裁巾怕索**將**。」皆其例也。又如白居易《長恨歌》：「惟將舊物表深情，鈿合金釵寄**將**去。」《董西廂》二：「把破設設地偏衫揭**將**起，手提着戒刀三尺。」《兒女團圓》劇二：「妾身是李春梅，自從韓二休**將**我出來，我腹懷有孕。」巾箱本《琵琶記》二十二：「張大公！憑着你留下我這一條拄杖，怕這忤逆不孝子蔡邕回來，把這拄杖與我打**將**出去。」《貨郎旦》劇一：「村在骨中挑不出，俏從胎裏帶**將**來。」此種將字之用法，今日口語中仍通行焉。

將（二）

將，猶與也。李白《魯郡堯祠送竇明府》詩：「遂**將**三五少年輩，登高遠望形神開。」遂將，遂與也。又《月下獨酌》詩：「月既不解飲，影徒隨我身。暫伴月**將**影，行樂須及春。」此云月與影也。綦毋潛《早發東上門》詩：「時命不**將**明主合，布衣空染洛陽塵。」此云不與明主合也。盧照鄰《春時慨然思江湖》詩：「倘遇鸞**將**鶴，誰論貂與蟬。」岑參《太白胡僧歌》：「心**將**流水同清淨，身與浮雲無是非。」盧綸《洛陽早春憶吉中孚司空曙因寄清江上人》詩：「酒貌昔**將**花共豔，鬢毛今與草爭新。」司空曙《早春遊望》詩：「壯**將**歡共去，老與悲相逐。」盧象《送綦毋潛》詩：「欲識秦**將**漢，嘗聞王與裴。」白居易《和裴侍中南園靜興見示》詩：「靜**將**鶴爲伴，閑與雲相似。」僧慕幽《冬日淮上》詩：「水與行人遠，山**將**落日連。」陳師道《宿深明閣》詩：「老**將**災疾至，人與歲時遷。」以上各詩，皆將字與字互文，將猶與也。元稹《酬樂天得微之詩知通州事》詩：「定覺身**將**

四一種，未知生共死何如。」殷堯藩《醉贈劉十二》詩：「鶯將吉了語，猿共猓然啼。」朱灣《九日登青山》詩：「水將雲合色，雲共我無心。」以上將字共字互文，共猶與也。王維《送邢桂州》詩：「赭圻將赤岸，擊汰復揚舲。」李頎《送張諲入蜀》詩：「經山復歷水，百恨將千慮。」以上將字復字互文，復亦猶與也。

相將（一）

相將，猶云相與或相共也。孟浩然《春情》詩：「已厭交歡憐枕席，**相將**遊戲繞池臺。」令狐楚《春遊曲》：「**相將**折楊柳，爭取最長條。」李賀《官街鼓》詩：「幾回天上葬神仙，漏聲**相將**無斷絕。」王琦注：「將猶隨也。」王安石《次韻答平甫》詩：「物物此時皆可賦，悔予千里不**相將**。」蘇軾《和寄天選長官》詩：「**相將**古寺行，軟語頹晚照。」柳永《尉遲杯》詞：「且**相將**共樂平生，未肯輕分連理。」秦觀《沁園春》詞：「柳下**相將**游冶處，便回首青樓成異鄉。」皆其例也。

相將（二）

相將，猶云行將也；侵尋也。蘇軾《藤州江上夜起對月》詩：「**相將**乘一葉，夜下蒼梧灘。」楊萬里《十五日明發石口遇順風》詩：「掛帆未了青泥過，轉眼**相將**玉笥邊。」《南宋六十家》，許棐

《母忌》詩：「最憐春雨**相將**足，隰上有田誰與耕。」又葛起耕《春懷》詩：「過了花朝日漸遲，**相將**又是禁煙時。」又葛天民《簡道安》詩：「**相將**除夜南風起，雁已聲聲向北飛。」柳永《巫山一段雲》詞：「貪看海蟾狂戲，不道九關齊閉。**相將**何處寄良宵，還去訪三茅。」周邦彥《花犯》詞：「**相將**見脆圓薦酒，人正在空江烟浪裏。」陳允平《八聲甘州》詞：「便**相將**無情秋思，向菰蒲深處落紅衣。」皆其例也。

許（一）

許，猶處也。李白《楊叛兒》詩：「何**許**最關人？烏啼白門柳。」何許，猶云何處也。白居易《偶作》詩：「若問此何**許**？此是無何鄉。」《宋百家詩存》，呂本中《伍胥祠》詩：「丈夫遺恨竟何**許**？楚越勾吳今是非。」賀鑄《蕙清風》詞：「何**許**最悲秋？凄風殘照。」《花菴中興詞選》一，康與之《瑞鶴仙》詞：「悵姑蘇臺上，征帆何**許**？隱隱遙山萬疊。」姜夔《法曲獻仙音》詞：「喚起淡妝人，問逋仙今在何**許**？」《花草粹編》十一，周伯陽《春從天上來》詞：「指蓬萊雲路，渺何**許**月冷風清？」凡云何許，義均同上。史達祖《齊天樂》詞：「江南朋舊在**許**，也能憐天際，詩思誰領。」在許，猶云在處也。溫庭筠《楊柳枝》詞：「合歡桃核終堪恨，裏**許**元來別有人。」人卽果仁，爲雙關之妬語。裏許猶云裏面，亦處字義。《宋百家詩存》，汪莘《雞雛》詩：「却思裏**許**若爲活？跧伏性命能低徊。」義同上。

許（二） 如許 爾許 能許 寧許 何許 怎許 許來

許，猶云這樣或如此也。杜甫《野人送櫻桃》詩：「數回細寫愁仍破，萬顆勻圓訝許同。」杜荀鶴《自江西歸九華》詩：「許大乾坤吟未了，揮鞭回首出陵陽。」蘇軾《答文與可》詩：「世間那有千尋竹，月落庭空影許長。」又《次韻孫祕丞見贈》詩：「迂疏自笑成何事，冷淡誰能用許功。」劉克莊《梅花十絕》：「東鄰安得如渠白，西域何曾有許香。」又送《葉士嚴》詩：「走馬看花消許急，殺雞爲黍誤儂多。」楊萬里《夜雨不寐》詩：「已是不成眠，如何更遭許？」又《夜聞蕭伯和與子上弟讀書》詩：「少日耽書病得臞，何曾燈火稍相疏。如今老孏那能許，臥聽鄰齋夜讀書。」丘崈《滿江紅》詞：「且飲不須論許事，從今煞有佳天色。」辛棄疾《賀新郎》詞：「蓮社高人留翁語，我醉寧論許事。」管鑑《滿江紅》詞：「強尊前抖擻舊精神，誰能許？」劉克莊《沁園春》詞：「天造梅花，有許孤高，有許芬芳。」皆其例也。其習見者則爲如許。范成大《病中絕句》：「竹雞何物能無賴，如許泥濘更苦啼。」又《盤龍驛》詩：「行路如許難，誰能不華髮。」柳永《臨江仙》詞：「問怎生禁得，如許無聊。」《花草粹編》三，趙德莊《謁金門》詞：「樓外綠烟封冪冪，花飛如許急。」又三，張宗瑞《謁金門》詞：「樓外垂楊如許碧，問春來幾日。」盧祖皐《卜算子》詞：「瘦骨從來不奈秋，一夜秋**如許**。」王沂孫《齊天樂》詞，詠《蟬》：「鏡暗妝殘，爲誰嬌鬢尙**如許**。」皆其例也。亦作**爾許**。杜荀鶴《醉書僧壁》詩：「九華山色眞堪愛，留得高僧**爾許**年。」范成大《兩木》詩：「頷髭**爾許**長，大笑欹巾冠。」毛幵《薄倖》詞：「自見了生塵羅襪，**爾許**嬌波流盻。」葛長庚《沁園春》詞：「相府如潭，侯門似海，那得烟霄**爾許**高。」亦作能許。如能字條所述之「蛙腹**能許**怒」，「小松**能許**劣」，「着花**能許**細」皆是。亦作寧許。陸暢《驚雪》詩：「天人**寧許**巧，剪水作花飛。」楊萬里《過招賢渡》詩：「柳上青蟲**寧許**劣，垂絲到地却回身。」蓋如、爾、能、寧，皆一聲之轉也。又有何許一語，與作何處解者不同，蓋猶云如何或怎樣也。陸游《桃源憶故人》詞：「試問歲華**何許**？芳草連天暮。」意云歲華如何也。王沂孫《摸魚兒》詞：「姑蘇臺上烟波遠，西子近來**何許**？」意言近來如何也。又有怎許一語，亦同義。楊无咎《鷓鴣天》詞：「風流意態猶難畫，瀟灑襟懷**怎許**傳？」意云怎樣傳或如何傳也。又有許來一語，亦爲這樣之義，習見者則爲許來大。《合汗衫》劇二：「**許來大**個東嶽神明，他管你什麼肚皮裏娃娃。」又二：「**許來大**家緣家計，盡皆沒了。」《謝天香》劇三：「**許來大**官員，恁來大職位。」關漢卿《拜月亭》劇：「**許來大**中都城內。」其義蓋與許大同。

許（三）　幾許　許多　日許多時　日許時

許，估計數量之辭。孟浩然《秋宵月下有懷》詩：「佳期曠何許？望望空佇立。」曠何許，言曠隔多少日也。元稹《琵琶歌贈管兒》：「藝奇思寡塵事多，許來寒暑又經過。如今左降在閒處，始爲管兒歌此歌。」許來寒暑，言若干寒暑也。楊萬里《春暖郡圃散策》詩：「倩誰留許春寒著，更放梅花住少時。」留許春寒，言多少留些春寒也。陶潛《飲酒》詩：「傾身營一飽，少許便有餘。」王建《看石楠花》詩：「明朝獨上銅臺路，容見花開少許時。」范成大《餘杭道中》詩：「五柳能消多許地，客程何苦鎮悤悤。」又《雷震》詩：「但要蟄蟲啓戶，何須一許震驚。」吳潛《海棠春》詞：「銀燭莫高燒，春夢無多許。」少許、多許、一許，皆估計數量辭，無事詮釋。其習見者則爲幾許。韓愈《桃源圖》詩：「當時萬事皆眼見，不知幾許猶流傳。」蘇軾《觀潮》詩：「欲識潮頭高幾許，越山渾在浪花中。」賀鑄《石州慢》詞：「欲知方寸，共有幾許新愁，芭蕉不展丁香結。」又《望湘人》詞：「被惜餘薰，帶驚賸眼，幾許傷春春晚。」又《綠頭鴨》詞：「回廊影，疏鐘淡月，幾許消魂？」又《青玉案》詞：「試問閒愁都幾許，一川烟草，滿城風絮，梅子黃時雨。」凡云幾許，猶云多少也。又估計其多則曰許多。辛棄疾《尋芳草》詞：「有得許多淚，更閒却許多鴛被。」史達祖《喜遷鶯》詞，《元夕》：「自憐詩酒瘦，難應接許多春色。」王觀《慶清朝慢》詞：「陰則箇，晴則箇，餖飣得天氣有許多般。」石孝友《惜奴嬌》詞：「負我看承，枉駞我許多時價。」皆其例也。又許多時亦曰日許多時。呂濱老《沁園春》詞：「爭知道，寃家誤我，日許多時。」石孝友《聲聲慢》詞：

花前月下，好景良辰，廝守**日許多時**。」《董西廂》四：「憶自伊家赴上都，**日許多時**，夜夜魂勞夢役。」亦省之曰日許時。楊萬里《過呂城閘》詩：「一般最後知何故，**日許時**間獨不來。」柳永《夢還京》詞：「追憶當初，繡閣話別太容易。**日許時**猶阻歸計。」日許多時及日許時，殆皆當時熟語也。

許（四）　奈何許　如何許　可惜許　刻惜許　可憐許　堪憐許

許，語助辭。唐人萬楚《題情人藥欄》詩：「斂眉語芳草，何**許**太無情？」此猶云何太無情，許字不爲義。丘崈《水調歌頭》詞：「笑塵纓，何日**許**，濯滄浪。」許字亦不爲義，何日許，猶云何日裏也。更舉許字爲語助之熟語如次。有曰奈何許者。古樂府：「**奈何許**！石闕生口中，銜碑不得語。」按銜碑諧音含悲。韓愈《感春》詩：「三杯取醉不復論，一生長恨**奈何許**！」辛棄疾《賀新郎》詞，《賦滕王閣》：「天宇修眉浮新綠，映悠悠潭影長如故。空有恨，**奈何許**！」劉辰翁《摸魚兒》詞，《水東桃花下賦》：「人生自苦，祇喚渡觀桃，侵尋至此，世事奈**何許**！」皆其例也。亦作如何許。范成大《施元光在崑山病中遠寄次韻》詩：「親交情話**如何許**，詩到天涯喜欲顛。」此亦脫胎奈何許之語法者也。有曰可惜許者。蜀王衍《甘州曲》詞：「**可惜許**！淪落在風塵。」晏殊《雨中花》詞：「**可惜許**！月明風露好，恰在人歸後。」柳永《滿江紅》詞：「**可惜許**枕前多少淚，到如今兩總無終始。」又《傳花枝》詞：「人人盡道，**可惜許**老了！」杜安世《剔銀燈》詞：「好事爭如不遇，**可惜許**多情相誤。」《梅苑》六，無名氏《小重山》詞：「一枝欲寄洞庭姝，**可惜許**！只有雁銜蘆。」又八，無名氏《歸田樂引》詞：「光陰雙轉轂，**可惜許**！等閑愁萬斛。」皆其例也。亦作刻惜許。黃公紹《望江南》詞：「思晴好，春透海棠枝。**刻惜許**多過時了，可憐生是我來遲，不見軟紅時。」刻與可爲一聲之轉，殆以對句有可字而避之也。有曰可憐許者。陳陶《西川座上聽金五雲唱歌》詩：「五雲處處**可憐許**！明朝道向褒中去。」賀鑄《夜游宮》詞：「不怨蘭情薄，**可憐許**彩雲漂泊。」又《驀山溪》詞：「迢迢此夜，淚枕不成眠。月侵窗，燈映戶，應見**可憐許**。」皆其例也。亦作堪憐許。賀鑄《漁家傲》詞：「最是長楊攀折苦，**堪憐許**，淸霜剪斷和煙縷。」《元草堂詩餘》上，彭元遜《子夜歌》詞：「飄泊情多，衰遲感易，無限**堪憐許**。」凡此許字，均不爲義也。

許（五）

許，猶服也，心服之服。《董西廂》一：「怕曲兒捻到風流處，敎普天下顚不剌的浪兒每**許**。」言足使風流浪子們心服也。又二：「自古有的英雄，這將軍皆不**許**。壓着一萬箇孟賁，五千箇呂布。」言皆不足佩服也。《博望燒屯》劇二：「你若是得勝還營，你將我來自然**許**。」言自然服我也。《雍熙樂府》九，《梁州第七》套，《妓門庭》：「端的俺**許**你，**許**你這一片心過從着四下裏。」言心服你能應付各方面周到也。

爲許(一)

爲許，猶云爲此也。陳子良《塞北春日思歸》詩：「我家吴會青山遠，他鄉關塞白雲深。爲許羇愁長下淚，那堪春色更傷心！」言爲此羇愁，已使人下淚，更何堪春色撩人乎。沈佺期《雜詩》：「燕來紅壁語，鶯向綠窗啼。爲許長相憶，闌干玉筯齊。」言燕鶯撩人，因此而動懷人之念，雙淚下垂也。

爲許(二)

爲許，猶云爲甚也。杜審言《贈蘇綰書記》詩：「知君書記本翩翩，爲許從戎赴朔邊？」言文學之才，爲甚從戎也。楊萬里《舟中不寐》詩：「醉去昏然臥綠窗，醒來一枕好淒涼。意中爲許無佳況？夢裏分明到故鄉。」又《早炊蕉步得家書》詩：「爲許朝來有新喜？庭闈一騎報平安。」又《秋雨歎》詩：「若言不攪愁人夢，爲許千千萬萬聲？」凡此爲許，均爲甚義也。

能(一)　能爾　能許　能樣　能底　能亨　能地　能箇　箇能　得能

能，摹擬辭，猶云這樣也。張九齡《庭梅》詩：「芳意何能早，孤榮亦自危。」何能早，言何這樣早也。張繼《馮翊西樓》詩：「北風吹雁聲能苦，遠客辭家月再圓。」能苦，這樣苦也。蘇軾《成都進士杜暹伯升出家》詩：「若教俯首隨韁鎖，料得如今似我能。」似我能，猶云如我然也。陳師道《送孝忠落解南歸》詩：「短髮我今能種種，曉妝他日看娟娟。」任淵注：「《左傳》，盧蒲嫳曰，余髮如此種種。」陳詩蓋以方言之能字，譯文言之如此二字也。歐陽修《玉樓春》詞：「南園蜂蝶能無數，度翠穿紅來復去。」能無數，猶云如許多也。辛棄疾《水調歌頭》詞：「却怪青山能巧，政爾橫看成嶺，轉面已成峯。」能巧，猶云如許巧也。劉克莊《滿江紅》詞：「俄變見金蛇能紫，玉蟾能白。」此猶云金蛇般紫，玉蟾般白。方岳《一絡索》詞：「瘦得黃花能小，一簾香杳。」能小，如許小也。文天祥《念奴嬌》詞：「乾坤能大，算蛟龍豈是池中之物。」能大，如許大也。《魯齋郎》劇二：「也不知你甚些兒看的能當意，要你做夫人，不許我過今日。」此猶云這樣合意。《范張雞黍》劇二：「既然道有事關心能哽噎，怎這般無言低首漫傷嗟。」此猶云這樣哽咽。又凡這樣或如許之義，亦有作能爾者。陳師道《絕句》：「數樹直青能爾瘦，一軒殘照爲誰留。」亦有作能許者。陳師道《晚望》詩：「蟬鳴不餘力，蛙腹能許怒。」楊萬里《病後覺衰》詩：「小松能許劣，學我弄吟髭。」又《秋日見橘花》詩：「着花能許細，落子不多長。」亦有作能樣者。楊萬里《明發瀧頭》詩：「輸與山頭能樣懶，日高猶宿夜來峯。」侯寘《菩薩蠻》詞：「玉蕊縱妖嬈，恐無能樣嬌。」亦有作能底者。楊萬里《游蒲澗晚歸》詩：「煙鐘**能底**急，催我入城闉。」又《望姑蘇》詩：「最愛河堤**能底**巧，截他山脚不勝齊。」亦有作能亨者。《花草粹編》七，徐淵子《一剪梅》詞：「他年青史總無名。你也**能亨**，我也**能亨**。」按能亨，猶云寧馨也。亦有作能地者。石孝友《朝中措》詞：「客路如天杳杳，歸心**能地**寧寧。」亦有作能箇者。皮日休《夏首病愈》詩：「貧養山禽**能箇**瘦，病關芳草就中肥。」亦有作箇能者。賀鑄《浣溪沙》詞：「不拚尊前泥樣醉，**箇能**癡。」按此箇字猶這也。亦有作得能者。皮日休《新秋言懷》詩：「檜身渾箇矮，石面**得能**顚。」按劉淇《助字辨略》：「得能，卽箇樣，吳人語也。」趙長卿《臨江仙》詞：「醉鄉日月**得能**長，仙源正閒散，伴我老高唐。」按長卿自號仙源居士。吳潛《醉桃源》詞：「蜂回蝶轉**得能**輕，忽然春意生。」又《水調歌頭》詞，《己未中秋無月》：「先自無聊賴，雨意**得能**稠。」義均同。

能（二）

能，甚辭，凡亦可作這樣或如許解而嫌其不得勁者屬此。杜甫《贈裴南部》詩：「獨醒時所嫉，羣小謗**能**深。」謗能深，猶云謗何深或謗殊深也。王維《達奚侍郎夫人挽歌》：「秋日光**能**澹，寒川波自翻。」光能澹，猶云光何澹或光甚澹也。此爲寄哀之詩，語氣沈重，景中有情。韓愈《杏花》詩：「居鄰北郭古寺空，杏花兩株**能**白紅。」言何其紅白相間而熱鬧也，反襯古寺荒涼之意。向滈《阮郎歸》詞：「角聲驚夢月橫窗，此時**能**斷腸。」猶云眞斷腸也。向子諲《減蘭》詞：「殘臘**能**佳，落盡梅花見雪花。」猶云何其佳或頗佳也，反襯出殘臘之意。吳文英《三姝媚》詞：「春夢人間須斷，但怪得當年，夢緣**能**短。」猶云夢緣何其短或太短也，與怪得字相應。石孝友《愁倚闌》詞：「人好遠，路**能**長，奈思量。」此與好字互文，猶云路好長也。《東坡夢》劇二：「端的箇十分體態**能**聰俊。」此與十分字互文，猶云十分聰俊也。《灰闌記》劇一：「我這嘴臉實是欠，人人讚我**能**嬌豔。」猶云很嬌豔也。《金線池》劇楔子：「雖然故友情**能**密，爭似新歡興更濃。」猶云情殊密也。

能（三）　能可

能，猶寧也。卽寧可之寧。蘇軾《六和寺沖師閘山溪爲水軒》詩：「出山定被江潮涴，**能**爲山僧更少留。」言出山寧可留山也。吳文英《過秦樓》詞，詠《芙蓉》：「**能**西風老盡，羞趁東風嫁與。」自注：「能，去聲。」言寧可老死西風，羞趁東風如桃杏之嫁與也。《任風子》劇二：「俗說：**能**化一羅刹，莫度十乜斜。」乜斜，糊塗之意，言寧化兇惡漢，莫度糊塗人也。《金錢記》劇二：「**能**爲君子儒，莫爲小人儒。」《周公攝政》劇：「休將軍國咨臣下，**能**把文章教爾曹。」凡此能字，皆與寧同。徐氏影刻元本《樂府陽春白雪》前五，嚴忠濟小令，《天淨紗》：「**能可**少活十年，休得一日无權。」三十種本《踈者下船》劇：「能可交（教）我無兒，怎肯交（教）你先絕戶。」又：「能可長江中亡了性命，也強如短劍下碎了身軀。」強如，猶云勝如。《趙氏孤兒》劇一：「能可在我身兒上討明白，怎肯向賊子行捱推問。」《陳州糶米》劇一：「我能可折升不折斗，你怎也圖利不圖名。」《瀟湘雨》劇二：「能可瞞昧神祇，不可坐失機會。」三十種本《博望燒屯》劇：「常想起卞和般獻璧，能可學韓信般乞食。」凡此能可字，皆與寧可同。

能（四）

能，估計數量之辭，大抵與幾何多少等字聯用，設爲疑問口氣。杜甫《贈衞八處士》詩：「少壯能幾時？鬢髮各已蒼。」李商隱《夢澤》詩：「未知歌舞能多少？虛減宮廚爲細腰。」韓偓《秋霖夜憶家》詩：「不知短髮能多少？一滴秋霖白一莖。」羅隱《鄴城》詩：「英雄亦到分香處，能共常人較幾多？」段成己《送馮深資西歸》詩：「人間蠻觸日干戈，暮四朝三能幾何？」晏幾道《木蘭花》詞：「此時金琖直須深，看盡落花能幾醉？」韓嘐《高陽臺》詞，《除夜》：「餞舊迎新，能消幾刻光陰？」劉過《唐多令》詞：「柳下繫船猶未穩，能幾日？又中秋。」盧祖皋《江城子》詞：「暗數十年湖上路，能幾度？著娉婷。」張炎《高陽臺》詞：「能幾番遊？看花又是明年。」吳文英《高陽臺》詞：「自消凝。能幾花前？頓老相如。」皆其例也。此習見，不備舉。

能（五）

能，猶只也，徒也。杜甫《戲贈閿鄉秦少公短歌》：「昨夜邀歡樂更無，多才依舊能潦倒。」言依舊只是潦倒也。又《公安送韋二少府匡贊》詩：「念我能書數字至，將詩不必萬人傳。」言如其念我，則只有數字書來已足，不必刻意爲詩也。又《義鶻行》：「高空得蹭蹬，短草辭蜿蜒，折尾能一掉，飽腸皆已穿。」言蛇爲鶻擊至死，其折尾只稍稍動彈，一掉而已。又《月》詩：「只益丹心苦，能添白髮明。干戈知滿地，休照國西營。」能與只互文。又《螢火》詩：「未足臨書卷，時能點客衣。」言只是點綴於衣上耳。白居易《生離別》詩：「食檗不易食梅難，檗能苦兮梅能酸，未如生別之爲難，苦在心兮酸在肝。」言檗只是苦，梅只是酸，味在口舌，未如生別之酸苦在心肝也。蘇軾《舟中夜起》詩：「此生忽忽憂患裏，清景過眼能須臾。」言只須臾之間耳。又《陳州與文郎逸民飲別》詩：「君已思歸夢巴峽，我能未到說黃州。」言我徒於未到之時說黃州耳。王安石《道逢文通（沈遘）北使歸》詩：「行人盡道還家樂，騎士能吹出塞愁。回首此時空羨慕，驚塵一段向南流。」言只是吹愁曲耳。按北使者，使遼也，宋對遼外交多棘手，言外見意。《花菴詞選》，趙令畤《清平樂》詞：「斷送一生憔悴，能消幾箇黃昏。」《樂府雅詞》能作只，以能本有只義也。張炎《祝英臺》近詞，《題陸壺天水墨蘭石》：「此中趣，能消幾筆幽奇，羞掩衆芳譜。」言只消幾筆也。李之儀《西江月》詞：「舞柳經春祇瘦，游絲到地**能**長。」能長，徒長也；能與祇互文。

能（六）

能，猶得也。李白《上李邕》詩：「宣父猶**能**畏後生，丈夫未可輕年少。」言孔子還得畏後生也。王建《冬夜感懷》詩：「斷得人間事，長如此亦**能**。」言長如此亦得也。《宋百家詩存》，張弋《送郭道士之江州》詩：「雖然乍相識，別去也**能**愁。」言別去也得愁也。姚合《武功縣中作》詩：「久貧還易老，多病懶**能**醫。」懶能，猶云懶得也。陸龜蒙《自遣》詩：「便使筆精如逸少，懶**能**書字換羣鵝。」梅堯臣《和劉原父復雨》詩：「渾身酸削懶**能**出，莫怪與公還往稀。」《宋百家詩存》，朱繼芳《空門》詩：「四卷《楞伽》几上安，而今老去懶**能**看。」劉辰翁《摸魚兒》詞：「懶**能**看海桑世界，風花過眼如傳。」義均同上。《宋百家詩存》，魏野《晨興》詩：「料得巢禽翻怪訝，尋常日午起慵**能**。」慵能與懶能同，此倒裝文法，言懶得起也。又《夏日雨中題謂師房》詩：「苦吟題壁上，欲改又慵**能**。」義同上。言懶得改也。賀鑄《浪淘沙》詞：「一十二都門，夢想**能**頻。無言桃李幾經春，豔粉鮮香開自落，還爲何人。」夢想能頻，言夢想得不止一次也。即指下文桃李幾經春之事而言。史達祖《齊天樂》詞：「江南朋舊在許，也**能**憐天際，詩思誰領。」也能憐，猶云也得憐也，意即云也應憐。

寧馨

寧馨，猶云如此也。劉禹錫《贈日本僧智藏》詩：「爲問中華學道者，幾人雄猛得寧馨？」寧字讀平聲。得寧馨，猶云得如此也。蘇軾《平山堂次王居卿祠部韻》詩：「六朝興廢餘邱隴，空使奸雄笑寧馨。」寧字讀去聲。笑寧馨，笑其不過爾耳也。《容齋隨筆》云：「寧馨……晉宋人語助耳。……山濤見〔王〕衍曰：『何物老媼，生寧馨兒。』今遂以……寧馨兒爲佳兒，殊不然也。……劉眞長譏殷淵源曰：『田舍兒強學人作爾馨語。』又謂桓溫曰：『使君如馨地，寧可鬭戰求勝。』王導與何充語曰：『正自爾馨。』王恬撥王胡之手曰：『冷如鬼手馨，彊來捉人臂。』至今吳中人語言，尚多用寧馨字爲問，猶言若何也。劉夢得詩：『爲問中華學道者，幾人雄猛得寧馨。』蓋得其義，以寧字作平聲讀。」《通俗編》引王若虛《謬誤雜辨》云：「容齋引吳語爲證，是矣，而云若何，則義未允。惟《桑榆雜錄》云：『寧，猶言如此；馨，語助也。』此得其當。」按寧馨、爾馨、如馨義同，寧、爾、如音近義通也。

絕

絕，猶罷或了也；亦猶盡也。李彭老《木蘭花慢》詞：「聽絕殘簫倦鼓，夜堂明月窺簾。」聽絕，猶聽罷也。《紅梨花》劇二：「聽絕詩句猛然驚。」義同上。《周公攝政》劇：「聽言絕，擗踴一聲險氣倒。」《勘頭巾》劇三：「聽言絕，則我沉默默腹內憂，都做了虛飄飄心上喜。」《西遊記》劇三：「聽說絕口內詞，掃除了心上塵。」凡此聽言絕、聽說絕，猶云聽言罷、聽說罷也。《樂府陽春白雪》後五，無名氏《夜行船》套，詠《金蓮》：「若舞《霓裳》將翠盤踏，若是覷絕他，不讓楊妃襪。」覷絕，猶云看了或看罷也。《太平樂府》五，趙顯宏小令，《晝夜樂》：「飄飄地亂舞瓊瑤。水面上流將去了，覷絕時落英無消耗，似才郎水遠山遙。」《誶范叔》劇三：「我這裏覷絕時，倒把身軀褪。」《合汗衫》劇三：「我這裏便覷絕時，雨淚盈腮。」《風光好》劇四：「覷絕時，這君子其實不是。」《蝴蝶夢》劇四：「隱隱似有人來，覷絕時教我添驚駭。」凡云覷絕，義均同上。《任風子》劇二：「我這裏覷絕了，悠悠的五魂也無，原來這丹陽師父領着一箇護身符。」覷絕了，猶云看罷了也。《嚴子陵七里灘》劇：「飲絕時，放的穩，忙加額。比俺那使磁甌，不自在。」飲絕，猶云飲罷也。《忍字記》劇二：「我這裏疑慮絕，覷覷了，聽沉罷。」絕字與罷字了字對舉而互文。《西遊記》劇十：「師父聽得叫罷詢詳細，弟子見言絕說個就裏。」絕字與罷字對舉而互文。絕有罷義、了義，亦有盡義。《太平樂府》七，周仲彬《新水令》套：「覷絕樓頭瀟瀟景，想盡花間怯怯情。」覷絕與想盡對舉。三十種本《薛仁貴》劇：「您爺受絕臘月三冬冷，您娘撥盡寒爐一夜灰。」受絕與撥盡對舉。三十種本《趙氏孤兒》劇：「想絕故事無猜處，畫着個奚幸我的悶葫蘆。」想絕，猶云想盡也。奚幸見傒倖條。

斷

斷，猶盡也；煞也；極也；住也。有曰吹斷者。李商隱《昨夜》詩：「昨夜西池涼露冷，桂花吹斷月中香。」吹斷，猶云吹盡，卽飄盡也。《花草粹編》四，無名氏《鏡中人》詞：「何處簫聲飄隱隱，吹斷相思引。」吹斷，猶云吹盡，言吹盡相思調也。有曰嘶斷者。李商隱《無題》詩：「白道縈迴入暮霞，斑騅嘶斷七香車。」嘶斷，猶云嘶煞。翁元龍《謁金門》詞：「原上草迷離苑，金勒晚風嘶斷。」義同上。有曰叫斷者。程垓《憶秦娥》詞：「杜鵑叫斷千山苦，相思欲寄人何許？」叫斷，猶云叫煞。辛棄疾《滿江紅》詞：「蝴蝶不傳千里夢，子規叫斷三更月。」義同上。有曰吟斷者。李商隱《晉昌晚歸馬上贈》詩：「征南予更遠，吟斷望鄉臺。」吟斷，猶云吟煞。陳與義《題許道寧畫》詩：「此中有佳句，吟斷不相關。」義同上。有曰望斷者。李商隱《曲江》詩：「望斷平時翠輦過，空聞子夜鬼悲歌。」望斷，猶云望盡或望煞。司空圖《重陽阻雨》詩：「猶勝登高閒望斷，孤烟殘照馬嘶回。」《宋百家詩存》，陳起《望曉》詩：「鄰雞無奈五更何，望斷紗窗不能曉。」秦觀《踏莎行》詞：「霧失樓臺，月迷津渡，桃源望斷無尋處。」辛棄疾《賀新郎》詞：「更憶小姑烟雨裏，望斷彭郎欲嫁。」凡云望斷，均同。杜甫《孤雁》詩：「望盡似猶見，哀多如更聞。」盡一作斷，斷猶盡也。李好古《水調歌頭》詞：「過盡金山碧暈，望斷焦山空翠，楊柳繞江邊。」斷與盡互文，斷猶盡也。有曰目斷者。丘爲《登潤州城》詩：「鄉山何處是，目斷廣陵西。」目斷，猶云目極，與《招魂》「目極千里」之目極同；亦猶云目盡，與王維《寄荆州張中丞》詩「目盡南飛鳥」之目盡同。均與望斷同義。李商隱《潭州》詩：「目斷故園人不至，松醪一醉與誰同？」晏殊《訴衷情》詞：「憑高目斷，鴻雁來時，無限思量。」秦觀《調笑令》詞，《昭君》：「未央宫殿知何處，目斷征鴻南去。」凡云目斷，均同。有曰心斷者。元稹《送友封》詩：「心斷洛陽三兩處，窈娘堤抱古天津。」心斷與目斷之字法同，爲念念不忘義，猶云念極或想煞。李商隱《風雨》詩：「心斷新豐酒，銷愁斗幾千？」又《聖女祠》詩：「腸迴楚國夢，心斷漢宫巫。」均同。有曰占斷者。秦韜玉《牡丹》詩：「圖把一春皆占斷，故留三月始教開。」占斷，猶云占盡或占住。吳融《杏花》詩：「粉薄紅輕掩臉羞，花中占斷得風流。」楊萬里《横林望見惠山》詩：「占斷惠山妨底事，無端更占洞庭湖。」晏殊《秋蕊香》詞：「多情只似春楊柳，占斷可憐時候。」王庭珪《蝶戀花》詞：「公子風流應自有。占斷春光，肯落誰人手。」曾仲殊《念奴嬌》詞，詠《荷花》：「絳綵嬌春，鉛華掩晝，占斷鴛鴦浦。」凡云占斷，均同。《詞林摘豔》四，王伯成《點絳脣》套，《十美人賞月》：「則爲你占斷風流選，奪盡可憎權。」斷與盡互文。有曰把斷者。黄庭堅《戲詠高節亭邊山礬花》詩：「二三名士開顔笑，把斷花光水不通。」任淵注：「言花光老定力堅固，獨不爲花所惱也。」把斷，猶云把住也。辛棄疾《念奴嬌》詞：「疏影横斜，暗香浮動，把斷春消息。」《樂府陽春白雪》前二，劉時中小令，《湘妃怨》：「彤雲把斷山中寺，軟紅塵，不到此。」均同。《樂府羣玉》一，劉時中小令，《朝天子》：「有錢，有權，把斷風流選。」此把斷義同占斷。有曰攬斷者。《花草粹編》四，李伯紀《西江月》詞：「攬斷樓中風月，且看掌上腰肢。」攬斷，猶云攬盡或攬住，亦猶云把斷。有曰買斷者。《宋百家詩存》，張孝祥《萬杉寺》詩：「只因買斷山中景，破費神龍百斛珠。」買斷，猶云買盡。陸游《鷓鴣天》詞：「新來有箇生涯別，買斷烟波不用錢。」義同上。《花菴中興詞選》，劉仙倫《賀新郎》詞：「寂寞陽臺雲雨散，算人間誰是吹簫侶。空買斷，兩眉聚。」此買斷猶云招盡，言空招盡了兩眉皺也。《花草粹編》七，王觀《蘇幕遮》詞：「爲甚當時，故故相招買。」招與買同義可證。楊萬里《牽牛花》詩：「木樨未發芙蓉落，買斷西風恣意秋。」此買斷猶云占盡也。楊炎正《洞仙歌》詞：「功名都莫問，總是神仙，買斷風光鎮長好。」趙長卿《眼兒媚》詞：「少年俊氣，曾將吟筆，買斷江天。」均同。有曰供斷者。程垓《念奴嬌》詞：「秋雨秋風，正黄昏供斷，一窗愁絕。」供斷，猶云供盡。謝勉《風流子》詞：「念夜寒燈火，懶尋前夢；滿窗風雨，供斷閑愁。」義同上。以下復略述斷字各證。周紫芝《江城子》詞：「苦恨秋江風與月，偏管斷，這些愁。」管斷，猶云管盡。張祜《聽崔莒侍御葉家歌》詩：「一聲唱斷無人和，觸破秋雲直上天。」唱斷，猶云唱罷，爲盡字義。汪元量《越州歌》：「打斷六更天未曉，禁庭兩桁籸盤燒。」打斷，猶云打罷，亦盡字義。劉一止《鵲橋仙》詞：

「向來魂夢幾曾眞，休怨斷樓高不見。」怨斷，猶云怨煞。吳潛《滿江紅》詞，《姑蘇靈巖寺涵空閣》：「八萬頃湖如鏡淨，波神護斷東南角。」護斷，猶云護住。此外復有坐斷一語，猶云占盡或把住，詳見坐斷條。

損

損，猶壞也；煞也。黃庭堅《點絳脣》詞：「淚珠輕溜，裛損揉藍袖。」此猶云滲壞。秦觀《畫堂春》詞：「杏花零落燕泥香，睡損紅妝。」此猶云睡壞。史達祖《杏花天》詞：「棲鶯未覺花梢顫，踏損殘紅幾片。」此猶云踏壞。《花草粹編》三，劉叔儗《菩薩蠻》詞：「疊損縷金衣，是他渾不知。」此猶云摺疊壞。以上均可作壞字解者也。秦觀《河傳》詞：「悶損人，天不管。」此猶云悶煞。又《昭君怨》詞：「役損風流心眼，眉上新愁無限。」此猶云牽引煞。晁補之《鹽角兒》詞，《亳社觀梅》：「占溪風，留溪月，堪羞損山桃如血。」此猶云羞煞。曹組《驀山溪》詞：「消瘦損，東陽也，試問花知否？」此猶云消瘦煞。李淸照《玉樓春》詞：「道人憔悴春窗底，閒損闌干愁不倚。」此猶云閒煞。張元幹《如夢令》詞：「歸去，歸去，笑損花邊鷗鷺。」此猶云笑煞。辛棄疾《鷓鴣天》詞：「桃李漫山過眼空，也宜惱損杜陵翁。」此猶云惱煞。又《沁園春》詞：「幾許春風，朝薰莫染，爲花忙損。」此猶云忙煞。史達祖《雙雙燕》詞：「愁損翠黛雙蛾，日日畫闌獨凭。」此猶云愁煞。向滈《南鄉子》詞：「直是爲他憔悴**損**，尋思，怎得心腸一似伊。」此猶云憔悴煞。高觀國《喜遷鶯》詞：「可憐**損**，任塵侵粉蠹，舞裙歌扇。」此猶云可憐煞。《樂府羣玉》二，喬夢符小令，《四塊玉》，《詠手》：「掠翠鬟，整髻雲，可喜**損**。」此猶云可喜煞。以上均可作煞字解，間亦有可作壞字解者也。

破（一）

破，猶着也；在也；了也；得也。李賀《潞州遇江使寄上十四兄》詩：「繫書隨短羽，寫恨**破**長箋。」言寫恨在長箋也。按此破字亦可解爲盡義、偏義；但本詩係五律長排，此在第二聯，虛敍寄書之由，以解作在字義爲對勁。張碧《題祖山人池上怪石》詩：「我來池上傾酒罇，半酣書**破**青煙痕。」書破，猶云題在也。青煙痕，指石上而言。陸龜蒙《懷楊台文楊鼎文二秀才》詩：「重思醉墨縱橫甚，書**破**羊欣白練裙。」此猶云書在或寫了。書裙乃王獻之故事。曹唐《小遊仙》詩：「不知昨夜誰先醉，書**破**明霞八幅裙。」義同上。李商隱《卽日》詩：「何人書**破**蒲葵扇，記着南塘移樹時。」義同上。皮日休《魯望戲題書印囊奉和》詩：「不知夫子將心印，印**破**人間萬卷書。」印破，猶云印得也。蘇軾《徑山》詩：「衆峯來自天目山，勢若駿馬奔平川。中塗勒**破**千里足，金鞭玉鐙相回旋。」勒破，猶云勒着也，爲勒住之意。楊萬里《餞趙子直出帥益州》詩：「垂楊管得人離別，舞**破**春風勸玉舟。」舞破，猶云舞着也。言垂楊管甚離別，他自舞着春風勸人飲酒也。又《微雨》詩：「要知微雨密還疏，空裏看來直是無。不被波間三兩點，阿誰見**破**妙工夫？」見破猶云見得也。《宋百家詩存》，穆脩《江南春》詩：「戰回春色青蒲劍，買**破**韶光綠苻錢。」買破，猶云買得也。又《題李士言秀才別貯帕》詩：「蘭薰麝裛輕綃帕，略許攜持又索還。題**破**白雲深有意，要傳消息到巫山。」題破，猶云題在。白雲意指帕，言在帕上題着也。《薦福碑》劇二：「我怎生出的這惡氣，則題**破**這廟宇，便是我平生之願。取出這筆墨來，……就這搗椒壁上寫下四句詩。」此猶云題了。又：「却怨恨俺這神祇，將吾毀罵，題**破**我這廟宇。」義同上。敦煌文庫《季布罵陣詞》文：「一從罵**破**高皇陣，潛山伏草受艱辛。」罵破，猶云罵了也。周邦彦《過秦樓》詞：「笑撲流螢，惹**破**畫羅輕扇。」惹破，猶云惹着也。《董西廂》三：「我團着，這妮子做**破**大手脚。」言我猜定這妮子做了手脚也；意言朦蔽。暖紅室本《西廂》三之三：「怎想湖山邊，不記西廂下，香美娘處分**破**花木瓜。」《雍熙樂府》十二載此折亦同。處分破，猶云處分着或處分了也。花木瓜外相好看而不中用，暗指張生。復次，《劉知遠傳》十一：「三娘變得嗔容惡，罵薄情，聽道**破**。」《董西廂》二：「伊言欲退干戈，有的計對俺先道**破**。」又三：「聽說**破**，聽說**破**，張生低告道，姐姐言語錯。」凡此道破、說破，猶云道着、說着，若作說破祕密意解之，似嫌不對勁。《貨郎旦》劇一：「他那裏鬧鑊鐸，我去那窗兒前瞧**破**。」鑊鐸，喧鬧之意，瞧破亦猶云瞧着，若作看破機關意解之，亦嫌不對勁。

破(二)

破，猶盡也；徧也；煞也。杜甫《奉贈韋左丞》詩：「讀書**破**萬卷，下筆如有神。」破萬卷，猶云盡萬卷或徧萬卷也。邵雍《秋懷》詩：「良月滿高樓，高樓仍中秋。……照**破**萬古心，白盡萬古頭。」破與盡互文，照破，猶云照盡也。黄庭堅《演雅》詩：「燕無居舍經始忙，蝶爲風光勾引**破**。」猶云蝶被風光勾引煞也。楊萬里《題朝英進齋》詩：「不應將一第，用**破**半生心。」用破，猶云用盡或用煞也。舒亶《菩薩蠻》詞：「杜鵑啼**破**江南月。」啼破，猶云啼煞或叫斷也。花菴《唐宋詞選》，万俟雅言《梅花引》詞：「寒雞啼**破**西樓月。」義同上。晏幾道《蝶戀花》詞：「却倚緩絃歌别緒，斷腸移**破**秦箏柱。」移破，猶云移盡或移徧也。又前調詞：「盡日沈香煙一縷，宿酒醒遲，惱**破**春情緒。」惱**破**，猶云惱煞也。張元幹《滿庭芳》詞：「三十年來，雲游行化，草鞵踏**破**塵沙。」踏破，猶云踏徧也。呂濱老《薦山溪》詞：「人似舊，去無因，牽惹情懷**破**。」猶云情懷牽惹煞也。杜安世《胡擣練》詞：「狂風横雨且相饒，又恐有彩雲迎去。牽**破**少年心緒，無計長爲主。」牽破猶云牽惹破。此蓋有所歡之詞，言狂風横雨就使相饒，又恐爲彩雲所迎去，所以牽惹煞心緒而打不出好主意也。魏了翁《浪淘沙》詞：「似是天公偏着意，占**破**春閒。」占破，猶云占盡或占斷也。

破(三)

破，猶過也。沈佺期《度安海入龍編》詩：「別離頻**破**月，容鬢驟催年。」頻破月，猶云頻過月或頻逾月也。萬齊融《贈別江頭》詩：「計程頻**破**月，數別屢開年。」義同上。杜甫《白帝樓》詩：「臘**破**思端綺，春歸待一金。」臘破，猶云臘過也。又《絕句漫興》：「二月已**破**三月來。」猶云二月已過也。李商隱《和友人戲贈》詩：「新正未**破**剪刀閒。」猶云新正未過也。《宋百家詩存》，李彌遜《春日雜詠》：「二月忽已**破**，一春強過半。」義見上。陳造《早夏》詩：「鮮魚入市河豚罷，已**破**江南打麥天。」言已過打麥時候也。王安石《上巳聞苑中樂聲》詩：「年華未**破**清明節。」言未過清明節也。陸游《貧甚戲作絕句》：「北齋孤坐**破**三更，庭戶無人有月明。」破三更，過三更也。晏殊《木蘭花》詞：「寒食清明春欲**破**。」春欲破，春欲過也。朱敦儒《驀山溪》詞：「好時節清明初**破**。」言清明初過也。王觀《高陽臺》詞：「紅入桃腮，青回柳眼，韶華已**破**三分。」言已過三分也。以上所舉各詩詞之破字，均與時間性有關。更推之其他。陳與義《將過陳留寄心老》詩：「三年成一夢，**夢破**說夢中。」夢破，猶云夢過也，意言夢醒。陸游《懷舊》詩：「**夢破**江亭山驛外，詩成燈影雨聲中。」蘇軾《蝶戀花》詞：「**夢破**五更心欲折，角聲吹落梅花月。」義均同上。《宋百家詩存》，趙汝鐩《次莊過荆渚以詩寄之》：「醉行沙市月，吟**破**渚宮秋。」吟破，猶云吟過也，故與行字相對。張元幹《菩薩蠻》詞：「黄鶯啼**破**紗窗曉。」此所云啼破，亦猶云啼過或啼罷也。

破（四）　消破

破，猶云安排也。李商隱《春日》詩：「欲入盧家白玉堂，新春催**破**舞衣裳。」言促其從速安排舞衣也。黄庭堅《次韻游景叔聞洮河捷報寄諸將》詩：「中原日月九夷知，不用禽胡纛鼓旗。更向天階舞干羽，降書臏**破**一年遲。」臏有儘義，見臏字條。言儘不妨安排遲一年進降表也。陳與義《八關僧房遇雨》詩：「世故方未闌，焚香**破**今夕。」猶云以焚香消遣今夕也，亦安排義。陸游《閒中偶題》詩：「客來拈起清談麈，且**破**西窗半篆香。」言安排半段香也；意與陳詩略同。又《一壺歌》：「花底一壺天所**破**，不曾飲盡不曾多。」言不多不少，恰如天所安排也。呂濱老《蝶戀花》詞：「謾插一枝飛一醆，小賞幽期，**破**我平生願。」言安排我平生願事也。《西廂》四之一：「是必**破**工夫今夜早些來。」破工夫猶云騰出工夫，亦安排之義。又有消破一辭，義亦相同，消即消納之消，亦爲安排義。蘇軾《瀟泉亭》詩：「勸君多揀長腰米，**消破**亭中萬斛泉。」言取長腰米釀酒以安排此泉水也。按蔡松年《水龍吟》詞：「望青帘長是，長腰玉粒，君莫問，香醪價。」此爲長腰米釀酒之證。蔡詞見《明秀集》二。陸游《老學庵北窗雜事》詩：「偶住人間遂許時，殘骸自笑尙支持。直須消破黃虀盡，始是浮生結局時。」意言書生苦命，尙有若干黃虀未食，須將其安排完了，始得死去也。

價　假　加

價，估量某種光景之辭，猶云這般或那般，這個樣兒或那個樣兒。柳永《鳳銜杯》詞：「經年價兩成幽怨。」辛棄疾《醜奴兒近》詞：「千峯雲起，驟雨一霎兒價。」沈會宗《滿庭芳》詞：「要見時時便是，一向價只作尋常。」楊无咎《天下樂》詞：「雪後雨兒雨後雪，鎮日價長不歇。」趙長卿《滿庭芳》詞：「終日價淺酌輕謳。」石孝友《夜行船》詞：「曉夜價求天祝地。」又《惜奴嬌》詞：「枉馳我許多時價。」《花草粹編》六，趙介庵《轉調踏莎行》詞：「一月五番價共懽集。」又三，嚴次山《玉連環》詞：「日高花氣撲人來，獨自價傷春無緒。」西河論定本《西廂》九：「一個價糊突了胸中錦繡，一個價淚流濕臉上胭脂。」《梧桐雨》劇四：「一會價緊呵，似玉盤中萬顆珍珠落；一會價響呵，似玳筵前幾簇笙歌鬧；一會價清呵，似翠巖頭一派寒泉瀑；一會價猛呵，似繡旗下數面征鼙噪。」《兒女團圓》劇二：「你可便休道是拾得一個孩兒落得價摔。」《詞林摘豔》一，李邦祐小令，《轉調淘金令》：「朝朝等待他，夜夜盼望他，盼不見，如何價。」《張協狀元》戲文：「一日價不見您，從早晨間只管價等。」又：「水遠山高，甚般價險。」又：「氣長長價吁，淚泠泠價落。」要之均爲估量之辭。其字亦作假，巾箱本《琵琶記》二十五：「幾年假爲拐兒。」亦作加，《樂府陽春白雪》前三，馬東籬《壽陽曲》：「一會加上心來沒是處，恨不得待跨鸞歸去。」又後二，無名氏《賞花時》套，「臥枕着牀」篇：「豁的一會加精細，烘的半餉又昏迷。」亦作家，另述於家字條。

家（一）

家，與價同，估量辭，解見價字條。《董西廂》二：「酒來後，滿盞家沒命飲。」又三：「一會家自哭自歌。」又三：「一回家和衣睡，一回家披衣坐。」回與會同。又四：「一夜家無眠白日盹。」又四：「鎮日家貪酒迷花。」《竹葉舟》劇楔子：「我可也幾迴家闇哂；則是個無面目見鄉人。」迴與回會並同。《燕青博魚》劇二：「憑着我六文家銅鏝，博的是這三尺金鱗。」《薦福碑》劇一：「我渾攢下到六七斤家麻，四五斗家粟。」《誶范叔》劇一：「你慌做甚麽？大甕家釀着酒哩！」《風光好》劇一：「憑着我霧鬢雲鬟，黛眉星眼，尋衣飯。則向這酒社詩壇，多少家喬公案。」喬公案意云歹做作。《金錢記》劇二：「若金錢買的俺姻眷，抵多少家流出桃花片。」《趙氏孤兒》劇四：「到今日三百口的寃魂，方纔家自有主。」《漢宮秋》劇一：「恰纔家輦路兒熟滑，怎下的眞個長門不再踏。」《舉案齊眉》劇三：「怎生家博得個一科一第。」總之皆估量之辭，猶云這樣或那般，惟其字面極易認爲人家之家字，茲略辨如下。李頎《題僧房雙桐》詩：「誰能事音律，焦尾蔡邕家。」

言聽焦桐而知音，誰能如蔡邕般也，非云蔡邕之家也。王安石《送張宣義之官越幕》詩：「誰謂貴公子，乃如寒士家。」言如寒士般也，非云寒士之家也。晁元禮《殢人嬌》詞：「旋剔銀燈，高褰斗帳，孜孜地看伊模樣。端相一餉，揉搓一餉，不會知他甚家娘養。」此殆即《晉書·王衍傳》「何物老嫗生寧馨兒」意。元曲中每於喜極恨極時，用甚娘字樣以表其情緒，猶今俗語之「他媽的」！甚家娘之家字，亦估量口氣，非云何家也。趙輯《宋金元人詞》，王庭珪《臨江仙》詞，詠《梅》：「素面玉妃嫌粉污，晨妝洗盡鉛華。香肌應只飯胡麻，年年如許瘦，知是阿誰家。」此以玉妃喻梅，言瘦得渾如別一人般，不知其爲誰也。阿誰家，非云阿誰之家也。《樂府新聲》上，無名氏《風入松》套，「夜闌深院」篇：「病人憔悴煞，瘦得來不似人家。」意云瘦得不像人，非云人家也。按此曲原文，病人上有訛字，茲姑以病人二字爲句首。更廣其義例。白居易《想東遊》詩：「志氣吾衰也，風情子在不？應須相見後，別作一家遊。」此寄元微之者，言欲與微之別作一種遊也。又《聽琵琶妓彈略略》詩：「莫歎江外手，別是一家聲。」言別是一種聲也。陳師道《黃梅》詩：「不施千點白，別作一家春。」言別作一種春也。陸游《雨夜》詩：「悲歡變滅何窮已，學得山僧自一家。」言自成一種見解也。楊萬里《和劉巨濟雪詩》：「誰會歐蘇律，吟邊別一家。」言別是一種詩體也。又《秋雨歎》詩：「蕉葉半黃荷葉碧，兩家秋雨一家聲。」言蕉葉上與荷葉上兩般秋雨一般聲音也。周必大《次楊子直使君韵》詩：「花開金谷空千種，蕊疊瑤英自一家。」家與種爲互文。僧揮《楚宮春慢》詞：「淅淅南薰，別是一**家**風月。」《花草粹編》六，李易安《瑞鷓鴣》詞：「居士擘開眞有意，要吟風味兩**家**新。」又十，邵公濟《念奴嬌》詞：「只與姮娥爲伴侶，方顯一**家**顏色。」義均同上。趙輯《宋金元人詞》，張之翰《木蘭花慢》詞：「都來四條絃上，有幾**家**樂府幾般聲。」家與般爲互文。溫庭筠《寄盧生》詩：「綠楊陰裏千**家**月，紅藕香中萬點珠。」上句說月，下句說露。千家月者，月光穿柳枝而過，成爲各式不同之影，千家恐亦爲千般之意，正與萬點作對；若作人家解，無乃與萬點不對歟？《樂府陽春白雪》前三，酸齋小令，《壽陽曲》：「倚吳山翠屏高掛，看江潮鼓聲十萬**家**。」此脫胎趙嘏《錢塘》詩句「十萬軍聲半夜潮」之意，言江濤有如十萬鼓聲般也。若作十萬家人家解，則有何關涉歟？李商隱《寄惱韓同年，時韓住蕭洞》詩：「龍山晴雪鳳樓霞，洞裏迷人有幾**家**？」意言娛人之樂事幾多般或怎樣光景也。《太平樂府》三，張小山小令，《凭闌人》：「小玉闌干月半掐，嫩綠池塘春幾**家**？」意言春色怎樣光景也。此亦均不得作幾家人家解也。

家（二）

家，自稱或他稱及普通人稱之語尾助辭。司空圖《力疾山下看杏花》詩：「儂**家**自有麒麟閣，第一功名只賞詩。」又《白菊雜書》詩：「侯印幾人封萬戶，儂**家**只辦買孤峯。」此猶之自家、咱家，儂家卽儂也。《張協狀元》戲文：「李大婆每常間忺要頭髮做頭髻，只怕我家割捨不得。若去頂上團團剪些兒子與他，看奴家要幾錢，不到不得。」上云我家，下云奴家，互文也。我家、奴家，均卽我也。《小孫屠》戲文：「幸君家殷勤到這裏，想因緣已曾結定。」《張協狀元》戲文：「早聽得君家長吁氣，亦帶累，奴垂淚。」君家，卽君也。巾箱本《琵琶記》三十：「妾當死於地下，以謝君家。小則可以解君之縈掛，大則可以救君之父母。」上稱君家，下稱君，互文也。《漢宮秋》劇一：「卿家，你覷咱！則他那瘦岩岩影兒可喜殺。」卿家與你爲互文，卿家卽你也。按劇情，此爲漢元帝對小黃門語。《花草粹編》二，施酒監《卜算子》詞，《贈杭妓樂婉》：「識盡千千萬萬人，終不似，伊家好。」下片接句云：「別你登長道。」伊家與你爲互文，伊家卽你也。按此與今人以伊爲第三人稱者不同，詳伊字條。《董西廂》二：「恁時悔也應遲，賢家試自心量度。」賢家，亦卽你也，詳賢字條。薛濤《柳絮》詩：「二月楊花輕復微，春風搖蕩惹人衣。他家本是無情物，一向南飛又北飛。」他家指柳絮，卽他也。辛棄疾《洞仙歌》詞：「十里漲春波，一棹歸來，只做箇五湖范蠡。是則是一般弄扁舟，爭知道他家有箇西子。」他家指范蠡，卽他也。趙長卿《漢宮春》詞：「講柳談花，我從來口快，歡說他家。眼前見了，無限楚女吳娃。千停萬穩，較量來終不如他。」他家與他爲互文，他家卽他也。又《水龍吟》詞：「想他家那裏，知人憔悴，想應是，睡也未。」他家那裏，猶云他那裏也。詹玉《多麗》詞，詠《楊花》：「他家萬條千縷，解遮亭隘驛，不隔江水。」

此指楊柳，他家亦他也。方諸生本《西廂》一之四：「稔色人兒，可意他家，怕人知道。看時節着淚眼兒偷瞧。」可意他家，猶云心許他也，此張生口氣指鶯鶯。又三之二：「怕人家調犯，若早晚夫人見些破綻，你我何安！」調犯猶云調戲。方諸生云：「人家指張生，猶他家、伊家之類。」按此與下文所述泛稱普通人者不同，蓋亦第三人稱也。杜甫《吹笛》詩：「吹笛秋山風月清，誰家巧作斷腸聲。」《董西廂》三：「手取金釵把門打。君瑞問『是誰家？』『是紅娘囉！待與先生相見咱。』」誰家，卽誰也。按誰家尙有他義，見誰家條。杜荀鶴《重陽日》詩：「大家拍手高聲唱，日未沉山且莫回。」《花草粹編》十二，吳感《折紅梅》詞：「大家留取倚闌干，聞有花堪折，勸君且折。」大家卽指大衆之人，習用語也。此外，有泛稱普通人亦以家字爲語助者。馮延巳《鵲踏枝》詞：「窈窕人家顔如玉。」人家卽人，猶云窈窕人也。張翥《六州歌頭》詞，《孤山尋梅》：「好約尋芳客，問前度，那人家。重呼酒，摘瓊朵，插鬢鴉。」那人家卽那人也。《詞林摘豔》十，無名氏《鬬鵪鶉》套，「人去陽臺」篇：「我做了箇沒出豁的人家，爲甚麽私離本家，待和伊同赴天涯。」沒出豁的人家，猶云沒出息的人也。更廣其例。于鵠《贈碧玉》詩：「《霓裳》禁曲無人解，暗問梨園弟子家。」梨園弟子家卽梨園弟子也。宋自遜《驀山溪》詞：「壺山居士，未老心先嬾。愛學道人家，辦竹几蒲團茗椀。」道人家卽道人也。劉克莊《浪淘沙》詞：「紙帳素屏遮，全似僧家。」僧家卽僧也。范成大《朝中措》詞：「飽喫紅蓮香飯，儂家便是仙家。」仙家卽仙也。辛棄疾《南鄉子》

詞：「好箇主人家，不問因由便去嗏。」主人家卽主人也。又《減蘭》詞：「秋月春花，輸與尋常姊妹家。」姊妹家卽姊妹也。趙輯《宋金元人詞》，張之翰《唐多令》：「事不相關收脚坐，吾便是，貴人家。」貴人家卽貴人也。《花草粹編》二，蘇小小《減蘭》詞：「遣妾傷悲，未必郎家知不知。」郎家卽郎也。《董西廂》一：「秀才家那箇不風魔。」秀才家卽秀才也。《漁樵記》劇二：「你是一個男子漢家，頂天立地。」男子漢家卽男子漢也。《西廂》二之四：「女孩兒家直恁響喉嚨。」又四之二：「他是箇女孩兒家，着他落後麽？」女孩兒家卽女孩兒也。《剪髮待賓》劇二：「咱這婦道人家，有這箇信字呵！則被這親男兒敬重做賢達婦。」婦道人家，卽婦人也。《鐵拐李》劇二：「您嫂嫂是箇年少婦人家。」卽年少婦人也。《東堂老》劇三：「則俺這小乞兒家羹湯少些薑醋。」卽小乞兒也。《硃砂擔》劇一：「你小後生家不會說話。」卽小後生也。凡此家字，均語尾助辭也。

箇（一）　個　个

箇，估量某種光景之辭，等於價或家。凡少則曰些兒箇。李後主《一斛珠》詞：「曉妝初過，沈檀輕注些兒箇。」劉過《竹香子》詞：「千朝百日不曾來，沒這些兒箇采。」三十種本《薛仁貴》劇：「你今日得了官，佳人捧臂，壯士擊鞭，早家去些兒个。」家去猶云歸去。或曰些箇。周邦彥《意難忘》詞：「些箇事，惱人腸。」辛棄疾《小重山》詞，詠《茉莉》：「略開些箇未多時，窗兒外，却早被人知。」朱敦儒《鼓笛令》詞：「殘夢不須深念，這些箇光陰煞短。」楊无咎《天下樂》詞：「枕衾冷得渾似鐵，祗心頭，些箇熱。」凡眞則曰眞箇。韓愈《盆池》詩：「老翁眞箇似童兒，汲水埋盆作小池。」黄庭堅《沁園春》詞：「怎生禁得，眞箇分離。」周邦彦《浣溪沙慢》詞：「眞個若嗔人，却因何逢人問我？」又《紅窗迥》詞：「幾日來，眞箇醉。」凡早則曰早箇。司空圖《力疾山下看杏花》詩：「却賴無情容易別，有情早箇不勝情。」羅鄴《入關》詩：「故園若有漁舟在，應掛雲帆早箇迴。」又《過王濬墓》詩：「當時若使無功業，早箇耕桑到此墳。」渾則曰渾箇。皮日休《新秋言懷》詩：「檜身渾箇矮，石面得能皴。」實則曰實箇。隋煬帝《贈張麗華》詩：「坐來生百媚，實個好相知。」忽然則曰驀個。皮日休《茶籯》詩：「筤篣曉攜去，驀個上桑塢。」好則曰好箇。姚合《遊春》詩：「好箇林間鵲，今朝足喜聲。」汪藻《點絳脣》詞：「好箇霜天，閒却傳杯手。」上兩則爲稱美辭。皮日休《病中有人惠海蟹》詩：「形容好箇似螗蜞。」此猶云很似。不大則曰不大箇。《詞林摘豔》七，陳大聲《集賢賓》套，《代友人有懷》：「夢兒又不大箇好。」不當則曰不當箇。《董西厢》四：「詐又不當箇詐，諂又不當箇諂。」按不當，猶云不像或不算也。醒則曰醒醒箇。周邦彦《迎春樂》詞：「趁歌停舞歇來相就，醒醒箇，無些酒。」分明則曰分明箇。齊己《水鶴》詩：「歸路分明箇，飛鳴卽可聞。」獨自則曰獨自箇。朱敦儒《鵲橋仙》詞：「輕風冷露夜深時，獨自箇淩波直上。」沈會宗《滿庭芳》詞：「爭知道，愁腸淚眼，獨自箇重陽。」高觀國《祝英臺近》詞：「一餉寒，孤燼冷，獨自箇春睡。」各自則曰各自箇。程垓《酷相思》詞：「馬上離魂衣上淚，各自箇，供蕉萃。」從前則曰年時箇。蘇軾《蝶戀花》詞：「苦被多情相折挫，病緒厭厭，渾似年時箇。」史浩《千秋歲》詞：「把琖對橫枝，尙憶年時箇。人不見，愁無那。」當初則曰當初箇。晁補之《驀山溪》詞：「記得當初箇，與玉人幽歡小宴。」昨日則曰昨日箇，今日則曰今日箇。《麗春堂》劇三：「昨日箇深居華屋，今日箇流竄荒墟。」《西廂》二之二：「俺今日箇東閣玳筵開。」又三之二：「昨日箇向晚不怕春寒。」皆其例也。

箇（二）

箇，指點辭，猶這也；那也。周邦彥《瑞龍吟》詞：「暗凝佇。因記箇人癡小，乍窺門戶。」趙聞禮《魚遊春水》詞：「愁腸斷也，箇人知未？」箇人，那人也。隋煬帝《嘲羅羅》詩：「箇儂無賴是橫波。」陳克《漁家傲》詞：「箇儂爭得知人瘦。」箇儂，亦猶云那人也。賀鑄《惜奴嬌》詞：「箇卿卿嫣然一笑。」箇卿卿猶云箇儂。白居易《自詠》詩：「咄哉箇丈夫，心性何墮頑！」箇丈夫猶云此丈夫。蘇軾《李頎畫山見寄》詩：「平生自是箇中人，欲向漁舟便寫眞。」劉過《江城子》詞：「萬斛相思紅豆子，憑寄與，箇中人。」箇中人猶云此中人。石孝友《鷓鴣天》詞：「箇中贏取平生事，兎走烏飛一任他。」朱敦儒《臨江仙》詞：「世間誰是百年人？箇中須著眼，認取自家身。」箇中，猶云此中。王維《同比部楊員外夜遊》詩：「香車寶馬共喧闐，箇裏多情俠少年。」向子諲《西江月》詞：「世間萬事轉頭空，個裏如如不動。」箇裏與箇中同。賀鑄《鶴沖天》詞：「箇處頻回首。」箇處猶云此處。又《浣溪沙》詞：「臨水登山漂泊地，落花中酒寂寥天，箇般情味已三年。」郭應祥《念奴嬌》詞：「城郭山川都一樣，那得箇般清氣。」箇般猶云這般。劉克莊《送眞舍人帥江西》詩：「海神亦歎公清德，少見孤舟箇樣輕。」箇樣猶云這樣。賀鑄《浣溪沙》詞：「不拚樽前泥樣醉，箇能癡。」箇能與箇樣同。駱賓王《詠美人在天津橋》詩：「寄言曹子建，箇是洛川神。」朱敦儒《朝中措》詞：「箇是一場春夢，長江不住東流。」箇是猶云此是。李白《秋浦歌》：「白髮三千丈，緣愁似箇長。」似箇猶云如此。

則箇　子箇　之箇　只箇　則个

則箇，表示動作進行時之語助辭，近於「着」或「者」。趙長卿《瑞鶴仙》詞：「怕燈前月下，得見則個，厭厭只待覷着。問新來爲誰縈牽，又還瘦削？」又《探春令》詞，《賞梅》：「更那堪得，冰姿玉貌，痛與惜則箇。」《花草粹編》十一，李屏山《水龍吟》：「你試回頭覷我，怕不待崢嶸則箇！」葛長庚《賀新郎》詞：「衷腸底事君知那！要繫絃管，又且沈酣則箇。」有作子箇者。《董西廂》一：「可憐自家子女孤孀，投托解元子箇。」亦作之箇。《董西廂》二：「奴哥！託付你方便之箇。」亦作只箇。《馮玉蘭》劇一：「先生偃下一隻好船，專等老爺到時，一同開船**只箇**。」亦作則个。巾箱本《琵琶記》十：「待奴家着些道理，勸解**則个**。」復次，則箇亦有時變爲話搭頭。《詞林摘豔》一，無名氏小令，《兩頭蠻》，《四季閨怨》，共有四曲，茲錄兩段如下：「堪憐堪愛，倚定門兒手托**則箇**腮，好傷**則箇**懷。一似那行了他不見**則箇**來，盼多**則箇**才。」又：「聲說不得，滿腹內愁腸訴與**則箇**誰，好傷**則箇**悲。一似那行了他不見**則箇**回，受孤**則箇**恓。」此則僅取其曼聲而無義可言矣。

若箇

若箇，疑問辭。盧照鄰《行路難》詩：「**若箇**遊人不競攀，**若箇**倡家不來折。」杜甫《哭李常侍嶧》詩：「長安**若箇**伴，猶想映貂金。」岑參《燉煌太守後庭歌》：「醉坐藏鉤紅燭前，不知鉤在**若箇**邊？」此皆指人者也；義同何人，猶云那箇也。然亦有不指人而指地者。沈佺期《初達驩州》詩：「雨露何時及，京華**若個**邊？」唐之驩州，遠在南陲，言回望京華，不知在何處，故云。杜甫《哭李尚書》詩：「秋色凋春草，王孫**若箇**邊？」意言王孫不歸，渺不知在何處也。賈島《鹽池院觀鹿》詩：「條峯五老勢相連，此鹿來從**若個**邊？」言來從何處也。楊萬里《寄廣東提刑林謙之》詩：「夢中**若個**韶州路，庾嶺梅花正可憐。」言何處是韶州也。趙長卿《菩薩蠻》詞：「**若個**是鄉關，夕陽西去山。」言何處是鄉關也。以上皆指地者也。

誰家

誰家，估量辭，含有「怎樣」「怎能」「爲甚麼」「甚麼」各意義。古人語簡，籠統使用，家即價也。惟從誰家二字之字面解釋之，與某一家之義相同，此則當審語氣而分別之。其作怎樣解者。王建《寄劉蕡問疾》詩：「年少病多應爲酒，**誰家**將息過今春？」言怎樣的將息過今春也。陳師道《木蘭花》詞：「**誰家**言語似黃鸝，深閉玉籠千萬怨。」言怎樣的相似或何其相似也。張炎《數花風》詞：「古道依然黃葉，**誰家**蕭瑟！」言怎樣的蕭瑟或多麽蕭瑟也。其作怎能解者。韓愈《杏園送張徹侍御歸使》詩：「東風花樹下，送爾出京城。久抱傷春意，新添惜別情。歸來身已病，相見眼還明。更遣將詩酒，**誰家**逐後生？」意言傷春惜別兼之抱病之人，如何更能以詩酒追逐後生也。誰家，猶云怎能也。《宋百家詩存》，張孝祥《題斷隄寺》詩：「可惜行春來較晚，**誰家**留得碧桃花？」意言遊春太晚，碧桃已謝，無從留得，深爲可惜，故曰怎能留得碧桃花也。誰家，猶云怎能也。吳文英《瑞龍吟》詞，《送梅津》：「**誰家**聽琵琶未了，朝驄嘶漏。」此應用孫洙《菩薩蠻》詞意。孫詞云：「樓頭尙有三通鼓，何須抵死催人去！上馬苦忽忽，琵琶曲未終。」誰家聽琵琶未了，猶云怎能聽琵琶未了也。吳文英此詞，與李商隱《鏡檻》詩「豈能拋斷夢，聽鼓事朝珂」之機軸同，李云豈能，吳云誰家，義相同也。其作爲甚麽解者。蘇軾《秋興》詩：「野鳥游魚信往還，此身同寄水雲間。**誰家**晚吹殘紅葉，一夜歸心滿舊山。」意言此身本與魚鳥相忘於水雲間，自己亦不知爲甚麼一見晚風舞殘紅葉，頓起歸心而思舊山也。誰家，猶云爲甚麼也。又《謝人和尖叉韻雪詩》：「得酒強歡緣底事？閉門高臥定**誰家**？臺前日暖君須愛，冰下寒魚漸可叉。」誰家與底事互文，意言爲甚麼要強歡而雪中飲酒，爲甚麼要堅苦而雪中高臥，亦曾思任運隨遇，臺前日暖之可愛，冰下寒魚之可叉乎。《太平樂府》一，張小山小令，《蟾宮曲》，《湖上道院》：「雙井先春採茶，孤山帶月鋤花。童子**誰家**？貪看西湖，懶誦《南華》。」意言採茶者採茶，鋤花者鋤花，道童爲甚麼只看西湖，不誦《南華》也。其作甚麼解者。張炎《臺城路》詞，《抵吳書寄舊友》：「雁拂沙黃，天垂海白，野艇**誰家**昏曉？」**誰家**昏曉，猶云甚麼昏曉；意言飄泊生活，但見一片沙黃海白，野艇中度的是甚麼昏曉也。又《南樓令》詞：「詩酒一瓢風雨外，都莫問，是**誰家**？」此猶云甚麼都不問也。《張協狀元》戲文：「生〔問〕：適來聽得一派樂聲，不知**誰家**調弄？ 衆〔答〕：《燭影搖紅》。」誰家調弄，猶云甚麼曲調或甚麼詞牌，答以《燭影搖紅》，正詞牌名也。羅懋登本《拜月亭》一：「試問後房子弟，今日敷演**誰家**故事？那本傳奇？」敷衍猶云搬演。誰家故事，猶云甚麼故事也。傳奇開篇，例有此種問答，稱爲家門問答，其無此者乃省略耳。《牡丹亭．驚夢》：「良辰美景奈何天，賞心樂事**誰家**院！」此誰家，亦甚麼之意。誰家院與奈何天作對，誰家院猶云甚麼院，意言還成甚麼院落，卽上句所云「似這般都付與斷井頹垣」，下文所云「便賞遍了十二亭臺是惘然」也。復次，杜甫《青絲》詩：「青絲白馬**誰家**子，粗豪且逐風塵起。」此詩解者皆謂借侯景以譏僕固懷恩，次句言粗豪，不滿之意甚明。誰家子一語，固不可泥於字面，作某一家之子解，意猶今皮黃白所云甚等樣人；特不一定爲貶辭，在此詩之口氣，則有貶意，猶云甚麼東西也。李白《金陵歌》：「白馬小兒**誰家**子，泰清之歲來關囚。」此則明指侯景，稱曰小兒，貶意甚明，猶云白馬小兒甚麼東西也。按梁時大同中童謠曰：「青絲白馬壽陽來，」爲侯景叛亂之讖言，故李杜詩均用此故事。王安石《開元行》：「一朝寄託**誰家**子，威福顛倒誰復理？」李壁註：「寄託，謂李林甫楊國忠。」此誰家子亦貶詞。杜甫《少年行》：「馬上**誰家**白面郎！臨階下馬坐人牀。不通姓字粗豪甚，指點銀瓶索酒嘗。」此作爲某一家之郎君解，固通；但下三句寫其粗豪甚之狀態，不滿之意甚明，意猶云甚麼東西馬上郎也。《西遊記》劇十二：「那吒上云：『那賤人見我麼（賤人指鬼母）？』鬼母云：『**誰家**一個黃口孺子，焉敢罵我！』」此乃兩人對白，鬼母回罵那吒，甚麼東西一個黃口孺子云云，正從老杜《少年行》脫胎來。若作某家之一個黃口孺子解，則變爲問訊旁人口氣，而非對白回罵口氣矣。復次，今日蘇杭口語之啥箇或啥格，正與甚麼之義相當，當卽從誰家二字音變而成，啥卽誰，箇卽家也。

麽(一)

麽，卽這麽、那麽、甚麽之麽，亦可解爲這麽、那麽、甚麽之省文，爲指點兼形容之辭，與疑問口氣之麽字異義。黄庭堅《南鄉子》詞：「招喚欲千回，暫得尊前笑口開。萬水千山還麽去，悠哉，酒面黄花欲醉誰。」此庭堅重九日憶其弟知命向成都而作。悠與遠同義，言萬水千山還那麽遠的去也。《雍熙樂府》三，《端正好》套，《玄宗幸蜀》：「一言既出須教應，分毫誰敢違軍令，則索喏喏麽連聲。」言只得喏喏那麽樣的連聲答應也。《生金閣》劇二：「渾身害麽娘椀大血疔瘡。」娘爲詈辭，言害這麽箇大疔瘡也。《漁樵記》劇二：「我與你便花白麽娘那小賤人。」花白，猶言譏嘲，言譏嘲這麽一番也。《緋衣夢》劇四：「到來日雲陽鬧市中，殺麽娘七代先靈。」意猶云當着大衆殺他媽的。七代先靈卽祖宗，與娘字同爲詈辭。按《風月紫雲庭》劇：「兀得不好拷末(麽)娘七代先靈。」又《鴛鴦被》劇三：「我道來可是者麽娘七代先靈。」者麽猶云甚麽。娘字下接七代先靈之爲詈辭習慣可證。巾箱本《琵琶記》二十八：「生是受凍餒的公婆，死做箇絶祭祀的孤魂麽姑舅。」絶祭祀的孤魂六字爲形容語，言死後做箇餓鬼那麽樣的姑舅也。

麽(二)　磨　摩

麽，疑問辭。王建《宫詞》：「衆中遺却金釵子，拾得從他要贖**麽**？」一作花蕊夫人宫詞。賈島《王侍御南原莊》詩：「南齋宿雨後，仍許重來**麽**？」姚巖傑《報顔標》詩：「爲報顔公識我**麽**？我心惟只與天和。」齊己《送僧歸洛中》詩：「叮嚀與訪春山寺，白樂天眞在也**麽**？」李中《聽蟬寄朐山孫明府》詩：「不知陶靖節，還動此心**麽**？」以上略可見唐詩中所用麽字。然其字亦作磨。《雲謡集雜曲子·鳳歸雲》：「錦衣公子見，垂鞭立馬，腸斷知**磨**？」又《拋球樂》：「淡泊知聞解好**磨**？」敦煌原本均作磨，彊村本校改作麽。《花間集》張泌《江城子》詞：「好是問他來得**磨**？和笑道，莫多情。」四印齋本《花間集》作磨，《花菴詞選》作麽。又其字亦作摩。《花間集》，顧夐《荷葉盃》詞：「知**摩**知！知**摩**知！」又：「愁**摩**愁！愁**摩**愁！」同調凡九首，句法皆同，摩字凡十八見。《雲謡集》爲唐人作品，《花間集》爲五代作品，則知在唐五代時，隨聲取字，麽、磨、摩皆假其聲爲之，尚未劃一，似至宋以還始專用麽字，後乃或并唐人所用之磨字而亦追改之矣。

末

末，與麽同。《黄花峪》劇一：「兀那賣酒的，有酒**末**？」又：「他姑娘肯叫我三聲義男兒**末**？」義爲認義之義；男兒卽夫壻。又：「小二哥！有乾淨閣子**末**？」凡此末字，均卽麽字也。又四：「這廝利害，一對拳剪鞭相似，我可怎**末**了！」怎末，卽怎**麽**也。《認金梳》劇一：「我父親是誰？

名喚做甚**末**？」又：「我母親喚做甚**末**？」又：「當初有甚**末**爲記來？」凡云甚末，卽甚**麼**也。又三：「僕從云，門首有甚**末**包待制大人，請你到通關驛赴席。淨云，我兒也！我這兩日有些眼跳，敢不好**末**？料着不妨事，我是權豪勢要之家，他敢怎**末**我的！」又：「十五年前，曾有安英秀才，帶領妻兒李氏在你店中安下，將他謀害了，圖謀了他妻，……是你來**末**？」義均同上。《霍光鬼諫》劇：「量這廝有是**末**高識遠見？怎消的就都堂戸封八縣？」是末與甚末同，詳是字條。《風月紫雲庭》劇：「俺這虔婆道，兀得不好拷**末**娘七代先靈！」末娘與麼娘同，詳娘字條。張可久小令，《寨兒令》，《閨思》：「噤**末**聲，離繡牀；躡着脚，步迴廊。」噤末聲，卽噤麼聲，與拷末娘之語法同；噤末聲與躡着脚相對成文。

沒

沒，與麼同。倫敦不列顛博物院藏《目連救母變文》：「早知到**沒**艱辛地，悔不生時作福田。」又：「慈親到**沒**艱辛地，魂魄於時早已消。」麼有可解爲這麼、那麼之省文者，此沒字同；言到這麼艱辛地也。又：「緣有何事，詐認獄中罪人是阿孃？緣**沒**事謾語？」麼有可解爲甚麼之省文者，此沒字同；言爲甚麼謾語也。又：「獄主問言：『寄是**沒**物來開？』目連啓獄主云：『寄十二環錫杖來開。』」是與甚同，是沒與是末同，卽甚麼也。又：「積善之家有餘慶，皇天只**沒**煞無辜。」

只沒與只麼同，言只如此也。煞，甚辭；無辜，寃屈之義；言皇天只這樣的十分寃屈我們也。按《通俗編》三十三引《集韻》：「不知而問曰拾沒」，拾沒今作什麼，知麼字原通作沒矣。

作麼　作麼生　則麼　子麼　子甚麼

作麼，卽作甚麼之省文，猶怎麼也。李咸用《依韵修睦上人山居》詩：「生身便在亂離間，遇柳尋花作麼看？」寒山《無題》詩：「皎然易解事，作麼無精神？」楊萬里《晚登子城》詩：「終更猶半歲，作麼度居諸？」按終更，官吏滿任也。又《歲之二日欲遊翟園》詩：「歲前問訊翟園梅，不知作麼不肯開！」王安石《南鄉子》詞：「作麼有疏親？我自降魔轉法輪。」言無所謂疏與親也。黃庭堅《減蘭》詞：「苦喚愁生，不是西園作麼平？」按平者平愁懷也。劉克莊《賀新郎》詞，《杜子昕凱歌》：「作麼一年來一度？欺得南人技短。」又前調，《送唐伯玉還朝》：「作麼擕將琴鶴去？不管州人墮淚。」皆其例也。又有作麼生一語，熟語也，生爲語辭。楊萬里《秋雨歎》詩：「曉起窮忙作麼生？雨中安否問秋英。」又《佚老堂》詩：「只言此老渾無事，種竹移花作麼生？」又《過眞陽峽》詩：「南人到此亦腸斷，不是南人作麼生？」又《早發建安寺過大櫟墟》詩：「近路還如許，長塗作麼生？」凡云作麼生，義與作麼同。作麼亦作則麼，作與則一聲之轉也。《南宋六十家》，劉過《紅酒歌》：「有貂可解換一斗，醉到天曉待則麼？」待則麼，猶云更待何求也。《樂府羣玉》三，陳德和小令，《落梅風》，《浩然騎驢》：「待吟詩滿前都是題，偏**則麼**灞橋驢背？」言怎麼偏在灞橋驢背上也。《西廂》一之二：「煩惱**則麼**耶唐三藏？」三藏借以稱法本，此倒裝文法，言唐三藏怎麼煩惱也。又二之一：「**則麼**諸葛孔明，博望燒屯？」此指孫飛虎欲燒普救寺而言，言怎麼學孔明燒屯也。《西遊記》劇十七：「女王云：『又是箇柳下惠顏叔子。焦**則麼**邪村柳舍？叫**則麼**邪唔顏郎？』」焦猶云鬧，村與唔皆詈詞，意言蠢與呆。此與《西廂》唐三藏句文法同。則麼亦作子麼，子與則一聲之轉也。《董西廂》二：「相國夫人且坐，但放心，何須怕怯**子麼**？」言無須怕他怎麼樣也。三十種本《薛仁貴》劇：「薛仁貴！你不謝恩**子麼**？」言怎麼不謝恩也。亦作子甚麼。《董西廂》二：「莫道是亂軍，便是六丁黑煞，待**子甚麼**？」子甚麼卽作甚麼也。

只麼

只麼，猶云只此或只如此也。黃庭堅《寄杜家父》詩：「閒情欲被春將去，鳥喚花驚**只麼**回。」言只如此回轉也。朱熹《送胡籍溪》詩：「浮雲一任閒舒卷，萬古青山**只麼**青。」言只如此青也。劉克莊《答黃鏞》詩：「百年如夜何由旦，萬古惟天**只麼**青。」義同上。姜夔《馬上值牧兒》詩：「馬背何如牛背？短衣落日空山。**只麼**身歸盤谷，未須名滿人間。」言只如此歸隱盤谷也。方岳《感懷詩》：「忍飢罷乞祠官祿，**只麼**扶犁亦幸民。」亦只如此義。又前題：「看人面孔有何好？如此頭顱**只麽**休！」亦只如此義。楊萬里《太平寺壁》詩：「壁如雪色一丈許，徐生畫水纔盈堵。橫看側看**只麽**是，分明是畫不是水。」此只此義。又和李天麟《秋懷》詩：「奉酬**只麽**隨緣句，懶更雕肝與掐鉤。」亦只此義。又《臘夜普明寺睡覺》詩：「**只麽**功名是，如今悟解不？」亦只此義。又《見張欽夫》詩：「不應師友地，**只麽**遣空回。」此只如此義。楊无咎《鷓鴣天》詞：「**只麽**去，幾時還？」亦只此義。劉克莊《沁園春》詞：「天地無情，功名有命，千古英雄**只麽**休！」言只如此休也。汪晫《賀新郎》詞：「村酒三杯狂興發，拔劍偶然起舞，**只麽**也迎寒送暑。」言只如此也消遣日子也。詞見**彊村本**《康範詩餘》。

與麽

與麽，猶云這麽也，如此也。朱熹《水調歌頭》詞：「應見塵中膠擾，便道山間空曠，**與麽**了平生。**與麽**平生了，□水不流行。」言如此了平生也。按與麽一詞，不習見，茲就《五燈會元》證之。《五燈會元》七，德山宣鑒禪師：「有僧相看，乃近前作相撲勢。師曰：『**與麽**無禮，合喫山僧手裏棒！』僧佛袖便行。」此猶云如此無禮也。又十一，潭州神鼎禪師：「古人**與麽**道，神鼎則不然。」言古人如此說也。

應（一）

應，猶是也。普通作理想推度之辭用，然遇敍述當前及指示事實時，則不得以推度義解之，當逕解爲是字義。杜甫《旅夜書懷》詩：「名豈文章著，官應老病休，飄飄何所似，天地一沙鷗。」休官是事實，玩下文飄飄兩句可知，此應字非推度之辭。蓋上句猶云名非文章著，下句猶云官是老病休也。白居易《江夜舟行》詩：「叫曙嗷嗷雁，啼秋唧唧蟲。只應催北客，早作白鬚翁。」只應，只是也。又《自解》詩「王道前生應畫師」句下自注，引王右丞詩云：「宿世是詞客，前身應畫師。」應畫師，是畫師也。應與是互文。李商隱《韓翃舍人卽事》詩：「鳥應悲蜀帝，蟬是怨齊王。」應與是亦互文。吳融《贈李長史歌》：「不是東城射雉處，卽應南苑鬭雞時。」應與是亦互文，卽應，猶卽是也。韓偓《無題》詩：「明言終未實，暗祝始應眞。」暗祝卽暗囑；此猶云明言非實，暗囑是眞也。韋莊《漢州》詩：「人心不似經離亂，時運還應却太平。」却太平猶云返太平；還應，還是也。此游歷所見當前情景，非推度之辭。蘇軾《新城道中》詩：「西崦人家應最樂，煮葵燒筍餉春耕。」應最樂，是最樂也，義例同上。文同《鶯》詩：「只應自道新聲和，啼徧後園花萬枝。」只應，義見上。復次，應猶是也，故不應猶云不是，見不應條。

應（二）

應，猶曾也。白居易《重答劉和州》詩：「可惜當時好風景，吳王應不解題詩。」應不解，猶云曾不解也。吳融《風雨吟》：「尋常倚月復眠花，莫說斜風兼細雨，應不知天地造化是何物，亦不知榮辱是誰主。」應不知，猶云曾不知也。李商隱《柳》詩：「動春何限葉，撼曉幾多枝，解有相思否，應無不舞時。」應無，猶云曾無也，應無句卽指動春二句而言。蘇軾《淸平樂》詞：「秋原何處攜壺，停驂訪古踟躇，雙廟遺風尙在，漆園傲吏應無。」應無，義同上。復次，應猶曾也，故不應猶云不曾，見不應條。

不應（一） 未應

不應，猶云不須也。未應同。王安石《酬宋廷評請序經解》詩：「訓釋雖工君尙少，不應急務世人傳。」言無須急於求傳也。若照字面作不應該解，則雖以荆公之口吻，亦嫌太訐直矣。又《評定試卷》詩：「疑有高鴻在寥廓，未應回首顧張羅。」言高鴻非可張羅而得，不須張羅也。陸游《遣興》詩：「老去可憐風味在，未應山海混漁樵。」言風味自在，不須混身漁樵也。楊萬里《寄題曾子與競秀亭》詩：「競秀主人文似豹，不應霧隱萬峯邊。」南山玄豹藉霧雨澤毛而成文章，本《列女傳》陶答子妻語。詩言主人文章本來似豹，無須霧隱也。《南宋六十家》，周文璞《贈趙子野歌》：「書來不應寄他物，只要秋林一雙笛。」言不須寄他物也。又林希逸《千載》詩：「客授長生訣，僧談不壞身。**未應**癡準擬，且樂醉鄉春。」言長生不壞之事，不須擬議也。蘇軾《八聲甘州》詞，《寄參寥子》：「約他年東還海道，願謝公雅志莫相違。西州路，**不應**回首，爲我沾衣。」此借謝安爲言，言深願他年無須過西州而感慨也。按謝安雖受朝寄，志在東山，出鎭新城，造汎海之裝，欲自江道東還，及疾篤還都，輿入西州門，自以本志不遂，深自慨失。見本傳。

不應（二）　未應

不應，猶云不是也。未應同。李白《梁園吟》：「東山高臥時起來，欲濟蒼生**未應**晚。」猶云不是晚或不算晚也。《全唐詩錄》，羊士諤《彭州蕭使君出妓夜宴見送》詩：「自是當歌斂眉黛，**不應**惆悵爲行人。」言歌妓自斂眉，不是爲行人惆悵也。不應與自是相應。斂眉之事，可於宋詞徵之。蘇軾《虞美人》詞：「美人不用斂歌眉，我亦多情無奈酒闌時。」又《菩薩蠻》詞，《贈笙妓》：「不見斂眉人，胭脂覓舊痕。」歐陽修《訴衷情》詞：「擬歌先斂，欲笑還顰，最斷人腸。」周邦彥《定風波》詞：「莫倚能歌斂黛眉，此歌能有幾人知。」蓋歌妓斂眉，乃歌時之一種慣態也，故羊詩云然。溫庭筠《七夕》詩：「蘇小回塘通桂檝，**未應**淸淺隔牽牛。」言不是銀河相隔也。王安石《上已聞苑中樂聲》詩：「更覺至尊思慮遠，**不應**全爲拙倡優。」李壁注：「秦昭王謂范雎，夫劍利則士勇，倡優拙則思慮遠。」本言人主不講求倡優之美，則志氣淸明，思慮自遠。詩翻其意，言思慮本遠，不是全爲倡優之拙而然也。又《紅梅》詩：「顏色凌寒終慘淡，不應搖落始愁人。」言盛開時已覺慘淡，不是到搖落之時始愁人也。黄庭堅《王立之詩報梅花已落盡戲答》詩：「定是沈郎作詩瘦，不應春能生許愁。」言不是春能生愁也；與定是相應。陳師道《巨野》詩：「餘力唐虞後，沈人海岱西。不應容桀黠，寧復有青齊。」言禹力所以遺此澤藪者，因若不是有此容盜賊之澤藪，則水將氾溢而淹沒青齊也。又《十五夜月》詩：「不應明白髮，似欲勸人歸。」言明月不是無故將人白髮照得分明，意實借此慫慂人之老而可歸也。又《寒夜》詩：「不應田二頃，能使寸心休。」二句宜作一氣讀，言不是有田二頃能使心休也。此用蘇秦語意。又《上趙使君》詩：「不應爲米輕鄉里，定復還從馬少游。」言若不是爲米而輕去鄉里，則還從馬少游矣。陸游《九月晦日》詩：「自是老來多感慨，不應蕭瑟爲秋風。」言老年自多感，不是與秋風蕭瑟有關也；與自是相應。楊萬里《跋張功父所惠約齋詩乙稾》詩：「不應窮活計，公子也忙忙。」言公子爲詩而忙，不是窮忙也。張綱《臨江仙》詞：「年方強仕未應遲。高風輕借便，一鶚看橫飛。」言四十強仕之年不是遲也。晁補之《金盞倒垂蓮》詞：「身閒未應無事，趁栽梅徑裏，插柳池邊。」言身閒不是無事也。按此亦可作未嘗解。

不應（三）　未應

不應，猶云不曾或未嘗也；質言之，猶云未也；不也。未應同。李白《關山月》詩：「戍客望邊邑，思歸多苦顏，高樓當此夜，歎息未應閑。」未應閑，猶云未嘗等閑，蓋歎息之甚也；若質言之，則曰不等閑。王維《聽宮鶯》詩：「游人未應返，爲此始思鄉。」此猶云不曾返。杜甫《三絕句》：「楸樹馨香倚釣磯，斬新花蕊未應飛。」此猶云未曾飛；若質言之，則曰花蕊未飛。韓翃《送客之江寧》詩：「春流送客不應賒，南入徐州見柳花。」賒，猶緩也，見賒字條。言春流送客未嘗緩，故南入徐州，猶及見柳花也；若質言之，則曰春流不緩。黃庭堅《演雅》詩：「絡緯何嘗省機織，布穀未應勸種播。」未應與何嘗互文；質言之，則曰布穀鳥未布穀。陳師道《嗚呼行》：「今年夏旱秋水生，江淮轉粟千里行。不應遠水救近渴，空倉四壁雀不鳴。」言不曾遠水救近渴也；若質言之，則曰遠水不救近渴。陸游《農家》詩：「聞道少年俱孝謹，未應家法愧恬侯。」此猶云家法不愧恬侯。按漢石奮與其子四人，俱以孝謹馴行稱；幼子慶封侯，卒諡恬。《南宋六十家》，朱南杰《張玉軒南園》詩：「詩料滿前吟不盡，主人樽酒未應空。」此猶云樽中酒不空。晁補之《洞仙歌》詞，《詠菊》：「不應誇絕豔，曾妬春華，因甚東君意不到？」此猶云不誇絕豔；不應字與曾字相應。意言不曾誇豔逞妬，何以東君不加意也。賀鑄《窗下繡》詞：「不應學舞愛垂楊，

甚長爲，東風瘦。」言舞腰未學垂楊，何以春來長瘦也。暗用瘦腰事。蘇軾《水調歌頭》詞：「轉朱閣，低綺戶，照無眠。**不應**有恨，何事長向別時圓？」言月未嘗有恨也。按此亦可作不是解。辛棄疾《新荷葉》詞：「細數從前，**不應**詩酒皆非。」言從前詩酒消遣，未嘗非計也。按此亦可作不是解。又《江神子》詞，《賦梅》：「**未應**全是雪霜姿。欲開時，未開時，粉面朱脣，一半點胭脂。」言未嘗全是雪霜姿也；若質言之，則曰不全是雪霜姿。《陽春白雪》一，田不伐《探春》詞：「桃李怯殘寒，半吐芳心猶小。謾教蜂蝶多情，**未應**知道。」言蜂蝶未曾探得春訊也；若質言之，則曰蜂蝶未知道。万俟詠《尉遲杯》詞，《李花》：「如將汞粉勻開，疑使柏麝薰却。雪魄**未應**若。」言雪魄未嘗似也；若質言之，則曰雪魄不能比。張炎《聲聲慢》詞，《西湖》：「清狂**未應**似我，倚高寒隔水呼鷗。」此亦逕作不字解，言清狂不似我，意則云清狂誰似我也。按本條與上條之作不是解者頗相近。特作不是解者多在理論方面，語氣較宛轉；作不字解者多在事實方面，語氣較直捷。

不應（四）　未應

不應，猶云不知或不顧也。未應同。陳師道《河上》詩：「還家慰兒女，歸路**不應**長。」言還家心切，不知歸路之長也；亦可作不顧解。謝薖《定風波》詞：「寂寞江天正雲霧，回顧，**不應**中有少微星。」言不知有少微星也。此從杜詩「寂寞江天雲霧裏，何人道有少微星」脫胎而來。道猶知也，見道字條。陳德武《憶秦娥》詞：「娟娟月，**不應**何恨，照人離別。」言不知何恨也。詞見《彊村叢書·白雪遺音》。蔡伸《念奴嬌》詞：「雲浪鱗鱗，蘭舟泛泛，共載一輪月。五湖當日，**未應**此段奇絶。」言月夜之一段奇景，當日泛舟五湖者不知也。周紫芝《臨江仙》詞，《送光州曾使君》：「只愁飛詔下青冥。**不應**霜塞晚，橫槊看詩成。」言只恐詔宣入朝，不顧使君在邊塞，正有橫槊之詩興也。

何當（一）

何當，猶云何日也。古絶句：「**何當**大刀頭，破鏡飛上天。」大刀頭，取義刀環以寓還意，猶言何日還也。杜甫《秦州雜詩》：「**何當**一茅屋，送老白雲邊。」當一作時，何當卽何時也。又《嚴鄭公階下新松》詩：「未見紫烟集，虛蒙淸露霑。**何當**一百丈，欹蓋擁高簷。」言何日成爲百丈之高松也。李商隱《夜雨寄北》詩：「**何當**共剪西窗燭，却話巴山夜雨時。」言何日剪燭西窗，共話今夜之事也。温庭筠《送人東遊》詩：「**何當**重相見，樽酒慰離顏。」言何日重見也。蘇軾《再過超然臺》詩：「山中兒童拍手笑，問我西去**何當**還？」言何日還也。陳師道《送內》詩：「關河萬里道，子去**何當**歸？三歲不可道，白首以爲期。」義同上。此普通義，不備舉。

何當(二)

何當，商量之辭，猶云何妨或何如也。孟浩然《九月九日峴山寄張子容》詩：「何當載酒來，共醉重陽節。」此爲何妨義。以當日卽重陽，不能以何日爲解也。李益《竹窗聞風》詩：「時滴枝上露，稍沾階下苔。何當一入幌，爲拂綠琴埃。」言風既已滴露沾苔矣，何妨入幌爲拂琴埃也。按此亦可作何不解。陳師道《答无咎畫苑》詩：「君家畫苑傾東都，錦囊玉軸行盈車。補完破碎收亡逋，欲得不計有與無。問君此病何當祛，君言無事聊自娛。」病者言其收藏之癖，言此癖何妨一除也。按此亦可作何不解。《宋百家詩存》，周紫芝《讀林和靖集》詩：「吳兒不解高人意，秋菊何當薦一杯。」言何妨薦一杯也。《瀛奎律髓》十七，曾茶山《仲夏細雨》詩：「何當一傾倒，趁取未歸雲。」言細雨何妨傾倒而成爲大雨也。蘇軾《泛舟城南》詩：「苦熱誠知處處皆，何當危坐學心齋。」此爲何如義，言何如齋心者之不覺熱也。又《大雪寄孔周翰》詩：「君不見淮西李侍中，夜入蔡州縛取吳元濟；又不見襄陽孟浩然，長安道上騎驢吟雪詩。何當閉門飲美酒，無人毀譽河東守。」言何如閉門飲酒之爲得也。又《次韻孔毅父集古人句》詩：「夜吟石鼎聲悲秋，可憐好事劉與侯。何當一醉百不問，我欲眠矣君歸休。」言何如一醉百事不問也。又《和子由論書》詩：「多好竟無成，不精安用夥。何當盡屏去，萬事付懶惰。」言何如一切屏絕也。范成大《癸亥日泊舟吳會亭》詩：「山中故人應大笑，扁舟坐穩**何當**歸。」言何如歸來也。按此亦可作何不解。

何當（三）

何當，猶云安得也。岑參《阻戎瀘間羣盜》詩：「帝鄉北近日，瀘口南連蠻。**何當**遇長房，縮地到京關；願得隨琴高，騎魚向雲烟。」言安得遇費長房也，與願得隨琴高句相應。杜甫《秋雨歎》詩：「去馬來牛不復辨，濁涇清渭**何當**分。」言涇與渭安得分也，蓋以詠水勢之大。又《彭衙行》：「別來歲月周，胡羯仍搆患。**何當**有翅翎，飛去墮爾前。」言安得生羽翼也。曹鄴《長城下》詩：「**何當**生燕羽，時得近雕梁。」義同上。王安石《次韻答陳正叔》詩：「**何當**水石他年住，更把韋編靜處開。」言安得他年住於水石佳處讀書也。陳師道《次韻夏日江村》詩：「**何當**加我歲，從子問乾坤。」言安得添我年歲也。《南宋六十家》，施樞《正月十四夜》詩：「自笑蓬窗勤苦士，**何當**太乙爲燃藜。」言安得有太乙燃藜照我讀書之事也。

何當（四）

何當，猶云何況也。王昌齡《江上聞笛》詩：「不知誰家子，復奏邯鄲音。水客皆擁棹，空霜遂盈襟。羸馬望北走，遷人悲越吟。**何當**邊草白，旌節隴城陰！」大意言征馬遷人皆聞音而感動，何況邊城之將士乎。此何當應作何況解。蘇軾《無題》詩：「年光與時景，頃刻互衰變。何當血肉身，安得常強健！」意言年時尚有迅速之遷變，何況吾人血肉之身乎。此何當應亦作何況解。

何當(五)

何當，猶云合當也；何合聲近，故以何當爲合當。杜甫《畫鷹》詩：「絛鏇光堪摘，軒楹勢可呼。何當擊凡鳥，毛血灑平蕪。」此何當字緊承上二句之堪字可字，一氣相生，言合當擊凡鳥也。又《徐九少尹見過》詩：「賞靜憐雲竹，忘歸步月臺。何當看花蕊，欲發照江梅。」下二句倒裝，意言江邊梅欲發花，合當看梅花也。蘇軾《柳氏二外甥求筆迹》詩：「一紙行書兩絕詩，遂良鬚鬢已成絲。何當火急傳家法，欲見誠懸筆諫時。」下二句亦倒裝，似卽脫胎於上述杜詩。言柳氏甥欲見其祖代誠懸筆諫之家法，合當火急爲之傳授也。遂良句意言已已老，爲火急二字張本。釋修睦《宿岳陽開元寺》詩：「竟夕凭虛檻，何當興歎頻。往來人自老，今古月長新。」言合當興歎也。月自長新人自老，卽興歎之注脚，詩見《全唐詩》。王安石《送潘景純》詩：「明時正欲精蒐選，榮路何當力薦延。」言合當薦延也，與上句正欲字相應。柳永《木蘭花》詞：「鸞吟鳳嘯清相續，管裂絃焦爭可逐？何當夜召入連昌，飛上九天歌一曲。」言合當如念奴之夜召入連昌宮歌一曲也。念奴夜召事見元稹《連昌宮詞》。《雁門關》劇一：「決勝千里辨輸贏，單注着黃巢今日**何當**敗。」言命運注定黃巢合當敗也。《十探子》劇四：「你不遵號令，私離邊庭。我問你波！則你那七禁令**何當**是你掌；則你那三軍印寄付與誰行。」言禁令合當是你掌，應負責任也。七禁令，下文白云，一輕、二慢、三盜、四欺、五背、六亂、七誤是也。

都來　都　大都　大都來　待都來

都來，猶云統統也；不過也；算來也。寒山詩：「五言五百篇，七字七十九，三字二十一：**都來**六百首。」此猶云統統。羅隱《晚眺》詩：「天如鏡面**都來**淨，地似人心總不平。」此亦猶云統統。又《送顧雲下第》詩：「百歲**都來**多幾日，不堪相別又傷春。」此猶云算來。胡宿《次韻徐爽見寄》詩：「侏儒自是長三尺，澼絖**都來**直幾金？」此猶云算來或不過。楊萬里《過白沙竹枝歌》：「耕遍沿隄鋤遍嶺，**都來**能得幾生涯？」此猶云算來或統統。又《悶歌行》：「問來鄖子到南康，水路**都來**兩日強。」此猶云不過。戴復古《何處景》詩：「**都來**五十有六字，寫出山林無限奇。」此亦猶云不過。《南宋六十家》，葉紹翁《謁半山祠》詩：「**都來**二百年間事，燕麥戎葵幾度風？」此猶云算來。馮延巳《謁金門》詞：「年少**都來**有幾？自古閒愁無際。」此亦猶云算來。范仲淹《御街行》詞：「**都來**此事，眉間心上，無計相迴避。」王闓運《絕妙好詞》注云，都來即算來也。本條算來義本此；按亦猶云統統，言眉間心上，統統爲此事所盤踞，故無法迴避也。歐陽修《青玉案》詞：「一年春事**都來**幾？早過了，三之二。」此猶云算來或不過。蘇軾《減蘭》詞，《贈小鬟琵琶》：「琵琶絕藝，年紀**都來**十一二。」此猶云不過。柳永《慢卷紬》詞：「細屈指尋思，舊事前歡，**都來**未盡，平生深意。」此猶云統統。又《滿江紅》詞：「不會得**都來**些子事，甚恁底死難拚棄。」此猶云不過。又《合歡帶》詞：「一箇肌膚渾如玉，更**都來**占了千嬌：妍歌豔舞，鶯慚巧舌，柳妬纖腰。」此猶云統統。言就肌膚一項而論，已有如玉之美，更加以歌舌舞腰，統統都美，所謂都來占了千嬌也。《詞譜》二十二，王觀《紅芍藥》詞：「人生百歲，七十稀少。更除十年孩童小，又十年昏老，**都來**五十載，一半被睡魔分了。那二十五載之中，寧無些個煩惱。」此猶云不過。范成大《念奴嬌》詞：「人世會少離多，**都來**名利，似蠅頭蟬翼。」此猶云算來。張榘《水龍吟》詞：「算鶯花世界，**都來**十畝，規模好，何須大。」此猶云不過。趙輯《宋金元人詞》，張之翰《木蘭花慢》詞：「**都來**四條絃上，有幾家樂府幾般聲。」此亦猶云不過。《樂府陽春白雪》前五，楊西菴小令，《小桃紅》：「**都來**一段，紅幢翠蓋，香盡滿城風。」此亦猶云不過。亦有祗用一都字者，義亦同。白居易《解蘇州自喜》詩：「身兼妻子**都**三口，鶴與琴書共一船。」此猶云統統。《西崑酬唱集》，李宗諤《南朝》詩：「惆悵雷塘**都**幾日，吟魂醉魄已相尋。」此猶云不過。《花草粹編》六，李後主《虞美人》詞：「問君**都**有幾多愁？恰似一江春水向東流。」此猶云統統。柳永《鶴沖天》詞：「青春**都**一餉，忍把浮名，換了淺斟低唱。」此猶云不過。《花菴詞選》，僧仲殊《夏雲峯》詞：「**都**幾日陰沈，連宵慵困，起來韶華都盡。」此猶云算來。《張千替殺妻》劇：「**都**不到一時半刻，尋思到百計千方。」此猶云統統。復次，辛棄疾《清平樂》詞，《賞木犀》：「**大都**一點宮黃，人間直恁芬芳。」大都，亦猶云不過也。吳潛《蝶戀花》詞：「回首人間名利局，**大都**一覺黃粱熟。」義同上。《曲譜十二，南《仙呂》入《雙調》過曲，《川豆葉》：「涼水**大都**一盃，算將來何足挂齒。」義亦同上。趙長卿《賀新郎》詞：「**大都來**一寸心兒，萬般縈繫。」義亦與大都同。《西廂》五之一：「**大都來**一寸眉峯，怎當他許多顰皺。」義同上。大都來亦作待都來，任訥校本《樂府白雪陽春》後三，貫酸齋小令，《金字經》：「楚臺雲歸去，**待都來**三二朝，閒煞東風碧玉簫。」蓋大與待爲同音字也。

都盧

都盧，猶云統統也；不過也。與**都來**略同。白居易《贈鄰里往來》詩：「骨肉**都盧**無十口，糧儲依約有三年。」此猶云統統。盧仝《守歲》詩：「老來經節臘，樂事甚悠悠。不及兒童日，**都盧**不解愁。」此猶云一切，亦統統義。薛濤《斛石山書事》詩：「王家山水畫圖中，意思**都盧**粉墨容。今日忽登虛境望，步搖冠翠一千峯。」此猶云不過，言畫中所見之斛石山，不過粉墨而已，實地一望，乃始知有步搖冠翠之奇也。賀鑄《送周開祖出守鄱陽》詩：「鄱陽不乏江山助，高興**都盧**屬謝公。」此猶云總歸，亦統統義。范成大《甲辰人日病中吟》六言詩：「壯歲喜新節物，老來惜舊年華。病後都盧不問，家人時換瓶花。」言統統不問也。按《五燈會元》十五，德山緣密禪師：「會與不會，都盧是錯。」語法與此同，可以旁證。

都齊

都齊，猶云完全也；統統也。辛棄疾《木蘭花慢》詞，《中秋用天問體賦送月》：「若道都齊無恙，云何漸漸如鉤？」此猶云完全無缺。又《玉蝴蝶》詞：「醉兀籃輿，夜來豪飲太狂些。到如今都齊醒卻，只依舊無奈愁何。」此猶云完全酒醒。朱敦儒《驀山溪》詞：「都齊醉也！說甚是和非。我笑他，他不覺，花落春風晚。」此猶云統統酒醉。又《水龍吟》詞：「平生塵想，老來俗念，都齊驚散。」此猶云統統驚散。王質《滿江紅》詞：「方丈維摩，蒙衲被都齊不省。」此猶云統統不問。沈瀛《行香子》詞：「野叟長年，一室蕭然，都齊收萬軸牙籤。只留三件，三教都全：時看《周易》，讀《莊子》，誦《楞嚴》。」此言書卷統統收拾，只留三種書也。又《滿江紅》詞：「待得吾廬三徑就，此生素願都齊足。」此言完全滿足也。王之道《漁家傲》詞：「燈火熙熙來稚老，喜逢燈夕都齊到。」此言老稚統統到來也。

都大

都大，猶云本自也；元來也。元稹《有所教》詩：「人人總解爭時勢，**都大**須看各自宜。」此猶云元來。又《和樂天題王家亭子》詩：「風吹笥籜飄紅砌，雨打桐花蓋綠莎。**都大**資人無暇日，泛池全少買池多。」此猶云元來。又《酬樂天得微之詩知通州事》詩：「平地才應一頃餘，閣欄**都大**似巢居。」此猶云本自。自注云：「巴人架木爲居，自號閣欄頭。」杜牧《雲》詩：「盡日看雲首不回，無心**都大**似無才。」此猶云元來。意殆云雲之無心出岫，有似人之無才問世。來鵠《鄂渚清明日登頭陀山》詩：「**都大**此時深悵望，豈堪高處更逡巡。」此猶云本自。杜荀鶴《別四明鍾尚書》詩：「**都大**人生有離別，且將詩句代離歌。」此猶云元來。邵雍《有客吟》詩：「枉尺直尋何必較，此心**都**大不求全。」此猶云本自。

其高

其高，猶云有餘也。《董西廂》二：「掂詳了，縱六千來不到，半萬來**其高**。」關漢卿《拜月亭》劇：「的是五夜**其高**，六日向上。」《生金閣》劇三：「離城中則半載**其高**。」《燕青博魚》劇三：「行不到半里**其高**。」《梧桐葉》劇三：「這綵樓百尺**其高**。」皆其例也。亦作其餘。《抱妝盒》劇四：「恰轉過雕闌數曲，行不到百步**其餘**。」其高、其餘，均為估計之口氣。

其程　期程

其程，估計時間之辭。《金線池》劇二：「我去的半月**其程**，怎麼門前的地也沒人掃。」又三：「到如今整整半載**其程**。」《百花亭》劇二：「自從與賀家姐姐作伴，半載**其程**，錢物使盡。」《竹塢聽琴》劇二：「自從秦修然姪兒在衙舍中一月**其程**。」皆其例也。亦作期程。《盆兒鬼》劇一：「辭別了父親出來做買賣，不覺三月**期程**。」《望江亭》劇三：「我在這船隻上，個月**期程**，也不曾梳篦的頭。」《紅梨花》劇二：「俺從那**期程**，伴着這書生，直吃的碧桃花下月三更。」那期程猶云那時候。按以字義論，期程較為易解；然例以其高、其餘，則其程較合估計之口氣也。

其間

其間，指示時間之辭。《牆頭馬上》劇三：「你哥哥這**其間**未是他來時節，怎抵死的要去接。」這其間，這時間也。《還牢末》劇二：「那婆娘，這**其間**知他是醒也醉也？」《紅梨花》劇二：「這**其間**倚定鴛鴦枕頭兒等。」又：「那石榴花夏月開，這**其間**未過清明。」凡云這其間，義均同上。《誶范叔》劇一：「將你魏國踏踏的粉碎，那**其間**則怕你悔之晚矣。」那其間，那時間也。《劉行首》劇一：「你先將那寃業分，次將那宿債準。那**其間**纔脫紅塵難，方歸大道門。」《城南柳》劇楔子：「只等的紅雨散，綠雲收。那**其間**尋花問柳，重到岳陽樓。」《單鞭奪槊》劇楔子：「等我三日服孝滿，埋殯追薦了我主公之時，那**其間**我大開城門投降何如？」凡云那其間，義均同上。

向（一）

向，指示之辭。有云向上者。白居易《池上閒吟》詩：「幸逢堯舜無爲日，得作羲皇**向**上人。」陸希聲《綠雲亭》詩：「羲皇**向**上何人到，永日時時弄素琴。」朱熹《次秀野韻》詩：「未酬管樂平生志，且作羲皇**向**上人。」《南宋六十家》，許棐《贈元耘軒》詩：「詩名壓盡江湖客，要在唐人**向**上居。」又林希逸《寄林寒齋》詩：「此是淵明**向**上人，少年早已謝簪紳。」上列各詩所云向上，猶云以上，率爲指示程度，亦引申之而爲最上或無上之義。吳潛《浣溪沙》詞：「海棠已綻牡丹芽，猶有東君**向**上花。」言東君最上之花或無上之花也。李道純《沁園春》詞：「**向**上工夫，乾宮立鼎，坤位安爐。」又《滿江紅》詞：「十月工夫無間斷，一靈妙有超生滅。更問予**向**上事如何？無言說。」又前調：「我今將**向**上祖師機，爲君剖。」又《百字令》詞：「爲言**向**上機緘，玄珠罔象，火候無時刻。」上四詞均爲道家言，所云向上，本爲禪宗指示要義語，道家亦習用之。詞見彊村本元人《清庵先生詞》。夏元鼎《沁園春》詞：「**向**上玄關，南辰北斗，晝夜璇璣煉火還。」亦道家言，義同上。詞見彊村本《蓬萊鼓吹》。有云向前者。白居易《琵琶行》：「淒淒不似**向**前聲，滿座重聞皆掩泣。」許棠成《紀書事》詩：「難問開元**向**前事，依稀猶認隗囂宮。」李山甫《望思臺》詩：「九層黃土是何物，銷得**向**前冤恨來！」張安石《苦別》詩：「**向**前不信別離苦，而今自到別離處。」賈島《逢博陵故人彭兵曹》詩：「別後解餐蓬虆子，**向**前未識牡丹花。」皆其例也。有云向後者。白居易《青氈帳》詩：「賓客於中接，兒孫**向**後傳。」又《洛城東花下》詩：「**向**後光陰促，從前事意忙。」又《答山侶》詩：「頷下髭鬚半是絲，光陰**向**後幾多時？」又《十二月二十三日》詩：「案頭曆日雖未盡，**向**後惟殘六七行。」皮日休《酬魯望惜春見寄》詩：「以前雖被愁將去，**向**後須教酒領來。」石孝友《更漏子》詞：「與其**向**後兩關心，又何似而今！」皆其例也。上列各證所云向前、向後，率爲指示時間，向前猶云以前，向後猶云以後也。然向前亦有作以**後**解者，晁補之《滿江紅》詞：「問**向**前猶有幾多春？三之一。」此意云以後也。向後亦有作過去解者，吳潛《鵲橋仙》詞，《己未七夕》：「銀河半隱，玉蟾高挂，已覺炎光**向**後。」此意云過去，言炎光已過去也。此外亦有以向上指示數量者。關漢卿《拜月亭》劇：「的是五夜其高，六日**向**上。」其高猶云有餘，向上猶云不足也。《遇上皇》劇一：「做夫妻四年**向**上，五十次告官房。」義同上。告官房猶云打官司。亦有以向下指方位者。皮日休《女墳湖》詩：「須知韓重相思骨，直在芙蓉**向**下消。」向下，猶云直下或其下也。復次，指示數量有云向外者。《竇娥冤》劇一：「美婦人我見過萬千**向**外，不似這小妮子生得十分憊賴。」向外，猶云以外也。指示時間有云向去者。劉克莊《水龍吟》詞：「從今**向**去，年年強健，插花高會。」向去猶云向後；去猶後也，見去字條。

向（二）　爭向　怎向　奈向　爭奈向　怎奈向　怎生向　如何向　何向　無計向

向，語助辭，專用於「怎奈」「如何」一類之語，加強其語氣而爲其語尾。有曰爭向者。白居易《題酒甕》詩：「若無淸酒兩三甕，**爭向**白鬚千萬莖。」爭向，猶云怎奈或奈何也。王建《酬趙侍御》詩：「別來衣馬從勝舊，**爭向**邊塵滿白頭。」又《贈別荆南李肇》詩：「**爭向**巴山夜，猿聲滿碧雲。」柳永《臨江仙》詞：「牽情繫恨，**爭向**年少偏饒。」義均同上。有曰怎向者，卽爭向也。柳永《過澗歇近》詞：「**怎向**心緒，近日厭厭長似病。」黃庭堅《醜奴兒》詞：「而今目下，恓惶**怎向**，日永春遲。」秦觀《鼓笛慢》詞：「仗何人細與，叮嚀問呵，我如今**怎向**。」毛滂《殢人嬌》詞：「今夜孤村，月明**怎向**，依還是夢回繡幌。」義均同爭向。有曰奈向者。梅堯臣《汝墳貧女》詩：「拊膺呼蒼天，生死將**奈向**。」黃庭堅《歸田樂引》詞：「前歡算未已，**奈向**如今愁無計。」義猶云奈何也。有曰爭奈向或怎奈向者。晏殊《殢人嬌》詞：「羅巾掩淚，任粉痕霑污，**爭奈向**千留萬留不住。」秦觀《八六子》詞：「**怎奈向**歡娛漸隨流水，素絃聲斷，翠綃香減。」周邦彥《拜星月慢》詞：「**怎奈向**一縷相思，隔溪山不斷。」蔣捷《祝英臺》詞：「幾回傳語**東風**，將愁吹去。**怎奈向**東風不管。」

義均與怎向、奈向同。有曰怎生向者。柳永《法曲第二》詞：「**怎生向**人間好事到頭少。」周邦彥《留客住》詞：「待擬沈醉扶上馬，**怎生向**主人未肯敎去。」又《雙頭蓮》詞：「**怎生向**總無聊，但只聽消息。」義均與怎向同。有曰如何向者。柳永《鶴沖天》詞：「黃金榜上，偶失龍頭望。明代暫遺賢，**如何向**。」徐伸《二郎神》詞：「動是愁端**如何向**，但怪得新年多病。」周邦彥《鎖陽臺》詞：「去卽十分去也，**如何向**千種思量。」趙長卿《點絳脣》詞：「**如何向**，又來心上，空向高亭望。」凡曰如何向，猶云如之何也。省言之則曰何向。陳師道《寄張大夫》詩：「一別今**何向**，三年信不通。」何向，猶云如何也。按徐陵《報尹義尚書》：「執筆潸然，不知**何向**。」六朝時已有此語矣。有曰無計向者。《花草粹編》七，穎上陶生《漁家傲》詞：「船小難開紅斗帳，**無計向**，合歡影裏空惆悵。」無計向，卽無計奈何之意也。

向（三）

向，約估數目之辭，與可字略同。杜甫《蠶穀行》：「天下郡國**向**萬城，無有一城無甲兵。」又《投簡咸華兩縣諸子》詩：「饑臥動卽**向**一旬，弊衣何啻聯百結。」又《詠懷》詩：「倏忽**向**二紀，奸雄多是非。」向萬城，猶云可萬城也；向一旬，猶云可一旬也；向二紀，猶云可二紀也。更於杜詩外廣其例。沈佺期《初達驩州》詩：「自昔聞銅柱，行來**向**一年。」王維《輞川別業》詩：「不到東山向一年，歸來纔及種春田。」李白《寄東魯二稚子》詩：「此樹我所種，別來向三年。」裴迪《感化寺》詩：「不遠灞陵邊，安居向十年。」元結《喻舊部曲》詩：「兵興向十年，所見堪歎哭。」又《酬孟武昌苦雪》詩：「兵興向九載，稼穡誰能憂。」凡此向字，皆約估數目之辭，與可字略同也。

向（四）

向，猶臨也。劉長卿《月下呈章秀才》詩：「向老三年謫，當秋百感多。」向老，猶云臨老也。陳師道《九日寄秦觀》詩：「登高懷遠心如在，向老逢辰意有加。」義同上。李羣玉《北亭》詩：「荷花向盡秋光晚，零落殘紅綠沼中。」向盡，猶云臨盡也。黃庭堅《元翁座中次孔四韻》詩：「遙仰吟思苦，江錦割向盡。」義同上。歐陽修《滿路花》詞：「落花風雨，向曉作輕寒。」向曉，猶云臨曉也。趙長卿《南歌子》詞：「向曉春醒重，偎人起較遲。」義同上。李商隱《樂遊原》詩：「向晚意不適，驅車登古原。」向晚，猶云臨晚或傍晚也。曾覿《滿庭芳》詞：「醺醺醉，壺天向晚，春思正悠揚。」趙長卿《蝶戀花》詞：「向晚勻妝，巧畫宮眉淺。」義均同上。

向（五）

向，猶愛也。陸游《朝中措》詞：「總是向人深處，當時枉道無情。」向人，愛人也，意則云愛我也。《樂府雅詞》，李景元《夢玉人引》詞：「料伊情懷，也應向人端的。何故近日，全然無消息。」義同上，言愛我是的確也。《陳母敎子》劇一：「不爭你箇陳良佐先登了舉場，着人道我將你箇最小兒偏向。」此猶云偏愛也。又：「您娘便非干偏向，人前面硬主張。」義同上。涵芬本《遇上皇》劇一：「眼見的一身亡，他却待配鸞凰。赤緊的司公廝向，走將來雪上加霜。」按劇情爲趙元休妻時語。時臧府尹欲奪趙元之妻，逼其寫休書，故趙元云然，言官府廝愛其妻也。《老生兒》劇楔子：「我那伯娘，眼裏見不的我。見了我不是打便是罵，則向他女婿張郎。」又三：「不妨事，嬭嬭向着俺哩！」《爭報恩》劇二：「你向的好夫人，他房裏藏着好夫說話哩！」《神奴兒》劇一：「如今你那哥哥，還則是向着嫂嫂。」義均同上。《罵座記》劇二：「都願你好夫妻長相向，又子(只)要明年早弄璋。」言長相愛也。

一向(一)

一向，猶云一味或一意也。白居易《昭君怨》詩：「自是君恩如紙薄，不須一向恨丹青。」一向恨，猶云一味恨也。王建《江館對雨》詩：「鳥聲愁雨似秋天，病客思家一向眠。」猶云一味眠也。姚合《送陳倜赴江陵從事》詩：「新什定知饒景思，不應一向賦從軍。」猶云一味賦從軍詩也。秦觀《滿園花》詞：「一向沈吟久，淚珠盈襟袖。」一向沈吟，猶云一意沈吟也。晁補之《南歌子》詞："鸚鵡花前弄，琵琶月下彈。驀然收袖倚闌干，一向思量何事點雲鬟。"一向思量，猶云一意思量也。按此亦可作霎時解。《董西廂》一："一向癡迷，不道其間是誰住處。"此猶云一味癡迷也。此敍張生於普救寺瞥見鶯鶯，逕欲向前，不顧其爲相國寓所也。

一向(二)

一向，猶云一片或一派也。溫庭筠《谿上行》："風翻荷葉一向白，雨濕蓼花千穗紅。"一向白，猶云一片白也。元稹《放言》詩："竹枝待鳳千莖直，柳樹迎風一向斜。"李山甫《寒食》詩："柳帶東風一向斜，春陰澹澹蔽人家。"《元草堂詩餘》，謝醉菴《鷓鴣天》詞："花隨流水三春盡，柳礙東風一向斜。"凡云一向斜，皆猶云一片斜也。楊萬里《曉行東園》詩："霜後前林一向疏，丹楓落盡況黃梧。"一向疏，猶云一片疏也。晁沖之《漢宮春》詞："無情渭水，問誰教日日東流。常是送行人去後，烟波一向離愁。"猶云一片離愁也。陳克《謁金門》詞："細草孤雲斜日，一向弄晴天色。"猶云一片弄晴天色也。

一向(三)　一晌　一餉　一餉

一向，指示時間之辭；有指多時者，有指暫時者。秦觀《促拍滿路花》詞："未知安否，一向無消息。」此猶云許久。沈會宗《滿庭芳》詞：「要見時時便見，一向價只作尋常。」此猶云向來。以上皆指多時者，口頭常語也，不備述。其指暫時者如下。薛濤《柳絮》詩：「他家本是無情物，一向南飛又北飛。」此一向猶云一霎，言一霎間南飛北飛無定也。梅堯臣《秋雨》詩：「秋雨一向不解休，連昏接晨終窮秋。」此猶云一霎不休。晏殊《浣溪沙》詞：「一向年光有限身，等閒離別易銷魂。酒筵歌席莫辭頻。」此猶云一霎時光。朱敦儒《柳梢青》詞：「赤松認得虛空，便一向飛騰縹緲。直上蓬瀛，回看滄海，淒然長嘯。」此猶云霎時飛騰。《花草粹編》三，無名氏《菩薩蠻》詞：「牡丹含露真珠顆，美人折向庭前過。含笑問檀郎：『花強妾貌強？』檀郎故相惱，須道『花枝好』。一向發嬌嗔，碎挼花打人。」此猶云立刻變臉。須道，却道也，見須字條。《范張雞黍》劇一：「哥哥這些話，我也省的，這一向我早忘了一半也。」此猶云一段時間，這一向意與近來同。

亦作一晌或一曏。李後主《浪淘沙》詞：「夢裏不知身是客，一晌貪歡。」馮延巳《鵲踏枝》詞：「屏上羅衣閒繡縷，一晌關情，憶遍江南路。」又《鵲踏枝》詞：「一晌凭闌人不見，鮫綃掩淚思量遍。」又《臨江仙》詞：「徘徊一晌幾般心。天長烟遠，凝恨獨沾襟。」凡云一晌，皆霎時義也。按馮延巳詞之一晌，四印齋本《陽春集》，均作一曏，曏乃晌之本字。胡銓《鷓鴣天》詞：「夢回一曏難存濟，這錯都因自打成。」一曏難存濟，猶云一時無辦法也。存濟，見存濟條。亦作一餉。張耒《有感》詩：「寄身愛憎間，得失真一餉。」此猶云片時得失。楊萬里《觀社》詩：「王侯將相饒尊貴，不得渠儂**一餉**癲。」此猶云片刻狂歡。晏殊《紅窗聽》詞：「**一餉**無端分比目。」誰知道風前月底，相看未足。」此猶云轉眼分離。歐陽修《漁家傲》詞：「醉倚綠陰眠**一餉**，驚起望，船頭擱在沙灘上。」此猶云睡一會兒。柳永《鶴沖天》詞：「青春都**一餉**，忍把浮名，換了淺斟低唱。」此猶云青春無幾時。辛棄疾《雨中花慢》詞：「爲誰西望，憑欄**一餉**，却下層樓。」此與馮延巳詞之**一晌**凭闌同。趙長卿《驀山溪》詞：「幽禽弄舌，花上訴春光。高**一餉**，低**一餉**，清嘵圓還碎。」此言鳴聲之一會兒高一會兒低也。《董西廂》三：「**低頭了一晌**，把龐兒變了眉兒皺。」此言低了頭一會兒也。按一餉較爲習見，不備舉。

向來　嚮來

向來，指示時間之辭；有指從前者，有指近來者，有指即時者。陳師道《上趙使君》詩：「**向來**置醴蒙殊遇，此日彈冠愧少留。」楊萬里《晚過常州》詩：「人民城郭依然是，只有**向來**鬚鬢非。」此皆猶云從前，常語也，不備舉。楊萬里《次昌英主簿叔雪韻》詩：「**向來**一雪亦草草，天知詩人眼未飽。相傳南風爲雪骨，此言未試吾不曉。昨日忽驚冬作春，暖氣吹人軟欲倒。」此向來與昨日相距不遠，當爲近來義。《陽春白雪》三，万俟雅言《木蘭花慢》詞：「梅花**嚮來**始別，又忽忽結子滿枝頭。」嚮來與向來同，此亦相距無多日之意，亦當爲近來義。其指即時者如下。陶潛《挽歌》：「**向來**相送人，各已歸其家。」此云適來送殯之人。按劉禹錫《代靖安佳人怨》詩：「適來行哭里門道，昨日畫堂歌舞人。」詩意相似，劉詩之適來，卽陶詩之向來也。杜甫《謁先主廟》詩：「遲暮堪帷幄，飄零且釣緡。**向來**憂國淚，寂寞灑衣襟。」此猶云立時下淚，蓋老杜自傷遲暮不遇也。李白《夢游天姥吟》詩：「忽魂悸以魄動，怳驚起而長嗟。惟覺時之枕席，失**向來**之煙霞。」言夢醒之時，適纔夢中所見之煙霞已無有也。楊萬里《爲崇辯法雲師作林野二大字》詩：「天下何人不愛官，棄官出世古今難。**向來**一覺鈞天夢，便作林居野處看。」此亦猶云適來或適纔。又《走筆謝張功父送似酴醾》詩：「**向來**巽二拉滕六，玉妃夜投玉川屋。剪水作花吹雪風，揉雲爲粉散寒空。」義同上。又《醉臥海棠圖歌》：「帝城二三月，海棠一萬株。**向來**青女拉滕六，戲與一戰卽日枯。」義同上。辛棄疾《浣溪沙》詞：「歌串如珠箇箇勻，被花勾引笑和顰。**向來**驚動畫梁塵。」此猶云歌聲立時驚動梁塵。

一了

一了，猶云向來或本來也。《范張雞黍》劇一：「免禮免禮！小官欲待還禮來，**一了**說：壽不壓職。」《盆兒鬼》劇一：「**一了**說：春天的夢，秋天的屁，有什麽準繩在那裏？怕做甚麽？」《病劉千》劇二：「**一了**說：明槍好躲，暗箭難防。」《陳州糶米》劇一：「**一了**說：倉廒府庫，抹着便宜。」

《凍蘇秦》劇楔子：「俺是莊農人家，**一了**說：若要富，土裏做；若要饒，土裏鉋。」《認金梳》劇三：「**就**是我有罪，**一了**拿賊見贓，殺人見傷，我有何罪也？」《看錢奴》劇二：「此處有一人是賈老員外，……**一了**他一貧如洗，……人都叫他做賈窮兒。也不知他福分在那裏，這幾年間暴富起來。」《爭報恩》劇四：「大奶奶**一了**是個好人。」《鐵拐李》劇三：「你**一了**癡。」皆其例也。

壓一

壓一，壓倒一切之意，猶云第一也。秦觀《品令》詞：「掉又臞，天然个品格於中**壓一**。」辛棄疾《踏歌》詞：「看精神**壓一**龐兒劣，更言語一似春鶯滑。」吳潛《二郎神》詞：「看恰好園池，隨宜亭榭，人道瀛洲**壓一**。」吳文英《暗香疏影》詞，賦墨梅：「占春**壓一**，捲峭寒萬里，平沙飛雪。」皆其例也。

一種

一種，猶云一樣或同是也。李白《江夏行》：「**一種**爲人妻，獨自多悲悽。」言同是爲人妻也。杜甫《自瀼西荆扉且移居東屯茅屋》詩：「東屯復瀼西，**一種**住清溪。來往皆茅屋，淹留爲稻畦。」言同是住清溪也。劉長卿《喜晴》詩：「湖天**一種**色，林鳥百般聲。」言湖天之色一樣也。白居易

《觀游魚》詩：「**一種**愛魚心各異，我來施食爾垂鉤。」言愛魚同而心不同也。又《代賣薪女贈諸妓》詩：「**一種**錢唐江畔女，著紅騎馬是何人！」意言一樣是女人，何以我賣薪而人偏著紅騎馬也。裴交泰《長門怨》詩：「**一種**蛾眉明月夜，南宮歌管北宮愁。」言同是月夜而歡愁不同也。施肩吾《望夫詞》：「西家還有望夫伴，**一種**淚痕兒最多。」言同是望夫，同是垂淚，但是我淚獨多也。許渾《途經秦始皇墓》詩：「**一種**青山秋草裏，行人惟拜漢文陵。」言始皇墓與漢文陵，同在青山秋草中，但是行人只拜漢文陵也。陸龜蒙《宮人斜》詩：「須知**一種**埋香骨，猶勝昭君作虜塵。」宮人斜爲宮女叢葬地。言身死總歸埋骨了事，雖則草草叢葬，究在中土，猶勝昭君之葬在異域也。羅隱《江北》詩：「**一種**風流**一種**死，朝歌爭得似揚州？」意言紂王與煬帝，同是無道亡國而身死。然煬帝無道更甚，紂王反不上算也。柳永《尾犯》詞：「**一種**勞心力，圖利祿殆非長策。」言同是勞心力，然圖利祿恐不上算也。晁補之《八聲甘州》詞，《揚州次韻和東坡錢塘作》：「向西湖兩處，秋波**一種**，飛靄澄輝。」謂潁州西湖與杭州西湖也。西湖雖兩處而秋波則同也。李清照《一剪梅》詞：「花自飄零水自流，**一種**相思，兩處閒愁。」言閒愁雖兩處而相思一樣也。楊无咎《鋸解令》詞：「卸帆浦溆，**一種**恓惶兩處。」亦彼此縈念之意，機軸與上李詞同。趙長卿《聲聲慢》詞，詠《柳》：「牽情處，是張郎年少，**一種**風流。」言柳與張緒一樣風流也。又《訴衷情》詞，詠《重臺梅》：「化工著意，南南北北，**一種**東風。」言東風著物之力一樣也。趙彥端《柳梢青》詞：

「一種歲前春，誰辨額黃腮白。」言同是歲前春也。元好問《浪淘沙》詞：「一種江城寒夜客，一種春愁。」言寒夜作客同，春愁亦同也。

一等（一）

一等，猶云等是或一樣也。方干《贈李支使》詩：「一等孔門爲弟子，愚儒獨自賦歸田。」言同爲儒門中人，而愚儒自不得意而歸里也。《宋百家詩存》，司馬光《送鄭推官戡赴邠州》詩：「輸君躍馬貴，一等着青袍。」此倒裝句，言同是着青袍，輸君躍馬貴也。王安石《景福殿前柏》詩：「知君勁節無榮慕，寵辱紛紛一等看。」言一樣看也。方岳《非瓊花》詩：「陳餘張耳信相似，一等人耳奚純龐。」言同是人耳。龐，雜也。純龐，猶云好歹。陸游《贈惟了侍者》詩：「一等人間閒草木，月窗君看早梅枝。」言一樣是草木也。

一等（二）

一等，猶云一種或另是一種也。寒山詩：「世間一等流，誠堪與人笑。」言一種人也，意則云另是一種也。又：「世有一等流，悠悠似木頭。」又：「世有一等愚，茫茫恰似驢。」義均同。方岳《九日集清涼佳處》詩：「未須計較明年健，別做茱萸一等看。」此翻用杜甫《九日藍田崔氏莊》「明年此會知誰健，醉把茱萸仔細看」詩意。言不必將茱萸作另一種看，意即云不必仔細看也。《尊前集》，唐昭宗《巫山一段雲》詞：「春風**一等**少年心，閒情恨不禁。」言少年對於春風有另一種心情，偏起閒恨也。《梧桐葉》劇二：「小旦云：『姐姐！這風怎麽有貴賤大小？』正旦唱：『有**一等**入椒桂穿洞房的，似大王般敬伏；有**一等**揚腐儒起陋巷的，以庶民比喻。』」按即本大王雄風、庶人雌風意。《竇娥冤》劇二：「有**一等**婦女每相隨，並不說家克己，則(只)打聽些閒是非，說一會。」凡云有**一等**，猶云有一種也。

一弄

一弄，猶云一派或種種也。蘇軾《和陶詩·神釋》：「如今**一弄**火，好惡都焚去。」意言一派火也。王安石《漁家傲》詞：「**一弄**松聲悲急管，驚夢斷，西窗看日猶嫌短。」意言一派松聲也。《西廂》三之三：「張生！你見麽？今夜這**一弄**兒，助你兩箇成親也。你看淡雲籠月華，似紅紙護銀蠟。柳絲花朵垂簾下，綠莎茵，鋪繡榻。」此意言一派佳景，即下文淡雲籠月華云云也。《漁樵記》劇三：「他往常黃乾黑瘦衣衫破，到如今白馬紅纓彩色新。**一弄**兒多豪俊，擺列着骨朵衙仗，水罐銀盆。」此意言一派闊氣。《誤入桃源》劇四：「滿襟情淚濕青袍，伴離人一竿殘照。行不上巖巒臨澗絕，盼不到宮闕倚天高。**一弄**兒行色蕭條，恰便似游仙夢，撒然覺。」此意言一派蕭條景色。《百花亭》劇二：「小二云：『……將小人頭至下，脚至上，渾身衣服，并這個查梨條籃兒，都借與官人，打扮做賣查梨條的。……』正末云：『高見高見，多承見愛，將你這**一弄**兒都借與我。』」此猶云種種，亦猶云一籃腦兒。《梧桐雨》劇四：「回到這寢殿中，**一弄**兒助人愁也。」言種種使人愁也。《太平樂府》五，王和卿小令，《梧葉兒》：「只被這**一弄**兒淒涼，斷送的愁人登時間病了。」言種種淒涼或一派淒涼也。《樂府陽春白雪》後二，楊西庵《賞花時》套，「秋水粼粼古岸蒼」篇：「晚風林，蕭蕭響，**一弄**兒淒涼旅況。」言一派淒涼旅況也。《詞林摘豔》八，《一枝花》套，「銀杏葉凋零」篇：「嚦嚦風前孤雁兒，感起我**一弄**嗟咨。」言一派嗟咨也。又八，《一枝花》套，「風吹散楚岫雲」篇：「感起我**一弄**兒嗟吁。」義同上。

畢竟　必竟　止竟　至竟

畢竟，究竟也。王維《歎殷遙》詩：「人生能幾何？**畢竟**歸無形。」李商隱《早起》詩：「鶯啼花又笑，**畢竟**是誰春？」此常語，不備舉。字亦作必竟。貫休《偶作因懷山中道侶》詩：「**必竟**輸他常寂默，只應贏得苦沈淪。」曹松《廣州貽匡緒法師》詩：「**必竟**懶過高坐寺，未能全讓法雲師。」《南宋六十家》，周弼《會稽山》詩：「**必竟**興亡誰可料，但聞陵谷變飛塵。」又有作止竟者，義亦與畢竟同。元稹《六年春遣懷》詩：「**止竟**悲君須自省，川流前後各風波。」司空圖《狂題》詩：「**止竟**

閒人不愛閒，只偷無事閉柴關。」韋莊《贈戍兵》詩：「**止竟**有征須有戰，洛陽何用久屯軍。」又《上元縣》詩：「**止竟**霸圖何物在，石麟無主臥秋風。」又《古別離》詩：「**止竟**多情何處好，少年長抱長年悲。」止竟亦作至竟。杜牧《題橫江館》詩：「**至竟**江山誰是主，苔磯空屬釣魚郎。」又題《桃花夫人廟》詩：「**至竟**息亡緣底事？可憐金谷墜樓人。」羅隱《錢塘江潮》詩：「**至竟**朝昏誰主掌，好騎赬鯉問陽侯。」又《故都》詩：「**至竟**不如隋煬帝，破家猶得到荊州。」又《關亭春望》詩：「未知**至竟**將何用，渭水涇泥一向流。」羅鄴《冬夕江上言事》詩：「逢人舉止皆言命，**至竟**謀閒可勝忙。」皆其例也。

到了

到了，猶云到底也；畢竟也。吳融《武關》詩：「貪生莫作千年計，**到了**都成一夢閒。」閒猶空也。《南宋六十家》，周文璞《瀨上貞女祠》詩：「人間多少乘除事，**到了**英雄恨不消。」又周弼《四聖觀》詩：「**到了**恩波攔不住，水窗游出放生魚。」又鄭清之《因筆記賊入空室頌》：「自言富可待，**到了**貧徹骨。」晏殊《漁家傲》詞：「水泛落英何處去，人不悟，東流**到了**無停住。」袁去華《念奴嬌》詞：「身外紛紛，儻來適去，**到了**成何事？」又《安公子》詞：「彩牋無數，去却寒暄，**到了**渾無定據。」王沂孫《摸魚兒》詞：「姑蘇臺下烟波遠，西子近來何許？能喚否？又恐怕殘春**到了**無憑據。」又《埽花遊》詞，《綠陰》：「杜郎老去，算尋芳較晚，倦懷難賦。縱勝花時，**到了**愁風怨雨。」又《解連環》詞，《橄欖》：「崖蜜重嘗，**到了**輸他清絕。」皆其例也。

到頭

到頭，與到了略同。王建《花褐裘》詩：「**到頭**須向邊城著，消殺秋風稱獵塵。」盧仝《走筆謝孟諫議寄新茶》詩：「便爲諫議問蒼生，**到頭**還得蘇息否？」羅隱《始皇陵》詩：「六國英雄漫多事，**到頭**徐福是男兒。」文同《可笑》詩：「**到頭**官職難遷轉，一似城南蕭次君。」《南宋六十家》，葛起耕《支頤》詩：「**到頭**輸與山中叟，樂在耕鉏別不知。」柳永《法曲第二》詞：「怎生向，人間好事**到頭**少。」又《傾杯樂》詞：「算**到頭**誰與伸剖。」《陽春白雪》二，王觀《高陽臺》詞：「朱衣引馬黃金帶，算**到頭**總是虛名。」杜安世《踏莎行》詞：「**到頭**終是惡因緣，當初只被多情誤。」巾箱本《琵琶記》二十六：「正是善惡**到頭**終有報，只爭來速與來遲。」皆其例也。

爲頭

爲頭，猶云從頭或開始也；又猶云爲首也。段克己《鷓鴣天》詞：「便從今日**爲頭**數，比到春歸醉幾回？」此猶云從頭數起也。《樂府新聲》上，鄧玉賓《一枝花》套：「此事都諳，從今日**爲頭**

罷參。」此猶云從今日開始也。《西廂》三之二：「**爲頭**看，看你箇離魂倩女，怎發付擲果潘安。」此猶云從頭看。《勘頭巾》劇三：「**爲頭**兒對府尹說詳細，只敎他欠身的立起銀交椅，驚殺了兩行公吏。」此猶云從頭詳說。以上爲從頭或開始義。《麗春堂》劇一：「宰臣每**爲頭**兒又盡忠，文官每守正直，武官每建大功。」此云宰相爲首盡忠也。《合汗衫》劇二：「則聽得巡院家高聲叫吖吖，叫道將**爲頭**兒失火的拏下。」此云失火之爲首者，卽起火之家也。《陳州糶米》劇三：「早被俺親身撞見，可便肯將他來輕輕的放免，**爲頭**兒先吃俺開荒劍。」言將他來第一名試劍也，亦爲首義。《西遊記》劇八：「老僧今日**爲頭**，會十大保官，保唐僧西遊去。」按本折有第一個保官是老僧，第二個保官李天王云云。以上爲爲首義。

只在

只在，猶云總在或如故也。蘇軾《殢人嬌》詞，《贈朝雲》：「白髮蒼顏，正是維摩境界，空方丈散花何礙。朱脣筯點，更髻鬟生彩。這些箇，千生萬生**只在**。」李萊老《謁金門》詞：「舊恨新愁都**只在**，東風吹柳帶。」吳澄《謁金門》詞：「虛敞玲瓏無障礙，主人常**只在**。」皆其例也。按只在一辭，詩詞中不恆見，玆旁證之。《朱子語類》四十九：「且如中央一塊堅硬四邊軟，不先就四邊攻其軟，便要去中央攻那硬處，如何攻得！枉費了氣力，那堅硬底又**只在**。」又：「不會問底人，先去節目處理會，枉費了工夫，這箇堅又**只在**。」又六十二：「心則兼動靜而言，或指體，或指用，隨其所看，方其靜時，動之理**只在**。」義並同。

所

所，指事之辭。其下接以動辭，而與今日習用之文法微異。《神奴兒》劇三：「你道他將親來**所**圖，你道他抵盜那財物。」《對玉梳》劇三：「待將咱**所**圖，我寧死不辱。」圖者，圖謀爲害也。所字卽指此圖謀之事。《老生兒》劇一：「我先將小梅香**所**算了，何如？」《硃砂擔》劇四：「來到這個所在，……正是我當初遇着那賊處，……**所**算的我好苦也！」算者，暗算以損人，上兩則皆爲殺害之意。所字卽指此殺害之事。《硃砂擔》劇二：「又怕那賊漢趕來，**所**傷了我的性命。」所字卽指此傷性命之事。《兒女團圓》劇二：「我這大嫂根前，**所**生了個添添孩兒。」所字卽指此生孩兒之事。按劇情，此爲俞循禮述其妻之語，稱妻曰大嫂，當時語如此。根前，猶云那邊或那裏。《金錢記》劇一：「謝聖恩可憐，**所**除長安府尹之職。」所字卽指除府尹之事。

所事　所是

所事，猶云事事或件件也。《太平樂府》八，喬夢符《一枝花》套，《雜情》：「收拾得**所事**兒溫柔，妝點得諸餘裏顆恰。」《漢宮秋》劇二：「他諸餘可愛，**所事**兒相投。」所事均與諸餘爲互文。《太平樂府》八，鍾繼先《一枝花》套，《自敍醜齋》：「**所事**堪宜，件件可咱家意。」所事與件件互文。《風月紫雲庭》劇：「他想**所事**滿心兒快活。」《東窗事犯》劇：「爾**所事**違天理，休言神明不報，只爭來早來遲。」《玉壺春》劇四：「從今後，足衣足食，**所事**兒足意。」《桃花女》劇四：「你知我爲甚的**所事**兒玲瓏，則我這桃花元是那上天的種。」《灰闌記》劇四：「他買下了衆街坊，**所事**兒依隨。」義均同。亦作所是。《雍熙樂府》十三，無名氏《鬭鵪鶉》套，《香閨理髮》：「花月貌人間第一，**所是**兒風流旖旎。」所是，卽所事也。

所爲

所爲，猶云行爲或做品；亦猶云風韻或氣度也。《凍蘇秦》劇三：「他是箇祗候人的**所爲**，可有那孟嘗君的這度量。」又二：「嗨！這婆娘的見識**所爲**。」《李逵負荆》劇二：「宋江唻！這是甚**所爲**？甚道理？」《百花亭》劇三：「生這般窮智識，做這般賊**所爲**；妝這般喬様式。」《薛仁貴》劇三：「這的是甚**所**喬**爲**？」《幽閨記》四：「你這般**所爲**，你這般**所爲**，恨不得咯伊血肉寢伊皮。」以上爲行爲或做品義。《太平樂府》七，〔貫〕酸齋《鬭鵪鶉》套，《憶別》：「良友曾題、佳人**所爲**，嬝嬝婷婷，姿姿媚媚。」此爲風韻義。又八，朱庭玉《梁州第七》套，《妓庭》：「渾似薛濤般聰慧，過如蘇小般所爲。」義同上。又八，曾褐夫《一枝花》套，《買笑》：「據旖旎風流俊雅，所爲更有誰如他。」此爲氣度義。

諸餘

諸餘，猶云一切或種種也。韓愈《贈劉師服》詩：「朱顏皓齒訝莫親，此外諸餘更誰數。」王建《原上新居》詩：「嬾更學諸餘，林中掃地居。」又《贈人》詩：「朝回不向諸餘處，騎馬城西檢校花。」趙長卿《醉蓬萊》詞：「赤口白舌，從今消滅，諸餘可意。」《董西廂》三：「更舉止輕盈，諸餘裏又稔膩，天生萬般溫雅。」《貨郎旦》劇四：「打扮得諸餘裏俏簇。」《金線池》劇三：「只除了心不志誠，諸餘的所事兒聰明。」凌延喜本《幽閨記》八：「諸餘沒半星兒不美。」皆其例也。參見所事條。

下得　下的

下得，猶云忍得也。辛棄疾《粉蝶兒》詞：「甚無情便下得雨僝風僽，向園林鋪作地衣紅縐。」趙長卿《眼兒媚》詞：「奴今有似風前絮，飛入那人家。你還下得，除非睡起，不照菱花。」原題云，始與官妓往來，中道相棄，遂以小字刺於眉間，故作此詞。袁去華《金蕉葉》詞：「舊日輕憐痛惜，卻如今怨深恨極。不覺長吁歎息，便直恁下得。」《陽春白雪》一，丁葆光《無悶》詞：「便下得控持，柳梢梅蕊。」按此爲詠雪詞。《伍員吹簫》劇三：「我則爲那費賊費賊的妬嫉，更和那楚平公也好下得。」巾箱本《琵琶記》五：「我沒奈何分情破愛，誰下得虧心短行。」皆其例也。亦作下的。《梧桐雨》劇三：「怎生般愛他看待他！怎下的教橫拖在馬嵬坡下！」又：「且回望科云：『陛下好下的也！』正末云：『卿休怨寡人！』」《勘頭巾》劇二：「咱則合分解民冤枉，怎下的將平人去刀下死。」《寃家債主》劇三：「閃的我鰥寡孤獨，怎下的便撇了你這爹先去。」義均同。《神奴兒》劇三：「二嫂，你好下的手也！自從你攛調的我要分另了家私，將我哥哥氣殺了，一應家私都在手裏。你還不足，直把神奴兒勒殺了，兒也！痛殺我也！」下的手，意云下毒手，亦忍得義。《馬陵道》劇二：「哎！你個行刃的哥哥，你暢好是下的手！」義同上。《詞林摘豔》一，無名氏小令，《攤破金字》令，《秋思》：「懊恨雙親下得毒手，把奴推出門外做出場醜，如今到此不自由。」義亦同上。按綜合本條各證推論之，似具言之則曰下得毒手或下的手，而下得或下的乃歇後語也。

落得　落的　落來

落得，猶云弄到這地步也。亦作落的或落來。劉叉《觀八駿圖》詩：「穆王八駿走不歇，海外去尋長日月。五雲望斷阿母宮，歸來**落得**新白髮。」楊萬里《夜泊平望終夕不寐》詩：「一生行路便多愁，**落得**星星兩鬢秋。」《蝴蝶夢》劇一：「不能勾金榜上分明題姓氏，則**落得**犯由牌書寫名兒。」又四：「俺孩兒**落**不**得**席捲椽擡，誰想有，這一解。」一解，猶云一次或一回。亦作落的。《神奴兒》劇四：「呀！誰着你個逆風兒點火，**落的**這自燒身。」《伍員吹簫》劇一：「倒不如他無仁無義無謙讓，白**落的**父子擅朝綱。」白落的，猶云無端弄到。《魯齋郎》劇一：「或是流二千，遮莫徒一年，恁時節則**落的**幾度喘。」幾度喘，猶云幾聲喘哮，意猶云力竭聲嘶。《連環計》劇二：「可憐我一點丹心鐵石堅，**落的**徒然。」亦作落來。《誶范叔》劇二：「我吃了這一場棍棒，天那！這的是爲國於家**落來**的賞。」按賞乃反言之也。《倩女離魂》劇三：「並不聞琴邊續斷絃，倒做了山間滾磨旗。剗地接絲鞭別娶了新妻室，這是我棄死忘生**落來的**。」按此亦憤激語。復次，落得或落的，亦有與樂得義近者，猶云樂得爲之也。《黃鶴樓》劇一：「看了這黃鶴樓，勝似他宴鴻門；覷了他這碧蓮會，更狠如臨潼上。他遣**來**使相請，**喒**可便不去，**落的**這何妨。」此言落的不去也。可便字與這字均語助。《樂府新聲》下，無名氏小令，《齊天樂過紅衫兒》：「不戀榮華貴，不如歌金盃。歌金盃，一世兒清閒**落得**。」此言落得清閒也。《樂府陽春白雪》後四，無名氏《鬬鵪鶉》套，《元宵》：「但願歲歲賞元宵，則這的是人生**落得**的。」此言落得行樂也。《抱妝盒》劇二：「娘娘也，你拾的箇孩兒敢可也**落的**價捽。」義同上。《爭報恩》劇二：「他將我這一雙業種陰圖害，可正是拾得孩兒**落的**摔。」《兒女團圓》劇二：「你可便休道是拾得一個孩兒**落得**慣摔。」按拾得孩兒落得摔，爲當時流行之成語。

出落

出落，顯現或賣弄之義；亦有弄到這地步或落得之義。《西廂》四之二：「試把你裙帶兒拴紐門兒扣，比着那舊時肥瘦。**出落**的精神，別樣的風流。」此顯現義。言顯見得分外精采也。《樂府新聲》中，無名氏小令，《滿庭芳》：「襖兒碎，裙兒爛，一身上破綻，**出落**着俺娘慳。」亦顯現義，言顯見得我娘慳吝也。《樂府陽春白雪》後三，劉時中《端正好》套，《上高監司》：「爭奈向人心不古，**出落**着馬牛襟裾。」義同上；言顯然的人面獸心也。《青衫淚》劇一：「俺這老母呵！更怎當他銀堆裏捨命，錢眼裏安身，掛席般**出落**着孩兒賣。」義同上；言顯然的出賣女兒也。《太平樂府》八，周德清《一枝花》套，《遺張伯元》：「千載，後代，子孫更風流煞，萬一見此豪邁。玉有潤難明，借月色**出落**吾儕。」言顯現吾儕也。《張生煮海》劇一：「表訴那絃中語，**出落**着指下功，勝檀槽慢撥輕攏。」言顯現指下工夫也。《樂府羣玉》三，周仲彬小令，《折桂令》，詠《二色鞋兒》：「裙底鴛鴦，**出落**雌雄。」言顯現雌雄也。《詞謔》附載詞套，《點絳脣》套，「漏盡銅龍」篇：「端詳了豔質，**出落**着春工。」又：「端詳了玉容，似嫦娥**出落**廣寒宮。」又：「包藏着風月約，**出落**着雨雲蹤。」均爲顯現義。《風月紫雲庭》劇：「交(教)我打迭起那暖和**出落**着冷。滿臉兒半指霜，通身兒一塊冰。」打迭意云收藏，言一面收藏一面顯現也。喬夢符小令，《淸江引》，《詠笑靨》：「**打疊**臉上愁，**出落**腮邊俏。」**打疊**與打迭同，此出落字，顯現義兼有賣弄義。三十種本《魔合羅》劇：「不朗朗搖響蛇皮鼓，我出門觀覷，好**出落**，快鋪謀。有拴頭鎖釵子，壓鬢骨頭梳。有乞巧泥媳婦，消夜悶葫蘆。」此描寫貨郎擔之貨物排列情形。好出落，猶云好賣弄；快鋪謀，猶云會布置。以上皆爲顯現或賣弄義。其含有落得之義者。《太平樂府》八，顧君澤《顧成雙》套，《憶別》：「科場不第，**出落**着個三不歸。」三不歸爲一成語，意言無着落。此猶云弄到這無着落的地步也。《東堂老》劇二：「你有一日**出落**得家業精，把解典處本利停。房舍又無，米糧又罄。誰支持？怎接應？」言弄到這家窮財盡地步也。《兩世姻緣》劇四：「那裏是寄心事，丹青帋；則是個等身圖，烟月牌。**出落**在長街，猶古自還不徹風流債。得幾貫錢財，恰便是放從良，得自在。」言一幅眞容，弄到這沿街出賣的地步也；亦猶云只落得在長街出賣也。《麗春堂》劇三：「秋草人情卽漸疏，**出落**的滿地江湖，我可也釣賢不釣愚。」言身居草野，只落得如杜甫《秋興》詩所云「江湖滿地一漁翁」也。《樂府陽春白雪》後二，《賞花時》套，「臥枕着牀」篇：「不似俺害相思，**出落**與外人知。」言弄到人人皆知也。

出來

出來，猶云一律或普通一般也。此於形容多數人之一般情形時用之。《藍采和》劇四：「**出來**的偌大年紀，這個道七十，那個道八十，婆婆道九十。」言一般的偌大年紀也。玩這個那個及婆婆語，知指多數。按劇情，此爲藍采和成仙後回家見其家屬時語。《元劇拾遺》，《周瑜謁魯肅》劇二：「如今那有錢的不學海量則（只）學慳吝，**出來**的則（只）敬衣衫不敬人。」玩那有錢的一語，係泛指有錢之人，知指多數。《誶范叔》劇一：「但有些箇好穿著，好靴脚，**出來**的苫眼鋪眉，一箇箇納胯那（挪）腰。」玩一箇箇語，知指多數。《雍熙樂府》六，《粉蝶兒》套，《子弟收心》：「那妮子喬所爲，**出來**的苫眼鋪眉，一箇箇瞞神諕鬼。」《來生債》劇二：「有一等寒儉的泛泛之徒，他**出來**的不誠心，無實行，一箇箇強文假醋。」《昊天塔》劇二：「他那裏有五百衆上堂僧，**出來**的一箇箇都會輪槍弄棒。」上四則均以一箇箇承出來的，均猶云一般的也。《誤入桃源》劇一：「**出來**的一品職，千鍾祿，那裏有《六韜》書，《三略》法。他都是井中蛙妄稱尊大。」玩都是語，知指多數。《陳倉路》劇三：「都待要分疆土，霸山川，尋戰討，相攻拒。**出來**的道寡稱孤。」玩都待要語，知指多數。《薦福碑》劇一：「您兄弟吃這些學生每定害殺我也！**出來**的越頑愚，忒乖疏，便有文宣王哲劍難拘束。」玩學生每（們）語，知爲多數。《雍熙樂府》五，《點絳脣》套，《桃源景》：「有幾箇達時務知音子弟人？**出來**的實村。」意言知音的嫖客能有幾箇，一般的嫖客眞村俗不堪也。《雍熙樂府》四，《點絳脣》套，《嘲鹽商》：「全不學尊重安詳，**出來**的豪氣有三千丈。」此泛嘲一般之鹽商，亦多數也。《東堂老》劇三：「誰家個年少無徒，他生在無憂愁太平時務。空生得貌堂堂一表非俗，**出來**的撥琵琶，打雙陸，把家緣不顧。」此亦泛指一般的紈袴子弟也。太平時務猶云太平時世。《小張屠焚兒救母》劇：「休學那忤逆婆娘，帶頭面，插金裝，穿綾羅，好衣裳。**出來**的毀遍尊親，罵遍街坊。」此亦泛指一般的忤逆婆娘也。

情取　穩情取

情取，猶云取得也；弄到也。三十種本《博望燒屯》劇：「不爭三二年(千)虎豹離窩峪，**情取**那四十萬豺狼臥道途。」言三二千雄兵出去，必可捉敵兵四十萬也。此爲取得義。《任風子》劇二：「撇下這砧刀什物，**情取**那經卷藥葫蘆。」義同上。按劇情，謂任屠棄屠業而修道出家也。《太平樂府》七，關漢卿《青杏子》套，《離情》：「他有日不測相逢，話離別，**情取**一場消瘦。」猶云落得一場消瘦也。此爲弄到義。三十種本《冤家債主》劇：「耶！休得想安康。**情取**沒人埋葬，淚汪汪無兒看孝堂。」又：「天開眼，無輕放，有災殃。**情取**個家破人亡。」義均同上。亦有曰**穩情取**者，猶云准弄到也。《看錢奴》劇三：「您爺呵！休想道得安康。**穩情取**無人埋葬，淚汪汪甚人來守孝堂。」又：「天開眼，無輕放；天還報，有災殃。**穩情取**家破人亡。」按《元曲選》本之《看錢奴》，即三十種本之《寃家債主》，文字稍有異同。彼皆作情取，此皆作穩情取，加一穩字，取其語氣較重耳。《王粲登樓》劇楔子：「憑着我高才和這大手，**穩情取**談笑覓封侯。」亦准弄到義。又一：「我得了這白金駿馬雕鞍，則願的在途間人馬平安，**穩情取**崢嶸見您的眼。」言准弄到您得眼見崢嶸也。又二：「說地談天口若開，伏虎降龍志不改，**穩情取**興劉大元帥。」義同上。《桃花女》劇楔子：「坐着門桯，披着頭稍。將小名兒喚，馬杓兒敲。捱今夜，待明朝，**穩情取**做買賣的那兒來到。」按劇情，謂行一種解禳術，則出門經商之兒子准得平安到家也。《百花亭》劇三：「憑着俺驅兵領將萬人敵，**穩情取**一舉成名天下知。」《三奪槊》劇：「則若是輕輕的虎眼鞭朮（抹）着，**穩情取**你那天靈蓋半截不見了。」亦均爲准弄到義。

情受

情受，猶云承受也。《梧桐雨》劇三：「他見**情受**着皇后中宮，兼踏着寡人御榻。他又無罪過，頗賢達。」言承受皇后之位也。《竇娥寃》劇一：「俺公公撞府沖州，闘𨶳的銅斗兒家緣百事有。想着俺公公置就，怎忍教張驢兒**情受**。」言承受家財也。《馬陵道》劇二：「我恨不的併吞了六國諸侯。這江山和宇宙，士女共軍州，都待着俺邦**情受**。」言承受人民土地也。涵芬本《單刀會》劇四："俺哥哥合**情受**漢家基業，則你這東吳國的孫權，和俺劉家却是甚枝葉？"言承受基業也。《石榴園》劇二："則爲俺定亂除危，今日箇做都堂，封官也那賜賞，俺大哥**情受**了越殿裏王。"言承受王位也。《伊尹耕莘》劇二："賢士爲官，賢士的妻房，**情受**五花官誥，爲賢德夫人也。"言承受官誥也。

請佃　退佃

請佃，猶云承佃或承租，意則云接受也。關漢卿《拜月亭》劇："把你這眼前厭倦物件，分付與他別人**請佃**。"言你所討厭之物，交與別人接受也。三十種本《任風子》劇："撇下砧刀活計，待**請佃**你個藥葫蘆。"此述任屠舍棄屠夫之業而爲道士也。《火燒介子推》劇："似這麗（驪）后定計，國舅鋪謀，暗存着燕侶鶯儔，可持（待）**請佃**它鳳閣龍樓。"此爲接位之義。《雍熙樂府》六，《粉蝶兒》套，《蘇武牧羊》："則俺升遐的武帝撇下禁苑，漢社稷，誰**請佃**。"義同上。復次，承租曰請佃，退租則曰退佃。《樂府羣玉》，鍾醜齋小令，《清江引》："道人淡然心似灰，酒色俱無意。絕交鸚鵡杯，退佃鴛鴦被。"所謂退佃，猶云交卸，益可證請佃之意爲接受也。

厮句　厮勾　厮够

厮句，猶云相近也；相接也；相暱也。句亦作勾作够，讀若遘去聲。《花菴詞選》，趙令時《清平樂》詞：「春風依舊，着意隋堤柳。搓得鵝兒黃欲就，天氣清明厮勾。」此相近義，言清明時節相近也。《樂府雅詞》作「天氣清明時候」。周密《探春慢》詞，《修門度歲》：「簫鼓動春城，競點綴玉梅金柳。厮句元宵，燈前共誰攜手。」言元宵相近也，時在度歲，故曰元宵相近。以上為相近義。周密《玲瓏四犯》詞：「杏腮紅透梅鈿皺。燕將歸，海棠厮句。」此相接義。言海棠開花，如相接待燕子歸來也。按吳文英《朝中措》詞：《燕子不歸簾卷，海棠一夜孤眠。」又無名氏《燭影搖紅》詞：「海棠開後，燕子來時。」均可作此詞注脚。石孝友《洞仙歌》詞：「問蓬山別後，幾度春歸？歸去晚，開得蟠桃厮句。」言蟠桃開花，如相接待其歸去也。《陽春白雪》六，譚宣子《謁金門》詞：「閒凭繡牀呵手，却說春愁還又。門外東風吹綻柳，海棠花厮勾。」此亦相接義。言柳綻了，有海棠開花相接應也。張可久小令，《落梅風》，《西園春暮》：「繞西園旋呼花下酒。海棠飛，牡丹厮够。」言海棠謝了有牡丹花相接應也。以上為相接義。黃庭堅《歸田樂引》詞：「憶我，又喚我見我嗔我，天甚教我怎生受。看承幸厮勾，又是尊前眉峯皺。」此猶云相暱，言特別看待，幸得相親暱也，《西遊記》劇九：「他想我，須臾害；我因他，厮勾死。他寄得言詞，抵多少草草三行字，我害相思。」此猶云為他親暱煞也。以上為相暱義。

張相 著

詩詞曲語辭匯釋

下册

中華書局

卷四

與(一)

與，猶如也；比也；共也。韋應物《郡內閒居》詩：「腰懸竹使符，心**與**廬山緇。」與一作如，言身雖爲郡使，心則如廬山之緇流也。此當爲韋刺江州時詩。陳師道《再次韻蘇公示兩歐陽》詩：「心**與**柏石堅，章成綺繡文。」義同上。陳傅良《懷同舍石天民》詩：「君貌今何如？孰**與**我老蒼？」孰與，孰如也。又《送王南強赴紹興簽幕》詩：「未省有宇宙，孰**與**今多儒？」又《題范秀才萬卷堂》詩：「兒應看客慣，田孰**與**書多？」義均同上。李商隱《送從翁從東川弘農尚書幕》詩：「甘心**與**陳阮，揮手謝松喬。」言願比陳琳阮瑀也。張詠《寄郝太冲》詩：「心靜易求長世法，氣狂難**與**少年時。」言難比少年時也。蘇軾《好事近》詞：「莫問世間何事，**與**劍頭微吷。」此用《莊子·則陽》篇語。吷，小聲也，司馬彪注：「吹之吷然如風過。」意言視一切世間事，比於微風吹過也。陳師道《西江月》詞，《詠榴花》：「憑將雙葉寄相思，**與**看釵頭何似？」與看，猶云比比看也。韓玉《臨江仙》詞：「月是銀釭溪是鏡，雲霓**與**作衣裳。」言比作衣裳也。上句兩是字，亦比字義。《梅苑》四，晁无咎《江神子》詞：「一點多情，無**與**國中香。」言香無比也。《董西廂》一：

「西有黃河東華嶽，乳口敵樓沒與高。」言高無比也。以上爲如義、比義。張籍《贈李杭州》詩：「惠化州人盡清淨，高情野鶴與逍遙。」與一作共，與即共也。李商隱《十字水期韋潘侍御不至，時韋寓水次故郭汾寧宅》詩：「西園碧樹今誰主，與近高窗臥聽秋。」意言西園窗下共誰聽秋也。蘇軾《去金山五年復至》詩：「清風偶與山阿曲，明月聊隨屋角方。」言共山阿俱曲也。晏幾道《蝶戀花》詞：「一曲啼烏心緒亂，紅顏暗與流年換。」言共流年俱換也。晁補之《菩薩蠻》詞：「玉京不許塵容到，疏慵只合疏慵老。鷗鳥共煙波，田夫與醉歌。」此與共字互文，意言疏慵之人，只合與鷗鳥共煙波，與田夫共醉歌也。以上爲共義；共義習見，不備舉。

與（二）

與，猶向也；對也。白居易《聽水部吳員外新詩》詩：「明朝說與詩人道，水部如今不姓何。」與一作向，與即向也。《全唐詩》京兆女子《題興元明珠亭》詩：「回首池塘更無語，手彈珠淚與春風。」與春風，猶云向春風也。陳師道《登快哉亭》詩：「城與清江曲，泉流亂石間。」猶云城對清江曲也。陳與義《雨中再賦海山樓》詩：「百尺闌干橫海立，一生襟抱與山開。」與山開，猶云向山開也。此從杜甫《奉待嚴大夫》詩「一生襟抱向誰開」脫胎而來，彼曰向，此曰與，與猶向也。《南宋六十家》，吳仲孚《埜望》詩：「閒與蘆花立水邊，歸心客思兩茫然。」閒與，猶云閒向或閒對也。蘇軾《西江月》詞：「舊官何物對新官，只有湖山公案。」對一作**與**，與猶對也。張孝祥《二郎神》詞：「追前事，興亡相續，空**與**山川陳迹。」猶云空對山川陳迹也。姜夔《杏花天》詞：「又將愁眼**與**春風，待去。倚蘭橈，更少駐。」與春風義見前。王之道《浣溪沙》詞，《木犀》：「衣**與**酴醾新借色，肌同薝蔔更薰香。」言向酴醾花借色也。

與（三）

與，猶爲（去聲）也；給也。杜甫《杜鵑行》：「寄巢生子不自啄，羣鳥至今**與**哺雛。」與一作爲，**與**卽爲也。又《兵車行》：「去時里正**與**裹頭，歸來頭白還戍邊。」言爲之裹頭也。又《憑何十一邕覓榿木栽》詩：「飽聞榿木三年大，**與**致溪邊十畝陰。」與致，猶云爲致或給致，意則云爲我致之或給我致之也。又《移居夔州》詩：「春知催柳別，江**與**放船清。」言江水爲人欲放船之故而特清也。秦系《山中贈張正則》詩：「流水閑過院，春風**與**閉門。」言春風推送，代爲人閉門也。按李涉《竹裏》詩：「自有春風爲掃門。」句法相同，彼作爲，此作與，與猶爲也。李商隱《汴上送李郢之蘇州》詩：「蘇小小墳今在否？紫蘭香徑**與**招魂。」猶云爲招魂也。杜牧《送杜顗赴潤州幕》詩：「若去上元懷古處，謝安墳下**與**沉吟。」猶云爲沉吟也。曹唐《小遊仙》詩：「長怕嵇康乏仙骨，**與**將仙籍再尋看。」言爲嵇康在仙籍上再檢查之也。蘇軾《雙石》詩：「秋風**與**作煙雲意，曉日令涵草木姿。」言秋風爲之作煙雲意也。又《行香子》詞，《丹陽寄述古》：「尋常行處，題詩千首，繡羅衣與拂紅塵。」言平日題詩壁上，有人爲之拂拭塵埃也。向子諲《鵲橋仙》詞：「桃花溪水接銀河，與占斷鵲橋歸路。」與占斷，猶云給占斷也。盧祖皋《洞仙歌》詞：「試密鎖瓊樓洞房深，與遮斷江皋，楚臺歸路。」與遮斷，猶云給遮斷也。此外習見者，則有與問一辭，與問猶云爲問也。張籍《送陸暢》詩：「共踏長安街裏塵，吳門獨作未歸身。昔年舊宅今誰住，君過西塘與問人。」晁補之《少年游》詞：「他日騎鯨，尙憐迷路，與問衆仙眞。」張孝祥《菩薩蠻》詞：「與問坐中人，幾回迎送春。」周紫芝《風入松》詞：「與問風前回雁，甚時吹過江南？」辛棄疾《水龍吟》詞：「倩何人與問，雷鳴瓦釜，甚黃鍾啞？」趙長卿《蝶戀花》詞：「小字金書頻與問，意曲心誠，未必他能信。」皆其例也。又有與訪一辭，義亦同。張籍《胡山人歸王屋》詩：「君歸與訪移家處，若箇峯頭最較幽。」與訪，亦猶云爲問也。

與(四)　與把

與，猶將也；把也。白居易《新製綾襖成》詩：「爭得大裘長萬丈，與君都蓋洛陽城。」君卽指大裘，言將大裘覆蓋之也。王安石《題正覺相上人籜龍軒》詩：「不須乞米供高士，但與開軒作勝遊。」此與字與作字相應，如將無作有、將白作黑之將字用法，言將開軒作勝遊也。《絕妙好詞》五，莫崙《水龍吟》詞：「也擬**與**愁排遣，奈江山遮攔不斷。」此猶云擬將愁排遣或擬把愁排遣也。復次，與字與把字同義，故與把二字，又往往聯用之。蘇軾《西江月》詞：「此景百年幾變，箇中下語千難。使君才氣捲波瀾，**與把**新詩判斷。」賀鑄《薄倖》詞：「記畫堂斜月朦朧，輕顰微笑嬌無奈。便翡翠屏開，芙蓉帳掩，**與把**香羅偷解。」柳永《過澗歇近》詞：「展轉無眠，粲枕冰冷。香虯煙斷，是誰**與把**重衾整。」《彊村叢書·北湖詩餘》，吳則禮《減蘭》詞，《簡天牖》：「後夜江干，**與把**梅花子細看。」凡云與把，猶云把也。

與（五）

與，猶使也；亦猶增也；助也。白居易《會昌二年春題池西小樓》詩：「雖貧眼下無妨樂，縱病**心**中不**與**愁。」言不使愁也。寒山詩：「世間一等流，誠堪**與**人笑。」言使人笑也。一等流猶云一種人。歐陽詹《題延平劍潭》詩：「空餘昔日凌霜色，長**與**澄潭生晝寒。」言使潭水生寒色也。蘇軾《芙蓉城》詩：「願君收視觀三庭，勿**與**嘉穀生蝗螟。」勿與，猶云勿使也。黃庭堅《以梅饋晁深道戲贈》詩：「相如病渴應須此，莫**與**文君蹙遠山。」莫與，猶云莫使也。按題所云梅乃梅子；蹙遠山爲顰眉之意。陳師道《次韻蘇公西湖徙魚詩》之三：「賜牆及肩人得視，公才槃槃一都會。有憐其窮**與**不朽，我亦牽聯書《玉海》。」與不朽，猶云使不朽也。晏幾道《浣溪沙》詞：

「風意未應迷狹路，鐙痕猶自記高樓。露花煙葉**與**人愁。」言使人愁也，亦可云助人愁。向子諲《更漏子》詞：「翻碎影，度微芳，**與**人風味長。」言使人風味長也，亦可云增人風味長。碎影係指竹，微芳係指梅。陳子昂《感遇》詩：「豈無當世雄，天道**與**胡兵。」言天意助胡兵也。杜甫《殿中楊監見示張旭草書圖》詩：「連山蟠其間，溟漲**與**筆力。」言增助筆力也。皮日休《襄州春遊》詩：「信馬騰騰觸處行，春風相引**與**詩情。」言增助詩情也。張耒《福昌懷古，李賀宅》詩：「獨愛詩篇超物象，祗因山水**與**精神。」言山水能增助詩篇之精神也。按用張說謫岳州後詩得江山之助事。張孝祥《水調歌頭》詞，《舟過金山寺》：「江山自雄麗，風露**與**高寒。」言增助高寒也。

與（六）

與，猶得也。杜甫《寄李十二白》詩：「莫怪恩波隔，乘槎**與**問津。」與一作得，與卽得也；與問津，得問津也。白居易《送嵩客》詩：「君到嵩陽吟此句，**與**教三十六峯知。」與教，得教也。蘇軾《書王主簿所畫折枝》詩：「論畫以形似，見與兒童鄰。賦詩必此詩，定非知詩人。詩畫本一體，天工**與**清新。」與清新，得清新也；天工，猶云高才絕藝。黃庭堅《次韻劉景文登鄴王臺見思》詩：「西風一橫笛，金氣**與**高明。」與高明，得高明也。又《再次前韻》（《文潛立春日三絕句韻》）詩：「風日安排催歲換，丹青次第**與**花開。」意言經風日之安排，花得盛開也。又《次韻李之純少監惠硯》詩：「道家蓬萊見仙伯，我亦洗湔與清流。」言得淸流洗之也。陳師道《柏山》詩：「尙有風流羊叔子，稍經湔洗與淸風。」湔洗與洗湔同，此句與黃詩同機軸，言得淸風洗之也。按柏山一作桓山，爲桓魋葬處；山故有東坡記刻石，故以比羊叔子登峴山事，意謂江山之辱，賴此一洗也。又《山口阻風》詩：「欲留盜賊迫，欲去渡濤怒：兩者爾何從，一死吾未與。」未與，未得也；意言留亦死，去亦死，兩者同是一死，竟未得何去何從之道也。

與（七）

與，猶發也；舉也。陶潛《諸人共遊周家墓柏下》詩：「今日天氣佳，淸吹與鳴彈。」言淸吹發鳴彈也。李白《訪道安陵遇蓋寰》詩：「懸河與微言，談論安可窮。」與微言，發微言也。杜甫《哭李尙書》詩：「漳濱與《蒿里》，逝水竟同年。」言發《蒿里》之輓歌也。又《江雨有懷鄭典設》詩：「寵光蕙葉與多碧，點注桃花舒小紅。」言蕙葉得雨而發碧色也。以上爲發義。李商隱《重有感》詩：「豈有蛟龍愁失水，更無鷹隼與高秋。」此言鷹隼高舉也。邵亨貞《江城子》詞，《詠水仙》：「凌風翠袖與飄然，步蹁躚，憺忘言。」此言翠袖張舉也。毛滂《遍地花》詞，《詠牡丹》：「暖風前一笑盈盈，吐檀心向誰分付。莫與他西子精神，不枉了東君雨露。」莫與，莫舉也；莫與他，猶云莫舉那。言牡丹之好，西子不足誇舉也。《花菴中興詞選》，馬莊父《水龍吟》詞，《爲陳坂種玉莊作》：「是崑邱標致，姑山風骨，除此外，吾誰**與**。」誰與，誰舉也；言除崑邱姑山以外，無可稱舉也。以上爲舉義。

與（八）　漫與

與，猶云對付也；發落也。劉子翬《和李巽伯春懷》詩：「平生氣軒昂，失意今易**與**。有酒卽佳晨，無兵皆樂土。」易與，猶云容易對付也。韓淲《菩薩蠻》詞：「人言詩易**與**，酒醆誰分付。」又《浣溪沙》詞：「世路儘敎終易**與**，山林佳話恐難酬。」義均同上。吳文英《蝶戀花》詞：「可惜重陽，不把黃花**與**。」言惜不以黃花對付重陽也。而最著者則爲漫與一辭。漫與云者，言卽景卽事漫然對付也。杜甫《江上値水如海勢，聊短述》詩：「老去詩篇渾**漫與**，春來花鳥莫深愁。」後人多樂沿用之：蘇軾《次韻表兄程正輔江行見桃花》詩：「爾來子美瘦，正坐作詩苦。袖手焚筆硯，清篇眞**漫與**。」王安石《純甫出釋惠崇畫要予作詩》：「金坡巨然山數堵，粉墨空多眞**漫與**。」又《欣會亭》詩：「移牀隨**漫與**，操筴取幽尋。」辛棄疾《念奴嬌》詞：「老子忘機渾**漫與**，鴻鵠飛來天際。」郭應祥《滿江紅》詞：「對景裁詩眞**漫與**，看花不飲成虛負。」姜夔《齊天樂》詞，詠蟋蟀：「豳詩**漫與**，笑籬落呼燈，世間兒女。」又《淸波引》詞：「新詩**漫與**，好風景長是暗度。」段克己《漁家傲》詞：「詩句一春渾**漫與**，紛紛紅紫俱塵土。」義均同。

與（九）

與，猶謂也；語也；請也。李白《南陽送客》詩：「斗酒勿**與**薄，寸心貴不忘。」勿與，勿謂也，言勿謂酒薄也。白居易《翫迎春花贈楊郎中》詩：「憑君**與**向遊人道，莫作蔓菁花眼看。」與一作語，與卽語也。《南宋六十家》，方岳《雪後梅邊》詩：「老來筋力倦登山，契闊梅花幾日間。莫**與**梅花筋力倦，且推一雪阻躋攀。」莫與，猶云莫語也，言莫對梅花而語筋力倦也。又前人前題：「寒雀羣飛最上頭，啄殘香玉翠雲裘。老坡詩裏幺麽鳳，待**與**梅花渠是不？」待者，擬辭；待語，猶云擬語也，意則云擬問也。高觀國《喜遷鶯》詞：「鬢華晚，念庾郎情在，風流誰**與**？」誰與，誰語也。《陽春白雪》四，岳肅之《滿江紅》詞：「春未足，閨愁難寄，琴心誰**與**？」義同上。張孝祥《鵲橋仙》詞，《落梅》：「**與**君不用歎飄零，待結子成陰歸去。」此爲請義；與君，猶云請君也。此據景宋本《于湖詞》，汲古閣本作勸君，勸亦請義。《董西廂》二：「**與**你試評度，這一門親事，全在你成合。」與你，猶云請你也；此爲張生懇紅娘語。《救風塵》劇一：「有一歌者宋引章，和小生作伴，當初他要嫁我來，如今却嫁了周舍。他有八拜交的姐姐，是趙盼兒，我去**與**他勸一勸，有何不可。」與他，猶云請他也，言去請盼兒勸一勸引章也。

與（十）

與，猶坐罪之坐或入罪之入也。陳師道《答李簿詩》：「**與**罪寧無說，言詩新有功。」言坐罪豈無說也。《太平樂府》八，大都行院王氏《粉蝶兒》套，《寄情人》：「囑咐你儈人記取！蘇卿休**與**，知他雙漸何如。」案此套係託妓女蘇卿口氣，敍其與雙漸戀愛經過之事。意言休坐我蘇卿負心之罪，特恐雙漸負心耳。《後庭花》劇四：「休休休待推辭，來來來索請夫人敢**與**這招伏罪。」亦坐罪之意。敢，猶可也，見敢字條。《勘頭巾》劇三：「正末云：『可知不干你事哩！你則（只）**與**個不應的狀子。』張千云：『怎麼把我也問個不應？』」按問即問罪之問。《竇娥冤》劇三：「情願認藥殺公公，**與**了招罪。婆婆也！我若是不死呵！如何救得你？」與了招罪，與《後庭花》劇之與這招伏罪同。《還魂記》十二，《尋夢》：「絮了小姐一會，要**與**春香一場。春香無言知罪，以後勸止娘行。」此春香白語，言要坐我春香一場罪名也。

與（十一）

與，語助辭，用於句中，不爲義。試先旁證之《史記·孝文本紀》：「今乃幸以天年，得復供養於高廟，朕之不明**與**嘉之，其奚悲哀之有！」如淳注：「與，發聲也。」意言得卒天年已善也。知與字爲句中語助，由來已舊。陳師道《贈知命》詩：「不須無事**與**多愁，老不欲醒惟欲醉。」向滈《南鄉子》詞：「臨水窗兒，**與**捲珠簾看畫眉。」按畫眉，鳥名。《樂府補題》，陳恕可《齊天樂》詞，《賦蟬》：「長吟未了，想猶怯高寒，又移深竅。**與**整綃衣，滿身風露正清曉。」《樂府雅詞》拾遺上，劉元甫《清平樂》詞：「別來過了秋光，翠簾昨夜新霜。多少月宮閑地，姮娥**與**借微芳。」按此爲詠桂詞。以上各證之與字，均以領下，不爲義。杜甫《出郭》詩：「江城今夜客，還**與**舊烏啼。」張籍《寄王侍御》詩：「見欲移居相近住，有田多**與**種黃精。」楊萬里《次昌英叔晴望韻》詩：「猶須剗千嶂，賸**與**放雙明。」毛滂《菩薩蠻》詞，《贈舞侶》：「家住百花橋，何郎偏**與**嬌。」陳師道《清平樂》詞：「藏藏摸摸，好事爭如莫？背後思量渾是錯，猛**與**將來放着。」《樂府雅詞》拾遺上，無名氏《永遇樂》詞：「風前月下，三杯兩盞，撞着卽莫**與**放。」趙長卿《水龍吟》，《梅》詞：「壽陽宮應有佳人，待**與**點，新妝額。」韓玉《番槍子》詞：「到此月想精神，花似秀質，待**與**不清狂，如何得？」郭應祥《西江月》詞，《賦紫笑花》：「不知抵死笑何人，待**與**折來細問。」按待字均爲擬辭。以上各證之與字，均以承上，不爲義。

有（一）

有，猶在也。涵芬本《博望燒屯》劇一：「劉末見道童科，云：『道童！你師父菴中**有**麼？』道童云：『俺師父正在菴中盹睡哩！』」菴中有麽，猶云在菴中麽。問者曰有，答者曰在，有卽在也。《薦福碑》劇一：「范仲淹云：『學童！你師父在家麽？』學生云：『師父家裏**有**。』」此問者曰在，答者曰有。涵芬本《單刀會》劇二：「魯肅云：『道童！先生**有**麽？』童云：『俺師父**有**。』魯云：『你去說魯子敬特來相訪。』」此問者、答者俱曰有。以上爲有字在義之一種用法。《凍蘇秦》劇三：「賢士！你則這裏**有**者，待我將來你看。」此猶云你在這裏等着。《誶范叔》劇一：「你休出去，一壁**有**者！」此猶云你在一旁等着。此等皆爲通報人對於進謁者之習用語。《千里獨行》劇楔子：「張虎云：『小校報伏(覆)去！說道張虎巡邊境回來見元帥。』卒子云：『你則在這裏！』卒子報科，云：『喏！報元帥知道。』」又：「『報伏去！道徐州劉玄德手下小將張虎特來投降。』卒子云：『你則在這裏！喏！我報的丞相知道。』」此二則與上二則，語意相同。上二則曰有，此二則曰在，有與在隨意使用也。以上爲有字在義之又一種用法。《老生兒》劇二：「正末云：『引孫！』引孫云：『您孩兒**有**。』」《五侯宴》劇四：「李嗣源云：『我喚他從珂，他不應，我如今喚他那舊名王阿三。』李從珂做應科，云：『阿媽！您孩兒**有**。』」阿媽卽父親。《襄陽會》劇楔子：「龐德公云：『寇封安在？』寇封上，云：『小將**有**。』」凡卑屬答應尊屬之呼喚則曰有，猶云在也，意言在此也。以上爲有字在義之又一種用法。由在義引申之，又爲存在死亡之在字義。《千里獨行》劇二：「則你那忠直勇烈依了口，誰想這劉備張飛見在**有**。打聽的兄弟哥哥**有**時候，忙離了許州，盼不到地頭。俺遙望着千里的這紅塵路兒上走。」按劇情，劉關張失散後，甘糜二夫人及關羽等在許昌，不明劉備張飛生死下落，此時方知其在古城，故云然。《兒女團圓》劇二：「王獸醫云：『他去了多少時節？』正末唱：『經今早過十三載。』王獸醫云：『這人敢還**有**麼？』正末唱：『他可便一去了呵石沉大海。』」這人敢還有，猶云這人可還在也。《五侯宴》劇三：「老身當初，也有箇孩兒來，自小裏與了箇官人去了。如今**有**呵，也有這般大小年紀也。」義同上。《看錢奴》劇四：「正末云：『打俺孩兒的那婦人**有**麼？』陳德甫云：『那婆婆又早些死了也。』正末云：『死的好！死的好！』」義同上。《昊天塔》劇四：「楊景云：『他弟兄每可都**有**哩？』正末唱：『他弟兄每多死少波生。』」波字語助辭，無意義。都有，猶云都在也。巾箱本《琵琶記》十七：「恨多怨多，俺爹娘知他**有**麼？」知他有麼，猶云知他存在否也。以上爲有字在義之又一種用法。復次，以上所述各例，多見於曲白中；然古人詩中亦見之。陶潛《詠貧士》詩：「昔在黃子廉，彈冠佐名州。」在一作**有**，有即在也。劉長卿《同崔載華贈日本聘使》詩：「遙指來從初日外，始知更**有**扶桑東。」更有，即更在也。高適《燕歌行》：「邊風飄飄不可度，絕域蒼茫更何**有**。」何有，即何在也，言絕域地遠，不知何在也。李賀《苦晝短》詩：「神君何在，太乙安**有**？」有與在互文，安有，即安在也。白居易《吟元郎中白鬚詩兼飲雪水茶因題壁上》詩：「吟詠霜毛句，閒嘗雪水茶。城中展眉處，只是**有**元家。」有元家，在元家也。

有(二)　演撒

有，心中有其人也。此專用於戀愛方面，如云男有心、女有心之有，亦猶云起意或看上。歐陽修《鹽角兒》詞：「暗消魂，重回首。奈心兒裏彼此先**有**。」又《滴滴金》詞：「樽前一把橫波溜，彼此心兒皆**有**。」按上兩詞並見《醉翁琴趣外篇》。柳永《秋夜月》詞：「奈你自家心下**有**，事難見。」心下與心裏同。黃庭堅《歸田樂引》詞：「被箇人把人調戲，我也心兒**有**。」秦觀《滿園花》詞：「慣縱得軟頑，見底心先**有**。」趙長卿《簇水》詞：「長憶當初，是他見我心先**有**。一鉤纔下，便引得魚兒開口。」趙輯楊偍《古今詞話》，楊端臣《漁家傲》詞：「總是自家爲事謬。從今後，這回斷了心先**有**。」《樂府新聲》上，關漢卿《雙調新水令》套，「玉驄系鞚金鞍鞊」篇：「也是俺心上**有**，常常的夢中見。」《詞林摘豔》五，劉庭信《夜行船》套，《青樓詠妓》：「口兒中不許別圖箇甚，意兒中既**有**何須恁。」《瀟湘雨》劇一：「雖然俺心下**有**，我須是臉兒羞。」皆其例也。有字在元時方言則爲演撒。《西廂》一之二：「崔家女豔妝，莫不**演撒**上老潔郎！」方諸生注引《墨娥小錄》：「演撒謂有；潔郎謂僧。」言莫非有意於你這老和尚麽。又五之三：「這妮子擬定都和那酸丁**演撒**。」義同上。此鄭恆白，妮子指紅娘，酸丁指張生。《樂府羣玉》二，王日華小令，《淩波仙》「從來道水性難拿。從他趟過，由他**演撒**，終只是箇路柳牆花。」趟，走散之意。言不論走散，不論有意，總之楊花水性靠不住也。又三，周仲彬小令，《朝天子》：「柳外風前，花間月下。斷腸人敢道麽？**演撒**，夢撒，告一句知心話。」夢撒撩丁一語，元曲中習見，每以之形容無錢，此亦作無字用。演撒、夢撒，猶云有耶、無耶；言究竟對於我有意耶、無意耶，請問一句眞心話。

坐（一）

坐，猶自也。《文選》，鮑明遠《蕪城賦》：「孤蓬自振，驚沙**坐**飛。」善注：「無故而飛曰坐。」無故而飛，猶云自然飛也，坐亦自也，坐與自爲互文。張華《雜詩》：「朱火青無光，蘭膏**坐**自凝。」《文選》善注：「無故自凝曰坐。」按坐自重言，猶云蘭膏自凝也。又《答何劭》詩：「吏道何其迫，窘然**坐**自拘。」猶云窘然自拘也。陸機《長歌行》：「容華夙夜零，體澤**坐**自銷。」猶云體澤自銷也。張協《雜詩》：「淒風爲我涼，百籟**坐**自吟。」《文選》善注：「無故自吟曰坐。」猶云百籟自吟也。張九齡《郡舍南園畦雜樹》詩：「我願從歸翼，無然**坐**自沉。」猶云毋然自沉也。以上所云坐自，均爲自之重言。蘇軾《次韻子由所居六詠》詩：「先生**坐**忍渴，羣嚚自披猖。衆散徐酌飲，逡巡味尤長。」按詩乃詠義井，言先生自忍渴，衆人自煩嚚也。坐與自互文，與《蕪城賦》之用法同。王安石《次韻歐陽永叔端溪石枕蘄竹簟》詩：「形骸直欲**坐**棄忘，冠帶安能強修飾。」坐棄忘，猶云自然遺忘。此本《莊子·大宗師》篇「坐忘」之義，坐忘卽自忘也。辛棄疾《浣溪沙》詞：「儂是欹崎可笑人，不妨開口笑時頻，有人一笑坐生春。」坐生春，猶云自生春也。劉過《浣溪沙》詞：「竹裏絕憐閒體態，月邊無限好精神，一枝斜插坐生春。」義同上。

坐（二）

坐，猶正也；適也。陳子昂《春日登金華觀》詩：「還疑赤松子，天路坐相邀。」坐相邀，猶云正相邀或適相邀也。韋應物《登樓》詩：「茲樓日登眺，流歲暗蹉跎，坐厭淮南守，秋山紅樹多。」此詩上三句作一氣讀，末句暗中兜轉，言正在無聊之時，幸秋山紅樹有以娛我也。按此詩當爲韋任滁州刺史時作。杜甫《答楊梓州》詩：「悶到楊公池水頭，坐逢楊子鎮東州。」坐逢，猶云正値或適値也。《讀杜心解》云：「坐逢者，正値其爲州長，非逢於池頭也。」韓翃《贈張建封》詩：「春風坐相待，晚日莫淹留。」言正相待也。林逋《易從師山亭》詩：「西村渡口人烟晚，坐見漁舟兩兩歸。」坐見，猶云適見也。蘇軾《追餞正輔表兄至博羅》詩：「君應回望秦與楚，夢涉漢水愁秦關。我亦坐念高安客，神遊黃蘗參洞山。」坐念，猶云正念也。又《送錢承制赴廣西路分都監》詩：「當年我作《表忠碑》，坐覺江山氣未衰。」坐覺，猶云正覺也。王安石《次韻舍弟賞心亭卽事》詩：「坐覺塵沙昏遠眼，忽看風雨破驕陽。」亦正覺義，與忽看相應。

坐（三）

坐，猶遂也；頓也；遽也。陳子昂《秋日遇荆州府崔兵曹使宴》詩：「江湖一相許，雲霧坐交歡。」坐交歡，猶云遂交歡也。孟浩然《送從弟邕下第後尋會稽》詩：「疾風吹征帆，倏爾向空沒。千里在俄頃，三江坐超忽。」超忽，遠也，意言頓然遠逝也。歐陽修《日本刀歌》：「先王大典藏夷貊，蒼波浩蕩無通津。令人感激坐流涕，鏽澀短刀何足云。」坐流涕，猶云遽流涕也。王安石《次韻微之贈池紙并詩》詩：「篇終有意責趙璧，窮國恐誤連城歸，傾囊倒篋聊一報，安敢坐以秦爲雌。」猶云遽以秦爲雌也。黄庭堅《次韻子瞻禱雪唱和》詩：「生鵝斬頸血未乾，風馬雲車坐相及。」猶云頓相臨也。言禱事未畢，神明已頓然感動也。白居易《別元九後詠所懷》詩：「同心一人去，坐覺長安空。」此坐覺猶云頓覺也。言知己一去，頓覺長安空無人也。蘇軾《和蔡景繁海州石室》詩：「前年開閣放柳枝，今年洗心參佛祖。夢中舊事時一笑，坐覺俯仰成今古。」又《龜山辯才師》詩：「忽驚堂宇變雄深，坐覺風雷生謦欬。」義均同上。

坐（四）

坐，猶聊也；且也。孟浩然《登安陽城樓》詩：「才子乘時來騁望，羣公暇日坐銷憂。」此詩意原本王粲《登樓賦》，《登樓賦》云：「登茲樓以四望兮，聊暇日以銷憂。」坐銷憂，猶云聊銷憂或且銷憂也。孟浩然《題李十四莊》詩：「抱琴來取醉，垂釣坐乘閒。」坐乘閒，猶云且乘閒也。岑參《使君席夜送嚴河南赴長水》詩：「使君地主能相送，河尹天明坐莫辭。」坐莫辭，且莫辭也；言且莫辭宴飲至天明也。王維《桃源行》：「漁舟逐水愛山春，兩岸桃花夾古津，坐看紅樹不知遠，行盡青溪忽值人。」坐看云云，言且看桃花，不管路遠也。陳陶《旅次銅山途中》詩：「束馬過銅梁，苕華坐堪老。」意言苕華足以娛旅情也；坐堪老，猶云聊堪娛老也。蘇軾《與舒教授等同遊戲馬臺》詩：「淡遊何以娛庠老，坐聽郊原琢磬聲。」坐聽，且聽也；泗濱多磬石，故云。淡者，無聊之謂；庠老，意指教授。《陽春白雪》三，韓子師《浣溪沙》詞：「坐聽松風敲石磴，旋傾花水漱春醒。」此坐聽字與蘇詩義同，坐字與旋字相對，此旋字義猶漫也，見旋字條。

坐(五)

坐，將然辭，猶寖也；旋也；行也。沈佺期《和杜麟臺元志春情》詩：「青春坐南移，白日忽西匿。」坐南移，猶云旋南移也。韋應物《示全眞元常》詩：「無將一會易，歲月坐推遷。」坐推遷，猶云寖推遷，無將猶云莫謂，蓋良會難再歲月易逝之意。孟浩然《送莫甥兼諸昆弟入西軍》詩：「坐棄三冬業，行觀八陣形。」此與行字互文，皆將然辭。上句言將棄文，下句言將就武也。韓愈《石鼓歌》：「觀經鴻都尙塡咽，坐見舉國來奔波。」坐見，猶云行見也。柳宗元《早梅》詩：「寒英坐銷落，何用慰遠客。」坐銷落，猶云旋銷落也。此蓋憂其早開早落。何用，何以也。又

《柳州城西北隅種柑樹》詩：「若能**坐**待成林日，滋味猶堪養老夫。」坐待猶云徐俟，爲寖字義。白居易《歲暮》詩：「窮陰急景**坐**相催，壯齒韶顏去不回。」言旋相催也。李商隱《春日寄懷》詩：「世間榮落重逡巡，我獨丘園**坐**四春。」言困居丘園寖四年也。坐字與逡巡字相應，逡巡爲迅速義，見逡巡條。黄庭堅《古詩上蘇子瞻》：「歲月**坐**成晚，煙雨青已黄。」言寖成晚也。又《次韻奉送公定》詩：「**坐**須騎奴還，淹留歲恐期。」坐須猶云徐俟，亦寖字義。陳師道《酬呂明父學士》詩：「解組行參蓮社客，揮金**坐**揖醉鄉侯。」此亦與行字互文，皆將然辭。《宋百家詩存》，彭汝礪《答同舍遊凝祥池》詩：「洞天落日晚沈沈，漁舟縹緲桃花深。紅玉**坐**看花着子，青雲行見葉成陰。」此亦與行字互文。桃花盛開時，結子成陰，皆爲將來之事，故云然。陳與義《遊道林嶽麓》詩：「山中日易晚，**坐**失羣木陰。」坐失，猶云旋失也。

坐（六）

坐，甚辭，猶深也；殊也。張九齡《感遇》詩：「蘭葉春葳蕤，桂華秋皎潔，……誰知林棲者，聞風**坐**相悦。草木有本心，何求美人折。」坐相悦，猶云深相悦也。李白《贈宣城太守兼呈崔侍御》詩：「蹉跎復歸來，憂恨**坐**相煎。」坐相煎，猶云殊相逼也。又《獨酌》詩：「東風吹愁來，白髮**坐**相侵。」坐相侵，猶云殊相侵也。又《閨情》詩：「黄鳥**坐**相悲，綠楊誰更攀。」坐相悲，猶云深相悲也。又《長干行》：「感此傷妾心，**坐**愁紅顏老。」坐愁，猶云深愁也。孟浩然《同張明府清鏡歎》詩：「愁來試取照，**坐**歎生白髮。」坐歎，猶云深歎也。崔國輔《香風詞》：「洛陽梨花落如霰，河陽桃葉生復齊。**坐**惜玉樓春欲盡，紅綿粉絮裛妝啼。」《全唐詩》作坐惜，《萬首絕句選》作**坐**恐。坐惜猶云深惜或殊惜，坐恐猶云深恐或殊恐也。白居易《夜惜禁中桃花因懷錢員外》詩：「前日歸時花正紅，今夜宿時枝半空。**坐**惜殘芳君不見，風吹狼籍月明中。」義見上。武元衡《八月十五日酬從兄常望月有懷》詩：「**坐**愛圓景滿，況茲秋夜長。」坐愛，猶云深愛或殊愛也。韓愈《和席二十八韻》詩：「**坐**慙空自老，江海未還身。」坐慙，猶云深慙或殊慙也。王安石《書何氏宅壁》詩：「皖灊終負幽人約，空對湖山**坐**惘然。」坐惘然，猶云深惘然也。又《牛衣》詩：「無衣與卒歲，**坐**恐得空牢。」坐恐義見上。郭祥正《徐州黃樓歌寄蘇子瞻》：「斯民囂囂**坐**恐化魚鼈，刺史當分天子憂。」同上。

坐（七）

坐，猶徒也；空也；枉也。王融《和王友德和古意》詩：「遊禽暮知返，行人獨未歸。**坐**銷芳草氣，空度明月輝。」江淹《望荊山》詩：「歲晏君如何，零淚沾衣裳，玉柱空掩露，金樽**坐**含霜。」**坐**與空均互文。李白《擬古》詩：「愚夫同瓦石，有才知卷舒，無事**坐**悲苦，塊然涸轍鮒。」言不必徒悲苦也。此從自字義引申而來。李益《置酒行》：「無然坐衰老，慙歎東陵柏。」言毋然空衰老也。杜甫《壯遊》詩：「杜曲晚耆舊，四郊多白楊。坐深鄉黨敬，日覺死生忙。」意言耆舊凋喪殆盡，亦空致其桑梓之敬而已。又《麗人行》：「犀筯厭飫久未下，鸞刀縷切空紛綸。」空一作坐，坐卽空也。韋應物《清明日憶諸弟》詩：「唯覺乖親燕，坐度此芳年。」坐度，猶云虛度或枉度。又《樓中月夜》詩：「坐見蒼林變，淸輝愴已休。」坐見，猶云坐視，卽徒然視之不爲設法，或徒然視之無從設法也。此則爲無從設法意。杜甫《後出塞》詩：「躍馬二十年，恐辜明主恩。坐見幽州騎，長驅河洛昏。」此則爲不爲設法意。白居易《反鮑明遠白頭吟》詩：「胡爲坐自苦，吞悲仍撫膺。」此與上述李詩「無事坐悲苦」意同。蘇軾《次韻章傳道喜雨》詩：「坐觀不救亦何心，秉畀炎火傳自古。」坐觀猶云坐視。此亦不爲設法意。王安石《哭梅聖俞》詩：「貴人憐公靑兩眸，吹噓可使高岑樓。坐令隱約不見收，空能乞錢助饋餾。」李壁注：「貴人謂歐公輩，徒能資之而不能薦也。」此坐字與空字互文，與作致令解者異。意言徒使其隱淪不顯，徒資以飲食之費也。賀鑄《小重山》詞：「隔年歡事水西東，凝思久，不語坐書空。」坐書空，猶云枉書空。蘇軾《滿庭芳》詞：「百年強半，來日苦無多。坐見黃州再閏，兒童盡楚語吳歌。」坐見義見前。此無從設法意。又《殢人嬌》詞：「春來何事，故拋人別處，坐望斷樓中遠山歸路。」坐望斷，猶云空望盡也。

坐(八)

坐，猶致也。鮑照《觀圃人藝植》詩：「居無逸身伎，安得**坐**粱肉。」言伎不足以逸身，無從而致粱肉也。江淹《侍始安王石頭》詩：「攀鏡照愁色，徒**坐**引憂方。」言徒致引憂之道而已。駱賓王《浮槎》詩：「忽值風飆折，**坐**爲波浪衝。」言致爲波浪所衝也。歐陽修《絳守居園池》詩：「嫉世姣巧習卑汙，以奇矯薄駭羣愚，用此猶得追韓徒，我思其人爲躊躇，作詩聊謔爲**坐**娛。」言聊以謔言爲致娛嬉之道而已。按韓愈稱樊宗師爲文從字順，然樊之《絳守居園池記》，僻澁殊甚，歐公蓋不滿之而故渾含其辭也。朱熹《齋居感興》詩：「云胡自蕪穢，反受衆形役，厚味紛朵頤，妍姿**坐**傾國。」坐傾國，致傾國也。韓愈《贈唐衢》詩：「胡不上書自薦達，**坐**令四海如唐虞。」坐令，致令也。張籍《祭退之》詩：「由茲類朋黨，骨肉無以當，**坐**令其子拜，常呼幼時名。」蘇軾《贈辯才》詩：「不知修何行，碧眼照山谷。見之自清涼，洗盡煩惱毒。**坐**令一都會，男女禮白足。」黃庭堅《謝張泰伯惠黃雀鮓》詩：「誰言風沙中，鄉味入供具，**坐**令親饌甘，更使客得與。」《宋百家詩存》，鄧肅《邱宰生日》詩：「天教我侯慰遠人，**坐**令盜賊化君子。」義均同上。劉希夷《將軍行》：「乘我廟堂運，**坐**使干戈戢。」坐使，致使也。孟郊《古薄命妾》詩：「不惜十指絃，爲君千萬彈，常恐新聲至，**坐**使故聲殘。」陳師道《登鳳凰山懷子瞻》詩：「逢人自笑謀身拙，**坐**使紅塵生白髮。」義均同上。

坐(九)

坐，猶因也；爲也。古詩《陌上桑》：「行者見羅敷，下擔捋髭鬚；少者見羅敷，脫帽著帩頭；耕者忘其犂；鋤者忘其鋤。歸來相怨怒，但坐觀羅敷。」言亡魂失魄，大家只爲看美人羅敷而已。杜牧《山行》詩：「停車坐愛楓林晚，霜葉紅於二月花。」言爲愛看紅葉而停車也。蘇軾《游聖女山石室》詩：「已坐迂疏來此地，分將勞苦送生涯。」又《約公擇飲，是日大風》詩：「曉來顛風塵暗天，我思其由豈坐慳。」又《芙蓉城》詩：「往來三世空鍊形，竟坐誤讀《黄庭經》。」又《十二月初到惠州》詩：「吏民驚怪坐何事，父老相攜迎此翁。」又《和李邦直祈雨有應》詩：「半年不雨坐龍慵，共怨天公不怨龍。」賀鑄《寄漢陽趙尉沔》詩：「慶湖遺老坐詩窮，彊仕之年百病攻。」黄庭堅《次韻裴仲謀》詩：「白髮齊生如有種，青山好去坐無錢。」戴復古《自漳州回泉南主僕俱病》詩：「坐窮思賣劍，扶病強登樓。」元好問《夜雨》詩：「無錢正坐詩作祟，識字重爲世所讎。」凡此坐字，均因爲義也。

坐來(一)　坐中

坐來，猶云本來或自然也。馬戴《浐上款朋友》詩：「坐來憂白髮，況復久從戎。」此猶云本來愁人易老也。與況復相應。王安石《和宋大博服除還朝簡諸朋舊》詩：「談論**坐來**能慰我，篇章傳出亦驚人。」此猶云本來能慰我也，與亦字相應。楊萬里《迓使客夜歸》詩：「**坐來**已是愁無奈，草露蟲聲政寂寥。」此猶云本來已是愁無奈也。周邦彥《丹鳳吟》詞：「況是別離氣味，**坐來**但覺心緒惡。」此猶云本來只覺心緒惡也。李賀《送韋仁實兄弟入關》詩：「野色浩無主，秋明空曠間，**坐來**壯膽破，斷目不能看。」此爲自然義；言對悲涼之景色，自然膽破也。陳亮《賀新郎》詞：「修竹更深處，映簾櫳清陰障日，**坐來**無暑。」此猶云自然無暑也。復次，隋煬帝《贈張麗華》詩：「**坐來**生百媚，實箇好相知。」此亦當猶云自然生百媚，或天然生百媚。蘇軾《成伯席上贈妓楊姐》詩：「**坐來**眞個好相宜，深注脣兒淺畫眉。」呂濱老《好事近》詞：「麗華百媚**坐來**生，仙韻動羣目。」均郎沿用之，義同。柳永《少年遊》詞：「酒容紅嫩，歌喉清麗，百媚坐中生。」亦沿用其語，而易之曰坐中，意者猶云自然中而與坐來同義與？

坐來（二）　坐間

坐來，猶云適纔或正當其時也；亦猶云登時或一時也。李白《單父東樓秋夜送族弟沈之秦》詩：「沈弟欲行凝弟留，孤飛一雁秦雲秋。**坐來**黃葉落四五，北斗已掛西城樓。」言其時適當黃葉初落也。韋應物《暮相思》詩：「空館忽相思，微鐘**坐來**歇。」此倒裝文法，言正當暮鐘初歇之時，忽起相思也。《南宋六十家》，周文璞《絕句》：「巾車初扣槿花籬，物物前來要好詩，一句**坐來**摸寫了，兩鳩飛下老梅枝。」言一句適纔摸寫方畢，而鳩又飛來索詩也。周紫芝《浪淘沙》詞：「落日在闌干，風滿晴川，**坐來**高浪擁銀山。白鷺欲棲飛不下，却入蒼烟。」言適當高浪如山也，作登時解亦得。張元幹《點絳脣》詞：「小雨忺晴，**坐來**池上荷珠碎。掉眉濃翠，怎不教人醉！」言適當荷上珠碎濃翠撲人之好景也。王之道《減蘭》詞，《正月五日會客》：「**坐來**新月，照我蒼顏幷白髮。」言適當新月照我也。王安石《題岳上人澄心亭》詩：「空庭五月尙寒生，回首塵沙自鬱蒸，……腸胃**坐來**清似洗，神奇未怪佛圖澄。」此爲登時義，言登時清似洗也。黃庭堅《念奴嬌》詞：「孫郎微笑，**坐來**聲歕霜竹。」言笛聲登時而作也。按本詞序云：「客有孫叔敏善長笛，連作數曲，」故云然。韓偓《蜻蜓》詩：「**坐來**迎拂波光久，可是慇勤戀蓼叢。」此爲一時義。杜荀鶴《旅舍遇雨》詩：「月華星彩**坐來**收，嶽色江聲暗結愁。」此爲登時或一時義。楊萬里《小舟晚興》詩：「人在非晴非雨天，船行不浪不風間，**坐來**堪喜還堪恨，看得南山失北山。」言一時喜恨交集也。復次，陸游《劍南詩稿》五，有「北窗梧葉坐間落四五有感」題目，語意似從上述李白詩「坐來黃葉落四五」脫胎來；特坐來則作坐間。按蘇軾《自杭移密守席上別楊元素》，《浣溪沙》詞：「白雪清詞出坐間，愛君才器兩俱全。」又朱敦儒《洛川小飲和駒父》，《好事近》詞：「坐間玉潤賦姸辭，情語見眞樂。」兩詞均指飲席臨時唱和而言，則坐間殆亦爲登時之義。又《董西廂》一：「那作怪的書生，坐間悄一似風魔顛倒。」書生卽指張生，時正爲相國夫人及鶯鶯在佛堂作佛事之時，亦與登時之義合。然則坐間殆亦與坐來同義與？

坐來(二)

坐來，猶云移時也；少頃也。韓愈《春雪間早梅》詩：「玲瓏開已徧，點綴**坐來**頻。」意言移時之間，頻頻點綴也。上句指梅，下句指雪，詩題之間字爲間雜義。柳宗元《戲題石門長老東軒》詩：「石門長老身如夢，旃檀成林手所種。**坐來**念念非昔人，萬徧蓮花爲誰用？」此作佛家語，念猶云刹那，意云移時之間，一刹那一刹那相續，今吾非故吾，亦卽今人非昔人也。蘇軾《次韻王晉卿惠花栽，栽所寓張退傅第中》詩：「**坐來**念念失前人，共向空中寓一塵。若問此花誰是主，天敎閒客管青春。」義同上。黃庭堅《次韻雨絲雲鶴》詩：「**坐來**改變如蒼狗，試欲揮毫意自迷。」此從杜甫《可歎》詩「天上浮雲似白衣，斯須改變如蒼狗」脫胎來，坐來猶斯須，斯須卽少頃也。陳與義《登城樓》詩：「百年幾憑欄，亦有似我不？城陰**坐來**失，白水光不流。丈夫貴快意，少住寬千憂。」言少頃之間，城陰已失也。《宋百家詩存》，周孚《賦江天暮雪圖》詩：「**坐來**正復覗我顏，試問倦鳥何時還。少文已老塵埃間，從翁乞我松陵山。」此爲移時義，意言對畫移時，自歎奔走塵埃，孤負佳山水，輒思作宗少文之臥遊也。趙令時《浣溪沙》詞：「一朶夢雲驚曉鴉，數枝春雨帶梨花，**坐來**殘月冷窗紗。」此亦移時義，玩殘月字可知。王之道《浣溪沙》詞，《賦雪》：「體粟須煩鼎力蘇，流涎正值麯盈車，**坐來**獸炭撥還無。」此亦移時義，意言等一會兒，不知火鑪中還有炭可撥否。又《江城子》詞，《追和東坡雪》：「**坐來**令我看無厭，擬名鹽，試嘗甜。」此亦移時義，猶云久看不厭。又《朝中措》詞：「檻外碧蕪千里，**坐來**目送鷗飛。」此猶云目送鷗飛者移時也。王惲《感皇恩》詞：「金波穆穆，掩盡玉繩光彩。**坐來**風露冷，青冥外。」此言移時而覺風露之冷也。按本詞序有云：「久之覺風露凜然，怳疑去青冥無幾也。」詞所云坐來，即序所云久之，爲移時義。

坐斷

坐斷，猶云占住或把住也。《宋百家詩存》，饒節《贈靈巖德雲庵主》詩：「借問師庵在何處，巍巍**坐斷**妙高峯。」又劉過《題多景樓》詩：「金山焦山相對起，挹盡東流大江水。一樓**坐斷**水中央，收拾淮南數千里。」《南宋六十家》，姜夔《花藏寺雲海亭望具區》詩：「大哉夫差國，**坐斷**天一方。」又戴復古《玉華洞》詩：「中有補陀仙，**坐斷**此瀟灑。」又《鄧林吳道士孏窩》詩：「早年收得自由身，**坐斷**窩中孏是眞。」辛棄疾《南鄉子》詞：「年少萬兜鍪，**坐斷**東南戰未休。」又《念奴嬌》詞，《和丹桂》：「**坐斷**虛空香色界，不怕西風起滅。」以上各詩詞之坐斷，均爲占住或把住之義。

陸游《送綽姪住菴吳興山中》詩："一盃淡粥不烹蔬，（自注："綽居山粥飯外，菜亦不食。"）自占雲根結草廬。非佛非心猶坐斷，定知不看夾山書。"非心非佛爲佛家語，對於卽心卽佛而言。此坐斷猶佛家語所謂執着，意云卽心卽佛固執着，非心非佛猶執着也；執着亦把住之義。

中

中，猶堪也；合也；行也。王建《隱者居》詩："何物中長食，胡麻慢火熬。"中，一作堪，中猶堪也。又《宮詞》："往來舊院不堪修。"堪，一作中，義實同也。羅隱《寄程尊師》詩："未知朽敗凡間骨，中授先生指教無？"中，猶合也，言先生授以指教，如我者未知合否也。楊萬里《和昌英叔覓松枝》詩："先人手種一川松，爲棟爲梁似未中。"未中，猶云未堪或未合也。《東堂老》劇四："您孩兒往常不聽叔叔的教訓，今日受窮，纔知道這錢中使。"中使猶云中用，卽得用或合用之義。《北詞廣正譜》十四，《商調》，王伯成《金菊香》《天寶遺事》："枕邊盟約中甚使，鈿盒金釵放着證明師。"中甚使，猶云合甚用，卽不中用義之反言。《西遊記》劇七："木叉云：『從長安來，要回去，沒盤纏，賣這匹馬。』唐僧云：『這馬中麼？』"中麼，猶云行麼。《小孫屠》戲文："淨：『這睡的是誰？』旦：『是丈夫！』淨：『怎中？』旦：『不妨，醉也。』"怎中，猶云怎行。

不中

不中，猶云不堪也；不合也；不行也；不好也。王建《春去曲》：「老夫不比少年兒，**不中**數與春離別。」此不堪義。又《荊南贈別李肇》詩：「美人停玉指，離瑟**不中**聞。」亦不堪義，猶云不中聽也。方岳《題郭氏繼一堂》詩：「隱居本爲逃名計，結入頭銜却**不中**。」此不合義。楊萬里《午熱登多稼亭》詩：「御風不必問雌雄，只有炎風最**不中**。」此不行義。又《白菊》詩：「霜後黃花頓**不中**，獨餘白菊鬭霜濃。」亦不行義。《樂府新聲》下，盍西村小令，《小桃紅》：「古今榮辱轉頭空，都是相般(搬)弄，我道虛名**不中**用。」不中用，不合用也，此常語。《藍采和》劇二：「這言語也**不中**使，這言語也**不中**聽。」不中使，與不中用同；不中聽亦常語。《五侯宴》劇四：「**中**說的便說，**不中**說的休說。」此猶云合說不合說，亦猶云好說不好說。《西廂》四之二：「常言道，女大**不中**留。」此猶云不好留或不合留。《李逵負荊》劇一：「王林云：『是那三不留？』正末云：『蠶老**不中**留，人老**不中**留，呆老子！常言道，女大**不中**留。』」義同上。三十種本《單刀會》劇：「那漢酒性操(躁)，**不中**調鬭。」言不好惹引或不合惹引也。《金錢記》劇三：「這個先生實**不中**，九經三史幾曾通？」此不行或不成義。《隔江鬭智》劇一：「孔明雖有機謀，一定不知就裏。如若**不中**，着孫小姐過江時，周瑜另有計策。」義同上。《望江亭》劇二：「此事別人去**不中**，只除小官親自到潭州取白士中首級伏(覆)命，方纔萬無一誤。」義同上。《舉案齊眉》劇二：「老相公知道，則怕**不中**麽？」義同上。《還牢末》劇一：「他雖**不中**，你也不是箇善的。」此不行義。《㑳梅香》劇二：「我更**不中**呵！須是相國之家，我是個未出嫁的閨女。」亦不行義。《曲江池》劇二：「想這虔婆好是**不中**，見元和無了錢物，就趕將出去。」亦不行義。《後庭花》劇一：「搽旦云：『你則依着我不妨事。』正末云：『大嫂也！**中**也**不中**，我則依着你。』」此猶云行與不行。

分(一)　不分

分，意料之辭，讀去聲。劉長卿《客舍喜鄭三見寄》詩：「北中**分**與故交疏，何幸仍迴長者車。」言自料與故交相疏也。馮延巳《更漏子》詞：「蓬垂鬢，塵侵鏡，已**分**今生薄命。」已分，已料也。方干《東溪別業寄段郎中》詩：「豈**分**長岑寂，明時有至公。」豈分，豈料也。王昌齡《西宮秋怨》詩：「誰**分**含啼掩秋扇！空懸明月待君王。」錢起《長信怨》詩：「誰**分**昭陽夜歌舞！君王玉輦正淹留。」杜甫《大曆三年春出瞿塘峽將適江陵》詩：「此生遭聖代，誰**分**哭窮途！」凡云誰分，均猶云誰料也。其習見者則爲不分。駱賓王《秋風》詩：「**不分**君恩絕，紈扇曲中秋。」崔湜《婕好怨》詩：「**不分**君恩斷，新妝視鏡中。」白居易《酬舒三員外》詩：「已判到老爲狂客，**不分**當春作病夫。」蘇軾《和述古冬日牡丹》詩：「**不分**清霜入小園，故將詩律變寒暄。」張元幹《春光好》詞：「疏雨洗，細風吹，淡黃時。**不分**小亭芳草綠，映簷低。」劉辰翁《烏夜啼》詞：「猶疑薰透簾櫳，是東風。**不分**榴花更勝一春紅。」凡上所舉不分，均猶云不意或不料也。

分(二)　不分　不忿　不憤

分，甘服之辭，讀去聲。元稹《酬樂天見憶》詩：「與君皆直戇，須**分**老泥沙。」言應當老於草野也。又《獻滎陽公》詩：「瓦礫難追琢，芻蕘**分**棄捐。」言應當見棄也。其習見者則爲不分。白居易《元和十三年淮寇未平，詔停歲仗，憤然有感》詩：「**不分**氣從歌裏發，無明心向酒中生。」不分氣，猶云不服氣也。楊萬里《夜泊平望終夜不寐》詩：「船中新熱睡難成，聽盡漁舟掠水聲。**不分**兩窗窗外月，如何不爲別人明。」不分，猶云不滿或不平。意言不寐之時，嫌惡月色不照別人而獨照我，使我益難成睡也。又宿《小沙溪》詩：「諸峯知我厭泥行，捲盡癡雲放嫩晴。**不分**竹梢含宿雨，時將殘點滴寒聲。」此不滿義，蓋嫌惡竹梢猶作雨聲也。李肩吾《清平樂》詞：「燕子可憐人去，海棠**不分**春寒。」亦不滿意或嫌惡義。石孝友《玉樓春》詞：「芳時**不分**空憔悴，抖擻愁懷賒樂事。」此爲不服氣意。葛勝仲《浣溪沙》詞，《賞芍藥》：「**不分**與花爲近侍，難甘溱洧贈閒人。」此與難甘爲互文。不分亦作不忿。杜甫《送路六侍御入朝》詩：「**不分**桃花紅似錦，生憎柳絮白於綿。」分一作忿。張先《恨春遲》詞：「**不分**閒花並蒂，秋藕連根，何時重得雙眠。」分一作忿。杜詩爲嫌惡意；張詞爲不服氣或妬忌意。言花得並蒂，藕得連根，人不得雙眠也。李端《閨情》詩：「月落星稀天欲明，孤燈未滅夢難成。披衣更向門前望，**不忿**朝來鵲喜聲。」意言門前佇望，不見夫歸，埋怨鵲聲之空報喜也。趙長卿《菩薩蠻》詞：「日高猶戀珊瑚枕，羞紅**不忿**花如錦。」此殆脫胎於上述杜甫詩意。《澠池會》劇三：「只因筵宴之間，封相如偌大官職，與某同列，某有**不忿**之心。」《隔江鬬智》劇二：「是周瑜要襲取荆州的計策，被我參破了，料他**不忿**，必然又生甚麽計策來。」《連環計》劇四：「連李肅也**不忿**其事，因此拔刀相助。」《還牢末》劇楔子：「見一個年紀小的打年紀老的，我心中**不忿**。」《柳毅傳書》劇二：「那火龍大施勇烈，俺小龍**不忿**爭強。」以上五劇之不忿均不服氣義。不分亦作不憤。蘇舜欽《送人還吳江道中作》詩：「**不憤**東流促行棹，羨他雙燕逆風飛。」此爲不服氣義。牛嶠《楊柳枝》詞：「**不憤**錢唐蘇小小，引郎松下結同心。」此爲不服氣或妬忌義。歐陽修《蝶戀花》詞：「薄倖辜人終**不憤**，何時枕畔分明問。」此不服氣義。趙長卿《浣溪沙》詞：「**不憤**江梅噴暗香，春前臘後正淒涼。霜風雪月忍思量。」此嫌惡意。劉弇《洞仙歌》詞：「最**不憤**西風破帆來，甚時節收拾望中心眼。」此即溫庭筠《憶江南》詞「過盡千帆皆不是」之意。蓋日日切望其來而終不來，不覺怨望也。復次，《南史·王僧虔》傳：「庾鎮西翼書，少時與王右軍齊名，右軍後進，庾猶**不分**。」是知其字本作不分，而不忿與不憤，則因音近而沿用之。又今日口語中尚有「氣不憤」或「氣而不憤」之語，正本此。

道(一)

道，猶得也。白居易《和高僕射》詩：「鞍馬鬧裝光滿路，何人信道是書生。」信道，信得也。周邦彥《玉燭新》詞：「須信道羌管無情，看看又奏。」須信道，須信得也。劉克莊《沁園春》詞：「當年目視雲霄，誰信道淒涼今折腰。」誰信道，誰信得也。吳融《華清宮》詩：「綠樹碧簾相掩映，無人知道外邊寒。」知道，知得也。《花菴詞選》三，王詵《蝶戀花》詞：「忙處人多閒處少。閒處光陰，幾箇人知道。」郭應祥《鵲橋仙》詞：「休言夜半悄無人，那喜鵲也須知道。」吳文英《聲聲慢》詞：「知道池亭多宴，掩庭花長是，驚落秦謳。」義均同上。周邦彥《拜星月慢》詞：「畫圖中舊識春風面，誰知道自到瑤臺畔。」誰知道，誰知得也。又《紅窗迥》詞：「幾日來，眞箇醉。不知道窗外，亂紅已深半指。」不知道，不知得也。劉辰翁《桂枝香》詞：「情知道明年何處。漫待客黃樓，塵波前度。」情知道，猶云明知得也。《宋百家詩存》，王琮《旅興》詩：「覺道近來全俗了，略無一語及梅花。」覺道，覺得也。張炎《珍珠令》詞：「桃花扇底歌聲杳，愁多少，便覺道花陰閒了。」又《滿庭芳》詞：「晴皎霜花，曉溶冰羽，開簾覺道寒輕。」均與上同。趙長卿《好事近》詞：「淅淅蓼花風，怪道曉來淒惻。」怪道，怪得也。姜夔《夜行船》詞：「玉笛無聲，詩人有句。花休道，輕分付。」休道，休得也。《張協狀元》戲文：「聽道，賣花聲過橋西，奇葩爭巧。」聽道，聽得也。巾箱本《琵琶記》二十六：「怨苦知多少，兩三人只道同佐(做)餓莩。」只道，只得也。又有聞道一語，固可解爲聞得，亦可解爲聞說，因附述於此。杜甫《恨別》詩：「聞道河陽近乘勝，司徒急爲破幽燕。」又《秋興》詩：「聞道長安似弈棋，百年世事不勝悲。」辛棄疾《念奴嬌》詞，書東流村壁：「聞道綺陌東頭，行人曾見，簾底纖纖月。」又《惜分飛》詞：「聞道春歸去，更無人管飄紅雨。」此習見，不備述。

道(二)

道，猶是也。白居易《覽盧子蒙舊詩多與微之唱和因題卷後》詩：「今日逢君開舊卷，卷中多道贈微之。」多道，多是也。又《南湖早春》詩：「不道江南春不好，年年衰病減心情。」不道，不是也。又《東城春意》詩：「絃管隨宜有，杯觴不道無。其如親故遠，無可共歡娛。」義同上。譚峭《大言》詩：「蓬萊信道無多路，只在譚生拄杖前。」信道，信是也。《花草粹編》二，《梅苑》，陳無已《卜算子》詞：「鑑裏朱顏歲歲移，只道花依舊。」只道，只是也。陳三聘《滿江紅》詞：「天豈無情！天若道有情亦老。」若道，若是也。呂濱老《沁園春》詞：「心兒轉更癡迷，又疑道清明得共伊。」疑道，猶云疑是也。劉克莊《沁園春》詞：「何處簪花，忽相導引，莫是天宮迎赴齋？又疑道向毗耶城裏，講席初開。」疑道與莫是互文，道字與是字相對。《董西廂》一：「信道若說一夕話，勝讀十年書。」信道義見前。又一：「不惟**道**生得箇龐兒美，那堪更小字兒稱愜人意。」按小字指鶯鶯之名。不惟道，猶云不惟是或不但是也。又四：「不惟**道**鬼病相持，更有邪神繳纏。」義同上。《張天師》劇二：「待着俺早些迴避，我可**道**不關親，耽干繫。」可道，可是也，卽却是也。《合汗衫》劇三：「哎！可**道**哩！餓紋在口角頭，食神在天涯外。」義同上。《竇娥冤》劇四：「便萬剮了喬才，還**道**報寃讎不暢懷。」還道，還是也。《東堂老》劇二：「出門來呵！怕不**道**桃花扇影！你回窰去，勿勿勿，少不得風雪酷寒亭。」怕不道，猶云怕不是。桃花扇影以喻豪富公子之體面，勿勿勿以狀寒冷。《燕青博魚》劇一：「怕不**道**酷寒亭把我來凍餓殺。」義同上。《詞林摘豔》七，陳大聲《集賢賓》套，《代友人有懷》：「他存心豈是薄，我留情非**道**少。」道與是互文。《伍員吹簫》劇一：「便做**道**人生在世有無常。」《救風塵》劇三：「更做**道**你眼鈍。」《秋胡戲妻》劇二：「更則**道**你莊家每葫蘆提沒見識。」凡云便做道、更做道、更則道，皆猶云便使是或就使是也，均詳做字條。《揚州夢》劇四：「暢**道**朋友同行，尙則怕衣衫不整。」《梧桐雨》劇三：「唱**道**感慨情多，悽惶淚灑。」《虎頭牌》劇一：「暢好**道**廝殺無過是喒父子軍。」又三：「你這箇關節兒，常好**道**來的疾。」凡云暢道、唱道、暢好道、常好道，皆猶云眞是或正是也，均詳暢字條。

道(三)　不道的

道，猶到也。辛棄疾《昭君怨》詞：「落葉西風時候，人共青山都瘦。說**道**夢陽臺，幾曾來？」涵芬樓四卷本《稼軒詞》作說道，其他各本《稼軒詞》均作說到。《詞林摘豔》五，《五供養》套，「愁宂宂恨綿綿」篇：「不想今朝，常想往年，我**道**處裏追陪下些親眷。」道處，卽到處也。《虎頭牌》劇二及《雍熙樂府》十二，均作到**處裏**。《小孫屠》戲文：「誰信**道**得中途，驀忽娘傾棄。」道得中途，卽到得中途也。傾棄，死亡也。《樂府羣玉》二，喬夢符小令，《水仙子》：「三般兒捱**不道**天明，巉地羅幃靜，森地鴛被冷，忽地心疼。」捱不道天明，卽捱不到天明也。後三句卽所謂三般兒。三十種本《魔合羅》劇：「由子未下澁道，恰**道**簷梢。」由子，卽猶自之便寫。澁道，階基也。恰道簷梢，恰到簷前也。《西廂》四之一：「試敎司天臺打算半年愁，端的太平車敢**道**十餘載。」言准可到十餘載之多也。《合汗衫》劇四：「可憐我每日家思念你千萬遭，呫題**道**有十餘遍。」呫題猶云惦念，言懷念到十餘遍也。《神奴兒》劇二：「我將你尋到有三千遍，叫**道**有二千聲。」道與到互文。又有不道的一語，與不到的同。《裴度還帶》劇一：「我將那紫絲韁慢攏，更和那三簷傘雲蓋。放心也！我**不道的**滿頭風雪卻回來。」《燕青博魚》劇一：「俺哥哥若有些好歹，我**不道的**輕饒素放了你也。」《羅李郎》劇二：「我把那背義的奴胎，**不道的**素放了！」《兒女團圓》劇一：「若有這等勾當，韓二也！我**不道的**和你兩個乾罷了哩！」《千里獨行》劇一：「我哥哥和兄弟，**不道的**落在你那彀中哩！」又：「嫂嫂！當初依着關羽呵，今日**不道的**有失也。」凡云不道的，均與不到的同，不到的猶云不至於，詳見不到條。

道(四)

道，猶倒也。《詞林摘豔》三，《粉**蝶兒**》套，「這些時意懶心慵」篇：「小卿**道**把雙郎送，鶯鶯遠却離張珙。」言蘇小卿倒將雙漸斷送也。《雍熙樂府》六，《粉蝶兒》套，《憶情》：「若是我村他醜兩無緣，**道**省的相留戀。」言若是我生得村他生得醜，彼此無緣，倒省得相思之苦也。《漁樵記》劇三：「你**道**不要便宜！去年時節，不說是你家女婿；今日得了官，便說是你家女婿。」你道不要便宜，猶云你倒好不要便宜。《望江亭》劇一：「則你那觀名兒喚做清安，你**道**是蜂媒蝶使從來慣。」言你雖爲道姑，倒慣做蜂媒蝶使也。

道(五)

道，猶知也；覺也。杜甫《嚴中丞枉駕見過》詩：「寂寞江天雲霧裏，何人道有少微星？」道有，猶云知有也。少微星，杜以自況，蓋感激嚴之能見過也。李商隱《馬嵬》詩：「君王若**道**能傾國，玉輦何由過馬嵬。」若道，猶云若知也。姚培謙《李義山七律會意》云：「若早知尤物之能傾國，何至作馬嵬之行。」深得此道字之解。楊萬里《秋雨歎》詩：「居人只道秋霖苦，不道行人泥更深。」只道，猶云只知也，與不道相應。不道，猶云不知也，詳見不道條。意言只知居者苦，不知行者更苦也。又《郡中上元燈減舊例三之二》詩：「滿城只道歡猶少，不道譙門冷似冰。」言只覺滿城無歡，不知譙門更爲冷落也。辛棄疾《蝶戀花》詞：「只道書來無過雁。不道柔腸，近日無腸斷。」言只知雁不帶書來，不知因無書之故已至腸無可斷也。又《雨中花慢》詞：「功名只道無之不樂，那知有更堪憂。」道與知對舉，義同上。楊萬里《將赴高安出吉水宿五峯寺》詩：「風暄雨暖日和柔，道是穠春不道秋。」道是，猶云覺是也，言覺得是春，不覺是秋也。周紫芝《西江月》詞：「相逢不道有春愁，只道春來微瘦。」只道，猶云只覺也。《樂府雅詞》下，呂居仁《虞美人》詞：「似儂憔悴更誰知，只道心情不似少年時。」義同上。

道（六八）

道，估量之辭，猶料也；想也。曹松《南海旅次》詩：「爲客正當無雁處，故園誰道有書來。」誰道，猶云誰料也。陸龜蒙《奉和襲美見訪不遇》詩：「祗道府中持簡牘，不知林下訪漁樵。」祗道，猶云祗料也。辛棄疾《賀新郎》詞，《再用韻答陳同父》：「我最憐君中宵舞，道男兒到死心如鐵。看試手，補天裂。」此道字亦料義。憐者，猶云愛重也。趙彥端《滿江紅》詞：「君過蓬山輕歲月，我懷廬阜分符竹。道別離待得再歸來，人應俗。」此亦料義。程大昌《漢宮春》詞：「戲夸悠久，借時光驚覺時人。道曆管階蓂萬換，悠然喚做逡巡。」喚做逡巡，猶云當做須臾，此道字爲想義。王惲《水龍吟》詞，《壽都督史侯》：「奕世金貂，雄邊韜略，三軍獨張(去聲)。道十年漢水，旌旗動色，春都在，投壺唱。」此道字亦爲想義。又《木蘭花慢》詞：「六合一家統，依日月，到重光。道太岳封書，雲龍接踵，此意難忘。」義同上。又前調，《賦白蓮》：「風淸月寒半墜，道無情有恨欲誰知。」義同上。張埜《水龍吟》詞，《題湖山勝概亭》：「若把西施，淡妝濃抹，兩相比並。道此間如對，姮娥仙子，慵梳掠，臨妝鏡。」義同上。又前調，《出郭》：「桂玉情懷，塵埃面目，鬢華空老。道本無伎倆，顚鸞倒鳳，時自把，平生笑。」義同上。王沂孫《南浦》詞，《春水》：「采香幽徑鴛鴦睡，誰道湔裙人遠。」誰道，義見前。《樂府雅詞》下，魏夫人《定風波》詞：「昨日盈盈枝上笑，誰道，今朝飛去落誰家。」吳潛《酹江月》詞：「誰道燕燕鶯鶯，多情猶自，認得年時客。」義均同上。李俊民《謁金門》詞，《探梅》：「誰便道，昨夜雪中開了。」誰便道，猶云誰便料也。《青衫淚》劇一：「我則道過中年人老朱顏改，誰想他撲郎君虎瘦雄心在。」我則道，猶云我只想，與下句想字互文。《劉弘嫁婢》劇一：「端的可便不義富，我道來於我也則(只)是如雲霧。」我道來，猶云我想來。《鴛鴦被》劇三：「從今後女孩兒每休惹他這酸丁，都是些之乎者也說合成。我道來可是者麽娘七代先靈。」者麽娘云云爲詈詞。《娶小喬》劇一：「見如今吳魏劉，各霸國，據州郡。我**道**來須有箇安身。」義均同上。《玉鏡臺》劇四：「你**道**是傅粉塗朱，妖豔妝梳，貌賽過神仙洛浦，怎好把墨來污。」你道猶云你想。涵芬本《博望燒屯》劇二：「你則**道**波！自從請下這村夫，撥調得俺弟兄每一頭放水，一頭放火。」則與只同，你則道波，猶云你但想一想呵。《智勇定齊》劇二：「豈不知禾苗在地，也不念麥將熟。你**道**波！你不合驟驊騮，踐田畝。」此猶云你想呵。《梧桐雨》劇三：「卿呵！則你**道**波！寡人是怕也那不怕？」《豫讓吞炭》劇四：「將俺主公頭，作器皿筵前使用。則你**道**波！俺這爲臣的痛也不痛？」義均同上。

道（七）

道，語助辭。或用以發語，或用於語中，祇以加強語氣，無意義。其用以發語者。三十種本《氣英布》劇：「滕滕馬蕩動征塵；隱隱人盤在殺霧；吁吁馬和人都氣出。**道**吉丁丁火鎗和斧籠罩着身軀；**道**足呂呂忽斧迎鎗數番煙焰舉；**道**坑察察鎗和斧萬道霞光注；**道**廝郎郎呀斷鎧甲，落兜鍪。」按劇情，此爲探子報告交戰情形，後四句用道字領句。《黃鶴樓》劇三：「正末云：『**道**你認的我麽？』俊俏眼云：『我認的你，有些面熟。』」此以道字領你字。《勘頭巾》劇三：「正末云：『你真個不會說甚麽，不會見人？』丑云：『**道**我不會說，也不會見人。』」此以道字領我字。凡上所引各道字，祇以加強發語之口氣，不爲義也。其用於語中者。《老生兒》劇二：「您不合閉焦，看我面也合道是耽饒。」此道字不爲義。《爭報恩》劇一：「丁都管！你只放了他者！做甚道使繩子便綁縛。」《桃花女》劇三：「現如今，星日馬當日，降臨凡世，正是該期。我可也怎敢的擅便道湯他脊背。」湯他脊背，猶云碰他脊背。《陳州糶米》劇一：「有一日受法餐刀正典刑，恁時節錢財使罄，人亡家破，方悔道不廉能。」以上各道字均不爲義。《金鳳釵》劇楔子：「狗也有三升糧分，況道是我爲人。」《劉弘嫁婢》劇二：「當日那伯道無兒，似這等古人也乏嗣。何況道是小生我這些箇絕繼。」以上況道之道字不爲義。《寃家債主》劇一：「則那二十年何曾道覓的半文來。」《兒女團圓》劇三：「俺姐姐雖不曾道懷躭懷躭十月，哥也，那恩養你處何曾道倦怠了些。」《劉弘嫁婢》劇二：「俺一家兒夫憐貧，更和這妻敬老，俺又不曾道是欺瞞着天地。」以上曾道之道字不爲義。《看錢奴》劇一：「不肯道甘貧守分，都則待僥倖成家。」又：「問甚麼先達，那肯道攀鞍下馬，直將窮民來傲慢殺。」《度柳翠》劇二：「不肯道跨天邊彩鳳，只待要聽枝上鳴鳩。」《燕青博魚》劇一：「天那！您不肯道是相齎發，專與俺這窮漢做寃家。」以上肯道之道字不爲義。《謝天香》劇四：「我這裏施禮罷，官人行緊低首。誰敢道是離了左右。」又：「他那裏則是舉手，我這裏忍着淚眸。不敢道是廝問廝當，廝來廝去，廝擱廝揪。」《神奴兒》劇一：「你可便情也波知，誰敢道是欺負你。」《鎖魔鏡》劇二：「東華敎，玉帝勑，如來命，怎敢道遲慢了半箇時辰。今日箇須當定罪名，怎敢道容情。」《蝴蝶夢》劇三：「遙望着死囚牢，恰離了悲田院，誰敢道半步俄延。」《衣襖車》劇二：「往來是半月十朝，誰敢道怠慢分毫。」以上敢道之道字不爲義。

道（八）

道，稱身體之某部份時用爲語尾助辭。《董西廂》二：「沈郎腰道，與絳條兒廝稱。」腰道，腰也。又四：「我還歸去，若見鄉里親知甚臉道。」臉道，臉也，言無臉見鄉里親知也。《連環計》劇三：「油掠的鬏髻兒光，粉搽的臉道兒香。」義同上。《烟花夢》劇二：「則你這呆黃肇心腸硬，更合着蘇婆婆臉道紅。」義同上。《張協狀元》戲文：「〔丑〕好似甚麼？好似箇新郎。〔末〕甚般斂道！」斂道與臉道同。《劉知遠傳》二：「生得斂道鄒搜。」義同上。《樂府陽春白雪》後二，王嘉甫《八聲甘州》套，「鶯花伴侶」篇：「窄弓弓撇道，溜刀刀六老，稱霞腮一點珠〔朱〕櫻小。」撇道，脚也。窄弓弓言其小。三十種本《薛仁貴》劇：「生得龐道整身子兒詐，帶着朵像生花。」龐道，面龐也。《太平樂府》三，張小山小令，《柳營曲》：「我志誠，你胡伶，一雙兒可人龐道撐。」義同上。撐言其美。《北詞廣正譜》九，《般涉調三煞》，《天寶遺事》：「坐也昏沉睡不安，兩行淚道積成斑。」淚道，淚也。

不道(一)

不道，猶云不料也。杜甫《承聞河北諸節度入朝》詩：「**不道**諸公無表來，茫茫庶事遣人猜。」言不料諸公無表來也。張載《上堯夫先生》詩：「人憐舊病新年減，**不道**新添別病新。」見《擊壤集》十九附載。言不料又添新病也。范成大《北城梅爲雪所厄》詩：「雪花祗欲欺紅紫，**不道**梅花也怕寒。」言不料梅花亦怕寒也。楊萬里《戊戌正月二日雪》詩：「只愁雪虐梅無奈，**不道**梅花領雪來。」言不料梅花反領雪來也。趙令畤《商調蝶戀花》詞：「懊惱嬌癡情未慣。**不道**看看，役得人腸斷。」言不解情者不料旋爲情所牽也。周邦彦《南鄉子》詞：「癡騃一團嬌，自折長條撥燕巢。**不道**有人潛看着，從教，掉下鬟心與鳳翹。」言不料有人潛看也。類編《草堂詩餘》二，僧揮《新荷葉》詞：「堤上郎心，波間妝影遲留。不覺歸時，暮天碧襯蟾鉤。風蟬噪晚，餘霞映幾點沙鷗。漁笛，**不道**有人，獨倚危樓。」大意言士女嬉遊無度，不料荒涼情景，即在轉瞬也。楊无咎《好事近》詞：「花裏愛姚黃，瓊花舊曾相識。**不道**風流種在，又一枝傾國。」言不料風流種子仍在也。張炎《醉落魄》詞：「雙眉不畫愁消却。**不道**愁痕，來傍眼邊覺。」言不料愁痕仍在也。又《鳳凰臺上憶吹簫》詞：「猶記得琵琶半面，曾溼衫青。**不道**江空歲晚，桃葉渡還歎飄零。」言不料還有飄零之歎也。

不道（二）

不道，猶云不管或不顧也。王昌齡《送姚司法歸吳》詩：「但令意遠扁舟近，**不道**滄江百丈深。」意言滄江百丈，不算一回事也。李白《長干行》：「相迎**不道**遠，直至長風沙。」言不管路遠也。又《憶舊遊》詩：「五月相呼度太行，摧輪**不道**羊腸苦。」言不管路險也。獨孤及《送相里郎中赴江西》詩：「受恩忘艱險，**不道**岐路長。」言不管路長也。宋濟《東鄰美人》歌：「春風**不道**珠簾隔，傳得歌聲與客心。」言春風不管珠簾之阻隔而傳送歌聲也。溫庭筠《更漏子》詞：「梧桐樹，三更雨，**不道**離情正苦。一葉葉，一聲聲，空階滴到明。」言梧桐夜雨，不管離人情苦，一直鬧到天明也。程垓《一叢花》詞：「春風只解催人去，也**不道**鶯老花殘。」言不管人去後之鶯花寂寞也。陳克《攤破浣溪沙》詞：「**不道**小庭花露濕，剪荼蘼。」言不管露濕也。張孝祥《桃源憶故人》詞：「檀槽乍撥幺絲慢，彈得相思一半。**不道**有人腸斷，猶作聲聲顫。」此與上述溫詞同機軸。高登《好事近》詞：「囊錐剛強出頭來，**不道**甚時節。」言硬出頭來，不管時勢如何也。李光《武陵春》詞：「**不道**持杯是阿誰，須拚倒金罍。」言不管是誰人也。吳潛《鵲橋仙》詞：「癡兒騃女賀新涼，也**不道**西風又起。」言不管西風又起也。向滈《虞美人》詞：「西風吹起許多愁，**不道**沈腰潘鬢不禁秋。」言不管衰病之人不耐秋天也。《董西廂》一：「一向癡迷，**不道**其間是誰住處。」言張生於普救寺瞥見鶯鶯，一味癡迷，逕欲趨前，不管其爲相國夫人寓所也。《太平樂府》五，澹齋小令，《梧葉兒》：「夜雨好無情，**不道**我愁人怕聽。」此亦與上述溫詞同機軸。

不道(三)

不道，猶云不知也；不覺也；不期也。李白《幽州胡馬客歌》：「雖居燕支山，**不道**朔雪寒。」言不知朔雪寒也。李商隱《贈歌妓》詩：「只知解道春來瘦，**不道**春來獨自多。」獨自，無伴之意，言只知我瘦，不知我爲無伴而相思，以至於瘦也。徐鉉《附書與鍾郎中因寄京妓越賓》詩：「**不道**諸郎少歡笑，經年相別憶儂無？」言不知諸郎憶儂否也。朱熹《偶題》詩：「只看雲斷成飛雨，**不道**雲從底處來。」言不知雲從何處來也。歐陽修《玉樓春》詞：「尊前貪愛物華新，**不道**物新人漸老。」言不知人已漸老也。黃庭堅《南鄉子》詞：「見我未衰容易去，還來，**不道**年年卽漸衰。」此庭堅重九日憶其弟知命向成都而作。容易，輕率之意，言見我未衰，輕於離別，不知我已日入衰境也。詞中去字，從譜讀宜斷，從文義讀宜連下還來爲句，去還來，卽去來也，卽猶云去去來來也。趙彥端《柳梢青》詞，《庚寅生日》：「年年白酒黃花，共願我光風霽月。**不道**道人，駸駸老去，如何消得。」機軸與黃詞相近。趙輯《宋金元人詞》，晁元禮《步蟾宮》詞：「昨宵爭箇甚閒事，又**不道**被誰調戲。任孜孜求告不回頭，誚滿眼汪汪地淚。」言又不知被誰調戲也。周紫芝《南柯子》詞：「殷勤猶勸玉東西，**不道**使君腸斷已多時。」言猶自殷勤勸酒，不知我已腸斷多時也。辛棄疾《蝶戀花》詞：「只道書來無過雁。**不道**柔腸，近日無腸斷。」言不知我爲無書之故，已至無腸可斷也。《花草粹編》五，趙介之《浪淘沙》詞，詠《柳》：「只知攀折怨西東。**不道**曉風殘月岸，離恨無窮。」言柳只知怨人之攀折，不知人正折柳送行，離恨無窮也。張孝祥《醉落魄》詞：「歸來想是櫻桃熟。**不道**秋千，誰伴那人蹴。」言不知誰伴那人蹴秋千也。劉過《天仙子》詞：「是則是功名終可喜，**不道**恩情拚得未？」言不知恩情拚得否也。元好問《江城子》詞，《賦芍藥揚州紅》：「門前腰鼓揭春雷，倚妝臺，儘人催。鶯語丁寧，空繞百千回。**不道**惜花人欲去，看直待，幾時開。」意言芍藥及時不開，不知賞花人一去，開將失時也。以上作不知解。王安石《寄沈道原》詩：「眼前**不道**無蒼翠，偷得鍾山隔水看。」言有鍾山之蒼翠可看，不覺得無蒼翠也。楊萬里《將赴高安出吉水宿五峯寺》詩：「風暄雨暖日和柔，道是穠春**不道**秋。」言不覺是秋也。馮延巳《蝶戀花》詞：「幾日行雲何處去。忘了歸來，**不道**春將暮。」言不覺春將暮也。蘇軾《洞仙歌》詞：「但屈指西風幾時來，又**不道**流年暗中偷換。」曰暗中偷換，則當爲不覺義。按巾箱本《琵琶記》二十一：「只恐西風又驚秋，不覺暗中流年換。」曲文脫胎蘇詞，不覺卽不道也。《花草粹編》二，陳無己《卜算子》詞：「開盡南枝到北枝，**不道**春將老。」言不覺春將老也。以上作不覺解。王安石《白雲》詩：「時來**不道**能爲雨，直以無心最可憐。」言白雲不期而自成雨，惟其無心，是以可貴也。又《白溝行》：「蕃使常來射狐兔，漢兵不道傳烽燧。」言蕃人常來校獵，漢兵不期而自舉烽也。以上作不期解。

不道（四）

不道，猶云不思也；不想也。此反辭，意猶云何不思、何不想也。黃庭堅《叔父釣亭》詩：「麒麟臥笑功名骨，不道山林日月長！」麒麟指冢言，意猶云奔走功名者，何不思山林日月之久長乎。楊萬里《白頭吟》：「勸渠莫怨終難勸，不道前夫怨阿誰！」猶云何不思前夫又怨誰乎。又《再和雲龍歌》：「留君不住君急回，不道西出陽關無此杯！」言君不肯暫住，何不思西出陽關後，再無此杯酒之樂乎。《宋百家詩存》，鄧林《桂樹》詩：「客衫猶恨吳棉薄；不道邊人盡鐵衣！」言何不思邊人鐵甲，當更冷乎。黃庭堅《西江月》詞：「杯行到手莫留殘，不道月斜人散！」言何不思月斜人散後，無復會飲之樂乎。《草堂詩餘》，京仲遠《木蘭花慢》詞，《重陽》：「明年未知誰健，笑杜陵底事獨淒涼。不道頻開笑口，年年落帽何妨。」言何不思曠達爲懷，雖年年落帽亦無妨乎。袁去華《鵲橋仙》詞，《七夕》：「牛郎織女，因緣不斷，結下生生世世。人言恩愛久長難，又不道如今幾歲！」言何不思牛女恩愛之久長，自有宇宙以來，迄今已幾千萬歲，乃謾言恩愛久長難乎。陳亮《清平樂》詞：「銀屏繡閣，不道鮫綃薄！嘶騎怱怱塵漠漠，還過夕陽村落。」按原序云：「秋晚伯成兄往龍興山中，意其登山臨水，不無閨房之思，作此詞惱之。」意言何不思繡閣之中，綃薄秋寒，而忽忽嘶騎還自遠行也。又可不道，猶云却不想，詳可不道條。

不道（五）

不道，猶云不奈或不堪也。馮延巳《三臺令》詞：「明月明月，照得離人愁絕。更深影入空牀，**不道**幃屏夜長。長夜長夜，夢到庭花陰下。」言不奈幃屏夜長也。王安石《傷春怨》詞：「與君相逢處，**不道**春光暮。把酒祝東風，且莫悤悤去。」言不奈春光暮也。舒亶《菩薩蠻》詞：「醉眠金馬客，**不道**風塵隔。紅影上窗紗，小庭空落花。」言不奈風塵隔也。《花草粹編》三，呂居仁《菩薩蠻》詞：「故人千慮繞，**不道**書來少。去住隔關河，長亭風雨多。」言不奈書來少也。張元幹《菩薩蠻》詞：「雁行離塞晚，**不道**衡陽遠。歸恨隔重山，樓高莫凭闌。」言不奈衡陽遠也。又《虞美人》詞：「西窗一夜瀟瀟雨，夢繞中原去。覺來依舊畫樓鐘，**不道**木樨香撼海山風。」意言全盛時代之中原，徒然一夢，醒後不堪此風撼香飄之淒涼也。《花菴中興詞選》，劉叔安《蝶戀花》詞：「人在江南煙水路。頭白鴛鴦，**不道**分飛苦。」言不堪分飛之苦也。《花草粹編》四，《梅苑》，無名氏《太常引》詞：「行雲蹤跡杳無期，梅梢上，又春歸。**不道**又別離，這一陣清香爲誰？」言春歸悤悤，不堪又別離也。楊无咎《柳梢青》詞：「却憎吹笛高樓，一夜裏教人鬢秋。**不道**明朝，半隨風遠，半逐波浮。」按此亦詠梅詞，言笛聲吹落梅花，不堪使梅花隨風逐波也。

到（一）

到，猶道也。羅虬《比紅兒》詩：「從到世人都不識，也應知有杜蘭香。」到一作道。從到猶從道也，從之義同任，猶云任道也。秦韜玉《問古》詩：「都來總向人間看，直到皇天可是平？」直到，猶云直道，直道猶云簡直說也。李商隱《富平少侯》詩：「七國三邊未到憂，十三身襲富平侯。」未到，猶云不道，不道有不知義，見不道條。未到憂，猶云不知憂也。黃庭堅《畫堂春》詞：「水風山影上修廊，不到晚來涼。」不到，猶云不道，不道有不覺義，見不道條。不到晚來涼，言不覺晚來涼也。《太平樂府》一，呂濟民小令，《鸚鵡曲》：「問多嬌芳信何期？笑指到玉梅吐處。」盧前校活字本到作道。笑指到即笑指道也。《詞林摘豔》二，無名氏《好事近》套，「東野翠烟銷」篇：「我只聽的粉牆內佳人歡笑，笑到春光好。」笑到，即笑道也。《樂府陽春白雪》後四，無名氏《鬬鵪鶉》套，「媚媚姿姿」篇：「好因緣休到別離恨，只恐兩下裏魂牽夢引。」《詞林摘豔》十，休到作休道，休到即休道也。《金錢記》劇三：「雨打梨花黃昏後，不信到他不念這個儒流。」不信到即不信道也。《雲窗夢》劇三：「別離人更做到心腸硬，怎禁蒼梧落葉凋金井，銀燭秋光冷畫屏。」更做到即更做道，猶云便使是也，詳做字條。

到（二）

到，卽倒也，到爲倒之本字。韋應物《送元倉曹歸廣陵》詩：「舊國應無業，他鄉到是歸。」薛濤《贈遠》詩：「芙蓉新落蜀山秋，錦字開緘到是愁。」黄庭堅《寄朱樂仲》詩：「我心想見故人面，曉雨垂虹到望崧。」《陽春白雪》七，利登《洞仙歌》詞：「又莫是偷香寄韓郎，到漏泄春風，一枝花信。」《元草堂詩餘》中，羅志仁《菩薩蠻慢》詞：「扇月乘鸞，儘夢隔嬋娟千里。到嗔人，從今不信，畫簷鵲喜。」又黄水村《解連環》詞：「屏裏吳山，又依約獸環半掩。到教人覰了，疑假疑眞，一種春怨。」《董西廂》三：「他每孤恩，適來到埋怨人。」卽空觀本《西廂》四之二：「則著你夜去明來，到有箇天長地久。」《樂府新聲》下，無名氏小令，《朱履曲》：「雨聲兒添悽慘，淚點兒助長吁。枕邊淚到多如牕外雨。」《太平樂府》八，喬夢符《一枝花》套，《雜情》：「小則小，心腸兒到狡猾。」《雍熙樂府》一，《醉花陰》套，《祿山戲楊妃》：「這廝也，蠢則蠢，到大如皇帝福。」關漢卿《拜月亭》劇：「小鬼頭！直到撞破我也末哥！直到撞破我也末哥！我一星星的都索從頭兒說。」《詞林摘豔》四，《點絳脣》套，「金谷名園」篇：「到不如折天香桂一枝，到不如服靈丹藥一圓。」皆其例也。

不到（一）

不到，猶不道，卽不料也。楊萬里《大庾嶺題雲封寺》詩：「小立峯頭望故鄉，故鄉不見只蒼蒼。……客心恨煞雲遮却，**不到**無雲卽斷腸。」言不料無雲反而斷腸也。又《池口移舟入江潘家灣阻風》詩：「水到峨眉無去處，下梢**不到**忘歸路。」言不料忘歸路也。又《題張以道寒綠軒》詩：「天隨白眼屠沽兒，**不到**有人頭上立。」言不料有人也。又《寄題儋耳東坡故居尊賢堂》詩：「先生初落海南垂，茅屋三間**不到**伊。」言不料其今日爲紀念先賢之地也。趙以夫《解語花》詞，《東湖賦蓮後五日，雙苞呈瑞，昌化史君持以見遺》：「並肩私語，知何事暗遣玉容泣露。閒情最苦，任笑道爭妍似妒。倒銀河秋夜雙星，**不到**佳期誤。」言不料佳期誤也。按卽題中後五日意。王沂孫《鎖窗寒》詞，《春思》：「撲蝶花陰，怕看題詩團扇。試憑他流水寄情，遡紅**不到**春更遠。」言不料春更遠也。按似暗用御溝紅葉題詩事。《董西廂》三：「你還待教跳龍門，**不到**得恁的。」恁的，指張生跳牆言，意言你讀書人準備能跳龍門，得功名，不料得你會跳牆也。

不到（二）　不到得　不到的

不到，猶云不至於；不見得；不會得也。趙以夫《賀新郎》詞：「追憶蘭亭當日事，儘淒涼也勝盧仝屋。應**不到**，羨金谷。」言不至於羨金谷也。《張協狀元》戲文：「爹爹乞判此一州，**不到**不對付得張協。」言不至於對付不了張協也。又：「看奴家要幾錢，**不到**不得。」言不至於不得錢也。《東堂老》劇三：「則你那五臟神也**不到**今日開屠。」言不見得今日吃葷也。有作不到得者。《樂府陽春白雪》後一，止軒小令，《醉扶歸》：「若得相思海上方，**不到得**害這些閒魔障。」不到得，猶云不會得。又後五，無名氏《新水令》套，「鳳凰臺上」篇：「雖是不風騷，**不到得**着圈套。」《謝金吾》劇二：「到來日我一星星奏與君王，**不到得**輕輕的素放了你。」《兒女團圓》劇楔子：「我若早有個兒子，也**不到得**眼裏看見如此。哎！這便是我沒孩兒的那個下場頭。」義均同上。亦作不到的。《合汗衫》劇三：「我可**不到的**饒了他哩！」不到的義與不到得同。《對玉梳》劇一：「料着二十載綿花，也**不到的**剩一分回去。」《陳州糶米》劇一：「多要些，也**不到的**擔罪名。」《老生兒》劇一：「若是肯慈悲呵，也**不到的**生患害。」義均同。

倒　倒換

倒，猶移也；換也。與今用之調字、掉字義合。《誠齋樂府·曲江池》劇三：「自家是鄭元和，在李亞仙家中使錢，過了一年，被他老虔婆用了箇**倒**宅計，哄我出城去。投至我回來，鎖了房門，不知搬的那裏去了，尋不見他。」倒宅，猶云換宅或搬家也。《曲江池》劇係演鄭元和與妓女李亞仙戀愛故事，《繡襦記》傳奇亦同演此故事，可以借證。《繡襦記》二十：「老身要脫賺鄭元和，哄我女同到竹林院求男女，就着他央賈二媽爲媒。我已着人去報忽得暴疾，哄我女兒先回來，移家到安邑門去住，脫離了那窮酸秀才。」《曲江池》所云倒宅，卽《繡襦記》所云移家也。移倒同義，故俗有移山倒海之言。《單鞭奪槊》劇楔子：「某因追趕唐元帥，到此介休城。誰想他倒下座空城，被唐兵圍住，裏無糧草，外無救兵。」倒下猶云換下，言將城中兵馬糧草搬移一空，換了一座空城也。《千里獨行》劇二：「你當日逞英雄，與曹操做敵頭。則被他倒空營，俺着他機轂。」又楔子：「俺今夜倒下箇空營，……將這十萬兵，四下裏埋伏了。等張飛來入的營中，俺這裏一聲信砲響，四下裏伏兵，盡舉圍上來。」義同上。言換了空營也。《青衫淚》劇三：「我子待便摘離，把頭面收拾，倒過行李。」倒過行李，卽搬移過行李也。《桃花女》劇三：「你只管裏把這兩領席，倒來倒去，是甚麼主意？」言移來移去也。又：「今日是黑道日，他把兩領淨席，鋪在地下，行一領，倒一領，換過黃道走了。」言行一領移一領也。《樂府陽春白雪》後集三，劉時中《端正好》套，《上高監司》：「十分料鈔加三倒，一斗粗糧折四量。」言兌換時加三也。又前人前調第二首：「廣費了些首思分例，倒換了些沿路文書。」此倒換二字聯用，係一熟詞。《五侯宴》劇一：「他可便心狡狠倒換過文書。當日箇約定覓自家做乳母；今日箇強賴做他家裏的買身軀。」《緋衣夢》劇一：「我收拾一包金銀財物，今晚着梅香送出來，你倒換過，做你的財禮，下來娶我。」

《灰闌記》劇四：「小的買窩銀子，就是這頭面衣服**到**換的。」按買窩，買衙門中胥吏之缺也。《爭報恩》劇一：「路途上廝見，無甚麼與你，這一隻金釵兒，**倒**換些錢鈔做盤纏去。」又：「你去那銀鋪裏自回**倒**。」回倒之義，與倒換同。

不倒　無倒斷　沒倒斷

不倒，猶云不了或不斷也。《西廂》四之四：「害**不倒**愁懷，恰纔較些；掉不下思量，如今又也。」害卽害病之害，害不倒，猶云害不了或害不斷也。又五之一：「姐姐往常時針線**不倒**，其實不曾閒了一箇繡牀。」針線不倒，言針線工作無休斷也。按《老學庵筆記》六：「吏勳封考，筆頭**不倒**。」言吏勳等四曹，公文甚忙，筆頭無休斷也。此可旁證也。倒字與斷字聯用之則曰無倒斷。《西廂》四之一：「因姐姐玉精神，花模樣，**無倒斷**曉夜思量。」言無休了的日夜思量也。王實甫《芙蓉亭》劇《點絳脣》折：「得了首有分斷腸詞，自惹下場**無倒斷**相思債。」亦爲無休了義。《雍熙樂府》十四，《集賢賓》套，《春思》：「則爲這無媒匹配，引起**無倒斷**相思，染下這場不明白病疾。」按疾病二字倒用之曰病疾，當時語如此。《老生兒》劇一：「我在這城中住六十年，做富漢三十載。**無倒斷**則是營生的計策。」《陳州糶米》劇二：「自從那雲滾滾卯時初，直至日淹淹的申牌後，剛則是**無倒斷**簿領埋頭。」《金錢記》劇三：「錢也！我自道你有姻緣成就。錢也！誰承望你無倒斷阻隔綢繆。」《謝天香》劇一：「我這府裏祗候幾曾閒，差撥無銓次。從今後無倒斷嗟呀怨咨。」義均同上。《樂府新聲》下，無名氏小令，《梧葉兒》：「却又可，信着他，沒倒斷癡心兒爲我。」沒倒斷與無倒斷同。

倒斷

倒斷，有了斷義；引申之，則有解決義及計劃義。《太平樂府》六，曾瑞卿《蝶戀花》套：「悶如何倒斷，音塵杳，歸期難算。」此猶云如何了結也。《任風子》劇三：「你不家去呵！與我個倒斷，你休了我者。」按劇情，此爲任風子妻勸任風子歸家時語。此猶云與我個解決或與我個了結也。吳潛《柳梢青》詞：「萬種思量，百年倒斷，付與殘霞。」此猶云百年計劃也。又《滿江紅》詞：「萬事儘由天倒斷，三才自有人撐拄。」此猶云天爲解決或天爲計劃也。僧揮《洞仙歌》詞：「任倒斷深思向梨花，也無奈寒食，幾番風雨。」此亦計劃義。茲復於《朱子語類》證之。《朱子語類》三十五：「宏了却要毅。宏則都已包括得在裏面了，不成只恁地寬宏，裏面又要分別是非，有規矩始得。若只恁地宏，便沒倒斷了。」此爲了結義。又四十五：「二者中須有箇商量倒斷始得。」又十二：「二者須有箇思量倒斷始得。」上二則均爲計劃義。與僧揮《洞仙歌》之「倒斷深思」語意相類。又六十：「舊時看此句，甚費思量，有數樣說。今所留二說，也自倒斷不下。」此爲解決義。

倒大　倒大來

倒大，猶云絕大也。趙必瑑《賀新郎》詞：「戶外紅塵飛不到，受人間**倒大**淸閑福。」《西廂》二之一：「倘或紕繆，**倒大**羞慚。」毛西河論定本注云：「倒大，絕大也。」《樂府新聲》下，無名氏小令，《雁兒落過德勝令》：「緊把心猿繫，牢將意馬拴。塵寰**倒大**無憂患。對狠山，白雲深處閒。」《樂府陽春白雪》前二，奧敦周卿小令，《蟾宮曲》：「閬苑神州，謝安曾遊，更比東山，**倒大**風流。」《劉行首》劇二：「你跟着我脫凡塵，**倒大**淸高。」義並同。亦作倒大來。《劉知遠傳》一：「無端洪信與洪義兩人，**倒大來**愚迷。」又二：「洪義心腸，**倒大來**乖劣。」義與倒大同。《樂府陽春白雪》後二，不忽麻平章《點絳脣》套，《辭朝》：「學耕耨，種田疇，**倒大來**無慮無憂。」《王粲登樓》劇二：「如今那友人門下難投托，因此上安樂窩中且避乖，**倒大來**悠哉！」《黃粱夢》劇四：「你得了斗來大黃金印一顆，爲元帥，佐山河，**倒大來**顯豁。」《㑳梅香》劇二：「恁的般好門庭，**倒大來**惹人笑。」《誤入桃源》劇二：「**倒大來**福分也麽哥！**倒大來**福分也麽哥！恰做了襄王一枕高唐夢。」義均同上。

大小　多大小　老大小　大小大

大小，估量大小多少之辭，其用法與偌字及這樣、那樣字同。《董西廂》四：「是即是下梢相見咱，**大小**身心，時下打疊不過。」身字無義，祗以陪襯心字。時下即目下。言雖則後會有期，但偌大心事，目下安排不下也。《西廂》四之三：「遍人間煩惱塡胸臆，量着這**大小**車兒如何載得起。」此猶云偌大車兒。《藍采和》劇四：「出來的偌**大小**年紀：這個道七十，那個道八十，婆婆道九十。」此猶云偌大年紀。《蝴蝶夢》劇二：「這一個偌**大小**，是老婆子擡舉。」義同上。擡舉猶云撫養。《薦福碑》劇二：「正末唱：『這人姓甚名誰？』曳剌云：『姓張是張浩。』正末唱：『他年紀是**大小**？』曳剌云：『三十歲也。』」是即甚也，見是字條，言年紀甚樣大小也。又有云多大小者。《董西廂》三：「若夫人知道，**多大小**出醜。」此猶云多麽出醜。又有云老大小者。《錯立身》戲文：「空滴溜下**老大小**荷包，猛殺了鐐丁鍉鐵。」此猶云偌大荷包。猛殺云云，當時熟語，無錢之義。《酷寒亭》劇一：「我待揪扯着他，學一句燕京廝罵，入沒娘**老大小**西瓜。」義當同上。然又有習用之大小大一語，義亦同。《董西廂》一：「悶答孩地倚着窗臺兒盹，你尋思**大小大**鬱悶。」此猶云偌大鬱悶。又三：「把人請到，是他做死的相搶，**大小大**沒禮度。」搶即搶白。此猶云這樣的沒禮貌。又四：「得箇除授先到家，引着幾對兒頭踢，見俺那鶯鶯**大小大**詐。」頭踢即儀仗。

詐爲體面之義。此猶云偌大的體面。又四：「夫妻**大小大**不會尋思，笑破貧僧口。」此猶云這樣的沒策劃。《劉知遠傳》一：「許來大年甲，恁般毁辱，你須也家內有父母，想這畜生是**大小大**無禮度。」無禮度，與《董西廂》之沒禮度同。復次，大小大一語，亦得以他書旁證之。《朱子語類》二十八：「他見得道理**大小大**了，見那居官利害都沒緊要，仕與不仕何害。」此猶云那樣的見得道理也。又三十三：「或問博施濟衆一段，……子貢所問，是**大小大**氣象，聖人却只如此說。」此猶云偌大的氣象也。

長短

長短，猶云總之或反正也。薛道衡《夜作巫山》詩：「若爲教月夜，**長短**聽猿聲。」言總之聽猿聲也。白居易《卽事寄微之》詩：「飽煖饑寒何足道，此身**長短**是空虛。」言總之是空虛也。又《酬嚴十八郎中見示》詩：「承明**長短**君應入，莫憶家江七里灘。」言總歸要入值承明，不得戀家鄉也。又《送韋侍御量移金州司馬》詩：「莫恨東西溝水別，滄溟**長短**擬同歸。」言溝水雖一時東西分流，然總之同歸於海，有會合之時也。李商隱《櫻桃花下》詩：「他日未開今日謝，嘉辰**長短**是參差。」言總之不能適值花開日也。又《楚吟》詩：「楚天**長短**黃昏雨，宋玉無愁也自愁。」言總之一片黃昏雨景也。陸龜蒙《水鳥》詩：「慇懃謝汝莫相猜，歸來**長短**同羣活。」言總之歸隱而與汝作伴也。羅隱《遣興》詩：「何堪離亂後，更入是非中。**長短**遭譏笑，回頭避釣翁。」言入世總之要遭譏笑，無顏見理亂不聞之釣翁也。司空圖《狂題》詩：「**長短**此身長是客，黄花更助白頭催。」言總之此身是客，奈何一年一度之黄花，更催人頭白也。

左右

左右，猶云總之或反正也，義與長短同。《薦福碑》劇一：「我**左右**來無一個去處，天也！則索閣落裏韞匵藏諸。」言總歸安身無處也。《岳陽樓》劇二：「**左右**茶客未來哩！他又風，我又九伯，俺大家要一會。」言反正茶客尚未來，趁此機會，他也瘋，我也瘋，大家瘋一會也。《誶范叔》劇四：「老院公肯分的來到這裏，**左右**難迴避。」言總歸難迴避也。《秋胡戲妻》劇三：「小娘子！**左右**這裏無人，我央及你咱！力田不如見少年，採桑不如嫁貴郎，你隨順了我罷。」言反正這裏無人也。巾箱本《琵琶記》八：「休得污了他的名兒，**左右**與他相回護。」言總要與他相回護也。又有左右是左右一語，猶云反正是如此也。《漢宮秋》劇二：「毛延壽上云，……我得空逃走了，無處投奔。**左右**是**左右**，將這一軸美人圖，獻與單于王，着他按圖索要，不怕漢朝不與。」《青衫淚》劇二：「卜兒云，這小賤人不聽我話，只想白侍郎，他那裏想着你哩！**左右**是**左右**，員外！多拿些錢來，我嫁與你將去。」玩上兩則，知在語氣轉折時，爲加強語氣之用。

好歹　好打

好歹，猶云總之也，與長短及左右義相近。《秋胡戲妻》劇三：「我把這一餅黃金，與了這女子，他**好歹**隨順了我。」此云不論怎樣，他總會隨順我也。《岳陽樓》劇三：「社長！你幫我拖他到官去，**好歹**要還我媳婦來。」此云不論怎樣，總之要還我媳婦也。《羅李郎》劇二：「我不問那裏，**好歹**尋着我那孩兒去來。」言總之要尋着方休也。又三：「我捨了半個家私，**好歹**搭救你。」言總之搭救你也。暖紅室本《西廂》三之四：「雖然是老夫人曉夜將門禁，**好共歹**須教你稱心。」言總之使你稱心也。亦作好打。《瀟湘雨》劇楔子：「限次緊急，你不預備下船隻，可不誤了我的期限！**好打**則今日我就要開船也。」打與歹一聲之轉，義同。

多咱　多咱是　多則是

多**咱**，猶云大概也；總之也。《隔江鬬智》劇二：「他今屯軍在柴桑渡口，還不能捨此荆州之地。軍師升帳，**多咱**議這事來，某須索見軍師走一遭去。」又四：「那周瑜一口氣氣的撇然倒地，扶的回營去了，這早晚**多咱**死也。」《東堂老》劇二：「付與他錢鈔，他那裏去做甚麼買賣，**多咱**又被那兩個光棍弄掉了。」《謝金吾》劇二：「那焦贊好個殺人放火的性兒，**多咱**要做下來了。」《合同文字》劇四：「婆婆說不是，**多喒**不是。」皆其例也。又有作多**喒**是者。《兩世姻緣》劇二：「**多喒是**寸腸千萬結，只落的長歎兩三聲。」《趙氏孤兒》劇一：「**多喒是**人間惡煞，可什麼閫外將軍！」多喒是，猶云大概是或總之是也。亦作多則是。《抱妝盒》劇四：「**多則是**天生分福，又遇着姻緣對付，成就了《麟趾》《關雎》。」《金線池》劇一：「那些箇慈悲爲本，**多則是**板障爲門。」義均猶云大概是或總之是。

大古（一） 大綱　大剛　待剛

大古，猶云總之也；大概也。《劉行首》劇一：「我可便普天下都尋盡，尋俺那丘劉談馬！**大古**裏六箇眞人。」言總之六箇眞人也。《馬陵道》劇四：「俺把心中事明訴說，您把詩中句細披閱。**大古**來有甚費周折，多**喒**是您勾魂帖。」言總之事實簡單也。《度柳翠》劇一：「你這般答禪語呵！你**大古**裏是淡雲長老。」言大概是淡雲和尚也。《西遊記》劇九：「爲甚不蹙青山懊惱，顚倒破朱顏含笑。**大古**裏捨得這碧桃花下鳳鸞交。」言大概捨得這美姻緣也。《元明雜劇》本，《梧桐雨》劇三：「他一句話生殺，更問甚陛下，**大古**是知重俺帝王家！」此猶云大概算是敬重我，亦猶云總算是敬重我，反語也。《氣英布》劇三：「反擺設百味珍饈，顯的**喒**越出醜。卻元來則爲口，**大古**裏不曾吃些酒肉！」此猶云大概我是不曾吃過酒肉的；亦猶云總算我是不曾吃過酒肉，不見世面的，亦反語也。《翫江亭》劇二：「你道是他不合說與外人知。你打他口發虛言，你**大古**裏脚踏着實地！」此亦猶云總算是，亦反語也。亦作大綱。《玉鏡臺》劇一：「**大綱**來陰陽偏有准，擇日要端詳。豈不聞成開皆大吉，閉破莫商量。」此總之義。《桃花女》劇三：「寫婚書要立官媒，下紅花，送羊酒，都選個良辰吉日。**大綱**來爲正禮當宜，那裏取這不明白強人婚配。」此亦總之義。亦作大剛。《灰闌記》劇一：「一任他男子漢多心硬，**大剛**來則是俺這婆娘每不氣長。」此亦總之義。《黃粱夢》劇一：「當日個曾逢關尹，至今遺下五千文。**大剛**來玄虛爲本，清淨爲門。」義同上。《范張雞黍》劇一：「大丈夫豈爲餔啜而已，**大剛**來則是赴一信字。」義同上。《詐妮子調風月》劇：「哎！蛾兒！俺兩箇**大剛**來不省呵！」義同上。言總之大家都不省悟也。《兒女團圓》劇三：「非干俺便忒着那疼熱，**大剛喒**這人生最苦是離別。」義同上。**喒**字與來字、裏字同爲語尾，無意義。亦作待剛。《嚴子陵》劇：「**待剛**來則是矜誇些金殿宇，顯耀些玉樓臺，末過是玉殿金階。」亦總之義。待與大同，末與沒同，末過猶云不過。

大古（二）　大故　待古　特古　特故　特骨　大岡　大綱

大古，猶云特意也；特別也。《合汗衫》劇三：「我今日先認了那個孫兒**大古**來睬。」大古來睬，言特別的幸運也。睬與彩或采同，爲喜幸意。《虎頭牌》劇四：「只留得你潦倒餘生，便是**大**

古裏啋。」義同上。《玉鏡臺》劇四：「我從小裏文章不**大古**，年老也還有甚詞賦？」言文章不特別，只是平常也。亦作大故。三十種本《薛仁貴》劇：「薛仁貴箭發無偏曲，手段不尋俗。張士貴拽硬射親（？）却不**大故**。薛仁貴那箭把金錢眼裏吉丁的牢關住。張士貴拽滿了絃鳴箭出，那箭離垜子有三十步。」此言張士貴箭法不特別，只是平常也。尋俗猶云尋常，不尋俗猶云非常。三十種本《趙氏孤兒》劇：「這个老丈爲甚遭誅戮，這个穿紅袍的**大故**心毒。」言特別心毒也。亦作待古。《蕭淑蘭》劇三：「誰想你睡夢裏也將人冷侵，**待古**裏掂折了玉簪，摔碎了瑤琴。」此爲特意義，言特意的折簪摔琴也。《太平樂府》七，貫酸齋《鬭鵪鶉》套，《佳耦》：「若將他辜負，**待古**裏不信神佛。」此爲特別義，言除是特別不信天道之人，纔忍將他辜負也。《大刦牢》劇三：「則這有仁心韓伯龍，比着我那宋公明不**待古**。」此亦不特別義。言比之宋公明只是平常也。《慶賞端陽》劇二：「我從來志氣高，覷建成不**待古**。」義同上。亦作特古。《詞林摘豔》一，張善夫小令，《月中花》：「回來時無酒伴妝着醉。**特古**裏打草驚蛇，到尋我些風流罪。」言特意尋釁也。又一，無名氏小令，《象牙牀》：「我欲待把鞋幫點，他**特古**裏搧燈光。」此亦特意義。《東堂老》劇三：「謊得他手兒脚兒戰篤速，**特古**裏我根前你有甚麼怕怖。」此爲特別義。言你對我爲何特別怕怖也。亦作特故。《殺狗勸夫》劇一：「不是我**特故**的把哥哥來恨。他他他不思忖一爺娘骨肉，却和我做日月參辰。」《救風塵》劇三：「我當初倚大呵妝儇主婚，怎知我嫉妬呵**特故**裏破親。」《神奴兒》

劇一：「你但有酒後，便**特故**裏來俺這裏。兄弟！你可也撒滯殢。」均爲特意義。亦作特骨。《張協狀元》戲文：「又何苦**特骨**的要嫁狀元。」言特意要嫁狀元也。又：「到京華何曾見伊面，叫門子**特骨**恁薄賤。」言命看門者特意侮辱我也。按劇情，爲張協不認其妻貧女，命門子打出貧女，故貧女云然。巾箱本《琵琶記》三十六：「莫不是你把咱奚落，**特骨**的妝喬。」言特意的裝腔做勢也。亦作大岡。《風月紫雲庭》劇：「我本是个邪祟妖魔。他那俏靈魂，到將咱着末。阿！**大岡**來意氣相合。」此爲特意義。着末卽着莫，意言撩惹。言特意與我意氣相合也。又：「他也**大岡**，你行也有些情腸。」言他也特意，你也有情也。亦作大綱。《翫江亭》劇四：「這厮便指望，**大綱**要成雙，百般的不肯將咱放。」此猶云硬要成雙，亦特意義。

白甚　白甚麽

白甚，猶云平白地爲甚也，語氣與着甚相近。《董西廂》一：「這世爲人，**白甚**不歡洽？」歡洽與快樂同。又一：「適來佳麗，是崔相國的女孩兒，十六七，小字喚鶯鶯，**白甚**觀音像。」此張生瞥見鶯鶯以爲觀音出現，法聰向之解釋語。言平白地那有觀音像也。又二：「**白甚**鋪謀退羣賊，到今日方知是枉也囉！」又二：「你咱說謊，我着甚癡心沒去就，**白甚**只管久淹蕭寺？」此與着甚互文。又三：「一雙兒心意兩相投，夫人**白甚**閑疙皺？」閑疙皺，卽平空作梗也。三十種本《趙氏孤兒》劇：「若見這小廝，決定粉骨碎身，不留齠齔。你**白甚**替別人剪草除根？」《北詞廣正譜》九，《般涉調》，楊立齋《哨遍》：「不如買牛學種洛陽田，抱甕自澆邵平瓜。**白甚**雲棧揮鞭，滄海撐舟，斗牛泛槎？」《太平樂府》六，朱庭玉《祅神急》套，《貧樂》：「堪歎人生同物類，何異，幻軀**白甚**苦驅馳？」皆其例也。《太平樂府》九，睢景臣《哨遍》套，《高祖還鄉》：「只道劉三，誰肯把你揪捽住！**白甚麼**改了姓，更了名，喚做漢高祖？」白甚麼，卽白甚之具言也。又五，愛山小令，《四塊玉》：「兩鬢秋，今年後，着甚干忙苦追求？」着甚，盧前校云，活字本作**白甚**，是知語氣相近，可互易已。

選甚

選甚，猶云管甚也；論甚也。楊萬里《閶門登溪船》詩：「**選甚**天時晴未晴，舟行終是勝山行。」此猶云管甚；意則不管也。周邦彥《留客住》詞：「**選甚**連宵徹晝，再三留住。」義同上。辛棄疾《西江月》詞：「白鷗來往本無心，**選甚**風波一任。」言管甚風波，只是任其所之而已。郭應祥《鵲橋仙》詞：「閒時日日可遨嬉，又**選甚**花開花落。」前人前調詞：「賞心樂事四時同，又管甚落花飛絮。」兩詞機軸同，一云選甚，一云管甚，語意亦同也。《花草粹編》九，無名氏《滿庭芳》詞：「**選甚**南州北縣，逢着處酒滿葫蘆。」此猶云論甚，意則不論也。又九，劉靜甫《水調歌頭》

詞：「**選甚**范侯高爵，遮莫陶公鉅產，爭似五湖舟？」義同上。又七，趙秉文《攤破南鄉子》詞：「但教有酒身無事，有花也好，無花也好，**選甚**春秋？」此亦不論義。《樂府羣玉》一，劉時中小令，《折桂令》：「莫孤負田家瓦盆，且流連茅舍窰尊。**選甚**清渾？論甚朝昏？」此與論甚互文，語意同也。《董西廂》一：「德行文章沒包彈，綽有賦名詩價。**選甚**嘲風詠月，擘阮分茶？」此亦不論義。又：「**選甚**士農工商，一地裏鬧鬧攘攘。」義同上。一地猶云一派。

當甚

當甚，猶云算甚也。趙長卿《一剪梅》詞：「睡又不成夢又休，多愁多病，**當甚**風流？」言算甚風流也；意言風流得沒意思也。《董西廂》四：「他別求了婦，你只管裏守志吵！**當甚**貞烈？」言算甚貞烈也；意言貞烈得沒意思也。吵，語助辭。又四：「幾番待撇了不藉，思量來**當甚**廝憋。」廝憋卽相憋，負氣之義。言待欲拋了不顧，仔細想來，這廝憋算甚麼也；意言負氣得沒意思也。《西廂》二之三：「病染沉痾，斷復難活。送了人呵！**當甚**傻儸！」傻儸，能幹之義。言無端害了張生，能幹得沒意思也。《詞林摘豔》七，無名氏《集賢賓》套，「倚幃屏數聲長歎息」篇：「雖然你送了人，**當**是麼便宜？」《雍熙樂府》十四，作「算甚麼便宜」？是麼與甚麼同，詳是字條。當甚卽算甚，更可證。

不當

不當，猶云不算也；亦猶云不該也。蘇軾《次韻田國博部夫》詩：「深紅落盡東風惡，柳絮榆錢**不當**春。」言不算春也。高觀國《臨江仙》詞，《東越道中作》：「寄語長安風月道，鶯花緩作青春。披風沐露向前津。客中春**不當**，歸去倍還人。」言客中之春不算數也。吳泳《摸魚兒》詞，《生日》：「別料理，那玉燕石麟，**不當**眞符瑞。」言不算眞符瑞也。《董西廂》二：「**不當**穩便，恁時悔也應遲。」不當穩便，猶云不算穩便，意則云不見得穩便。此曲文及白文中熟語。又三：「**不當**道你箇日光菩薩，沒轉移好敎賢聖打。」此張生巴望天晚而日光遲遲未下時之語。言算不得日光菩薩也。賢聖，亦指神道。又四：「詐又**不當**箇詐，諂又**不當**箇諂。」詐本爲體面之義，此處則引伸爲矜夸之義，言又不算詐，又不算諂，神氣尷尬也。《殺狗勸夫》劇三：「不須兄弟相送，我今日**不當**十分醉，我自家去。」言不算十分醉也。以上爲不算義。《董西廂》三：「思量又**不當**口兒穩。如還抵死的着言支對，敎你手託着東牆我直打到肯。」此老夫人責備紅娘瞞住鶯張私情事。穩者隱瞞之義，不當作不該解，言不該口兒穩也。《西廂》一之三：「紅云：『姐姐！有人，喒家去來，怕夫人嗔責。』生唱：『我拽起羅衫欲行，他陪着笑臉相迎。不做美紅娘淺情，**不當**箇謹依來命。』」方諸生本注云：「不當調侃不該，見《墨娥小錄》，」言紅娘不該如此謹依夫人之命而促之去也。」《西廂》二之三：「你那裏休聒！**不當**箇信口開合。知他命福是如何，做一箇夫人也做得過。」末二句係倒裝文法，言你不該這樣信口開合，竟說做夫人，知是命福如何也。按信口開合，係熟語，後遂訛爲信口開河矣。以上爲不該義。

不成　終不成

不成，猶云難道也。方岳《立春前一日雪》詩：「**不成**過臘全無雪，只隔明朝便是春。」元好問《答郭仲通》詩：「凜凜朔風望吾子，**不成**隨例只時名！」周邦彥《滿路花》詞：「知他那裏，爭信人心切。除共天公說，**不成**也還，似伊無箇分別！」辛棄疾《鷓鴣天》詞：「歸休去！去歸休！**不成**人總要封侯！」劉過《霜天曉角》詞：「擁衾思舊約，無情風透幕。惟有梅花相伴，**不成**是，**也**吹落！」史達祖《眼兒媚》詞：「**不成**今世，終誤王昌！」趙長卿《滿江紅》詞：「便**不成**厮守許多時，乾休却！」陳允平《清平樂》詞：「誤了海棠時候，**不成**直待花殘！」高觀國《鳳棲梧》詞：「拚却一番花信阻，**不成**日日春寒去！」劉辰翁《踏莎行》詞：「雪晴須有踏青時，**不成**也待明年去！」皆其例也。亦有作終不成者，義亦同。《張協狀元》戲文：「它爹爹是當朝宰執，媽媽是兩國夫人，**終不成**不求得一個好因（姻）緣！」又：「淨：『貧女**終不成**也去！』末：『它如何去得？』」又：「那張解元還得個綠衫上身時，**終不成**忘了貧女！」又：「貧女**終不成**忘了大公、大婆！」皆其例也。

不然　終不然

不然，猶云不成也，亦難道之義。辛棄疾《浣溪沙》詞，《種梅菊》：「百世孤芳肯自媒，直須詩句與推排；**不然**喚近酒邊來！」言難道喚他過來也。歐良所編《撫掌詞》，《長相思》詞：「雲垂垂，雨霏霏，祗恐今年花事遲，**不然**孤負伊！」言難道孤負伊也。亦有作終不然者，義亦同。《梧桐葉》劇楔子：「自古修文演武，取功名於亂世，**終不然**戀酒貪花，墮却壯志。」巾箱本《琵琶記》三：「假饒親賤孩兒貴，**終不然**便拋棄！」又四：「**終不然**爲着一領藍袍，却落後了戲綵斑衣！」又十六：「**終不然**我自飽暖，教你受飢寒勤劬！」又二十：「千般生受，教奴家如何措手？**終不然**把他骸骨，沒棺槨送在荒坵！」《幽閨記》三十九：「依你這般說，**終不然**今生不娶了！恐不孝有三之義，有大於硜硜小信之義。」凡云終不然，亦猶云終不成，亦均爲難道之義。

剗

剗，猶只也；亦猶還也，反也；亦猶云無端也。李廓《長安少年行》：「**剗**戴揚州帽，重薰異國香。」唐時揚州以繁華著，揚州帽意爲時髦之物。剗戴者，非此帽不戴也，猶云只戴也。劉克莊《生日和竹溪再和》詩：「**剗**騎犢子不施韉，老邁猶堪學力田。」惟其不施韉，故曰剗騎也，言光着犢身便騎也，亦只字義。李後主《菩薩蠻》詞：「**剗**襪下香階，手提金縷鞋。」惟其提鞋於手中，則著襪而行，故曰剗襪也，言只有襪也。《醉翁琴趣外篇》，《南鄉子》詞：「花下相逢忙走怕人猜，遺下弓弓小繡鞋。」下片接云：「**剗**襪重來，半嚲烏雲金鳳釵。」義同上。蓋惟其遺下弓鞋，故剗襪也。《花草粹編》三，李知幾《出塞》詞：「**剗**踏襪兒垂手處，隔溪鶯對語。」曰剗踏，益可證剗襪之義。《三奪搠》劇：「我坐下**剗**騎着追風馬，腕上只彪着打將鞭。」剗與只爲互文。《單鞭奪槊》劇三：「這廝**剗**馬單鞭。」又：「遇敵只把單鞭舉，救難慌騎**剗**馬來。」剗與單均爲互文，凡云剗騎或剗馬，均指無鞍之馬而言。《三奪搠》與《單鞭奪槊》兩劇本，均演尉遲恭故事，今皮黃劇之《御果園》，尉遲唱詞猶有「赤身**剗**馬難交戰」之語也。字亦作驏，《通俗編》三十六：「驏，初限切，不鞍而騎也。」令狐楚《少年行》：「驏騎蕃馬射黃羊。」以上爲只字義。《花草粹編》四，卓田《眼兒媚詞》，《題蘇小樓》：「丈夫隻手把吳鈎，能斷萬人頭。因何鐵石，打肝鑿膽，**剗**爲花柔。」此剗字爲反字、還字義，言鐵石肝膽之英雄，何以見女色而軟化也。剗爲花柔，猶云反爲花柔或還爲花柔也。《金瓶梅詞話》一，引作「如何鐵石，打成心性，却爲花柔。」却亦猶反也，還也，詳見却字條。《元曲選》本《陳摶高臥》劇四：「貧道呵！本居林下絕名利，自不合**剗**下山來惹是非。」此剗字爲無端義，言不合平白無端來惹是非也。三十種本作「自不合剛下山來惹是非。」剛猶云偏也，硬也，此脫胎於元好問戚夫人詩意，詳見剛字條。偏惹是非或硬惹是非，猶云無端惹是非或平白地惹是非也。

剗地（一）　剗的

剗地，猶云只是也；引申之，則猶云依舊或照樣也；到底也；一派或一味也。詩詞中作剗地，曲中亦作剗的。邵雍《依韻和王安之少卿見戲》詩：「誚然情意都如舊，**剗地**盃盤又見呼。」言招飲如故也，此當作依舊解。《南宋六十家》，何應龍《題臨安僦樓》詩：「過了燒燈望燕歸，春寒**剗地**勒花期。」言春寒如故也，亦當作依舊解。辛棄疾《念奴嬌》詞：「野棠花落，又悤悤過了，清明時節。**剗地**東風欺客夢，一枕雲屏寒怯。」義同上。盧祖皋《畫堂春》詞：「海棠開了向憑闌，**剗地**春寒。」陳允平《丹鳳吟》詞：「過了幾番花信，曉來**剗地**寒意惡。」義均同上。辛棄疾《臨江仙》詞，《戲為期思詹老壽》：「七十五年無事客，不妨兩鬢如霜。綠窗**剗地**調紅妝，更從今日醉，三萬六千場。」此當作依舊或照樣解。又《新荷葉》詞：「歲晚淵明，也吟草盛苗稀。風流**剗地**，向樽前采菊題詩。」義同上。《玉鏡臺》劇三：「我坐着窄窄半邊牀，受了他怯怯兩拜禮。我這裏磕頭禮拜却回席，**剗地**須還了你。」此當作照樣解，言照樣還禮也。《董西廂》一：「此恨教人怎說，待拚了依前又難割捨。一片狂心，九曲柔腸，**剗地**悶如昨夜。」言照樣悶如昨夜也。《樂府陽春白雪》後五，呂止軒《風入松》套，「翠樓紅袖倒金壺」篇：「夜闌**剗地**燒紅燭，那其間多少歡娛。」言夜雖闌而依舊燒紅燭也。《王粲登樓》劇三：「自洛下飄零到這裏，**剗的**無所歸棲。」言依舊無所歸棲也。以上爲依舊或照樣義。辛棄疾《江神子》詞：「人生今古不消磨，積數多，似塵沙。未必堅牢，**剗地**實堪嗟。莫道長生學不得，學得後，待如何。」此當作到底解，言到底堪嗟也。周紫芝《江城子》詞：「此情空道兩綢繆。信悠悠，幾時休。到得如今，**剗地**見無由。」言到底不得相見也。黄昃《蝶戀花》詞：「心事欲憑鶯語訴，流鶯**剗地**無憑據。」言到底無憑據也。以上爲到底義。《宋百家詩存》，劉過《自宣溪過早禾渡》詩：「筍輿十里宣溪路，**剗地**濃雲脚裏行。」此當作一派解，言一派濃雲也。盧祖皋《醜奴兒慢》詞：「準擬歸來，扇鸞釵鳳巧相尋。如今無奈，七十二峯，**剗地**雲深。」此卽「只在此山中，雲深不知處」詩意，義同上。楊炎正《蝶戀花》詞：「離恨做成春夜雨，添得春江，**剗地**東流去。」言一派東流去也。陳允平《瑞龍吟》詞：「冷豔暗香，春寒**剗地**清苦。」此當作一味解，言一味清苦也。又《柳梢青》詞：「**剗地**多情，帶將明月，來伴書幃。」言一味多情也。葛長庚《賀新郎》詞：「愁來長是朝朝醉。**剗地**成宋玉傷感，三閭憔悴。」言一味傷感憔悴也。《董西廂》四：「才郎自別，**剗地**愁無那。」義同上。無那與無奈同。《太平樂府》六，顧君澤《點絳唇》套，《四友爭春》：「他見這恩情脫空，便把那是非講動。**剗地**向樹頭樹底覓殘紅。」覓殘紅殆爲尋欄柄之寓言，言一味尋欄柄，以便講是非也。又八，無名氏

《粉蝶兒》套，《閱世》：「看別人去雲路裏飛騰，我到老剗地在湫窪中坐靜。」此猶云一輩子不發跡，亦一味義。《倩女離魂》劇四：「騰騰騰收不住玉勒，常是虛驚。火火火坐不穩雕鞍，剗地眼生。撒撒撒挽不定絲繮，則待攛行。」則待與只待同，此剗地字與常是字、則待字互文，亦一味義。《周公攝政》劇：「從今後剗地拖帶着一身疾病，從今後剗地使作得心碎了。從今後剗地學舜之徒，孳孳爲善從頭鷄兒叫。從今後剗地爲宗廟呵！春秋祭祀周三祖；從今後剗地憂天下呵！日夜思量計萬條。臣不得已非心樂，剗地似臨深淵般兢兢戰戰，履薄冰般怯怯喬喬。」凡用六剗地字，意皆猶云只是這樣做下去也，亦於一味義爲近，以上爲一派或一味義。

剗地（二） 剗的

剗地，猶云反而也；越是也；倒也；還也。晁元禮《梁州令》詞：「如今剗地怕相逢，愁多正在相逢處。」此當作反而解，言反而怕相逢也。辛棄疾《賀新郎》詞，《賦海棠》：「著厭霓裳素。染胭脂苧蘿山下，浣沙溪渡。誰與流霞千古醞，引得東風相誤。從臾入吳宮深處。鬢亂釵橫渾不醒，轉越江剗地迷歸路。烟艇小，五湖去。」此亦當作反而解。詞借西子爲言，西子爲越人，乃去五湖，故曰轉越江反而迷歸路也。楊无咎《眼兒媚》詞：「是人總道，新來瘦也，着甚來由；假饒薄命，因何瘦了，剗地風流！」言反而風流也，作越是風流解亦得。《太平樂府》二，馬九皐小令，《慶東原》，《韓信》：「不思保全，不防未然。**剗地**據地專權。豈不聞自古太平時，不許將軍見。」言反而據地專權也。又八，姚守中《粉蝶兒》套，《牛訴寃》：「却不道聞其聲不忍食其肉；**剗地**加料物寬鍋中爛煮，煮得美甘甘香噴噴軟如酥。」言反而爛煮其肉也。又九，杜善夫《耍孩兒》套，《莊家不識构闌》：「我則(只)道與詞告狀，**剗地**大笑呵呵。」言反而大笑也。三十種本《趙氏孤兒》劇：「既那廝背着一人，便合交(教)滅了九族。**剗地**將天下軍儲，滿國黎庶，交那廝區處。」言反而使他掌大權也。《火燒介子推》劇：「假如加封(得)你官位高，至於昇遷得你功勞大，**剗地**索招罪招殃添驚怕。」言反而要招罪殃也。《詐妮子調風月》劇：「女孩兒言着婚聘，則合低了胭頸，羞答答地禁聲。**剗地**面皮上笑容生，是一个不識羞伴等。」言反而面生笑容也。《張天師》劇一：「我只道喜孜孜，開笑容；怎麽的顫欽欽，添怕恐。不思量攙素手，歸羅帳；**剗地**要斬妖魔，仗劍鋒。」言反而要殺人也。《雍熙樂府》一，無名氏《醉花陰》套，《復歡》：「越間阻**剗地**越疼熱。」言反而越親愛也。以上爲反而義。曾覿《卜算子》詞：「數盡萬般花，不比梅花韻。雪壓風欺恁地寒，**剗地**清香噴。」此當作越是解。言越是寒越是有清香也。周紫芝《采桑子》詞，《詠拒霜》：「天意未教秋老，花容**剗地**宜霜。」言越是宜霜也。郭應祥《傳言玉女》詞：「歸期漸近，**剗地**縈心緒。」言越是縈心也。《太平樂府》八，曾瑞卿《願成雙》套，《贈苦妓》：「暮年間**剗地**知公事，所爲兒都敬持。」言年老而越是知公事也。以上爲越是義。王庭珪《虞美人》詞：「花衢柳陌年時靜，**剗地**今年盛。」此當作倒字解，言往年此時，花衢柳陌，頗為寂靜，倒是今年繁盛也。趙長卿《雨中花慢》詞：「帊子分香，羅巾拭淚，別來時未覺悽惶。上得船兒來了，**剗地**淒涼。可惜花前月裏，卻成水遠山長。」言至上得船時，倒覺得淒涼起來了。《來生債》劇二：「卜兒云：『居士！你且休燒了這文書，聽我說咱。俺兩口兒偌大年紀，孩兒每都小哩！他久已後長立成人，也要些錢物使用，你與我休便燒了也。』正末云：『你**剗的**還有這個心哩！』」言你倒還有這種心思也。以上為倒字義。《趙氏孤兒》劇四：「我如今一一說到底，你**剗地**不知頭共尾。我是存孤棄子老程嬰，兀的趙氏孤兒就是你。」此當作還字解，言你還不知首尾也。《馬陵道》劇二：「你**剗的**不知罪！你昨夜三更時分，領着軍卒，……是明明有反魏之心。」言你還不知罪麼。《單鞭奪槊》劇二：「你**剗地**不知罪哩！你昨日夜晚間，和你那本部下人馬，商量還要回你那山後去，是麼？」義同上。《衣襖車》劇二：「他奪了你衣襖車去了，你**剗地**在這裏喫酒。」言你還在這裏喫酒也。按此作倒字解亦得。《㑇梅香》劇一：「正旦背云：『小姐**剗的**待要講書哩！』……正旦云：『小姐還要講書哩！』」上為背白，下為對白，一曰剗的，一曰還，互文也。《雍熙樂府》十二，無名氏《新水令》套，《刺顏良》：「早諕的蠟租般黃了面皮，至如今**剗地**說甚兵機。」言還說甚兵機也。
以上為還字義。

剗地(三)　剗的

剗地，猶云無端也；平白地也。盧祖皋《夜飛鵲慢》詞：「牽衣搵彈淚，問淒風愁露，**剗地**東西。」此當作無端解，問猶向也，見問字條。言牽衣話別，無端各向淒風愁露，一東一西也。東西字脱胎於卓文君《白頭吟》「溝水東西流」句。周權《鵲橋仙》詞：「問渠底事，多情無據，**剗地**又還飄落。無花獨酌又何妨，但拚我一尊常綠。」玩無據字，知爲無端義。言花又無端飄落也。《董西廂》一：「**剗地**相逢，引調得人來眼狂心熱。」言無端相逢也。《秋胡戲妻》劇一：「孩兒娶親纔得三日光景，**剗的**便勾他當軍去。」言無端被勾去當軍也。《薦福碑》劇二：「發了願青雲有路終須到，**剗地**着我又上黃州道。」言無端又要我走黃州也。《還牢末》劇三：「我這裏頭暝眩，眼猙狂，七魄俱亡。**剗的**醒回來，怎承望。」言無端醒轉來，非心中所想望也。以上爲無端義。向滈《西江月》詞：「抵死漫生要見，偷方覓便求歡。十分贏得帶圍寬，**剗地**如今難戀。」此當作平白地解，言捨死忘生之後，平白地失戀也。按作無端解者語氣較輕，作平白地解者語氣較重，二者相通，未能劃然分別。《誶范叔》劇一：「據賢士有經綸濟世之才，……只合早決功名，立取榮耀。**剗地**困於窮途，可不枉了你也！」言平白地困於窮途，豈不枉屈也。《薦福碑》劇三：「爲何不進取功名？**剗地**流落四方，是何主意？」義同上。《殺狗勸夫》劇二：「他**剗的**不見了東西，倒要我賠！」言平白地倒要我賠也。《連環計》劇二：「早難道對面相逢，便𠟉的忘了紅昌。」言難道平白地忘了我糟糠之妻也。按劇情，紅昌爲貂蟬之名，貂蟬本爲呂布妻，因兵亂失散。此乃重逢呂布時貂蟬唱詞。以上爲平白地義。

𠟉地（四）　𠟉的

𠟉地，猶云怎的也。此爲反而義及平白無端義之口氣加重者，爲嗔怪口氣，爲反詰語。趙長卿《滿江紅》詞：「記得當初低耳畔，是誰先有于飛約？惟到今𠟉地誤盟言？還先惡！」言到今日怎的背了盟言，還先與我啓釁也。《西廂》五之四：「至如夫人語敕，縣君名稱，怎生待歡天喜地，兩隻手兒分付與；𠟉地倒把人贓誣？」言怎的倒誣我別成婚姻也。《五劇箋疑》云：「𠟉地，平白地也。」按作怎的解尤爲得勁。《抱妝盒》劇三：「打我的元來是陳琳。陳琳！你𠟉的也來打我那？」猶云你怎的也來打我哪。《趙氏孤兒》劇三：「程嬰！你𠟉的打我那？」義同上。《忍字記》劇二：「你看經念佛，𠟉地殺人？」言怎的殺人也。《百花亭》劇三：「我爲你胭憔粉悴，玉減香消。你𠟉的這般模樣（按指賣查梨人打扮）？可怎生是了也。」言怎的變成這般模樣也。又：「我別得你幾時，𠟉地這般模樣？兀的不羞殺我也！」義同上。《認金梳》劇一：「可不道養子防老，積穀防飢。擡舉的成人長大，𠟉的說這等言語那？」言撫養得你成人，怎的說得出這種言語也。

按劇情，安國傑爲陳都知所害，其子安禮育於霍家。安禮長大，微知此中情節，謂霍母云：「我不是你的兒。」霍母因答安禮云云。《樂毅圖齊》劇一：「淨云：『不可行兵，』……則不如緊守城池，此爲上計。』正末云：『將軍！爲人臣者，孝當竭力，忠則盡命，**㓨的**出此語也？』」義同上。又：「淨云：『依着我，則不如坐觀成敗。』王孫賈云：『將軍差矣！見今兵屯卽墨，裏無糧草，外無救兵，**㓨的**說坐觀成敗？依將軍如此說，軍民怎了也？』」義同上。《鐵拐李》劇三：「却怎生鬅鬆着頭髮，鬍着個嘴？**㓨地**拄着條粗枴(拐)，瘸着條腿？」㓨地與怎生上下互文，言怎的變成鬍嘴，怎的變成瘸腿也。按劇情，此鐵拐李借屍還魂時自詫語，蓋鐵拐李本姓名爲岳壽，借瘸子李屠之尸以還魂，因名鐵拐李也。

一㓨

一㓨，猶云一派或統統也；猶云一味也。㓨之義爲只，此亦從只字義引申之者。《桃花女》劇四：「只見茫茫蕩蕩，**一㓨**都是荊榛草莽。」《竹葉舟》劇一：「**一㓨**是貝闕珠宮，霞徑雲衢。」《麗春堂》劇四：「元來是文武官職，**一㓨**地濟濟蹌蹌。」《金線池》劇二：「怎麼門前地也沒人掃，**一㓨**的長起青苔來。」《貨郎旦》劇四：「敢是拿我們到東嶽廟裏來，**一㓨**是鬼那！」以上皆爲一派或統統義。《寃家債主》劇四：「想人生**一㓨**的錢親；呆癡也！豈不聞有限光陰有限身！」《柳毅傳書》劇一：「可曾有半點兒雨雲期，敢只是**一剗**的雷霆怒。」《陳州糶米》劇三：「**一剗**的在青樓纏戀。」《爭報恩》劇四：「則俺只眼兒裏**一剗**的愁，心兒上着甚些兒喜？」以上皆爲一味義。

朅來（一）

朅來，猶云盍來也；《升庵詩話》：「按《呂氏春秋》，膠鬲見武王於鮪水，曰：『西伯朅去？無欺我也。』武王曰：『不子欺，將伐殷也。』膠鬲曰：『朅至？』武王曰：『將以甲子日至。』注：『朅，何也。』若然，則朅之爲言盍也。……則今文所襲用朅來者，亦爲盍來也。」按盍字有兩義：一爲何義，一爲何不義，詳見王引之《經傳釋詞》，本條即依王氏兩義，分疏如下。準以《呂氏春秋》朅去、朅至之義，則升庵所謂盍來者，當爲何義，朅來，猶言何來也。顏延年《秋胡》詩：「高節難久淹，**朅來**空復辭。」意言秋胡婦之高節，久而不淹，秋胡何爲空以言辭挑之也。陳與義《衡岳道中》詩：「城中望衡山，浮雲作飛蓋。**朅來**巖谷遊，却在浮雲外。」意言遠望山時，浮雲在山頂，何以至遊山時，却在浮雲外也。却在浮雲外，猶云反在浮雲上，意以狀山之高。上兩則均爲「何來由」之義。李白《感興》詩：「**朅來**荊山客，誰爲珉玉分。良寶絕見棄，虛持三見君。」此可以適從何來之義釋之。言玉石不分之世，何來此獻璞之荊山客也。文同《月巖齋》詩：「應是當年靈鷲山，直自天竺飛落西湖前。其上有石妊月月已滿，此人**朅來**就彼剜剔歸上天。」言此人何來，就石上剜剔也。《南宋六十家》，鄭清之《蔓蒿》詩：「一別楚產知幾年？孤根**朅來**植鄞川。」言此物何來而植於鄞川也。以上爲何來義。然朅來亦有可以何不來釋之者。高適《和崔二少府登楚丘城》詩：「公侯皆我輩，動用在謀略。聖心思賢才，**朅來**刈葵藿。」意言何不來採取葵藿傾太陽之志誠也。葵藿爲自況之辭，義見《三國志·曹植傳》。李白《酬王補闕贈別》詩：「勿踏荒蹊渡，**朅來**浩然津。薜帶何辭楚，桃源堪避秦。」此與勿字相應，言何不來浩然津也。浩然津猶云寬閒之野，寂寞之濱，下二句即其注脚。李商隱《井泥》詩：「我欲秉鈞者，**朅來**與我偕。」此與上述高適詩同機軸。《宋百家詩存》，樂雷發《烏烏歌》：「請君爲我焚却《離騷賦》，我亦爲君劈碎《太極圖》。**朅來**相就飲斗酒，聽我仰天歌烏烏。」言何不來就我飲酒，聽我唱歌也。以上爲何不來義，爲盍來之又一義。

朅來（二）　朅

朅來，猶云去也。《韻會》：「朅，去也。」皮日休《初夏遊楞迦精舍》詩：「**朅**去山南嶺，其險如卬笮。」曰朅去者，重言也。以朅爲義，來爲語辭，則爲朅來。李白《送王屋山人魏萬還王屋》詩：「西涉清洛源，頗驚人世諠。採秀臥王屋，因窺洞天門。**朅來**遊嵩峯，羽客何雙雙。朝攜月光子，暮宿玉女牕。」言去而遊嵩峯也。據詩序，此時白與魏萬相見於廣陵，贈詩以歷敍其游蹤。

又《題嵩山逸人元丹邱山居》詩：「家本紫雲山，道風未淪落。況懷丹邱志，沖賞歸寂寞。**朅來**遊閩荒，捫涉窮禹鑿。夤緣汎潮海，偃蹇陟廬霍。」言去而遊閩汎海陟廬霍也。韋應物《大梁亭會李四棲梧》詩：「富貴良可取，**朅來**西入秦。秋風旦夕起，安得客梁陳。」言去而西入秦也。李羣玉《將遊羅浮登廣陵楞迦臺》詩：「**朅來**羅浮顛，披雲鍊瓊液。」題言將遊羅浮，則爲預擬之辭，此猶云到羅浮去來。李涉《春山三朅來》詩，一云：「釣魚**朅來**春日暖，沿溪不厭舟行緩。」二云：「山上**朅來**採新茗，新花亂發前山頂。」三云：「採藥**朅來**藥苗盛，藥生只傍行人徑。」此猶云釣魚去來，山上去來，採藥去來也。鮑溶《採蓮曲》二首，一云：「弄舟**朅來**南塘水，荷葉映身摘蓮子。」二云：「採蓮**朅來**水無風，蓮潭如鑑松如龍。」此猶云弄舟去來，採蓮去來也。《南宋六十家》，吳汝弌《朅來》詩二首，一云：「領上**朅來**觀白雲，翔鸞奮鶴浮天英。」二云：「領上**朅來**弄明月，千里銀光寒不缺。」領上，即嶺上，此猶云嶺上去來也。蘇軾《朱壽昌郎中少不知母所在，求之五十年，得之蜀中》詩：「感君離合我酸辛，此事今無古或聞。長陵**朅來**見大姊，仲孺豈意逢將軍。」言漢武帝去到長陵覓見大姊也。長陵句事見《漢書·外戚傳》，仲孺句事見《霍光傳》，皆骨肉重逢之事，詩中故以爲比。

朅來(三)

朅來，猶云來也。朅爲發語辭(見《韻會》)，以來爲義，略同聿來。張九齡《歲初登高安南樓言懷》詩：「朅來彭蠡澤，載經敷淺原。」言來到彭蠡澤也。顔眞卿《刻清遠道士詩》詩：「不到東西寺，於今五十春。朅來從舊賞，林壑宛相親。」言重來舊遊之地也。徐浩《謁禹廟》詩：「負責故鄉近，朅來申俎羞。」言來申俎羞之敬也。蘇軾《陪歐陽公燕西湖》詩：「謂公方壯鬢如雪，謂公已老光浮頰。朅來湖上飲美酒，醉後劇談猶激烈。」言來湖上飲酒也。又《上巳日遊荆山塗山》詩：「此生終安歸，還軫天下半。朅來乘樏廟，復作微禹歎。」言來到禹廟也。又《廉泉》詩：「朅來廉泉上，捋鬚看鬢眉。」言來到廉泉上也。《鄧峯眞隱大曲》，《採蓮舞》，《漁家傲》詞：「我昔瑤池飽宴遊，朅來樂國已三秋。」言來到樂國也。辛棄疾《念奴嬌》詞，《戲贈善作墨梅者》：「疑是花神，朅來人世，占得佳名久。」言花神來到人世也。周紫芝《水龍吟》詞：「堪笑此身如寄，信扁舟朅來江表。」言來到江表也。

朅來(四)

朅來，猶云爾來或爾時以來也，猶云迄今，爲來字之又一義，朅則發語辭也。凡敍述有時間關係者，可以此義釋之。柳宗元《韋道安》詩：「**朅來**事儒術，十載所能逞。」言爾來事儒術經十載，亦猶云事儒術十載以來也。蘇軾《送安惇秀才失解西歸》詩：「我昔家居斷往還，著書不復窺園葵。**朅來**東遊慕人爵，棄去舊學從兒嬉。」此亦爾來義，與昔字相應。又《潁州湖成次德麟韻》詩：「我在錢塘拓湖淥，大堤士女爭昌丰。……**朅來**潁尾弄秋色，一水縈帶昭靈宮。」義同上，此與在錢塘句相應，意言我昔在錢塘時，曾修拓錢塘之西湖，一時極士女堤上嬉遊之盛，爾來潁州之西湖告成，亦復有一水縈帶之觀也。又《送劉道原歸覲南康》詩：「十年閉戶樂幽獨，百金購書收散亡。**朅來**東觀弄丹墨，聊借舊史誅姦強。」義同上，與十年字相應。陸游《幽棲》詩：「**朅來**三十載，吾鬢固宜霜。」言爾來已三十載，亦猶云三十載以來也。何遜《行經孫氏陵》詩：「水龍忽東騖，青蓋乃西歸，**朅來**已永久，年代曖微微。」言自爾時以來也。王之道《沁園春》詞：「堪嗟日月如流，甚首夏**朅來**今半秋。」此以來義，言自首夏以來也。

朅來（五） 朅

朅來，語助辭。張協《雜詩》：「感物多思情，在險易常心，**朅來**戒不虞，挺轡越飛岑。」陳子昂《感遇》詩：「**朅來**豪遊子，勢利禍之門。」張九齡《奉和崔尚書雨後大明朝堂望南山》詩：「**朅來**青綺外，高在翠微先。」李益《自朔方還法雲寺三門避暑》詩：「予本疏放士，**朅來**非外矯。誤落邊塵中，愛山見山少。」蘇軾《次韻周開祖長官見寄》詩：「**朅來**震澤都如夢，只有苕溪可倚樓。」以上各朅來字，皆難強解，蓋朅與來皆爲語助辭，合爲一辭，以之發語，不爲義也。亦有只用一朅字者。蘇軾《生日王郎以詩見慶》詩：「**朅**從冰叟來游宦，肯伴臞仙亦號儒。」《宋百家詩存》，劉弇《大孤山》詩：「中有神**朅**臨，睥睨舟往還。流俗謂女子，彭纓來此山。」亦皆語助，不爲義也。

次第（一）

次第，況狀之辭，猶云狀態也；規模或規矩也；光景或情形也。須隨文義而定之。劉楨《贈徐幹》詩：「思子沉心曲，長歎不能言。起坐失**次第**，一日三四遷。」失次第，猶云變態度，此跟上文思字來，言思念得旁皇無措，變其常態也。李白《寄東魯二稚子》詩：「嬌女字平陽，折花倚桃邊。折花不見我，淚下如流泉。小兒名伯禽，與姊亦齊肩。雙行桃樹下，撫背復誰憐。念此失**次第**，肝腸日憂煎。」義同上，此亦言思念得變其常態也。張籍《舟行寄李湖州》詩：「客愁無**次第**，川路重辛勤。」義亦同上，言憂愁得變其常態也。王建《白紵歌》：「美人醉起無**次第**，墮釵遺珮滿中庭。」此言醉後變其常態也，亦猶云不像樣或無狀。李紳《欲到西陵寄王行周》詩：「欲責舟人無**次第**，自知貪酒過春潮。」此無次第字猶云無狀，言自知貪酒誤潮汛，並非舟人誤行程，不能責舟人無狀也。以上爲狀態義。方岳《答趙玉汝》詩：「園成**次第**自花草，山是知聞空薜蘿。」此次第字義同規模，成次第，猶云具規模也。楊萬里《題嚴州新堂》詩：「新堂略有**次第**否？忙裏從公一來覷。」義同上，此猶云略具規模。辛棄疾《浣溪沙》詞：「新葺茅檐**次第**成，青山恰對小窗横。」義亦同上。劉禹錫《宿誠禪師山房題贈》詩：「法爲因緣立，心從**次第**修。」此次第字義同規矩，言修佛法須依規矩也。《董西廂》二：「依**次第**覷着張生大人般拜。」此敍歡郎拜見張生情形，言依着規矩對着張生行大人一般的拜跪也。以上爲規模或規矩義。劉禹錫《寄楊八壽州》詩：「聖朝方用敢言者，**次第**應須舊諫臣。」此次第字與今人口語中望其光景之光景同，言望其光景須起用舊諫臣也。文同《謝友人寄畫》詩：「應餘右方上，**次第**不止獨。更願君訪來，我肯萬錢贖。」義同上，言畫有殘破，望其光景，右方之上，尚不止此也。辛棄疾《山花子》詞：「山下朝來雲出岫，隨風一去未曾回。**次第**前村行雨了，合歸來。」義同上，言望其光景，雲到前村行雨事畢，應得歸來也，次第字與合字相應。楊炎正《水調歌頭》詞：「問君侯，今幾日，到東州。還家時候，**次第**梅已暗香浮。」義同上，言估量還家時候，光景梅花已開也。李清照《聲聲慢》詞：「梧桐更兼細雨，到黄昏點點滴滴。這**次第**，怎一箇愁字了得！」這次第，猶云這情形或這光景也。黄孝邁《湘春夜月》詞：「天長夢短，問甚時重見桃根。者**次第**，算人間沒箇，并刀剪斷，心上愁痕。」者次第與這次第同，義同上。盧祖皋《宴清都》詞：「江城**次第**，笙歌翠合，綺羅香暖。」江城次第，猶云江城情形也。又《月城春》詞：「試問尊前，蟠桃**次第**，紅芳猶小。」蟠桃次第，猶云蟠桃情形也。《西廂》三之一：「他說明日回話，必有箇**次第**，且放下心，須索好音來也。」方諸生本與暖紅室本均作次第，西河論定本作分曉。必有箇次第或必有箇分曉，俱猶云必可得到情形。以上爲光景或情形義。

次第(二)

次第，進展之辭，猶云接着也；轉眼也。韓愈《落齒》詩：「餘存二十餘，**次第**知落矣。」言知其接着將俱落也。楊萬里《月中炬火發仙山驛》詩：「月輪已落尙殘光，一似西山沒夕陽。**次第**長庚都落去，日華猶未出扶桑。」言接着長庚星亦落去也。《宋百家詩存》，敖陶孫《上鄭參政》詩：「請先陳失馬，**次第**說投猿。」此與先字相應，猶云其次或接着也。劉過《八聲甘州》詞：「共記玉堂對策，欲先明大義，**次第**籌邊。」義例與敖詩同。程垓《鳳棲梧》詞：「莫恨年華容易過，人日嬉遊，**次第**連燈火。」言接着是燈期也。姚雲文《齊天樂》詞：「插槿編籬，挨梅砌石，**次第**海棠成塢。」言接着海棠成塢也。以上爲接着義。令狐楚《遊春辭》：「高樓曉見一花開，便覺春光四面來。暖日晴雲知**次第**，東風不用更相催。」此轉眼義，知次第，意云知快到也。楊萬里《多稼亭看梅》詩：「先生**次第**卽還家，更上城頭一望賒！」言轉眼卽還家也。《南宋六十家》，林尙仁《辛亥元日遊聞人省庵園》詩：「**次第**燈期近，重逢一解顏。」言轉眼燈期近也。馮延巳《憶江南》詞：

「今日相逢花未發，正是去年，別離時節。東風**次第**有花開，恁時須約却重來。」言轉眼有花開也。又《清平樂》詞：「與君同飲金杯，飲餘相取裴回。**次第**小桃將發，軒車莫厭頻來。」義同上。黄庭堅《減蘭》詞：「休恨春遲，桃李梢頭**次第**知。」次第知，與上述令狐楚詩之知次第同。李清照《永遇樂》詞：「元宵佳節，融和天氣，**次第**豈無風雨。」言轉眼恐有風雨也。周密《聲聲慢》詞：「**次第**重陽近也，看黄花綠酒，也合遲留。」言轉眼重陽近也。李彌遜《浣溪沙》詞：「得雨疏梅肥欲展，人家**次第**有芳菲，惜花恰莫探春遲。」言轉眼有芳菲也。以上爲轉眼義。

次第（三）

次第，迅急之辭。白居易《觀幻》詩：「**次第**花生眼，須臾燭過風。更無尋覓處，鳥跡印空中。」與須臾對舉，猶云頃刻也。陸龜蒙《自遣》詩：「誰使寒鴉意緒嬌，雲晴山晚動情憀。亂和殘照紛紛舞，應索陽烏**次第**饒。」意言得殘照頃刻之憐愛也。《南宋六十家》，徐集孫《湖上》詩：「數日不來湖上看，西風**次第**水蒼茫。」此爲緊急義，西風次第，猶云西風緊急也。《元詩選》癸集，庚之下，陳德載《栽桂》詩：「雲邊移得數株來，人老花應**次第**開。」言桂須急速開花，因人老將不及待也。晏幾道《眞珠髻》詞，《詠梅》：「乍幾日好景和風，**次第**一齊催發。」猶言驀忽一齊催發也。辛棄疾《山花子》詞：「豔杏夭桃兩行排，莫攜歌舞去相催。**次第**未堪供醉眼，去年栽。」

意言去年新栽之桃杏，匆匆急就，未足供賞也。又《鷓鴣天》詞：「新愁**次第**相拋舍，要伴春歸天盡頭。」次第拋捨，猶云趕緊拋舍也。張炎《探春慢》詞，《雪霽》：「**次第**尋芳去，灞橋外蕙香波暖。」言趕緊去尋芳，因郊外景物正美也。李俊民《謁金門》詞，《探梅》：「誰便道，昨夜雪中開了。**次第**不將消息報，探芳人草草。」言匆促不將消息報也。《太和正音譜》，喬夢符小令，《小陽關》：「**次第**明月圓，容易彩雲散。咫尺巫山，頃刻陽關。」次第與容易對舉，猶云容易圓，容易散也，亦迅急義。

次第（四）

次第，多數之辭。白居易《花下對酒》詩：「梅櫻與桃杏，**次第**城上發。」言一一發也。又東坡《種花》詩：「百果參雜種，千枝**次第**開。」言一一開也。元稹《寄隱者》詩：「我年三十二，鬢有八九絲。非無官**次第**，其如身早衰。」官次第，意言官銜一一也。又《哭女樊》詩：「欲尋方**次第**，俄值疾充盈。」方次第，意言醫方種種也。劉禹錫《隄上行》：「春隄繚繞水徘徊，酒舍旗亭**次第**開。」此猶言一一開或一齊開也。杜牧《過華清宮》詩：「長安迴望繡成堆，山頂千門**次第**開。」義同上。王建《贈李愬僕射》詩：「**次第**各分茅土貴，殊勳併在一門中。」此猶言同門之中，一一封爵也。陸龜蒙《自遣》詩：「無多藥圃近南榮，合有新苗**次第**生。」此猶言種種生或一一生也。陸游

《雜興》詩：「南山手自斸蒼苔，竹閣柴扉**次第**開。」義與上劉禹錫及杜牧詩同。又《書事》詩：「聞道輿圖**次第**還，黄河依舊抱潼關。」此恢復失地意，猶言一一還或一齊還也。辛棄疾《鷓鴣天》詞：「只愁畫角樓頭起，急管哀絃**次第**催。」次第催，猶言陣陣催也。李石《一翦梅》詞：「後院棠梨昨夜開，雨急風忙**次第**催。」義同上。趙長卿《寶鼎現》詞，《上元》：「天上人間當此遇。正年少盡香車寶馬，**次第**追隨士女。」次第追隨，猶言紛紛追逐或一一追逐也。

取次

取次，猶云隨便或草草也。杜甫《送元二適江左》詩：「經過自愛惜，**取次**莫論兵。」此爲隨便義，言莫隨便論兵也。仇兆鰲注引「《北齊樂歌》：『日日飲酒醉，國計無**取次**！』白居易詩：『老愛尋思事，慵多**取次**眠。』又：『遇客踟躕立，尋花**取次**行。』又：『閒停茶椀從容語，醉把花枝**取次**吟。』」案仇引各詩之取次字，亦均可作隨便解。元稹《鶯鶯》詩：「**取次**花叢嬾迴顧，半緣修道半緣君。」此爲草草義。天寶宮人《題洛苑梧葉上》詩：「自嗟不及波中葉，浩蕩乘春**取次**行。」此爲隨便義。詩見《全唐詩》。皮日休《襄州春遊》詩：「等閒遇事成歌詠，**取次**衝筵隱姓名。」與等閒對舉，亦爲隨便義。黄庭堅《次韻裴仲謀同年》詩：「煙沙篁竹江南岸，輸與鸕鷀**取次**眠。」義同上。范成大《續長恨歌》：「仙凡頓隔銀屏影，不似當時**取次**看。」義同上。柳永《玉女搖仙佩》

詞：「**取次**梳妝，尋常言語，有得許多姝麗。」此與尋常對舉，草草或隨便均可解。張先《醉桃源》詞：「淺螺黛，淡臙脂，閒妝**取次**宜。」此與淺字、淡字相應。劉過《滿庭芳》詞：「淺約鴉黃，輕勻螺黛，故教**取次**梳妝。」此與淺字、輕字相應，義均與上同。朱敦儒《減蘭》詞：「今年梅晚，嬾趁壽陽釵上燕。月喚霜催，不肯人間**取次**開。」此爲草草義。《兒女團圓》劇四：「璧玉連枝**取次**分，鐵人無淚也銷魂。」此亦爲草草義。《西廂》三之四：「休將閒事苦縈懷，**取次**摧殘天賦才。」此猶云胡亂摧殘，亦爲草草義。

等閒

等閒，猶云平常也；隨便也；無端也。按閒字古多作閑，本文所引例證，俱從今作閒。張謂《湖上對酒行》：「眼前一尊又長滿，心中萬事如**等閒**。」此平常義。白居易《重答劉和州》詩：「隨分笙歌聊自樂，**等閒**篇詠被人知。」此亦平常義。又《新昌新居》詩：「**等閒**栽樹木，隨分占風煙。」此爲隨便義。劉禹錫《竹枝詞》：「長恨人心不如水，**等閒**平地起波瀾。」此爲無端義。皮日休《襄州春遊》詩：「**等閒**遇事成歌詠，取次銜筵隱姓名。」此爲隨便義。章碣《城南偶題》詩：「野水不知何處去，遊人却是**等閒**來。」此猶云照常來，亦平常義。朱熹《春日》詩：「**等閒**識得東風面，萬紫千紅總是春。」此爲隨便義，言萬紫千紅之前，隨便可以識得東風面目也。又《贈彭世昌歸山》詩：「好去山頭且堅坐！**等閒**莫要下山來。」此隨便與無端均可解。言莫要隨便下山來，或無端莫要下山來也。毛熙震《菩薩蠻》詞：「光影暗相催，**等閒**秋又來。」此爲無端義。歐陽修《南柯子》詞：「**等閒**妨了繡工夫，笑問雙鴛鴦字怎生書。」此亦無端義。王千秋《菩薩蠻》詞：「莫浪送香來，**等閒**蜂蝶猜。」又《漁家傲》詞：「病起日長無意緒，**等閒**還與春相負。」邵亨貞《蝶戀花》詞：「忽見呢喃華屋底，**等閒**牽動離人淚。」均爲無端義。劉弇《寶鼎現》詞：「取次臺榭，**等閒**院落。」此與取次對舉，爲隨便義。周邦彥《大酺》詞：「怎奈向蘭成憔悴，樂廣清羸，**等閒**時易傷心目。未怪平陽客，雙淚落笛中哀曲。」此爲平常義，言愁病之人，在平常時候尙易感觸，況聽哀曲之際，難怪其落淚也。岳飛《滿江紅》詞：「莫**等閒**白了少年頭，空悲切。」此爲無端義或隨便義。

閒　匹如閒　譬如閒　匹似閒　譬似閒

閒，猶空也；平常也；沒關係也。李白《春日獨酌》詩：「思對一壺酒，澹然萬事**閒**。」此爲平常義，平常含有不打緊之義。岑參《喜韓樽相過》詩：「與君兄弟日攜手，世上虛名好是**閒**。」又《暮春虢州送李司馬》詩：「簾前春色應須惜，世上浮名好是**閒**。」均爲平常不打緊義。白居易《南浦歲晚對酒送王十五歸京》詩：「相看漸老無過醉，聚散窮通總是**閒**。」義同上。羅隱《韋公子》詩：「李將軍自家聲在，不得封侯亦是閒。」義同上，言封侯之事不打緊也。吳融《武關》詩：「貪生莫作千年計，到了都成一夢閒。」此爲空義。《南宋六十家》，武衍《閒角》詩：「吳兒可殺無風味？老却梅花祇當閒。」此爲平常義。可殺與可煞同，猶云可是。張松齡《漁父》詞：「樂在風波釣是閒。」言釣是平常不打緊之事也，此爲平常義。王安石《千秋歲引》詞：「無奈被些名利縛，無奈被他情擔閣，可惜風流總閒却。」此爲空義，言落空也。辛棄疾《八聲甘州》詞，《夜讀李廣傳》：「漢開邊功名萬里，甚當時健者亦曾閒！」此亦空義，言李廣封侯之事落空也。亦可解爲廣不封侯，何當日亦視爲平常不打緊也。劉克莊《水調歌頭》詞：「向來幻境安在，回首總成閒。」此亦空義。楊无咎《玉抱肚》詞：「見也渾閒，堪嗟處，山遙水遠，音書也無个。」此爲平常義，言見面一層，倒也平常沒關係，但有音書足矣，可歎者連音書亦全無也。《董西廂》四：「白日猶閒，淸宵最苦。」言白日還平常不打緊也。《西廂》五之一：「曾經消瘦，每遍猶閒，這番最陡。」義同上。白居易《自詠》詩：「隨分自安心自斷，是非何用問閒人。」此言沒關係之人。又《閒臥》詩：「佛容爲弟子，天許作閒人。」此言空閒之人。劉禹錫《贈李司空妓》詩：「司空見慣渾閒事，斷盡蘇州刺史腸。」此言平常之事。《西廂》三之四：「休將閒事苦縈懷，取次摧殘天賦才。」義同上。張祜《樂靜》詩：「遠心羣野鶴，閒話對村人。」韋莊《邊上逢薛秀才話舊》詩：「前年同醉武陵亭，絕倒閒譚坐到明。」周邦彥《解連環》詞：「漫記得當日音書，把閒語閒言，待總燒却。」凡云閒話、閒譚、閒語、閒言，猶云沒關係之說話，亦猶云空話。沈瀛《水調歌頭》詞：「枉了**閒**煩**閒**惱，莫管**閒**非**閒**是，說甚古和今！」猶云沒關係之煩惱、是非或空煩惱、空是非也。此外，又有匹如閑之熟語，亦爲平常不打緊義或沒關係義。楊萬里《月夜阻風太湖石塘》詩：「過湖未得**匹如閒**。」此猶云不打緊。又《社日南康道中》詩：「在家在外**匹如閒**。」此猶云沒關係。楊无咎《步蟾宮》詞：「自身作壞**匹如閒**，更和却旁人帶累。」此猶云不打緊。劉過《水調歌頭》詞：「得之渾不費力，失亦**匹如閒**。」此猶云沒關係。亦作譬如閑、匹似閑或譬似閑。柳永《錦堂春》詞：「認得這疏狂意下，向人諳**譬如閒**。」諳譬如閑，猶云全然若無其事，亦平常不打緊義。《董西廂》一：「盛說法，打**匹似閒**唵譚；正念佛作偈，把美令兒胡嘌。」此猶云沒關係的打諢。又二：「夫人可來積世，識破張生深意。使些兒**譬似閒**腌見識，著衫子袖兒淹淚。」此亦沒關係義。腌，詈辭，惡劣之義。腌見識，猶云惡劣計策。蓋匹與譬，如與似，行文時隨意使用也。

隨分（一）

隨分，猶云隨便也，含有隨遇、隨處、隨意各義。王績《獨坐》詩：「百年**隨分**了，未羨陟方壺。」此含有隨遇義。陸游《烏夜啼》詞：「歸來猶幸身強健，**隨分**作山家。」義同上。吳潛《滿江紅》詞：「細閱浮生，爲甚底區區碌碌？算只是信緣**隨分**，早尋歸宿。」義同上。袁去華《水調歌頭》詞：「回顧洪崖西畔，**隨分**生涯可老，卒歲不知愁。」義同上。趙師俠《蝶戀花》詞：「糲食粗衣**隨分**足，此身安健心何欲。」義同上。以上均含有隨遇義。柳永《迎新春》詞：「更闌燭影花陰下，少年人往往奇遇。太平時朝野多歡民康阜，**隨分**良聚。」玩燭影花陰語，則含有隨處義。陸游《驀山溪》詞：「嘯臺龍岫，**隨分**有雲山。」義同上。吳潛《漢宮春》詞：「幸有三椽茅屋，更小園**隨分**，秋實春菲。」義同上。袁去華《念奴嬌》詞：「客裏清歡**隨分**有，爭似還家時樂。」義同上。以上均含有隨處義。周邦彥《粉蝶兒慢》詞：「賞心**隨分**樂，有清尊檀板。每歲嬉遊能幾日？莫使一聲歌欠。」此含有隨意義。朱敦儒《臨江仙》詞：「**隨分**盤筵供笑語，花間社酒新蒭。」義同上。《花菴詞選》，宋自遜《驀山溪》詞：「客來便請，**隨分**家常飯。」義同上。又《賀新郎》詞：「雪藕調冰花薰茗，正梧桐雨過新涼透。且**隨分**，一杯酒。」義同上。蔣捷《大聖樂》詞：「但也曾三徑，撫松採菊，**隨分**吟哦。」義同上。《太平樂府》八，孛羅御史《一枝花》套，《辭官》：「**隨分**村畦人情，賽強如憲臺風化。」義同上。以上均含有隨意義。

隨分（二）

隨分，猶云照樣也；照例或應景也。白居易《續古詩》七：「盈盈三尺水，浩浩千丈河。勿言小大異，**隨分**有風波。」言照樣有風波也。又《郡中春讌》詩：「蠭巢與蟻穴，**隨分**有君臣。」言照樣有君臣也。柳永《慢卷紬》詞：「算得伊家，也應**隨分**，煩惱心兒裏。」言照樣煩惱也。辛棄疾《臨江仙》詞：「海棠花下去年逢，也應**隨分**瘦，忍淚覓殘紅。」言照樣瘦也。袁去華《念奴嬌》詞，《九日》：「**隨分**綠酒黃花，聯鑣飛蓋，總龍山豪客。」此亦照樣義。李端《長門怨》詩：「**隨分**獨眠秋殿裏，遙聞語笑自天來。」此爲照例義；意言宮人夜夜照例獨眠，此所以怨也。張孝祥《點絳脣》詞：「四到蘄州，今年更是逢重九。應時納佑，**隨分**開尊酒。」此照例或應景義。郭應祥《鷓鴣天》詞，《甲子重陽》：「舞衫歌扇姑**隨分**，又得掀髯笑一場。」義同上。又《漁家傲》詞，《丁未生日》：「**隨分**侑尊呼幾箇，胡廝和，愁顏鎮日何曾破。」義同上。言照例應景，胡亂呼幾箇侑酒之人也，義仍與隨便通。又《好事近》詞，《丁卯元夕》：「今夕度元宵，**隨分**點些燈火。不比舊家繁盛，有紅蓮千朵。」言照例應景，胡亂點些燈火也，義仍與隨便通。張綱《朝中措》詞，《安人生日》：「年時生日宴高堂，歡笑擁鑪香。今日山前停棹，也須**隨分**飛觴。」此亦照例義。吳潛《滿江紅》詞，《金陵烏衣園》：「抖擻一春塵土債，悲涼萬古英雄迹。且芳樽**隨分**趁芳時，休虛擲。」此亦照例應景義。蔣捷《南鄉子》詞，《塘門元宵》：「**隨分**紙燈三四盞，鄰家，便做元宵好景誇。」此與郭應祥《好事近》詞意同。

容易

容易，猶云輕易也；草草也；疏忽也。李商隱《送千牛李將軍赴闕》詩：「喧闐衆狙怒，容易八鸞驚。」此疏忽不防備義。李咸用《讀修睦上人歌篇》詩：「勸君休！莫容易。世俗由來稀則貴。珊瑚高架五雲毫，小小不須煩藻思。」莫容易，猶云莫輕易，亦猶云須注意也。邵雍《秋日飲後晚歸》詩：「水竹園林秋更好，忍把芳樽容易倒。」猶云草草倒芳樽也。《尊前集》，歐陽炯《木蘭花》詞：「兒家夫壻心容易，身又不來書不寄。」心容易，猶云心糊塗或心疏忽也。程垓《水龍吟》詞：「愁多怨極，等閑孤負，一年芳意。柳困花慵，杏青梅小，對人容易。算好春長在，好花長見，元只是，人憔悴。」對人容易，猶云對人草草，意言看似春景對人草草過去，實則人自憔悴，孤負芳意也。又《菩薩蠻》詞：「夜來花底鶯饒舌，把人心事分明說。許大好因緣！只成容易傳。」容易傳，猶云浪傳或胡亂傳也，爲輕易義。曹組《撲蝴蝶》詞：「幸容易！有人爭奈，只知名與利？朝朝日日，忙忙劫劫地！」幸猶正也，詳幸字條。幸容易，猶云正是糊塗或正是疏忽也。趙長卿《南歌子》詞：「玉肌瓊豔本無塵，肯把鉛華容易污天眞。」言草草污天眞也。又《品令》詞：「從今已後，睽離千萬，且休容易。」言休疏忽或休不注意也。趙輯《宋金元人詞》，陳瓘《蝶戀花》詞，《調鄒志全長髭》：「莫向細君容易說，恐他嫌你將伊摘。」容易說，猶云輕易說或隨便說也。《花菴中興詞選》，謝懋《武陵春》詞：「莫把恩情做弄成，容易學行雲。」言輕易學行雲也。

赤緊　喫緊

赤緊，猶云當眞也；實在也。《西廂》一之二：「待颺下教人怎颺？赤緊的情沾肺腑，意染肝腸。」此爲當眞義，亦猶云眞個是也。又二之一：「孤孀子母無投奔，赤緊的先亡了有福之人。」有福之人，指崔相國，言當眞有福者先亡，意則云孤孀子母後死者遭殃也。按此爲鶯鶯於普救寺聞寇警時語。《盆兒鬼》劇一：「行過這野水溪橋十數里，遙望見竹籬茅舍兩三家。赤緊的人依古道，雁落平沙。」此亦爲當眞義，亦猶云眞個是也。《王粲登樓》劇一：「赤緊的世途難，主人慳。那裏也握髮周公，下榻陳蕃。」義同上。又一：「想蟄龍奮起非爲晚，赤緊的待春雷震動天關。」義同上。又二：「非是我王仲宣胸次高，赤緊的晏平仲他度量窄。」此爲其實義，言並非我胸襟高傲，其實他人亦度量狹窄也。按此爲解說落落難合之原因。《抱妝盒》劇二：「雖不見公庭上遭橫禍，赤緊的盒子裏隱飛災。」此亦其實義，言雖不遭遇顯禍，其實隱藏禍胎也。亦有作喫緊者，義亦與赤緊同。《誤入桃源》劇三：「則見他一時半刻，使盡了千方百計。喫緊的理不服人，言不諳典，話不投機。」此亦猶云當眞或眞個是。

沒揣

沒揣，猶云不意也；無端也；沒遮攔也。《西廂》一之三：「若是回廊下**沒揣**的見俺那可憎，你看我緊緊的摟定。」言不意遇見鶯鶯也。《殺狗勸夫》劇二：「他酩子裏紐回咽頸，**沒揣**的轉過身體。」按劇情，此係敍孫大醉後初醒情形，言不意其忽然轉身也。《兒女團圓》劇四：「想天公果無私，將人心暗窺視。**沒揣**的對付雄雌，酩子裏接上連枝。」此大致言不意天從人願也。按劇情，此爲韓二見其不得已被休之妾復歸時語。《誶范叔》劇二：「待走來如何走？待藏來怎地藏？**沒揣**的偏和他打箇頭撞。」言不意的撞着也。《貶黃州》劇一：「**沒揣**的半張鑾駕從天降，舉首彷佛見君王。」言不意的遇到鑾駕也。以上爲不意義。《誤入桃源》劇二：「兄弟！我和你莫非是夢中麼？**沒揣**的撞到風流陣，引入花衚衕。」言無端入仙境遇仙子也。又三：「不甫能雨纔收，**沒揣**的風又起。」言無端風又起也。《灰闌記》劇二：「這一場**沒揣**的罪名兒，除非天地表。」此猶云無端得了罪名。又四：「**沒揣**的告府經官，喫了些六問三推。」此猶云無端受官司之累。以上爲無端義。《梧桐雨》劇二：「慣縱的箇無徒祿山，**沒揣**的撞過潼關。」言沒遮攔的打進潼關也。《雁門關》劇二：「看存孝，這一番，不許當，不許攔。一彪軍**沒揣**的撞入長安。」義同上。《竹葉舟》劇一：「一剗是貝闕珠宮，霞徑雲衢。則除是大羅仙**沒揣**的過去。」義同上。《兒女團圓》劇一：「火不登紅了面皮，**沒**揣的便揪住鬏髻，不歇手連打到有三十。」言沒遮攔的伸手便打也。《黃粱夢》劇四：「我我我**沒**揣的猿臂綽，斡斡斡禁聲的休回和。來來來寶劍似吹毛過，休休休怎避躲，是是是決難活。」言沒遮攔的展臂舉劍便斬也。以上爲沒遮攔義。

其實

其實，猶云眞正也；着實也。與照字面解者微異。《西廂》一之二：「不想呵！**其實**強。你掉下半天風韻，俺拾得萬種思量。」言雖欲不想而不能，說不想眞正是強詞也。又二之三：「他**其實**嚥不下玉液金波。誰承望月底西廂，變做了夢裏南柯。」言眞正嚥不下也。又五之一：「姐姐往常時針線不倒，**其實**不曾閒了一箇繡牀。」此亦眞正義。《氣英布》劇一：「若是楚國天臣見了呵，**其實**難迴避，怎收撮。」《爭報恩》劇四：「你便有玉液金波且莫題，**其實**下俺這喉嚨不得。」題與提起之提同。《城南柳》劇三：「我**其實**怕見紅塵面。雲林深，市朝遠。」《劉弘嫁婢》劇一：「我說我去也。你不辭我，也不辭你。這一遭，我**其實**的去也。」又：「可使不的你擺酒着人與我和勸，我**其實**不回來了。」義均同上。以上爲眞正義。《黃鶴樓》劇二：「紫袍金帶雖然貴，**其實**不如俺淡飯黃齏粗布衣。」此言着實不如也。《李逵負荆》劇二：「生割捨，痛悲悽，他**其實**怨你。」此言着**實**怨你也。《降桑椹》劇一：「白廝賴云，我可**其實**的快**嚽**。」此猶云着實的喫他一嘴。《罵座記》劇二：「丑起作卑諂介，『老丞相娶了新夫人，愈加丰采，**其實**難得。』淨笑介，『休取笑。』」此猶云眞正難得或着實難得。以上爲着實義。

特地

特地，猶云特別也；又猶云特爲或特意也。羅隱《汴河》詩：「當時天子是閒遊，今日行人**特地**愁。」特地，特別也，與閒字相應。閒者，等閒也，言當時煬帝是等閒遊樂，今日行人有羈旅之苦，則特別憂愁矣。羅鄴《公子行》：「金鞍玉勒照花明，過後香風**特地**生。」此亦特別義。米黻《竹西寺》詩：「竹西桑柘暮鴉盤，**特地**霜風滿倦顏。」義同上。朱熹《過蓋竹》詩：「二月春風**特地**寒，江樓獨自倚闌干。」義亦同上。辛棄疾《水龍吟》詞：「空悵望風流已矣，江山**特地**愁余。」義亦同上。以上爲特別義。王珪《宮詞》：「才人**特地**新妝束，五色春衫畫折枝。」此可作特別解，亦可作特意解。杜甫《陪柏中丞觀宴將士》詩：「幾時來翠節，**特地**引紅妝。」此作特爲解。楊萬里《觀雪》詩：「半空舞倦居然嬾，一點風來**特地**忙。」此亦作特爲解，與居然作對。又《寒雀》詩：「**特地**作團喧殺我，忽然驚散寂無聲。」此亦作特爲解。又過《五里逕》詩：「溪光遠隔深深竹，**特地**穿簾入轎來。」此亦作特意或特爲解。趙長卿《虞美人》詞，《中秋無月》：「素蟾**特地**暗中圓，未放清光容易到仙源。」又《鷓鴣天》詞：「紗窗斜月移梅影，**特地**籠燈仔細看。」辛棄疾《鷓鴣天》詞：「指點齋樽**特地**開，風帆莫引酒船回。」義均同上。以上爲特爲或特意義。

得得 得

得得，猶特特也。黃庭堅《減蘭》詞：「中秋多雨，常是樽罍狼藉去。今夜雲開，須道姮娥**得得**來。」得得一作特特，得得卽特特也，猶云姮娥特地來也。試廣其例。王建《洛中張籍新居》詩：「雲山且喜重重見，親故應須**得得**來。」元稹《去杭州》詩：「**得得**爲題羅刹石，古來非獨伍員寃。」貫休《投王建》詩：「一瓶一鉢垂垂老，千水千山**得得**來。」蘇軾《再和楊公濟梅花》詩：「故應剩作詩千首，知是多情**得得**來。」又《出城送客不及步至溪上》詩：「會作堂堂去，何妨**得得**來。」賀鑄《減蘭》詞：「鸞鏡佳人，**得得**濃妝樣樣新。」史浩《青玉案》詞：「一來人世，有緣相遇，**得得**爲鴛侶。」丘崈《水調歌頭》詞：「九日明朝佳節，**得得**天教好景，供與醉時吟。」又《蝶戀花》詞：「梅子著花當獻壽。**得得**天工，有意還知否？」張綱《鳳棲梧》詞：「五日小春休屈指。花發西軒，早已傳春意。應爲高堂催燕喜，一枝**得得**來呈瑞。」辛棄疾《滿江紅》詞：「著意登樓瞻玉兔，何人張幕遮銀闕。倩飛廉**得得**爲吹開，憑誰說。」以上所云得得，亦皆特特也。亦有只用一得字者。《雍熙樂府》十二，無名氏《夜行船》套，《憶所見》：「眉尖上，眼挫側，先留下幾分恩愛。怕人知，**得地裏**佯不採。」得地裏，卽特地裏也；採卽睬。

故（一）

故，猶固也；本也；自也。李商隱《自南山北歸經分水道》詩：「水急愁無地，山深故有雲。」此猶云固有或自有。王安石《酬淮南提刑邵不疑》詩：「詢求故有風謠在，不獨鐫詩尚未泯。」此猶云固有或本有。又《小姑》詩：「弄玉有祠終或往，飛瓊無夢故難知。」故難知，猶云固難知或本難知也。蘇軾《柳子玉亦見和因以送之》詩：「說靜故知猶有動，無閑底處更求忙。」故知，猶云固知也。又《次韻答馬忠玉》詩：「祇有西湖似西子，故應宛轉爲君容。」故應，猶云固應或自應也。又《次韻杭人裴維甫》詩：「寄謝西湖舊風月，故應時許夢中遊。」又《題李伯時畫趙景仁琴鶴圖》詩：「清獻先生無一錢，故應琴鶴是家傳。」義均同。黄庭堅《王文恭公輓詞》：「雨絺誰爲挽，寒笳故作哀。」故作哀，猶云自作哀也。陳師道《次韻寇秀才寄下邳家兄》詩：「故着江山供極目，正將強健入新年。」故着，猶云固有或本有也。

故（二）　故故

故，猶常也；久也；素也。杜甫《悶》詩：「猿捷長難見，鷗輕故不還。」故字與長字作對，長猶常也，故亦猶常也，言鷗鳥常是輕身一往而不還也。又《春水》詩：「已添無數鳥，爭浴故相喧。」猶言常相喧或時相喧也。黃庭堅《次韻知命永和道中》詩：「虛舟不受怒，**故**在蓼灘橫。」言常橫在蓼灘也。陳師道《寄泰州曾侍郎》詩：「八年門第**故**違離，千里河山費夢思。」故違離，猶云久違離也。又《和寄朱文中》詩：「魯國**故**知臧有後，孔庭早見鯉傳詩。」故知，猶云久知或素知也。楊萬里《明發三衢》詩：「雨無多落泥偏滑，溪不勝深岸**故**頹。」言岸久頹也。陶潛《責子》詩：「阿舒已二八，懶惰**故**無匹。」故無匹，猶云素無比也。復次，故故亦爲常義。杜甫《月》詩：「萬里瞿塘峽，春來六上弦。時時開暗室，**故故**滿青天。」開暗室，猶云明暗室，故故，猶云常常或頻頻也，玩六上弦句及時時句，可知其義。趙長卿《菩薩蠻》詞，《秋雨船中》：「不眠欹枕聽，**故故**添新恨。」此猶云頻頻添新恨，亦常常義也。

故（三）

故，猶仍也；還也；尙也。沈佺期《哭蘇眉州崔司業二公》詩：「隴樹應秋矣，江帆**故**杳然。」故杳然，猶云仍杳然也。杜甫《絕句漫興》詩：「熟知茅齋絕低小，江上燕子**故**來頻。」言燕子不嫌屋小，仍頻頻來也。又《秋興》詩：「信宿漁人還汎汎，淸秋燕子**故**飛飛。」故與還互文，故飛飛，猶云還飛飛也。又《所思》詩：「可憐懷抱向人盡，欲問平安無使來，**故**憑錦水將雙淚，好過瞿塘灩澦堆。」故憑，還憑也。按孟浩然《宿桐廬江寄廣陵舊遊》詩：「還將兩行淚，遙寄海西頭。」

字正作還，可證。章孝標《歸燕詞》：「舊壘危巢泥已落，今年**故**向社前歸。」言巢泥雖落，燕仍歸來也。蘇軾《書普慈長老壁》詩：「倦客再遊應老矣，高僧一笑**故**依然。」言仍依然也。王安石《觀明州圖》詩：「投老心情非復昔，當時山水**故**依然。」義同上。又《次韻酬龔深甫》詩：「北尋五柞**故**未憖，東挽三楊仍有樛。」憖，缺也，見李壁注。故與仍互文，故未憖，猶云仍未缺也。又《吳正仲得故人寄蟹詩次韻》：「越客上荆舠，秋風憶把螯。**故**煩分巨跪，持用佐清醪。」故煩，猶云還煩也。又《孟子》詩：「何妨舉世嫌迂闊，**故**有斯人慰寂寥。」故有，猶云尚有也。又《壬子偶題》詩：「黃塵投老倦悤悤，**故**遶盆池種水紅。」言投老雖倦，尚種水紅花也。黃庭堅《次韻子由績溪病起被召寄王定國》詩：「王子竄炎洲，萬死保軀命。還家頰**故**紅，信亦抱淵靜。」頰故紅，猶云頰仍紅也，言仍能保持其紅潤之顏也。又《和外舅夙興》詩：「短童疲洒掃，落葉**故**紛披。」言洒掃雖疲，落葉仍多也。陳與義《火後問舍至城南》詩：「唯有君山**故**窈窕，一眉晴綠向人浮。」故窈窕，猶云仍窈窕或尚窈窕也。

故(四)　故故

故，猶云故意或特意也。杜甫《江上值水如海勢，聊短述》詩：「新添水檻供垂釣，**故**着浮槎替入舟。」故着，猶云特置也。又《送盧十四護韋尚書靈櫬歸上都》詩：「淸霜洞庭葉，**故**就別時飛。」言霜葉一若故意飛落，以助生離死別之悲也。白居易《過鄭處士》詩：「**故**來不是求他事，暫借南亭一望山。」故來，猶云特意來也。蘇軾《癸丑春分後雪》詩：「不分東君專節物，**故**將新巧發陰機。」亦故意義。又《紅梅》詩：「怕愁貪睡獨開遲，自恐冰容不入時。**故**作小紅桃杏色，尚餘孤瘦雪霜姿。」義同上。又《前題》詩：「也知造物含深意，**故**與施朱發妙姿。」義同上。歐陽修《蝶戀花》詞：「**故**欹單枕夢中尋，夢又不成燈又燼。」周邦彦《六醜》詞：「長條**故**惹行客，似牽衣待話，別情無極。」義均同上。復次，故故亦同義。薛能《春日使府寓懷》詩：「青春背我堂堂去，白髮欺人**故故**生。」此爲故意或特意義，故故猶云特特也。楊萬里《癸巳省宿詠南宮小桃》詩：「孤坐南宮悄，桃花**故故**紅。」言桃花故意紅得惱人也。又《雨裏問訊張定叟西園杏花》詩：「也知雨意將無惡，爲勒芳菲**故故**寒。」言寒雨故意勒芳菲也。柳永《望遠行》詞：「待伊遊冶歸來，**故故**解放，翠羽輕裙重繫。見纖腰圍小，信人憔悴。」言故意解裙重繫也。

端的

端的，猶云眞個或究竟也；的確或憑準也；情節或事實也；明白也。陸游《糟蟹》詩：「醉死糟邱終不悔，看來**端的**是無腸。」此借諷之辭，言眞個是無心腸也；亦猶云究竟是無心腸也。楊萬里《雪霽晚登金山》詩：「天風吹儂上瓊樓，不爲浮玉飲玉舟。大江**端的**替人羞，金山**端的**替人愁。」言眞個替人羞、替人愁也。晏殊《鳳銜杯》詞：「**端的**自家心下眼中人，到處覺尖新。」言眞個是意中人；亦猶云究竟是意中人也。尖新，猶云別致。蔡伸《臨江仙》詞：「醉紅醺臉髻鬟偏。翠裙輕皺，**端的**爲留仙。」此猶云眞個爲留仙。曾覿《念奴嬌》詞，《賦林檎花》：「醉裏妖嬈，醒時風韻，比並堪**端的**。」此倒裝句，言眞個堪比並也。趙長卿《念奴嬌》詞，《梅影》：「染紙揮毫，粉塗墨暈，不似今**端的**。」言不似眞個也。《樂府羣玉》二，王日華小令，《鳳引雛》，再問〔蘇卿〕：「休胡蘆提二四嚈！相傒倖，**端的**接誰紅定？」言究竟接了誰的聘禮也。以上爲眞個或究竟義。《南宋六十家》，薛嵎《林氏梅巖》詩：「逋仙家世君**端的**，只恐清吟未易陪。」此的確義，言君確是詩人林逋仙後人也。蔡伸《醉落魄》詞：「深期密語雖**端的**，良宵無奈成虛擲。」義同上。《樂府雅詞》，李景元《夢玉人引》詞：「這些離恨，依然是酒醒又如織。料伊情懷，也應向人**端的**。何故近日，全然無消息。」向猶愛也，言愛我是的確也。以上爲的確義。晏幾道《六么令》詞：「還是南雲雁少，錦字無**端的**。」此憑準義，言書信無憑準也。呂濱老《江城子慢》詞：「當時烏絲夜語，約桃花時候，同醉瑤瑟。甚**端的**！看看是榆莢楊花飛擲，怎忘得。」言芳時已過，舊約有甚憑準也。蔡伸《醉落魄》詞：「後期總使無**端的**，月下風前，應也解相憶。」義見前，以上爲憑準義。柳永《征部樂》詞：「憑誰去，花衢覓，細說此中**端的**。」此猶云情節或事實。呂濱老《西江月慢》詞：「但記取角枕情題，東窗休誤，這些**端的**。」言休忘記這些情節也。蔣捷《瑞鶴仙》詞：「謾將身化鶴歸來，忘却舊遊**端的**。」義同上。趙長卿《念奴嬌》詞：「密約幽歡空悵望，何日能諧**端的**。」諧，猶成也，言成事實也。以上爲情節或事實義。柳永《秋蕊香》詞：「彩雲易散琉璃脆，驗前事**端的**。」此明白義，言證之前事而明白也。辛棄疾《婆羅門引》詞：「男兒事業，看一日須有致君時，**端的**了休便尋思。」言明白了此理也。《草堂詩餘》，沈公述《念奴嬌》詞：「厚約深盟，除非重見，見了方**端的**。」言見面方明白也。以上爲明白義。

端

端，猶準也；眞也；究也。又猶應也；須也。陸游《草堂拜少陵遺像》詩：「阨窮**端**有自，寧獨坐房琯。」端有自，準有自也。蔡伸《滿庭芳》詞：「佳期在，寶釵鸞鏡，**端**不負平生。」端不負，準不負也。陸游《病中絕句》：「青蒻織篷菅織席，此生**端**欲老江湖。」端欲，眞欲也。蔡伸《浣溪沙》詞：《賦薌林木犀》：「葉翦玻璃蕊糝金，清香**端**不數瓊沉。獨將高韻冠薌林。」端不數，眞不數也。趙彥端《看花回》詞：「**端**有恨留春無計，花飛何速！」端有恨，眞有恨也。葛勝仲《臨江仙》詞：「郊外黃埃**端**可厭，歸來移病香閨。」端可厭，眞可厭也。陸游《幽事》詩：「餘年**端**有幾？風月且婆娑。」端有幾，究有幾也。楊萬里《和王才臣再病》詩：「**端**能暮出否？溪水減南涯。」端能否，究能否也。以上爲準義、眞義、究義。蘇軾《寒食遊南塔寺》詩：「城南鐘鼓鬬清新，**端**爲投荒洗瘴塵。」端爲，應爲也。張元幹《永遇樂》詞：「曲屏**端**有，吹簫人在，同倚暮雲清曉。」端有，應有也。陸游《小雨泛鏡湖》詩：「**端**辦一船多貯酒，敢辭送老向南湖。」端辦，須辦也。陳三聘《臨江仙》詞：「琥珀盃濃春正好，此懷**端**爲君傾。」端爲，須爲也。以上爲應義、須義。

的(一)

的，猶準或確也；定也；究也。柳永《安公子》詞：「雖後約**的**有于飛願，奈片時難過，怎得如今便見。」的有，猶云準有或確有也。賀鑄《點絳脣》詞：「掩妝無語，**的**是銷凝處。」的是，確是也。沈端節《五福降中天》詞：「他時恨悵，却月凌風，信音難**的**。」難的，難準也。白居易《出齋日喜皇甫十早訪》詩：「除却朗之攜一榼，**的**應不是別人來。」的應，定應也。又《百日假滿》詩：「但拂行衣莫迴顧，**的**無官職趁人來。」的無，定無也。又《雪中晏起偶詠所懷》詩：「上無皋陶伯益廊廟材，**的**不能匡君輔國活生民。」的不能，定不能也。蘇軾《光祿菴》詩：「城中太守**的**何人？林下先生非我身。」的何人，究何人也。劉克莊《送孫季蕃》詩：「家在吳中處處移，**的**於何地結茅茨？」言究在何地也。又《羅湖》詩：「不知**的**在山中否？萬一歸來說內篇。」言究在山中否也。

的（二）

的，與得同。《抱妝盒》劇二：「好也囉！只要您心平可也過的海。」《謝金吾》劇二：「我少不的到聖人前自言破。」《合同文字》劇楔子：「兄弟！你出路去，比不的在家，須小心着意者。」《鐵拐李》劇三：「我將你，記一記，委實委實不認的。」《小尉遲》劇二：「你那裏去的！那劉季眞手下名將箇箇驍勇，你去不的！」《城南柳》劇一：「這劍六合砌爲爐，二氣鑄成模，呼的風，喚的雨，驅的雲霧，屠的龍，誅的虎，滅的魅魑。」《望江亭》劇一：「您道是看時容易畫時難。俺怎生就住不的山，坐不的關，燒不的藥，煉不的丹。」皆其例也。此在今人口語中尙沿用之，不備舉。

賽　噭

賽，猶畢也；了也。與比賽之義別。趙長卿《清平樂》詞：「何日利名俱賽，爲予笑下愁城。」言求利求名之事俱畢也。《小孫屠》戲文：「高山疊疊途路長，何時得到東嶽殿，賽還心願一爐香也。」賽還，猶云了還。又：「身安便是無量福，賽還香願早回家。」義同上。《樂府新聲》上，馬致遠《新水令》套，《題西湖》：「自賽了兒婚女嫁，却歸來林下。」言婚嫁事畢也。《留鞋記》劇二：「這回償了鴛鴦債，則願的今朝賽。」言債務了結也。字亦作噭。《董西廂》四：「誰知道到今贏得段相思債。相思債，是前生負償他，還着後㬠。」後，語詞，猶呵或啊。言相思債還他呵，方了結也。

煞（一）　㬠　殺

煞，甚辭。字亦作㬠，作殺。柳永《迎春樂》詞：「近來憔悴人爭怪，爲別後相思煞。我前生負你愁煩債，便苦恁難開解。」玩叶韻知讀去聲，音晒。《花草粹編》六，蘇東坡《踏莎行》詞：「這箇秃奴，修行忒煞，雲山頂上曾持戒。」玩叶韻知讀去聲。劉過《竹香子》詞：「悤悤去得忒煞，這鏡兒也不曾蓋。」玩叶韻知讀去聲。趙長卿《水龍吟》詞：「起來思想，當初與你，忒煞容易。」《花草粹編》十二，鄭意娘《勝州令》詞：「可憐命掩黃泉，細思量都爲它一个。你忒煞虧我。」忒與煞皆甚辭，二字聯用，亦熟辭也。《薦福碑》劇三：「這雨水平常有來，不似今番特煞。」特煞，猶云忒煞。《風光好》劇三：「賤妾煞是展污了個經天緯地眞英俊，爲國於民大宰臣。」煞是，猶云甚是或眞是。《酷寒亭》劇楔子：「煞是多謝了哥哥。」《漢宮秋》劇一：「自從刷選室女入宮，多有不曾寵幸，煞是怨望咱。」義均同上。此熟辭，不備舉。《詞林摘豔》五，劉庭信《新水令》套：「梨花寂寞玉容衰，海棠零落胭脂敗。自裁劃，今春更比前春煞。」玩叶韻知讀去聲。《太平樂府》八，周德清《一枝花》套，《遺張伯元》：「千載，後代，子孫更風流煞。」玩叶韻知讀去聲。其作㬠者。歐陽修《漁家傲》詞：「妾本錢塘蘇小妹，芙蓉花共門相對。昨日爲逢青傘蓋，慵不採，今朝斗覺凋零煞。」曹組《點絳脣》詞：「水已無情，風更無情煞。蘭舟解，水流風快，回首人何在。」辛棄疾《洞仙歌》詞，《紅梅》：「春未到雪裏先開，風流煞，說與羣芳不解。」趙師俠《洞仙歌》詞，《元夕大雨》：「更漏轉，越煞不停不住。」《花草粹編》九，汪紫巖《滿江紅》詞：「那東君忒煞沒綱維，春無力。」又七，《月上海棠》詞：「化工忒煞，把瓊瑤恣意裁剪。」《太平樂府》六，朱庭玉《祆神急》套，《閨思》：「憔悴年來，更比年時煞。」凡此各煞字，亦均爲甚辭。按杜安世《玉樓春》詞：「不奈風吹兼日煞。」煞卽晒字，讀去聲。其作殺者。白居易《翫半開花》詩：「西日憑輕照，東風莫殺吹。」殺字自注去聲，則亦讀晒音也。元好問《雜著》詩：「百年蟻穴蜂衙裏，笑殺崑崙頂上人。」李後主《望江南》詞：「船上管絃江面綠，滿城飛絮混輕塵，愁殺看花人。」蘇軾《減蘭》詞：「嬌多媚殺，體柳輕盈千萬態。」玩叶韻知讀去聲。辛棄疾《生查子》詞：「富貴使人忙，也有閑時節。莫作路旁花，長敎人看殺。」玩叶韻知讀入聲。楊炎正《蝶戀花》詞：「萬點飛花愁似雨，峭殺輕寒，不會留春住。」沈端節《虞美人》詞：「傷春減盡東陽帶，人道多情殺。」玩叶韻知讀去聲，凡此各殺字，亦均爲甚辭。

煞（二） 煞

煞，猶雖也。凡文筆作開合之勢時，則煞字作雖字用。《董西廂》一：「相國夫人煞年老，虔心豈避辭勞；鶯鶯雖是箇女孩兒，孝順別人卒難學。」此敍追薦崔相國時母女在醮壇之情形，文筆分兩排，一用煞字，一用雖字，互文也；煞年老，猶云雖年老也。又：「這書房裏往日噉曾來，不曾見這般物事。」噉與煞同，噉曾來，猶云雖曾來也；物事，指張生之琴。《漁樵記》劇四：「往常我破紬衫粗布襖煞曾穿，今日個紫羅襴恕咱生面。」言紬衫布襖雖曾穿過，而紫羅襴則從未見面過也。《樂府新聲》上，無名氏《新水令》套，「聽樓頭畫鼓打三更」篇：「雁兒！你怎生暫停！訴元因：一封書與你拴牢定，……疾回疾轉莫留停。山遙水遠煞勞程，雁兒！天色兒未明，休等閒尋伴宿沙汀。」煞勞程，猶云程途雖勞也；意言程途雖勞，但望你與我傳書，速去速回，莫要中途躭擱也。此種煞字之用法，更可旁證之《朱子語類》。《朱子語類》四十七：「如本朝趙韓王，若論他自身，煞有不是處，只輔佐太祖，區處天下，收許多藩鎭之權，立國二百年之安，豈不是仁者之功！」煞字與只字上下開合，意猶雖然云云，只是云云也。又六十六：「且如《周禮》所載，則當時煞有文字如今所見占法，亦只是大概如此。」煞字與亦只是字開合相應。又一三六：「曹操用兵，煞有那幸而不敗處，却極能料。如征烏桓，便能料得劉表不從其後來。」煞字與却字開合相應。

可煞　可噉　可殺

可煞，猶云可是也，疑問辭。趙輯《宋金元人詞》，李淸照《鷓鴣天》詞，《桂花》：「騷人可煞無情思，何事當年不見收？」黃公紹《滿江紅》詞：「可煞東君多著意？柳絲染出西湖色。」王之道《南鄉子》詞，《賦雪》：「雅與佳人回舞袂，相宜，試比冰肌可煞肥？」周密《南樓令》詞：「幾度欲吟吟不就，可煞是？沒心情。」按可煞本猶云可是，爲文氣宛轉之故，加一是字，同義重言，古人不避也。陳允平《丹鳳吟》詞：「過了幾番花信，曉來剗地寒意惡。可煞東風？甚把夭桃豔杏，故故淩鑠。」甚，猶眞也，見甚字條。《南九宮十三調譜》五，正宮近詞，《湘浦雲》：「蝶雙雙，舞翩翩，可煞奴偏教沒方沒便？良宵夢遠，寸心千里，覺來腸斷九轉。」皆其例也。亦作可𡁻。《花草粹編》四，万俟雅言《武陵春》詞：「謾覷着秋千腰褪裙，可𡁻是？不宜春。」義例與可煞是同。楊无咎《雨中花令》詞：「擬待歸來伏不是，更與問孤眠子細：月照紗窗，曉燈殘夢，可𡁻惡滋味？」又《瑞鶴仙》詞：「問昨宵可𡁻歸遲？更休道着。」《梅苑》二，無名氏《驀山溪》詞：「十分淸瘦，可𡁻有閒愁？」趙輯《宋金元人詞》，黃人傑《柳梢靑》詞，詠《黃梅》：「恰則年時，風前雪底，初見南枝。可𡁻悤悤？花才淸瘦，子已紅肥。」皆其例也。亦作可殺。楊萬里《舟過安仁》詩：「恰則油窗雨點聲，霎時花嶼日華明。不須覆手仍翻手，可殺春雲沒十成？」又《歸雲》詩：「可殺歸雲也愛山？夜來都宿好山間。」《南宋六十家》，武衍《閗鶯》詩：「吳兒可殺無風味？老却梅花祗當閒。」楊炎正《賀新郞》詞：「可殺一年遊賞倦？放得無情露酹。」《梅苑》九，無名氏《瑞鶴鴆》詞：「可殺天心故與多端麗？那更羅衣峭窄裁。」皆其例也。

索

索，猶須也；應也；得也。徐鉉《柳枝》詞：「共君同過朱橋去，索映垂楊聽洞簫。」言須於映着垂楊處聽簫也。《董西廂》二：「楚項籍，蜀關羽，秦白起，燕孫武：若比這箇將軍，兵書戰策，索拜做師父。」言應得拜他爲師也。又四：「怎知此間及第，修書索報於他。」言應得報知他也。辛棄疾《糖多令》詞：「頓着箇轎兒不肯上，須索要，大家行。」須索，須得也。《董西廂》一：「君瑞道莫胡來，便死也須索看。」《西廂》一之二：「這相思須索害也。」又五之二：「放時節須索用心思，休教藤絲兒抓住綿絲。」義均同上。此習見，不備舉。《西廂》四之四：「不索躊躇，何須憂慮。」《後庭花》劇一：「何須發怒，不索生嗔。」索與須均對舉，不索卽不須也。《梧桐雨》劇一：「雖無人竊聽，也索悄聲兒海誓山盟。」也索，也須也，亦猶也應或也得也。《王粲登樓》劇一：「這公事，怎肯甘心便索休。」此猶云怎便得休。《西廂》四之二：「若知道，那時如何索休。」義同上。又四之一：「則索呆打孩，倚定門兒待。」則索，只得也。《凍蘇秦》劇三：「點湯是逐客，我則索起身。」義同上。按本條之義，應用極廣，不備舉。

索是

索是，猶**煞是**也；卽猶甚是或眞是也。《昊天塔》劇一：「說甚麼勝敗兵家本不窮，則這兵也波書我可**索是**通。」《忍字記》劇二：「如今這家緣過活兒女都是我的，倒大來**索是**受用快活也。」《硃砂擔》劇一：「想俺這爲商賈的，**索是**艱難也呵！」《陳摶高臥》劇一：「貧道呵，**索是**失逢迎。」《柳毅傳書》劇三：「那一場電走雷奔，駕風雲的叔父，你可也**索是**勞神。」《虎頭牌》劇一：「來探你，歹孩兒，**索是**遠路風塵。」皆其例也。按此與作須是或應是解之索是異義。

索強

索強，猶云賽強或爭強也，亦可作恃強解。秦觀《品令》詞：「幸自得，一分**索強**，敎人難喫。」毛滂《浣溪沙》詞，《詠梅》：「月樣嬋娟雪樣清，**索強**先占百花春。」劉一止《踏莎行》詞：「有期無定却嗔人，**索強**我早諳伊性。」巾箱本《琵琶記》十四：「忒過分爹行所爲，但**索強**全不顧人議。」皆其例也。按本條與索強如及索強似，字面同而意義無涉。

賽強如　煞強如　煞強似　索強如　索強似　須強如

賽強如，猶云賽過如，卽云比那項強也。《陽春白雪》後二，不忽麻平章《點絳唇》套，《辭朝》：「寧可身臥糟丘，**賽強如**命懸君手。」《雍熙樂府》四載此曲作索強如。《太平樂府》八，孛羅御史《一枝花》套，《辭官》：「隨分村疃人情，**賽強如**憲臺風化。」按賽強如，當爲元始使用語，轉而爲煞強如，煞讀去聲，與賽音近，故通。《風光好》劇二：「你這般當歌對酒銷金帳，**煞強如**掃雪烹茶破草堂。」《兩世姻緣》劇一：「但得個夫妻美滿，**煞強如**旦末雙全。」《薦福碑》劇四：「今日個列鼎而食，**煞強如**淡飯黃虀。」如亦作似。《西廂》二之二：「俺今日箇東閣玳筵開，**煞強似**西廂和月等。」《趙禮讓肥》劇四：「穩請受皇家俸祿，**煞強似**一片荒山掘野蔬。」亦作索強如。煞與索一聲之轉，故通。《賺蒯通》劇一：「我想今日封侯得這陳留邑，**索強如**少年逃難下邳初。」《忍字記》劇二：「每日家掃地焚香念佛，**索強如**倨買柴糴米當家。」《城南柳》劇四：「但能勾五千歲遐齡，**索強如**九十日韶光。」《誶范叔》劇一：「則俺這無憂愁青衲襖，**索強如**你兢驚怕紫羅袍。」如亦作似。《黃粱夢》劇一：「只不如苦志修行謹慎，早圖個靈丹腹孕，**索強似**你跨青驢躑躅風塵。」《雍熙樂府》五，無名氏《點絳脣》套，「散誕逍遙」篇：「蓋一座無憂無慮草團瓢，稽首回歸，**索強似**凌烟閣。」《詞林摘豔》四，載此曲作煞強似。草團瓢通作草團標，意言草屋也。亦作須強如。巾箱本《琵琶記》二十：「嘗聞古賢書，狗彘食人食，**須強如**草根樹皮。」蓋以須與索爲一聲之轉也。幾經輾轉之餘，本義幾不可識矣。

除非是　除非　除是　除

除非是，假設一例外以見其只有此也。賀鑄《斷湘絃》詞：「擬話當時舊好，問同誰與醉尊前。除非是明月清風，向人今夜依然。」周邦彥《歸去難》詞：「密意都休，待說先腸斷。此恨除非是，天相念。」袁去華《宴清都》詞：「如今要見，除非是夢，幾時曾做。」蔣捷《永遇樂》詞：「西園支徑，今朝重到，半礙醉筇吟袂。除非是鶯身瘦小，暗中引雛穿去。」皆其例也。省去是字，則曰除非。范仲淹《蘇幕遮》詞：「黯鄉魂，追旅思。夜夜除非，好夢留人睡。」晏幾道《采桑子》詞：「別後除非，夢裏時時得見伊。」張元幹《念奴嬌》詞：「有誰伴我淒涼？除非分付與，盃中醽醁。」史浩《如夢令》詞：「無比，無比，要比除非鏡裏。」皆其例也。省去非字，則曰除是。張元幹《蘭陵王》詞：「相思除是，向醉裏，暫忘却。」楊炎正《鵲橋仙》詞：「寄書除是雁來時，又只恐書成雁去。」石孝友《好事近》詞：「今夜這回，除是有翅兒飛得。」仲幷《浪淘沙》詞：「要得相逢除是夢，有夢來無？」皆其例也。省去非是字，則祇曰除。宋徽宗《燕山亭》詞：「怎不思量，除夢裏有時曾去。」周邦彥《滿路花》詞：「知他那裏，爭信人心切？除共天公說，不成也還，似伊無箇分別。」李公昴《摸魚兒》詞：「高眼覷，算不識人間寵辱除巢許。」朱敦儒《蘇武慢》詞：「除奉天威，掃平狂虜，整頓乾坤都了。共赤松攜手，重騎明月，再遊蓬島。」皆其例也。有祇用一除字而別以補足語完成其意者。元稹《離思》詩：「曾經滄海難爲水，除却巫山不是雲。」此以不是字補足之也。歐陽澈《玉樓春》詞：「曲中依約斷人腸，除却梨園無此曲。」此以無此字補足之也。

《董西廂》二：「只除會聖，一命難逃。」此以難字補足之也。又三：「婆婆知道，**除會聖**，雲雨怎能成合。」此以怎能字補足之也。

敢則是　敢只是　敢則

敢則是，猶云大概是也；又猶云決定是也；正是也。亦作敢只是。《桃花女》劇一：「你可也**敢則是**飽諳世事慵開口。俺則見這壁廂悶悶的迎，那壁廂鬱鬱的憂。」此猶云大概是。《爭報恩》劇一：「做甚買賣度的昏朝，**敢則是**靠些賭官博。」又：「往日家私甚過的好，**敢則是**十年五載，四分五落，直這般踢騰了些舊窩巢。」上兩則均爲猜度之辭，亦猶云大概是。巾箱本《琵琶記》二十一：「怎的只見殺聲在絃中見，**敢只是**螳螂來捕蟬。」又二十九：「這意兒教人怎猜，這意兒教人怎解。**敢只是**楚館秦樓有一箇得意情人也。悶懨懨，不放懷。」上兩則亦均爲猜度之辭，亦猶云大概是。《柳毅傳書》劇一：「俺那龍呵！可曾有半點兒雨雲期，**敢只是**一剗的雷霆怒。」此與只是同，爲決定義。《兒女團圓》劇三：「則俺那小哥哥從幼兒便有志節，端的那頑劣處並無些。**敢則是**天生的聰俊，待改家門，氣象兒全別。」此亦猶云決定是，言決定是天生聰俊，將興家門也，與上句端的字語意一貫。又四：「我覷了這女豔姿，如此般蠢坌身子，粗桀腰肢，却生的這般俊秀的孩兒。**敢則是**鴉窩裏出鳳凰，糞堆上產靈芝，這言語信有之。」此亦猶云決定是，與下文信有之句語意一貫。亦猶云正是，鴉窩裏兩句爲成語，以正是二字領起成語，行文之習慣然也。《樂府陽春白雪》前四，關漢卿小令，《大德歌》：「好教人暗想張君瑞，**敢則是**愛月夜眠遲。」此亦猶云正是，愛月夜眠遲係成語也。《馬陵道》劇一：「將我鞍馬衣甲都奪下了，將我搶出陣來。他是你好兄弟，那裏是羞我，**敢則是**羞你哩！」此亦正是義，言正是羞你也。亦有作敢則者。《鎖魔鏡》劇二：「喒兩箇橫鎗躍馬，且交半籌。**敢則**一陣裏抹了芒頭。」此猶云決定，言決定打一仗便得勝也。抹了芒頭，應卽爲挫他鋒頭意。《病劉千》劇一：「則今番我直着抹了那廝芒頭。」又二：「我則怕那廝打了我芒頭。」可證。《病劉千》劇一：「你休笑我黃乾黑瘦，我可**敢則**今番我直着頂替了那一座泰安州。」此亦決定義。按劇情，泰安州神廟賽擂，獨角牛兩年無對手，此時劉千欲打倒之，故云然。意言決定奪了他泰安州獨霸之威名也。《誤入桃源》劇二：「沒揣的撞到風流陣，引入花衚衕。擺列着金釵十二行，**敢則**夢上他巫山十二峯。」此猶云正是，意言正是作巫山之夢也。《裴度還帶》劇一：「配四聖十哲，定七政三才。君聖明，威伏了四海，**敢則**他這廟堂臣八輔三台。」義同上，言正是他這廟堂臣，係八輔三台之選也。

少甚麼　少是末

少甚麼，猶云不希罕也；儘多着也。《魯齋郎》劇二：「他**少甚麼**溫香軟玉，舞女歌姬。」此不希罕義。《幽閨記》三：「喫的是馬酪羊羔，**少甚麽**龍肝鳳髓。」此亦不希罕義。巾箱本《琵琶記》八：「文場選士，紛紛都是才俊徒。**少甚麽**鏡分鸞鳳，都要榜登龍虎，偏他將我誤。」此儘多着義，言儘多着拋妻而求功名者，何他偏誤我也。又十：「合生合死都由命，**少甚麽**孫子森森也忍飢。」言儘多着子孫滿前而受飢者，不必埋怨兒子之赴京而無人奉養也。又十五：「滿皇都**少甚麽**公侯子，何須去嫁狀元。」此不希罕與儘多着均可解。又二十一：「〔生〕彈甚麽曲好？〔占〕《雉朝飛》到好。〔生〕彈他做甚麽，這是無妻的曲，我**少甚麽**息婦？〔占〕胡說！如何少甚息婦？〔生〕呀！錯了也！只有个息婦。」按劇情，此爲蔡伯喈與牛氏問答語。少甚麽息婦，猶云息婦多着，蓋無意中流露出家中尙有元配趙五娘也。亦作少是末，是末卽甚麽。三十種本《汗衫記》劇：「讀書萬卷多才俊，**少是末**一世不如人。」言讀書萬卷者，儘多一世貧困也。

那些個

那些個，猶云那裏是也；說不到也。《錯立身》戲文：「事到如今不自由，**那些個**男兒得志秋。」巾箱本《琵琶記》四：「須知此行是親志，休故拒。秀才！你**那些個**養親之志。」此恐其故拒而不肯赴考，故云然。又六：「干（乾）吃十八下黃荊杖，**那些個**成與不成吃百瓶。」按劇情，此爲媒婆語，成與不成云云，乃關於媒人之典故。又十六：「動不動逞兇行惡，**那些個**恤寡矜孤。」

又二十一：「強對南薰奏虞絃，只見指下餘音不似前，**那些個**流水共高山。」皆其例也。只見猶云只覺。

那裏每

那裏每，猶云怎麼也；亦猶云何處也。《董西廂》四：「鶯鶯情性，**那裏每**也俏無了貞共烈？」言怎麼亦全無貞烈也。《劉行首》劇二：「怕你不楊柳腰，容貌好，久以後**那裏每**着落？」言將來怎麼着落也。《㑳梅香》劇二：「有他那親筆寫的情詞，揣着吟藁呀！**那裏每**不見了？哎！你個不了事的呆才！可元來在手兒裏搦着。」言怎麼忽然不見了也。《金線池》劇楔子：「那一片俏心腸，**那裏每**堪分付？」言怎麼發付也。《趙禮讓肥》劇三：「好着我痛傷懷，不俫這的是**那裏每**哥哥走到來？」言怎麼哥哥到此處來也。按劇情，趙禮正在劇盜馬武處受死，其兄趙孝趕至，欲替其弟死，此爲趙禮見其兄趙孝趕至時語，不俫，語助辭。以上均爲怎麼義。其作何處義者。《盆兒鬼》劇三：「**那裏每**汪汪犬吠，隱隱疏籬。俺這裏舉目觀窺，原來是竹塢人家傍小溪。」言何處有犬吠聲也。《藍采和》劇四：「**那裏每**人烟鬧，是一火村路岐。」言何處人烟鬧也。《昊天塔》劇四：「**那裏每**噎噎哽哽，擾亂俺這無是無非窗下僧。」言何處有哭聲也。《陽春白雪》後二，劉時中《端正好》套，《上高監司》：「甑生塵，老弱飢，米如珠，少壯荒。有金銀**那裏每**典當，盡枵腹臥斜陽。」言何處去典當也。《合汗衫》劇三：「想當初他一領家這汗衫兒是我拆開，不俫問相公這一半兒**那裏每**可便將來。」言這半領汗衫是何處拿來也，不俫，語助辭。《哭存孝》劇三：「他把一條紫金梁生砍做兩三截，阿者休波！是他便**那裏每**分說。」此如今皮黄白所云這從那裏說起也。阿者，卽母親。按從上述各證細按之，每字均有想像或估量之義，與麽字義近。

便好道

便好道，猶皮黄白所云常言說得好或常言道得好也，於引用成言舊話時用之。《神奴兒》劇一：「哥哥！**便好道**『老米飯捏殺也不成團』，喒可也難在一處住了。」《看錢奴》劇一：「據着賈仁埋天怨地，正當餓死凍死，**便好道**『天不生無祿之人，地不長無名之草』，吾等體上帝好生之德，權且與他些福力咱。」《救孝子》劇四：「**便好道**『人命關天』，我賺他畫了這個字，殺了他孩兒，便是我殺了他。」《桃花女》劇楔子：「**便好道**『陰陽不順(徇)人情』，我說則說，你休煩惱！你那兒子注着壽天。」又：「**便好道**『陰陽不可信，信了一肚悶』，你小大哥那裏便犯這般橫禍，你信他怎的！」皆其例也。

又道是

又道是，於二次引用成言舊話時用之。《東堂老》劇一：「那錢物則有出去的，無有進來的。便好道『坐吃山空，立吃地陷』。**又道是**『家有千貫，不如日進分文』。」上云便好道，故下云又道是。《王粲登樓》劇一：「賢士差矣！却不道『學成文武藝，貨與帝王家』。**又道是**『十年窗下無人問，一舉成名天下知』。……學士何不進取功名，可怎生便回家去也？」上云却不道，故下云又道是。《抱妝盒》劇二：「你道『忠臣不怕死』，**又道是**『保護潛龍掌命司』。這兩句話似經板兒印在我心上，我則牢記者。」上云你道，故下云又道是。上述三例，可爲使用又道是一語之正格，惟沿用既熟，遂於一次引用成言舊話時用之。巾箱本《琵琶記》三：「淨白：院子！你伏事老相公，公的又撞着公的；我伏事小娘子，雌的又撞着雌的。末白：**又道是**『鳳隻鸞孤』。」此借成語爲比。又九：「淨白：我三場都是別人的，也中了。一首詩使別人的，到不得！末白：**又道是**『七步成章』。」七竊諧音，譏其竊人文章也。又：「淨白：自笑持盃濫叨酒，却愁把筆怎題詩。有人問我求佳作。末白：如何回他？淨白：問我先生便得知。末白：**又道是**『當仁不讓於師』。」仁人諧音，譏其當人面前讓師也。至於普通用法，並不限於引用成言。《舉案齊眉》劇二：「你將這赤的金，白的銀，饕餮都盡，**又道是**女孩兒背槽拋糞。」此卽常語之又說是也。《金線池》劇一：「不依隨，**又道是**女孩兒不孝順。」《傷梅香》劇二：「我本將摑破你個小賤人的口來，**又道**我**是**個女孩兒家惡叉白賴。」義均同上。

可不道　却不道

可不道，猶云豈不道也；猶云豈不有這話也。於引用成言舊話作反詰口氣時用之。《趙氏孤兒》劇一：「**可不道**『遇急思親戚，臨危托故人』？你若是救出親生子，便是俺趙家留得這條根。」又：「你既沒包身膽，誰着你強做保孤人。**可不道**『忠臣不怕死，怕死不忠臣』！」《凍蘇秦》劇一：「**可不道**『黃河有日也澄清』？偏則是我五星，直恁般時乖運蹇不通亨。」《賺蒯通》劇一：「他則望遷也波除，倒將他劍下誅。**可不道**『舉枉錯直民不服』？」也波，語助辭，無意義。《舉案齊眉》劇一：「富時節把親偏許，貧時節把親偏阻。**可不道**『君子斷其初』？」《魔合羅》劇四：「**可不道**『一言既出，便有駟馬難追』？已招伏，怎改易，要承抵。」皆其例也。亦作却不道。可猶豈也，却亦猶豈也。《趙氏孤兒》劇一：「**却不道**『遠在兒孫近在身』？哎！你個賊也波臣和趙盾，豈可二十載同僚沒些兒義分！」《王粲登樓》劇一：「**却不道**『寶劍贈烈士，紅粉贈佳人』？小官有白金兩錠，春衣一套，駿馬一匹，薦書一封，送賢士去投託荆王劉表。」《西廂》二之三：「既然夫人不與，小生何慕金帛之資！**却不道**『書中有女顏如玉』？小生則今日便索告辭。」皆其例也。復次，可不道亦有應作「豈不是」解者。道猶是也，見道字條。《勘頭巾》劇四：「這椿事**可不道**你也和他曾有首尾來！」《金線池》劇一：「你道俺纔過二旬。有一日粉消香褪，**可不**

道老死在風塵！」上兩則，皆豈不是義。可不道又有應作「却不想」解者。《㑳梅香》劇一：「不爭向琴操中單訴着飄零，**可不道**憁兒外更有箇人孤另！」道猶想也，見道字條。不道，猶不想也，見不道條。《哭存孝》劇一：你則會飲酒食，着別人苦戰敵，**可不道**生受了有誰知！」生受，吃苦之意，言却不想別人戰鬭吃苦也。

道不得　道不的

道不得，猶云可不道也；亦猶云豈不有這話也。於引用成言舊話作反詰口氣時用之。道不的亦同。《太平樂府》九，馬致遠《耍孩兒》套，《借馬》：「我沉吟了半晌語不語，不曉事頹人知不知？他又不是不精細，**道不得**『他人弓莫挽，他人馬休騎』！」頹，詈辭。《賺蒯通》劇四：「這冠帶黃金，是聖人賜你的，你怎生還了我，**道不得**個『違宣抗敕』麼？」《西廂》五之四：「夫人怒欲悔親，依舊要將小姐與鄭恆爲妻，那裏有此理！**道不得**箇『烈女不更二夫』？」其作道不的者。《老生兒》劇二：「你從小裏也該把這孩兒教，怎生由他恁撒拗。**道不的**『家富小兒驕』？」《還牢末》劇一：「你也姓李，我也姓李，**道不的**『一般樹上兩般花，五百年前是一家』？」《黃粱夢》劇四：「似這等不義財貪得如何？**道不的**『殷勤過日災須少，僥倖成家禍必多』？」《東堂老》劇一：「你平日許多慷慨氣節，都歸何處？**道不的**個『見義不爲無勇也』？」《救孝子》劇一：「**道不的**

個『公子登筵，不醉卽飽；武夫臨陣，不死則傷』？倘或小的個孩兒當軍去呵！有些好歹，便是老身送了康氏之子。」皆其例也。復次，道不得或道不的，亦有應作「說不得」解者。《東窗事犯》劇：「休只管央及俺菩提，**道不得**念彼觀音力。」意言說不得神佛保佑，猶云說不到也。《牆頭馬上》劇三：「小業種把櫳門掩上些，**道不的**跳天撅地十分劣。被老相公園中撞見者，諕的我死臨侵地難分說。」意言說不得許多劣也。猶云小業種跳天撅地，有說不盡的十分劣也。《金錢記》劇三：「我折桂枝回來呵，我來折你這曉風春日觀音柳。**道不的**錯分付了風流畫眉手。」意言得到功名之後，再來婚娶，說不得我錯用畫眉手也；猶云不能說我錯也。

抵多少

抵多少，比擬之辭。有猶云好比是者，有猶云比不得者，有猶云勝過如者，隨其文義而各異。其作好比義者。《硃砂擔》劇一：「我如今在虎口逃生，急忙忙再不消停。**抵多少**遙指空中雁做羹。」言好比指雁做羹之無把握也。《兒女團圓》劇二：「不由我春滿眼，喜盈腮，**抵多少**東風飄蕩垂楊陌。」言好比風飄垂楊之自在也。《西遊記》劇二：「到瓜洲渡口，有人親救。對天禱告還生受，保護得他速見東流。金釵兩股牢拴就，**抵多少**騎鶴上揚州。」此亦好比義。又九：「你去玉皇宮，偷得銀絲帽。**抵多少**瓊林宴賜金花誥。」又九：「一念雲時生，萬里須臾到。四員將神通不小，**抵多少**萬里西風鶴背高。」又二十三：「今日箇送路在山門，**抵多少**攜手上河梁。」義均同上。其作比不得義者。《東坡夢》劇一：「則爲這樂府招議譖，**抵多少**文章可立身。」言文字之禍，比不得文章立身也。《蝴蝶夢》劇三：「隔牢攛徹牆頭去，**抵多少**平空尋覓上天梯。」言身死後在牢牆上攛丟而出，比不得上天也。《殺狗勸夫》劇二：「我如今冒他大雪窨中去，**抵多少**袖得春風馬上歸。」言貧苦比不得富貴也。《圯橋進履》劇二：「見如今沿門乞化，**抵多少**日轉他那千階。」義同上。《詞林摘豔》五，《新水令》套，「碧梧天靜暮雲收」篇：「將一朶並頭蓮翠捻紅揉，**抵多少**月下鸞簫，**花**底同遊。」言分離比不得團圓也。其作勝過義者。《老生兒》劇二：「爲商的小錢番做大錢，讀書的把白衣換做紫袍。則這的將來量較，可不做官的比那做客的妝幺！有一日功名成就人爭羨，**抵多少**買賣歸來汗未消。」言爲官勝過爲商也。妝幺，爲擺闊義或擺架子義。《雍熙樂府》五，《點絳脣》套，《贈妓名斗兒》：「躲離了斗級每手內提，却來這畫堂中方上閣。常子是淸風明月簾櫳罩，**抵多少**團弄在小兒曹。」言安置於畫堂之上，勝過在小兒手中團弄也。

小可如

小可如，猶云不過如也。小可爲輕易之義，見可字條，引申之則猶云不過如此。《蕭何追韓信》劇：「臣算着五年滅楚，**小可如**三載亡秦。」言不過如三載亡秦也。《楚昭公》劇一：「你須想着歸期急，休言他去路艱。止不過船臨古渡垂楊岸，路經險道邛郲坂，**小可如**君騎羸馬連雲棧。你休辭山遙水遠路三千，我專等你堅甲利刃那兵十萬。」此與止不過互文。按劇情，此爲申包胥赴秦乞師臨行時昭公囑付語。《不伏老》劇三：「這一場**小可如**美良川交兵的手段，御科園單鞭奪槊的雄威；**小可如**牛口谷鞭伏了竇建德；**小可如**下河東與劉黑闥相持。」此爲尉遲敬德被激後之唱詞，言不過如已往那幾次戰鬭而已。涵芬本《單刀會》劇三：「他那裏暗暗的藏，我須索緊緊的防。都是些狐朋狗黨。**小可如**千里獨行，五關斬將。**小可如**我攜親姪訪冀王，引阿嫂覓劉皇，灞陵橋上氣昂昂，側坐在雕鞍上。」言不過如五關斬將那一回事而已，不過如側坐在馬上對付曹操刀挑錦袍那一回事而已。又：「向單刀會上，對兩班文武，**小可如**三月襄陽。」言不過如襄陽會那一回事而已。元高文秀有《襄陽會》劇，演劉備三月三日赴會逃席，的盧跳檀溪故事。又：「折麽他滿筵人列着先鋒將，**小可如**百萬軍刺顏良時那一場攘。」言不過如刺顏良時那一場爭攘而已。折麽與遮莫同。《黃花峪》劇二：「不是李山兒便強嘴，**小可如**我鄆州東平府帶着枷，披着鎖，我跳三層家那死囚牢，比那時節更省我些氣力。」言不過如我鄆州逃獄那一回事，且用不着如許氣力也。復次，小可如一語，以使用之習慣，其意義又變而爲難道如。《小尉遲》劇一：「你道十八般武藝都曉通。賣弄你智量高，氣勢雄。你**小可如**劉黑闥王世充？」言你難道如劉王二人麼，意則云劉王二人亦終爲唐朝所滅，何況乎你。《馮玉蘭》劇三：「我這裏低頭不語眼偷瞧。呀！**小可如**昨夜停舟那一遭。莫不是狠賊徒把咱尋見了，直要斷盡根苗。」此與下句莫不是相應，言難道如昨夜賊徒洗劫那一回事，又將重演麼。

酩子裏　冥子裏　瞑子裏　閔子裏

酩子裏，有昏暗義；有忽然義；有無端義。字亦作冥子裏、瞑子裏及閔子裏。《花草粹編》一，無名氏《夢桃源》詞：「秀才**冥子裏**，鑾駕幸并汾。恰似鄭州去，出曹門。」原注，冥子裏，俗謂昏也。按此詞乃嘲考生之誤解試題，具見原注，文繁不錄。意蓋謂秀才好糊塗也。趙長卿《簇水》詞：「試撋就，便把我得人意處，**閔子裏**施纖手。」《詞律》注云：「閔子裏卽酩子裏，乃暗地裏之謂也。」姬翼《忞逍遙》詞：「筋聯骨肉，皮毛纏裹，**酩子裏**認來是我。」言暗地裏自忖也。《董西廂》二：「煩惱身心怎按納，誦篤篤地**酩子裏**駡。」言暗地裏駡也。又二：「沒箇人俫問，**酩子裏**忍餓。」義同上。《西廂》二之三：「淚眼偷淹，**酩子裏**都揾濕香羅。」《望江亭》劇三：「**酩子裏**愁腸**銘子裏**焦，又不敢着旁人知道。」《梧桐葉》劇一：「則今日從朝至昏，不離分寸。**酩子裏**向晚妝樓目斷楚臺雲。」巾箱本《琵琶記》八：「**酩子裏**自尋思，妾意君情，一旦如朝露。」以上各文，均爲暗地裏義。由暗地義引申之則爲忽然義。《董西廂》二：「燒罷功德疏，百媚地鶯鶯不勝悲哭，似梨花帶春雨。老夫人哀聲不住。那君瑞醮臺兒旁立地不定，**瞑子裏**歸去。」瞑子裏歸去，猶云一溜烟跑走也。此兼有暗地及忽然義。《西廂》一之四：「道場畢，諸人散了，**酩子裏**各歸家，葫蘆提鬧到曉。」酩子裏各歸家，猶云一哄而散，有悤悤義，亦爲忽然義。《殺狗勸夫》劇二：「他**酩子裏**紐回咽頸，沒揣的轉過身體。」按劇情，爲敍孫大醉後初醒情形，亦兼有暗地及忽然義，言糊裏糊塗忽然醒轉來也。下句之沒揣，猶云不意，見沒揣條。由忽然義引申之則爲無端義。《曲江池》劇一：「他來到謝家莊，幾曾見桃花面。**酩子裏**揣與些柳青錢。」柳青爲娘之歇後語，指鴇母。言平白無端送與鴇母許多錢也；亦兼有發昏義。《秋胡戲妻》劇三：「秋胡云：『這裏也無人，小娘子你近前來，我與你做個女壻，怕做甚麽？』正旦怒科，唱：『他**酩子裏**丟抹娘一句。』」丟抹意云衝犯。此亦平白無端義，亦兼有發昏義。《裴度還帶》劇四：「幾曾見**酩子裏**兩對門！你道是五百年宿緣分。」按劇情，此爲裴度以新狀元遊街，被繡球打着而成親時語。意言平白無端成親事也。對門，爲成親之義。《梧桐雨》劇三：「怎的教**酩子裏**題名單罵，腦背後着武士金瓜。」言無端指名而罵也。

葫蘆提　葫蘆蹄　葫蘆題　胡盧蹄

葫蘆提，糊塗之義。《花草粹編》十一，李屏山《水龍吟》詞：「但尊中有酒，心中無事，**葫蘆提**

過。」《董西廂》一：「眼睉睽地佯呆着，一夜**葫蘆提**鬧到曉。」又二：「又恐賊軍不知縷細，**葫蘆提**把寺院焚燒。」《竇娥寃》劇三：「念竇娥**葫蘆提**當罪愆；念竇娥身首不完全。」《留鞋記》劇三：「不爭**葫蘆提**斬首在雲陽下，把我這養育的娘親痛哭殺。」《合汗衫》劇四：「便是老親，也有近的，也有遠的。 母親怎**葫蘆提**只說老親，不說一箇明白與孩兒知道。」皆其例也。提亦作蹄。《三奪槊》劇：「當日都是那不主事蕭丞相，更合着那沒政事漢高皇，把韓元帥**葫蘆蹄**斬在未央。」亦作題。《雍熙樂府》十八，無名氏小令，《紅繡鞋》，《遇美》：「**葫蘆題**猜不破，死木藤無回活。」葫蘆亦作胡盧。《樂府新聲》中，無名氏小令，《水仙子》：「只不如**胡盧蹄**每日相逐趁，到能勾喫肥羊，飲巨觥。 得便宜是好好先生。」復次，葫蘆提一語，亦得拆開用之。《太平樂府》七，周仲彬《鬬鵪鶉》套，《自悟》：「問甚鹿道做馬，鳳喚做鷄。 **葫蘆**今後大家**提**，別辨是和非。」別辨，莫辨也。《雍熙樂府》十三作「從今**葫蘆**大家**提**，再不辨是和非」。可證。又十四，《集賢賓》套，《嘆世》：「我則待混俗爲最，總不如**葫蘆**今後大家**題**。」則提又作題。要之總爲糊塗義也。《樂府陽春白雪》後一，吳仁卿小令，《金字經》：「酒錢懷內揣，**葫蘆**在，大家**提**去來。」此則語妙雙關者已。

無藉在

無藉在，猶云無聊賴或無拘束也。杜甫《送韋書記赴安西》詩：「白頭**無藉在**，朱紱有哀憐。」

白居易《洛城東花下》詩：「白頭**無藉在**，醉倒亦何妨。」楊萬里《感興》詩：「何似閒人**無藉在**，不妨老眼看升沈。」又《風花》詩：「風似病顛**無藉在**，花如中酒不惺鬆。」陸游《官居書事》詩：「本自陽狂**無藉在**，更堪羸病不枝梧。」又《世事》詩：「醉舞杯盤**無藉在**，狂吟風月不枝梧。」又《幽居初夏》詩：「詩酒本來**無藉在**，形骸況復不枝梧。」又《歲未盡前數日》詩：「眞笑形骸**無藉在**，本知生世不牢強。」又《病中久廢遊覽》詩：「不恨盃觴**無藉在**，但悲山水曠周旋。」《南宋六十家》，葛天民《嘗青梅》詩：「楊花**無藉在**，風急正漫漫。」元好問《楊生玉泉墨》詩：「涴袖秦郎**無藉在**，畫眉張遇可憐生。」自注云：「宮中以張遇麝香小團爲畫眉墨。」李萊老《浪淘沙》詞：「閒倚欄杆**無藉在**，數盡歸鴉。」劉克莊《沁園春》詞，《賞紅梅》：「唐人更**無藉在**，浪比紅兒。」案指羅虬《比紅》詩也。上舉各詩詞，皆其例也。

無是處　無事處　沒是處　不是處

無是處，猶云沒辦法也；不得了也。亦作無事處或沒是處或不是處。《蝴蝶夢》劇二：「敎我兩下裏難瞻顧，百般的**沒是處**。」此猶云沒辦法。又：「眼睜睜有去路無回路，好敎我百般的**沒是處**。」《樂府陽春白雪》前三，馬東籬《壽陽曲》：「一會加上心來**沒是處**，恨不得待跨鸞歸去。」一會加與一會價同。《救孝子》劇三：「怕不要倩外人，那裏取工夫，正農忙百般**無是處**。」

《魔合羅》劇一：「淋的我頭怎擡，走的我脚怎舒，好着我眼巴巴**無是處**。」《五侯宴》劇一：「不似您這孩兒不犯觸，可是他聲也波聲，聲聲的則待要哭，則從搖車兒上魘禳**無是處**。」又：「誰敢道是湯他一湯，誰敢是觸他一觸，可是他叫吖吖**無是處**。」《四馬投唐》劇三：「我則恐怕箭射着元帥的屍首，我這裏護着身軀，好教我勤王救駕**無是處**。」《打韓通》劇二：「空着我思量**無事處**，莫不是鄰家閙炒閙，必定是買賣本虧圖。」《魔合羅》劇一：「怕老的若有**不是處**，你則問那裏是李德昌家絨線鋪，街坊每他都道與。」言你若沒辦法，可問街坊也。以上均當作沒辦法解。《玉鏡臺》劇四：「昨日會賓朋飲到遙天暮，今日酒渴的**沒是處**。」此沒辦法與不得了均可解。《凍蘇秦》劇二：「頭裏我勸你時，搶白的我**沒是處**。」此猶云搶白的我不得了。《來生債》劇二：「你爲甚麼唧唧噥噥百般的**無是處**。」此猶云多言多語得不得了。《救風塵》劇四：「你一心淫濫**無是處**，要將人，白賴取。」此猶云淫濫得不得了。

沒是哏　沒事哏　沒事狠　無事哏　無事狠

沒是哏，過分哏之義。哏亦作狠；沒是亦作沒事或無事。《詐妮子調風月》劇：「大剛來婦女每常川有些**沒是哏**，止不過人道村。」《勘頭巾》劇一：「你罵了人倒說你是，你**沒事哏**，沒事村。」按村亦狠戾之義。《金線池》劇一：「炕頭上主燒埋的顯道神，**沒事哏**。」《對玉梳》劇一：

「俺那娘彪着一個冷鼻凹，百般的**沒事狠**。」《風光好》劇三：「我覷了，暗地哂。全不見，**沒事狠**。綢繆處，直恁親。」《凍蘇秦》劇四：「今日箇駟馬雕輪，公吏每忙跟，兀良脇底下插柴內忍。全不想冰雪堂**無事哏**。」《後庭花》劇一：「你直恁的倚勢挾權**無事狠**，脊梁上打到有五六輪。」要之皆過分兇狠之義也。

不覩事　不賭是　不賭時　不覩是　睹是　賭是

不覩事，昧心負義之辭；亦作不懂事解。覩亦作賭或睹，事亦作是或時。趙輯《宋金元人詞》，晁元禮《步蟾宮》詞：「奴哥一向**不賭是**，算誰敢共他爭氣。」奴哥，指所歡。一向不賭是，猶云一味昧心。《西廂》五之三：「硬打強，奪爲眷姻。**不覩事**，要諧秦晉。」王實甫《絲竹芙蓉亭》劇：「枉敎我倚定門兒手托顋，休將那**不賭事**的話兒揣。」《張千替殺妻》劇：「**不賭時**摟抱在祭臺邊，這婆娘色膽大如天。」三十種本《遇上皇》劇：「好模樣，歹做處。**不覩事**，要休書。倚官強拆散俺妻夫。」妻夫卽夫妻，元時語如此。《太平樂府》八，《粉蝶兒》套，大都行院王氏《寄情人》：「把一封正家書改做詐休書，馮魁**不覩事**，將我來娶。」按茶商馮魁恃富強娶蘇卿，乃當時流行之戲劇本事。又前調，姚守中《牛訴寃》：「被這廝添錢買我離桑樞，**不覩是**牽咱過前途。一聲頻歎氣長吁，兩眼悽惶淚如珠。」《雍熙樂府》二，無名氏《端正好》套，《蘇卿題恨》：「**不覩事**拆鸞凰，軟兀拉分鶯燕。茶船上暗接了絲鞭。」按接絲鞭乃當時流行之招壻典故。《兒女團圓》劇三：「他是個**不覩事**的喬男女，你便横枝兒待犯些口舌。」巾箱本《琵琶記》二十三：「這壁廂道咱是個不撐達害羞的喬相識；那壁廂道咱是個**不覩事**負心的薄倖郎。」按撐達有「漂亮」「老練」諸義，不撐達猶云臉面老不出。復次，巾箱本《琵琶記》十六：「人知的只道我好心**睹是**，不知我的道我恃老無籍之徒。」凌刻臞仙本睹是作睹事，無籍作無藉。此亦可反證不覩事之爲昧心負義也。然不覩事亦有作不懂事解者。《智勇定齊》劇三：「**不覩事**撞入咱陣裏，你正是有路無歸。」此猶云冒昧也。《王蘭卿》劇二：「有這等淸風高節，止不過一箇緊貼身的窮字，又怕甚**不覩事**長安少年說。」此猶云糊塗也。《蝴蝶夢》劇二：「枉敎你，坐黄堂，帶虎符。受榮華，請俸祿。俺孩兒，好寃屈。**不覩事**，下牢獄。」義同上。《打董達》劇二：「不由我忿怒，拳着處，血模糊。你可也**不覩事**班門學弄斧。」此猶云不識相也。復次，黄庭堅《鼓笛令》詞：「各自輸贏只**睹是**，賞罰采分明須記。」意猶云各人自己明白或各自注意，此亦可反證不覩事之爲不明白、不注意也。

大廝八　大四八　大廝把　大廝併　大四至　廣張四至

大廝八，猶云大模大樣或像模像樣也。《百花亭》劇一：「自笑我有那崔護詩才幾些？怎敢便**大廝八**將涼漿謁。」《貨郎旦》劇二：「你父親此地身亡，你是必牢記着日頭。**大廝八**做個週年，分甚麼前和後。」盧前校本《太平樂府》九，楊立齋《哨遍》套，「世事摶沙嚼蠟」篇：「據小的每噤**大廝八**，着幾條畫木做陳蕃榻。謝尊官肯把荒場降，勞貴脚還將賤地來踏。」按此敍說書人之開場客套，意云像小的們也太大模大樣了，陳設着幾條木榻，多謝先生們肯光臨賜聽。《雍熙樂府》八，無名氏《一枝花》套，《春》：「一箇**大四八**忙牽金勒馬，一箇俏聲兒回轉畫輪車。」按《詞謔》附載此曲，係劉庭信作品，大四八作**大廝把**。亦作大廝併，《玉鏡臺》劇二：「更有場**大廝併**，月夜高燒絳蠟燈，只愁那煩擾非輕。」《詐妮子調風月》劇：「怎當那廝**大四至**鋪排，小夫人名稱。」大四至殆亦與大廝八義同。按曹勛《訴衷情》詞：「**賢且廣張四至**，我早已優游。」廣張四至，義當與大四至同。

無碑記

無碑記，猶云無數也；不可計也。《樂府新聲》中，無名氏小令，《水仙子》：「牆板般世事**無碑記**，料想來爭甚的，則爭個來早來遲。」《雍熙樂府》十三，無名氏《鬪鵪鶉》套，《雙陸》：「翻雲覆雨**無碑記**，則袖手旁觀笑你，休把色兒嗔，宜將世情比。」又十九，無名氏小令，《小桃紅》，《西廂百詠》五十三：「淒涼受了**無碑記**，心歡神喜，雨情雲意，攜手入羅幃。」《南柯記》四十四，《情盡》：「長夢不多時，短夢無碑記，普天下夢南柯人似蟻。」皆其例也。

無乾淨　不乾淨　沒乾淨

無乾淨，猶云不得了也；沒了結也。《西廂》二之二：「索款款深深，燈下交鴛頸。端詳着可憎，好殺人無乾淨。」言好得來不得了也。《㑳梅香》劇一：「搬調的在後園中夤夜閒行，只恐怕老夫人知道無乾淨，別引逗出半點兒風聲。」言老夫人知道將不得了也。《氣英布》劇二：「激的咱引領大兵，還歸舊境，……直抵着二十箇霸王沒的支撑，連你箇說喒的隨何也不乾淨。」言連你也不得了也。《藍采和》劇二：「喒告去來到官司呵！和你敢無乾淨。」義同上。《黑旋風》劇一：「管教抹着我的無乾淨。」意言碰着我，我便不與他干休也。此爲沒了結義。《對玉梳》劇一：「荆楚臣若不出去，我和你不乾淨。」義同上。《昊天塔》劇四：「歸來餘醉未曾醒，但觸着我這禿爺爺沒些乾淨。」義同上。《樂府陽春白雪》補集，無名氏小令，《紅綉鞋》：「這場事無乾淨，這場事怎干休。」無乾淨與怎干休，義近而對舉。《誠齋樂府》，《仗義疏財》劇：「這一場雪怨報恨無乾淨，直打的那濫官吏潛蹤滅影。」此猶云一不做二不休也。亦爲沒了結義。《陳摶高臥》劇一：「投至我石枕上，夢魂清，布袍底，白雲生。但睡呵！一年半載沒乾淨。」言長睡不醒，直睡到一年半載亦不了結也。

三衙家

三衙家，**慢騰騰**之義；家與價同。《貶夜郎》劇一：「這孩兒何曾夜啼，無些驚氣，嬌的不肯離懷。懶慵那（挪）步，怕見獨立，**三衙家**逩定親娘扒背。」按劇情，此描寫安祿山在宮中爲貴妃養子情形。《來生債》劇一：「若有箇舊賓朋，一徑的將他來投逬，他可自**三衙家**不出那正堂門。」《病劉千》劇一：「說着他種田呵！我**三衙家**抹丢。道着他這放牛呵！我十分的便抖擻。提着道是拽拳呵！**美也！美也！**我精神兒先有。」大意言嬾得種田，寧可放牛，最喜打拳也。《詞林摘豔》五，劉庭信《夜行船》套，「新夢青樓」篇：「**三衙家**則推道娘未寢，不隄防幾場兒撒唔。」義均同。撒唔，亦見《西廂》三之四，《五劇箋疑》：「猶云扯淡也。」

沒掂三　沒店三

沒掂三，沒輕重或沒意思之義。**掂**亦作**店**。《西廂》二之一：「我從來斬釘截鐵常居一，不似恁惹草粘花**沒掂三**。」方諸生本注云：「不着緊要之意。」《蕭淑蘭》劇二：「你個顏叔子秉燭眞個堪，柳下惠開懷**沒店三**。」方諸生《西廂》二之一注引作「柳下惠等閑沒掂三。」《遇上皇》劇四：「這言語**沒掂三**，可知水深把杖兒探。對君王休把平人陷，趙元酒性淹。」三十種本《遇上皇》劇作「這言語沒店三」。蓋店與掂音近而通用也。義均同。

三不歸

三不歸，無着落之義。關漢卿《拜月亭》劇一：「干戈動地來，橫禍事從天降。耶娘**三不歸**，家國一時亡。」《玉鏡臺》劇四：「想當日沽酒當壚，拚了個**三不歸**青春卓氏女；今日膝行肘步，招了個百般嫌皓首漢相如。」《青衫淚》劇二：「我怕你兩尖擔脫了孤館思鄉客，**三不歸**翻了風帆下水船。」《東坡夢》劇二：「你受了青燈十年苦，可憐送得你黃州**三不歸**。」三十種本《薛仁貴》劇：「您享着玉堂裏臣宰千鍾祿，却覷着那草舍內爺娘**三不歸**。」《太平樂府》八，顧君澤《願成雙》套，《憶別》：「科場不第，出落着個**三不歸**。」《詞林摘豔》四，無名氏《新水令》套，《思情》：「一世夫妻，恰一似南柯夢裏，閃的人**三不歸**。」義均同。

三不知

三不知，突然不料之義。《兒女團圓》劇一：「**三不知**逢着貴客，我兩隻手忙加額。」《陳州糶米》劇三：「**三不知**我騎上那驢子，忽然的叫了一聲，丟了個撅子，把我直跌下來。」《魯齋郎》劇題目正名：「**三不知**同會雲臺觀，包待制智斬魯齋郎。」義並同。

面沒羅　面磨羅

面沒羅，發怔或發獃之義。《詐妮子調風月》劇：「**面沒羅**，呆答孩，死堆灰。」《氣英布》劇二：「諕的喈**面沒羅**，口搭合。」《酷寒亭》劇三：「心驚的我**面沒羅**。」沒亦作磨，《董西廂》二：「酒來後，滿盞家沒命飲，**面磨羅**地甚情緒。」義並同。

卷五

省(一)

省，猶記也；憶也。《樂府詩集》八十，《醉公子》：「昨日春園飲，今朝倒接䍦。誰人扶上馬，不省下樓時。」不省，不記也。韋應物《雪中》詩：「連山暗古郡，驚風散一川。此時騎馬出，忽省京華年。」忽省，忽記也。李商隱《中元作》詩：「曾省驚眠聞雨過，不知迷路爲誰開。」曾省，曾記也。許渾《聽唱山鷓鴣》詩：「夜來省得曾聞處，萬里月明湘水秋。」曹唐《小遊仙》詩：「省得壺中見天地，壺中天地不曾秋。」省得，記得也。姜夔《湘月》詞：「鱸魚應好，舊家樂事誰省。」誰省，誰記也。《陽春白雪》八，張榘《應天長》詞，《蘇堤春曉》：「費人省，隔夜濃歡，醒處先覺。」費人省，費人思索記憶也。《花菴中興詞選》一，康與之《喜遷鶯》詞：「回首塞門何處，故國關河重省。」重省，重憶也。省字有與記字聯用者。張先《天仙子》詞：「臨晚鏡，傷流景，往事後期空記省。」曾覿《感皇恩》詞：「少年青鬢，耐得幾番重到。舊歡慵記省，如天杳。」段成己《滿江紅》詞：「往事不堪重記省，舊愁未斷新愁又。」趙嘏《十無》詩：「今日賓階忘姓字，當時省記薦雄無？」以上或云記省，或云省記，皆重言而同義也。白居易《畫竹歌》：「西叢七莖勁而健，省向天竺寺前石上見；東叢八莖疏且寒，憶曾湘妃廟裏雨中看。」此與憶字互文也。《勘頭巾》劇楔子：「全不省上青驄，只記得金鍾漫捧，直勸我喫的到喉嚨。」此與記字互文也。

省（二）

省，猶曾也。茲以唐詩爲例，先舉省與曾對舉者。岑參《函谷關歌》：「野花不**省**見行人，山鳥何曾識關吏。」竇鞏《江陵遇元九李六紀事書情》詩：「夢想何曾間，追歡未**省**違。」白居易《放言》詩：「北邙未**省**留閑地，東海何曾有定波。」賈島《寄賀蘭朋吉》詩：「會宿曾論道，登高**省**議文。」又《巴興作》詩：「三年未**省**聞鴻叫，九月何曾見草枯。」對舉之，互文也。亦有省曾二字聯用者。韓愈《李花贈張十一署》詩：「念昔少年着遊燕，對花豈**省**曾辭盃。」元稹《得樂天書》詩：「遠信入門先有淚，妻驚女哭問何如。尋常不**省**曾如此，應是江州司馬書。」劉得仁《贈道人》詩：「三山來往尋常事，不**省**曾驚市井人。」凡此省曾，皆重言而同義也。以下再略舉有關於省字之各詩。王績《看釀酒》詩：「從來作春酒，不**省**不經年。」杜甫《見王監兵馬使說白黑二鷹》詩：「黑鷹不**省**人間有，度海疑從北極來。」劉禹錫《九日登高》詩：「年年上高處，未**省**不傷心。」白居易《尋春題諸家園林》詩：「平生身得所，未**省**似而今。」又《恨詞》：「翠黛眉低斂，紅珠淚暗銷。從來恨人意，不**省**似今朝。」元稹《有鳥》詩：「有鳥有鳥名燕子，口中未**省**無泥滓。」又《陰山道》詩：「臣聞平時七十萬匹馬，關中不省聞嘶噪。」又《寄庾敬休》詩：「小來同在曲江頭，不省春時不共遊。」王涯《閨人寄遠》詩：「不省出門行，沙場知近遠？」熊孺登《送舍弟孺復往廬山》詩：「能騎竹馬辨西東，未省煙花暫不同。」以上各詩之不省或未省，均即不曾或未曾也。李羣玉《贈妓》詩：「誰家少女字千金，省向人間逐處尋。今日分明花裏見，一雙紅臉動春心。」省向，曾向也。李郢《張郎中宅戲贈》詩：「謝家青妓邃重關，誰省春風見玉顏。聞道綵鸞三十六，一雙雙對碧池蓮。」誰省，誰曾也。李商隱《評事翁寄賜餳粥》詩：「粥香餳白杏花天，省對流鶯坐綺筵。今日寄來春已老，鳳樓迢遞憶鞦韆。」省對，曾對也。復次，杜甫《詠懷古跡》詩，其《明妃村》云：「畫圖省識春風面，環佩空歸月夜魂。」此省識字，解者多從省之本義而作略識解，然上句云省識，下句云空歸，句法開合相應，故此省識字以作曾識解爲對勁。且證之周邦彥《拜星月慢》詞云：「畫圖中舊識春風面，誰知道自到瑤臺畔。」周詞脫胎杜詩，舊識正曾識義也。

省（二）　省得　省可　省可裏

省，猶少也；猶云休也；免也。杜甫《聞斛斯六官未歸》詩：「老罷休無賴，歸來省醉眠。」省與休爲對舉之互文。黃庭堅《江城子》詞：「倩人傳語問平安，省愁煩，淚休彈。」省與休亦互文。《㑳梅香》劇二：「梅香嗏！省鬧；小姐哎！你休焦。」義例同上。《范張雞黍》劇二：「謝相識親友省僝僽。」猶云少僝僽或休僝僽也。僝僽義猶煩惱。《倩女離魂》劇一：「姐姐！且寬心，省煩惱。」義同上。有曰省得者。劉克莊《歲晚書事》詩：「幸然不識聱牙字，省得閒人載酒來。」楊萬里《壬寅歲朝發石塔》詩：「省得一朝疲造請，却教終日走長途。」省得，即免得也，此常語，不備舉。有曰省可者。蘇軾《臨江仙》詞，《贈王友道》：「省可清言揮玉麈，眞須保器全眞。」省可猶曰休要，意言休要清言，清言亦傷元眞，務須保全也。《董西廂》三：「我孩兒安心，省可煩惱。」猶云省煩惱也。而在曲中則多作省可裏。《董西廂》四：「省可裏晚眠早起！冷茶飯莫吃！好將息！」《西蜀夢》劇：「好生的將護，省可里拖磨！」里即裏之省筆字。《西廂》五之四：「妾前來拜覆，省可裏心頭怒。自別來安樂否？您那新夫人何處居？比俺姐姐是何如？」《虎頭牌》劇四：「休道遲，莫見責！省可裏便大驚小怪！將宅門疾快忙開！」《倩女離魂》劇四：「你省可裏煩惱。」《魯齋郎》劇一：「省可裏亂語胡言！」《鴛鴦被》劇二：「你將我省可裏推！我可也其實怕。」《神奴兒》劇二：「告嫂嫂休忙且暫停！省可裏雨淚如傾！」以上各省可裏，皆可作休要或休得解。而《神奴兒》劇一：「省可裏着嗔着惱！你休那等自跌自推！」省可裏與休那等互文，更可證。惟《鐵拐李》劇二：「這衣服但存幾件，怕你子母每受窮時典賣盤纏。比如包屍裹骨棺函內爛，把似遇節迎寒您子母每穿，省可裏熬煎。」此則與省得同義，言免得吃苦受熬煎也。此臨終時囑咐語，比如云云，言假如將舊衣服殉葬，不如留着到嚴冬時你們穿著，免得受苦寒之熬煎也。

辦　迭辦

辦，有辦到義；有準備義；有具備義。羅虬《比紅兒》詩：「任伊孫武心如鐵，不辦軍前殺此人。」不辦，卽辦不到，意云不至於作此事也。范成大《與正夫朋元遊陳侍御園》詩：「官減不妨詩事業，地寒猶辦醉生涯。」言辦到醉生涯也。《三戰呂布》劇一：「俺這裏衙門靜，活計艱，每月家俸錢剛把家私辦。」家私意言食用，辦卽辦到之辦。《雁門關》劇二：「只爲俺衣飯難迭辦，不得已在他人眉睫間。」迭與打疊之疊義同，辦卽辦到。迭辦亦一熟語也。《梧桐雨》劇二：「囑咐你仙音院莫怠慢，道與你教坊司要迭辦。」《金線池》劇一：「全憑着五個字迭辦金銀，無過是惡劣乖毒狠。」《王粲登樓》劇一：「則爲我五行差，沒亂的難迭辦，幾能勾青瑣點朝班。」《西廂》五之三：「因家下無人，事冗不能迭辦，以此來的遲了。」要之迭辦亦皆辦到義也。以上爲辦到義，亦卽從辦理之本義來。方岳《春日雜興》詩：「又見山林春意思，辦隨芳草落花眠。」此準備義。張元幹《沁園春》詞，《夜夢與一道士對歌》：「爭知我，辦青鞋布襪，雁蕩天台。」義同上。史達祖《滿江紅》詞：「辦一襟風月看昇平，吟春色。」《絕妙好詞》四，譚宣子《江城子》詞，詠柳：「辦得重來攀折後，烟雨暗，不辭遙。」此後字與啊字同義。《陽春白雪》八，胡蒙泉《霓裳中序第一》

詞：「歲華休省閲，早霍地小園花發，已辦海棠開後，獨立半廊月。」劉辰翁《霜天曉角》詞：「不管滿身花露，已辦着、三更看。」以上爲準備義。《西廂》四之一：「辦一片志誠心，留得形骸在。」此言具備志誠心也。《降桑椹》劇四：「則願的母親年高百歲身榮貴，兀的不喜歡殺也波哥，喜歡殺也波哥，俺一家兒辦誠心酬謝天和地。」又：「辦虔心至誠發願，夢寐中親見神靈。」《桃園結義》劇一：「辦着箇鐵石心腸，但得箇兩意情舒志不忘。」義均同上。以上爲具備義。

惱

惱，猶撩也。楊萬里《釣雪舟（小齋名）倦睡》詩，序云：「倦睡，忽一風入戶，撩瓶底梅花極香，驚覺，得絕句。」詩云：「無端却被梅花惱，特地吹香破夢魂。」詩之所謂惱，卽序之所謂撩也。《醉翁琴趣》歐陽修《少年遊》詞：「拈花嗅蕊，惱煙撩霧，拚醉倚西風。」惱與撩互文，惱卽撩也。朱淑眞《清平樂》詞：「惱煙撩露，留我須臾住。」惱與撩亦互文。更廣其例。杜甫《奉陪鄭駙馬韋曲》詩：「韋曲花無賴，家家惱殺人。」言撩撥殺人也。王安石《夜直》詩：「春色惱人眠不得，月移花影上欄干。」惱人，撩人也。蘇軾《蝶戀花》詞：「牆裏鞦韆牆外道。牆外行人，牆裏佳人笑。笑漸不聞聲漸悄，多情却被無情惱。」言牆裏佳人之笑，本出於無心情，而牆外行人聞之，枉自多情，却如被其撩撥矣。黃庭堅《步蟾宫》詞：「蟲兒眞個惡靈利，惱亂得道人眼起。」惱亂，爲其所撩所亂也。周邦彥《紅窗迥》詞：「有箇人人，生得濟楚，來向耳邊問道，今朝醒未？情性兒慢騰騰地，惱得人又醉。」又《意難忘》詞：「些個事，惱人腸，試說與何妨。」李清照《壺中天慢》詞：「寵柳嬌花寒食近，種種惱人天氣。」凡云惱人，義見前。辛棄疾《鷓鴣天》詞：「暗將往事思量遍，誰把多情惱亂他。」惱亂義見前。楊无咎《柳梢青》詞：「臨風惱斷回腸，漫立盡烟村夕陽。」惱斷，猶云惱殺。《陽春白雪》四，李肩吾《玲瓏四犯》詞：「舊時眉嫵貪相惱，到春來爲誰濃掃。」《絕妙好詞續鈔》，翁元龍《朝中措》詞，《茉莉》：「更著月華相惱，木犀淡了中秋。」相惱，即相撩也。

快（一） 不快

快，猶好也。三十種本《寃家債主》劇：「不想命不快，探親不着，又下着這大雪。」命不快，言命運不好也。《陳摶高臥》劇四：「命不快，遭逢着這火醉婆娘。」義同上，火即夥字。《張協狀元》戲文：「你命快，撞着我一道行。」命快，言命運好也。《樂府新聲》下，無名氏小令，《朝天曲》：「偶因命快。得個虛名，只管望前掙。」義同上。《漁樵記》劇三：「問道：『伯伯！王安道哥哥好麽？』我說道『快』。『楊孝先兄弟好麽？』我說道『快』。他把那四村上下姑姑、姨姨、嬸子、伯娘、兄弟、妹子都問道『好麽』？我說道『都快』。」凡問語曰好者，答語都曰快，快即好也。

由不快之義引申之，則患病亦曰不快，言身體不好也。關漢卿《拜月亭》劇：「是您女壻**不快**理(哩)！」言您女壻患病也。《小孫屠》戲文：「我身已自覺有些**不快**」。言自覺有些病也。身已，猶云身體。《西廂》四之一：「猛見了可憎模樣，早醫可九分**不快**。」言已醫愈九分病也。又五之一：「往常也曾**不快**，將息便好，不似這番，淸減的十分利害也。」言往常也曾患病也。《還牢末》劇一：「哎！你個很公吏休唱叫，俺家裏有**不快**的，爲甚麽苦眉怒目閒淘氣。」言家裏有病人也。《碧桃花》劇二：「興兒云：『我家相公**不快**，特來請你。』太醫云：『這等，咱和你就去。』」言相公患病也。按《通俗編》十五：「不快，有疾之謂也。《後漢·華佗傳》：『體有**不快**，起作一禽之戲，怡然汗出。』《魏志》：『有士患**不快**，詣華佗，佗曰：君疾當剖腹取之。』」則不快爲患病義，由來已舊矣。

快(二)

快，猶會也；能也。白居易《有感》詩：「莫養瘦馬駒，莫敎小妓女。後事在目前，不信君看取。馬肥**快**行走，妓長能歌舞。三年五歲間，已聞換一主。借問新舊間，誰樂誰辛苦？」快與能爲對舉之互文，快行走，猶云會行走也。虞集《蘇武慢》詞：「數卷殘書，半枚破硯，聊表秀才而已。道先生**快**寫能吟，直是去之遠矣。」義同上。《張協狀元》戲文：「小子**快**說夢，又會解夢。」

快與會爲對舉之互文。《董西廂》三：「只喚做先生解經理，解的文義差，爭知**快**打詩謎。」言怎知會打詩謎也。《北詞廣正譜》五，《中呂宮》白仁甫《蔓青萊》，《李克用》劇：「自從那盤古時分天地，便有那漢李廣養由基，他也不似這般**快**射。」言不似這般會射也。《舉案齊眉》劇四：「我做秀才**快**噇飯，《五經》《四書》不曾慣。」快噇飯，猶言會喫飯也。噇音牀。《昊天塔》劇四：「我做將軍**快**敵鬬，不吃乾糧則吃肉。」快敵鬬，猶言會戰鬬也。《太平樂府》九，高安道《哨遍套》，《皮匠說謊》：「**快**做能裁，着脚中穿，在城第一。」《詐妮子調風月》劇：「向這洛陽城，少甚末(麼)能言**快**語官媒證。」又：「道我能言**快**語說合成，我說波娘七代先靈。」先靈，元作先天，不叶韻，非，天係靈之誤字。《酷寒亭》劇四：「着一個能行**快**走的解子，便解將去。」《梧桐雨》劇四：「雖然是**快**染能描，畫不出沈香亭畔迴鸞舞，花蕚樓前上馬嬌。」《鐵拐李》劇楔子：「火坑裏消息我敢踏，油鑊內錢財我敢拿。則爲我能跳塔，**快**輪鍘。」《趙氏孤兒》劇四：「憑着我**快**相持，能對壘，直使的諸邦降伏。」《雍熙樂府》六，《粉蝶兒》套，《十面埋伏》：「能飛也飛不出齊田單火牛陣即墨城密匝匝連環陣，**快**逃也逃不出孫武子長蛇陣亂紛紛八卦圖。」以上快與能，均爲對舉之互文。

畏　畏人

畏，防慮之辭，猶云怕也。杜甫《羌村》詩：「晚歲復偷生，還家少歡趣。嬌兒不離膝，畏我却復去。」言防我之還家而仍復去家也。陳師道《別三子》詩：「有女初束髮，已知生離悲。枕我不肯起，**畏**我從此辭。」此卽脫胎杜詩意。王維《宮槐陌》詩：「應門但迎掃，**畏**有山僧來。」言防有僧來也。又《蓮花塢》詩：「弄篙莫濺水，**畏**濕紅蓮衣。」畏濕，防濕也。又《雜詩》：「已見寒梅詩，復聞啼鳥聲。愁心視春草，**畏**向玉階生。」言防春草之復生也。孟浩然《早發漁浦潭》詩：「飲水**畏**驚猿，祭魚時見獺。」言防驚猿也。王建《寒食行》：「牧童驅牛下塚頭，**畏**有人家來灑掃。」言防有人來掃墓也。以上各畏字，均可以怕字代之。陳師道《湖陵與劉生別》詩：「人**畏**有心事無難，此語雖鄙理則然。」此宋時諺語，若今諺卽所謂「天下無難事，只怕有心人」也。復次，從防慮之義引申之，則爲畏避義，其著者則有畏人一辭，意言與人世不合而避人、避世也。魏文帝《雜詩》：「吳會非我鄉，安得久留滯。棄置勿復陳，客子常**畏人**。」杜甫《畏人》詩：「**畏人**成小築，褊性合幽棲。」又《暮春題瀼西新賃草屋》詩：「**畏人**江北草，旅食瀼西雲。」黃庭堅《次韻胡彥明同年》詩：「**畏人**重祿難堪忍，閱世浮雲易變遷。」陳師道《野望》詩：「**畏人**惟可飲，從俗卻須醒。」義並同。

怕（一）

怕，用爲反詰之辭，猶云難道也；豈也。《董西廂》三：「自心思忖，**怕**做夫妻後(呵)不好！奴正青春，你又方年少。**怕**你不聰明！**怕**你不穩色！**怕**你沒才調！」言難道做夫妻不好麼，難道你不聰明、不美貌、沒才調麼。《嚴子陵》劇一：「誰人省悟是誰癡，**怕**不鳳凰飛在梧桐上。」按「鳳凰飛上梧桐樹，自有旁人說短長」，乃當時成語，意云閒說是非也。此僅用上句，乃歇後體。《謝天香》劇三：「姐姐每肯教誨，**怕**不是好意！爭奈我官人行，怎敢便話不投機。」言豈不是好意也。《劉行首》劇二：「你**怕**不楊柳腰，容貌好，久以後那裏每着落？」言現在難道不年輕貌美，將來怎樣結煞也。《西廂》三之四：「紅云：『你因甚便病得這般了！』生云：『你行**怕**說的謊，却因小姐上來。』」猶云你面前難道說得謊麼。《東堂老》劇二：「出門來呵！**怕**不道**桃花扇影**；你回窰去，匆匆匆！少不得風雪酷寒亭。」言難道不儼然是豪富公子派頭也。按《詞林紀事》六：「晁補之云：晏元獻不蹈襲人語，風度閒雅，自是一家。如『舞低楊柳樓心月，歌盡桃花扇底風』，知此人必不生於三家村中者。」桃花扇影語本此。《看錢奴》劇二：「他道我貪他香餌終吞釣，我則道留下青山**怕**沒柴！」言難道會沒柴也。《老生兒》劇四：「**怕**不關親！怎將俺不睬問。」言難道不關親，怎不理俺也。《趙氏孤兒》劇一：「那屠岸賈若見這孤兒呵！**怕**不就連皮帶筋撚成虀粉！」言豈不被他撚成肉泥也。巾箱本《琵琶記》二十五：「我**怕**不要歸！爭奈不由我！」言我豈不要歸也。

怕(二)

怕，用爲反設之辭，猶云如其也；倘也。張炎《解連環》詞，《孤雁》：「想伴侶猶宿蘆花，也曾念春前，去程應轉。暮雨相呼，**怕**驀地玉關重見。未羞他雙燕歸來，畫簾半卷。」怕驀地云云，言倘忽然重見舊時伴侶也。舊侶重逢，孤雁不孤，則何羞於雙燕矣。又《掃花游》詞：「山空翠老，步仙風**怕**有采芝人到。」怕有，倘有也。趙輯《宋金元人詞》，張之翰《木蘭花慢》詞：「**怕**過孤山山下，一杯先酹林逋。」怕過，倘過也。《董西廂》二：「相國夫人！**怕**伊不信自家說。請寬尊抱，是須休把兩眉結。倚着闌干，凝望時節。寺宇周迴，賊軍間列稍寧帖。」怕伊云云，言如其不信我說也。詳見稍字條。又三：「可憐我四海無家獨自箇，**怕**得工夫，肯略來看覷我麼？」怕得工夫，言如其有閒暇工夫也。又四：「**怕**賢不信，試問普救寺僧行，我手下兵卒。」怕賢不信，言如其你不信也。關漢卿《拜月亭》劇：「您昆仲各東西，俺子母兩分離。**怕**哥哥不嫌相辱呵！權爲個妹。」言如其哥哥不嫌屈辱也。又：「哥哥道做軍中男女若相隨，有兒夫的不擄掠，无家長的落便宜。這般者波！**怕**不問時權做弟兄，問着後(呵)道做夫妻。」言如其無人盤問時則爲兄妹，有人盤問時則云夫妻也。又：「我寧可獨自孤孀，**怕**他大(待)抑勒我則(別)尋個家長，那話兒便休想。」言如其他要逼我別嫁丈夫也。又：「則兀那瑞蓮便是證見，**怕**你不信後(呵)！沒人處問一遍。」言如其你不信也。三十種本《冤家債主》劇：「**怕**有些不週處權躭待，做一牀錦被都遮蓋。」言如其有不週到處請權爲寬容也。三十種本《魔合羅》劇：「**怕**不知處，則(只)問李德昌絨鋪，俺街坊都道與。」言如其不知處也。《謝天香》劇三：「**怕**待學大曲子，我從頭兒唱與你。」言如其要學大曲也。《范張雞黍》劇二：「**怕**少盤纏，立文書問隔壁鄰家借；**怕**無布絹，將現錢去長街上鋪內截。」言如其少盤纏，如其無布絹也。《雍熙樂府》十五前集，《念奴嬌》套，《傷梅香》：「若足下病沉時，將艾焙燒；**怕**哥哥告殂時，着火葬了。」怕與若互文。《幽閨記》十七：「〔生〕有人廝盤問，教咱把甚言抵對也！……〔旦〕**怕**問時權說是夫妻。」言如其有人問也。

惜　惜恐

惜，猶恐也；怕也。李白《感興》詩：「裂素持作書，將寄萬里懷。……委之在深篋，蠹魚壞其題。何如投水中，流落他人開。不**惜**他人開，但恐生是非。」惜與恐互文，言不怕他人開我書緘，但怕因此生是非耳。崔國輔《香風詞》：「坐**惜**玉樓春欲盡，紅綿粉絮挹妝啼。」《全唐詩》作坐恐，《萬首絕句選》作坐恐，惜與恐通，皆怕義也。其有惜恐二字聯用者，亦爲怕義。張先《菩薩蠻》詞：「**惜**恐鏡中春，不如花草新。」言怕鏡中春去，不如花草也。又前調詞：「佳人學得平陽曲，纖纖玉筍橫孤竹。一弄入雲聲，海門江月淸。鬢搖金鈿落，**惜**恐櫻脣薄。聽罷已依依，莫吹

《楊柳枝》。」言怕佳人脣薄，不能勝再吹之勞也。按詞意爲吹笛。又《玉聯環》詞：「惜恐紅雲易散，叢叢看徧。」言怕紅雲易散也。按詞意爲看花。杜安世《巫山一段雲》詞：「惜恐塵埃染，驚疑紫府來。有時香噴入人懷，魂斷客徘徊。」言怕塵埃染也。又《安公子》詞：「惜恐鶯花晚，更堪容易相拋遠。」言怕鶯花晚也。以下再舉單用惜字者以爲證。李白《早秋贈裴十七》詩：「雙歌入青雲，但惜白日斜。」言怕日暮也。黄庭堅《以酒渴愛江清作五小詩》：「此翁今惜醉，舊不論升斗。」言怕醉也。周紫芝《小重山》詞：「十分深注碧琳腴。休惜醉，醉後有人扶。」言不必怕醉，醉有人扶也。王安中《蝶戀花》詞，《長春花》：「十二番開寒最好，此花不惜春歸早。」言不怕春歸早也，此所以爲長春也。張綱《清平樂》詞：「無限遊人誰惜倦，只有衰翁心嬾。」惜倦，猶云怕辛苦也。

羞

羞，猶怕也；亦猶云怕見也。《會眞記》載崔鶯鶯詩：「自從消瘦減容光，萬轉千迴嬾下牀。不爲旁人羞不起，爲郎憔悴却羞郎。」言非爲怕見旁人而不起牀，正爲怕見郎也。蘇軾《定風波》詞：「不信歸來但自看，怕見，爲郎憔悴却羞郎。」義同上。周邦彦《憶舊遊》詞：「歎因郎憔悴，羞見郎招。」此已着見字，則羞字只作怕字解。蘇軾《題織錦圖上回文詩》：「羞看一首回文錦，錦似文君別恨深。」羞看，怕看也。劉禹錫《贈眼醫婆羅門》詩：「看朱漸成碧，羞日不禁風。」羞日，怕日也。賀鑄《菩薩蠻》詞：「粉香映葉花羞日，窗間宛轉蜂尋蜜。」義同上。陳師道《湖上晚歸寄詩友》詩：「紅綠羞明眼，欹斜久病身。」羞明，怕光也。辛棄疾《祝英臺近》詞：「老眼羞明，水底看山影。」義同上。楊无咎《雨中花慢》詞：「飲散頻羞燭影，夢餘常怯窗明。」羞燭影，怕見燭影也。《陽春白雪》八，翁處靜《玲瓏四犯》詞：「葱翠試剪春畦，羞對酒，夜寒猶重。」羞對酒，怕對酒也。《太平樂府》三，徐甜齋小令，《凭闌人》：「髻擁春雲鬆玉釵，眉淡秋山羞鏡臺。」言怕見鏡臺也。又九，無名氏《哨遍》套，《傷春》：「縱有鄰姬相約，強斟芳醞，羞聽離詞。」羞聽，怕聽也。

藉　顧藉

藉，猶顧也。元稹《放言》詩：「霆轟電烻數聲傾，不奈狂夫不藉身。縱使被雷燒作燼，寧殊埋骨颺爲塵。」不藉，不顧也。李山甫《落花》詩：「落拓東風不藉春，吹開吹謝兩何因。」義同上。姜夔《過桐廬》詩：「橫看山色仰看雲，十幅風帆不藉人。記取合江江畔樹，他年此處好垂綸。」義同上。言風帆行駛自快，不顧人之流連美景，惟有暗記他年好垂綸之處而已。《董西廂》二：「把那弓箭解，刀斧撇，旌旗鞍馬都不藉。」又四：「幾番待撇了不藉，思量來當甚厮憨。」

《西廂》四之四：「你是爲人須爲徹，將衣袂不藉，繡鞋兒被露水泥沾惹，脚心兒管踏破也。」《范張雞黍》劇二：「寸心酸，五情裂。咱功名，已不藉。」義均同上。關漢卿《拜月亭》劇：「如今索支持，如何迴避，藉不的那羞共恥。」藉不的，顧不得也。《三奪槊》劇：「打得匹不剌剌征駞走電光，藉不得衆兒郎，過澗沿坡尋路慌。」義同上。《雍熙樂府》四，《村里迓古》套，《明皇哀告陳玄禮》：「貴妃上馬嬌無力，回鸞舞困乏，藉不得鬢堆鴉。」又七，《耍孩兒》套，《稍刷行院》：「老鴇兒藉不得板，一味地趄。狠撅丁夾着鑼，則(只)得走。」按撅丁卽龜奴。義均同上。又十三，《鬪鵪鶉》套，《知機》：「怪不着他一子不藉，催寒暑玉兔東生，搬興廢紅日西斜。」一子不藉，猶云一點不顧也。藉字亦有與顧字聯用者，則曰顧藉，猶言顧惜或照顧也。史達祖《玉樓春》詞：「雨前穠杏尚娉婷，風後殘梅無顧藉。」言風吹殘梅毫無顧惜也。《絕妙好詞》五，周端臣《木蘭花慢》詞：「梅梢。尚留顧藉，滯東風未肯雪輕飄。」滯與殢通。雪輕飄，以喻梅花落；意言望東風稍存顧惜，毋至於吹落梅花也。肯，猶云至於也，見肯字條。

穩（一）

穩，猶安也；忍也。陳師道《示三子》詩：「了知不是夢，忽忽心未穩。」言心未安也。歐陽修《虞美人影》詞：「梅梢弄粉香猶嫩，欲寄江南信。別後寸腸縈損，說與伊爭穩。」《醉翁琴趣》

作「別後危腸愁損，算得伊爭穩」。爭穩，猶云怎安或怎忍也。程垓《閨怨無悶》詞：「怎免千般思忖。倩人說與，又却不忍。拚了一生愁悶，又只恐愁多無人問。到這裏，天也憐人，看他穩也不穩。」義同上。《絕妙好詞》一，陸淞《瑞鶴仙》詞：「待歸來先指花梢教看，却把心期細問。問因循過了青春，怎生意穩。」義同上。盧祖皋《謁金門》詞：「釵鳳鏡鸞誰問，想見粉香啼損。倩盡飛鴻終未穩，夜來寒陡頓。」言縱有書去，終是放心不下也。未穩亦未安意。《救風塵》劇三：「我爲甚不敢明聞，肋底下插柴自穩。」《神奴兒》劇四：「我見他兩次三番如喪神，早難道肋底插柴自穩。」肋底插柴，爲難忍之事，自穩，猶云自忍也。《凍蘇秦》劇四：「兀良脇底下插柴內忍，全不想冰雪堂，無事哏。」正作忍，可證。

穩(二)

穩，猶云安頓也；含有隱瞞之義。《西廂》四之四：「穩下俺那能拘管的夫人，說過俺廝齊攢的侍妾。」《詞林摘豔》三，《粉蝶兒》套，《雲窗夢》第三折：「恨則恨馮魁那醜生，買轉俺那柳青。一壁廂穩住雙生，一壁廂遞流小卿。」《東堂老》劇三：「他兩個把我穩在這裏，推買東西去了。他兩個少下的錢鈔，都對在我身上。」又：「這兩個好無禮也！把我穩在茶房裏，他兩個都走了，乾餓了我一日。」《翫江亭》劇二：「將那先生穩在那酒店裏，我騎着風也似快馬，來到這荒郊野的着言支對，敎你手託着東牆，我直打到肯。」口兒穩，隱瞞不言也。《西廂》三之二：「紅娘！早是你口穩哩！若別人知呵！甚麼模樣？」義同上。

外。」皆其例也。由隱瞞之義引申之，則曰口穩。《董西廂》三：「思量又不當口兒穩。如還抵死

恇　匡

恇，猶料也。《生金閣》劇一：「我那裏恇郭成的渾家，這等生的風流，長的可喜。」那裏恇，那裏料也。《合汗衫》劇一：「則打的一拳，不恇就打殺了。」不恇，不料也。亦作匡。《定時捉將》劇四：「兩員將惡戰多時，……不分勝敗。不匡邳彤營中腦背後振天火起，燒了本營，邳彤害慌，銚期當住。」不匡，卽不料也。《打韓通》劇四：「這韓通是箇爲頭的好漢，不匡還出不了你的手。」義同上。出不了，猶云逃不了。《九宮八卦陣》劇二：「奉俺父親的將令，同李金吾戴貟慶二位將軍，迎敵宋兵。投到某來，宋江軍馬，不匡就到霸州等處。」義同上。又四：「李逵兄弟也！誰匡今日，俺衆頭領都皆得志，定有加官賜賞也。」誰匡，誰料也。《暗度陳倉》劇四：「韓元帥着我領兵修棧道去，不匡他使一箇見識，他暗度陳倉古道去了。」見識，猶云計策。《單戰呂布》劇四：「俺奉密詔來此戰呂布，整戰了半載有餘。不匡劉關張弟兄三人一陣成功，又奪了虎牢關也。」不匡義均見前。

詐

詐，體面或漂亮之義。《董西廂》一：「不苦詐打扮，不甚豔梳掠。」苦，甚辭，言不爲十分漂亮之打扮也。又四：「得箇除授先到家，引着幾對兒頭踏，見俺那鶯鶯大小大詐！」言做官歸家見鶯鶯，多麼體面也。又四：「詐又不當箇詐，諂又不當箇諂。」此由體面義而引申爲矜夸，與諂媚義相對。言以云矜夸，算不得矜夸；以云諂媚，算不得諂媚也。《西廂》三之三：「打扮的身子詐，準備雲雨會巫峽。」此漂亮或俊俏義。三十種本《薛仁貴》劇：「生得龐道整身子兒詐，帶着朵像生花。」龐道整，猶云面孔齊整。《看錢奴》劇一：「每日在長街市上把青驄跨，只待要弄柳拈花，馬兒上紐捏着身子兒詐。」義均同上。《南牢記》劇四：「天生一對貪淫像，詐骨頭無四兩。」此猶云輕骨頭，亦俊俏義。像與相同義，貪淫像即貪淫相也。

頹 魋

頹，詈辭，惡劣之義，不限於頹喪義。其在名辭之上作形容辭用者。《西廂》三之二：「今日頹天，百般的難晚。」又三之四：「我這頹證候，非是太醫所治的。」又五之三：「你這般頹嘴臉，你則是韓壽下風頭的香，何郎左壁廂的粉。」《對玉梳》劇二：「不曉事的頹人，認些回和。」《勘頭巾》劇二：「則被你探爪兒的**頹**人將我來帶累死。」《薛仁貴》劇一：「偏我這等**頹**氣，我怎麼肯伏。」《玉壺春》劇四：「**頹**氣了惜花春起早，拽塌了愛月夜眠遲。」（案惟頹氣之頹字，近頹喪義。）《小桃紅》劇一：「你看這和尙，甚麽**頹**勢。」又三：「兀的果是俺員外，打扮的甚麽**頹**樣。」皆其例也。其在動辭之上作副辭用者。《金線池》劇一：「待我和那虔婆**頹**鬧一場去。」《酷寒亭》劇三：「罵那無正事**頹**唆，則待折損殺業種活撮。」皆其例也。然頹又用爲名辭。《殺狗勸夫》劇二：「若沒俺哥哥，怕不餓殺你這**頹**。」《救風塵》劇一：「我看了些覓前程俏女娘，見了些鐵心腸男子輩，便一生裏孤眠，我也直甚**頹**。」（直甚頹者，猶云不值一頹，極言其不算稀奇，不足詫異。）《豹子和尙》劇四：「罵你一句直甚**頹**。」《復落娼》劇四：「那禿弟子直甚麽**頹**。」皆其例也。而且頹字之上，亦加以形容辭。《團圓夢》劇二：「死了你個醜**頹**，便豬狗也不喫。」《香囊怨》劇一：「想馮魁那箇呆**頹**，干（乾）送了三千引新茶，落個甚的？」皆其例也。然則頹果何物乎？《雍熙樂府》七，無名氏《耍孩兒》套，《莊家不識构欄》：「剛捱剛忍，更待看些兒箇，枉被這驢**頹**笑殺我。」《誠齋樂府·曲江池》劇一：「你個好歹鬬的驢**頹**道甚的。」驢頹，殆卽驢屌也；按《西廂》五之三：「木寸馬戶尸巾，你道我是箇村驢屌。」可證驢屌本爲詈人之辭。又《太平樂府》九，馬致遠《耍孩兒》套，《借馬》：「有汗時休去簷下拴；渲時休教侵着**頹**。」此所云頹，殆卽馬屌，言洗馬時莫觸着馬屌也。（渲者，洗也；《雍熙樂府》七，《粉蝶兒》套，《悟眞如》：「收拾了古弄，洗渲了烟花，」洗與渲同義可證。）然則頹者，猶《水滸》之所謂鳥歟？然則餓殺你這頹，猶云餓殺你這鳥；直甚麽頹，猶云算不了什麽鳥；而醜頹猶云惡鳥；呆頹卽所謂呆鳥歟？然則因頹有惡劣義，始以名驢屌、馬屌歟？抑卽由驢屌、馬屌之名而引伸爲惡劣義歟？無從而知也。復次，字又作雔。《太平樂府》八，《粉蝶兒》套，大都行院王氏《寄情人》：「伴着這雔人物，便似寃魂般相纏，日影般相逐。」雔人物，卽頹人物也。《風月紫雲庭》劇二：「它見一日三萬場雔焦。」焦者，焦急炒鬧之意，雔焦，猶云頹鬧也。雔之與頹，蓋以音近而假借也。

潑

潑，詈辭，惡劣之義，不限於潑辣義。《寃家債主》劇一：「引着些個潑男潑女相扶策。」《酷寒亭》劇二：「則你是個腌腌臢臢潑婆娘。」又一：「戀着那送舊迎新潑弟子。」弟子卽妓女。《東堂老》劇一：「那潑烟花專等你個腌材料。」潑烟花與潑弟子同義。《紅梨花》劇一：「潑賤才，堪人罵。」《還牢末》劇一：「你罵他潑東西。」《東堂老》劇三：「怎不守着那兩個潑無徒！」無徒猶云無賴。《隔江鬭智》劇一：「敢是那一個潑無知，惱犯俺尊慈。」無知，意云無知之徒。《劉行首》劇二：「這潑先生無禮也！」先生卽道士。以上爲詈人之辭。郭應祥《鵲橋仙》詞：「獨憐詞客與詩人，費多少閒言潑語。」潑語，意近廢話。呂濱老《好事近》詞：「有則有箇潑心兒，不放被利名啜，却待兩手分付，與風花雪月。」啜賺爲一熟語，啜有賺義。《花草粹編》十二，王實之《沁園春》詞：「狂生眞個狂哉！潑性氣年來全未灰。」（案潑心兒、潑性氣之潑字，近潑辣義。）《百花亭》劇四：「潑生涯再不窺构肆。」构肆即构欄。《寃家債主》劇一：「正爲這潑家私呵，我也曾揑淡飯黃虀菜。」《漢宮秋》劇四：「則被那潑毛團叫的悽楚人也！」案劇情，乃詈雁。《張天師》劇二：「潑毛團是好無禮也！」案劇情，乃詈太陽。以上爲詈事物之辭。然潑字有惡劣義而兼近窮苦義者，例如下。《劉行首》劇一：「我這般窮身潑命誰瞅問。」《東堂老》劇三：「我其實可便顧不得你這窮親潑故。」上兩則均與窮字對舉。石孝友《亭前柳》詞：「這百十錢一箇潑性命，不分付待分付與誰。」意言不直錢之性命。《趙禮讓肥》劇四：「肯放我潑書生還奉母。」此猶云苦書生。《灰闌記》劇二：「則我這潑殘生，怎熬出這個死囚牢。」此猶云苦人兒。《詞林摘豔》七，無名氏《集賢賓》套，「家住在碧沈沈」篇：「小人有破房兒一兩間，潑家屬三四口。」與破字對舉，亦窮苦義也。

喬

喬，詈辭，惡劣之義，不限於假僞義。《劉行首》劇二：「這先生（道士）好喬也！我二十一歲，可怎生是你二十年前故交，你莫不見鬼來！」《任風子》劇一：「你看那些札手風喬人酒量淺。」

《對玉梳》劇二：「無廉恥的**喬**才，惹場折挫。」《竇娥冤》劇四：「便萬剮了**喬**才，還道報冤讎，不暢懷。」按喬才習見，不備舉。《秋胡戲妻》劇三：「則道是峨冠士大夫，原來是個不曉事的**喬**男女。」《遇上皇》劇二：「小人則是箇隨驢把馬**喬**男女，你須是說古論文士大夫。」按男女，亦爲奴僕自稱之辭，見男女條。以上爲詈人之辭。《生金閣》劇一：「你怎生的**喬**爲**喬**爲胡做，可不道敗壞風俗。」《誤入桃源》劇三：「看不的**喬**所爲，歹見識，刁天決地。」喬所爲與喬爲同。《樂府羣玉》三，周仲彬小令，《慶東原》：「閒評論，猛三思，海神廟錯斷了**喬**公事。」《連環計》劇三：「父子每都帽光光，做出這**喬**模樣。」《趙禮讓肥》劇一：「一弄兒**喬**勢煞，餓寒的怎覷他。」勢煞義同模樣。《還牢末》劇一：「你來我去無些禮，揎拳攞袖**喬**聲勢。」《西廂》三之三：「不是俺一家兒**喬**坐衙。」《對玉梳》劇一：「他那些**喬**殷勤，佯動問。」按喬坐衙、喬殷勤之喬字，爲假僞義。《西廂》五之三：「**喬**嘴臉，腌軀老，死身分，少不得有家難奔。」《爭報恩》劇一：「怎覷那**喬**軀老，屈脊低腰，款那(挪)步，輕擡脚。」以上爲詈事物之辭。

腌

腌，詈辭，惡劣之義，不限於腌臢不潔義。《董西廂》一：「開口道不穀十句，把張君瑞送得來**腌**受苦。」又三：「把目前已往，爲他**腌**苦，都對着，那人說。」又一：「窮綴作，**腌**對付。」又二：「使些兒譬似閒腌見識，着衫子袖兒揜淚。」譬似閒，意云沒關係；見識，猶云計策。《西遊記》劇十：「休更出你那鎖空房，腌見識。」《董西廂》三：「東傾西側的做些腌軀老。」軀老卽身軀，猶云身段。《西廂》五之三：「喬嘴臉，腌軀老，死身分，少不得有家難奔。」《東堂老》劇一：「那潑烟花專等你個腌材料。」《西遊記》劇十七：「莫不是渰藍橋燒祆廟的腌神將。」《蕭淑蘭》劇一：「斷不了《詩》云子曰酸風欠；離不了之乎者也腌窮儉。」皆其例也。《西廂》五之三：「枉腌了金屋銀屏，枉腺了錦衾繡裀。」此爲腌臢不潔義。

業

業，詈辭，多於自怨自詈時用之；本義與孽異而用如孽字。《來生債》劇楔子：「我當初本做善事來，誰想倒做了寃業。我家中有多少人欠我銀兩錢物的文契，倘若都似這李孝先呵！可不業上加業！」《太平樂府》八，朱庭玉《一枝花》套《女怨》：「俺好業，俺好呆，怎恁今生，時慳運拙。」《老生兒》劇楔子：「則怕久後爲這幾文業錢，着孩兒生了別心。」《北詞廣正譜》一，王和卿《文如錦》套：「娘愛他三五文業錢，把女送入萬丈坑塹。」《酷寒亭》劇三：「罵那無正事顆嗘，則待折損殺業種活撮。」業種，指子嗣而言。《牆頭馬上》劇三：「小業種把櫳門掩上些！」此指小兒女而言。《梧桐雨》劇四：「俺這裏披衣悶把幃屏靠，業眼難交。」《太平樂府》八，朱庭玉《一枝花》套，《女怨》：「擁被和衣強睡些，業眼朦朧暫交睫。」《詞林摘豔》八，無名氏《一枝花》套，「心如明月懸」篇：「我爲你性聰明相伴相留，怎禁這業心腸多病多愁。」《瀟湘雨》劇二：「細細細，心兒裏，暗尋思；苦苦苦，業身軀，怎動止。」《東堂老》劇楔子：「將這把業骨頭，常好是費神思。」《霍光鬼諫》劇二：「不爭剖開亡父新坵塚，不交(教)人唾罵微臣業骨頭。」皆其例也。

㑳 搊 鄒搜

㑳，乖巧之義，轉而爲漂亮或體面之義。亦作搊。《董西廂》二：「一門親事，十分指望着九。不隄防夫人情性搊，捋下臉兒不害羞，欺心叢裏做得箇魁首。」此乖巧義，言不料夫人乖巧善變，竟負心而賴婚也。《西廂》四之二：「老夫人心數多，情性㑳。巧語花言，將沒作有。」義同上。心數多，猶云念頭多，念頭多，故情性乖巧也。方諸生本注：㑳，上聲，粗叟反。《㑳梅香》劇楔子：「更有一個家生女孩兒，小字樊素。……他好生的乖覺，但是他姐姐書中之意未解呵！他先解了；那更吟詠寫染的都好。一番家使他王公大人家裏道上覆去呵！那妮子並無一句俗語，都是文談應對。內外的人，沒一個不稱賞他的。因此上，都喚他做㑳梅香。」此爲漂亮義，㑳梅香，意言漂亮丫頭也。《元曲選》音釋：㑳，音炒。《西廂》五之一：「當日向西廂月底潛，今日在瓊林宴上搊。」義同上，言在瓊林宴上顯其漂亮也。西河論定本注：搊與㑳同。《五劇箋疑》：

搊，音叉收切。《揚州夢》劇一：「打迭起翰林中猛性子挺，拽扎起太學內體樣兒㑳。」此爲體面義，言將翰林排場太學體面都拾收起也。《元曲選》音釋：㑳，音鄒。方諸生本《西廂》四之二注引《謝天香》劇《醉春風》：「我今日箇好㑳。㑳。」疊一字爲一句，係《醉春風》曲譜格如此。此亦體面義，今《元曲選》本《謝天香》劇，文已改動，作「我今日箇不醜。醜。雖不是宅院裏夫人，也是那大人家姬妾，強似那上廳的祗候。」言比下有餘，姬妾究比妓女體面也。復次，尚有鄒搜一辭，亦有漂亮或體面義。《劉知遠傳》三：「男如潘岳，女生越豔，媒人口一如蜜舌頭，……王嫂李婆，說得兩個太鄒搜。」此漂亮與體面均可解也，然亦有凶狠義，見㤘字條。

㤘　㑳　㤘憋　㑳憋憋　搊搜　鄒搜　搊颼　搊殺　搊扎　謅吒

㤘，固執之義，轉而爲剛愎或兇狠之義。亦作㑳，作搊，作謅。《董西廂》三：「奈老夫人情性㤘，非草草。雖爲箇婦女，有丈夫節操。」此爲固執或剛愎義。非草草，言不苟且也。玩非草草句及丈夫節操句，可證其義。又三：「拆開讀罷，寫着淫詩一首。自來心腸㤘，更讀着恁般言語，你尋思，怎禁受？」義同上。怎禁受，言忍耐不住也。《石榴園》劇三：「那關雲長武藝高，張車騎情性㑳。他殺的你神嚎鬼哭悲風吼，你準備着亂攛東西望風也兒走。」此兇狠義。張車騎卽張飛。有曰㤘憋者。《董西廂》二：「幾盞兒淡酒，聊復致謝。白馬將軍飲了一杯，道君瑞何須恁般㤘憋。」此固執義，言何須恁般固執，必欲敬酒犒勞也。《㑳梅香》劇四：「據他這般㤘憋軒昂，決然生的清奇古怪。」此剛愎義。《元曲選》音釋：㤘，音炒。《勘頭巾》劇二：「正廳上坐着個㑳憋憋問事官人，階直下排兩行惡哏哏行刑漢子。」此兇狠義。《元曲選》音釋：㑳，粗叟切。按㤘憋字以讀炒音爲普通。《盆兒鬼》劇四：「只要分付那憋憋懆懆狠門神。」其字逕作懆，可證。其與㤘或㑳同義者則爲搊，惟搊字每合他字而爲複辭。有曰搊搜者。《李逵負荊》劇一：「王林云：『你不知道，我自嫁我的女孩兒，爲此着惱。』正末唱：『哎！你個呆老子，暢好是忒搊搜。』云：『比似你這般煩惱，休嫁他不得！』」此固執義，言你眞太固執了，既然爲着嫁女煩惱，何不賴婚而不嫁也。《趙禮讓肥》劇三：「我是個殺人放火搊搜漢，則他這孝心腸感動我這鐵心腸。」此剛愎義與兇狠義兼有之。《董西廂》二：「其時遂把諸僧點，搊搜好漢每兀誰敢？」此兇狠義。又：「細端詳，見法聰生得搊搜相。刁厥精神，蹺蹊模樣。」義同上。又：「盡是沒意頭搊搜男女，覷賊軍，約半萬，如無物。」男女，係詈辭。言都是些沒意思的兇狠之徒也，即指下句之半萬賊軍而言。又：「妝就箇曜州和尙，撞着搊搜孟秀才。」當亦爲兇狠義。顧渚山樵本眉注：曜州和尙等語，是彼道中一種故事。《病劉千》劇一：「我生性忒搊搜。相搏罷，我着他一筆都勾。」此言頗兇狠也。亦作鄒搜，《劉知遠傳》二：「陌聽得人高叫，嚇殺夫妻兩口，打扮身分別樣，生得斂（臉）道鄒搜。」言面孔兇狠也。亦作搊颼，《太平樂府》三，無名氏小令，《柳營曲》：「憠（撅）丁臉，冷**搊**颼。」亦兇狠義。有曰搊殺、搊扎或謅吒者。《黑旋風》劇一：「**忒搊殺**，好相爭，我和他鬭迎。」此兇狠義。忒搊殺與忒搊搜同，殺與搜一聲之轉。《元曲選》音釋：搊，音炒。《兩世姻緣》劇三：「你賣弄你那**搊扎**，你若是指一指，該萬剮。」此剛愎與兇狠義兼有之。《元曲選》音釋：搊，音鄒。《紅梨花》劇一：「你可又不謙下，可又不賢達。迸定個腤臢不良鼻凹，醜嘴渾如蠟渣，直恁般性格兒**謅吒**。」此固執與剛愎義兼有之。《元曲選》音釋：謅，之搜切；吒，音渣。按謅吒與搊扎同，吒與扎一聲之轉。復次，㑳搊兩字，合上條所述，各書讀音不一致。㑳為粗叟切，又音鄒，又音炒；搊為叉收切，又音鄒，又音炒。然要之不外芻音、炒音兩類，斯亦古韻幽宵旁轉之例，得以相通者也。

淡

淡，無聊之義；沒意思之義。蘇軾《遊廬山次韻章傳道》詩：「莫笑吟詩**淡**生活，當令阿買為君書。」陳與義《諸公和淵明止酒詩同賦》詩：「不如**淡**生活，吟詩北窗裏。」淡生活，言無聊之生活也。劉克莊《黃檗山》詩：「早知人世**淡**，來住退居寮。」義同上。楊萬里《新晴讀樊川詩》詩：「不是樊川珠玉句，日長**淡**殺箇衰翁。」言無聊殺也。劉克莊《沁園春》詞，詠《梅》：「寧**淡**殺，不敢憑羌笛，告訴淒涼。」義同上。又《水龍吟》詞：「製箇**淡**詞，呷些薄酒，野花簪帽。」此沒意思義。

《太平樂府》二，〔張〕小山小令，《水仙子》：「**淡**文章不到紫薇郎，小根脚難登白玉堂。」義同上。《樂府新聲》下，馬致遠小令，《四塊玉》：「儘場兒吃悶酒，卽席間發**淡**科，倒大來閒快活。」義亦同上。發科猶云妝腔。《藍采和》劇四：「這廝**淡**則**淡**，到(倒)長命百歲。」言生活雖無聊而壽倒長也。《桃花女》劇楔子：「只好笑我家主人周公，開着卦鋪，……昨日算我隔壁石婆婆的兒子石留住該死，道是不利市。到今蚤日將晌午，方纔着我開鋪面。……你道好**淡**麽！」好淡，猶云好無聊或好沒意思。《蕭淑蘭》劇一：「梅香云：姐姐，這秀才好**淡**屌麽！」淡屌，詈辭，亦沒意思義。

甜

甜，美好之義。《樂府陽春白雪》後一，劉太保小令，《乾荷葉》：「臉兒**甜**，話兒粘，更宜煩惱更宜忺。」言臉兒美也。又後五，無名氏《風入松》套：「咱看上臉兒**甜**，止不過鈔兒苦。」義同上。《病劉千》劇三：「你笑我身子兒尖，可也使不着臉兒**甜**。」義同上。使不着，猶云用不着也。《北詞廣正譜》一，《黃鐘宮》，湯舜民《刮地風犯》：「則爲他撇正龐**甜**，引的人魂離殼。」撇道，脚也。龐，面龐也，亦稱龐道或龐兒。撇正，言脚小而端正也；龐甜，卽臉兒甜也。龐與鮑爲一聲之轉，故龐兒亦稱鮑兒。《太平樂府》三，無名氏小令，《柳營曲》：「倚仗他性兒謙，鮑兒**甜**，曲弓弓半彎羅襪纖。」又前調：「眼角眉尖，意順情忺，且是可意娘飽兒甜。」凡云飽兒甜，均猶云臉兒甜或臉兒美也。甜爲美義，故亦以之形容歌曲。《董西廂》一：「曲兒甜，腔兒雅，裁翦就雪月風花，唱一本兒倚翠偷期話。」又以之形容言語。《北詞廣正譜》一，《黄鐘宮》，王和卿《文如錦》幺篇四：「才郎於俺話兒甜，意懸懸一心常欠。」欠者，發癡之意。《西廂》三之二：「待去呵！消息兒踏着犯，待不去！教甜話兒熱趲。好教我左右做人難。」又：「別人行甜言媚你三冬暖，俺跟前惡語傷人六月寒。」按甜話、甜言，習見語，不備舉。

欠　風欠

欠，癡呆之義。俗語說人之呆者爲欠氣，欠氣即呆氣之謂，見方諸生本《西廂》二之二注。《董西廂》三：「道君瑞眞個欠，我道你，佯小心，妝大膽。」此猶云眞個呆。《太平樂府》六，曾瑞卿《行香子》套，《歎世》：「君休欠，何故苦厭厭？」此猶云君休呆。《北詞廣正譜》一，《黄鐘宮》，王和卿《文如錦》幺篇四：「才郎於俺話兒甜，意懸懸一心常欠。」此猶云一味發癡。《樂府羣玉》二，喬夢符小令，《水仙子》，《嘲少年》：「醋葫蘆嘴古邦佯妝欠。」此猶云裝呆。古邦，形容辭，意言嘴不動。《雍熙樂府》八，《一枝花》套，《子弟收心》：「既妝孤，不妝欠。鼻凹裏沙糖再不舐。」義同上。妝孤，言做嫖客也。而習見者則爲風欠，言風魔而癡呆也。關漢卿《拜月亭》劇：「我又不風欠，不癡呆，要則甚迭！」《西廂》二之二：「文魔的秀士，風欠的酸丁。」《蕭淑蘭》劇一：「改不了強文憋醋饑寒臉；斷不了《詩》云子曰酸風欠；離不了之乎者也腌窮儉。」亦有風與欠拆開使用者。《風月紫雲庭》劇：「我便似病人逢太歲，他管也小鬼見鍾馗。」腌材料，風短命，欠東西。」腌材料猶云壞坯，風短命猶云瘋鬼，欠東西猶云呆漢。按元本缺西字，玆以意補之。又：「從來撒欠颩風愛恁末（麽）？敲才古自不改動些兒個，你這般忍冷躭飢覓着我，越引起我那色膽天來大。」大音墮。撒欠颩風，猶云發呆發瘋。敲才，詈辭，與吃敲才同，吃敲才猶云該打的。此則引伸之爲所暱者之稱，與寃家及薄倖相類。古自與兀自同，意言仍舊絲毫不改老樣子也。

信

信，猶知也；料也。呂濱老《沁園春》詞：「豈信如今，不成些事，還是無聊空皺眉。」豈信，猶云豈知也。又《卜算子》詞：「誰信南樓百尺高，不見如蓮步。」誰信，猶云誰知也。言誰知只見高樓，不見彼美也。《小孫屠》戲文：「不念梅香當初事你，指望共諧今世。誰信驀生狂意，共奸夫共殺奴身己。」義同上。陸游《蝶戀花》詞：「早信此生終不遇，當年悔草《長楊賦》。」早信，猶云早知也。朱敦儒《臨江仙》詞：「信取虛空無一物，箇中着甚商量。」信取，猶云知道也。張炎《燭影搖紅》詞，《隔窗聞歌》：「已信仙緣較淺，謾凝思風簾倒卷。」已信，猶云已知也。《陽春白雪》五，利登《菩薩蠻》詞：「綠鞍遊冶客，何處垂楊陌？不**信**不歸來，海棠花又開。」言不料海棠花開時尚不歸來也。《元草堂詩餘》，趙文《塞翁吟》詞：「當時賸買名花種，那**信**付與誰看。」那信，猶云那知也。《南宋六十家》，鄭淸之《王昭君》詩：「如知褒姒貽周患，須**信**巫臣爲楚忠。」信與知互文，須信卽須知也。柳永《拋球樂》詞：「須**信**豔陽天，看未足，已覺鶯花謝。對綠蟻翠蛾，怎忍輕捨。」賀鑄《謁金門》詞：「須**信**芳菲隨失，況復佳期難必。擬把此情書萬一，愁多翻閣筆。」辛棄疾《念奴嬌》詞：「須**信**采菊東籬，高情千載只有陶彭澤。」張炎《壺中天》詞：「須**信**平生無夢到，卻向而今游歷。」凡云須信，義均同上。柳永《瑞鷓鴣》詞：「時恁迴眸斂黛，空役五陵心。須**信**道，緣情寄意，別有知音。」須信道，猶云須知道也。晏殊《漁家傲》詞：「莫惜醉來開口笑。須**信**道，人間萬事何時了。」張先《漢宮春》詞：「憑高望遠，但斷腸殘月初鐘。須**信**道，承恩不在貌，如何敎妾爲容？」周邦彥《玉燭新》詞，《早梅》：「風嬌雨秀，好亂插繁花盈首。須**信**道，羌管無情，看看又奏。」凡云須信道，義均同上。

念

念，猶憐也；愛也。儲光羲《同王十三維哭殷遙》詩：「生理無不盡，**念**君在中年。」念君，憐君也。言人生原無不死，惟憐君死在壯年耳。李賀《南園》詩：「橋頭長老相哀**念**，因遺戎韜一卷書。」相哀念，相哀憐也。羅虬《比紅兒》詩：「周郎若見紅兒貌，料得無心**念**小喬。」言不愛小喬也。《宋百家詩存》，王銍《送孫肖之還縉雲》詩：「流落天涯俱避地，**念**君更入萬重山。」念君，義見前。陳師道《寄晁載之兄弟》詩：「**念**子方壯我已衰，不見參天二千尺。」此爲愛羨義。陸游《六日雲重有雪意獨酌》詩：「天爲**念**貧偏與健，人因見嬾誤稱高。」念貧，憐貧也。又《致仕後即事》詩：「一飽坐兼南北美，始知造物**念**衰翁。」念衰翁，愛憐衰翁也。劉克莊《悼阿駒》詩：「吾母白頭猶**念**我，吞聲不敢惱慈懷。」念我，愛憐我也。周邦彥《歸去難》詞：「此恨除非是，天相**念**。」天相念，天相憐也。又《拜星月慢》詞：「眷戀雨潤雲溫，苦輕風吹散。**念**荒寒寄宿無人館。重門閉，敗壁秋蟲歎。」此敍離別彼美後，寄宿野店情形。念者自憐之辭。張元幹《八聲甘州》詞，《陪筠翁小酌橫山閣》：「**念**老去風流未減，見向來人物幾興衰。」此爲愛義，愛筠翁之雖老而風流未減也。李清照《鳳凰臺上憶吹簫》詞：「惟有樓前流水，應**念**我終日凝眸。」應念我，應憐我也。陳允平《丁香結》詞：「空對秦鏡尙缺，暗結回腸寸。**念**纖腰柔弱，都爲相如瘦損。」此敍美人對鏡傷神情形。念者亦自憐之辭。《絕妙好詞》三，薛夢桂《三姝媚》詞：「燕子呢喃，似**念**人憔悴，往來朱戶。」言憐人憔悴也。邵亨貞《河傳》詞：「客路冰霜驚歲晚，情緒嬾，長是**念**疏散。」念疏散，愛閒散也。《竇娥冤》劇三：「**念**竇娥葫蘆提當罪愆，**念**竇娥身首不完全。」念竇娥，憐竇娥也。《霍光鬼諫》劇：「感陛下特憐**念**舊公侯，親自來問候。」念與憐同義，故合成一辭。巾箱本《琵琶記》二十六：「夢裏分明有鬼神，想是天憐**念**。」義同上。按憐念一辭，今皮黃劇尚沿用之，如《硃痕記》云：「望侯爺，開大恩，把奴憐**念**」是也。

可念

可念，猶云可憐或可愛也。盧思道《後園宴》詩：「可憐白水神，**可念**青樓女。便妍不羞澀，妖媚工言語。」可念與可憐互文，可念猶可憐也，意則俱云可愛也。杜甫《題鄭十八著作虔》詩：「**可念**此翁懷直道，也霑新國用輕刑。」按此本《世說》謝太傅「老翁**可念**，何可作此」之語。言可憐此翁也。李賀《勉愛行，送小季之廬山》：「江干幼客眞**可念**，郊原晚吹悲號號。」言幼客可憐也。白居易《弄龜羅》詩：「物情小**可念**，人意老多慈。」言幼小者可憐愛也。按其時居易之姪六歲，名阿龜；女三歲，名羅兒，故云。蘇軾《寓居定惠院之東，雜花滿樹，有海棠一枝》詩：「天涯流落俱**可念**，爲飲一樽歌此曲。」言流落俱可憐也。陳師道《寄子閔》詩：「**可念**臥時遭末劫，親陳埋沒不知年。」義同上。陸游《馬上微雨》詩：「渚蓮乃**可念**，泫泣如放妾。」又《十月二十八日夜風雨大作》詩：「南鄰更**可念**，布被冬未贖。明朝甑復空，母子相持哭。」義均同上。《元草堂詩餘》，姜个翁《霓裳中序第一》詞：「**可念**我飄零如此，一地送岑寂。」可念我，可憐我也。

可憐（一）

可憐，猶云可喜也；可愛也；可羡也；可貴可重也。其作可喜義者。王昌齡《蕭駙馬宅花燭》詩：「**可憐**今夜千門裏，銀漢星槎一道通。」言可喜駙馬尙主，如牛女銀河故事也。白居易《曲江早春》詩：「**可憐**春淺遊人少，好傍池邊下馬行。」言可喜遊人尙少，得以傍池閒步也。又《渭村退居》詩：「不動爲吾志，無何是我鄉，**可憐**身與世，從此兩相忘。」言可喜身世得以兩忘也。其作可愛義者。憐有愛義，崔顥《王家少婦》詩：「舞愛前溪綠，歌**憐**子夜長。」劉長卿《西江雨後》詩：「旣**憐**滄浪水，復愛《滄浪曲》。」錢起《谷口書齋》詩：「竹**憐**新雨後，山愛夕陽時。」憐與愛均互文，憐猶愛也，故可憐猶可愛也。王維《戲題盤石》詩：「**可憐**盤石臨泉水，復有垂楊拂酒杯。」此言盤石臨泉之可愛。李白《清平調》：「借問漢宮誰得似，**可憐**飛燕倚新妝。」此言飛燕新妝之可愛。杜甫《又於韋處乞大邑瓷盌》詩：「君家白盌勝霜雪，急送茅齋也**可憐**。」此言白盌之可愛。又《江畔獨步尋花》詩：「東望少城花滿煙，百花高樓更**可憐**。」此言百花高樓之可愛。又《韋諷錄事宅觀曹將軍畫馬圖》詩：「**可憐**九馬爭神駿，顧視清高氣深穩。」此言神駿之可愛。徐彥伯《擬古》詩：「中有綺羅人，**可憐**名莫愁。」此言佳人莫愁之可愛。芮挺章《江南弄》詩：「春江**可憐**事，最在美人家。鸚鵡能言鳥，芙蓉巧笑花。」此言美人家之可愛。周紫芝《鷓鴣天》詞：「冰肌近着渾無暑，小扇頻搖最**可憐**。」此言美人搖扇之可愛。趙彥端《虞美人》詞，《劉帥生日》：「風流椿樹**可憐**生，長與柳枝桃葉共青青。」此託言椿樹風流之可愛。生，語助辭。朱敦儒

《驀山溪》詞：「沈家姊妹，也是**可憐**人。回巧笑，發輕歌，相間花間坐。」此猶云可愛之人。其作可羨義者。憐有羨義，李商隱《飲席戲贈同舍》詩：「珠樹重行**憐**翡翠，玉樓雙舞羨鵾雞。」憐與羨互文，憐猶羨也，故可憐猶可羨也。岑參《衞節度赤驃馬歌》：「始知邊將眞富貴，**可憐**人馬相輝光。」此羨邊將之富貴也。白居易《長恨歌》：「姊妹弟兄皆列土，**可憐**光彩生門戶。」此羨楊家之貴盛也。令狐楚《從軍行》：「**可憐**班定遠，生入玉門關。」此羨班超之生還也。李商隱《宋玉》詩：「**可憐**庾信尋荒徑，猶得三朝託後車。」此羨庾信猶得以文學侍從三朝也。「誅茅宋玉之宅」，見庾信《哀江南》賦，故曰尋荒徑。其作可貴、可重義者。韓愈《庭楸》詩：「客來尚不見，肯到權門前。權門衆所趨，有客動百千。九牛亡一毛，未在多少間。往旣無可顧；不往自**可憐**。」此言不往權門者之可貴也。李商隱《讀任彥昇碑》詩：「任昉當年有美名，**可憐**才調最縱橫。」此言才調縱橫之可貴也。王安石《過劉貢父》詩：「故知今有**可憐**人，回首紛紛斗筲窄。」此言見可貴、可重之人，乃知斗筲之人爲小器也。又《白雲》詩：「時來不道能爲雨，直以無心最**可憐**。」此言白雲無心之可貴也。

可憐（二）

可憐，猶云可惜也。韓愈《寒食日出遊》詩：「**可憐**物色阻攜手，空展霜縑吟九詠。」言可惜有風景而不得攜手同遊也。按韓愈此詩乃投贈張署者，故云然。又《贈崔立之》詩：「**可憐**無益費精神，有似黃金擲虛牝。」言可惜枉費精神而無益也。又《榴花》詩：「**可憐**此地無車馬，顛倒青苔落絳英。」言可惜無遊人來賞，任其謝落也。王直方《詩話》，章傳道《落星寺》詩：「勝概詩人盡收拾，**可憐**蘇(子美)石(曼卿)不曾來。」言可惜蘇石二詩人不曾來也。詩見《王荆公詩集》三十五李壁注引；又見《詩人玉屑》十七。蘇軾《罷徐州往南京馬上走筆》詩：「春雨漲微波，一夜到彭城。過我黃樓下，朱欄照飛甍。**可憐**洪上石，誰聽月中聲。」言可惜無人聽洪上水聲也。陳與義《鄧州西軒》詩：「瓦屋三間寬有餘，**可憐**小陸不同居。」言可惜不同居也。劉克莊《題小室》詩：「**可憐**子駿無家法，下見先人面有慚。」詩意惜劉子駿附王莽，失其父子政排抑王氏之家法也。陸游《示兒》詩：「齒豁頭童方悟此，乃翁見事**可憐**遲。」言可惜見事已遲也。又《食野菜》詩：「**可憐**龍鶴山中菜，不伴峨嵋栮脯來。」言可惜美菜不與栮脯作伴也。《花菴中興詞選》，馬莊父《水龍吟》詞：「古來詞客，比方不類，**可憐**毫楮。」猶云徒費筆墨可惜也。

可憐(三)

可憐，猶云可怪也；引申之則爲甚辭，猶云很也，非常也。杜甫《解悶》詩：「翠瓜碧李沉玉甃，赤梨蒲萄寒露成。**可憐**先不異枝蔓，此物娟娟長遠生。」先，猶云本來也，意言可怪者本來同爲枝蔓所生之果實，而遠地生者偏美也。劉希夷《擣衣篇》詩：「此時秋月**可憐**明，此時秋風別有情。」**可憐**明，言明得可怪，與下句別有情之別字相應，猶今云怪明也，卽很明或非常明之意。李商隱《賈生》詩：「**可憐**夜半虛前席，不問蒼生問鬼神。」此怪漢文不問蒼生而問鬼神也。王安石《詠穀》詩：「可憐臺上穀，轉目已陰繁。」穀，惡木也；此怪惡木之易於滋長也。又《法喜寺》詩：「我憶故鄉誠不淺，**可憐**鶗鴂重相催。」此怪鶗鴂之多事催人歸去也。蘇軾《荔枝歎》詩：「洛陽相君忠孝家，**可憐**亦進姚黃花。」公自注：「洛陽貢花自錢惟演始。」此怪錢家之貢牡丹花，導君於華侈也。姚家牡丹色黃，故名。又李委《吹笛》詩：「下界何人也吹笛，**可憐**時復犯《龜茲》。」時復犯《龜茲》，猶云參酌《龜茲曲》調。此怪其笛聲之過美，卽此曲祇應天上有之意。陸游《平水》詩：「**可憐**陌上離離草，一種逢春各短長。」此怪青草之同是逢春，而短長各不同也。一種，猶云一樣。毛滂《浣溪沙》詞：「碧戶朱窗小洞房，玉醅新壓嫩鵝黃。半青橙子**可憐**香。」可憐香，猶今云怪香，或非常香。王觀《生查子》詞：「兩鬢**可憐**青，一夜相思老。」可憐青，猶今云怪青或很青。《陽春白雪》五，陳雲厓《玉樓春》詞：「瓊奴家與章臺並，路遠**可憐**歸夢近。」路遠可憐，亦猶云怪遠或非常遠。

可喜　可戲　忔戲　吃戲　吃喜　喫喜　不戲

可喜，美好之辭。猶云可愛，有時亦宜隨文而異其解。《西廂》一之一：「顛不刺的看了萬千，似這般可喜娘罕曾見。」又一之三：「可喜娘臉兒百媚生，兀的不引了人魂靈。」《元明雜劇》本《梧桐雨》劇一：「我把你臉上肩兒凭，他把箇可喜臉兒擎。」《金錢記》劇一：「我見他簇雙鴉將眼梢兒斜抹，美姿姿可喜煞。」《魯齋郎》劇楔子：「他的箇渾家，生的風流，長的可喜。」《樂府新聲》中，無名氏小令，《喜春來》：「潘安容貌沈腰肢，可喜死，是一個俊人兒。」又：「櫻脣一點吐微紅，可喜種，怎落在此門中！」以上所云可喜，皆可愛義也。亦作可戲。《樂府陽春白雪》前二，馬東籬小令，《湘妃怨》：「山過雨，顰眉黛，柳招煙，堆鬢絲，可戲殺睡足的西施。」義同上。亦作忔戲。趙長卿《念奴嬌》詞：「忔戲笑裏含羞，回眸低盼，此意誰能識。」又《探春令》詞：「幡兒勝兒都姑婦，戴得更忔戲。」又《醉蓬萊》詞：「金鳳釵頭，應時戴了，千般忔戲。」以上所云忔戲，義亦同上。又《有有令》詞：「準擬，恩情忔戲，拈弄上，則(別)人難比。」按此猶云恩情美滿。《小孫屠》戲文：「一雙兩美，我也成忔戲。」按此猶云好事。《張協狀元》戲文：「多忔戲，本事實風騷。」按此猶云有趣。又：「《燭影搖紅》，最宜浮浪多忔戲。」義同上。《董西廂》一：「千方百計，無由得見意中人；喪盡身心，終是難逢忔戲種。」忔戲種，與可喜種同。亦作吃戲。《太平樂府》七，喬夢符《新水令》套，《閨麗》：「你箇吃戲寃家，來來來，將人休量抹。」亦作吃喜。《董西廂》四：「吃喜的寃家，怎生安穩！」按吃戲或吃喜，本爲可愛義，而與寃家聯綴成文，則又轉爲可憎義。

亦作喫喜。《樂府羣玉》二，喬夢符小令，《水仙子》，詠《紅指甲》：「水晶寒濃染胭脂蠟，剖吳橙，**喫喜**煞。」此猶云可愛煞。又前人小令，《水仙子》，《傷春》：「屏牀獨自懷孤悶，那些兒**喫喜**人。」此猶云樂意。又前人小令，《折桂令》，《詠紅蕉》：「富貴人家，妝點湖山，**喫喜**窗紗。」此猶云美觀。復次，可喜或可戲之反言，則曰不戲，不戲猶云憔悴也。《董西廂》一：「說不得，苦厭厭一箇少年身己。多因爲那薄倖種，折倒得**不戲**。」身己，猶云身體。又三：「料來想必，定是些兒閒氣，自瘦得箇清秀臉兒**不戲**。」凡云不戲，與患病曰不快之例正同。

可憎　忔憎　忔憎憎

可憎，美好可愛也。**憎**者，愛之反言也。《董西廂》一：「你道是**可憎**麽？直羞落庭前無數花。」道，猶想也，見道字條。《西廂》一之二：「與俺那**可憎**才，居止處門兒相向。」又一之三：「若是回廊下沒揣的見俺那**可憎**，你看我緊緊的摟定。」又：「早是臉兒上撲堆着**可憎**，那更心兒裏埋沒着聰明。」又四之一：「猛見了**可憎**模樣，早醫可九分不快。」亦作可人憎。《金錢記》劇一：「那姐姐怕不待龐兒俊俏**可人憎**，知他那眉兒淡了敎誰畫。」《玉鏡臺》劇二：「穩坐的有那穩坐堪人敬，但舉動有那舉動**可人憎**。」凡云可人憎者，意云可使人愛也。又有忔憎一語，亦爲可愛之義。黃庭堅《好事近》詞：「思量模樣**忔憎**兒，惡又怎生惡。」趙長卿《清平樂》詞：「看你**忔憎**

模樣，更須着我心腸。」袁去華《訴衷情》詞：「歌扇底，舞裙邊，舊因緣。忔憎模樣，別沒包彈，只欠心堅。」以上三詞之忔憎模樣，與《西廂》之可憎模樣同。《金線池》劇二：「閑散了雖離我眼底，忔憎着又在心頭。」忔憎着，猶云憐愛着。按可憎之轉爲忔憎，猶可喜之轉爲忔戲也。又有忔憎憎一語，義亦與忔憎同。劉過《清平樂》詞，《贈妓》：「忔憎憎地，一捻兒年紀。待道瘦來肥不是，宜著淡黃衫子。」蓋亦可愛之義也。

憑

憑，猶仗也；亦猶煩也；請也。元稹《蒼溪縣寄揚州兄弟》詩：「憑仗鯉魚將遠信，雁回時節到揚州。」鄭谷《蓼花》詩：「故溪歸不得，憑仗繫漁舟。」李山甫《下第獻所知》詩：「自憐心計今如此，憑仗春醪爲解頤。」蘇軾《蝶戀花》詞：「憑仗飛魂招楚些，我思君處君思我。」又《永遇樂》詞：「憑仗清淮，分明到海，中有相思淚。」周邦彥《點絳脣》詞：「憑仗桃根，說與相思意。」上列六則，均與仗字聯綴而爲一辭，憑與仗同義也。柳永《傾杯樂》詞：「爲憶芳容別後，水遙山遠，何計憑鱗翼。」憑鱗翼，意云仗魚雁通信也。周邦彥《解蹀躞》詞：「此恨音驛難通，待憑征雁歸時，帶將愁去。」憑征雁，仗征雁也。辛棄疾《永遇樂》詞：「憑誰問，廉頗老矣，尚能飯否。」憑誰，仗誰也。趙彥端《鵲橋仙》詞：「憑誰傳語牡丹花，爲做取東君些些主。」《花草粹編》四，無名氏《西江月》詞：「憑誰說與那人人，報道衾寒枕冷。」義均同上。其作煩義、請義者。杜甫有《憑何十一少府邕覓木栽》詩及《憑韋少府班覓松樹子栽》詩。此所謂憑，猶云懇煩或請求也。杜牧《贈獵騎》詩：「憑君莫射南來雁，恐有家書寄遠人。」此猶云請君。曹松《己亥歲》詩：「憑君莫話封侯事，一將功成萬骨枯。」義同上。秦觀《蝶戀花》詞：「持酒勸雲雲且住，憑君礙斷春歸路。」此猶云請君。劉得仁《别山居》詩：「憑師莫斷松間路，秋月圓時弟子來。」此猶云請師。賈島《訪鑒玄師姪》詩：「我有軍持憑弟子，岳陽溪裏汲寒流。」此猶云煩弟子。李商隱《寄酬韓冬郎》詩：「爲憑何遜休聯句，瘦盡東陽姓沈人。」此猶云請何遜。范晞文《意難忘》詞：「憑急管，倩繁絃，思苦調難傳。」憑與倩，對舉而互文，猶云煩急管也。詞見《歷代詩餘》五十四。

謝（一）

謝，猶慚也。顏延年《皇太子釋奠會作》詩：「徒愧微冥，終謝智效。」言終慚智效也，謝與愧互文。又《贈王太常》詩：「屬美謝繁翰，遙懷具短札。」言慚不能爲繁翰，聊具短札而已。唐玄宗《送張說巡邊》詩：「茂先慚博物，平子謝文章。」謝與慚互文。武元衡《酬嚴維秋夜見寄》詩：「神仙慚李郭，詞賦謝曹劉。」謝與慚互文。韋莊《和薛先輩》詩：「鑒貌寧慚樂，論才豈謝任。」謝與慚皆互文。凡此謝字，皆慚義也。岑參《東歸留題太常徐卿草堂》詩：「不謝古名將，吾知徐太常。」不謝，猶云無慚或不愧也。又《送許拾遺恩歸江寧拜親》詩：「看君五斗米，不**謝**萬戶侯。」義同上。高適《陪竇侍御靈雲南亭宴》詩：「常吟塞下曲，多**謝**幕中才。」言慚不如幕中才也。黃庭堅《次韻師厚病間》詩：「封侯**謝**骨相，使鬼無金錢。」言慚無骨相也。又《寄黃幾復》詩：「我居北海君南海，寄雁傳書**謝**不能。」言慚不能也。王安石《我欲往滄海》詩：「我語客徒爾，當還治崑崙。歎息**謝**不能，相看涕翻盆。」義同上。

謝（二）

謝，猶讓也。李白《題宛溪館》詩：「吾憐宛溪好，百尺照心明。何**謝**新安水，千尋見底清。」何謝，猶云何讓也，言宛溪之清不讓新安水也。又《上皇西巡南京歌》：「萬國同風共一時，錦江何**謝**曲江池。」義同上。又《勞勞亭歌》：「昔聞牛渚吟五章，今來何**謝**袁家郎。」今來猶云如今。義亦同上。杜甫《進艇》詩：「茗飲蔗漿攜所有，瓷罌無**謝**玉爲缸。」言瓷罌不讓玉缸也。武元衡《春暮郊居寄朱舍人》詩：「幽深不讓子眞居，度日閑眠世事疏。」讓一作**謝**，謝卽讓也。李商隱《驕兒》詩：「欲爭蛺蝶輕，未**謝**柳絮疾。」未謝，卽未讓也。

謝（三）

謝，猶語也。宋子侯《董嬌饒》詩：「請**謝**彼姝子，何爲見損傷？」請謝，猶云請語或請問也。

陳子昂《宴胡楚真禁所》詩：「寄**謝**韓安國，何驚獄吏尊。」謝一作語，謝猶語也，寄謝猶云寄語也。杜甫《莫相疑行》：「寄**謝**悠悠世上兒，不爭好惡莫相疑。」李白《獨酌清溪江石上》詩：「寄**謝**山中人，可與爾同調。」孟浩然《同獨孤使君東齋作》詩：「寄**謝**東陽守，何如八詠樓？」武平一《錢唐永昌》詩：「寄**謝**銅街攀柳日，無忘粉署握蘭時。」義均同上。王維《西施詠》：「持**謝**鄰家子，效顰安可希！」持謝，一作寄言，一作寄謝，義可相通，亦猶云寄語也。又《雜詩》：「持**謝**金吾子，煩君提玉壺。」義亦同上。李白《古有所思》詩：「西來青鳥東飛去，願寄一書**謝**麻姑。」此亦與寄謝義同。唐宣宗宮人《韓氏題紅葉》詩：「流水何太急，深宮盡日閒。殷勤**謝**紅葉，好去到人間！」謝紅葉，語紅葉也。張炎《綺羅香》詞：「恨只恨桃葉空江，殷勤不似**謝**紅葉。」即本上詩意。王安石《送程公闢之豫章》詩：「使君**謝**吏趣治裝，我行樂矣未渠央！」謝吏，語吏也。

謝（四）

謝，猶辭也；不用也；免也；去也；落也。其作辭義者。郭璞《游仙》詩：「高蹈風塵外，長揖**謝**夷齊。」謝靈運《九日從宋公戲馬臺集送孔令》詩：「歸客遂海隅，脫冠**謝**朝列。」又《初去郡》詩：「伊予秉微尙，拙訥**謝**浮名。」李白《留別金陵崔侍御》詩：「因之出寥廓，揮手**謝**公卿。」王維《送高道弟耽歸臨淮》詩：「都門**謝**親故，行路日逶遲。」皆其例也。由辭謝義引申之，則爲不用義。韓愈《醉贈張祕書》詩：「至寶不雕琢，神功**謝**鋤耘。」黃庭堅《奉答子高見贈》詩：「簞瓢**謝**膏粱，翰墨化糟粕。」又《奉和公擇舅氏送呂道人研》詩：「汲井滌敗墨，蒼珪**謝**磨鑴。」皆其例也。其作免義者。謝靈運《游赤石進帆海》詩：「請附任公言，終然**謝**天伐。」意言免戕賊也。蘇軾《吳子野將出家贈以扇山枕屏》詩：「短屏雖曲折，高枕**謝**奔走。」意言免奔走也。其作去義者。潘岳《悼亡》詩：「荏苒冬春**謝**，寒暑忽流易。」言光陰過去也。謝靈運《廬陵王墓下作》詩：「徂**謝**易永久，松柏森已行。」義同上；謝與徂同義。孟浩然《與諸子登峴山》詩：「人事有代**謝**，往來成古今。」言人事過去也。蘇軾《和子由百步洪》詩：「少年狂興久已**謝**，但憶嘉陵遶劍關。」言狂興過去也。其作落義者。杜牧《留贈》詩：「不用鏡前空有淚，薔薇花**謝**即歸來。」李山甫《落花》詩：「落拓東風不藉春，吹開吹**謝**兩何因。」凡花謝之義，猶花落也。韓愈《寄崔立之》詩「朋交日凋**謝**，存者逐利移。」凋謝，猶凋落也。周邦彥《解語花》詞，《上元》：「年光是也，惟只見舊情衰**謝**。」衰謝，猶衰落也。

央及　殃及　央

央及，猶云請求也；煩勞或連累也；吵擾也。關漢卿《拜月亭》劇：「須是俺狠毒耶（爺）強匹配我成姻眷，不剌可是誰**央及**你个蔣狀元。」此請求義。不剌，語助辭。《紅梨花》劇二：「我**央**

及嬷嬷，你先回去，我便來也。」此亦請求義。《留鞋記》劇一：「你休要等閒泄漏春消息，我忙陪笑臉，厮**央及**。」《西廂》一之四：「他父母亡後，無可相報，**央及**帶一分齋，追薦他父母。」《東坡夢》劇二：「你行者休違拗，我須索把你來**央及**。」義均同上。《漢宫秋》劇三：「今日**央及**煞娘娘，怎做的男兒當自强。」按劇情，爲明妃臨行時元帝唱詞，此爲煩勞或連累義，意言累其和戎也。《樂府新聲》下，無名氏小令，《駡玉郎過感皇恩採茶歌》：「**央及**煞蝶使蜂媒，嫩紅嬌翠。爲春愁，因春瘦，怕春知。」此吵擾義，蜂蝶紅翠，爲春之象徵，言爲春所吵擾煞也。《鐵拐李》劇二：「莫「官事又縈羈，衣食又催逼，兒女又**央及**。」此亦吵擾義，意言兒女吵擾也。《酷寒亭》劇二：「莫不是少柴無米苦**央及**。」義同上。《北詞廣正譜》十四，《商調》，馬致遠《水仙子》：「受了多少閒煩惱，喫了親娘些厮**央及**。」義同上。《樂府羣玉》二，喬夢符小令，《折桂令》：「酒盞兒裏**央及**出些靦腆，畫幀兒上喚下來的嬋娟。」此請求義之引申，爲尋求義。靦腆爲羞紅貌，古人有發妝酒，借酒以發姿容，故靦腆於酒盞裏求之也。又四，吴克齋小令，《上小樓》：「錦帳中，翠被空，無人相共，**央及**煞綠窗春夢。」義同上，言於夢中求之也。按上兩則作煩勞解亦得，特稍覺紆曲耳。字亦作殃及。《中原音韻》，無名氏小令，《梧葉兒》：「春將去，人未還。這其間，**殃及**殺愁眉淚眼。」此煩勞或連累義。《樂府陽春白雪》後五，劉時中《新水令》套，《代馬訴寃》：「則(只)索扭彎腰將足下**殃及**。」此連累義。《樂府新聲》上，商政叔《一枝花》套：「生把俺**殃及**做頂老。」頂老，妓也。此亦連累義。關漢卿《拜月亭》劇：「則(只)管**殃及**他則末(怎麽)？」此請求義。亦有只用一央字者。《西廂》三之一：「我如今**央**紅娘去書院裏，看他說甚麽。」又：「我**央**長老說將去，道張生病重。」此普通央求義，今尚習用，不備舉。又一之二：「將小姐**央**，夫人怏。他不令許放，我獨自寫與箇從良。」言將小姐請求或將小姐煩勞也。《爭報恩》劇四：「若不是您好兄弟再三**央**，怎能勾我歹夫妻依舊美。」言再三煩勞也。巾箱本《琵琶記》二十六：「又無錢顧(雇)人，又無人得**央**靠，只得獨自搬泥運土。」言無人可煩勞也。

怏

怏，勉強之義。《說文通訓定聲》怏字下引《廣雅·釋詁》：「怏，強也。」當釋爲強人所難或強人就我之強。《西廂》一之二：「將小姐央，夫人**怏**。他不令許放，我獨自寫與箇從良。」意言請求小姐，泥着夫人，強令夫人釋放紅娘從良也。惟其勉強，故接言他若不令許放云云也。關漢卿《拜月亭》劇：「阿！早是俺兩口兒背井離鄉。嚥！則(只)**怏**他一路上湯風打浪。海！誰想他百忙裏臥枕着牀。」阿、嚥、海，皆歎辭。言一路上泥着他勉強他衝風冒浪，不料他因此而得病也。嚥字略與唔字相當，爲恍然醒悟口氣。《還魂記》二十八，《幽媾》：「敎俺迷留亂的心嘈雜，無夜無明**怏**着他。」按其上下文，意與泥字、嬲字相近，亦勉強義。

慣

慣，縱容之義。晏幾道《鷓鴣天》詞：「夢魂**慣**得無拘檢，又踏楊花過謝橋。」王觀《木蘭花令》詞，詠《柳》：「東君有意偏撋就，**慣**得腰肢眞箇瘦。」撋就，猶云遷就。侯寘《減蘭》詞：「天公薄相，**慣**得柳綿高百丈。」薄相，猶云白相，爲游戲之義。程垓《玉漏遲》詞：「不是**慣**却春心，奈新燕傳情，舊鶯饒舌。」辛棄疾《摸魚兒》詞，《觀潮》：「朝又暮，悄**慣**得吳兒不怕蛟龍怒。」《冤家債主》劇一：「**慣**的這厮千自由，百自在。」《連環計》劇一：「**慣**的那厮呵！千自在，百自由。」《老生兒》劇二：「從小裏**慣**了孩兒也。」義並同。

使作

使作，發作或使弄之義。《董西廂》一：「膽狂心醉，**使作**得不顧危亡，便胡做。」又：「**使作**得似風魔，說了依前又問當。」上二則爲發作義。《任風子》劇三：「則是這三寸元陽氣，貫穿着凡胎濁骨，**使作**着肉眼愚眉。」《來生債》劇一：「這錢呵！**使作**的仁者無仁，恩者無恩。」又：「暗評跋，忽笑哂。則被這錢**使作**的**喒**如同一**個**罪人。」上三則爲使弄義。

佐

左　左猜　左使

佐，猶做也；左亦同。《宋百家詩存》，葉茵《歸途》詩：「又恐花時成草草，還家插柳**佐**清明。」佐清明，做清明也。又《次韻》詩：「占得江湖隱，**佐**成天地閒。」佐成，做成也。《樂府陽春白雪》前三，馬東籬小令，《壽陽曲》：「實心兒待，休**佐**謊話兒猜。」休佐，休做也。又前四，左山小令，《潘妃曲》：「疾快來，瞞着爹娘**佐**些兒怪。」佐些兒，做些兒也。巾箱本《琵琶記》四：「不從我的言語也由你，你但說如何喚**佐**孝？」喚佐，喚做也。又四：「你去**佐**官時節，也顯得父母好處。」佐官，做官也。又二十四：「雖然這頭髮直不得惹多錢，也只把**佐**些意兒。」言做點意思表示也。惹多，即偌多。又二十六：「怨苦知多少，兩三人只道同**佐**餓莩。」言同做餓莩也。其作左者例如下。孫覿《蘭溪津亭病起》詩：「笑我平生持螯手，未應咄咄**左**書空。」此猶云咄咄作書空也。《太平樂府》五，王和卿小令，《一半兒》：「待不梳妝怕娘**左**猜，不免插金釵，一半兒鬅鬆一半兒歪。」左猜即做猜。按《詞林摘豔》一，王伯成小令，《春從天上來》，《閨怨》：「爲想佳期不敢傍妝臺。又恐怕爹娘做猜，把容顏只恁改。」做猜，猶云起疑，可知做猜乃本字，作左者假字也。然左猜字，曲文中習用之。《北詞廣正譜》十四，馬致遠《集賢賓》幺篇：「向椒紅壁上題詩，去伽藍廟裏述懷。更俄延又恐怕他**左猜**，那村漢多時孤待。」按當爲詠蘇小卿事，伽藍指金山寺，村漢指馮魁也。《張生煮海》劇二：「那龍也青臉兒長**左猜**，惡性兒無可改，狠勢兒將人害。」張可久小令，《醉太平》：「你將我**左猜**，小寃家怕不道心兒裏愛，老妖精拘管的人來煞。」《雁門關》劇一：「準備下高築黃金拜將臺，請你箇英材休**左猜**，恰便似虹霓般盼望你到來。」又：「你個將軍休**左猜**，俺可便專心兒等待，等待你個擎天架海棟梁材。」凡云左猜，皆卽做猜也，皆猶云起疑也。此外又有左使一語，左使卽做使，當爲使作之倒文，意言使弄也。《賺蒯通》劇四：「暢好是沒算計的漢賢良，**左使**着一片狠心腸。」《倩女離魂》劇楔子：「不爭你**左使**着一片黑心腸，你不拘箝我可倒不想，你越把我間阻越思量。」《傷梅香》劇四：「我如今**左使**機關，到他家裏，則推素不相識，看他認的我麼。」凡云左使，皆使弄義也。

學

學，猶說也。《南宋六十家》，張至龍《題白沙驛》詩：「枕邊**學**夢人方悟，未到鐘聲夢更頻。」學夢，說夢也。悟，猶醒也。沈端節《醉落魄》詞：「紅嬌翠弱，春寒睡起慵勻掠。些兒心事誰能**學**。深院無人，時有燕穿幙。」心事誰能學，猶云心事何能說也。《樂府新聲》上，商政叔《新水令》套：「絳紗裙褪小蠻腰，急煎煎瘦了，相思滿腹對誰**學**。」對誰學，猶云對誰說也。《詞林摘豔》九，《醉花陰》套，「春困書齋睡魂擾」篇：「心間事，對誰**學**。似這般無打算淒涼何日了。」義同上。三十種本《魔合羅》劇：「身軀被病執縛，難走難逃；咽喉被藥把捉，難訴難**學**。」言難訴難說也。《樂府陽春白雪》後二，王修甫《八聲甘州》套：「春閨夢好，奈覺來心情，向人難**學**。」言春夢雖好，向人難說也。巾箱本《琵琶記》九：「這夢休學。」言休要說夢也；凌刻臞仙本同。陳眉公本作「又說夢話。」學與說同義也。按學夢，見上述張至龍詩。《北詞廣正譜》十四，《商調》馬致遠《水仙子》：「受了多少閑煩惱，喫了親娘些廝央及。旁人冷呫熱綴，尙古自癡心兒不改移。因緣事不退，重相見學取本情意。」原注：末二句不解。按不退猶云不變；學取猶云說着或訴着；本情意猶云這情意。言重相見時當訴說這情意也。本，詳本字條。《劉知遠傳》三：「凡百事息言，莫學與洪信洪義。」莫學與，猶云莫說與也。又十一：「有多少蹺蹊處，不忍對你學。」對你學，猶云對你說也。《南牢記》劇二：「這苦向誰行申告，今日箇一樁樁對你學。」義同上。《女眞觀》劇三：「春愁滿懷何處着，歡娛罷，轉心焦。道可道，憑誰可道；學難學，對衆難學。」義見前。按此借道字、學字，均雙關作說字解。

問

問，猶向也。杜甫《入宅》詩：「相看多使者，一一問函關。」言向函關也。又《春日江村》詩：「鄰家送魚鼈，問我數能來。」言屢向我送魚鼈也。李益《送賈校書東歸寄振上人》詩：「爲問東州故人道，江淹已擬惠休書。」爲問，卽爲向也。竇鞏《自京將赴黔南》詩：「風雨荊州二月天，問人初雇峽江船。」問人，卽向人也。鮑溶《送僧遊天台》詩：「師問寄禪何處所，浙南青翠沃州山。」言師向何處寄禪也。皮日休《上眞觀》詩：「儼對無霸陣，靜問嚴陵灘。」問與對互文，均向字義也。蘇軾《游徑山》詩：「問龍乞水歸洗眼，欲看細字銷殘年。」又《金門寺中見李西臺與二錢唱和四絶句》詩：「欲問君王乞符竹，但憂無蟹有監州。」又《豆粥》詩：「我老此身無着處，賣書來問東家住。」又《回先生》詩：「但知白酒留佳客，不問黃公覓《素書》。」范成大《釣臺》詩：「各問此心安處住，釣臺無意壓雲臺。」楊萬里《明發三衢》詩：「雲欲開時又不開，問天覓陣好風催。」《南宋六十家》，釋永頤《看梅雜興》詩：「閒問水邊行樂去，向陽渾有幾枝花。」以上各詩之問字，均作向字解。劉過《水龍吟》詞，《寄陸放翁》：「想見鸞飛，如椽健筆，檄書親草。算平生白傳風流，未肯問，香山老。」羅振常本《龍洲詞》「未肯問」作「未可向」。問與向同義，言白傳未肯向香山終老也。盧祖皋《夜飛鵲慢》詞：「牽衣揾彈淚，問淒風愁露，剗地東西。」言向淒風愁露中東西分別也。劉克莊《賀新郎》詞，《詠荼䕷》：「禱祝花神憐惜取，問開時晴雨須斟酌。」范成大《減蘭》詞：「誰伴芳尊，先問梅花借小春。」蔡伸《踏莎行》詞：「望君頻問夢中來，免教腸斷巫山雨。」葛郯《感皇恩》詞：「斜陽且住，爲問花間留照。」元好問《水龍吟》詞，《同德秀游盤谷》：「自都門送別，鸞車秣馬，誰更問，盤中道。」問一作向。以上各詞之問字，均作向字解。

聞

聞早　聞健

聞，猶趁也；乘也。與聽聞之本義異。杜甫《示獠奴阿段》詩：「郡人入夜爭餘瀝，豎子尋源獨不聞。」聞者，趁也。嘉其不趁夜間與郡人爭汲泉水，而獨能尋源取水也。下文「怪爾常穿虎豹羣」，卽奇其能入深山尋水源也。又《季夏送鄉弟韶陪黃門從叔朝謁》詩：「莫度淸秋吟蟋蟀，早聞黃閣畫麒麟。」仇注引朱注：「時杜鴻漸以黃門侍郎同平章事鎭蜀還朝。」則早聞云云者，乃望其早趁黃閣之便，得列功臣，如麒麟閣畫像故事也。又《舍弟觀赴藍田取妻子到江陵喜寄》詩：「比年酒病聞涓滴，弟勸兄酬何怨嗟。」言比年酒病，未能多飲，且趁少許之酒，勸酬一番以表喜意也。又《贈衞八處士》詩：「夜雨剪春韭，新炊間黃粱。」間一作聞。新炊聞黃粱者，倒裝句法，言趁黃粱新炊也。張籍《贈賈島》詩：「封書乞米趁朝炊。」可證。如此解，則與全詩上下文慌忙熱烈之待客情形亦極合。韋應物《早春對雪寄前殿中元侍御》詩：「幾日東城陌，何時曲水濱。聞閑且共賞，莫待繡衣新。」聞閑，趁閑也。王建《秋日後》詩：「住處近山常足雨，聞晴曒曝舊芳茵。」聞晴，趁晴也。又《江南三臺》詞：「聞身強健且爲，頭白齒落難追。」聞身強健，卽趁身強健也。又《冬至後招于秀才》詩：「聞閑立馬重來此。」一作「乘閑立馬」。聞卽乘也，益可證。白居易《寄戶部楊侍郎》詩：「林園亦要聞閑置，筋力應須及健迴」。聞與及互文，聞閑卽趁閑，及健卽趁健也。又《二月五日花下》詩：「聞有酒時須笑樂，不關身事莫思量。」聞有酒時，卽趁有酒時也。又《感櫻桃花因招飲客》詩：「誰能聞此來相勸，共泥春風醉一場。」意言趁此一醉也。金海陵王《詠驛竹》詩：「孤驛瀟瀟竹一叢，不**聞**凡卉媚東風。」不聞凡卉，猶云不逐凡卉，亦趁字義也。姜夔《眉嫵》詞：「明日**聞**津鼓，湘江上，催人還解春纜。」聞津鼓，趁津鼓也，言趁鼓聲而解纜開船也，與催人句相應。吳潛《滿江紅》詞，《上巳後日即事》：「舴艋也**聞**鉦鼓鬧，鞦韆半當笙歌樂。」言舴艋趁鉦鼓聲而出動也。鬧當爲競渡之意。《花草粹編》十二，吳感《折紅梅》詞：「憑誰向說，三弄處龍吟休咽。大家留取倚闌干，**聞**有花堪折，勸君須折。」聞有花堪折，猶云趁有花堪折也。元好問《江城子》詞：「好在半山亭下路，**聞**未老，去來休。」聞未老，猶云趁未老也。《太平樂府》九，楊立齋《哨遍》套，「世事摶沙嚼蠟」篇：「對江山滿目眞堪畫，休把這媚景良辰作塌。清風明月不沽錢，**聞**未老只合歡洽。」義同上。《董西廂》三：「那張生聞得道，把旋闌兒披定，起來陪告。東倒西倒的做些腌軀老。**聞**生沒死，的的陪笑。」聞生沒死，言趁生前未死也。按此敍張生病劇，夫人與鶯鶯來問病，當臨去時，張生扶病起送情形也。《樂府新聲》中，無名氏小令，《沉醉東風》：「**聞**曉露，藤摘紫花；聽春雷，茶採萌芽。」聞曉露，趁曉露也。此外最習見者，則爲聞早，聞早猶云趁早或趲早也。劉克莊《和竹溪披字韻》詩：「俚辭**聞早**安排了，未必他人識牧之。」楊萬里《送葉叔羽寺丞持節淮東》詩：「歸來**聞早**着，紫禁要渠登。」《南宋六十家》，趙汝鐩《飲馬長城窟》詩：「不如更戍**聞早**歸，百年鄰里誇齊眉。」黃庭堅《減蘭》詞：「記取盟言，**聞早**回程却再圓。」柳永《木蘭花令》詞：「不如**聞早**還却願，免使牽人虛魂亂。」辛棄疾《江神子》詞，《別吳子似末寄潘德久》：「而今別恨滿江湖，怎消除！算何如，杖履當時，**聞早**放教疏。」言橫豎別恨難除，不如趁早疏子似之杖履也。又《柳梢青》詞：「去時曾勸，**聞早**歸來。」張元幹《南歌子》詞，《中秋》：「休敎凝佇向更闌，飄下桂華，**聞早**大家看。」此據景宋本《蘆川詞》，汲古閣本誤作開早。楊炎正《洞仙歌》詞，《壽稼軒》：「待貌取精神上淩烟，却旋買扁舟，歸來**聞早**。」李公昴《摸魚兒》詞，《壯猷堂落成》：「主人意匠工收拾，華屋落成**聞早**。」張鎡《水龍吟》詞：「自古高賢，急流勇退，直須**聞早**。」劉克莊《解連環》詞：「幸**聞早**省了柳枝，更送了朝雲，塵念俱斷。」趙長卿《踏莎行》詞：「今宵拚着醉眠呵！夜香**聞早**添金鳳。」李曾伯《水調歌頭》詞：「世緣道眼看破，**聞早**問先疇。」李漢老《女冠子》詞：「引人魂似醉，不如**聞早**，步月歸去。」段成己《行香子》詞：「自歎勞生，枉了經營。而今一事無成，不如**聞早**，覓箇歸程。」又《木蘭花》詞：「人生行樂須**聞早**，休惜一尊花下倒。」段克己《月上海棠》詞：「住山活計宜**聞早**，身世滄溟一漚小。」又《大江東去》詞：「不如**聞早**，付他妻子耕織。」姬翼《酹江月》詞：「爭似抽身**聞早**省，時把狂心休歇。」三十種本《竹葉舟》劇：「你學取休官棄職漢張良，不如**聞早**歸山去。」《樂府陽春白雪》前集三，白仁甫小令，《慶東原》：「忘憂草，含笑花。勸君**聞早**冠宜掛。」《雍熙樂府》六，無名氏《粉蝶兒》套，《擬淵明》：「想聚散如浮雲，歎光陰如過隙，不如**聞早**賦歸與。」皆其例也。其次習見者則爲**聞健**。聞健猶云趁健也，含有乘興之意。白居易《秋遊平泉》詩：「昔嘗憂六十，四體不支持。今來已及此，猶未苦衰羸。……山頭與澗底，**聞健**且相隨。」又《晚起》詩：「放慵長飽睡，**聞健**且閑行。」又《十二月二十三日》詩：「**聞健**偷閑且歡飲，一杯之外莫思量。」又《尋春題諸家園林》詩：「**聞健**朝朝出，乘春處處遊。」又《歲假內命酒贈周判官殷協律》詩：「**聞健**此時相勸醉，偷閑何處更尋春。」王建《醉後憶山中故人》詩：「遇晴須看月，鬬**健**且登樓。」鬬一作**聞**。黃庭堅《次韻蓋郎中率郭郎中休官》詩：「定知**聞健**休官去，酒戶家園得自由。」又《萬州太守高仲本宿約遊岑公洞，而夜雨連明，戲作》詩：「蓬窗高臥雨如繩，恰似糟牀壓酒聲。今日岑公不能飲，吾儕**聞健**且頻傾。」又《對酒次前韻寄懷元翁》詩：「不解**聞健**飲，俄成一蓬顆。」陳與義《至陳留》詩：「等閑爲夢了，**聞健**出關來。」皆其例也。而段克己之《江城子》詞：「明日新年，**聞早健**還家。」則又將聞早、**聞健**兩熟語合并用之矣。又如上述王建之《江南三臺》詞：「**聞**身強**健**且爲。」則仍聞健之義也。

知聞　知識

知聞，猶云結交也；朋友也。杜牧《宣州留贈》詩：「爲報眼波須穩當，五陵遊蕩莫**知聞**。」言莫結交遊蕩子也。李涉《贈夜客》詩：「暮雨蕭蕭江上村，綠林豪客夜**知聞**。他時不用相迴避，世上如今半是君。」此涉於皖口遇盜時贈盜之詩。夜知聞，言於夜間結交也。姚合《送宋愼言》詩：

「童稚便**知聞**，如今祇有君。」言於童稚時便結交也。然普通則用如朋友義。白居易《琴茶》詩：「琴裏**知聞**唯淥水，茶中故舊是蒙山。窮通行止長相伴，誰道吾今無往還。」知聞與故舊對舉而互文。又《黄石巖下》詩：「敎他遠親故，何處覓**知聞**。」知聞與親故對舉而互文。又《老慵》詩：「近來漸喜**知聞**斷，免惱嵇康索報書。」此猶云交游斷。《全唐詩》引《海錄碎事》無名氏《悼方干》句：「**幾**多詩弟子，無限酒**知聞**。」此猶云**酒友**。蘇軾《十二月十七日夜坐達曉寄子由》詩：「閉眼此心新活計，隨身孤影舊**知聞**。」陸游《舟中作》詩：「湖海飄然避世紛，汀鷗沙鷺舊**知聞**。」舊知聞，猶云舊友。又《贈鏡中隱者》詩：「小築林間避世紛，不妨野叟是**知聞**。」又《道院雜興》詩：「早歲**知聞**久已空，巋然猶有灞城翁。」又《江村》詩：「自嫌未絕**知聞**處，尚有僧敲月下門。」義均同。又有知識一語，亦爲朋友之義。白居易《感逝寄遠》詩：「昨日聞甲死，今朝聞乙死，**知識**三分中，二分化爲鬼。」韓愈《贈别元十八協律》詩：「**知識**久去眼，吾行其既遠。」陸游《縱筆》詩：「何須覓**知識**，木石即吾師。」《南宋六十家》，高九萬《船戶》詩：「三世兒孫居柁尾，四方**知識**會沙頭。」均猶云朋友也。普通亦稱朋友爲相知或相識，可證。又有善知識一語，爲佛家言。《法華文句》云：「聞名爲**知**，見形爲**識**。是人益我菩提之道，名善知識。」善知識，猶云好朋友也。《南宋六十家》，羅與之《虎溪》詩：「東林鐘聲幽，康廬山色嫮。是皆**善知識**，長時相警悟。」**《任風子》**劇三：「常言道今世饒人不算癡，**喒**兩箇元是善**知識**。」《西遊記》劇十二：「你認得鬼子毋娘娘，休猜做善知識姨姨。」皆其例也。

知

知，猶管也。王維《桃源行》：「坐看紅樹不知遠，行盡青溪忽值人。」言看紅樹不管路遠也。杜甫《鸚鵡》詩：「翠襟渾短盡，紅嘴漫多知。」多知，多管也；意言鸚鵡能言，多管閒事也。白居易《寄生衣與微之》詩：「莫嫌輕薄但知著，猶恐通州熱殺君。」但知著，猶云儘管著也。又《別東坡花樹》詩：「花林好住莫顦顇，春至但知依舊春。」義同上。吳潛《八聲甘州》詞：「如何是，一尊相屬，萬事休知。」休知，休管也。蔣捷《霜天曉角》詞：「人影窗紗，是誰來折花？折則從他折去，知折去向誰家！」言折就聽他折，管他折向誰家去也。《元草堂詩餘》，王鼎翁《沁園春》詞：「休休何必傷嗟，漫贏得青青兩鬢華。且不知門外，桃花何代，不知江左，燕子誰家。」不知，不管也。

見（一）

見，猶被也，及也。李白《讀諸葛武侯傳書懷》詩：「何人先見許，但有崔州平。」又《贈新平少年》詩：「故友不相恤，新交寧見矜。」杜甫《陪鄭廣文遊何將軍山林》詩：「谷口舊相得，濠梁同見招。」又《入衡州》詩：「報主身已老，入朝病見妨。」劉禹錫《有獺吟》：「有獺得嘉魚，自謂天見憐。」韓愈《駑驥》詩：「有能必見用，有德必見收。」凡此各見字，用法與散文同，無事多舉。

見（二）

見，猶聞也。最著者則爲見說。王維《贈裴旻將軍》詩：「見說雲中擒黠虜，始知天上有將軍。」白居易《石榴樹》詩：「見說上林無此樹，只教桃柳占年芳。」又《燕子樓》詩：「見說白楊堪作柱，爭教紅粉不成灰！」元稹《燈影》詩：「見說平時燈影裏，玄宗潛伴太眞游。」凡此見說，猶聞說也。且不限於見說二字爲熟語也。張籍《尋仙》詩：「更見峯西幽客說，雲中猶有兩三家。」則說字與見字且拆開用之矣。李白《上李邕》詩：「世人見我恆殊調，見余大言皆冷笑。」則言亦可云見矣。韋應物《與村老對飲》詩：「鄉村年少生離亂，見話先朝如夢中。」則話亦可云見矣。白居易《香爐峯下新卜山居重題》詩：「從茲耳界應淸淨，免見啾啾毀譽聲。」則聲亦可云見矣。黃昃《南柯子》詞：「粉痕銷淡錦書稀，怕見山南山北子規啼。」則啼聲亦可云見矣。凡此見字，均猶聞字也。更推而言之，凡詩中君不見之見字，有時亦應作聞字解，非可泥於字面之爲見也。試舉李杜蘇黃之詩以爲例。李白《梁甫吟》：「君不見朝歌屠叟辭棘津，八十西來釣渭濱。」又前詩：「君不見高陽酒徒起草中，長揖山東隆準公。」又《行路難》：「君不見吳中張翰稱達生，秋風忽憶江東行。」凡此周事漢事晉事，李白之時不得而見之也。杜甫《杜鵑行》：「君不**見**昔日蜀天子，化作杜鵑似老烏。」此古代事，杜甫之時不得而見之也。蘇軾《大雪寄孔周翰》詩：「君不**見**淮西李侍中，夜入蔡州縛取吳元濟；又不**見**襄陽孟浩然，長安道上騎驢吟雪詩。」此皆唐事，蘇軾之時不得而見之也。黃庭堅《和謝公定征南謠》：「君不**見**往年瀕海未郡縣，趙佗閉關罷朝獻。」又《戲和于寺丞乞王醇老米》詩：「君不**見**公車待詔老詼諧，幾年索米長安街；君不**見**杜陵白頭在同谷，夜提長鑱掘黃獨。」凡此漢唐之事，庭堅之時不得而見之也。則以上各詩之所謂君不見，均當作君不聞解也。

見（二）

見，猶知也；覺也。李賀《感諷》詩：「本無辭輦意，豈**見**入空宮。」豈見，猶云豈知也；言本無辭寵之意，豈知反失寵也。周邦彥《解語花》詞，《上元》：「年光是也，惟只**見**舊情衰謝。」只見，猶云只覺也。巾箱本《琵琶記》二十一：「怎的只**見**殺聲在絃中見，敢只是螳螂來捕蟬。」義同上。又：「強對南薰奏虞絃，只**見**指下餘音不似前。」義同上。《留鞋記》劇楔子：「小娘子！這胭脂粉不**見**好，還有高的，換些與我。」不見好，猶云不覺好也。《竹葉舟》劇楔子：「那終南山青龍寺有個惠安長老，他與小生同鄉，甚是交好；……或者他肯濟助我，也未**見**得。」此猶云也未可知。《岔兒鬼》劇一：「我看這客人臉上一道黑氣，前途或者做出事來，也不**見**得。」與也未見得同。做出事來，卽出了岔兒之意。按此未見得與不見得，與今之口語作否定口氣者異。《誶范叔》劇一：「這有甚麽難**見**處！想必范雎在我背後，以魏國陰事告齊，故得此重賞。」有甚麽難見處，猶云很易知道，意言是明明白白的事實。又三：「這厮每有甚麽難**見**處！……猛見這素綈袍在我身上全新，……可知道只敬衣衫不敬人。」前用難見字，後用可知道字，遙相呼應。復次，今之口語中，怎見得卽怎知得，何以見得卽何以知得，安見得卽安知，俱可就近爲證也。

見（四） 可憐見

見，猶得也；着也。韓偓《春閨》詩：「長吁解羅帶，怯**見**上空牀。」怯見，猶云怯着也。王安石《旅思》詩：「此身南北老，愁**見**問征途。」黄庭堅《放言》詩：「送君不憚遠，愁**見**獨歸時。」凡云愁見，猶云愁得或愁着也。晏幾道《憶悶令》詞：「月底相逢**見**，有深深良願。」相逢見，猶云相逢得或相逢着也。李清照《永遇樂》詞：「如今憔悴，風鬟霜鬢，怕**見**夜間出去。不如向簾兒底下，聽人笑語。」《西廂》三之二：「不思量茶飯，怕**見**動彈。」凡云怕見，猶云怕得或嬾得也。《梅苑》八，無名氏《西江月》詞：「笑**見**深紅淺白，從敎蝶舞蜂忙。」笑見，猶云笑得也。按《梅苑》皆詠梅詞，此詠梅之壓倒羣芳意。史彌寧《啼鵑》詩：「春歸怪**見**難留駐，擷掇元來却是他。」怪見，猶云怪得，意言難怪也。倪偁《水調歌頭》詞：「昨夜狂雷怒，鞭起卞山龍。怪**見**朝來急雨，萬木偃顛風。」范成大《朝中措》詞，《丙午立春大雪》：「怪**見**梅梢未暖，情知柳眼猶寒。」義均同上。劉克莊《滿江紅》詞，《丁巳中秋》：「說與行雲，且擱就嫦娥今夕。俄變**見**金蛇能紫，玉蟾能白。」變見，猶云變得也，言變得金蛇般紫，玉蟾般白也。史浩《點絳脣》詞：「誰信年時，老子情非淺。思量**見**，畫樓天遠，花倚夕陽院。」思量見，猶云思量着也。周邦彥《鎖陽臺》詞：「何時**見**，名娃喚酒，同倒甕頭春。」何時見，猶云何時得也。《董西廂》三：「便不辱你爺，便不羞**見**我！」羞見，猶云羞着；便不，猶云豈不。按此爲老夫人責鶯鶯語。《太平樂府》九，無名氏《耍孩兒》套，《喻情》：「我當初不合**見**擘口和你言盟誓，惹得你鬼病懨懨挂體。」不合見，猶云不應得也。元稹《西歸絕句》：「今日還鄉獨憔悴，幾人憐**見**白髭鬚。」憐見，猶云憐得或憐着也。《㑳梅香》劇二：「小生無可調治，只除小娘子肯憐**見**，方纔救得小生一命。」《灰闌記》劇三：「逼勒得招伏文狀押，到今日有誰憐**見**咱。」義均同上。然此在曲文中則多作可憐見。《董西廂》三：「兀誰**可憐見**我那里。」《樂府陽春白雪》後五，蒲察善長《新水令》套，「聽樓頭畫鼓打三更」篇：「雁兒！**可憐見**今宵獨自個冷清清。你與我疾回疾轉莫留停。」《樂府新聲》中，無名氏小令，《水仙子》：「打時節留些游氣，罵時節存些面皮。**可憐見**俺是兒女夫妻。」三十種本《看錢奴》劇：「妳妳！**可憐見**小冤家，把你做七世親娘拜。」又《汗衫記》劇：「每日向長街上轉，叫殺耶娘佛，沒個**可憐見**。」

巾箱本《琵琶記》四：「疾忙田地上拜着丞相**可憐見**。」《詞林摘豔》五，《五供養》套：「覷了這窮客程」篇：「託賴着君王，**可憐見**孤孀。肯來俺門上，死生應難忘。」《雍熙樂府》五，《點絳脣》套：「萬種煎熬」篇：「告上聖，垂慈念，**可憐見**，饒這遭。」凡云可憐見，猶云可憐得或可憐着也。

見（五）

見，擬議辭。黃庭堅《和蒲泰亨》詩：「東坡海上無消息，想**見**驚帆出浪花。」又《和子瞻題公擇舅中丞山房》詩：「幽人八座復中臺，想**見**書堂山杏開。」張耒《二月二日挑菜節大雨不能出》詩：「想**見**故園蔬甲好，一畦春水轆轤聲。」程垓《好事近》詞：「想**見**鵲聲庭院，誤幾回消息。」凡曰想見，爲擬議辭之最著者。元稹《病醉》詩：「醉伴**見**儂因病酒，道儂無酒不相窺。」此見字爲想像義，言酒友想像我因病酒而止酒，遂以爲我處無酒而不來也。杜甫《石犀行》：「但**見**元氣常調和，自免洪濤恣凋瘵。」此見字爲希望義。但見，猶云但冀或但使。又《贈王二十四契》詩：「不關輕紱冕，但**見**避風塵。」同上義。但見，猶云但冀或但得。又《有懷台州鄭十八虔》詩：「平生一杯酒，**見**我故人遇。相望無所成，乾坤莽回互。」言冀與故人一遇，杯酒言歡，無如所望不成也。望字正與見字相應。張籍《寄王侍御》詩：「**見**欲移居相近住，有田多與種黃精。」見欲，猶云擬欲。李賀《南園》詩：「**見**買若耶溪水劍，明朝歸去事猿公。」見買，猶云擬買。賈島《題隱者居》

詩：「猶嫌住久人知處，**見**擬移家更上山。」見與擬爲重言。劉禹錫《題王郎中宣義里新居》詩：「**見**擬移居作鄰里，不論時日請開關。」吳融《寄貫休上人》詩：「**見**擬沃洲尋舊約，且教丹頂許爲鄰。」義均同上。陸龜蒙《正月十五惜春寄襲美》詩：「無窮嬾惰齊中散，有底機謀敵右侯。**見**織短篷裁小檝，拏烟閑弄箇漁舟。」見織云云，卽擬織云云也。又《襲美以魚箋見寄因謝》詩：「好將花下承金粉，堪送天邊詠碧雲。**見**倚小窗親襞染，盡圖春色寄夫君。」見倚云云，卽擬倚云云也。

笑

笑，欣羨之辭。與嘲笑之義別。拾得詩：「可**笑**是林泉，數里少人烟，雲從巖障起，瀑布水潺潺。」言可欣喜者是林泉也。杜甫《元日示宗武》詩：「汝啼吾手戰，吾**笑**汝身長。」此笑字爲欣喜義。言汝雖見吾手戰而憂戚，吾則見汝身長而欣喜也。一片父子關切之情，非嘲宗武之身長得難看而可笑也。李商隱《馬嵬》詩：「此日六軍同駐馬，當時七夕**笑**牽牛。」此笑字爲羨慕義。按陳鴻《長恨歌傳》：「因仰天感牛女事，密相誓，心願世世爲夫婦。」卽白居易《長恨歌》所謂「七月七日長生殿，夜半無人私語時」也。作嘲笑解，文理不安。此爲羨慕牛女之意，故下文接云「如何四紀爲天子，不及盧家有莫愁」也。辛棄疾《鷓鴣天》詞，《鄭守厚卿席上謝余伯山》：「君家兄弟眞堪**笑**，箇箇能修五鳳樓。」修五鳳樓，乃譽美其文學之佳，初非嘲笑，此笑字亦羨慕義。周密《玉漏遲》詞，《題吳夢窗詞集》：「猶想烏絲醉墨，驚俊語香紅圍繞。閒自**笑**，與君共是，承平年少。」此亦欣羨之辭。言追想詩酒歡娛，不禁自己欣羨當時與君同是承平時翩翩少年也。此自笑字亦非嘲笑意。蔣捷《女冠子》詞，《元夕》：「待把舊家風景，寫成閒話。**笑**綠鬟鄰女，倚窗猶唱，夕陽西下。」此亦欣喜之辭。言喜鄰女猶能唱當時夕陽西下之詞，舊家風景，尚存一二也。夕陽西下，暮靄紅溢，香風羅綺云云，爲舊時元夕盛唱之《寶鼎現》詞，或以爲康與之作。趙萬里輯《宋金元人詞》之《順庵樂府》，關於此詞有考證，可檢閱。《樂府羣玉》五，張小山小令，《朝天子》，《山中雜書》：「東華聽漏滿靴霜，却**笑**淵明強。月朗禪牀，風淸鶴帳，夢不到名利場。」強者，倔強之強。却笑淵明強，言羨淵明之高傲，能不爲五斗米折腰也。其爲非嘲笑意，更不俟辨。

禮

禮，與理同。《張協狀元》戲文：「我有道**禮**，你只說道改日娘自討與你做老婆，它便擔去。」又：「〔丑〕請！請！我自有道**禮**，〔末〕領鈞旨，請！請！」道禮，卽道理也。《西廂》二之三：「救了咱全家禍，殷勤呵！正**禮**，欽敬呵！當合。」正禮，卽正理也。《劉弘嫁婢》劇一：「婆婆！你省的這箇禮麽？則這一張白紙，我便見出那人的心事來。」言你懂得這其中的理否。《兒女團圓》劇一：「這箇老弟子孩兒無禮，心肝兒般知重他哩！」無禮，即無理也。知重，猶云看重。《博望燒屯》劇四：「頗奈諸葛亮無禮，將夏侯惇十萬雄兵，盡皆折損。」《昊天塔》劇四：「叵奈楊六兒無禮，將他令公骨殖偷盜去了。」《玉壺春》劇三：「這窮廝無禮，你雖然先在他家走，怎比的我三十車羊羢璐紬，可知現世生苗哩！」義均同上。現世生苗，猶云當場出彩。《碧桃花》劇二：「怎麽的問着呵越不應，道着呵越不禮。」此理睬之理。《竹葉舟》劇一：「這秀才不禮我，去看《華夷圖》，待我就這圖上題詩一首與他看波！」《殺狗勸夫》劇楔子：「你把共乳同胞親兄弟孫二不禮，却信着這兩個光棍。」凡云不禮，即不理睬也。《舉案齊眉》劇三：「這樣人，禮他則甚！」言理睬他則甚也。復次，今皮黄劇《六月雪》，當竇娥向禁媽媽行禮時云：「媽媽有禮。」禁媽媽答云：「你有理我倒沒有理！」亦即利用此禮與理之音同義通而成爲滑稽之美。

告

告，猶求也；請也。來鵠《鄂渚除夜書懷》詩：「難歸故國干戈後，欲告何人雨雪天。」告何人，求何人也。楊萬里《寄周舍人子充》詩：「又告君王覓閒散，要讀短檠三萬卷。」告君王，求君王也。程垓《雪獅兒》詞：「花嬌柳弱，漸倚醉要人摟着。低告託，早把被香熏却。」告託，請託也。晁元禮《洞仙歌》詞：「奈何我已狂迷，怎肯乾休，情深後不免求**告**。」告與求聯用，告卽求也。又《步蟾宮》詞：「任孜孜求**告**不回頭，諳滿眼汪汪地淚。」義同上。趙長卿《南歌子》詞：「劉郎幾日便登程，**告**你覓些歡笑送行人。」求你與請你均可解。《花草粹編》四，無名氏《花前飲》詞：「**告**你休看書，共我花前飲。」義同上。《陽春白雪》八，劉葯房《解連環》詞：「**告**梧桐，夜深略住，夢時一霎。」告梧桐，請求梧桐也。意欲梧桐莫作聲也。《玉鏡臺》劇三：「我求竈頭不如**告**竈尾。」告與求互文。三十種本《博望燒屯》劇：「你本待**告**貧道下山與您出些氣力。其實當不得寒，濟不得飢。請下這臥龍岡，待則甚的！」上云告，下云請，亦互文。《㑇梅香》劇二：「請放了，怎生向賤妾行**告**軟饒。」告軟饒，求饒恕也。《還牢末》劇一：「我眼見無那活的人也！這兩個孩子，要在他手裏過日子，只得回嗔作喜，**告**他一**告**。」言求他一求也。《謝天香》劇二：「錢大尹云：『教謝天香唱一曲咱！』正旦云：『**告**宮調。』錢大尹云：『商角調。』正旦云：『**告**曲子名。』錢大尹云：『《定風波》。』」告宮調，請宮調也；告曲子名，請曲名也。此兩告字爲敬辭，卽請問意。巾箱本《琵琶記》二十四：「堪憐愚婦人，單身又貧，開口**告**人羞怎忍。」又：「正是上山擒虎易，開口**告**人難。」告人，求人也。《幽閨記》十九：「**告**饒恕，魂飛膽顫，神恐心驚懼。」告饒恕，求饒恕也。《小孫屠》戲文：「**告**媽媽寬心行路，兩下裏休慮憶。」此猶云請媽媽。又：「**告**恩官，略慈念。」此猶云請恩官。《張協狀元》戲文：「**告**壯士，善眼相看，天色又寒。」此猶云請壯士。

又：「**告**莫說張狀元，才說後淚漣漣。」此猶云請莫說。才猶一也，見才字條。言一說起便使人傷心也。《北詞廣正譜》一，《黃鍾宮》王伯成《興隆引》，《天寶遺事》：「便**告**的霎兒嚴假，枉與他廣增些怨望，剩添些驚怕。」此卽請假義。

訴

訴，辭酒之義。韋莊《離筵**訴**酒》詩：「感君情重惜分離，送我殷勤酒卮。不是不能判酩酊，却憂前路醉醒時。」訴酒者，辭酒也。又《菩薩蠻》詞：「須愁春漏短，莫**訴**金盃滿。」歐陽修《依韻答杜相公》詩：「平生未省降詩敵，到處何嘗**訴**酒巡。」又《定風波》詞：「把酒花前欲問公，對花何事**訴**金鍾。」黃庭堅《定風波》詞：「且共玉人斟玉醑，休**訴**，笙歌一曲黛眉低。」又前調：「花外黃鸝能密語，休**訴**，有花能得幾時斟。」秦觀《金明池》詞：「佳人唱，金衣莫惜；才子倒，玉山休**訴**。」周邦彥《定風波》詞：「休**訴**金尊推玉臂，從醉，明朝有酒遣誰持。」趙鼎《醉桃園》詞：「花下醉眠休**訴**，看取春歸去。」陸游《蝶戀花》詞：「鸚鵡杯深君莫**訴**，他時相遇知何處。」又《杏花天》詞：「金杯到手君休**訴**，看着春光又暮。」皆其例也。

討

討，猶尋也；覓也。杜甫《憶昔行》：「更討衡陽董鍊師，南浮早鼓湘江柂。」討一作覔，討即覓也。又《贈李白》詩：「李侯金閨彥，脫身事幽討。亦有梁宋遊，方期拾瑤草。」幽討，言訪尋幽隱之境也。李白《江上望皖公山》詩：「但愛兹嶺高，何由討靈異。」言訪尋靈異之跡也。許宣平《見李白題壁詩又吟》：「又被人來尋討着，移菴不免更深居。」尋與討同義，重言之也。寒山《無題》詩：「明月照時常皎潔，不勞尋討問西東。」義同上。呂濱老《醉蓬萊》詞：「厮近清明，雨晴風軟，稱少年尋討。」此言訪尋風景也。《單鞭奪槊》劇一：「俺這裏雖然是有紀綱，知興敗。那裏討尉遲這般樣一個身材。」言那裏去尋找也。《凍蘇秦》劇一：「我可也心高氣傲惹人憎，因此上空囊那討一文剩。」言空囊中尋找不出一文剩餘之錢也。《鴛鴦被》劇四：「他促眉生巧計，開口討便宜。」言覓便宜也。促眉卽蹙眉。《竇娥冤》劇四：「這毒藥必有一個賣藥的醫鋪，想竇娥是個少年寡婦，那裏討這藥來。」言無從覓這毒藥來也。按當時語，討藥卽買藥之義。《張天師》劇楔子：「淨云：『有誰討藥來？』內云：『有姑娘家討藥來。』淨云：『與了多少藥錢？』內云：『與了一兩藥錢。』」可證。《李逵負荆》劇二：「只是山兒也該討個顯證，纔得分曉。」言該覓個顯證也。《趙氏孤兒》劇一：「能可在我身兒上討明白，怎肯向賊子行捱推問。」按劇情，此爲韓厥自刎時語，能可卽寧可，明白猶云乾脆辦法，言覓個乾脆辦法也。《金線池》劇二：「還須親見蕊娘，討箇明白。若他也是虔婆的見識，沒有嫁我之心，却不我在此亦無指望了。」義同上。《張協狀元》戲文：「丑：『左右！將坐物來！』末：『覆相公，晝堂又遠，書院又遠，討來不迭。』丑：『快討來！』」此言找覓坐物。不迭，猶云來不及。又：「丑：『尊兄討行館了未？』生：『未討。』丑：『同途相識，一道共店安泊。』」此言找覓旅館。又：「到得宸京，討得眼兒穿。三十六條巷尋得遍，都不見那情人面。」言尋覓得望眼欲穿也。

團

團，猶云估量也；猜度也。韓愈《南山》詩：「團辭試提挈，挂一念漏萬。」言將欲爲約估之辭而挈其大綱，則挂一而慮其漏萬也。晁元禮《少年遊》詞：「眼來眼去又無言，教我怎生團！」言怎樣猜度也。《董西廂》三：「我團着，這妮子做破大手脚。」我團着，猶言我猜着或我估着也。又三：「我團着，情取箇，從今後，爲伊瘦。」義同上。《劉知遠傳》二：「此般希差事，我慈父你試清（猜）團。」義同上。《兒女團圓》劇二：「使不着你糕也似團，婆婆也！我則要你謎也似猜。」此爲猜估義之成語，借糰之諧音爲之。三十種本《薛仁貴》劇：「不索你糕也似糰，謎也似猜。」借糰爲團，可證。

判　拚　拼　拌　揀

判，割捨之辭；亦甘願之辭。自宋以後多用拚字或拼字，而唐人則多用判字。杜甫《曲江對酒》詩：「縱飲久判人共棄，懶朝眞與世相違。」又《將赴成都草堂途中》詩：「肯藉荒庭春草色，先判一飲醉如泥。」戎昱《辛苦行》：「誰家有酒判一醉，萬事從他江水流。」白居易《酬舒三員外》詩：「已判到老爲狂客，不分當春作病夫。」元稹《採珠行》：「海波無底珠沈海，採珠之人判死採。萬人判死一得珠，斛量買婢人何在。」皮日休《吳中言情》詩：「宴時不輟琅書味，齋日難判玉鱠香。」溫庭筠《春日偶作》詩：「夜聞猛雨判花盡，寒戀重衾覺夢多。」方干《題報恩寺上方》詩：「清峭關心惜歸去，他年夢到亦難判。」韋莊《離筵訴酒》詩：「不是不能判酩酊，却憂前路醉醒時。」以上皆唐人詩也。拚或拼，則宋詞中最習見。晏幾道《鷓鴣天》詞：「彩袖殷勤捧玉鍾，當年拚却醉顏紅。」周邦彥《解連環》詞：「拚今生對花對酒，爲伊淚落。」李甲《帝臺春》詞：「拚則而今已拚了，忘則怎生便忘却！」王沂孫《水龍吟》詞：「把酒花前，剩拚醉了，醒來還醉。」不備舉。然其本字實作拌。《宋六十一家詞選》本方千里《浪淘沙慢》詞：「但悵惘章臺路，多少相思拌愁絕。」又蔡伸《西樓子》詞：「多少恨，多少淚，謾遲留。何似驀然拌捨去來休。」又晏幾道《玉樓春》詞：「相思拌損朱顏盡，天老多情終欲問。」又侯寘《青玉案》詞：「我拌歸休心已許。短篷孤棹，綠蓑青笠，穩泛瀟湘雨。」作拌，從本字也。復次，亦有寫作⿰扌桊者。黃庭堅《採桑子》詞：「度鬼門關，已⿰扌桊兒童作楚蠻。」《貶黃州》劇一：「⿰扌桊着夢魂遊故國，想像赴高堂。」《裴度還帶》

劇三：「一箇他哭啼啼捹生就死，一箇他急煎煎痛傷懷抱。」此殆從拚字之形演變而成者也。

鼈　憋　彆　別　憋

鼈，猶憋也。與鬧別紐之別同義，別者相背也。有云脾鼈者。黃庭堅《少年心》詞：「見說那廝，脾鼈熱大，不成我便與拆破。」脾鼈，爲憋氣之義，當時熟語也。趙長卿《好事近》詞：「幸自得人情，只是有些脾鼈。」義同上。亦作脾憋。《董西廂》四：「急煎煎的促織聲兒相接，做得蟲蟻兒天生的劣，特故把愁人做脾憋。」有云鼈氣者。趙長卿《水龍吟》詞：「解歎從前事，解歎了依前鼈氣。」此猶云憋氣也。有云廝鼈者。楊无咎《天下樂》詞：「今番爲寒忒太切，和天地亦來廝鼈。」此猶云相憋也。亦作廝憋。《董西廂》四：「幾番待撇了不藉，思量來當甚廝憋。」義同上。亦有云賭鼈者。《青衫淚》劇二：「好賤人，上門好客，你怎生不順從，和錢賭鼈。」此猶云賭氣。亦作賭彆。《幽閨記》三十二：「我特地錯賭彆，望高擡貴手饒過些。」凌延喜本注云，卽古憋之意。按羅懋登本及《六十種曲》本均作「我特地錯賭別」。字亦徑作別。巾箱本《琵琶記》十二：「他勢壓朝班，威傾京國，你却與他相別。」又十五：「這秀才好不曉事，聖旨誰敢別！這裏不是鬧炒去處。」又十七：「他奉着君王詔，怎生別了他。」字亦徑作憋。《董西廂》二：「白馬將軍飲了一杯，道君瑞何須恁般愒憋。」愒憋，爲固執之義。《陳州糶米》劇一：「老漢陳州人氏，姓張，人兒我性兒不好，都喚我做張㦙古。」按古與㦙同義，古卽固執之固。又：「你平日間是個性兒古㦙的人。」巾箱本《琵琶記》十二：「休㦙，知君是箇折桂手，留此花待君來攀折。」總之，鼈、彆、別、憋、㦙，均同義也。

博

博，猶換也。白居易《曉寢》詩：「雞鳴一覺睡，不博早朝人。」言不肯以早朝之貴仕，換易雞鳴之晏睡也。羅隱《煬帝陵》詩：「君王忍把平陳業，只博雷塘數畝田。」博一作換，博卽換也。《南宋六十家》，周文璞《歐陽琴歌》：「嗣孫賢者能忍貧，不向豪家博珠玉。」言不換珠玉也。又吳仲孚《贈史泳》詩：「烽火窮邊幾度愁，亦曾將死博封侯。」言以生命換封侯也。楊萬里《寄周舍人子充》詩：「省齋先生太高寒，肯將好詩博好官！」言不以好詩易好官也。又《表弟周明道工於傳神，山水亦佳，來訪贈詩》：「可把吳淞半江水，博他頭上進賢冠！」此與上詩同機軸。可把，豈把也。又《遊蒲澗》詩：「君不見中流千金博一壺，不如遊山飢時粥一盂。」此買換義。又送姜堯章《謁石湖先生》詩：「青鞋布襪軟紅塵，千詩只博一字貧。」言詩價只換得貧之一字也。《瀛奎律髓》二十七，楊契玄《莎衣》詩：「直饒紫綬金章貴，未肯輕輕博換伊。」博字與換字聯用，以同義故也。柳永《尾犯》詞：「甚時向幽閨深處，按新詞流霞共酌。再同歡笑，肯把金玉珍珠博。」言拚以金玉珍珠買換歡笑也。《花菴中興詞選》，宋自遜《西江月》詞：「只將貧賤博淸閒，留取書遮老眼。」言淸閒乃貧賤換來也。蔡松年《石州慢》詞：「無物比情濃，覓無情相博。」言轉欲以無情換有情也。《陳州糶米》劇二：「你可甚劍鋒頭博換來的萬戶侯。」義見上。巾箱本《琵琶記》四：「忍將父母飢寒死，博換得孩兒名利歸。」義均見上。

喫　吃

喫，猶被也；受也。吃亦同。周紫芝《洞仙歌》詞：「縱留得梨花做寒食，怎喫他朝來這般風雨！」此猶云受。向滈《青玉案》詞：「喫他圈樻，被他拖逗。」義同上。圈樻，猶云圈套。《西廂》四之二：「喫我直說過了，夫人如今喚你來完成親事哩！」此猶云被或給。《忍字記》劇一：「一張紙又要一箇錢買，則喫你破壞我這家私。」義同上。《薦福碑》劇一：「您兄弟吃這些學生每定害殺我也！」《冤家債主》劇一：「趁俺兩口兒在，將這家私分開了罷。若不分開呵！久已後吃這厮凋零的無了。」《金錢池》劇二：「那一日吃你家嬤嬤趕逼我不過，只得忍了一口氣，走出你家門。」義均同上。《秋胡戲妻》劇二：「甚麽意思，要也不曾要的，我倒吃他搶白了這一場。又吃這一跌，我更待乾罷！」上吃字爲被給義，下吃字爲受義。

睚　啀

睚，猶捱也。今人所云捱時候，捱工夫之捱，古人多用睚，亦用啀。郭應祥《踏莎行》詞：「霎時不見早思量，許多日子如何睚？」又《鵲橋仙》詞，《七夕》：「兩情相向，一年廝睚，等得佳期又到。」趙長卿《雨中花慢》詞：「下梢睚徹，有時共你風光。」《太平樂府》一，呂濟民小令，《鸚鵡曲》：「怎禁他地久天長，睚不過暗來明去。」又五，王元鼎小令，《醉太平》：「幾時睚徹恓惶限？幾時盼得南來雁？」又六，喬夢符《行香子》套，《題情》：「我怕春歸，愁日永，睚更闌。」《樂府新聲》中，無名氏小令，《梧葉兒》：「香肌瘦，潘鬢改，好難睚，旅館內愁山悶海。」其用啀者例如下。《太平樂府》六，鄭德輝《駐馬聽近》套，《秋閨》：「強啀夜永把燈挑，欲求歡夢和衣倒。」又七，馬致遠《集賢賓》套，《思情》：「更漏永，怎地啀？砧聲才住角聲哀。」又八，朱庭玉《一枝花》套，《女怨》：「枕衾寒，難啀如年夜。」又九，王伯成《哨遍》套，《項羽自刎》：「自清曉，徹終日；從黃昏，啀五更。」皆其例也。

閃

閃，拋撇之義。《西廂》四之三：「則被他閃殺人也麽哥！閃殺人也麽哥！久已後書兒信兒索與他恓恓惶惶寄。」此鶯鶯與張生長亭餞別時語。閃殺人，猶云拋撇得我好苦。《青衫淚》劇楔子：「妾之賤軀，得事君子，誓托終身。今相公遠行，兀的不閃殺人也！」又二：「你好下得，白解元！閃下我，女少年。」又：「燒一陌兒紙錢，敍幾句兒衷言。待不啼哭，夫乃婦之天。拋閃殺我也少年！」《李逵負荆》劇二：「不爭你搶了他那花朵般青春豔質，拋閃殺草橋店白頭的。」《樂府新聲》下，馬致遠小令，《四塊玉》：「雁北飛，人北望。拋閃煞明妃也漢君王。」《范張雞黍》劇二：「命矣夫！斯人也！閃的這老親無子，幼子無爺。」又三：「閃的我急急如漏網魚，呀呀似失羣雁，忙忙似喪家狗。」《金安壽》劇二：「伴着你個鐵拐雲遊同去也，可不閃的俺玉人何處教吹簫。」義均同。

探（一）

探，俯身也。《詞林摘豔》三，《粉蝶兒》套，「裹帽穿衫」篇：「我與正甘，飲正酣，直吃的頭低身探。」又九，《醉花陰》套，「行色怱怱易傷感」篇：「我我我軟兀刺綉鞍身半探。」《雍熙樂府》十三，《鬬鵪鶉》套，「操一曲流水高山」篇：「來到他這淺處，探着身軀，慢慢的將鈎兒垂將下去。」《金錢記》劇一：「則見他猛探身漾在車兒下。我欲待低頭拾去來，我則怕人瞧見做風流話欛。」按劇情，乃柳眉小姐將開元通寶錢丟在車下也。漾爲拋丟之義，詳颺字條。《雍熙樂府》二，《端正好》套，《御溝紅葉》：「我這裏探身岸口，將紅颼颼葉兒綽在手。」皆其例也。

探（二）

探，爲預支或預借之預字義，**此專用於支借一類之辭。**有曰探支者。姚合《武功縣中作》詩：「每旬常乞假，隔月探支錢。」此猶今所云透支。皮日休《新秋即事》詩：「酒坊吏到常先見，鶴料符來每探支。」符，猶云支單也。楊萬里《立春後一日和張功父園梅未花》詩：「江梅端合先交割，春色如何未探支。」葉夢得《定風波》詞，《七月望待月》：「却怪姮娥眞好事，須記，探支明月作中秋。」凡云探支，義均同。有曰探借者。楊萬里《米囊花》詩：「東皇羽衞無供給，探借春風十日糧。」此預借義。又《至後入城道中雜興》詩：「長亭阿姥短亭翁，探借桃花作面紅。酒熟自嘗仍自賣，一生割據醉鄉中。」義同上。言醉後面紅，如桃花色，時在冬至後，故曰探借也。陸游《夏日湖上》詩：「迎風枕簟平欺暑，近水簾櫳探借秋。」又《立春前一日》詩：「重溫壽酒屠蘇釅，探借春盤餅餌香。」又《殘雨》詩：「五更殘雨滴簷頭，探借天公一月秋。」劉克莊《滿江紅》詞，《傅相生日癸亥》：「玉斝滿斟長壽酒，冰輪探借中秋月。」凡曰探借，義均同。有曰探租者。陸游《初秋即事》詩：「却媿鄰家常作苦，探租黃犢待寒耕。」探租，猶云預租也。又《雜詠》詩：「女郎花樹新移種，官長梅園亦探租。」自注：「鄉人謂楊梅曰梅官長。」探租義同上。

攙

攙，猶搶也，即搶奪之搶。《南宋六十家》，劉過《過早禾渡》詩：「梅欲攙春菊送秋，早禾渡口晚烟收。」楊萬里《春草》詩：「年年春色屬垂楊，金撚千絲翠萬行；今歲草芽先得計，攙他濃翠奪他黄。」袁易《洞仙歌》詞，《立春七日大雪》：「愛攙占西園做飛花，又不道春光暗中消滅。」韓淲《浣溪沙》詞：「待臘未敎寒事少，小春攙取暗香浮。」楊无咎《柳梢青》詞：「傲雪凌霜，却回寒力，攙借春光。」《梧桐雨》劇一：「攙奪盡六宮寵幸，更待怎生般智巧心靈！」《謝金吾》劇二：「不聽的做夜市的炒鬧，爭地鋪的攙奪。」義並同。

折

折，猶握也。《陽春白雪》八，張樂《應天長》詞，《南屏晚鐘》：「花間恨，猶記憶，正素手暗攜輕**折**。」輕折，輕握也，言輕握素手也。晁元禮《滴滴金》詞：「口兒香，髮兒黑，脚兒一**折**。」言脚小不過一握也。《樂府陽春白雪》前三，馬東籬小令，《壽陽曲》：「金蓮肯分迭半**折**，瘦厭厭柳腰一搦。」此亦形容脚小，肯分迭半折，言恰恰及半握也。《西廂》四之一：「繡鞋兒剛半**折**，柳腰兒恰一搦。」義同上。

颭　漾　樣

颭，猶拋也；丟也。周邦彥《南柯子》詞：「嬌羞不肯傍人行，颭下扇兒拍手引流螢。」言拋去扇兒也。程垓《鵲橋仙》詞：「誰教當日太情濃，颺不下新愁一段。」言拋棄不下新愁也。《絕妙好詞》三，尹焕《唐多令》詞：「說着前歡佯不倸，颺蓮子，打鴛鴦。」言拋蓮子也。《西廂》一之二：「待颺下教人怎颺！赤緊的情沾肺腑，意染肝腸。」此卽颺不下之意。字亦作漾。《董西廂》二：「這煩惱，如何向？待漾下，又瞻仰；道忘了，是口強。」此卽《西廂》待颺下云云所本。《太平樂府》八，曾褐夫《一枝花》套，《買笑》：「我則待儘田園都准了千金價，一見了，漾不下。」義同上。又九，杜善夫《耍孩兒》套，《喻情》：「鐵球兒漾在江心內，實指望團圓到底。」《魔合羅》劇四：「漾一箇瓦塊兒在虛空裏，怎生住的？呀！到了呵！須按實田地。」《兩世姻緣》劇三：「散了玳瑁筵，漾了鸚鵡斝。」《詞林摘豔》一，李邦祐小令，《轉調淘金令》：「他如今漾了甜桃，却去尋酸棗。」以上均爲拋擲義。《風光好》劇二：「你休將容易恩情，等閒撇漾。」撇卽拋撇之撇，撇漾義同。漾亦作樣。《張協狀元》戲文：「是事一齊瞥樣，挑取被包雨具，度嶺涉長川。」瞥樣卽撇漾，言凡事一齊拋棄也。《樂府雅詞拾遺》下，無名氏《南歌子》詞：「偏他不肯大家行，樣下扇兒拍手引流螢。」此與前述周邦彥詞文大同小異，樣下卽漾下，亦卽颺下也。《樂府羣玉》二，喬夢符小令，《折桂令》，《荆溪卽事》：「廟不靈狐狸樣瓦，官無事烏鼠當衙。」此與前述《魔合羅》劇文「漾一箇瓦塊兒」之漾字同。

湯　蕩　盪

湯，猶觸也；碰也。《董西廂》三：「三五日來不**湯**箇水米，教俺難戀世。」言疾病不進飲食，故與水米不接觸也。《西廂》一之二：「休道是相偎傍，若能勾**湯**他一**湯**，倒與人消災障。」意云稍爲接觸一下也。《秋胡戲妻》劇三：「你**湯**我一**湯**，拷了你那腰截骨；掐我一掐，我着你三千里外該流遞。」義同上。又四：「誰將這五花官誥**湯**，誰將這霞帔金冠望。」意言不將手指碰着也。關漢卿《拜月亭》劇：「阿！早是俺兩口兒背井離鄉；嚥！則快他一路上**湯**風打浪；海！誰想他百忙裏臥枕着牀。」此猶云觸風打浪。《東堂老》劇二：「有一等人，肯向前，敢當賭，**湯**風冒雪，忍寒受冷。」義同上。《㑇梅香》劇二：「旦兒云：『樊素！你打我兩下波！』正旦唱：『誰敢**湯**着你那楊柳小蠻腰。』」此亦手指不敢碰着之義。《玉鏡臺》劇二：「我不曾將你玉筍**湯**，他又早星眼睜。」此言碰着手指。《抱妝盒》劇三：「他眼睜睜瞅我有十餘次，我怎敢實丕丕**湯**着他一棍兒。」此言不敢打他一棍。《桃花女》劇三：「今日是星日馬當値，我過的這門限，正**湯**着他脊背，可不被那馬跑也跑殺！踢也踢殺！」此言碰着馬脊背。《樂府新聲》中，無名氏小令，《沉醉東風》：「睡起來情懷懊惱，綉針兒不待**湯**着。」此言不思拈針。要之均爲觸碰義也。字亦作蕩。《陳州糶米》劇三：「老包性兒㑇，**蕩**他活的少。若是不容咱，我每則（只）一跑。」老包指包拯，蕩他活的少，言觸犯着他者少得活也。字亦作盪。《病劉千》劇一：「則我這右拍手，輕盪着你可早難禁受。」輕盪着，輕碰着也。

約

約，猶掠也；攔也；束也；籠也。其作掠義者。《宋百家詩存》，張至龍《晚窗》詩：「風約鐘聲落耳根，歸鴉點點不成羣。」言風掠鐘聲也。牛嶠《菩薩蠻》詞：「風簾燕舞鶯啼柳，妝臺約鬢低纖手。」約鬢，掠鬢也。顧夐《酒泉子》詞：「黛薄紅深，約掠綠鬟雲膩。」約與掠同義而聯用爲一辭。賀鑄《踏莎行》詞：「急雨收春，斜風約水，浮紅漲綠魚紋起。」言斜風掠水也。晏幾道《鷓鴣天》詞：「守得蓮開結伴游，約開萍葉上蘭舟。」言掠開萍葉也。周邦彥《浣溪沙》詞：「風約簾衣歸燕急，水搖扇影戲魚驚。」言風掠簾衣也。其作攔義者。鹿虔扆《臨江仙》詞：「翠簾慵卷，約砌杏花零。」言簾垂不卷，故簾外之杏花，攔砌而零落也；按猶云沿砌而零落。孫光憲《浣溪沙》詞：「桃杏風香簾幕閒，謝家門戶約花關。」言攔着花而關也。汪莘《好事近》詞，《春曉》：「詩人門戶約花開，蜂蝶誤飛了。」約花義同上；按均猶云門戶沿着花邊。賀鑄《蝶戀花》詞：「數點雨聲風約住，朦朧淡月雲來去。」言攔住雨聲也。《陽春白雪》一，宋子京《好事近》詞：「珠簾約住海棠風，愁拖兩眉角。」言攔住海棠風也。程垓《鳳棲梧》詞：「門外飛花風約住，消息江南，已作黃梅雨。」言攔住飛花也。張炎《疏影》詞：「閉門約住青山色，自容與吟窗清絕。」言攔住山色也。張綱《鳳棲梧》詞：「只恐酒闌催暮雨，憑誰約斷陽臺路。」言攔斷陽臺路也。《董西廂》四：「淚點兒盈盈如雨，止約不住。」言阻攔不住也。《樂府新聲》上，無名氏《風入松》套，「暮雲樓閣景蕭疏」篇：「鎖閑愁朱扉半掩，約西風繡簾低簌。」言攔住西風也。簌字原誤籟。其作束義者。曹植《美女篇》：「攘袖見素手，皓腕約金環。」此指束於臂腕之臂環，即釧鐲也。繁欽《定情》詩：「何以致殷勤，約指一雙銀。」此指束於手指之指環，即戒指也。舒亶《減蘭》詞，《詠錦帶》：「擬倩柔條，約住佳人細柳腰。」言束住細柳腰也。《花草粹編》五，趙子發《浪淘沙》詞：「素約小腰身，不耐傷春，疏梅影下晚妝新。」按此本宋玉《登徒子好色賦》「腰如束素」之文，約猶束也。其作籠義者。程垓《鳳棲梧》詞：「起上小樓觀海氣，昏昏半約漁樵市。」言漁樵市半爲海氣所籠罩住也。《元草堂詩餘》，彭泰翁《憶舊游》詞，《雨中海棠》：「朝雲低護深約，蜂蝶不知蹤。」言深深籠住也。又彭履道《蘭陵王》詞，《渭城朝雨》：「秋千小，不繫柳條，惟有輕陰約飛絮。」言輕陰籠住飛絮也。

亞

亞，有縱橫二方面之二義。自其縱者而言，猶低也；俯也。杜甫《戲題王宰畫山水圖歌》：

「舟人漁子入浦溆，山木盡**亞**洪濤風。」言風勢如濤，山木盡爲之偃俯也。案蘇軾《復以月石風林屏贈純甫》詩云：「願從少陵博一句，山木盡與洪濤傾。」傾正偃俯義。白居易《司馬廳獨宿》詩：「荒涼滿庭草，偃**亞**侵簷竹。」言竹偃俯而侵簷也。偃亞二字同義。又《題遺愛寺前溪松》詩：「偃**亞**長松樹，侵臨小石溪。」言松偃俯而侵溪也。又《晚桃花》詩：「一樹紅桃**亞**拂池，竹遮松蔭晚開時。」言低拂池也。元稹《和友封題開善寺》詩：「**亞**樹牽藤閣，横查壓石橋。」此猶云低樹或矮樹。又《望雲騅馬歌》：「**亞**身受取白玉羈，開口銜將紫金勒。」此猶云俯身。柳永《抛球樂》詞：「豔杏暖，妝臉勻開；弱柳困，宮腰低**亞**。」此意云俯腰。又《柳初新》詞：「東郊向曉星杓**亞**，報帝里，春來也。」此猶云星低。歐陽修《漁家傲》詞：「葉重如將青玉**亞**，花輕疑是紅綃掛。」此猶云低壓。《太平樂府》三，張小山小令，《柳營曲》，詠《秋千》：「釧玲瓏，響**亞**紅綿；汗模糊，濕褪花鈿。」義同上。自其横者而言，猶並也；傍也；挨也。杜甫《入宅》詩：「花**亞**欲移竹，鳥窺新卷簾。」以新卷簾之句法例欲移竹，乃欲移之竹也；即搖搖欲動之竹也。花亞者，花傍之而挨之也。陳造《出郭》詩：「遊人幾許健倒去，紅粉誰家短牆**亞**。」意言傍短牆也。晁補之《即事》詩：「安能効乾沒，肩與市人**亞**。」此爲並義，言並肩也。范成大《虎牙灘》詩：「一灘今始嘗，三峽此其**亞**。」此猶云流亞，亦爲並義。又《癸卯除夜》詩：「寂歷羅門**亞**，温馨藥鼎煨。」門亞猶云門閉，閉則門相並也。羅門，即取門可張羅義，寂歷猶云寂寞。蔡伸《如夢令》詞：「人靜重門深亞，朱閣畫簾高掛。」義同上。柳永《二郎神》詞：「運巧思，穿鍼樓上女，擡粉面，雲鬟相亞。」相亞，相傍也，言鬟傍面也。姜夔《浣溪沙》詞：「春浦漸生迎棹綠，小梅應長亞門枝。」亞門，猶言傍着門或挨着門也。

賒

賒，有相反之二義，一爲有餘義，一爲不足義。就唐詩檢討之，覺唐人對於賒字之用法頗寬，茲就有餘不足兩義引申如次。其一、可從有餘之義引伸者，例如下。駱賓王《晚憩田家》詩：「心跡一朝舛，關山萬里賒。」此爲遠義。李白《送王屋山人還王屋》詩：「春愁思永嘉，不憚道路賒。」又《早秋贈裴十七仲堪》詩：「明主倘見收，烟霄路非賒。」張謂《送僧》詩：「得度北州近，隨緣東路賒。」以上皆爲遠義。王泠然《古木臥平沙》詩：「古木臥平沙，摧殘歲月賒。」此爲長義，言歲月長也。韓愈《奉和杜相公太清宮》詩：「象帝威容大，仙宗寶曆賒。」言歲曆長也。秦韜玉《豪家》詩：「按徹清歌天未曉，飲回深院漏猶賒。」言夜漏長也。李中《旅夜聞笛》詩：「長笛起誰家，秋涼夜漏賒。」義同上。以上皆爲長義。楊炯《送李庶子致仕還洛》詩：「原野烟氛匝，關河遊望賒。」此爲空闊義。杜甫《水檻遣心》詩：「去郭軒楹敞，無村眺望賒。」義同上。郎士元《聞吹楊葉者》詩：「妙吹楊葉動悲笳，胡馬迎風起恨賒。」此爲多義。錢起《題郎士元半日吳村別業》詩：「愁人昨夜相思苦，閏月今年春意賒。」義同上。李白《秦女休行》：「金雞忽放赦，大辟得寬賒。」此爲寬義。劉禹錫《贈別干羣投筆赴安西》詩：「塞上歸限賒，樽前別期促。」義同上；言限期寬也，意則爲久長。杜甫《喜晴》詩：「甘澤不猶愈，且耕今未賒。」此爲遲義，言耕亦未遲也。劉禹錫《晚歲登武陵城》詩：「叫閽道非遠，賜環期自賒。」言還期遲也。元稹《遣春》詩：「梅芳勿自早，菊秀勿自賒。」此與早字相對，爲遲義甚明。張籍《賦花一字至七字》詩：「落早，開賒。」義同上。王儲《花發上林》詩：「東陸和風至，先開上苑花。……豈同幽谷草，春至發猶賒。」此與先字相應，以上皆爲遲義。駱賓王《晚度天山有懷京邑》詩：「行歎戎麾遠，坐憐衣帶賒。」此爲緩義。衣帶賒，猶《古詩》所謂「衣帶日以緩」也。劉禹錫《武陵書懷》詩：「帶賒衣改製，塵澀劍成痕。」義同上。韓翃《送客水路歸陝》詩：「相風竿影曉來斜，渭水東流去不賒。枕上未醒秦地酒，舟前已見陝人家。」去不賒，卽去不緩，言水流急也。又《送客之江寧》詩：「春流送客不應賒，南入徐州見柳花。」義同上。以上皆爲緩義。李紳《過荆門》詩：「行行驅馬萬里遠，漸入烟嵐危棧賒。」此當爲高義。唐彥謙《春日偶成》詩：「纂箏簫管和琵琶，興滿金樽酒量賒。」此當爲豪義。韓翃《酬程延秋夜卽事》詩：「節候看應晚，心期臥亦賒。」此當爲殷義，言心期甚殷也。李商隱《寒食行次冷泉驛》詩：「自怯春寒苦，那堪禁火賒。」此當爲劇甚義，言禁火甚嚴也。李紳《病中宿宜陽館聞雨》詩：「難眠夏夜抵秋賒，簾幔深垂窗燭斜。」言夏夜難眠之劇甚，抵得秋夜也。薛能《夏雨》詩：「何處發天涯，風雷一道**賒**。」此言風雷之迅疾也。以上皆爲劇甚義。上列各義，皆從有餘之義引申之者也。其二、可從不足之義引申者，例如下。張說《岳州作》詩：「土物南州異，關河北信**賒**。」此爲渺茫義，言信使杳然也。按說，洛陽人，曾謫岳州，此詩當爲謫居時作。白居易《眼病》詩：「僧說客塵來眼界，醫言風病在肝家。兩頭治療何曾瘥，藥力微茫佛力**賒**。」此與微茫字對舉，言佛力難憑也。周繇《經故宅有感》詩：「身沒南荒雨露**賒**，朱門空鎖舊繁華。」此言雨露不能遠及南荒也。雨露指帝王恩澤言。以上皆爲渺茫義。杜甫《陪鄭廣文遊何將軍山林》詩：「詞賦工無益，山林跡未**賒**。」此爲疏義，言跡未疏也。錢起《送費秀才歸衡州》詩：「不畏心期阻，惟愁面會**賒**。」言面會疏也。獨孤及《傷春懷舊》詩：「不惜中傷苦，但言會合**賒**。」義同上。貫休《野居偶作》詩：「無心於道道自得，有意向人人轉**賒**。」言人轉疏我也。以上皆爲疏義。韓愈《次鄧州界》詩：「商顏暮雪逢人少，鄧鄙春泥見驛**賒**。」此與少字互文，當爲少義。羅鄴《送張逸人》詩：「自說歸山人事**賒**，素琴丹竈是生涯。」義同上，言人事簡單也。李商隱《贈句芒神》詩：「佳期不定春期**賒**，春物夭閼興咨嗟。願得句芒索青女，不教容易損年華。」此當爲短義。春期賒，猶云春期短也。句芒主春，青女主霜雪，詩意言春物夭閼，正因春期短促，故願句芒索青女，使之不降霜雪，不致夭閼，不促春期，不損年華也，意欲將春期放長也。至於索字之意義，馮浩注引《三國志》「袁術欲爲子索呂布女」爲解，索女字與佳期相應。戎昱《送嚴十五之長安》詩：「君到長安日，春色未應**賒**。」此當爲衰義。大易《贈司空拾遺》詩：「陳琳草奏才還在，王粲登樓興未**賒**。」此猶言興未衰也。薛能《西縣途中》詩：「逗石流何險，通關運固**賒**。葛侯眞竭澤，劉主合亡家。」此猶言運衰也。案薛能詩，每詆諸葛武侯，故云然。以上皆爲衰義。牟融《天台》詩：「碧溪流水泛桃花，樹繞天台迥不**賒**。」此對於天台山而言，應爲低義，迥不賒，猶言迥不低也，迥字亦含高義。韋應物《西郊期滌武不至書示》詩：「非關春不待，當由期自**賒**。」此當爲差違義，言其失期也。韓愈《獨釣》詩：「太平公事少，吏隱詎相**賒**。」此猶云不相違。許渾《酬綿州于中丞使君見寄》詩：「故人書信越褒斜，新意雖多舊約**賒**。」此猶云違舊約。劉叉《冰柱》詩：「自是成毁任天理，天於此物豈宜有忒**賒**！」忒者，差忒也，賒與忒當同義。以上皆爲差違義。處默《憶廬山舊居》詩：「明月清風舊相約，十年歸恨可能**賒**？」此當爲消義。可能賒，問辭，猶云可能消。劉長卿《奉送從兄罷官之淮南》詩：「漁竿吾道在，鷗鳥世情**賒**。」此當爲無義，世情賒，猶云無世情或不世情。李商隱《病中聞河東公樂營置酒口占寄上》詩：「刻燭當時忝，傳杯此夕**賒**。可憐漳浦臥，愁緒獨如麻。」此賒字爲空缺義，意言往時曾忝列刻燭吟詩之會，今夕傳杯，則缺席矣，蓋因病不能赴也。武元衡《崔敷歎春物將謝，恨不同覽，時余方爲事牽束，及往尋不遇，留贈》詩：「九陌遲遲麗景斜，禁街西訪隱淪**賒**。門依高柳空飛絮，身逐閒雲不在家。」此賒字爲空闃義，隱淪指崔敷，訪賒者，卽題中往尋不遇之意，謂訪之而空無其人也。上列各義，皆從不足之義引申之者也。復次，李商隱《昨日》詩：「昨日紫姑神去也！今朝青鳥使來**賒**。未容言語還分散，少得團圓足歎嗟。」此賒字驟難索解，細案之，此爲七律，對仗工整，賒字對也字，係以助辭對助辭，可無疑義。意言紫姑昨去，青鳥今來，均之怱促離散，未得團圓而已。來賒，猶云來思或來兮。而韋應物《池上》詩：「郡中臥病久，池上一來**賒**！楡柳飄枯葉，風雨倒橫査。」亦可以此解之。或者李詩來賒字上法韋詩，亦未可知也。又上述劉叉《冰柱》詩「豈宜有忒賒」之賒字，若不作差違義解，亦可作助辭解，解爲「豈宜有忒焉」或「豈宜有忒也」均可。又南宋詩人楊萬里《多稼亭看梅花》詩：「先生次第卽還家，更上城頭一望**賒**！」此賒字當亦助辭，與韋應物詩一來賒之句法同，蓋猶唐人之遺意也。

凝

凝，爲一往情深專注不已之義，猶今所云「發癡」「發怔」「出神」「失魂」也。然此乃渾言之也，若就詞章中所見之各凝字細析之，約爲四類，分述如下。

凡描寫態度之辭爲一類。有曰凝態者。柳永《瑞鷓鴣》詞：「**凝**態掩霞襟，動象板新聲，怨思難任。」在內爲情，在外爲態；凝態，一往情深之態度也。有曰凝待者。許棐《浣溪沙》詞：「方向柳邊揉碧縷，又從花畔並紅腮。不知**凝**待阿誰來？」凝待，待之不已，猶云癡等也。有曰凝笑者。陳與義《臨江仙》詞：「萬事一身傷老矣！戎葵凝笑牆東。」凝笑，笑之不已，猶云癡笑也。張掄《臨江仙》詞，《禁中牡丹》：「雕玉欄杆深院靜，嫣然凝笑西風。」義同上。有曰凝噎者。柳永《雨霖鈴》詞：「執手相看淚眼，竟無語凝噎。」凝噎，哽咽不已也。又《應天長》詞：「休效牛山，空對江天凝咽。」凝咽，與凝噎同。

同一以凝字描寫態度，而關於企望者其辭獨多，可析出爲一類。有曰凝望者。柳永《木蘭花慢》詞：「歸途。縱凝望處，但斜陽暮靄滿平蕪。」凝望，望之不已，猶云癡望也。又《八聲甘州》詞：「想佳人妝樓凝望，誤幾回天際識歸舟。」姜夔《翠樓吟》詞：「玉梯凝望久，但芳草萋萋千里。」石孝友《蝶戀花》詞：「獨上危樓凝望處，西山暝色連南浦。」呂濱老《南歌子》詞：「可憐新月似眉彎，今夜斷腸凝望小樓寒。」義均同上。有曰凝目者。《樂府雅詞》曾公衮《品令》詞：「應有淩波，時爲故人凝目。」凝目，猶云凝望或注目。晁元禮《雨霖鈴》詞：「歎好夢一一無憑，帳掩金花坐凝目。」義同上。亦有以眼字替目字者。柳永《夜半樂》詞：「凝淚眼，杳杳神州路，斷鴻聲遠長天暮。」賀鑄《浣溪沙》詞：「記得西樓凝醉眼，昔年風物似如今。」張孝祥《滿江紅》詞：「凝望眼，吳波不動，楚山空碧。」凝淚眼、凝醉眼及凝望眼，義均與凝目同。有曰凝眸者。周邦彥《鎖陽臺》詞：「凝眸處，黃昏畫角，天遠路岐長。」凝眸，與凝目同義。李清照《鳳凰臺上憶吹簫》詞：「惟有樓前流水，應念我終日凝眸。」義同上。有曰凝睇者。柳永《佳人醉》詞：「儘凝睇，厭厭無寐，漸曉雕闌獨倚。」凝睇，亦與凝目同義。又《望遠行》詞：「凝睇。消遣離愁無計，但暗擲金釵買醉。」又《訴衷情近》詞：「故人千里，竟日空凝睇。」杜安世《鶴沖天》詞：「有箇關心處，難相見，空凝睇。」義均同上。有曰凝盼者。趙以夫《天香》詞，《詠牡丹》：「金屋看承，玉臺凝盼，尚憶舊家風味。」凝盼，亦與凝目同義。有曰凝眄者。毛滂《青玉案》詞：「含羞和恨，轉添凝眄，花映春風面。」凝眄，亦與凝目同義。

凡描寫想念之辭爲一類。有曰凝想者。周邦彥《尉遲杯》詞：「有何人念我無聊，夢魂凝想鴛侶。」凝想，想之不已，猶云癡想也。姜夔《慶宮春》詞：「酒醒波遠，政凝想明璫素韈。」吳文英《解蹀躞》詞：「暗凝想，情共天涯秋黯，朱橋鎖深巷。」趙長卿《朝中措》詞：「凝想倚闌干處，攢眉應爲蕭郎。」義均同上。有曰凝思者。賀鑄《小重山》詞：「隔年歡事水西東，凝思久，不語坐書空。」凝思，與凝想同義。周邦彥《浪淘沙慢》詞：「歎往事一一堪傷，曠望極，凝思又把闌干拍。」義同上。有曰凝念者。僧揮《念奴嬌》詞：「佩結蘭英凝念久，言語精神依約。」凝念，與凝想、凝思同義。有曰凝戀者。晁元禮《綠頭鴨》詞：「共凝戀，如今別後，還是隔年期。」凝戀，猶云癡戀也。呂濱老《如夢令》詞：「莫怪淚痕多，愛底不能得見。凝戀，凝戀，門外雨飛簾卷。」義同上。

凡描寫情感之辭爲一類。有曰凝情者。孫光憲《浣溪沙》詞：「攬鏡無言淚欲流，凝情半日不梳頭。」凝情，一往而深之情，猶云癡情也。程垓《浣溪沙》詞：「閒倚前榮小扇車，晚妝無力鞾雲鴉，凝情看落一庭花。」向滈《菩薩蠻》詞：「庭院欲黃昏，凝情空斷魂。」侯寘《菩薩蠻》詞：「靚妝金翠盈盈晚，凝情有恨無人管。」義均同上。有曰凝恨者。柳永《塞孤》詞：「算得佳人凝恨切，應念念，歸時節。」凝恨，恨之不已，猶云積恨也。高觀國《燭影搖紅》詞：「寥落年華將盡，誤玉人高樓凝恨。」義同上。有曰凝愁者。柳永《八聲甘州》詞：「爭知我，倚闌干處，正恁凝愁。」凝愁，愁之不已，猶云深愁也。呂濱老《千秋歲》詞：「凝愁情不展，宿酒風還醒。」義同上。有曰凝魂者。杜牧代人作詩：「樓高春日早，屏束麝煙堆。盼眄凝魂別，依稀夢雨來。」凝魂，猶云出神，言其神思之一往而深也。按江淹《別賦》：「黯然銷魂者，惟別而已矣。」彼曰銷魂別，此曰凝魂別，銷魂、凝魂，看似相反，義實相通。蓋曰銷則魂如亡，曰凝則魂不動，均之魂失其作用而同爲形容出神至極之辭也。周邦彥《月下笛》詞：「夜沈沈雁啼正哀，片雲盡卷清漏滴。黯凝魂，但覺龍吟萬壑天籟息。」黯凝魂，卽從「黯然銷魂」一語脫胎而來，言笛聲如龍吟，聽之使人黯然出神也。李之儀《南鄉子》詞，《端午》：「淚眼轉添昏，去路迢迢隔院門。角黍滿柈無意擧，凝魂，不爲當時澤畔痕。」言對角黍而出神，心中別有所痛也。又《漁家傲》詞：「遙望去舟魂欲凝，一番佳思從誰詠。」凝讀去聲，亦出神義。晁補之《安公子》詞：「對半篙碧水，滿眼青山魂凝。」音義同上。

凝竚　凝佇　竚凝

凝竚，亦作凝佇。《離騷》：「悔相道之不察兮，延佇乎吾將反。」王逸注：「延，長也。佇，立貌。」佇同竚。《九歌大司命》：「結桂枝以延竚。」竚爲有所企待之義，與凝字合成一辭，仍爲發怔或出神之義，其解釋仍可以凝字爲準，約爲四類，分述如下。

有爲凝態義者，猶之徘徊或小立，凡見於動作者屬之。趙長卿《念奴嬌》詞，《落梅》：「有人妝罷，對花**凝竚**愁絕。」意言對花徘徊也。又《祝英臺近》詞：「料應寶瑟慵彈，露華懶傅，對鸞鏡終朝**凝竚**。」意言終朝對鏡徘徊也。《絕妙好詞》一，岳珂《滿江紅》詞：「想綺窗今夜，與誰**凝竚**。」猶云與誰徘徊也。曾協《點絳脣》詞：「上苑繁華，却似詞章富。春將暮，玉鞭**凝竚**，總是經行處。」意言垂鞭小立也，此徘徊風景義。王千秋《瑞鶴仙》詞：「到如今何在，西風**凝竚**，冠也無人爲正。」此猶云向西風而徘徊。段成己《滿江紅》詞：「料峭東風，吹醉面向人如舊。**凝佇**立野禽聲裏，無言搔首。」此猶云小立於野禽聲裏。陳允平《掃花游》詞：「漫**凝竚**，步長橋月明歸去。」此猶云漫徘徊。方岳《沁園春》詞，《賦子規》：「小**凝竚**，黯紅蔫翠老，江樹陰陰。」此猶云小徘徊。王之道《點絳脣》詞，《社日雨》：「社日人家，準擬行春去。癡兒女，倚門**凝竚**，借問東郊路。」言癡兒女倚門小立，因向之問路也。吳文英《祝英臺近》詞：「有情花影闌干，鶯聲門徑，解留我霎時凝竚。」言留我霎時徘徊也。《陽春白雪》八，張船窗《夜飛鵲》詞，《荷花》：「盈盈半輪笑，向朱欄凝佇，欲訴心期。」此狀荷花如向朱欄徘徊而欲語也。李彌遜《十樣花》詞：「陌上風光濃處，第一梅花先吐。待得春來也，香消減，態凝竚，百花休謾妬。」此狀梅花將落時依依之態，卽凝態義也。

有爲凝望義者，凡憑高倚闌有所企望者屬之。柳永《竹馬子》詞：「憑高盡日凝竚，贏得銷魂無語。」此爲憑高凝望義。賀鑄《更漏子》詞：「一葉落，幾番秋，江南獨倚樓。曲闌干，凝竚久，薄暮更堪搔首。」此爲倚樓上闌干久望義。又《憶仙姿》詞：「向晚鯉魚風，斷送綵舟何處？凝竚，凝竚，樓外一江煙雨。」此言倚樓凝望綵舟。周邦彥《蓦山溪》詞：「愁無語，空凝竚，兩兩昏鴉去。」此言凝望昏鴉。吳潛《點絳脣》詞：「凝竚晴空，一抹天邊鳥。」此言凝望晴空。《絕妙好詞續》，翁孟寅《摸魚兒》詞：「沙津少駐，舉目送飛鴻。幅巾老子，樓上正凝佇。」此言在樓上凝望。趙以夫《龍山會》詞：「也全勝白衣未至，獨醒凝竚。」意言凝望白衣送酒人也。此用陶淵明九日無酒，採菊坐宅邊，望見白衣人送酒來事。

有爲凝想義者，如懷舊念遠，悠然神往，凡表示想念者屬之。晁補之《黃鶯兒》詞：「凝竚。既往盡成空，暫寓何曾住。」此乃推究人間萬事變動不居之理，爲凝想義。寓原作遇，應是寓字。柳永《安公子》詞：「遊宦成羈旅，短檣吟倚閒凝竚。萬水千山迷遠近，想鄉關何處？」閒凝竚，猶云閒凝想，玩想鄉關句之想字可知。程垓《摸魚兒》詞：「**凝竚**切，念翠被熏籠，夜夜成虛設。」此猶云凝想切，玩念翠被句之念字可知。趙長卿《花心動》詞：「一餉看花**凝竚**。因念我西園，玉英眞素。」義同上，玩念我句之念字可知。王沂孫《掃花游》詞：「漫**凝竚**。念昔日采香，人更何許。」義同上，玩念昔日句之念字可知。史達祖《桃源憶故人》詞：「柳枝巷陌深朱戶，牆外風流一樹。十五年來**凝佇**，彈盡胭脂雨。」意言凝想十五年來事也。姜夔《月下笛》詞：「**凝佇**。曾遊處。但繫馬垂楊，認郎鸚鵡。」言凝想舊遊處也。《絕妙好詞》六，王易簡《慶宮春》詞，《謝草窗惠詞卷》：「翠楡芳事，謾重省當時顧曲。因君**凝竚**，依約吳山，半痕蛾綠。」言因讀草窗詞卷而凝想當時吳山蛾綠情景也；與重省字相應，省卽記憶之義。

有爲凝魂義者，凡感懷傷神等等表示情感者屬之。曹勛《二郎神》詞：「**凝竚**。山村水館，難堪羈旅。」此言羈旅堪傷也。楊无咎《水龍吟》詞：「似漢皋解佩，桃源人去，成思憶，空**凝竚**。」此言思憶情侶不見，空增傷感也。又《掃花游》詞：「正**凝竚**。向譙樓又催笳鼓。」正凝竚，猶云正凝魂或正銷魂也。柳永《鵲橋仙》詞：「但黯然**凝竚**，暮煙寒雨，望秦樓何處？」此用黯然字，猶云黯凝魂或黯銷魂也。又《西平樂》詞：「黯**凝竚**。臺榭好，鶯燕語。正是和風麗日，幾許繁紅嫩綠，雅稱嬉遊去。奈阻隔尋芳伴侶。」用黯字，義同上。周邦彥《瑞龍吟》詞：「黯**凝竚**。因記箇人癡小，乍窺門戶。侵晨淺約宮黃，障風映袖，盈盈笑語。」又《掃花游》詞：「恨入金徽，見說文君更苦。黯凝竚。掩重關徧城鐘鼓。」劉辰翁《賀新郎》詞：「倘有遠遊當年恨，恨南公不見秦爲楚。天又暮，黯凝竚。」凡云黯凝竚，均爲黯凝魂或黯銷魂義，總之爲出神至極之辭。

復次，凝竚亦得倒之爲竚凝，《樂府雅詞》拾遺，無名氏《漢宮春》詞：「立馬竚凝情久，念美人自別，鱗羽茫茫。」此當爲凝態或凝想義，猶之凝竚也。

銷凝　消凝

銷凝，亦作消凝，爲「銷魂凝魂」之約辭。銷魂與凝魂，同爲出神之義，見凝字條，故銷凝遂并爲一談。《陽春白雪》六，趙白雲《歸朝歡》詞：「夜闌天靜魂飛越，正銷凝，一庭秋意，煙水浸空闊。」銷凝字緊跟魂字而來，此足爲銷凝卽銷魂、凝魂義之證。李之儀有《南鄉子》詞，詠《端午》，二首同韻。其第一首上片後半云：「巢燕引雛渾去盡，銷魂，空向梁間覓宿痕。」其第二首上片後半云：「角黍滿柈無意舉，凝魂，不爲當時澤畔痕。」此足爲銷魂、凝魂互文而用如同義之證。要之銷與凝，均爲一往情深之義也。然此二字合成爲一辭，詞家使用極廣，意義亦於大同之中小有區別，其解釋有可以銷字爲準者，有可以凝字爲準者，約爲三類，分述如下。

由銷魂義出，凡表示感懷傷神等之情感者爲一類。杜牧《八六子》詞歇拍云：「正銷魂，梧桐又移翠陰。」秦觀《八六子》詞效其體，歇拍云：「正銷凝，黃鸝又啼數聲。」則直以銷凝爲銷魂之替辭而用如同義也。更廣其例。柳永《夜半樂》詞：「對此佳景，頓覺**消凝**，惹成愁緒。」此猶云頓覺銷魂。賀鑄《點絳脣》詞：「掩妝無語，的是**銷凝**處。」此猶云銷魂情況。又《羅敷歌》詞：「玉人望月**銷凝**處，應在西廂。」此猶云銷魂境地。又《要銷凝》詞：「春風深閉繡戶，儘便旋一庭花絮。要自**銷凝**，吟郎長短句。」此猶云自尋銷魂況味。周紫芝《昭君怨》詞：「無計奈離情，惡**銷凝**。」惡，甚辭，猶云最銷魂。史達祖《夜合花》詞：「向**銷凝**裏，梅開半面，情滿徐妝。」銷凝裏，猶云銷魂處或銷魂際。周密《南樓令》詞：「桂影滿空庭，秋更廿五聲，一聲聲都是**消凝**。」此言都是銷魂之聲。《陽春白雪》四，吳雲壑《浪淘沙》詞：「池館晝盈盈，人醉寒輕，一川芳草只**銷凝**。」此言只是銷魂之景。李萊老《高陽臺》詞，《落梅》：「黯**銷凝**，人老天涯，雁影沉沉。」此猶云黯銷魂。張炎《暗香》詞：「一笑東風又急，黯**消凝**恨聽啼鴂。」義同上。趙輯《宋金元人詞》，袁易《高陽臺》詞，《鴛鴦菊》：「黯**銷凝**，添得東籬，一段閒愁。」義同上。大抵此辭以解作銷魂義者爲最普通，不備舉。

由凝態、凝望義出，如低徊或躊躇，以及遠眺企望，足以表示發怔出神之情態者爲一類。柳永《笛家弄》詞：「豈知秦樓，玉簫聲斷，前事難重偶。空遺恨，望仙鄉一餉**消凝**，淚沾襟袖。」一餉爲霎時義，一餉消凝，猶云低徊了一會兒。張鎡《水調歌頭》詞，《姑蘇臺》：「認羣峯，尋四塔，半煙橫。平生感慨，況逢佳處輒**銷凝**。」此猶云輒爲之低徊。張炎《水龍吟》詞，《白蓮》：「幾度

消凝，滿湖煙月，一汀鷗鷺。」此猶云幾度低徊。劉辰翁《八聲甘州》詞：「**銷凝**久，殘陽短笛，似我歔欷。」此猶云低徊久之。張炎《一萼紅》詞，《紅梅》：「步夜雪前村問酒，幾**消凝**把做杏花看。」此疑惑不決義，猶云幾躊躇。又《甘州》詞，題戚五雲《雲山圖》：「幾**消凝**此圖誰畫，細看來元不是終南。」義同上。又《滿庭芳》詞，《小春》：「閒了淒涼賦筆，便而今不聽秋聲。**消凝**處，一枝借暖，終是未多情。」此亦疑慮而躊躇義。晁端禮《玉蝴蝶》詞：「黯**銷凝**，暮雲回首，何處高城。」此出神而凝望義，玩回首字可知。《陽春白雪》三，謝勉仲《石州引》詞：「舊時風月逢迎，別來誰畫雙眉嫵。回首一**銷凝**，望歸鴻容與。」玩回首字、望字，可知其義同上。李彭老《高陽臺》詞，《落梅》：「轉**銷凝**，點點隨波，望極江亭。」玩望字可知其義同上。《陽春白雪》七，李草堂《徵招》詞，《梅》：「謾舉目**銷凝**，對愁雲曚曨。」玩舉目字可知其義同上。

由凝想義出，凡懷古思今以及表示一切想念者爲一類。張孝祥《六州歌頭》詞：「黯**銷凝**。追想當年事，殆天數，非人力，洙泗上，絃歌地，亦羶腥。」此慨想古今之辭，猶云悄然憂思。《陽春白雪》七，無名氏《賀新郎》詞，《憶鶴》：「城郭悲歌華表恨，此事**銷凝**千古。」此思古之辭，猶云沈思往古。張炎《瑞鶴仙》詞：「殘歌剩舞，尙隱約當時院宇。黯**消凝**，銅雀深深，忍把小喬輕誤！」此思舊懷人之辭，猶云輾轉思量。《陽春白雪》七，胡蒙泉《滿庭芳》詞：「**銷凝**處，別離情緒，正是海棠天。吹花題葉事，如今夢裏，記得依然。」此惜別思舊之辭，亦輾轉思量義。王炎

《木蘭花慢》詞：「**銷凝**衣故幾時更，又誰復卿卿？」此念別懷人之辭，義同上。葛長庚《沁園春》詞：「**銷凝**。次第清明，渺南北東西草又青。」此感念時序之辭，義亦同上。吳文英《高陽臺》詞：「自**銷凝**。能幾花前，頓老相如。」此慨想身世之辭，猶云暗自思量。

銷黯　消黯

銷黯，卽黯然銷魂語意，宋詞中往往約之爲銷黯，亦作消黯。賀鑄《憶仙姿》詞：「**銷黯**，**銷黯**，門共寶匳長掩。」柳永《曲玉管》詞：「一場**消黯**，永日無言，却下層樓。」高觀國《喜遷鶯》詞：「感綠驚紅，顰煙啼月，長是爲春**消黯**。」趙長卿《祝英臺近》詞：「記臨岐，**銷黯**處，離恨慘歌舞。」陳著《眞珠簾》詞：「**消黯**。更華林蟬咽，繫人腸斷。」《絕妙好詞》五，莫崙《水龍吟》詞：「離思相欺，萬絲縈繞，一襟**銷黯**。」王沂孫《法曲獻仙音》詞：「已**銷黯**。況凄涼近來離思，應忘却明月夜深歸輦。」皆其例也。

依黯

依黯，意義略如銷黯，多以寫傷離念遠之情緒。韓偓《離家第二日却寄諸兄弟》詩：「却望山川空黯黯，迴看僮僕亦依依。」依黯殆卽依依黯黯之約辭也。高觀國《齊天樂》詞：「樓陰縱覽。

正魂怯清吟，病多**依黯**。」周密《三姝媚》詞：「歎俊游零落，滿襟**依黯**。」李彭老《法曲獻仙音》詞：「總**依黯**。念當時看花游冶，曾錦纜移舟，寶筝隨輦。」《陽春白雪》七，陸睿《八聲甘州》詞：「蘭佩空餘**依黯**，便南風吹水，人也難留。」《絕妙好詞》五，丁宥《水龍吟》詞：「悵芙蓉城杳，藍雲**依黯**，鎖巫峯暝。」王沂孫《醉蓬萊》詞：「試引芳樽，不知消得，幾多**依黯**。」皆其例也。

尤殢　尤　殢

尤殢，戀辭，茲先將尤字、殢字之單用者分疏之。羅隱《春日湘中題岳麓寺僧舍》詩：「欲共高僧話心迹，野花芳草奈相**尤**。」相尤，猶云相娛或相戀也。柳永《如魚水》詞：「莫閒愁，共綠蟻紅粉相**尤**。」則純爲戀義。黄裳《宴瓊林》詞：詠《木香》：「新醅泛，寒冰幾點，拚今日，醉**尤**飛斝。」義亦同。此尤字單用之例也。至殢字之單用者。李商隱《魏侯第東北樓堂郢叔言別》詩：「鎖香金屈戌，帶酒玉崑崙。」帶一作殢。馮浩注云「《玉篇》，殢，困極也，以言困酒，似近之。《通鑑》，京兆尹韋澳欲寘鄭光莊吏於法，宣宗曰，誠如此，但鄭光殢我不置耳，……以言勸請之意，唐人口語也。」按殢我不置，卽嵇康與山巨源絕交書所云「嬲之不置」也。殢字爲糾纏不清之義，與泥人之泥字義同；然唐人詩中亦用爲滯留義。李白《峨眉山月歌》：「我似浮雲滯吳越。」蕭本作殢。楊凌《賈客怨》詩：「山水路悠悠，逢灘卽殢留。」尤爲明證。至晚唐詩人用殢字，其義漸異。羅隱《西京崇德里居》詩：「進乏梯媒退又難，强隨豪貴殢長安。」此尙爲滯留義。他如李山甫《柳》詩：「强扶柔態酒難醒，殢着春風別有情。」方干《惜花》詩：「今日流鶯來舊處，百般言語殢空枝。」韓偓《寄友人》詩：「夫君亦是多情者，幾處將愁殢酒家。」均爲糾纏不清之意，與泥義近。而韓偓《有憶》詩：「愁腸泥酒人千里。」泥一作殢，則殢酒之殢直與泥同用矣。自殢之義既變，音讀亦隨之而變。殢音他計切或呼計切，此爲本音。至臧氏《元曲選》之音注，則殢音膩，是直取泥之音義而俱代之矣。至與尤字並用時，初尙作泥，亦約略可徵。杜牧《寄韓八評事》詩：「鬢衰酒減欲誰泥，跡辱魂慚好自尤。夢寐幾回迷蛺蝶，文章應解伴牢愁。」好自尤之尤字，確義殊爲難定；然却無戀昵義，不過尤與泥已爲對舉之文。而《雲謠集雜曲子》之《洞仙歌》：「擬鋪鴛被，把人尤泥，須索琵琶重理。」二字聯用，直爲戀昵義。此爲唐時民間流行之曲子，尙用尤泥字。至宋詞則競用尤殢矣。柳永《促拍滿路花》詞：「最是嬌癡處，尤殢檀郎，未敎拆了鞦韆。」晁元禮《木蘭花慢》詞：「嬌癡。最尤殢處，被羅襟印了宿妝眉。」而殢雲尤雨或尤雲殢雨等語，亦同時並起。柳永《浪淘沙》詞：「殢雲尤雨，有萬般千種，相憐相惜。」又《錦堂春》詞：「待伊要尤雲殢雨，纏繡衾不與同歡。」由是遂爲戀暱之落套熟語，且尤殢字亦隨意活用之。如柳永《長壽樂》詞之「尤紅殢翠」，又《木蘭花》詞之「殢煙尤雨」，又《小鎭西》詞之「尤花殢雪」，蘇軾《減蘭》詞之「殢主尤賓」，曹邍《瑞鶴仙》詞之「殢歡尤惜」，或爲戀昵義，或爲糾纏義，不一而足。而在元曲中且取其偏旁整齊而字作殑殢。如《西廂》三之三：「晴乾了殑雲殢雨心」，五之三：「枉村了他殢雨殑雲」是也。然宋詞中單用之殢字，尚多有「殢我不置」之遺意。如歐陽修《夜行船》詞：「白髮天涯逢此境，倒金尊，殢誰相送。」柳永《玉蝴蝶》詞：「要索新詞，殢人含笑立尊前。」周邦彥《南柯子》詞，《詠梳兒》：「長是枕前不見殢人尋。」又《滿路花》詞：「日上三竿，殢人猶要同臥。」呂濱老《思佳客》詞：「秋意早，暑衣輕，殢人索酒復同傾。」趙長卿《眼兒媚》詞：「殢人記得，叮嚀殘漏，且慢明朝。」黃機《臨江仙》詞：「殢天天不管，轉作兩眉顰。」皆其例也。又秦觀《夢揚州》詞：「殢酒困花，十載因誰淹留。」殢與困對舉，殢有困義，與《玉篇》困極之訓亦通。又殢字有滯留義，殢與滯可通，在《元曲選》中，亦見有滯殢二字聯用者，特其義則與撒嬌放刁之嬌刁字爲近，與滯留義又無涉。如《神奴兒》劇二：「撒滯殢，不惺惺。」《任風子》劇三：「你待要這裏撒滯殢，尋個自縊。」是也。總之字義隨時代而變遷，此其或沿或革之大略也。

逡巡

逡巡，迅速之義，與普通之作爲遲緩解者異。韓湘《言志》詩：「解造逡巡酒，能開頃刻花。」一作殷七七詩，逡巡與頃刻爲對舉之互文，逡巡猶頃刻也。李商隱《七月二十八日夜聽雨後夢作》詩：「少頃遠聞吹細管，聞聲不見隔飛烟；逡巡又過瀟湘雨，雨打湘靈五十絃。」逡巡與少頃爲對舉之互文，逡巡猶少頃也，皆爲迅速義，毫無疑問。更廣其例。杜甫《暮秋枉裴道州手札》詩：「黎元愁痛會蘇息，夷狄跋扈徒逡巡。」徒逡巡，猶云不過頃刻也。白居易《寄題自仙遊山移植盩厔縣廳雙松》詩：「早知烟翠前，攀翫不逡巡。悔從白雲裏，移爾落囂塵。」不逡巡，猶云不轉瞬也。又《秋槿》詩：「正憐少顏色，復歎不逡巡。」義亦同。元稹《琵琶歌》：「逡巡彈得六幺徹，霜刀破竹無殘節。」翫下句之比喻，知爲迅速義。又《感夢》詩：「逡巡急吏來，呼喚願且止。」既曰急吏，當爲迅速義。李商隱《春日寄懷》詩：「世間榮落重逡巡，我獨丘園坐四春。」重者，甚辭，詳重字條。此言四年之間，世人之忽榮忽落甚迅速，獨我之貧困如故也。又《戊辰會靜中出》詩：「萬劫猶逡巡。」猶云千歲猶旦暮也。姚合《送李起居赴池州》詩：「朝昏卽千里，且願話逡巡，猶云談一會也。章碣《春日經湖上友人別業》詩：「一年一電逡巡事，不合花前不醉遊。」逡巡事，猶云須臾事也。陸希聲《寄瞀光上人》詩：「筆下龍蛇似有神，天池雷雨變逡巡。」此爲迅雷疾雨義。歐陽炯《貫休應夢畫羅漢歌》：「逡巡便是兩三軀，不似畫工虛費日。」此狀其畫之速，言頃刻便成兩三尊羅漢也。羅隱《詠月》詩：「湖上風高動白蘋，暫延清景此逡巡。」既曰暫，當爲迅速義。又《春日登上元石頭故城》詩：「萬里傷心極目春，東南王氣只逡巡。」意言王氣不久長也，亦迅速義。敦煌文庫，《季布罵陣詞》文：「良久沈吟無別語，唯言禍事在逡巡。」言禍在目前也。亦迅速義。王安石《送別韓虞部》詩：「京洛風塵嗟阻闊，江湖杯酒惜逡巡。」意言離多會少也。亦迅速義。陸游《除夜》詩：「相看更覺光陰速，笑語**逡巡**卽隔年。」言轉瞬卽是明年也。亦迅速義。又《早涼熟睡》詩：「靈臺虛湛氣和平，投枕**逡巡**夢卽成。」既曰卽，當爲迅速義。又《養生》詩：「一念少放逸，禍敗生**逡巡**。」言生於須臾也。亦迅速義。歐陽修《漁家傲》詞：「花底忽聞敲兩槳，**逡巡**女伴來相訪。」既曰忽，當爲迅速義。葉夢得《臨江仙》詞：「行樂應須賢太守，風光過眼**逡巡**。」猶云過眼須臾也。趙長卿《滿庭芳》詞：「驚心事，安仁華鬢，年少已**逡巡**。」言少年光陰已迅速過去也。程大昌《漢宮春》詞：「道曆管階蓂萬換，悠然喚做**逡巡**。」言萬年當做頃刻也。《西廂》二之一：「雖是不關親，可憐見咱命在**逡巡**，濟不濟權將這箇秀才且儘。」命在逡巡，猶言死在須臾也。又：「你看一封書信**逡巡**至，半萬雄兵咫尺來。」逡巡至，猶云頃刻到也。復次，杜甫《麗人行》：「後來鞍馬何**逡巡**，當軒下馬入錦茵。」此詩敍述秦虢前行，楊國忠隨後神情，解者以爲按轡徐行之意。竊謂此非徐行，乃驟馬也，形容國忠之驕横，逡巡正是迅速之義。《太眞外傳》云：「每入朝謁，國忠與韓虢連轡揮鞭驟馬，以爲諧謔。」此可證也。

僝僽（一）

僝僽，猶云磨折也。邵雍《年老逢春》詩：「東君不奈人嘲戲，**僝僽**花枝惡未休。」劉克莊《春日五絕》詩：「曉風細細雨斜斜，**僝僽**書生屋角花。」黄庭堅《宴桃源》詞：「天氣把人**僝僽**，落絮游絲時候。」趙以夫《大酺》詞，《牡丹》：「朝來風雨惡，怕僝僽低張青油幕。」王質《一斛珠》詞，《海棠》：「天香國色濃如酒，且教青女休僝僽。」以上所云僝僽，皆爲磨折義。趙長卿《念奴嬌》詞；《秋日牡丹》：「等閒風雨，更休僝僽容易。」容易猶云輕易，言勿輕易將風雨來磨折也。陳著《玉漏遲》詞：「回首孤山好景，倩人問梅花安否。應自瘦，雪霜可能僝僽！」可能猶云豈能，言雪霜不能磨折也。朱雍《梅詞》，《玉女搖仙佩》詞：「須謝化機愛惜，碎璧鋪酥，肯把飛英僝僽。」意言天公降雪，正是愛惜梅花，磨折而玉成之也。亦有將僝僽二字分開使用者。辛棄疾《粉蝶兒》詞，《賦落梅》：「甚無情，便下得雨僝風僽。」下得猶云忍得。趙必瑑《蘭陵王》詞：「無端被怪雨狂風，僽柳僝花禁春色。」葛長庚《水調歌頭》詞：「喫盡風僝雨僽，那見霜凝雪凍，飢了又添寒。」陳人傑《沁園春》詞：「到僝桃僽李，鳩邊雨急；埋薇瘞藥，燕外泥肥。」亦均爲磨折義。大抵僝僽一辭，以作磨折義者爲最普通。不備舉。

僝僽（二）

僝僽，猶云惱亂也；擺佈也。《陽春白雪》一，王季夷《祝英臺近》詞：「須知兩意長存，相逢終有。莫謾被春光僝僽。」此作慰藉語，言莫爲春所惱亂也，意言不必傷春也。吳潛《二郎神》詞：「又是將他春僝僽，一種花愁花病。」意言將春來惱亂自己，成一種愁病也。楊炎正《蝶戀花》詞：「昨日解醒今日又。消得情懷，長被春僝僽！」消得，猶云禁得，此反語。意言禁不起情懷長被春所惱亂也。以上爲惱亂義。辛棄疾《蝶戀花》詞：「可惜春殘風雨又。收拾情懷，閒把詩僝僽。」意言把詩來消遣或對付也。此爲擺佈義。《董西廂》三：「驚見紅娘，淚汪汪地眉兒皺。生曰可憎姐姐！休把人僝僽！」此在張生自計好事必成之時，忽見紅娘淚眼皺眉而至，疑其裝腔作勢，故曰休把人僝僽，意言不必擺佈我也。《太平樂府》三，張小山小令，《柳營曲》，《妓怨》：「禁持向歌扇底，僝僽在繡牀前。」此與禁持互文，禁持爲擺佈義，僝僽亦擺佈義，言妓女之生活環境，不脫歌扇繡牀，被其擺佈而控持，所以怨也。以上爲擺佈義。

僝僽（二）

僝僽，猶云嘔氣或罵詈也。黃庭堅《憶帝京》詞：「恐那人知後，鎮把你來僝僽。」猶云把你來罵詈也。秦觀《滿園花》詞：「行待癡心守，甚捻着脈子，倒把人來僝僽。」義同上。晁元禮《上林春》詞：「想從來性氣恁麽，那堪更等閒經時拋嚲。料得那裏千僝萬僽，嗔我也思量我。再歸見了，算應是絮得些箇。但初心尚未改，任從摧挫。」千僝萬僽，猶云痛罵深詈。意言如彼容易使性之人，加以經時拋別，料必將與我嘔氣，嗔我句承上啓下，所云絮，所云摧挫，仍與僝僽相應，意言彼雖嘔氣，我不變心也。周邦彥《大有》詞：「令人恨，行坐兇。斷了更思量，沒心永守。

前日相逢，又早見伊仍舊。卻更被溫存後，都忘了當時僝僽。」此亦當作嘔氣解。意言背面時既恨且咒，勢將決絕，及見面溫存之後，已忘卻當時嘔氣矣。所云僝僽，即指當時之恨與咒也。又《青玉案》詞：「只恐彰露，那人知後，把我來僝僽。」此與上述黃庭堅詞同機軸，義亦同。楊炎正《桃源憶故人》詞：「膁膜呷了些來酒，越會把人僝僽。」此與上述秦觀詞同句法，義亦同。案此頗相當於打情罵俏情形，意言發酒瘋。膁膜亦作𥉗𥇛，當爲媚視之意，《董西廂》一：「眼𥉗𥇛地佯呆着，」可證；亦即乜斜也，詳乜斜條。

僝僽（四）

僝僽，猶云憔悴或煩惱也。黃庭堅《鼓笛令》詞：「翡翠金籠思珍偶，忽拚與山雞僝僽。」此意云落魄，爲憔悴義。《梅苑》九，王逐客《浪淘沙》詞，《楊梅》：「莫將荔子一般看，色淡香消僝僽損，才到長安。」僝僽損，猶云憔悴煞。辛棄疾《賀新郎》詞，《水仙》：「烟雨淒迷僝僽損，翠袂搖搖誰整。」義同上。張輯《如夢令》詞：「僝僽，僝僽，比着梅花誰瘦。」義同上。周必大《點絳脣》詞，詠梅：「莫待冬深，雪壓風欺後。君知否？却嫌伊瘦，又怕伊僝僽。」義同上。吳文英《宴清都》詞：「愁彈枕雨，衰翻帽雪，爲情僝僽。」言爲多情而憔悴也。其作煩惱解者。周紫芝《宴桃源》詞：「寬盡沈郎衣，方寸不禁僝僽。」言不禁煩惱也。《董西廂》三：「料他一種芳心，盡知琴意，非不多情，自僝自僽。」自僝自僽，猶云自煩自惱也。《太平樂府》三，王愛山小令，《小桃紅》：「酒解愁腸破僝僽。」言破除煩惱也。《范張雞黍》劇三：「謝相識親友省僝僽。」言請其少煩惱也。《漢宮秋》劇二：「吾當僝僽；他也他也紅妝年幼，無人搭救。」吾當，漢元帝自稱之詞，他指昭君。言我則煩惱，他則年輕無人搭救也。《連環計》劇一：「攬這場強熬煎，自尋些閒僝僽。」言自尋空頭煩惱也。《竹葉舟》劇二：「唱道幾處笙歌，幾家僝僽。」猶云幾處歡娛，幾家煩惱也。

瀟灑　消洒

瀟灑，淒清或淒涼之義，與灑脫或灑落之義別。周邦彥《塞垣春》詞：「煙深極浦，樹藏孤館，秋景如畫。漸別離氣味難禁也，更物象，供瀟灑。」言正當別思無聊之際，而秋天景物，更助其淒清也。《樂府新聲》上，無名氏《風入松》套，「夜闌深院暮寒加」篇：「早是可曾經，心緒愁牽掛。又逢暮秋消洒。」消洒與瀟灑同，機軸卽出周詞。又王脩甫《鬬鵪鶉》套，「闕蓋荷枯」篇：「淸燈一點，知人瀟洒，相伴影兒孤。」此爲淒涼義。又白無咎《新水令》套，「離情不奈」篇：「冷淸淸寂寞在香閨，悶懨懨消洒在羅幃。」此亦淒涼義。《莊周夢》劇一：「試看咸陽原上麒麟塚，都一般瀟洒月明中。」此亦淒涼義。《倩女離魂》劇二：「不爭他江上停舟，幾時得門庭過馬。悄悄冥冥，瀟瀟灑灑。」此猶云淒淒涼涼。《羅李郎》劇二：「我是你堂上尊，撇的來這般慽慽焦焦。

懷內子也這般煩煩惱惱。哎！連你這嬌滴滴脚頭妻，也這般灑灑瀟瀟。」義同上。

看承

看承，猶云看待也；亦猶云特別看待也。黃庭堅《歸田樂引》詞：「看承幸廝勾，又是尊前眉峯皺。」此特別看待義。言特別看待，幸相親暱也。廝勾猶云相暱，詳廝勾條。辛棄疾《滿江紅》詞，《中秋寄遠》：「但願長圓如此夜，人情未必看承別。」此看待義，言月能長圓，人情看待未必與中秋有異也。郭應祥《鷓鴣天》詞，《中秋後一夕》：「自緣人意看承別，未必淸輝減一分。」此亦看待義，言人自看待有異也。《花菴中興詞選》，劉叔安《花心動》詞：「夜深銀燭明如晝，待歸去看承花睡。」此特別看待義。《花草粹編》八，吳淑姬《祝英臺近》詞：「斷腸曲曲屛山，溫溫沈水，盡是舊看承人處。」此亦特別看待義。又十，梁隆吉《念奴嬌》詞：「碧海傾春，黃金買夜，猶道看承薄。」此看待義。巾箱本《琵琶記》五：「我年老爹娘，望伊家看承。」此特別看待義。

料理

料理，猶云安排或幫助也；又猶云排遣也；又猶云逗引也。其作安排或幫助義者。杜甫《江畔獨步尋花》詩：「詩酒尙堪驅使在，未須料理白頭人。」言老人尙無須安排幫助也。料理字出《世說》，見下。蘇軾《用和人筆跡韻寄莘老》詩：「困窮誰要卿**料理**，舉頭看山笏拄頰。」《施注蘇詩》補注云，《世說》：「王徽之爲桓沖參軍，沖嘗謂徽之曰：『卿在府日久，比當相**料理**。』徽之初不酬答，直高視以手板拄頰云：『西山朝來致有爽氣。』」按所謂料理者，乃安排而欲幫助之也。米芾《竹西寺》詩：「不用使君相**料理**，都緣塵土蔽青山。」此亦脫胎《世說》語意。《南宋六十家》，鄭清之《南坡口號》：「天工忽忽度年光，**料理**人間富貴忙。」此亦脫胎《世說》語意。又周文璞《謝頤師見過》詩：「呼童就鄰一賒米，作糜煮菜相**料理**。」此言呼童爲我安排也。又周弼《許市罩魚》詩：「自有野人相**料理**，柳陰茅店一包鹽。」此言野人爲我安排也。又沈說《次韻永堂》詩：「似此衰遲者，勞君**料理**頻。」此脫胎杜詩料理白頭人語意。又武衍《湖邊》詩：「東風合與春**料理**，忍把輕寒瘦杏花。」此言東風應給春以安排幫助也。辛棄疾《賀新郎》詞：「剩水殘山無意態，被疏梅**料理**成風月。」此言得梅花安排也。又《減蘭》詞：「狂歌未可，且把一尊**料理**我。」此言把酒以安排我也。《花草粹編》七，薛泳《客中憶》詞，《守歲》：「一盤消夜江南果，喫果看書只清坐，罪過梅花**料理**我。」罪過，爲感謝之意，此言得梅花安排我也。以上皆安排或幫助義也。

由安排義引申之，則爲排遣義。黃庭堅《山礬》詩：「平生習氣難**料理**，愛著幽香未擬回。」此言排遣習氣。又《催公靜碾茶》詩：「睡魔正仰茶**料理**，急遣溪童碾玉塵。」此言排遣睡魔。《宋百家詩存》，陳起《郭聖與黃希聲問候》詩：「座上遍將唐帖搨，架中閑取晉詩吟。病懷得此相**料理**，更接蘭交問信音。」此言排遣病懷。元好問《跋耶律浩然山水卷》詩：「無因**料理**黃塵了，只得青山紙上看。」此言排遣塵俗。段克己《鷓鴣天》詞：「窮愁正要詩**料理**，莫問春來酒價高。」此言排遣窮愁。以上皆排遣義也。其作逗引義者。白居易《對鏡偶吟》詩：「眼昏久被書**料理**，肺渴多因酒損傷。」言爲看書之故，引起眼病也。韓愈《飲城南道邊古墓上逢中丞過》詩：「爲逢桃樹相**料理**，不覺中丞喝道來。」言爲桃樹所逗引也。姜夔《春日書懷》詩：「兄弟各天涯，啼鳩見**料理**。」言因聽啼鳩而引起兄弟天涯離別之感也。又《陳君玉以小集見歸用余還誠齋朝天續集韻作七字，夔報貺》詩：「新篇大是相**料理**，因憶西山楊子雲。」言因得新詩而引起思憶楊子雲之念也。楊子雲借以比楊誠齋。周邦彥《還京樂》詞：「禁煙近，觸處浮香秀色相**料理**。」言到處被浮香秀色相逗引也。盧祖皋《謁金門》詞：「做弄清明時序，**料理**春酲情緒。憶得舊時停棹處，畫橋看柳絮。」言因清明時序之到來，不禁引起舊懷，憶得畫橋停棹看柳一段光景也。《陽春白雪》五，翁賓暘《齊天樂》詞：「幽香不受春**料理**，青青尚餘秋鬢。」言不受春逗引，故尚餘秋鬢也。

分付

分付，有交付義；有委託義；有發落義；有表示義。蘇軾《洞仙歌》詞：「江南臘盡，早梅花開後，**分付**新春與垂柳。」言將新春交付與垂柳也。葉夢得《定風波》詞：「華髮蕭然吹素領，光景，何妨**分付**屬滄洲。」言將身世交付與滄洲也。毛滂《惜分飛》詞：「今夜山深處，斷魂**分付**潮回去。」言將斷魂交付與潮水同回去也。石孝友《亭前柳》詞：「識盡千千并萬萬，那得恁海底猴兒。這百十錢一箇潑性命，不**分付**待**分付**與誰？」言以性命交付彼美，甘心以身殉之也。海底猴兒，諧音爲好的孩兒，爲對於所暱者之稱。潑，自詈辭。高觀國《祝英臺近》詞：「幾時挑菜踏青？雲沈雨斷，盡**分付**楚天之外。」此暗用楚襄王神女雲雨事。意言與彼美久曠，無計奈何，亦祇有交付於楚天之外，聽憑其雲沈雨斷而已。以上爲交付義。毛滂《更漏子》詞：「那些愁，推不去，**分付**一簷寒雨。」此爲委託義。寒雨爲愁悶之徵，委託寒雨，意言寒雨連綿，能代其擔承愁悶之情也。《絕妙好詞》五，楊恢《祝英臺近》詞：「都將千里芳心，十年幽夢，**分付**與一聲啼鴂。」義同上。啼鴂爲春暮之徵，委託啼鴂，意言啼鴂一聲，能代其抒寫遲暮之感也。周邦彥《蝶戀花》詞：「無限柔情，**分付**西流水。」義同上。流水爲無限之徵，委託流水，意言流水能代表無限柔情也。《樂府雅詞》拾遺下，無名氏《風流子》詞：「情到不堪言處，**分付**東流。」張孝祥《水調歌頭》詞：「此意無盡藏，**分付**水東流。」義均同上。以上爲委託義。《南宋六十家》，趙汝鐩《晚興》詩：「愁來無着處，**分付**酒杯中。」此爲發落義，言借酒以發落愁懷也。又許棐《夜泊長河》詩：「滿懷風月無**分付**，卻借漁翁短笛吹。」機軸與上詩同。無分付者，無可發落也，言借吹笛以發落風月之懷也。《宋百家詩存》，傅察《七月十六夜對月》詩：「可憐秋色誰**分付**？正是安仁作賦時。」誰分付，猶云怎樣發落也。程垓《洞庭春色》詞：「惆悵一春飛絮，夢悠颺教人**分付**誰？」分付誰，即誰分付之倒文，言教人怎樣發落也。又《霜天曉角》詞：「迤邐篆香裊，好懷誰共說。若是知人風味，來**分付**，半牀月。」言發落此月色也，意言同來賞月也。《絕妙好詞續》，張涅《祝英臺近》詞：「怎**分付**？獨倚紅藥欄邊，傷春甚情緒。」言怎樣發落此傷春情緒也。張孝祥《鵲橋仙》詞：「清愁萬斛，柔腸千結，醉裏一時**分付**。」言愁腸於醉裏發落也。石孝友《卜算子》詞：「去也如何去？住也如何住？住也應難去也難，此際難**分付**。」言難發落也。以上爲發落義。周邦彥《感皇恩》詞：「淺顰輕笑，未肯等閒**分付**。爲誰心子裏，長長苦？」此爲表示義，言未肯隨便表示也。心子裏，猶云心兒裏。《樂府雅詞》，無名氏《九張機》詞：「深心未肯輕**分付**，回頭一笑，花間歸去，只恐被花知。」義同上。《陽春白雪》四，孫花翁《清平樂》詞：「一天曉月簷西，馬嘶風拂羅衣。**分付**許多風致，送人行下樓兒。」言表示許多風致也。以上爲表示義。

處分

處分，猶云吩咐或囑咐也。與本義之作處理解者異。劉禹錫《和令狐相公聞思帝鄉有感》詩：「當初造曲者爲誰，說得思鄉戀闕時。滄海西頭舊丞相，停杯**處分**不須吹。」分字原注上聲。言吩咐莫吹此曲也。白居易《過敷水》詩：「垂鞭欲渡羅敷水，**處分**鳴騶且緩驅。」言吩咐騶卒緩行也。楊萬里《晚興》詩：「**處分**新霜且留菊，辟差寒日早開梅。」義同上。

商略 商量

商略，有估計義；有準備或做造義。商量亦同。與本義之作商榷解者微異。黃庭堅《醇道得蛤蜊復索舜泉》（酒名）詩：「**商略**督郵風味惡，不堪持到蛤蜊前。」此估計酒味也。陸游《枕上》詩：「**商略**明朝當少霽，南簷風珮已鏘然。」此估計明朝也。又《雪後尋梅》詩：「**商略**前身是飛燕，玉肌無粟立黃昏。」此估計前身也。趙長卿《驀山溪》詞：「滿城風雨，又是重陽近。黃菊媚清秋，倚東籬**商量**開盡。」此言風雨之後，估計黃菊已開盡也。以上爲估計義。舒亶《菩薩蠻》詞：「江梅含日暖，照水花枝短；密葉似**商量**，向人春意長。」此言密葉準備春意也。盧祖皋《摸魚兒》詞：「吟未就。但衰草荒烟，**商略**愁時候。」此言做造愁緒也。姜夔《點絳脣》詞：「燕雁無心，太湖西畔隨雲去。數峯清苦，**商略**黃昏雨。」此言準備雨景也；亦猶言做造雨意也。《元草堂詩餘》上，詹玉《渡江雲》詞：「拖陰籠晚暝，**商量**清苦，陣陣打篷聲。」此言做造雨聲也。《樂府雅詞》拾遺下，王觀《天香》詞：「重陰未解，雲共雪**商量**不了。」此言造雲造雪不已也。陳允平《柳梢青》詞：「雪正**商量**，同雲淡淡，微月昏昏。」此言雪正在準備中或做造中也。蘇紹叟《摸魚兒》詞：「何如引去。任槎上張騫，山中李廣，**商略**儘風度。」言儘準備做張騫或李廣也。詞見

《龍洲詞》附錄。以上爲準備或做造義。

斷送(一)　送斷

斷送，猶云過也；度也。二字平用，斷亦送也。茲先舉杜詩中之斷字、送字單獨使用者以起例。杜甫《水檻遣心》詩：「淺把涓涓酒，深憑送此生。」送此生者，猶云度此生涯或過此生活也。又《曲江》詩：「自斷此生休問天，杜曲幸有桑麻田。故將移住南山邊，短衣匹馬隨李廣，看射猛虎終殘年。」斷此生者，了此生也，卽所謂終殘年也。與送此生同義。此可以辛詞證之。辛棄疾《水調歌頭》詞：「斷吾生，左持蟹，右持盃。」按《晉書·畢卓傳》：「右手持酒杯，左手持蟹螯，拍浮酒船中，便足了一生矣。」辛詞用畢卓語「了一生」之典故，而襲用杜詩「斷此生」之字面，以其意義本同也。可知杜詩所云自斷此生，猶云自了此生，亦爲度此生涯或過此生活之義。杜荀鶴《江南逢李先輩》詩：「歲月消於酒，平生斷在詩。」其用法亦與斷此生、斷吾生同。斷送二字義同，聯用之而成爲一辭，其義亦同。韓愈《遣興》詩：「斷送一生惟有酒，尋思百事不如閒。」段成己《江城子》詞：「斷送餘生消底物？蘭可佩，菊堪餐。」蓋皆過此生、度此生之義也。

斷送(二)　送斷　斷　送

斷送，猶云葬送也。斷有了結義，此殆從了結義引申而來。《侯鯖錄》，楊朴妻詩：「今日捉將官裏去，這回**斷送**老頭皮。」言將頭顱送掉，意言生命了結也。辛棄疾《山花子》詞：「驀地捉將來**斷送**，老頭皮。」《趙氏孤兒》劇二：「若不是急流中將脚步抽回，險些兒鬧市裏把頭皮**斷送**。」均卽本楊朴妻詩意。趙必瑑《滿江紅》詞：「如此風濤，又**斷送**一番蒲節。」言將端午佳節輕輕葬送也。作了結解亦得。管鑑《滿江紅》詞：「十日狂風，都**斷送**杏花紅去。」亦葬送義。《灰闌記》劇三：「只一味屈敲屈打，活**斷送**在劍頭刀下。」《隔江鬭智》劇一：「你只怕躭誤了周元帥在三江口，哎！怎不想**斷送**我孫夫人一世兒。」《連環計》劇四：「蔡學士你爲謀蚤預知，董太師果**斷送**在連環計。」義均同上。因斷送二字平用，故亦得倒之爲送斷。《董西廂》三：「便不辱你爺，便不羞見我。我還待**送斷**你子箇，却又子母情腸意不過。」此鶯鶯與張生私會事發後，老夫人對鶯鶯語，意言不忍告官究辦，葬送你終身也。便不，猶云豈不；還待，猶云如其；子箇，與則箇同。復次，《小孫屠》戲文，其開場敍述始末時有云：「三見鬼，一齊擒住，迻斷在開封。」按劇情，小孫屠寃獄係由包拯審結，包拯白，有「勑判斷開封」之語，迻斷應是送斷之誤，言罪人送斷在開封也。要之皆爲捉將官裏去之義，亦爲了結之義也。亦有單用一斷字者。《麗春堂》劇三：「知他是**斷**與甚處外府，則(只)落的遶青山十里平蕪。」按劇情，此爲完顏丞相謫貶至濟南府時自歎語。言葬送我到甚麼外府地方也。亦有單用一送字者。《陳州糶米》劇一：「哎喲天那！

兀的不**送**了我也這條老命。」言葬送了我這條老命也。《賺蒯通》劇二：「還待要爭名奪利，管**送**的你死無葬身之地。」亦葬送性命意。《西廂》二之三：「病染沉痾，斷難復活。**送**了人呵！當甚傻儸！」言葬送了那人也。《詞林摘豔》三，《粉蝶兒》套，「這些時意嬾心慵」篇：「小卿道把雙郎**送**，鶯鶯遠却離張珙。」言蘇小卿倒將雙漸葬送也。按單用一送字者，今猶爲口頭習用語，不備舉。

斷送（二）

斷送，猶云逗引也；亦猶云發付也。其作逗引義者。《樂府雅詞》，趙令時《清平樂》詞：「去年紫陌青門，今宵雨魄雲魂。**斷送**一生憔悴，只消幾箇黃昏。」言逗引人一生憔悴也。吳潛《滿江紅》詞：「向黃昏**斷送**客魂消，城頭角。」言角聲逗引得客魂消也。李曾伯《水調歌頭》詞：「剛被西風**斷送**，又爲黃花牽帥，草創作斯遊。」言被西風逗引也。劉過《天仙子》詞：「馬兒不住去如飛，牽一憇，坐一憇，**斷送**煞人山與水。」言被山與水逗引煞也，意則云客程之勞。《西廂》一之二：「撩撥的腸荒，**斷送**的眼亂，引惹的心漾。」與撩撥、引惹並舉，亦逗引義。其作發付義者。白居易《同夢得和思黯見贈》詩：「留連燈下明猶飲，**斷送**樽前倒卽休。」言以醉倒發付飲興也。蘇軾《次韻答邦直子由》詩：「醉呼妙舞留連夜，閑作新詩**斷送**秋。」言以新詩發付秋意也。黃庭堅《雨中花慢》詞：「待新年歡計，**斷送**春色。」言以歡計發付春色也。王之道《南歌子》詞，《戊午重九》：「龍山勝集古今同，**斷送**一年秋色酒杯中。」言以勝集發付重九也。段克己《漁家傲》詞：「**斷送**春光惟是酒，玉杯重捧纖纖手。」言以杯酒發付春光也。李彌遜《聲聲慢》詞，《木犀》：「更被秋光**斷送**，微放些月照，着陣風吹。」言由秋光發付出月照風吹也。《張協狀元》戲文：「我去討米和酒并豆腐**斷送**你去。」言發付你去也。

斷送（四）

斷送，猶云推送之送或迎送之送也。陳與義《連雨不能出有懷陳國佐》詩：「雨師風伯不吾謀，漠漠窮陰**斷送**秋。」言風雨推送秋來也。陸游《春晚雨中》詩：「方書無藥醫治老，風雨何心**斷送**秋。」義同上。時當春晚，故曰何心。《瀛奎律髓》二十七，惠洪《鞦韆》詩：「飄揚血色裙拖地，**斷送**玉容人上天。」言推送美人至高處也。楊萬里《爨醬》詩：「平章堪一飯，**斷送**更三杯。」言以爨醬送酒下咽也。賀鑄《憶仙姿》詞：「向晚鯉魚風，**斷送**綵帆何處。」言風力推送綵帆也。以上爲推送之送義。吳潛《沁園春》詞：「謾繞隄旌纛，牽連鷁棹；喧天鼓吹，**斷送**龍舟。」言鼓吹送龍舟行也。王之道《減蘭》詞：「清歌妙舞，**斷送**吟鞭乘醉去。」言歌舞送客行也。陳德武《蝶戀花》詞：「昨日狂風今日雨，風雨相催，**斷送**春歸去。」言風雨送春歸也。《竇娥冤》劇三：

「要什麽素車白馬，**斷送**出古陌荒阡。」言送葬也。以上爲迎送之送義。

斷送(五)

斷送，贈品之義，本爲動辭而用如名辭。雜劇中於婚嫁之事，輒見斷送一辭，義與妝匳相同。《連環計》劇二：「你這賤媳婦無**斷送**；你這新女壻省財錢。」意猶云一方面無妝匳，一方面無聘金；無斷送，猶云無妝匳也，斷送乃一名辭也。《蕭淑蘭》劇四：「羔雁茶禮**斷送**房匳，盡行出辦，足滿姐姐平生所望。」玩斷送與羔雁、茶禮、房匳三名辭並列，則斷送之爲名辭更可證。斷送義與妝匳相同，故行文時房匳與斷送或匳房與斷送，往往以同義而聯用之。《西廂》二之一：「兩廊僧俗，但有退賊之計的，老夫人倒賠房匳**斷送**，鶯鶯與他爲妻。」《劉弘嫁婢》劇二：「陪與小姐三千貫匳房**斷送**。」《連環計》劇二：「老夫倒賠三千貫匳房**斷送**，將小女送過太師府中來也。」《魯齋郎》劇二：「今日個妻嫁人，夫做媒，自取些匳房**斷送**賠隨，那裏也羊酒花紅段匹。」《蕭淑蘭》劇四：「度量闊，眼皮寬，把**斷送**匳房全盡管。」《舉案齊眉》劇二：「父親！多共少也與您孩兒些匳房**斷送**波！」皆其例也。以上所云斷送，爲嫁女時贈送之妝匳，動辭而用如名辭者也。復次，斷送又爲戲劇用語，錢南揚《宋元南戲百一錄》總說二：「……雜劇之後均有『斷送』。……《西廂搊彈詞》(按即《董西廂》)於引辭之後，更有**斷送**引辭，則正與此處的斷送意義相合；求諸現代江浙方言，當即『饒頭』之意。」又引《武林舊事》：「……雜劇，吳師賢已下做《君聖臣賢爨》，**斷送**《萬歲聲》。……雜劇，周朝清以下做《三京下書》，**斷送**《遶池游》。……雜劇，何晏喜已下做《楊飯》，**斷送**《四時歡》。……雜劇，時和已下做《四偌少年游》，**斷送**《賀時豐》。……勾雜劇色時和等做《堯舜禹湯》，**斷送**《萬歲聲》。……勾雜劇色吳國寶等做《年年好》，**斷送**《四時歡》。」按戲劇用語之斷送，相當於江浙方言之饒頭，則亦動辭而用如名辭，要之亦贈品義也。

攛斷（一）　攛掇　攛頓

攛斷，猶云攛弄也；慫慂也；催逼也。其作攛弄義者。史達祖《慶清朝》詞：「賦得送春詩了，夏帷**攛斷**綠陰成。」意言草木綠陰，布置攛弄，成爲帷幄也。夏帷語甚新，按《黃山谷集·次韻文潛同遊王舍人園》詩，任淵注引《王立之詩話》，張文潛有「衆綠結夏帷，老紅駐春妝」之句。而吳毅《望江南》詞：「家山好，好是夏初時。習習薰風回竹院，疏疏細雨灑荷漪，萬綠結成帷。」此亦可作夏帷注脚也。《張生煮海》劇一：「咿呀呀，偏似那織金梭**攛斷**錦機聲。」此言金梭攛弄之聲。亦作攛掇。侯寘《眼兒媚》詞：「彈棋打馬心都懶，**攛掇**上春愁。」言攛弄上春愁也。《張協狀元》戲文：「好姻緣來合湊，把你**攛掇**嫁一個好兒夫。」此猶云撮合，亦爲攛弄義。以上爲攛弄義。其作慫慂義者。《西廂》三之二：「**攛斷**得上了竿，掇了梯兒看。」言慫慂上竿也。《望江亭》劇一：「我我我攛斷的上了竿，你你你掇梯兒着眼看。」義同上。《太平樂府》六，曾瑞卿《蝶戀花》套，《閨怨》：「舊衣服陡恁寬，好茶飯減多半。添鹽添醋人攛斷，剛捱了少半椀。」少與小同義，言經人慫恿之下，硬捱了小半椀飯也。亦作攛掇。史彌寧《啼鵑》詩：「春歸怪見難留駐，攛掇元來卻是他。」言慫恿春歸去也。詩見《友林乙稿》。張鎡《最高樓》詞，《賦初月》：「甚只解催人鬢髮老，更不算將人情緒惱。攛掇酒，撼搖詩。」言慫恿酒興，撩撥詩興也。《秋胡戲妻》劇三：「你也曾聽杜宇，他那裏口口聲聲，攛掇先生不如歸去。」義同上。《氣英布》劇一：「你休將咱廝催逼，相攛掇。」言相慫恿也。亦作攛頓。《太平樂府》六，朱庭玉《祆神急》套，《閨思》：「愁人倦聽，杜鵑聲更哀。不去向他根底，偏來近奴窗側訴離懷。把似喚將春去，爭如攛頓取那人來！」攛頓取，猶云慫恿着，言慫恿着那人回來也。不如歸去，爲杜鵑鳴聲，故云然；與上述《秋胡戲妻》劇文同義。《太平樂府》一，張小山小令，《蟾宮曲》：「攛頓着小丫鬟，舞元宵迓鼓。摸索着大肚皮，裝村酒葫蘆。」言慫恿小丫鬟鼓舞也。攛頓着，原作攛頓首，首字應是着字之誤，玩對句摸索着可知。以上爲慫恿義。其作催逼義者。《樂府陽春白雪》前二，劉時中小令，《湘妃怨》：「曉來風雨催春事，把鶯花攛斷死。」言催逼殺也。又前三，張小山小令，《清江引》：「杜鵑幾聲烟樹暖，風雨相攛斷。」言相催逼也。《太和正音譜》，丹丘先生小令，《天上謠》：「日月走東西，烏兔搬昏晝，把光陰攛斷的疾。」義同上。《詞林摘豔》四，石子章《秋夜竹窗》劇一：

「暢好是花謝的疾，春去的緊，**攛斷**了人生有限身。」義同上。又五，陳大聲《新水令》套，《閨情》：「雨雨風風，**攛斷**的病兒重。」又五，陳秋碧《行香子》套，《題情》：「冷雨秋蛩，酸風梧葉，**攛斷**起滿腔離思。」義均同上。亦作攛掇。《董西廂》二：「遂喚幾個小嘍囉，傳令衆**攛掇**。隔着山門厲聲叫，滿寺裏僧人聽呵！」言傳令大家催逼也。按此述孫飛虎催逼普救寺僧人獻出鶯鶯情事。以上爲催逼義，蓋加重其慫慂口氣，則爲催逼也。

攛斷(二)　攛掇

攛斷或**攛掇**，爲戲劇音樂用語，猶云奏演也。此爲搬弄義之引申。《風月紫雲庭》劇：「我唱的是《三國志》先饒十大曲，俺娘便《五代史》續添《八陽經》。你覷波！比及**攛斷**那唱叫，先索打拍那精神。」此段詞文，以唱戲比吵家。攛斷那唱叫，猶云奏演那唱叫也。《五代史》與《八陽經》，均爲胡鬧之義。《藍采和》劇三：「再不去喬妝扮打拍**攛掇**，再不去戲臺上信口開合。」義同上。此藍采和悟道後之言，藍本名伶出身，故云然。《梧桐雨》劇二：「高力士云：『請娘娘登盤演一回《霓裳》之舞。』正末云：『依卿奏者。』正旦做舞，衆樂**攛掇**科。」此爲一段科白。衆樂攛掇，卽衆樂器一齊奏演以節舞也。《樂府新聲》下，無名氏小令，《一錠銀》：「傀儡棚當時火伴，鼓兒笛兒休**攛斷**。」義同上。《雍熙樂府》五，《點絳脣》套，《悟眞如》：「花下逢迎，柳邊陪奉。笙歌送。鼓板聲中，**攛斷**醒，南柯夢。」此言被鼓板聲打醒南柯夢也，亦爲奏演義。《牡丹品》劇二：「又被你這六娘子，**攛斷**的呵聲騾。」義同上。《張協狀元》戲文：「後行脚色，力齊鼓兒，饒個**攛掇**末泥色。」末泥，卽末尼。末泥色，卽脚色中之末。饒者，戲文未開演時先演一個饒頭戲也。攛掇末泥色之確義不可知，大約爲末泥色奏演之義。

掇送

掇送，與攛掇及斷送義近。猶云慫慂也；發付也；催逼也；推送也。張鎡《昭君怨》詞：「雲被歌聲搖動，酒被詩情**掇送**。」此慫慂義。《樂府雅詞》拾遺上，李彌遜《聲聲慢》詞：《木犀》：「更被秋光**掇送**，微放些月照，着陣風吹。」此發付義。按此詞，四印齋本《筠溪詞》集作斷送。姜夔《點絳脣》詞：「月落潮生，**掇送**劉郎老。」此催逼義。邵亨貞《點絳脣》詞：「萬里風埃，**掇送**流年度。」此推送義。

判斷

判斷，猶云欣賞也。與本義別。陸游《眉州作》詩：「爛醉破除千日濾，狂吟**判斷**四州春。」此詩意爲吟詠欣賞。四州，原注云成都永康唐安眉山也。《南宋六十家》，余觀《梅花引》：「拔衣繞遍樹頭行，**判斷**人間風月國。」此詩意爲散步欣賞。蘇軾《西江月》詞：「此景百年幾變，箇中下語千難。使君才氣卷波瀾，與把新詩**判斷**。」此亦吟詠欣賞意。葛勝仲《減蘭》詞，《病起不見杏花作》：「杏花零亂，擬把百觚來**判斷**。病臥漳濱，不見枝頭鬧小春。」此爲攜酒欣賞意。劉克莊《賀新郎》詞，《寄題鬱孤臺》：「傾倒贛江供硯滴，**判斷**雪天月夜。」此亦吟詠欣賞意。《太平樂府》四，姚牧庵小令，《陽春曲》：「山河**判斷**筆尖頭，得志秋，分破帝王憂。」此亦吟詠欣賞意，而與掌管山河意爲雙關。按楊萬里《和張功父》詩：「**斷賞**湖山我與公，問公别後却誰同？」斷字與賞字聯用，此亦可證判斷之猶云欣賞也。

斷當　斷

斷當，商訂之辭。陸希聲《弄雲亭》詩：「已共此山私**斷當**，不須轉轍重移文。」見《全唐詩》。此猶云商量或訂定。黃庭堅《李宗古出示謝李道人苕箒杖從蔣彥回乞葬地二頌》詩：「提攜禪客扶衰杖，**斷當**姻家葬骨山。」任淵注：「《淳化法帖》中有王羲之帖云，『想及理**斷當**』，斷音短。今俗間猶作此語，意謂剖判其事也。」按詩意猶云商量。《南宋六十家》，朱南杰《横林遇雨》詩：「**斷當**篙師到錫山，片雲尼我竹林間。」此亦猶云商量或訂定。《樂府新聲》中，無名氏小令，《滿庭芳》：「聊雲雨恩情儉，**斷當**着拘鈐。成不成虛交（教）人指點，是不是先巴鏝傷廉。……他愛的便沾，我愛的俺娘嫌。」按曲文，爲妓女怨其鴇母口吻，大意是姐兒愛俏，鴇母愛鈔也。拘鈐猶云箝制，斷當着拘鈐，言心中暗自商量，奈此鴇母之箝制何也。巴鏝，卽愛鈔也。其有祗用一斷字者。周賀《留別南徐故人》詩：「未斷却來約，且伸臨去情。」却來，再來也。此猶云訂約。楊无咎《多麗》詞：「斷約他年，共揮大手，桂枝須斫最高柯。」義同上。史達祖《秋霽》詞：「年少俊遊渾斷得；但可憐處，無奈苒苒魂驚，采香南浦，剪梅烟驛。」義同上。達祖又有《東風第一枝》詞云：「預約俊遊伴侶，」可證斷俊遊卽約俊遊或訂俊遊也。渾猶還也，見渾字條。

打當

打當，猶云打算或準備也。楊萬里《初涼與次公子共讀書冊》詩：「暑嬾歸投簟，涼生**打當**書。」言打算讀書也。《西廂》一之二：「與我那可憎才居止處門兒相向。雖不能勾竊玉偷香，且將這盼行雲眼睛兒**打當**。」卽空觀本注：「徐士範曰，打當猶云打迭。」閔遇五《五劇箋疑》曰：「打當猶云準備。」毛西河論定本注曰：「打當猶云打點，當點轉音。」《趙氏孤兒》劇五：「我可也不索慌，不索忙。早把手脚兒十分**打當**，看那廝怎做隄防。」言十分準備也。《西遊記》劇一：「算命買卦，合有一拳財分，有箇好媳婦分，不知這姻緣在那裏**打當**。」言何處打算也。

賭當　覩當　堵當　當賭　當覩　當堵　睹當

賭當，猶云打疊或對付也。《宋百家詩存》，劉弇《試院次韻酬趙達夫惜别》詩：「愁城恨壘挨排到，酒約花期賭當遲。」此打疊義。《董西廂》二：「法聰和尙，手中鐵棒眉齊，快賭當。」此對付義。快賭當，猶云會對付也。又：「三合以上，賊徒氣力難迭，怎賭當。」猶云怎對付也。《玉鏡臺》劇一：「都恃着力強，便賁育呵！怎敢賭當。」義同上。《李逵負荆》劇二：「強賭當，硬支持，要見個到底。」義同上。《趙氏孤兒》劇五：「我這裏驟馬如流水，掣劍似秋霜，向前來賭當。」義同上。亦有作覩當者。趙長卿《探春令》詞：「縷金幡勝教先辦，着工夫裁翦。到那時覩當須教滴惜，稱得梅妝面。」此打疊義。亦有作堵當者。《董西廂》二：「一時間怎堵當。」此對付義。亦有倒用之作當賭者。《董西廂》二：「不道飛虎慣相持，思量法聰怎當賭。」《東堂老》劇二：「那做買賣的有一等人，肯向前，敢當賭，湯風冒雪，忍寒受冷。」均爲對付義。亦有作當覩者。《劉知遠傳》十二：「壯丁首領，欲待拏捉難當覩。」義同上。亦有作當堵者。《馮玉蘭》劇二：「都是你沒來由攬禍災，到如今急煎煎怎當堵。」義同上。亦有分開用之者。三十種本《氣英布》劇：「我子(只)見一來一去，不當不覩，兩匹馬、兩個人有如星注。」義仍同。兩不字爲語助辭，無意義。茲更以《朱子語類》證之，《語類》六：「自然底是仁，勉強底是恕。無計較、無覩當底是仁，有計較、有覩當底是恕。」又十二：「若此心上工夫，則不待商量賭當。」又四十五：「君子之心，却只見道不見祿；如先難後獲，正義不謀利，睹當不到那裏。」亦均爲打疊義。字亦作覩，作賭，作睹，不一致。

難當

難當，有戲耍義；有使氣義。通常與作耍合爲一談，自普通義言之爲戲耍，自另一義言之爲使氣。《玉壺春》劇二：「我去那錦被裏舒頭作耍，紅裙中插手難當。」此與作耍對舉，爲戲耍義。《麗春堂》劇二：「雖然是作耍難當，怎敢失了尊卑道理。」此與作耍並舉，亦戲耍義。《㑳梅香》劇三：「請學士休心勞意攘，俺小姐則是作耍難當。」同上。三十種本《薛仁貴》劇：「你把我難當，鬬作，戲耍（戲原誤作覷），睡夢裏拖逗得我心中怕。」此與鬬作及戲耍並舉，亦戲耍義。鬬作與戲耍同，見鬬字條鬬作下。《風月紫雲庭》劇：「恁那秀才憑學藝，他却也男兒當自強。他如今難當，日寫在招兒上，相公試參詳，這的喚功名紙半張。」此難當字爲使氣義。按劇情，爲演公子靈春馬戀一樂戶女子韓楚蘭，甘隨之作伶人事，此一段爲楚蘭見公子之父時語。他如今難當云云，言他如今使氣了，寧爲伶人，伶人姓名日寫在招紙上，亦儼然功名紙半張，亦所謂男兒當自強也。恁卽您字，您字寫作恁，當時習慣往往如此。《太平樂府》五，關漢卿小令，《一半兒》：「罵你個俏冤家，一半兒難當一半兒耍。」此亦使氣義，言一半是使氣一半是戲耍也，猶云一半是眞罵一半是假罵也。《度柳翠》劇三：「卜兒云：『將過氣毬來者。』正末云：『柳翠！這箇喚做甚麽？』旦兒云：『師父！這箇喚做**難當**的。……這裏面有箇表，這箇爲三添氣，郎君子弟要**難當**作耍呵！吹一口氣，……拴了這葱管兒，便**難當**作耍。去了抛索兒褪了那口氣，便**難當**作耍不的了也。』正末云：『假若有這口氣呵？』旦兒云：『便**難當**的。』正末云：『若無這口氣呵？』旦兒云：『便**難當**不的。』」按劇情，爲演月明和尚度妓女柳翠故事，此一段和尚與柳翠問答，均爲隱語，大意歸結到人生無常，只此一口氣。表面所言，仍爲氣毬戲耍事，而添氣、吹氣等語，隱隱與使氣有關合。蓋賭氣、慪氣爲使氣義，添氣、吹氣亦使氣義也。

營勾　贏勾

營勾，謊騙或勾引之義。《樂府陽春白雪》後一，止軒小令，《醉扶歸》：「早知伊家不應口，誰肯先成就。**營勾**了人也罷手，喫得我些酩子裏罵，低低的呪。」此謊騙義。《雍熙樂府》十一，《新水令》套，《王魁負桂英》：「王魁㗛！你**營勾**了我當甚末（麽）便宜？」義同上。《風光好》劇三：「好也囉！學士！你**營勾**了人却便妝忘魂，知他是甚娘情分？」義同上。《牆頭馬上》劇二：「兀的是不出嫁的閨女，教人**營勾**了身軀，可又隨着他去。」此勾引義。《羅李郎》劇一：「蝸角蠅頭，利名**營勾**，空生受。」此亦勾引義，言爲名利所勾引也。《烟花夢》劇四：「兀的不局騙殺人也麽賊；兀的不**營勾**殺人也麽賊。」此謊騙義。《鐵拐李》劇三：「我只怕謊人賊，**營勾**了我那脚頭妻。」此勾引義。按三十種本《鐵拐李》劇作「贏勾了我脚頭妻。」贏勾乃贏勾之誤，此可於《董西廂》證之。《董西廂》四：「說盡虚脾，使盡局段，把人贏勾厮欺謾。」贏勾與營勾同，特董詞則爲誆騙義。

脱空

脱空，掉弄玄虚之義。《絕妙好詞續鈔》，陸游條，蜀妓答放翁客詞：「說盟說誓，說情說意，動便春愁滿紙。多應念得脱空經，是那箇先生敎底。」按《花草粹編》六，引《齊東野語》，作放翁妓答放翁自解，脱空作託空。《西廂》二之四：「那的是俺娘的機見，非干妾的脱空。」《忍字記》劇四：「好教我無語評跋，誰想這脱空禪客僧瞞過。」《桃花女》劇四：「您脱空衠脱空，我朦朧打朦朧。」涵芬本《博望燒屯》劇四：「這的是眞藝術，又不是說脱空，睜着眼都不要轉動。」《黄粱夢》劇二：「道是西邊上賣陣走回來，誰敎你貪心兒愛他不義財，今日箇脱空須敗。」《抱妝盒》劇二：「我這裏越分說，他那裏越疑猜，常言道脱空到底終須敗。」皆其例也。

傒倖　奚幸

傒倖，有希冀義；有戲弄義；有疑惑義；有尷尬義。傒字亦作徯。《西廂》一之三：「恰纔悄悄相問低低應，月朗風淸恰二更。」首二句係倒裝，言月朗風淸之時，恰欲以悄問低應相希冀。無如他無緣，我薄命，不能如願也。《雍熙樂府》一，《醉花陰》套，《趕蘇卿》：「驀聽得幽香縹緲，則不見可意的娉婷。心中**傒倖**，意癡癡，愁轉增。」心中傒倖，猶云私心希冀也。《硃砂擔》劇一：「你少曾出外可曾經，哥也！我則怕沿路上歹人**傒倖**。」言怕歹人覬覦也，此爲希冀非分意。以上爲希冀義。《紅梨花》劇二：「枉將伊**傒倖**，說與你便省。」言空將你戲弄，如今說破，你便明白也。《陳摶高臥》劇四：「又教這個大王**傒倖**殺我也！」按劇情，大王指鄭恩，此爲陳摶當鄭恩命宮女歌舞勸陳飲酒時語。言戲弄殺我也。以上爲戲弄義。《後庭花》劇三：「三下裏葫蘆提，把我來**傒倖**殺。」言三方面均猜不出情迹，教我疑惑殺也。《昊天塔》劇二：「一個將眼角覷，一個將脚尖蹋，好着我半合兒**傒倖**殺。」按劇情，爲楊六郎與岳勝打耳喑時孟良語。言一個暗使眼色，一個暗躡脚尖，教我登時疑惑殺也。《羅李郞》劇二：「他可又不言，又不道。則被你將人**傒倖**倒。」傒倖倒，亦猶云疑惑殺也。《㑳梅香》劇一：「聽沉了半晌空**傒倖**，靜無人悄悄冥冥。」義同上。《梧桐葉》劇一：「看時頻滴淚，讀罷暗消魂。可恰纔題句客，兀的不**傒倖**殺斷腸人。」言題句者何人，令人疑惑殺也。以上爲疑惑義。《合汗衫》劇二：「只看張家，往日豪華，如今在那搭。多不到半合兒，把我來**傒倖**殺。」按劇情，爲張義見其家宅被焚時語。言往日豪華，而今安在，登時將我尷尬殺也。《勘頭巾》劇二：「爲明見，費神思。張鼎呵！少不得去司房中悶懨懨**傒倖死**。」言疑獄難勘，少不得悶懨懨尷尬殺也。以上爲尷尬義。字亦作奚幸。三十種本《趙氏孤兒》劇三：「想絕故事無猜處，畫着個**奚幸**我的悶葫蘆。」此疑惑義。

咭啈　啈

咭啈，欺騙之義。《董西廂》三：「親曾和俺詩韻，分明寄着簡帖。誰知是**咭啈**，此恨教人怎割捨。情詩兒自今休吟，簡帖兒從今莫寫。」又四：「甚不肯承當，抵死諱定。只管廝瞞昧，只管廝**咭啈**。」亦有只用一啈字者。《董西廂》二：「道九百孩兒，休把人廝**啈**，你甚胡來我怎信。」廝啈，猶云廝咭啈，要之皆爲欺騙義。

刁蹬　刁蹬

刁蹬，爲難或刁難之義。《董西廂》三：「**刁蹬**得人來成病體，爭如合下休相識。」又：「薄情的媽媽，被你**刁蹬**得人來實志地咱！」義均同。亦作刁蹬。《風月紫雲庭》劇：「我正唱到不肯上販茶船的小卿，向那岸邊相**刁蹬**。」《陳州糶米》劇一：「他若是將咱**刁蹬**，休道我不敢掀騰。」《神奴兒》劇二：「他那邊越懺拗，放懞掙，則管裏啼天哭地相**刁蹬**。」《魯齋郎》劇一：「但有半點兒牽連，那**刁蹬**無良善，休想肯與人方便。」無良善，意言很兇惡。《紅梨花》劇三：「你個惜花人**刁蹬**煞賣花人。」義亦均同。

存濟

存濟，安頓或措置之義。秦觀《促拍滿路花》詞：「未知安否，一向無消息。不似尋常憶，憶後教人片時**存濟**不得。」此意云身心安頓不得也。石孝友《夜行船》詞：「教俺兩下不**存濟**，你莫却信人調戲。若還真個肯收心，廝守着快活一世。」義同上。却猶再也，莫却即莫再。蔡伸《惜奴嬌》詞：「隔闊多時，算彼此，難**存濟**，咫尺地千山萬水。」義同上。《董西廂》三：「情懷轉轉難**存濟**，勞心如醉。也不吟詩課賦，只恁昏昏睡。」義同上。《殺狗勸夫》劇二：「不停閒雪兒緊，風兒急。這場冷，着我無**存濟**。」此意云冷得我來無辦法，爲難措置之義。《秋胡戲妻》劇二：「你怎敢把良人家婦公調戲，哎呀！這是明明的欺負俺高堂老母無**存濟**。」義同上，意云欺負老年人無能力不能措置也。《隔江鬭智》劇二：「這荆州……端的是錦繡城池，無福的難**存濟**。」意云不能管理，亦措置義。巾箱本《琵琶記》十：「孩兒一去無消息，雙親老景難**存濟**。」此亦難措置或無辦法義。亦有云不存不濟者。《董西廂》四：「不**存**不**濟**，香肌瘦損，教俺縈方寸。」此亦猶云身心安措不下也。《張天師》劇二：「我勸你好將息這不**存**不**濟**千金體，再休想那無影無形百媚姿。」義同上。《東堂老》劇三：「這業海是無邊無岸的愁；那窮坑是不存不濟的苦。」此猶云難措難置。《百花亭》劇三：「剗的着俺不存不濟，則爲俺半生花酒，耽閣盡一世前程，枉受了十載驅馳。」此猶云弄的我不尷不尬，亦難措置義。

摘離　離摘

摘離，脫離之義。《謝天香》劇二：「直着咱在羅網，休摘離，休指望。」《魯齋郎》劇四：「夫共妻，任摘離；兒和女，且隨他。」《青衫淚》劇三：「我子待便摘離，把頭面收拾，倒過行李。」倒猶搬也。《倩女離魂》劇三：「他緊摘離，我猛跳起，早難尋難覓。」《後庭花》劇四：「你則待厮摘離，暗歡喜，對清官磕牙料嘴。」此爲脫離罪愆義。《雍熙樂府》八，《一枝花》套，「蜂黃散晚晴」篇：「拜辭了銀河渡波翻浪湧；摘離了巫山廟雨妬雲猜。」又同前套，《烟花夢》：「收拾了引魂靈烟月牗；摘離了藏妖怪鶯花洞。」《風月紫雲庭》劇：「兀的那般惡緣惡業鎮相隨，好教人難摘離。」義並同。亦有作離摘者。《救孝子》劇楔子：「可正是目下農忙難離摘，我也幾度徘徊無可劃。」可劃，猶云計劃。《張生煑海》劇二：「猛地裏難回避，可教人怎離摘。」《樂府新聲》上，荆幹臣《醉春風》套：「女貌郎才怎離摘，志誠心看誰先敗。」離摘與摘離，義均同也。

逼綽　逼綽子　逼綽刀子

逼綽，解決或斬截之義。《度柳翠》劇三：「粘着處休熱相偎，逼綽了便是伶俐。」此解決義。伶俐猶云乾淨。《聚獸牌》劇一：「則俺那厚德寬仁明聖主，逼綽了喑嗚叱咤項王籍。」義同上。《騙英布》劇二：「逼綽了衹從人都回去，眼見的閉門不出，韞匵而藏諸。」此言打發僕從都回去也，亦解決義之引申。《金線池》劇三：「我爲你逼綽了當官令，烟花簿上除抹了姓名。」此言斷絕了官妓關繫也，爲斬截義。《昇仙夢》劇一：「斷絕了利鎖名韁，逼綽了酒色財氣。」此與斷絕互文，亦斬截義。《臨潼鬬寶》劇二：「逼綽的刀法狂，怎遮槍法高。」曰刀法則斬截義更明。因逼綽有斬截之義，故隨身攜帶之刀子，亦曰逼綽子。《爭報恩》劇三：「入的城來，被風刮起衣服，露見我這逼綽子，被那捕盜官軍看見。……拏着逼綽子奔將出來，不想那逼綽子抹破了姐夫臂膊。」亦曰逼綽刀子，《硃砂擔》劇二：「着這逼綽刀子搜開這牆。」皆其證也。

逼邏　辟邏　饆饠

逼邏，安排之義。亦作辟邏。《陽春白雪》外集，無名氏《水調歌頭》詞：「辟邏世間萬事，推放那邊一壁，百尺臥高樓。」言安排世間萬事也。《張協狀元》戲文：「我却說與你媽媽，敎逼邏些行李裹足之資。」裹足猶云盤纏。言安排些行李盤纏也。巾箱本《琵琶記》十九：「只得**逼邏**幾口淡飯；奴家自把細米皮糠**逼邏**吃，苟延殘喘。」又二十：「這是穀中膜，米上皮，將來**逼邏**堪療飢。」上列《琵琶記》各逼邏字，凌刻臞仙本均作餺飥，陳眉公本於逼邏堪療飢句，作餺飥堪療飢，而逼邏幾口淡飯句，則作安排一口淡飯。從知逼邏卽安排之義，而凡逼邏字均可以安排釋之也。復次，徐渭《南詞敍錄·餺飥》條：「唐人以麵爲湯餅之名，今謂整治酒肴。」則以字之從食而有此解已。

過從

過從，猶云應付也。《青衫淚》劇四：「是他百般地妳妳行**過從**不下。」言應付不了也。三十種本《博望燒屯》劇：「怎禁咱徐庶向人前把我強**過從**。」言硬將我薦揚以爲應付也，此指徐庶走馬薦諸葛事。《馬陵道》劇一：「他那裏一一問行蹤，俺兄弟悄悄廝**過從**。好教我意躊躇，兩下裏可兀的難趨奉。」按劇情，他指魏公子，兄弟指龐涓。此龐涓請孫臏包瞞己短於魏公子前時，孫臏自忖之語。廝過從，猶云相請託，意云應付此難關也。《樂府新聲》上，商政叔《一枝花》套，《遠寄》：「待勉強**過從**，枉費神思。」言勉強應付也。《雍熙樂府》九，《梁州第七套》，《妓門庭》：「端的俺許你。許你這一片心**過從**着四下裏。」言能應付四方面也。《太平樂府》八，宋方壺《一枝花》套，《妓女》：「**準備下些送舊迎新**，安排下些**過從**的見識。」見識，猶云計策，言應付的計策也。

撋就

撋就，猶云遷就或溫存也。撋，如專切，見《詞律》趙長卿《簇水》調注。秦觀《滿園花》詞：「我當初不合苦**撋就**，慣縱得軟頑，見底心先有。」苦撋就，猶云太遷就也。黃庭堅《歸田樂引》詞：「是人驚怪，寃我忒**撋就**。」義同上。王觀《木蘭花令》詞，詠《柳》：「東君有意偏**撋就**，慣得腰肢眞箇瘦。」義同上。慣即慣縱義。劉克莊《滿江紅》詞，《中秋》：「說與行雲，且**撋就**嫦娥今夕。」義同上。趙長卿《簇水》詞：「試**撋就**，便把我得人意處，閔子裏施纖手。」此當爲溫存義。又《眼兒媚》詞：「二年三歲，千**撋**百**就**，今日天涯。」此亦爲溫存義。言平時溫存，今日離索也。石孝友《西江月》詞：「惜你十分**撋就**，把人一味禁持。這回斷了更相思，比似人間沒你。」此言愛你十分溫存也。楊无咎《雨中花令》詞：「欠我温存，少伊**撋就**，兩處懸懸地。」撋就與溫存互文。此伊字義同你，言你欠我溫存，我少你撋就，兩處懸懸地也。何夢桂《喜遷鶯》詞：「夜雨簾櫳，柳邊庭院，煩惱有誰**撋就**。」言無人溫存也。趙以夫《青玉案》詞：「天然嬌韻，十分**撋就**，唱盡黃金縷。」義見前。《董西廂》三：「百般**撋就**十分閃。」此爲遷就義，與閃字相應，閃者，閃避也，言且就且避也。《西廂》四之二：「他如今陪酒陪茶倒**擱就**，你休愁，何須把定通媒媾。」此言顛倒遷就也。把定，即聘禮。

評泊　評跋　評詙　評薄

評泊，量度或評論之義。韓偓《遙見》詩：「悲歌淚濕淡燕脂，閒立風吹金縷衣。白玉堂東遙見後，令人**評泊**畫楊妃。」此猶云想像。《陽春白雪》四，劉鎮《木蘭花慢》詞：「騷人自應念遠，與黃花**評泊**晉風流。」此亦想像義。史達祖《蝶戀花》詞：「幾夜湖山生夢寐。**評泊**尋芳，只怕春寒裏！」此猶云量度。薛夢桂《醉落魄》詞：「樽前不用多**評泊**，春淺春深，都向杏梢覺。」此亦量度義。張炎《摸魚子》詞：「乾坤靜裏《閒居賦》，**評泊**《水經》《茶譜》。」此猶云評論。《陽春白雪》七，奚秋崖《解連環》詞：「**聽**幽禽兩兩，沙際**評泊**：道世間多少閒愁，總輸與扁舟，五湖遊樂。」此亦評論義。亦作評跋。《太平樂府》一，馬九皋小令，《蟾宮曲》：「一個飲羊羔紅爐畫閣，一個凍騎驢野店溪橋。你試**評跋**，那個清高？那個麁豪？」又六，曾瑞卿《端正好》套，自序：「將古來英俊**評跋**，誰才能？誰霸道？誰王佐？」《雍熙樂府》二，無名氏《端正好》套，《村田樂》：「有兩句古語呵您自**評跋**：俺如今相隨故友年年少，你看那郊外新墳歲歲多。」以上評論與量度均可解。《忍字記》劇四：「好教我無語**評跋**，誰想這脫空禪客僧瞞過。」此猶云暗自量度也。《來生債》劇一：「暗**評跋**，忽笑哂。則被這錢使作的喒如同一個罪人。」《襄陽會》劇二：「是和非心上自**評跋**。」義均同上。《隔江鬬智》劇三：「則怕他急煎煎盼着音信杳，爲着箇甚些擔閣，我怕您無人處將我斷**評跋**。」此猶云將我議論。亦作評詙。《爭報恩》劇三：「告哥哥！休打慢**評詙**，權等待些兒箇。」此猶云莫批評。《龍虎風雲會》劇二：「不爭讓位在荒郊，枉惹得百姓每**評詙**。」此猶云惹人議論。亦作評薄。《太平樂府》三，馬謙齋小令，《柳營曲》《懷古》：「曾奢約，細**評薄**，將業兵功非小可。」此猶云仔細量度。

談羨

談羨，稱贊之義。方諸生本《西廂》二之二：「**談羨**法本好和尚也，多虧了他。只因說法口，遂却讀書心。」原注：「談羨二字未詳，疑有誤字。」暖紅室覆刻卽空觀主人本作單羨，注云：「王本作譚羨，而云未詳，不知彼自見誤刻者耳。」王指王伯良，卽方諸生也。按談羨二字非誤，尚有他文可證。《詞林摘豔》五，《五供養》套，「愁冗冗」篇：「那一箇阿識，不將我來**談羨**。」按阿識二字闕疑，或是相識之誤。《陳母敎子》劇四：「與了俺俸錢驟遷，聖恩可便可憐，博一箇萬萬古名揚**談羨**。」《病劉千》劇三：「贏了的休**談羨**，輸了的難遮掩。」《飛刀對箭》劇二：「那箇將軍不喝哚，那箇把我不**談羨**。」皆爲稱贊義也。

說說　稅說

說說，以言語說人也。上說字讀游說之說，下說字讀如字。茲先舉稅說以起例。《樂府新聲》中，無名氏小令，《滿庭芳》：「才有鈔不須用稅說，但無錢枉廢了唇舌。」才有鈔，一有鈔也。上說字即借用同音之稅字爲之。《澠池會》劇一：「某見秦公無意與城，被某說說秦公，私出秦邦，這一場煞是驚懼也！」涵芬本《博望燒屯》劇四：「我先到新野，將諸葛亮一席話說說將來，同心協力，然後破劉關張未爲晚矣。」《騙英布》劇一：「憑着小官這三寸之舌，必然說說的英布歸漢也。」又：「隨何說說英雄將，成功自有重加官。」《衣錦還鄉》劇一：「貧道今日假做箇雲遊的先生，故貨此劍，說說韓信，走一遭去也呵！」《暗度陳倉》劇三：「被我說說項羽，封沛公爲漢中王。」《陳倉路》劇楔子：「張遼云，我說說的馬超回去。」《曹彬下江南》劇一：「又差上大夫陶穀說說某，被某定計，陶穀不知去向。」皆其例也。

包彈　褒彈　褒談　保彈　彈包　彈剝　團剝　䩉剝

包彈，猶云批評也。劉克莊《溪庵》詩：「包彈靡靡蕭蕭制，指摘深深款款詩。」玩此詩，包彈與指摘作對，似乎包彈二字平用，俱爲動辭。以視《野客叢書》所云包拯爲臺官，嚴毅不恕，朝列有過，必須彈擊者，則其義異矣。疑包彈爲當時之熟語，遇有批評指摘義時用之，或未必與包拯有關。抑或此辭之起原，與包拯有關，及沿用既熟，則並包字義而亦使用如彈字義歟？張鎡《夜游宮》詞，詠《美人》：「你待**包彈**怎開口。煖底雪，活底花，嫩底柳。」袁去華《訴衷情》詞：「忔憎模樣，別沒**包彈**，只欠心堅。」王之道《浪淘沙》詞：「餘馥尙能消酒惡，誰敢**包彈**。」《董西廂》一：「德行文章沒**包彈**，綽有賦名詩價。」又一：「也沒首飾鉛華，自然沒**包彈**，淡淨的衣服兒扮得如法。」以上以見於宋金人作品者爲限，餘不備舉。亦作褒彈。《金鳳釵》劇二：「寫染得無**褒彈**，吟詠的忒風騷。」《羅李郎》劇三：「彩畫的紅近着白，青間着紫。無**褒彈**，無破綻，沒瑕疵。」《蕭淑蘭》劇四：「我這裏偷看，不由人心歡。沒**褒彈**，忒丰韻，表正形端。」《詞林摘豔》四，《點絳唇》套，「漏盡銅龍」篇：「天生下沒**褒彈**的可意種，翰林才詠不成，丹青筆畫不同。」作褒彈者雖後起，然字面頗與臧否義合。亦作褒談。《雍熙樂府》十二，《夜行船》套，《竊歡》：「想嬌姝無半點兒**褒談**處。」《詞林摘豔》七，《集賢賓》套，「黃梅細絲江上雨」篇：「是一朵沒**褒談**嬌柔解語花。」亦作保彈。《太平樂府》五，王和卿小令，《醉中天》：「俊的是龐兒，俏的是心，更待**保彈**甚！」保卽褒之便寫，保彈卽褒彈也。亦作彈包。《董西廂》二：「或短或長，或肥或瘦，一箇箇精神沒**彈包**。」此與上文之「倜儻難描」下文之「半萬來其高」叶韻。四卷本誤作包彈，則不叶韻矣。一卷本不誤，茲從一卷本。然《董西廂》更有**彈剝**、**團剝**、**⿰革單剝**諸語。《董西廂》二：「一字陣分開，盡都擺捌，一箇箇精神，俏沒彈剝。」此與一箇箇精神沒彈包句，句法意義均同。又一：「放二四，不拘束，儘人團剝。」又三：「是則是寃家沒彈剝，陡恁地精神偏出跳，轉添嬌，渾不似舊時了。」要之皆彈包之異文，而其義則皆爲批評或指摘也。就《董西廂》論，或用包彈（見前引），或用彈包，殆以包與彈俱爲動辭而意義相同，故可隨行文之便而倒易之歟？

窨約　喑約　黯約　暗約

窨約，思忖或想像之義。《董西廂》三：「相國夫人自窨約，是則是寃家沒彈剝；陡恁地精神偏出跳，轉添嬌，渾不似舊時了。」此敍鶯鶯與張生私會後，老夫人猜度鶯鶯語。《太平樂府》三，馬謙齋小令，《柳營曲》：「曾窨約，細評薄，將業兵功非小可。」《梧桐葉》劇三：「一星星告與父母，好共歹從他窨約。」亦作喑約。《灰闌記》劇二：「兒也！則你那心兒裏自想度，自喑約。」《裴度還帶》劇三：「我這裏悄悄量度，好着我暗暗的喑約。」《襄陽會》劇二：「不索喑約，你便快奔逃。」《誤入桃源》劇四：「這時節，武陵溪，怎喑約。桃花片，空零落。」此意言桃源情景不堪想像也。《西蜀夢》劇：「哥哥你自喑約，這事非小可。」《千里獨行》劇二：「這裏面安排下殺人刀，叔叔你喑約。」亦作黯約。《小孫屠》戲文：「落得悽惶爲他成孤冷，終日黯約何情興。」亦作暗約。《虎頭牌》劇三：「告相公心中暗約，將法度也須斟酌。」要之義皆同也。

窨付　窨腹　噾腹　窨附　窨服　喑付　唵付　喑伏

窨付，義與窨約同。《董西廂》一：「聽明的試相度，惺惺的試**窨付**。」《賺蒯通》劇一：「丞相你也須自**窨付**，端的是誰推翻楚項羽？」《牆頭馬上》劇四：「我心中意氣怎消除，你是**窨付**，負與何辜。」是，猶試也，見是字條。《神奴兒》劇三：「則管你招也波伏，外郎呵！自**窨付**，兀良可是他做來也那不曾做。」《對玉梳》劇三：「楚臣索自**窨付**，君子斷其初。」亦作窨腹。《董西廂》二：「自心**窨腹**，鶯鶯指望同鴛侶。」亦作噾腹。《太平樂府》九，朱庭玉《哨遍》套，《傷春》：「試**噾腹**，重三思。文君縱有當壚志，也被相如定當(害)死。」亦作窨附。《太平樂府》六，秦竹村《行香子》套，《知足》：「手搭在**心頭窨附**，負郭二頃田，對山三架屋，……便是我生平所欲。」亦作窨服。《雍熙樂府》十三，《鬬鵪鶉》套，《詠小卿》：「自忖度，自**窨服**。」亦作喑付。《張生煮海》劇四：「你自**喑付**，則俺這水晶宮，是一搭兒奢華處。」亦作唵付。《小孫屠》戲文：「自**唵付**，臨行曾把哥哥稟，常侍奉，莫因循。」亦作喑伏。《九世同居》劇一：「我這裏頻囑付，孩兒每自**喑伏**。」《大劫牢》劇三：「你你你自**喑伏**，我我我話從初，來來來勾引上梁山去。」要之皆思忖或想像義也。

攧窨　迭窨　迭噉　跌窨　鐵窨　嚬窨　攧窨　嚬喑

攧窨，析言之爲頓足忍氣義；渾言之與悵惘相近。《西廂》二之三：「星眼朦朧，檀口咨嗟，攧窨不過。」方諸生本注云：「攧窨，音迭蔭。」又云：「攧，頓足也。窨，怨悶而忍氣也。」毛西河論定本注云：「攧窨，攧躓而窨悶。」《西廂》三之四：「怒時節把箇書生迭窨，歡時節將箇侍妾逼臨。」迭窨義同上。此言使之頓足忍氣，亦猶云使之悵惘也，可作挫折解。按此句暖紅室本作迭噷。《西遊記》劇十四：「你可也和誰宴飲；着我獨懷跌窨。」跌窨義亦同上，猶云獨自悵惘也。又：「不知俺家告着他，他家告着俺，哥哥回去除了鐵窨。」鐵窨義亦同上。除了鐵窨，言除鐵窨無他法也，猶云只有悵惘而已。巾箱本《琵琶記》二十九：「怪得你終朝嚬窨，我只道你緣何愁悶深。」嚬窨義亦同上。言終日頓足忍氣也。按此句，凌刻臞仙本作攧窨，陳眉公本作嚬喑。總之此乃當時流行之熟語，有音而無定字，嚬、攧、迭、跌、鐵，與窨、噷、窨、喑，行文或傳寫時隨便作字也。

篤麼　獨磨　突磨　篤篤末末

篤麼，徘徊或盤旋之義。《董西廂》二：「坐不定，一地裏篤麼。」言在室中一味盤旋不定也。又三：「高點着銀釭堂上坐，問侍婢以來，兢兢戰戰，一地裏篤麼。」此敍老夫人詰問侍婢情形。言侍婢徘徊不語也。《劉知遠傳》十二：「一個喚彥威，一個史洪肇，着兩條擔，打得來篤麼。」言相盤旋而打成一團也。亦作獨磨。《燕青博魚》劇四：「正風清月朗碧天高，可怎生打獨磨覓不着官道。」《馬陵道》劇三：「打獨磨來到畫橋西，恰便似出籠鷹，剪折了我這雙翼。」打獨磨，猶云打回旋。亦作突磨。《凍蘇秦》劇二：「去不去三兩次自猜疑，我我我突磨到多半晌走到他跟底。」此猶云徘徊或盤旋也。《雍熙樂府》二，《端正好》套，《村田樂》：「醉時節麥場上閒突磨，醉時節六軸上喬衙坐。」此亦打回旋義。亦作篤篤末末。《神奴兒》劇二：「我可便篤篤末末身如這翻餅。」此亦盤旋不定義。

台孩　胎孩　擡頦

台孩，氣概軒昂之義。《董西廂》二：「暢好台孩，舉止無俗態。」王實甫《絲竹芙蓉亭》劇，《點絳唇》折：「你這般假古憋，喬身分，妝些台孩。」亦作胎孩。《㑳梅香》劇四：「似這般相貌胎孩，休想肯拜俺先代。」《五侯宴》劇五：「一箇箇志氣胸懷，馬上胎孩，雄赳赳名揚四海。」《王蘭卿》劇四：「出身在柳陌花街，做的來倜儻胎孩。」《九宫八卦陣》劇四：「畢罷了梁山落草心，今日在宋國顯胎孩。受了這軍令親差，則一陣殺的那遼兵敗。」又：「賣弄他雄材，顯耀些胎孩。」亦作擡頦。《謝天香》劇一：「你覷他交椅上擡頦樣兒，待的你不同前次，他則是微分間將表字呼之。」《李逵負荆》劇四：「他對着他有期會的衆英才，一個個穩坐擡頦。」義均同。

強會

強會，能幹之義。《任風子》劇三：「你箇婆娘婦女誇**強會**，直尋到這搭兒田地。」《裴度還帶》劇二：「有千萬喬所爲，有那等誇**強會**。」《誤入桃源》劇三：「休得要誇**強會**，瞞神諕鬼，大古裏人善得人欺。」《黃鶴樓》劇四：「我跟前莫得誇**強會**。若還他無災無難，無是無非；若有些個爭競，半米兒疏失，來來來！我和你做一箇頭敵。」無災兩句，不平列，言倘若無意外之禍，則亦不必爭論是非，下文接言若稍有疏失，則我和你不惜一拚也。其強會二字拆開用之者例如下。《樂府新聲》中，無名氏小令，《水仙子》：「由你待誇**強**說**會**，我則待隨高就低。」《黃花峪》劇二：「說我**強**，誇他**會**，男兒志氣，顯盡我雄威。」《石榴園》劇二：「不是這張車騎誇**強**說**會**，則我這丈八槍世上無雙。」《單刀劈四寇》劇四：「你待要誇**強**賣**會**尋爭戰，你今日命掩黃泉。」要之皆爲能幹義也。

尋俗　常俗

尋俗，猶云尋常也。三十種本《薛仁貴》劇：「薛仁貴箭發無偏曲，手段不**尋俗**。」言手段不尋常也。《氣英布》劇四：「此一陣，不**尋俗**，這漢英布武勇誰如？」《生金閣》劇一：「我則見他人馬鬧喧呼，這人物，不**尋俗**。」《樂府陽春白雪》後三，劉時中《端正好》套，「既官府甚清明」篇：「聲音多厮稱，字樣不**尋俗**。」《太平樂府》九，睢景臣《哨遍》套，《高祖還鄉》：「這差使不**尋俗**，一壁廂納草除根，一邊又要差夫索應付。」按除字原誤作也字，據《雍熙樂府》校改。《樂府羣玉》三，周仲彬小令，《小桃紅》，《詠碧桃》：「夜月梨花也相妬，不**尋俗**，嬌鸞彩鳳風流處。」《雍熙樂府》十三，《鬬鵪鶉》套，《夏浴思》：「嬌嬌媚媚天下無，那妖嬈不比**尋俗**。」按此曲題目疑有誤字。《幽閨記》十九：「窮酸餓儒，模樣須**尋俗**，應隨行所有，疾忙分付。」此路劫時之嘍囉口吻。須，猶雖也；言窮秀才模樣雖尋常不出色，但不得以窮爲推托，應將盡其所有行李交付出來也。又二十二：「香醪豈**尋俗**，味若醍醐。」凡云尋俗，義並同。亦有云常俗者。《太平樂府》八，《粉蝶兒》套，大都行院王氏《寄情人》：「見一座古寺宇，蓋造得非**常俗**。」言蓋造得不尋常也。尋常同義，故常俗之義亦與尋俗同。

行唐

行唐，遲慢之義。《風月紫雲庭》劇：「休得**行唐**，火速疾忙。」言休得遲緩也。《生金閣》劇二：「小丫鬟忙來呼喚，道衙內共我商量。豈敢**行唐**，大走向庭前去問當。」言豈敢遲緩也。三十種本《魔合羅》劇：「官人委付將文案掌，有公事豈敢**行唐**。」此言公事豈敢怠慢也。《樂府陽春白雪》後三，劉時中《端正好》套，《上高監司》：「江鄉前有義倉，積年係稅戶掌。惜貸數補搭得十分停當，都侵用過將宮(官)府**行唐**。」言曾將公事怠慢也。《霍光鬼諫》劇三：「應昂，**行唐**，走遊龍牀，扯住衣裳。」此猶云旁皇。應昂爲答應之義，言答應之後，旁皇一下，乃走近御前也。《誠齋樂府》，《慶朔堂》劇：「我見他困朦騰心意徊徨，放乜斜語話**行唐**。」此意云欲言不言殊爲旁皇也。《雍熙樂府》四，《點絳脣》套，《妓者嗟怨》：「你心兒自想，口兒休強，似這等好前程爭忍厮**行唐**。」此爲蹉跎義。言好前程怎忍蹉跎自誤也。

應昂

應昂，答應之義。三十種本《魔合羅》劇：「哭啼啼口內訴衷腸。我待兩三番推阻不問當，他緊拽住我衣服不放，不由咱須索厮**應昂**。」言不得不答應他也。三十種本《看錢奴》劇：「他叫爺爺，我這裏便**應昂**，都做了浮生夢一場。」《霍光鬼諫》劇：「**應昂**，行唐，走遊龍牀，扯住衣裳。」《謝天香》劇二：「恰纔陪着笑臉兒**應昂**，怎覷我這查梨相。」義均同上。查梨相，卑諂之貌，當時挑擔賣查梨條者，善於花言巧語，詳見《百花亭》劇三白文。

慕古

慕古，糊塗之義。《董西廂》一：「四季相續，光陰暗把流年度。休**慕古**，人生百歲如朝露。」又一：「可來**慕古**，少年做事，大抵多失心麁。」又三：「暢忒昏沈，忒**慕古**，忒猖狂。」《李逵負荆》劇三：「堪笑山兒忒**慕古**，無事空將頭共賭。」《蝴蝶夢》劇二：「包龍圖往常斷事曾着數，今日爲官忒**慕古**。」皆其例也。

糊突　胡突

糊突，卽糊塗也。《牆頭馬上》劇四：「治國忠直，操守廉能，可怎生做事**糊突**！」《昊天塔》劇三：「管教他便人亡馬倒，都做了血**糊突**。」《竇娥冤》劇三：「天地也！只合把清濁分辨，可怎生**糊突**了盜跖顏淵。」《陳州糶米》劇一：「做官的要了錢便**糊突**，不要錢方清正。」《來生債》劇一：「這錢呵！動佳人有意郎君俊。**糊突**盡九烈三貞。」《薛仁貴》劇一：「那廝每殺人可恕，將別人功績強**糊突**。」按殺人可恕，情理難容，爲當時流行熟語，此言殺人可恕，乃歇後語，意言情理難容，賴人功績也。糊突卽賴人意，猶云糊塗帳目。《老生兒》劇三：「你看這老的越發老的**糊突**了。」此猶言老糊塗。《勘金環》劇三：「官人坐衙哩！敢是**糊突**蟲斷不下事來，又來請我。」此猶言糊塗蟲。《神奴兒》劇三：「你一個水晶塔官人忒**胡突**，便待要羅織就這文書。」胡突與糊突同。《太平樂府》九，睢景臣《哨遍》套，《高祖還鄉》：「有甚**胡突**處，明標着冊曆，見放着文書。」

義同上。

乜斜

乜斜，糊塗之義；又委靡之義。《任風子》劇一：「俗說：能化一羅刹，莫度十**乜斜**。」此爲糊塗義，言寧化度一個兇惡漢，莫化度十個糊塗人也。《誠齋樂府》，《慶朔堂》劇：「我見他困朦騰心意徊徨，放**乜斜**語話行唐。」此與朦騰作對，亦糊塗義。《樂府新聲》中，無名氏小令，《朱履曲》：「倒在我懷兒裏撒**乜斜**，見他將文冊放，索我將女工疊。」撒乜斜，猶之放乜斜，卽裝癡佯呆意。《雍熙樂府》一，《醉花陰》套，《復歡》：「又被那醫不活害不死病**乜斜**；把不住拏不定恨轉趄；擡不起放不倒身瘦怯。」此爲委靡義。又二十，《水仙子帶過折桂令》，《四景》：「靠銀牀倦眼**乜斜**，濕羅衣淸淚淋漓。」此猶云雙眼朦朧，爲糊塗義；然曰倦眼，則有委靡義。又二十，前調，《春閨卽事》：「病**乜斜**恰似醉**乜斜**，身瘦怯那堪影瘦怯。」病乜斜爲委靡義；醉乜斜爲糊塗義。《望江亭》劇三：「那廝也！忒懵懂玉山低趄，着鬼祟醉眼**乜斜**。」此與懵懂作對，亦糊塗義。

撑達　撑　搶　掙

撐達，漂亮解事之義，亦爲老練之義。撐撑同字，各書作撐作撑各異，玆一律作撐。《西廂》三之三：「打疊起嗟呀，畢罷了牽掛。收拾了憂愁，準備着**撐達**。」方諸生本注云：「撐達，解事之謂。」《揚州夢》劇三：「性格穩重，禮數**撐達**。」《紅梨花》劇一：「這秀才忒**撐達**，將我問根芽。」《誤入桃源》劇一：「人物不**撐達**，服色儘奢華。」義均同上。《樂府陽春白雪》後二，《賞花時》套，「只爲多情」篇：「終是女孩兒家不慣耍，龐兒不甚**撐達**。」此爲老練義。言臉兒害羞老不出也。巾箱本《琵琶記》二十三：「這壁廂道咱是箇不**撐達**害羞的喬相識；那壁廂道咱是箇不覩事負心薄倖郎。」義同上。亦有只用一撐字者，則猶云漂亮也；美也。《董西廂》一：「便是月殿裏嫦娥，也沒恁地**撐**。」《太平樂府》三，張小山小令，《柳營曲》：「我志誠，你胡伶，一雙兒可人龐道**撐**。」《梧桐雨》劇一：「行的一步步嬌，生的一件件**撐**。」《兩世姻緣》劇二：「看了他容貌兒實是**撐**，衣冠兒別樣整。」義均同。亦轉其音而爲搶。《董西廂》一：「右壁箇佳人，擧止輕盈，臉兒說不得的**搶**。」言有說不盡的美也。又二：「鶻鴒的淥老兒說不盡的**搶**。」義同上。淥老，眼也。又二：「一箇臉兒堪供養。做爲掙，百事**搶**。只少天衣，便是捻塑來的觀音像。」此當爲漂亮義。按「做爲**掙**」之掙字，亦卽撐字，言擧動漂亮也。《雍熙樂府》五，《點絳脣》套，「每日家品竹調絃」篇：「他將那瘦龐兒潤得**掙**，村磕子侃得圓。」潤卽潤色，言打扮得漂亮也。《樂府新聲》上，商政叔《一枝花》套，《歎秀英》：「揀**掙**勤到下鍬鑊。」勤兒，嫖客也，掙勤，卽漂亮之嫖客。

尖新

尖新，別致之義。柳永《浪淘沙令》詞：「簌簌輕裙，妙盡**尖新**，曲終獨立斂香塵。」晏殊《山亭柳》詞：「家住西秦，賭博藝隨身。花柳上，鬭**尖新**。」又《鳳銜杯》詞：「端的自家心下眼中人，到處覺**尖新**。」辛棄疾《夜游宮》詞：「有箇**尖新**底，說的話非名卽利。」向子諲《浣溪沙》詞：「同心小綰更**尖新**。」李彌遜《浣溪沙》詞：「調高綵筆逞**尖新**。」皆其例也。

伶俐

伶俐，猶云乾淨也。《北詞廣正譜》一，《黃鍾宮》，王伯成《隨尾》，《天寶遺事》：「楊國忠如今若斬訖，更有箇親人不**伶俐**。」不伶俐，言有牽連不得乾淨也。又十六，《越調》，鄭德輝《拙魯速》，《月夜聞箏》：「眼見得連累，委實怎**伶俐**。」義同上。又四，《南呂宮》，商政叔《梁州第七》么篇：「纔擗掠的花箋脫洒，恰塡還的酒債**伶俐**。」言酒債還得乾淨也。《五侯宴》劇二：「若是我無你個孩兒**伶俐**些，那其間方得寧貼。」言捨去小孩，身邊乾淨也。《陳摶高臥》劇三：「攘攘垓垓不**伶俐**，是是非非無盡期。」此亦紛擾牽連不乾淨義。涵芬本《單刀會》劇四：「正唱：『好生的送我到船上者！我和你慢慢的相別。』魯云：『你去了倒是一場**伶俐**。』」按劇情，魯肅恐關羽當場發酒性，故云去了倒乾淨無事也。《勘金環》劇四：「他把我連問到五六番，屈打到二三十，則我這皮肉怎生當的？休休休！則不如我早償了命倒伶俐。」義同上。《盆兒鬼》劇一：「若是放了回去，可不倒着他道兒。不如只一刀哈喇了他，可不伶俐！」言豈不乾淨也。《賺蒯通》劇一：「只差一兩個能幹的人喚他來，可擦的一刀兩段，便除了後來禍患，豈不伶俐！」義同上。《黑旋風》劇楔子：「有這孫孔目渾家是郭念兒，和我兩個有些兒不伶俐的勾當。」《燕青博魚》劇一：「我雖嫁了這燕大，私下裏和這楊衙內有些不伶俐的勾當。」凡私情之事則曰不伶俐的勾當，亦牽連不乾淨義也。《救風塵》劇一：「但見俺有些兒不伶俐，便說是女娘家要哄騙東西。」按劇情，此爲妓門怨歎口吻。義同上。

唧嚠　唧溜　𬇙嚠　卽溜　卽留

唧嚠，有伶俐義；有漂亮義；有精細義。唧亦作𬇙或鯽或卽；嚠亦作溜或留。《通俗編》三四：「盧仝《送伯齡過江》詩：『不唧溜鈍漢，何由通姓名。』鄭思肖《錦錢餘笑》詩：『昔有古先王，忒殺不唧溜。』按盧詩本云唧溜，劉貢父引之作『卽溜』，宋景文又作『鯽溜』。《五燈會元》溈潭英云：『不唧嚠漢，』二字又俱從口，可見音發字無一定也。」按《通俗編》所引各證，俱爲伶俐或精細義。茲廣其例如下。周邦彥《青玉案》詞：「玉體偎人情何厚，輕惜輕憐轉唧嚠。」言細膩熨貼也，此屬於精細義。張鎡《夜游宮》詞：「到老長厮守，不喫飯也須唧嚠。」此猶云餓得玲瓏也，爲伶俐義。楊澤民《漁家傲》詞：「先自病來遲唧溜，肌膚瘦減寬襟袖。」遲字義俟考；玩病字及瘦減字，當爲伶俐義，大意謂因病因瘦而身體伶俐也。張元幹《點絳脣》詞：「水鷂風帆，兩眉只解相思皺。悄然難受，敎我怎唧嚠！」此爲漂亮義，言憂愁之面目，怎能漂亮也。《董西廂》四：「把箇㴉嚠龐兒爲瘦損。」此亦漂亮義，言將漂亮面龐變爲瘦損也。又二：「怪得新來可唧嚠，折倒得箇臉兒淸瘦。」此爲伶俐義，言因磨折得臉兒淸瘦，難怪近來轉覺伶俐也。《氣英布》劇一：「你去軍中精選二十箇卽溜軍士。」此爲精細或伶俐義，言精細之軍士也。《貨郎旦》劇二：「浞末浪，不卽留。只管裏，賣風流。」此爲精細義，末浪卽孟浪，卽留爲孟浪之反，不卽留，卽不精細也，卽孟浪也。

村（一）

村，傖俗之義。唐庚《圓蛤》詩：「我居固已陋，爾鳴良亦村。」言鳴聲不雅，不悅耳也。楊萬里《山居午睡起弄荷花》詩：「浸得荷花水一盆，將來洗面漱牙根。涼生鬚鬢香生頰，沈麝龍涎却是村。」言嫌沈麝龍涎等之香氣反俗也。戴復古《望江南》詞：「賈島形模元自瘦，杜陵言語不妨村。誰愛學西崑。」言詩語不妨通俗也。《樂府新聲》中，無名氏小令，《喜春來》：「冠兒褙子多風韻，包髻團衫也不村。」不村，不俗也。《救風塵》劇三：「這厮外相兒通疏就裏村。」言外貌斯文，胸中傖俗也。《雲窗夢》劇一：「那等村的，肚皮裏無一聯半聯；那等村的，酒席上不言語強言；那等村的，俺跟前無錢說有錢。村的是徹膽村，動不動村勑現，甚的是品竹調絃。」各村字皆爲傖俗不可耐義。在習慣上評量人品時，村字每每與俏字對照，俏者，斯文之謂也。《董西廂》一：「折莫老的小的，俏的村的，滿壇裏熱荒。」《西廂》一之四：「老的小的，村的俏的，沒顛沒倒。」《雲窗夢》劇一：「似俺這等做子弟的，有村的，有俏的。」又：「俏的教半檝土築就楚陽臺，村的教一把火燒了韓王殿。」又二：「馮魁是村，倒有金銀。俏雙生他是讀書人，天教他受窘。」是猶雖也，詳是字條。《貨郎旦》劇一：「村在骨中挑不出，俏從胎裏帶將來。」皆其例也。

村（二）　村紂　村冑

村，惡劣之義，爲普通詈辭，與歹字、壞字相近。蘇軾《答王鞏》詩：「連車載酒來，不飲外酒嫌其村。」此猶云嫌其劣。《劉行首》劇二：「你怎生纔出家可又早迷了正道。村性格，劣心苗。」此與劣字對舉而互文。《殺狗勸夫》劇一：「孫二窮厮煞是村。」此猶云實在壞得很。又：「這個村厮又來了。」此猶云壞人。《鐵拐李》劇四：「哎！沒上下村材，怎不把岳孔目哥哥拜。」村材義等村厮。《來生債》劇一：「無錢，君子受熬煎；有錢，村漢顯英賢。」此與君子對照，村漢猶云小人。《殊砂擔》劇一：「邦老云：『我可三十歲。』店小二云：『和我兒子同歲。』邦老云：『打這**村**弟子孩兒。』」《魯齋郎》劇一：「這箇**村**弟子孩兒無禮，我家墳院裏，打過彈子來。」弟子孩兒爲詈辭，加一村字，猶今人所云壞蛋。此在曲白中習見，不備舉。《西廂》五之四：「**村**了風俗，傷了人物。」言壞了風俗也。又五之三：「枉紂了他惜玉憐香，枉**村**了他殢雨尤雲。」方諸生本校注云：「紂字卽村字之義。」按此猶云弄壞也。紂字與村字同義，故村紂遂聯用之而成爲一辭，仍可以歹字、壞字解之。《太平樂府》七，周仲彬《鬬鵪鶉》套，《詠小卿》：「改正那**村紂**的馮魁，疏駁那俊雅的通叔。」又九，無名氏《耍孩兒》套，《拘刷行院》：「待呼小卿不姓蘇，待喚月仙不姓劉，你桂英性子實**村紂**。」《雍熙樂府》十，無名氏《一枝花》套，《離情》：「甘不過輕狂子弟，難禁受**村紂**勤兒。」子弟與勤兒，皆爲嫖客之稱。《詞林摘豔》三，《粉蝶兒》套，「這些時意懶心慵」篇：「若是箇**村紂**和你兩箇乍相逢，他把你半世裏淸名送。」皆其例也。亦作村胄。《詞林摘豔》四，《杜鵑啼》傳奇一：「暢好是沒來由，女孩兒家**村胄**。」《東平府》劇二：「看這扶犁叟，多**村胄**，紛紛怒氣怎生收。」蓋均爲歹義、壞義也。

村（三）

村，狠戾之義。《西廂》五之三：「你看訕筋，發**村**，使狠，甚的是軟款溫存！」發村猶云發

狠，**村**與狠互文，均與軟款溫存對照。《詐妮子調風月》劇：「大剛來婦女每常川有些沒是哏，止不過人道**村**。至如那**村**字兒有甚辱家門！」哏與狠同，人道村者，人言其狠也。《勘頭巾》劇一：「你罵了人倒說你是，你沒事哏，沒事**村**。」沒事與沒是同，爲過分之義，言過分狠也。村與哏亦互文。《金線池》劇一：「我老人家如今性子淳善了。若發起**村**來，怕不筋都敲斷你的！」此亦猶云發起狠來，與淳善對照。《燕青博魚》劇二：「我割捨的發會**村**，怒吽吽使會狠。」此亦村與狠對舉而互文。《秋胡戲妻》劇一：「王留他情性狠，伴哥他實是**村**，這牛表共牛觔，則見他惡噷噷輪着粗桑棍。」村與狠互文同上。

村（四）

村，忙急之義。楊萬里《贈閤皂山嬾雲道士》詩：「閤皂峯頭半朵雲，化爲道士到吾門。問渠眞箇如雲嬾，爲許隨風處處**村**？」爲許，猶云爲甚，言爲甚如此忙也，此與嬾字對照。又《益公新作三層百尺新樓》詩：「寫成脚力猶強句，燈火笙歌特地**村**。」特地村，猶云特別忙也。自注云：「公登樓詩有『老夫脚力猶強在』之句。」《凍蘇秦》劇三：「甚勾當？來來往往，張張狂狂，**村村**棒棒。」村村棒棒與來往張狂之義一貫，猶云急遽倉皇也。三十種本《薛仁貴》劇：「子是你合皺眉古都着嘴，全不似昨來**村村**棒棒，叫天吖地。」義同上。《太平樂府》二，吳西逸小令，《壽陽曲》：「折梅花不傳心上人，**村煞**我隴頭春信。」村煞，猶云着急煞。此原本陸凱詩「折梅逢驛使，寄與隴頭人，江南無所有，聊贈一枝春」之意，言急欲折梅寄去也。巾箱本《琵琶記》十二：「虛設。江空水寒魚不食，笑滿船空載明月。下絲綸不愁無處，笑伊**村殺**。」義同上。按劇情，此爲媒婆於伯喈拒婚後譏笑伯喈語。意言相府千金，不愁無壻，奚落伯喈不必乾着急也。

村沙　沙村　村桑

村沙，與村字同。有惡劣義；有傖俗義；有狠戾義。《青衫淚》劇三：「喫得來眼腦迷希，口角涎垂，覷不的**村沙**樣勢。」言看不過這惡劣樣兒也。又四：「那廝分不的兩部鳴蛙，所事**村沙**。」所事村沙，猶云種種惡劣也。《樂府新聲》上，商政叔《一枝花》套，《遠寄》：「是他慣追陪濟楚高人，見不得**村沙**謊廝。」言看不過惡劣之徒也。《看錢奴》劇一：「每日在長街市上把青驄跨，只待要弄柳拈花。馬兒上扭捏着身子兒詐，做出那般般樣勢，種種**村沙**。」此惡劣義兼傖俗義。《樂府羣玉》三，鍾醜齋小令，《醉太平》：「風流貧最好，**村沙**富難交。」此爲傖俗義。與風流對照。《昊天塔》劇一：「我呵！顯出些扶碑的手段，舉鼎的**村沙**。」此爲狠戾義。《李逵負荊》劇二：「宋江云：『你看黑牛這**村沙**樣勢那！』正末唱：『休怪我**村沙**樣勢，平地上起孤堆。』」黑牛指李逵，此亦狠戾義。有作沙村者。《羅李郎》劇四：「這哥哥恁地狠，沒些兒淹潤，一劃的**沙村**，倒把人尋趁。」此亦狠戾義，與上文狠字相應。村沙亦作村桑。《劉知遠傳》三：「言語紂，舉動**村桑**。」此亦狠戾義。又十一：「叫喊語言喬身分，但舉動萬般**村桑**。」三十種本《博望燒屯》劇：「去時節**村桑**，恨不得一跳三千丈。今日你着忙。」《北詞廣正譜》十七，無名氏《杜鵑啼》劇，《梅花酒》：「沒面目，性**村桑**，全不肯，好商量。」義均同上。

勢沙　勢霎　勢煞　沙勢　殺勢

勢沙，猶云模樣或規矩也。《鴛鴦被》劇二：「兀的甚**勢沙**？甚禮法？索甚麽問天來買卦？莫不我與那劉員外合做渾家。」此猶云成甚模樣也。《紅梨花》劇一：「這妮子我問着呵！沒些兒個**勢沙**。這妮子道着呵！將話兒對答。這妮子使着呵！早妝聾做啞。」此詈其侍婢之語，沒些兒個勢沙，言毫無規矩禮貌也，亦不成模樣義。亦作勢霎。《太平樂府》七，朱庭玉《青杏子》套，《歸隱》：「拖藜杖芒鞋剌塔，穿布袍麻絲搭撒，撚衰髯短髮鬖髿。從人笑，從人笑道咱甚娘**勢霎**。」言任人笑我成甚模樣也。亦作勢煞。《對玉梳》劇二：「村**勢煞**捻着則管獨磨；樺皮臉風癡着有甚彫抹。」村勢煞，猶云村樣子。《趙禮讓肥》劇一：「一弄兒喬**勢煞**，饑寒的怎覷他。」喬勢煞，猶云難看樣子。《盆兒鬼》劇一：「見了他惡**勢煞**，他骨碌碌將怪眼睜叉，迸定鼻凹，咬定鑿牙。」惡勢煞，猶云惡樣子。勢沙亦倒其文而爲沙勢。《薛仁貴》劇三：「這的是甚所喬爲，直吃的恁般**沙勢**！可不失掉了鑞釵錍，歪斜着油鬏髻。」按三十種本，沙勢作**殺勢**。言吃得恁般樣子也，下二句失釵歪髻，卽其注脚。

囊揣　軟揣揣　軟揣　揣　囊

囊揣，懦弱之義。意言無能力或不中用也。揣讀平聲。《西廂》五之四：「俺姐姐更做道軟弱**囊揣**，怎嫁兀那不值錢人樣蝦駒！」此與軟弱聯用，意言鶯鶯就使懦弱無剛，亦不肯嫁這樣醜陋之人也。《兒女團圓》劇二：「倒將我劈面搶白，欺負喒輭弱**囊揣**。」此亦懦弱義。《火燒介子推》劇：「大太子申生輭弱，小太子重耳**囊揣**。」此與輭弱對舉，義同上。《玉壺春》劇三：「那裏怕邏惹着**囊揣**的這秀才，兀良我則怕生諕殺軟弱的裙釵。」義同上。《周公攝政》劇：「今日拜舞雖**囊揣**，倒大來千自由百自在。」意猶云勉強，此爲無能力義。《黃粱夢》劇二：「俺如今鬢髮蒼白，身體**囊揣**，則恁的東倒西歪。」意猶云衰老，亦爲無能力義。亦作軟揣揣。《瀟湘雨》劇三：「你你你惡狠狠公隸監束，我我我**軟揣揣**罪人的苦楚。」亦爲懦弱無能義。《灰闌記》劇三：「沈點點鐵鎖銅枷，**軟揣揣**婆娘婦女。」義同上。亦作軟揣。《牆頭馬上》劇三：「他毒腸狠切，丈夫又**軟揣**些些。」義亦同上。亦有祗用一揣字者。《西廂》四之三：「順時自保**揣**身體，荒村雨露宜眠早，野店風霜要起遲。」揣身體，猶云弱身體也。按今通行之金聖歎本《西廂》，揣身體作千金體，殆以揣字之義難解而改之矣。亦有祇用一囊字者。《凍蘇秦》劇三：「你比我文學淺，我比你只命運**囊**。」言不過我的命運弱於你也。涵芬本《博望燒屯》劇三：「我兵十萬，你兵五萬。你退了五萬，肯退了那好兵！都是**囊**的懦的老的小的瘸的跛的，則留下精壯的。」囊的懦的連文，**囊**猶懦也。《午時牌》劇二：「我着他揀箇**囊**的懦的，他恰好揀了箇好的去。」義同上。又：「我則道李克用五百義兒家將，都是這般英雄好漢，元來內中也有這般**囊**懦的小的。」蓋因**囊**與**懦**同義，故聯用之而爲一辭矣。

因而

因而，草率之義。史達祖《杏花天》詞：「屛山幾夜春寒淺，卻怕**因而**夢見。」言恐其匆促夢見，不久長也。《西廂》三之一：「中心日夜藏之，怎敢**因而**。」言怎敢輕藐也。又五之二：「切須愛護，勿得**因而**。」義同上。《太平樂府》六，商政叔《月照庭》套，《問花》：「仗聰明國色兩件兒，覷五陵英俊**因而**。」言看得英俊少年輕藐也。又七，周德清《鬬鵪鶉》套，《贈小玉帶》：「是望月犀牛獨自；是穿花鸞鳳雄雌；是兔兒靈芝，是翎毛，是鷺鷥；是海青拏天鵝不是；我則是想像**因而**。」言只是想像其粗略情形也。《隔江鬬智》劇一：「這姻緣甚些天賜！且**因而**勉強從之，免的道外向夫家有怨詞。」言草草勉強從之也。《謝天香》劇一：「初相見呼你爲學士，謹厚不**因**

而。」言不敢怠慢輕藐也。《倩女離魂》劇一：「今日來祖送長安年少，兀的不取次棄舍，等閑拋掉，**因而**零落。」取次、等閑，皆輕率義，與因而互文。《剪髮待賓》劇二：「男子漢有這箇信字呵！交朋友皆呼信有之，你可休看覷**因而**。」言休得輕看也。

着莫　着摸　着抹　着末　着麽

着莫，猶云着落也；約莫也；又猶云撩惹或沾惹也。字亦作着摸、着抹、着末、着麽。邵雍《洛陽春吟》：「多少落花無**着莫**，半隨流水半隨風。」《風月紫雲庭》劇：「早則沒**着末**，致仕了弟子，罷任波虔婆。」《西廂》二之三：「他不想結姻緣想甚麽？到今日難**着摸**。」此均作着落解也。李石《烏夜啼》詞：「醉裏懵騰淚洗，夢中**着摸**魂飛。」姬翼《武陵春》詞：「勸飲一盃方外酒，兩頰鎭長紅。醉眼朦朧望碧空，**着莫**辨西東。」此均作約莫解也。其作撩惹或沾惹解者。孔平仲《懷蓬萊閣》詩：「深林鳥語流連客，野逕花香**着莫**人。」又《飲夢錫官舍出文君西子小小畫眞》詩：「一樽美酒流連客，千載香魂**着莫**人。」楊萬里《和王司法雨中惠詩》詩：「無那春愁**着莫**人，風顚雨急更昏昏。」毛滂《粉蝶兒》詞：「正春風，新**着摸**花花葉葉。」程垓《鳳棲梧》詞：「荷葉竹香俱細細，分明**着莫**清風袂。」朱淑眞《減蘭》詞：「佇立傷神，無奈輕寒**着摸**人。」《梅苑》三，無名氏《柳初新》詞：「月明風送，清香細細，**着摸**美人詞客。」李俊民《謁金門》詞，《別梅》：「懷抱惡，猶被暗香**着莫**。」袁去華《菩薩蠻》詞：「沈吟思昨夢，閒抱琵琶弄。破撥錯成聲，春愁**着莫**人。」《漢宮秋》劇二：「怎禁他帶天香**着莫**定龍衣袖。」《風月紫雲庭》劇：「我本是個邪祟妖魔，他那俏魂靈，到將咱**着末**！」《藍采和》劇三：「逐朝走向街頭過，有幾個把我相**着歷**，哎！你個小業魔，可怎生纏定我。」《樂府新聲》中，陳草庵小令，《山坡裏羊》：「伏底（低）伏弱，裝呆裝落，是非猶自來**着莫**。」《太平樂府》八，喬夢符《一枝花》套，《私情》：「起初兒**着莫**喈，假撇清面北眉南。」《樂府羣玉》四，無名氏小令，《普天樂》：「無限凄涼來**着抹**，瘦身軀怎生存活。」以上均作撩惹或沾惹解。按作此解者最爲習見。

生分　生忿

生分，猶云生發也；又猶云忤逆也。分讀去聲，亦作生忿。《西廂》二之一：「都做了鶯鶯**生分**，對旁人一言難盡。」毛西河論定本作生忿。注云：「生忿，卽生分，《漢書·地理志》：『薄恩禮，好生分。』言妄自生發也。」按此爲鶯鶯當孫飛虎亂軍圍普救寺索獻己身時語。言一切災禍，都因我一人而生發也，跟上文火焚伽藍，一家不留齠齔等語而來。《小尉遲》劇四：「茂公云：『原來眞有此事，……老夫便與你奏知聖人，必有加官賞賜也。』正末唱：『你個莽軍師可也忒認眞，把我個老尉遲空**生忿**。』」生忿與生分同。按劇情，爲尉遲恭之子霸林認父降唐，徐茂公將奏聞賞功時尉遲恭語。言將我這老尉遲憑空生發加官賞賜等事也，故曰忒認眞。《神奴兒》劇四：「却原來將親兄氣殺，都是伊**生忿**。」言都是伊生發出來也。《還牢末》劇一：「旦云：『那匾金環在那裏？』正末云：『遞與二嫂收了。』旦云：『……怎生與他收着，……你取回來者。』正末云：『若取回來，不**生分**了他心！過幾日慢慢的取罷！』」二嫂，指其妾。不生分，豈不生分也；言豈不因此而使妾生發惡感也。《五侯宴》劇四：「不爭阿者對他說了呵！則怕**生分**了孩兒麽？」阿者，卽母親。按劇情，李嗣源抱王阿三爲養子，改名李從珂，此時從珂長大，懇嗣源之母說明抱養情事，嗣源懇其母勿說，故云云。意言母親如說明了之後，恐從珂生發異心，岐視養父也。從生發惡感，生發異心之義引伸之，則義同忤逆。此專用於敍親子關係時。《魔合羅》劇三：「詳察這**生分**女作歹爲非，更和這忤逆男隨波逐浪。」《對玉梳》劇一：「生着那義和的兄弟廝尋爭，孝順的兒孫學**生分**。」又：「別人家養女兒孝順，偏我家這等**生分**。」《哭存孝》劇二：「俺割股的做了**生分**，殺爹娘的無徒，說他孝順。」《曲江池》劇二：「常言道，娘慈悲，女孝順；你不仁，我**生忿**。」生忿與生分同。《合汗衫》劇三：「**生忿**忤逆的賊也！哎！怎把這雙老爹娘做外人看待。」以上或與忤逆並舉，或與孝順相應，要之皆忤逆義也。

氣分　氣忿

氣分，猶云氣概也；光彩也；體面也。《西廂》二之一：「小梅香伏侍的勤，老夫人拘繫的緊，則怕女孩兒家折了**氣分**。」毛西河論定本注云：「折氣分，猶言不爭氣也。」此爲氣概義。《詐妮子調風月》劇：「大（待）爭來怎地爭？待悔來怎地再？怎補得我這有**氣分**，全身體？」意言失身於人無光彩也。《風光好》劇三：「你可休一春魚雁無音信，却教我千里關山勞夢魂。我和你，兩情調，兩意肯。這諧合，有**氣分**。」此云有氣分，卽美滿之意。言不致始合終離，故這段姻緣可云美滿也，亦光彩或體面義之引申。《合汗衫》劇一：「這衣服和銀子，也則是一時間周急，添你**氣分**。」此亦氣概或光彩義。《羅李郎》劇四：「這的是顯耀男兒**氣分**，只願你早成名，天下聞。」義同上。《金線池》劇一：「年紀小呵！須是有**氣分**；年紀老，無人問。」此言女子年輕者體面也。《王蘭卿》劇三：「則看那墜樓的便是傍州例，你休小覷了有**氣分**的虞姬。」此亦氣概義。《哭存孝》劇二：「則俺這叫爺娘的無**氣忿**，今日箇嫌俺沒辱你家門。」此李存孝聞到義父克用令其改復本姓時語。叫爺娘意指義父母。氣忿與氣分同，無氣忿，猶云不爭氣。

區區　驅驅

區區，辛苦之義。杜甫《贈王二十四侍御契》詩：「**區區**甘累趼，稍稍息勞筋。」又《杜鵑行》：「其聲哀痛口流血，所訴何事常**區區**。」李白《寓言》詩：「**區區**精衞鳥，銜木空哀吟。」李商隱《贈送前劉五經映》詩：「草草臨盟誓，**區區**務富強。」此與草草互文，草草原本《詩·巷伯》「勞人草草」義，亦辛苦義也。劉克莊《秦城》詩：「君王自向沙丘死，何必**區區**戍桂林。」柳永《滿江紅》詞：「遊宦**區區**成底事，平生況有雲泉約。」蘇軾《沁園春》詞：「世路無窮，勞生有限，似此**區區**長鮮歡！」又《蝶戀花》詞：「溪叟相看私自語。底事**區區**，苦要爲官去。」范成大《酹江月》詞，《詠嚴子陵釣臺》：「富貴功名皆由命，何必**區區**僕僕！」《董西廂》一：「人生百歲如朝露，莫**區區**。好天良夜且追遊，清風明月休辜負。」又：「**區區**四海遊學，一年多半，身在天涯。」又三：「張生與先相無舊，非慕鶯鶯之顏色，欲謀親禮，豈肯**區區**陳退兵之策。」此猶云辛辛苦苦陳退兵之策。《㑳梅香》劇二：「小生**區區**千里而來，只爲小姐這門親事。」《看錢奴》劇三：「我可便**區區**的步行離了汴梁。」皆其例也。按以上所舉各區區字，大半含有跋涉辛苦義，故其字亦作驅驅。柳永《定風波》詞：「念蕩子終日**驅驅**，爭覺鄉關轉迢遞。」《花草粹編》十一，杜壽域《月中桂》詞：「有多少**驅驅**，驀嶺涉水，枉費身心。」驅驅亦辛苦義也。

堂堂

堂堂，公然不客氣之義。薛能《春日使府寓懷》詩：「青春背我**堂堂**去，白髮欺人故故生。」蘇軾《陌上花》詩：「若爲留得**堂堂**去，且更從教緩緩回。」又《出城送客不及，步至溪上》詩：「會作**堂堂**去，何妨得得來。」陸游《涉白馬渡慨然有懷》詩：「袁曹百戰相持處，犬羊**堂堂**自來去。」又《遣興》詩：「愁衰衰來疑有約，春**堂堂**去恨無情。」皆其例也。

卷六

兀的　兀底　兀得

兀的，指點辭，亦作兀底或兀得，猶云這也；有時亦兼表驚異及鄭重之口氣。張鎡《夜游宮》詞，詠《美人》：「鵲相龐兒誰有，**兀底**便筆描不就。」言這是筆墨亦描不就也。《董西廂》一：「**兀底**般媚臉兒不曾見。」言這般的美貌不曾見過也。又四：「這的般愁，**兀的**般悶。」《火燒介子推》劇一：「這的是送你〔身〕的榮華富貴，**兀的**是追（元作還）你魂的高車駟馬。」上兩則兀的與這的互文。《詐妮子調風月》劇一：「覷了他**兀的**模樣，**這般身分**。」《伍員吹簫》劇三：「**兀的**班人物，遭逢着**恁般時勢**。」上兩則與這般或恁般互文。《董西廂》一：「僕人順手東指，道**兀的**一座山門。」又四：「已道鄭衙內休胡說，**兀的**門外張郎來也！」《千里獨行》劇一：「**兀的**眞個是俺哥哥的衣甲頭盔，可怎生落在他手裏？」上三則兼表驚異口氣。關漢卿《拜月亭》劇一：「男兒！**兀的**是俺親耶（爺）的惡儻，休把您這妻兒怨暢。」《東窗事犯》劇一：「我那裏不尋，你却在這裏。秦太師鈞旨有勾，**兀底**明寫東南第一山。」上二則兼表鄭重口氣。其在反詰語氣時則爲兀的不。《董西廂》一：「**更打着黃昏也，兀的**不愁煞人！」猶云這好不愁煞人。《樂府陽春白雪》前五，馬東籬小令，《小桃紅》：「問青奴，冰敲寶鑑玎璫玉，兀的不勝如石家爭富，擊破紫珊瑚！」猶云這不勝如石崇鬬富麽。《詞謔》附載詞套，王和卿《驀山溪》套：「似恁的廝禁持，兀的不白了人頭！」猶云這豈不頭髮都要變白麽。《竹葉舟》劇一：「乘着這浮槎而去，兀的不朗吟飛過洞庭湖！」猶云這豈不是朗吟云云麽。《風月紫雲庭》劇：「兀得不好拷末(麽)娘七代先靈！」兀得不與兀的不同，猶云這豈不應該打他娘的七代先靈，蓋罵其無理也。而在専指一物時，則曰兀的不是。《黄鶴樓》劇三：「我把你拔開看者，兀的不是一枝箭！」《鎖魔鏡》劇一：「末云：『鬼力！將過弓箭來者。』鬼力云：『理會的，兀的不是弓箭在此！』」皆其例也。

兀那　古那

兀那，指點辭，亦作古那，猶云那也。三十種本《竹葉舟》劇：「兀那閬苑瀛洲，傲西風喈兩個早去休！」《火燒介子推》劇：「望見兀那野烟起處有人家。」《隔江鬬智》劇三：「兀那一片長江，何處奔逃。」《病劉千》劇一：「您去兀那熟耕地裏可都翻觔斗，都不如我向花桑他兀那樹下學搏手。」上四則指地。關漢卿《拜月亭》劇：「則兀那瑞蓮便是證見。」又：「你却召(招)取兀那武舉狀元何如？」上兩則指人。《劉行首》劇一：「有人道，兀那抄化的先生，怎生不做幾件道衣穿？」此王嘉自敍白。先生，卽道士之稱，當時語如此。《梧桐雨》劇一：「卿勿以王夷甫識石勒，留着怕做甚麼！**兀那**左右放了他者！」此玄宗釋放安祿山時白。《老君堂》劇一：「**兀那**犯邊的將軍，你端的是何人也？」此唐秦王被擒後，秦叔寶面問時白。又：「**兀那**小校每，等衆將來議事，則說我睡哩。」此唐秦王面諭衆小校時白。上四則指當面之人。《西廂》二之三：「費了甚麽，**古那**便結絲蘿。」言不費甚麽錢，那樣的將就與張生結婚也。古那與兀那同。《劉弘嫁婢》劇楔子：「道的我恍惚如同**兀那**一夢中，我這裏稽首躬身問箇吉凶。」又一：「喒這人眼前貧波富，可則也則是**兀那**枕上的這榮枯。」又二：「這廝**兀那**愛錢的心，他百般裏推些箇事故。」上四則指事。玩上所述，那字本爲指點辭，冠以兀字，則指點之語氣加強而益覺得勁矣。

兀誰

兀誰，指點辭，猶云誰也。《花草粹編》四，佚劉燕歌《太常引》詞：「今古別離難，**兀誰**畫蛾眉遠山？」《元草堂詩餘》上，楊西庵《太常引》詞：「剛待不思量，**兀誰**管今宵夜長？」《董西廂》一：「其時遂把諸僧點，搊搜好漢每**兀誰**敢？」又三：「牆東裏一跳，在牆西裏撲地，聽一人高叫道**兀誰**？」又：「到此際，**兀誰**可憐見我那裏？」又：「管有**兀誰**廝般（搬）着。我團着，這妮子做破大手脚。」又四：「白日渾閑夜難熬，獨自**兀誰**倸。」《太平樂府》七，李致遠《新水令》套，《離別》：「恁時緑暗紅嫣，**兀誰**管春山翠眉淺？」玩上所述，誰字本爲指點辭，冠以兀字，亦所以加強指點之語氣也，亦猶之冠以阿字而爲阿誰矣。

兀良 兀剌

兀良，亦作兀剌。此雖爲指點辭，然其性質，實爲襯字或話搭頭。吾人於說話時，輒加入這箇、那箇、這麽、那麽一類之話搭頭，不過爲加強其語氣，或婉轉其語氣之作用，按之實際，未嘗不可刪去也。《城南柳》劇一：「回首仙居，**兀良**在縹緲雲深處。」《黃粱夢》劇三：「遙望見一點青山，**兀良**却又早不見了。」《紅梨花》劇一：「俺那裏遮藏紅杏樹，掩映碧桃花。**兀良**山前五六里，村外兩三家。」三十種本《汗衫記》劇：「**兀良**疏□落日昏鴉，兀的淡烟老樹殘霞。」《詞林摘豔》一，無名氏小令，《水紅花》：「**兀良**一黛遠山青，晚風輕。長天如淨，呀呀寒雁叫了兩三聲。」上五則於敘述地理風景時用之。《盆兒鬼》劇二：「也強如花果香燈，**兀良**常常的祭賽我。」《昊天塔》劇二：「我搖一搖，撼兩撼，廝琅琅震動琉璃瓦。**兀良**我與你直推倒了這一座玲瓏舍利塔。」《氣英布》劇四：「喒若不是扶劉鋤項，逐着那狐羣狗黨，**兀良**怎顯得喒這點面當王。」《漢宮秋》劇三：「說甚麽大王不當戀王嬙，**兀良**怎禁他臨去也回頭望。」《樂府陽春白雪》後四，無名氏《鬬鵪鶉》套，「半世飄蓬」篇：「到中秋，月色幽，醉醺醺無日不登樓。**兀剌**抵多少風雨替花愁。」《雍熙樂府》十三載此曲作兀良，以剌與良乃一聲之轉也。上五則於敘述事情時用之。玩上所述各兀良字，其作用不過在使語氣得勁，省去兀良，於文理無妨也。試廣其例。《樂府陽春白雪》後三，無名氏《端正好》套，「本是對美甘甘錦堂歡」篇：「歎浮生的是草萋萋際碧天，綠茸茸柳絮烟。流盡年光的是**兀良**響潺潺碧澄澄皺玻璃楚江如練。斷送行人的是忔登登鞭羸馬行色凄然。」《太平樂府》八，關漢卿《一枝花》套，《杭州景》：「西鹽場便似一帶瓊瑤，吳山色千疊翡翠，**兀良**望錢塘江萬頃玻璃。」《竹葉舟》劇一：「你則（只）是緊閉着雙目，穩站着身軀。一任的棹穿江月冷，帆掛海雲孤。寒烟生古渡，**兀良**便是你茅舍舊鄉閭。」玩上三則，知同一整齊的排句之中，某句加一兀良字，不過為調節排句之板滯，與文理無關也。《樂府陽春白雪》後四，王伯成《鬭鵪鶉》套，「酒力禁持」篇：「數枝紅杏出疏籬，牆外舞青旗。」《雍熙樂府》十三載此曲作「我則（只）見紅杏出牆籬，**兀良**又則（只）見牆外舞青旗。」玩上兩則，知同一曲文，一本有兀良，一本無兀良，可知即使省去兀良，於文理無關也。蓋此種作用，祇以取歌時之音節頓宕而已。

兀自　兀子　古自　古子　骨自　骨子　兀然　骨

兀自，含有「還」「尙」「猶」等義，兀亦作古或骨，自亦作子，隨聲取義，字無定形也。《花草粹編》二，朱秋娘《采桑子》詞：「梅子青青又帶黃，**兀自**未歸來。」《董西廂》三：「天色兒又待明也，不知做甚麼，書幃兒裏**兀自**點着燈火。」又三：「懷兒裏**兀自**有簡帖，寫着啓戶迎風，西廂待月。」

《虎頭牌》劇二：「則我那珍珠豌豆也似圓，我尙**兀自**揀擇穿。」《樂府新聲》中，無名氏小令，《水仙子》：「咱本是英雄漢，尙**兀自**把淚彈。」又《慶東原》：「猶**兀自**保（鴇）兒嗔，斷不了姨夫罵。」《雍熙樂府》十三，《鬭鵪鶉》套，《勸人收心》：「尙**兀自**留戀當初枕邊話。」《雍熙樂府》九，《一枝花》套，《黃糧夢》：「猶**兀自**煮不徹黃糧半鐺兒米。」凡云兀自，猶云固自或還自也。有作兀子者。《董西廂》四：「誰知今日見伊，尙**兀子**鰥居獨自。」有作古自者。《太平樂府》八，曾褐夫《一枝花》套，《買笑》：「肯的你舒心兒便許俺，我**古自**未敢道眞假。」《西廂》三之三：「猶**古自**參不透風流調發。」方諸生注云，北語古與兀同，猶俗云還固。又四之二：「你**古自**口強哩！」又：「歡郎見你兩箇去來，尙**古自**推哩！」《黃粱夢》劇四：「這一覺睡，早經了二十年兵火，覺來也依舊存活。瓢**古自**放在竈窩，驢**古自**映着樹科。」《後庭花》劇四：「對淸官磕牙料嘴，**古自**道無憂愁無是無非。怎想這金風未動蟬先覺，暗送無常死不知。」《青衫淚》劇二：「只那長安市李謫仙，他向酒裏臥，酒裏眠。尙**古自**得貴妃捧硯，常走馬在五鳳樓前。」《陳摶高臥》劇一：「驚的那夢莊周蝶飛去，尙**古自**炊黃粱鍋未滾。」凡云古自，皆卽兀自也。有作古子者。《董西廂》二：「渾如睡起，尙**古子**不曾梳裹。」有作骨自者。《花草粹編》八，王逐客《憶黃梅》詞：「大家拚便做東風，總吹交（敎）零亂，猶**骨自**輸我鴛鴦一半。」《歷代詩餘》載此詞作兀自。《張協狀元》戲文：「一盞明燈照神道，買油**骨自**少三文。」又：「作怪！我嫁你！看牛**骨自**不中。三分像人，七分像鬼。」

骨自不中，猶云尙自不配也。又：「燕銜泥，尋舊壘，**骨自**成雙。」巾箱本《琵琶記》九：「猶**骨自**文驟驟的。」凌刻臞仙本作古自，陳眉公本作兀自。又十九：「前番**骨自**有些鮭菜；這幾番只得些淡飯，教我怎的捱！」又二十四：「我的身死**骨自**無埋處，說甚麼頭髮愚婦人。」又三十六：「古人吃一口湯，**骨自**尋思着娘。我如今做官享富貴，如何可把父母撇了。」凡云骨自，皆即兀自也。有作骨子者。《董西廂》三：「紅娘覷了吃地笑，俺**骨子**不曾移動脚，這急性的郎君，三休飯飽。」又四：「僕使階前忙應諾，**骨子**氣喘不迭。」蓋流行之俗語，文人於落筆時隨聲定字，各任自由也。復次，《董西廂》三：「念兄以淫詞，適來侍婢遺奴側。解開遂披讀，**兀然**心下疑猜。故恰纔令人許以親詞相約，果是先生屆。」此兀字亦猶字義，與下文果字相應，兀然猶云猶然也。李萊老《倦尋芳》詞：「繡壓垂簾，**骨**有許多寒在。」此骨字亦還字義，骨有猶云還有也。

不剌（一）　不倈　不沙

不剌，亦作不倈，係一種襯字，爲話搭頭性質，猶之兀良或兀剌。惟自形式觀之，其作用約有二類：一、另開下意，爲轉接語氣用之話搭頭。關漢卿《拜月亭》劇：「我怨感我合哽咽，**不剌**你啼哭你爲甚迭？」甚迭，猶云甚的，見迭字條。又：「須是俺狠毒耶（爺）強匹配我成姻眷，**不剌**可是誰央及你個蔣狀元？」上二則另開下意甚明，無事詮釋。《樂府新聲》下，無名氏小令，《寄生草》：「小梅香俄俄延延待把角門關，**不剌**謊敲才更深夜靜須有個來時節。」上句言關門，下句轉一意，言所歡須來，不可關門。謊敲才爲詈辭，指所歡。又：「它生的龐兒丰韻可人憎，**不剌**你眉兒淡了教誰畫。」上句言貌美，下句轉一意，言誰是畫眉夫壻。又：「恰相逢和我意兒差，**不剌**你不來時還我香羅帕。」上句言和我鬧意見，下句轉一意，言既然如此，不如還我羅帕，索性決絕也。上述《拜月亭》劇及《樂府新聲》，據影印元刊本，各不剌字，皆打偏作小字，翫此知爲曲中帶白，唱時須輕輕帶過以趕腔也。《合汗衫》劇三：「想當初他一領家這汗衫兒是我拆開，**不倈**問相公這一半兒那裏每可便將來？」上句言汗衫是我拆分爲兩半，下句轉一意，言你從何處得這半件來。《東堂老》劇二：「雖然道貧窮富貴生前定，**不倈**喒可便穩坐的安然等！」上句云富貴有命，下句轉一意，言豈可坐等富貴。《燕青博魚》劇一：「哎喲！那廝雨點也似馬鞭子丢，**不倈**偏不的我風團般着這拄杖打！」上句言他將鞭子抽我，下句轉一意，言難道我不將拄杖打他。《秋胡戲妻》劇四：「那佳人可承當，**不倈**我提籃去採桑。」按劇情，秋胡妻疑秋有情婦，故云然。上句言君別有佳人，下句轉一意，言吾行吾素，不如離休爲妙也。以上爲一類。二、順承上意，爲加緊語氣用之話搭頭，此皆翫文自明，無事詮釋。三十種影印元刊本《追韓信》劇：「今日又不曾驅兵領將排着軍陣，**不剌**怎消得我王這般捧轂推輪。」《凍蘇秦》劇二：「我若見俺那高年父和俺那大賢妻，**不倈**你着我說一個甚的。」《看錢奴》劇四：「俺待和這廝廝捰見官司，**不倈**俺只問你這毆打親爺甚意思。」《趙禮讓肥》劇三：「兀的不快哉！好着我痛傷懷！不倈這的是那裏每哥哥走到來？」那裏每猶云怎麽。按劇情，趙禮正在劇盜馬武處受死，其兄趙孝趕至，欲替其弟死，此爲趙禮見其兄趙孝趕至時語。大意言哥哥來得好快，使我傷感，哥哥怎麽趕到此處來也。《紅梨花》劇三：「我待請去章臺上做個故人，不倈乘着些柳色黃金嫩。」《東堂老》劇一：「不離了舞榭歌臺，不倈更那月夕花朝。」《漁樵記》劇二：「你也不分個皁白，你向我這凍臉上不倈你怎麽左摑來右摑。」《桃花女》劇二：『俺父親揎拳攞袖因何事？他這般唱叫揚疾不倈便可也爲甚麽？』以上爲一類。復次，尙有不沙一辭，其性質亦與不剌或不倈相仿，附述於此。《三奪搠》劇：「你知我迭不的相迎，不沙賊丑生！你也合早些兒通報。」此叱其僕人之辭，賊丑生卽賊畜生，迭不爲不迭之倒文，言不及相迎也。《漢宮秋》劇三：「他去也不沙架海紫金梁！枉養着那邊庭上鐵衣郎。」本劇演明妃出塞故事，此漢元帝唱辭，他去也句指明妃，紫金梁以喻救國之人材，言架海紫金梁去矣。上述兩則不沙字，均不爲義。

不剌（二）　顛不剌　破不剌　淡不剌　彎不剌　嗗不剌　雜不剌

不剌，語尾助辭。《五劇箋疑》云：「不剌，北方語助詞，不音鋪，剌音辣去聲，如怕人云怕人不剌的，唬人云唬人不剌的。」蓋爲襯墊語辭之用，無意義可言也。《董西廂》一：「怕曲兒捻到風流處，教普天下**顛不剌**的浪兒每許。」顛有風流或輕薄之義，此爲風流義。顛不剌的浪兒，意言風流浪子也，與上句風流相應。《西廂》一之一：「**顛不剌**的看了萬千，似這般可喜娘罕曾見。」生得風流，長得可喜，爲當時習用語。此與可喜對舉，亦當爲風流義。《太平樂府》七，馬致遠《青杏子》套，《悟迷》：「**顛不剌**的相知不綣他，被莽性兒的哥哥截替了咱。」此爲輕薄義。綣原作倦，據盧校本改。綣即繾綣之義，猶云眷戀也。《雍熙樂府》一，《醉花陰》套，《怨恨》：「休休休虧心的自有神明鑒，我我我**顛不剌**情理是難甘。」此亦輕薄義，言難甘輕薄之人也。《舉案齊眉》劇三：「恰捧着個**破不剌**椀內，呷了些淡不淡白粥。」此云破椀。《竹葉舟》劇楔子：「你穿着這**破不剌**的舊衣，擎着這黃甘甘的瘦臉。」此云破衣。《兩世姻緣》劇一：「對門間壁，都有些酸辣氣味；只是俺一家兒**淡不剌**的。」意言他家熱鬧，我家淸淡也。《雍熙樂府》二十，《叨叨令兼折桂令》，《駄背妓》：「便道是倒鳳顛鸞，鶯儔燕侶，**彎不剌**怎麽安排。」此以形容背脊之彎曲。《飛刀對箭》劇一：「他那裏**嘴不剌**的，他也聒聒噪噪。」此以形容口舌之聒噪。《香囊怨》劇三：「因此上一世兒盡節向一箇郞君，不強似做那**雜不剌**的衆人妻到折了本。」此以形容多夫之雜亂。

既不沙　既不吵　既不索　若不沙　既不呵　既不是呵

既不沙，轉接辭，猶云不然。沙爲語助辭。《西廂》五之二：「寫時節管情淚如絲，**既不沙**，怎生淚點兒封皮上漬？」《黃粱夢》劇三：「爲甚春歸早，**既不沙**，可怎生蝶翅舞飄飄？」《漁樵記》劇二：「有如那撏綿扯絮隨風灑，**既不沙**，却怎生白茫茫的無個邊界？」亦作既不吵。《竹葉舟》劇三：「俺則問你是做買賣經商？是探故鄉親舊？**既不吵**，你怎生在長江側畔將咱候？」《灰闌記》劇四：「你只想馬大渾家做永遠妻，送的我有去無歸，**既不吵**，你兩個趕到中途有何意？」亦作既不索。《劉弘嫁婢》劇二：「我一會家想穹蒼也有一箇偏僻。**既不索**，可怎生短命死了顏回？却怎生延年老了盜跖？」《雍熙樂府》十三，《鬬鵪鶉》套，「密密飄飄」篇：「上方鑾駕到人間，**既不索**，誰把冰輪玉溝碾？」又十六，《二郎神》套，《秋恨》：「多應他意重，我情薄，**既不索**，可怎生雁貼魚沉音信杳？」亦作若不沙。《看錢奴》劇四：「是兒孫合着俺兒孫使，**若不沙**，怎題着公公名氏？」《望江亭》劇四：「我只得親上漁船把機關暗展，**若不沙**，那勢劍金牌如何得免？」亦作既不呵。《樂府陽春白雪》前三，徐子芳小令，《沉醉東風》，《贈歌者吹簫》：「引青鸞玉簫聲韻，莫不是另得東君一段春？**既不呵**，紫竹上重生玉笋。」《金線池》劇楔子：「想知今曉古人家女，都待與秀才每爲夫婦，**既不呵**，那一片俏心腸，那裏每堪分付？」《誶范叔》劇三：「我想先生在秦，必見重用，**既不呵**，如何這相府前祗從人等，見先生來，皆凜凜起避？」亦作既不是呵。《黃粱夢》劇二：「若是暗暗的回來，必定做下不公的勾當。**既不是呵**，怎生一個大將回來，可沒一個人來報知？也不差人迎接？」要之皆爲轉接辭，義均同也。

這　的這　得這

這，語句中間之襯字，與作指示辭者異。《謝天香》劇三：「待道是顛狂睡讛，兀的不青天這白日。」言待道是發風狂，說夢話，則明明是青天白日也。青天與白日之間，加一這字以作襯，不爲義。《凍蘇秦》劇三：「他是祗候人的所爲，可那有孟嘗君的這度量。」此爲整齊之對句，下句加一這字以作襯。《金錢記》劇三：「悶倚遍這翠屏山；香爐在泥金獸。」此亦整齊之對句，上句加一這字以作襯。《不伏老》劇二：「衆公卿相見知何有，飲過這西出陽關這餞行的酒。」同句之中已用過這字以表指示之義，其第二這字爲襯字。亦有曰的這者。《金錢記》劇二：「謝你個賀知章舉賢的這薦賢，便是這韓飛卿榮遷也那驟遷。」的這爲襯字，也那亦爲襯字，襯字與襯字作對也。又三：「小生也不爲思鄉，小生也非干的這病酒。」非干病酒，本李清照詞句，係一成語，於成語之中間，加襯字的這，仍不爲義也。《王粲登樓》劇二：「止不過曲志在蓬窗下，守着霜毫的這硯臺。」《漁樵記》劇一：「他向那紅鑪的這煖閣，一壁廂添上獸炭，他把那羊羔來淺注。」羊羔，美酒名。《桃花女》劇三：「你可怎生不解其中意，我則怕撞着凶神的這太歲。」又三：「你送的我九死一生，哎！周公也！枉壞了你那三財的這六禮。」《陳州糶米》劇三：「請俸祿五六的這萬貫，殺人到三二十年。」義例均與上同。《來生債》劇一：「大剛來這十年富貴也只是十年運，運去呵！有如那風搖畫燭，天散也的這浮雲。」的這爲襯字，也亦爲襯字，此聯用三字以爲襯也。亦有曰得這者，與的這同。《生金閣》劇楔子：「非是您孩兒自誇得這自獎，我若是不富貴可兀的不還鄉。」得這爲襯字，不爲義。又三：「是是是！行了些黃穰穰沙堤得這古道，呀呀呀！兀良早過了些碧澄澄野水橫橋。」《漁樵記》劇四：「孟姜女不索你便淚漣漣，嫦人情使不着你野狐得這涎。」《來生債》劇四：「我則聽的聒耳笙歌奏管絃，那一派仙音得這韻遠。」《哭存孝》劇一：「今日可便太平無事，全不想用人那用人得這之際。」按句中有重文處，乃曲文之一種習慣，此用人字亦然。《圯橋進履》劇楔子：「我說的言詞落可便有准，我報答你箇救困苦得這大恩人。」義例均與上同。

也　也波　也那　也麽

也，語句中間之襯字，與作語助辭用者異。《昊天塔》劇三：「兀的不屈沉殺俺宣花也這柄蘸金斧。」意言宣花之蘸金斧，也字乃襯字，不爲義。宣卽五色相宣之宣，今云閃色，宣花意言花紋交錯。宣花斧或蘸金斧，通以稱軍器用之斧。《昊天塔》係演孟良盜骨故事，此孟良語，孟良固用斧者也。《馮玉蘭》劇一：「俺父親呵！待明朝早晨便拜辭也禁門；待明朝早晨便來到也水濱；待明朝早晨便開船也動身。」此三也字亦均爲襯字。《陳州糶米》劇一：「哎喲天那！兀的不送了我也這條老命。」例同上。《石榴園》劇三：「你準備着亂攛東西望風也兒走。」例同上。亦有曰也波者。《漁樵記》劇一：「我可便躊也波躇，那官職有也無？」此於躊躇二字中間襯也波字。又二：「既是你不戀我這布襖荆釵，又何須去拽巷也波囉街。」拽巷囉街，爲當衆吵鬧之義，中間襯也波字，不爲義。《桃花女》劇四：「我如今從也波容，也等他一家兒似夢中。」《竹葉舟》劇二：「這是你爲官的偏生受，倒不如休也波休，蚤隨我出家兒得自由。」《舉案齊眉》劇一：「哎！屈沉殺三尺龍泉萬卷書，何也波如，非浪語。」又二：「青也波雲，男兒一致身。父親呵！那些時你可便休來認。」《紅梨花》劇四：「天也波天，天與人行方便。」《城南柳》劇一：「笑三也波閭楚大夫，如今這汨羅江有誰曾弔古。」義例均與上同。亦有曰也那者。關漢卿《拜月亭》劇：「您端的是姑舅也那叔伯也那兩姨？偏怎生養下這個賊兄弟！」也那爲襯字，不爲義。《昊天塔》劇三：「抵多少諸葛也那周瑜，暢好是焰騰騰博望燒屯計，不剌剌鏖兵赤壁圖。」《桃花女》劇二：「若是我不許聘，我可有甚麼罪過，知他是您行凶也那我放潑！」《趙禮讓肥》劇一：「想他每富家，殺羊也那宰馬；每日裏笑恰，飛觥也那走斝。」義例均與上同。亦有曰也麽者。《王粲登樓》劇三：「只爭個遲也麽疾，英雄志不灰，有一日登鰲背。」也麽爲襯字，不爲義。《昊天塔》劇四：「傷也麽情，枉把這幽魂陷虜塵。」《度柳翠》劇三：「半載河東，半載河西，誰也麽知，三番家度柳翠。」義例均與上同。

波　波那

波，語句中間之襯字，與用於語尾義如呵字、罷字者異。《昊天塔》劇四：「楊景云：『他弟兄每可都有哩？』正末唱：『他弟兄每多死少**波**生。』」本云多死少生，言死者多、生者少也，少生之中間襯一波字，不爲義。《合汗衫》劇三：「叫化些剩湯和這殘菜，我受盡了些雪壓**波**風篩。」此於雪壓風篩之中間，襯一波字。《劉弘嫁婢》劇一：「則但能彀便替喒去上墳**波**祭祖，大嫂也！也強如喒眼睜睜鰥寡孤獨。」又一：「眼前面折罰的喒來滅門波絕戶。」《漁樵記》劇三：「我每日家則是轉疃**波**尋村，題起這張憋古，那一個將我不認！」《度柳翠》劇一：「我本待從根**波**至本，却把那下梢來不問。」義例均與上同。亦有云波那者，其性質亦彷彿如也波、也那之同爲襯字。《劉弘嫁婢》劇二：「既然他每寄子**波那**托妻，今日箇便伊同喒兩箇，便爲了這交契。」此於寄子托妻之中間，襯以波那字。爲了交契，猶云做了朋友。又二：「你好不會做那人也！則到如今，也索更爭甚麽我**波那**共你。」言爭甚麽我共你也，我字下襯以波那字。

來　倈

來，語句中間之襯字，與用於語尾作助辭者異。《鴛鴦被》劇二：「索甚麽問天**來**買卦，莫不我與那劉員外合做渾家？」問天買卦，猶云求神問卜，二事平列，中間襯一來字。《隔江鬬智》劇三：「與他那結義的人兒，這幾日離多來會少。」《漁樵記》劇二：「你向我這凍臉上不俫你怎麽左摑來右摑！」《病劉千》劇三：「我恰纔吐架子左閃來右閃，我踢了箇提過脚裏臁也那外臁。」《千里獨行》劇二：「今日箇你建節來封侯，登時間忘舊。」義例均同上。字亦作俫，例如下。《貨郎旦》劇四：「揮霍的是一錠錠響鈔精銀；擺列的是一行行朱脣俫皓齒。」俫爲襯字。《漁樵記》劇一：「我一會家時復挑燈俫看古書，我可便躊也波躇，那官職有也無？」《忍字記》劇一：「巧言不如直道，我謝你個達磨俫把衣鉢親交。」《寃家債主》劇二：「常言道好人俫不長壽，這一場煩惱怎乾休。」《來生債》劇二：「豈不聞駟馬難追，我今日一言俫既出。」《殺狗勸夫》劇一：「哥哥！你有金有銀，閃的我無投俫無奔。」凡此各俫字，均襯字，不爲義也。

哎

哎，語句中間之襯字，與作唱歎或答應用者異。《金錢記》劇三：「好着我便趨前哎退後，這的是俺先人遺念，是俺那祖上傳流。」《秋胡戲妻》劇三：「只見那濃陰冉冉，翠錦哎模糊。」《漁樵記》劇三：「這的是知恩哎報恩。他着你便別招女壻，再嫁取個郎君。」《千里獨行》劇二：「想着您同行同坐數年秋，到如今一筆哎都勾。」《博望燒屯》劇二：「張將軍不索氣長吁，也不索你大叫**吰**高呼。」《三出小沛》劇二：「我見他敗走如飛，我却早沖開**吰**去路。」皆其例也。

可便

可便，語句中間之襯字，並不爲義，與可照字面解釋者異。《秋胡戲妻》劇二：「則俺那青春子，何年**可便**甚日回。」此於何年甚日之中間襯可便字。《度柳翠》劇一：「恰纔箇袖拂清風臨九陌，又早是杖挑明月**可便**扣三門。」上下對句整齊，於下句中間襯可便字。《漁樵記》劇一：「想當日傳說曾板築，更有那倪寬**可便**曾抱鋤。」例同上。又三：「險些兒**可便**驚殺那衆人，施禮罷復敍寒溫；他把那舊伴等**可便**從頭兒問。」兩用可便字，均係襯字不爲義。《東堂老》劇三：「我其實**可便**消不得你這嬌兒和幼女，我其實**可便**顧不得你這窮親潑故。」《誶范叔》劇一：「自古來文章**可便**將人都誤了，勸今人休將前輩學。」《圯橋進履》劇三：「他那問姓字先生**可便**何往，我可也行不更名本姓張。」又：「他那裏探知就裏**可便**問其詳，大將軍何名姓，他拏住的是張良。」義例均同上。按曲文中以可便爲襯字頗習見，不備舉。

落可便　落可的　落可也

落可便，與可便同。用於語句中間，亦用於語句之首，爲襯字或話搭頭。《來生債》劇一，

「我待向那萬丈洪波**落可便**一跳身，轉回頭别是個乾坤。」落可便係襯字，不爲義。《東堂老》劇三：「你今日有甚臉**落可便**踏着我的門戶，怎不守着那兩個潑無徒！」潑，詈辭；無徒，猶云無賴。又：「你却怎生背地裏閒言**落可便**長語！」長語，猶云謄語或多說，與閒言相對。《還牢末》劇三：「則不如早些兒死了**落可便**早收場。」《圯橋進履》劇楔子：「我說的言詞**落可便**有准，我報你箇救困苦得這大恩人。」得這與的這同，亦爲襯字。以上均用於語句中間，其用於語句之首者例如下。《漁樵記》劇一：「憑着這砍黃桑的巨斧，端的便上青霄獨步，**落可便**我把那月中仙桂剖根除。」《後庭花》劇四：「眞個是啞子做夢說不的，**落可便**悶的人心碎。」《望江亭》劇一：「掛起這秋風布帆，是看那碧雲兩岸，**落可便**輕舟已過萬重山。」是看，猶云試看。《殺狗勸夫》劇一：「從亡化了雙親，便思營運。尋資本，怎得分文，**落可便**刮土兒收拾盡。」《勘頭巾》劇四：「那裏也淸閒眞道本，無事散神仙。今日個枷鎖身纏，**落可便**死無怨。」皆其例也。復次，有作落可的者。《燕青博魚》劇楔子：「則我這白氈帽，半搶風；則我這破搭膊，**落可的**權遮雨。」亦有作落可也者。《紅拂記》三十一：「英雄猛將，世上無敵。端的。是一個個貫甲披袍**落可也**的氣勢。」要之亦皆襯字或話搭頭也。

門　每　懣

門，估量之辭。卽這麼、那麼之麼，與般字同義。陳允平《南歌子》詞：詠《茉莉》：「綵線串層玉，金篝絡細香。半鉤新月浸牙牀，猶記東華年少那門相。」相讀如形相、端相之相，平聲。那門猶云那般，如今云那麼光景也。《緋衣夢》劇二：「心緒澆油，足趔趄家前後，身倒偃門左右。覺一陣地慘天愁，徧體上寒毛抖擻。」言足忽前忽後如趔趄般，身忽左忽右如倒偃般也。門字與家字對舉而互文。家，詳家字條。亦作每。《董西廂》二：「這每取經後(呵)不肯隨三藏，肩擔着掃箒藤杖，簇捧着箇殺人和尙。」這每猶云這般。又二：「那法師忙賀喜，道那每慇懃的請你，待對面商議。」淩本《幽閨記》十四：「那每趕着無輕縱，如虎般英雄馬似龍。」註云：「那每，如今北人言那們、這們，猶云那般、這般也。」三十種本《單刀會》劇：「兩朝相隔漢陽江，寫看(着)道魯肅請雲長，這的每安排筵席不尋常。」這的每猶云這每，亦這般之義。亦作懣。沈端節《留春令》詞：「舊家元夜，追隨風月，連宵歡宴。被那懣引得滴溜地一似蛾兒轉。」言被引得似蛾兒轉那般也。那懣與那門、那每同，參看懣字條。

懣　瞞　滿　門　每

懣，與們字、每字同。《通俗編》三十三，們字條：「北宋時先借懣字用之，南宋別借爲們，而元時則又借爲每。」然今日則通行們字，每字已不習用，懣字更絕對不用矣。趙輯《宋金元人詞》，晁元禮《鵲橋仙》詞：「自家懣都望有前程，背地裏莫教人咒罵。」按曲詞中習慣，用每字時不盡爲多數義，此懣字亦然。趙長卿《念奴嬌》詞：「對酒當歌渾冷淡，一任他懣嗔惡。」他懣，卽他們。《董西廂》二：「那時諕殺賊陣裏兒郎懣眼不札，道這禿廝好交加。」兒郎懣，卽兒郎們。《劉知遠傳》一：「那村夫懣飲酒篩碗中，盡薰沈醉臉上紅。」卽村夫們。又二：「早是兩個粗鹵，更怎禁妯娌懣言語。」卽妯娌們。字亦作瞞。《樂府雅詞》拾遺，劉無言《花心動》詞：「問桃杏，賢瞞怎生向前爭得？」賢爲對人之敬稱，賢瞞，猶云公等或君輩；此爲詠梅詞，《梅苑》一載此詞作「問桃李，賢門怎生向前爭得？」賢門卽賢們，你們之敬稱也，言你們不能與梅爭也。《張協狀元》戲文開場時有云：「賢門雅靜，仔細說教聽。」《錯立身》戲文開場時有云：「賢每雅靜看敷演，《宦門子弟錯立身》。」此皆要求觀衆肅靜之辭，賢門、賢每同義，可以參證。趙輯《宋金元人詞》，沈瀛《醉鄉曲》：「說與賢瞞，這軀殼安能久仗憑。」義同上。字亦作滿。沈端節《洞仙歌》詞：「琴心傳密意，唯有相如，失笑他滿恁撩亂。」他滿，亦卽他們也。復次，門字較每字稍爲不習見，茲述數則如下。《花庵中興詞選》，嚴次山《訴衷情》詞：「一聲水調解蘭舟，人門無此愁。」人門，卽人們也。趙長卿《惜奴嬌》詞：「盡他門劣，心腸偏有你。」王千秋《瑞鶴仙》詞：「看他門對插茱萸，恨長怨永。」辛棄疾《千年調》詞：「學人言語未會巧。看他門，得人憐，秦吉了。」他門，卽他們也。《張協狀元》戲文：「但咱門，雖宦裔，總皆通。」咱門，卽咱們也。又：「你讀書莫學浪兒門一輩。」浪兒門，卽浪兒們也。

每　門

每，於稱一人時用爲語尾，與普通之多數義異。《幽閨記》三十二：「若再如此呵，瑞蓮甘痛決。姐姐閒耍些！小的每先去也。」按劇情，此爲瑞蓮一人自稱。小的，謙辭。《西遊記》劇三：「是小的每言多語峻，告吾師心下莫生嗔。」按劇情，此爲陳夫人一人自稱。又十四：「小的每待寫書，紙筆又沒。」按劇情，此爲裴女一人自稱。巾箱本《琵琶記》十：「教旁人道媳婦每有甚差池，致使公婆爭恁地。」此爲趙五娘一人自稱。又二十三：「教他好看承我爹娘，料他每應不會遺忘。」上稱他，下稱他每，他每卽他也。又六：「我做媒婆甚艱辛，尋趁。有箇新郎要求親，最緊。我每只得便忙奔，討信。」上稱我，下稱我每，我每卽我也。又十一：「張家李家，都來喚我，我每須勝別媒婆。」義例同上。又十三：「奉聖旨，使我每招狀元爲壻。」此牛丞相一人自稱。又二十六：「我每方將小二，待欲與你添助些力氣。誰知有神暗中相救濟。」此張大公一人自稱。《陳州糶米》劇二：「待不要錢呵！怕違了衆情；待要錢呵！又不是咱本謀。只這月俸錢做咱每人情不彀。」上稱咱，下稱咱每，咱每即咱也。《錯立身》戲文：「侵早已挂了招子，你却百般推抵，又不知你每生着何意。」上稱你，下稱你每，你每即你也。復次，門與每同，亦於稱一人時用爲語尾。《張協狀元》戲文：「我扶你門歸去，勉強且行着山路。」按劇情，爲李大婆等對貧女語，你門即貧女一人。又：「我門直是孤苦，先自被人欺負。」按劇情，爲貧女自稱，亦一人也。又：「我瞥見你門心下便憐伊，因甚臉憔悴。」上稱你門，下稱伊，伊即你也，你門亦即你也，亦一人也。又：「亞(阿)爹孩兒全沒，老來惟憑着你門一個。」此則更明白爲一人矣。

賢　賢家　賢每

賢，第二人稱之敬辭，猶云君或公。蘇軾《李行中醉眠亭》詩：「君且歸休我欲眠，人言此語出天然；醉中對客眠何害，須信陶潛未若賢。」未若賢，猶云不及君也。此蓋借陶潛我醉欲眠卿可去語翻案。又《減蘭》詞，《贈君猷家姬勝之》：「天然宅院，賽了千千幷萬萬。說與賢知，表德元來是勝之。」說與賢知，猶云說與君知也。曹組《品令》詞：「促織兒聲響雖不大，敢敎賢，睡不着。」言正閙得你睡不着也。朱敦儒《念奴嬌》詞：「懶共賢爭，從敎他笑，如此只如此。」賢與他對舉，賢即你也。吳潛《望江南》詞：「自古幾番成與敗，從來百種醜和妍，細算不由賢。」意言不由你做主也。《董西廂》二：「又不待奪賢寺宇，又不待要賢金寶。」又二：「賢不是九伯與風魔。」又三：「明日告州衙，教賢分別。」《張協狀元》戲文：「賢既曉文墨，不當恁地沒道理。他是你妻兒，怎拋棄，娶別底！」以上各賢字，均爲你之代辭。亦作賢家。《董西廂》一：「不問賢家別事故，聞說貴州天下沒，有甚希奇景物，你須知處。」上云賢家下云你，賢家卽你也。又二：「恁時悔也應遲，賢家試自心量度。」義同上。對於多數之人，則曰賢每。《董西廂》二：「朝廷咫尺，不曉定知道。多應遣軍，定把賢每征討。」又二：「國家又不曾把賢每虧負。」賢每卽你們也。亦作賢瞞及賢門，詳懣字條。

伊　伊家

伊，第二人稱之辭，猶云君或你，與普通用如他字者異。陳瓘《蝶戀花》詞，嘲志全長髭：「莫向細君容易說，恐他嫌你將伊摘。」上云你，下云伊，伊卽你也。《范張雞黍》劇三：「早知你病在膏肓，我可便捨性命將伊救。」《馬陵道》劇三：「我這裏吐膽傾心說與伊，難道你不解其中意。」《倩女離魂》劇二：「你道我爲甚麼私離繡榻，待和伊同走天涯。」又：「比及你遠赴京華，薄命妾爲伊牽掛。」《幽閨記》四：「你這般所爲，你這般所爲，恨不得啗伊血肉寢伊皮。」《小孫屠》戲文：「賤人，你自爲娼妓，哥哥把伊提攜。」《張協狀元》戲文：「我當初閉門不留伊，你及第應是無分。」又：「你記得要來京裏，賣頭髮把錢與伊。」巾箱本《琵琶記》二十二：「你艱辛萬千，是我躭伊誤伊。」又三十：「你不信我，教伊休說破，到此如何。」以上均你與伊互文。亦作伊家。巾箱本《琵琶記》五：「我年老爹娘，望伊家看承。」按劇情，此爲伯喈臨行對妻五娘之言，伊家即你也。又六：「老姥姥！早晚望伊家將奴誨。」按劇情，此爲牛小姐對老姥姥之言。又二十九：「他那裏須怨着你沒信音，笑伊家短行，無情忒甚。」上云你，下云伊家，伊家即你也。又三十：「呀！夫人，你緣何獨坐，想你爹爹不肯麽？伊家道利齒伶牙，爭奈你爹行不可。」上云你，下云你，中云伊家，伊家即你也。復次，《花草粹編》三，韋莊《謁金門》詞：「新睡覺來無力，不忍把伊書迹。」四印齋覆刻宋本《花間集》伊作君；由上所列各證推之，則伊亦即君也。

咱

咱，於自稱或稱人時用爲語尾，與普通之獨立爲自稱義者異。《董西廂》二：「你咱說謊，我着甚癡心沒去就。」你咱，即你也。又四：「妾守空閨，把門兒緊閉。不拈絲管，罷了梳洗。你咱是必把音書頻寄。」又四：「瑤琴是你咱撫，夜間曾挑鬭奴。」《劉知遠傳》十一：「三娘變得嗔容惡，駡薄情聽道破，你咱實話沒些個。」義均同上。巾箱本《琵琶記》十七：「我也休怨他咱，這其間，只是我不合來長安看花。」他咱，即他也。趙長卿《驀山溪》詞：「我咱諳分，隨有亦隨無。不妬富，不憎貧，歌酒閑遊戲。」我咱，即我也。《董西廂》三：「思量都爲我咱呵，肌膚消瘦，瘦得渾似削。」又三：「兀的般言語，怎敢着我咱左右。」義均同上。趙長卿《浪淘沙》詞：「惟有俺咱眞分淺，往事成空。」俺咱，卽俺也。《董西廂》三：「恁時節，是俺咱可憐見你那裏。」又四：「騁些英烈，被俺咱都盡除滅，滿門家眷得寧帖。」又：「俺咱恁時，準備了娶他來也，不幸病纏惹。」義均同上。《樂府陽春白雪》前二，貫酸齋小令，《蟾宮曲》：「相逢忘却余咱，夢隔行雲，盡(儘)好詩誇。」余咱，卽余也。《梧桐雨》劇三：「國家又不曾虧你半掐，因甚軍心有爭差？問卿咱爲甚不說半句兒知心話？」按劇情，此爲唐明皇對陳元禮語，卿咱，卽卿也。

某矣

某矣，自稱之辭。《千里獨行》劇二：「關末上云：『某矣雲長，自到許都，見了聖人，封某爲壽亭侯之職。』」又四：「蔡陽上云：『某矣蔡陽，來到這古城也，衆軍擺開陣勢者！』」《趙氏孤兒》劇楔子：「俺主靈公在位，文武千員，其信任的，只有一文一武。文者是趙盾，武者卽某矣。」此屠岸賈白。《老君堂》劇四：「程咬金追某至老君堂，此人當時盡忠於魏王，未識某矣。今來投唐，某肯念其前讐！」肯猶豈也。《打韓通》劇一：「到如今歲月長，休說俺父親，則看某矣，不覺的鬢邊添上曉蒼蒼。」《桃園結義》劇二：「想必君子好結識朋友，故來探望某矣。」《鞭打單雄信》劇三：「今唐元帥有難，軍師來報。某矣剗馬單鞭，須索救元帥走一遭去。」又：「單雄信云：

「某矣負痛不能取勝也，須索逃命，走走走！』」皆其例也。

吾當

吾當，自稱之辭，與吾同。當字爲語助辭。《漢宮秋》劇一：「怨無罪，**吾當**親問咱。」又：「休煩惱，**吾當**且是耍，鬬卿來便當眞假。」又二：「**吾當**僝僽；他也他也紅妝年幼，無人搭救。」《詞林摘豔》三，《粉蝶兒》套，「寶殿涼生」篇：「對銀釭一寸寒燈。枕席間，靈牀處，越顯的**吾當**薄倖。」又：「不爭便對着靈堂，轉交(敎)**吾當**見景生情。」又：「休道是**吾當**動情，則你這宰相每難聽。」又：「暗添白髮成衰病，可怎生來不恁的**吾當**喚不醒。」按本套卽《漢宮秋》劇第四折，凡各吾當字，《元曲選》本或作咱家，或作吾家。《雍熙樂府》七，《粉蝶兒》套，《哭楊妃》：「非是**吾當**肯棄擲。只般狠做爲，都只因他虎鬬龍爭，生拆得鸞孤鳳隻。」又：「**吾當**命裏，値災星照耀，惡限臨逼。」《梧桐雨》劇一：「却是**吾當**有幸，一個太眞妃傾國傾城。」又三：「寡人呵！萬里烟塵，你也合嗟訝，就勢兒把**吾當**謊。」按以上各曲，皆爲帝王口氣，吾當與朕或寡人同。《單刀會》劇四：「魯子敬聽者！你心內休喬怯，暢好是隨邪，**吾當**酒醉也！」按本劇具名爲關大王獨赴單刀會，則作者亦以帝王口氣擬關羽也。《鬧銅臺》劇一：「則聽的捉**吾當**一片聲，不由咱心也波驚。」按劇情，此爲張順自稱。又二：「說你脚下會騰雲，**吾當**跨馬也趕上。」按劇情，此爲盧俊義自稱。

本劇爲明人作品，《水滸》中人物，亦自稱吾當矣。

誰當（一）

誰當，猶云誰人也。當字爲語助辭。《後漢書·五行志》載桓帝初童謠：「小麥青青大麥枯，誰當穫者婦與姑。」漢無名氏《豔歌行》：「兄弟兩三人，流宕在他縣，故衣誰當補，新衣誰當綻。」王粲《七哀》詩：「百里不見人，草木誰當遲。」原註：「遲與治同，平聲。」韋應物《寄馮著》詩：「親友各馳騖，誰當訪敝廬。思君在何夕，明月照廣除。」又《贈著》詩：「善蘊豈輕售，懷才希國工。誰當念素士，零落歲華空。」岑參《陪狄員外早秋登府西樓》詩：「誰當共攜手，賴有冬官郎。」劉長卿《過蕭尙書故居見李花》詩：「滿地誰當掃，隨風豈復歸。」王安石《彎碕》詩：「永懷少陵詩，菱葉淨如拭。誰當共新甘，紫角方可摘。」皆其例也。

誰當（二）

誰當，猶云何爲也；亦猶云安得也。沈佺期《古別離》：「奈何生別者，戚戚懷遠遊。遠遊誰當惜，所悲會難收。」此誰當作何爲解，言何爲而惜遠遊乎，則悲從中來，自莫能制也。駱賓王《樂大夫挽詞》：「蕭索郊埏晚，荒涼井徑寒，誰當門下客，獨見有任安。」此誰當亦可作誰人解；

然合上二句荒涼情景觀之，則以作何爲解爲對勁。韋應物《三月三日寄諸弟兼懷崔都水》詩：「對酒始依依，懷人還的的，**誰當**曲水行，相思尋舊迹。」此誰當作安得解，言安得作曲水之遊也。又《觀早朝》詩：「婉無鴛鷺姿，短翮空飛還，**誰當**假毛羽，雲路相追攀。」義同上。劉長卿《酬李侍御登岳陽樓見寄》詩：「**誰當**北風至，爲爾一開襟。」義同上。按何當有安得義，見何當條，誰當亦猶云何當也。

他誰　誰誰

他誰，猶云誰人也。元稹《偶成自歎因寄樂天》詩：「天遣兩家無稚子，欲將文集與**它誰**。」**它**與他同字。《南宋六十家》，林希逸《戊午與諸友同謁犀斜南谷二師墳》詩：「俟芭白髮今能幾，知付**他誰**守《太玄》。」晁沖之《漢宮春》詞：「微雲淡月，對孤芳分付**他誰**。空自倚清香未減，風流不在人知。」趙長卿《臨江仙》詞：「憂心徒耿耿，分付與**他誰**。」辛棄疾《滿江紅》詞：「層樓望，青山疊；家何在，烟波隔；把古今遺恨，向**他誰**說。」張孝祥《虞美人》詞：「斷行雙雁背人飛，織錦迴文空在寄**他誰**。」周紫芝《浪淘沙》詞：「紅炧一燈垂，應笑人癡。鶴長鳧短怨**他誰**，明日江樓春到也，且醉南枝。」何夢桂《沁園春》詞：「半席寒氈，一官俛首，造物還應戲小兒。問天道，看是**他誰**戲我，我戲**他誰**。」《樂府陽春白雪》後五，劉時中《新水令》套，《代馬訴寃》：「世無伯樂怨他誰，乾送了挽鹽車騏驥。」《救風塵》劇一：「忽地便喫了一個合撲地。那時節，睜着眼，怨他誰。」又：「恁時節，船到江心補漏遲，煩惱怨他誰。」《虎頭牌》劇三：「誰着你且暮朝夕，嘗吃的來醺醺醉，到今日待怨他誰。」《竇娥寃》劇二：「婆婆也！須是你自做下，怨他誰。」《青衫淚》劇三：「撇得我孤孤另另難存濟，我凄凄楚楚告他誰。」《勘金環》劇四：「孫榮云：『這狀上怎生無箇證見人那？』正旦唱：『你着我平白的指他誰。』」皆其例也。又有作誰誰者，義亦同。僧揮《減蘭》詞：「誰誰妙筆，寫就素絹三百匹。」劉辰翁《酹江月》詞：「休說二十四橋，便一分無賴，有誰誰識。」又《滿江紅》詞：「猶記是，卿卿惜；空復見，誰誰摘。」皆其例也。按《張協狀元》戲文：「末上白，那張介(解)元教請過員(圓)夢先生。兀底一間小屋，四扇舊門，青布簾大寫着員(圓)夢如神。……且待男女叫一聲：『先生在？』丑在內應：『誰誰。』」又：「且白：『奴家緝麻才罷，採桑稍閒，不免喚過大婆廝伴去採茶。』叫：『婆婆！』淨在戲房內應：『誰誰。』」則知誰誰乃實際之口語也。

彼各　咱彼各　咱各

彼各，猶云彼此也。邵雍《日中吟》：「日中爲噬嗑，交易是尋常。彼各不相識，何復更思量。」《董西廂》三：「薄情業種，咱兩箇彼各當年。」此猶云彼此青年。《樂府陽春白雪》後五，呂止軒《風入松》套，「半生花柳稍曾耽」篇：「做時節彼各休心厭，做時節休把人坑陷。」《樂府新聲》下，無名氏《朝天曲》：「儘交便了，彼各休相笑。」《詞林摘豔》九，王和卿《壽山溪》套，「冬天易晚」篇：「況彼各青春年幼，似恁的厮禁持，尋思來白了人頭。」《衣錦還鄉》劇四：「父老每急慌忙，都拜在路旁；大人每彼各把謙辭禮講。」《元明雜劇》本《王粲登樓》劇一：「因爲居官，彼各天涯，阻當親事。」《元曲選》本作「彼此天涯」。彼各與彼此同義也。《桃園結義》劇二：「脫離了下賤營生，彼各了塵中伴侶。」此則引申爲分別之義。亦作咱彼各。《太平樂府》六，周仲彬《蝶戀花》套，《悟迷》：「咱彼各休生間闊，便死也同其棺槨。」咱彼各，猶今云我倆也。亦省之而爲咱各。《梧桐雨》劇一：「咱各辦着志誠，你道誰爲顯證，有今夜度天河相見女牛星。」《雍熙樂府》七，古調《石榴花》套，《閨思》：「咱各辦一箇堅心，要博箇終緣活計。」義與咱彼各同。

火　社火

火，卽夥也；古曰火伴，今曰夥伴。《藍采和》劇四：「那里每人烟鬧！是一火村路岐。」一火，卽一夥也，猶云一班也。村路岐，猶云鄉間戲班。涵芬本《單刀會》劇二：「有一個黃漢升猛似彪，有一個趙子龍膽大如斗，有一個馬孟起他是個殺人的領袖，有一個莽張飛虎牢關力戰了十八路諸侯。……那一火怎肯干休！」《金線池》劇一：「茶房裏那一火老業人，酒杯間有多少閒議論。」《後庭花》劇三：「您一火祗從人，將王慶快拿下。」《岳陽樓》劇四：「都是一火先生，敢是我錯走在五龍壇裏來了。」先生卽道士。《羅李郎》劇三：「這一火人，都是爲甚麽來？」義均同上。《金鳳釵》劇三：「早是這火公吏又心乖，惡少年好毒害。」火卽一火之省文。《城南柳》劇一：「這火凡夫，都是些懵懂之徒。」《陳摶高臥》劇四：「命不快，遭逢這火醉婆娘。」《漢宮秋》劇三：「我煞大臣行說一個推辭謊，又則怕筆尖兒那火編修講。」《桃花女》劇一：「教我有甚臉嘴，好見那火算卦的人。」《虎頭牌》劇二：「伴着火潑男也那潑女，茶房也那酒肆，在那瓦市裏穿。」義均同上。《盆兒鬼》劇楔子：「本意尋個相識，合火去做買賣。」合火，卽合夥也。《太平樂府》八，曾瑞卿《醉花陰》套，《元宵憶舊》：「燈火闌珊，似萬朵金蓮謝。車馬闐闐，賽一火鴛鴦社。」賽社卽賽會，以集合各種雜耍爲之，非多人不辦，故曰一火，亦稱爲社火。《西遊記》劇六：「說道好社火，等他們來家，敎他敷演與我聽。」《雍熙樂府》一，《醉花陰》套，《燈詞》：「則聽的社火鑊鐸，街衢上迓鼓偏聒噪，動的來聲高。喬三敎喜動淸樂，醉八仙快蹦高橇。」鑊鐸爲喧鬧之義。又一，《醉花陰》套，《燈詞》：「社火每衣冠新製，燈影下喬軀老人未識。妝一箇姜子牙大雪裏釣磻溪；弔一箇杜子美騎驢醉瀼西；扮一箇蘇子瞻乘舟遊赤壁。」又八，《一枝花》套，《燈詞》：「擡金錢才子行，閒遊翫仕女隨，看社火佳人立。呀！鼓樂如雷，絃管聲齊。一壁廂蹺着高橇，一壁廂踏着迓鼓，一壁廂舞着白旗。更有那八仙過海，更有那四聖朝西。」上列三則，可見社火之一般情形。

行

行，用於自稱、人稱各辭之後，約相當於我這邊、你那邊之這邊、那邊，或我這裏、你那裏之這裏、那裏。柳永《木蘭花》詞：「若言無意向咱行，爲甚夢中頻夢見。」《西廂》一之二：「你在我行，口強，硬抵着頭皮撞。」《陽春白雪》三，高續古《眼兒媚》詞：「只消相約，與春同去，須到君行。」周邦彥《風流子》詞：「最苦夢魂，今宵不到伊行。」蔡伸《極相思》詞：「不如早睡，今宵魂夢，先到伊行。」周邦彥《少年遊》詞：「低聲問向誰行宿，城上已三更。」巾箱本《琵琶記》二十三：「被親強來赴選場；被君強官爲議郎；被婚強傚鸞凰。三被強，衷腸說與誰行。」姜夔《踏莎行》詞：「別後書辭，別時針線，離魂暗逐郎行遠。」《張協狀元》劇文：「道娘行交(教)倩買登科記。」娘爲對於普通女性之稱，今皮黃劇文如《硃砂痣》之「問娘行」，《桑園會》之「哄娘行」等，仍沿用之。關漢卿《拜月亭》劇：「又道是丈夫行親熱，耶娘行特地心別。」巾箱本《琵琶記》十四：「忒過分爹行所爲，但索強全不顧人議。」《殺狗勸夫》劇二：「我也則是嫂嫂行閒聒七。」閒聒七，猶云空說或白嚼。《西廂》二之四：「倒索將他闌縱，則恐怕夫人行廝葬送。」《㑳梅香》劇二：「怎生向賤妾行告躭饒。」《西廂》一之二：「大師行深深的拜了，啓朱唇語言的當。」《趙氏孤兒》劇一：「能可在我身兒上討明白，怎肯向賊子行捱推問。」捱猶云受；三推六問，爲當時審囚時熟語。《太平樂府》七，周仲彬《鬬鵪鶉》套，《詠小卿》：「將俊名雙漸行且權除，把俏字兒馮魁行暫時與。」皆其例也。

根底　跟底　根　根前　跟前　底

根底，猶云面前或旁邊也。《花草粹編》八，柳耆卿《瓜茉莉》詞：「料我兒只在枕頭**根底**，等人睡，來夢裏。」此猶云枕頭邊；我兒爲對於所歡之暱辭。《陽春白雪》六，向薌老《祝英臺近》詞：「欲寫吳箋，無處問雙鯉。倩他輕薄楊花，與愁結伴，直吹到那人**根底**。」此猶云那人前或那人邊。《樂府雅詞》拾遺上，無名氏《南歌子》詞：「窗兒**根底**數竿竹，畫展江南山景兩三幅。」此猶云窗前。《董西厢》三：「見鶯獨自，明月窗前。走來**根底**，抱定款惜輕憐。」此猶云走到那邊。《劉知遠傳》十一：「他心疑忌，喚到**根底**。問伊甚着麻衣？絲髮剪得眉齊？」此猶云喚到面前。《樂府新聲》上，商政叔《夜行船》套，「風裏楊花水上萍」篇：「錦機情詞，石鐫心事，半句兒幾時曾應。都是些鈔兒**根底**假恩情。」此猶云鈔兒面上或面前。機字疑係織字之誤。《樂府新聲》下，無名氏小令，《駡玉郎過感皇恩採茶歌》：「無情杜宇閒淘氣。頭直上，耳**根底**，聲聲聒得人心碎。」此猶云耳邊。《太平樂府》六，朱庭玉《祆神急》套，《閨思》：「愁人倦聽，杜鵑聲更哀。不去向他**根底**，偏來近奴空側訴離懷。把似喚將春去，爭如**攛**頓取那人來！」他即那人；**攛**頓與**攛**掇同，言何不去向他那邊攛掇他歸來也。《爭報恩》劇四：「我這裏急慌忙那（挪）身起，大走到向他**根底**。」向他根底義同上。身起，猶云身體。《小孫屠》戲文：「身靠着屏圍，魂夢誰**根底**。」言魂夢在阿誰邊也。又：「願飛到伊行**根底**，同坐同行同衾睡。」此猶云飛到伊前或飛到伊邊；惟根底字與行字似複。亦作跟底。《凍蘇秦》劇二：「去不去三兩次自猜疑，我我我突磨到多半晌走到他**跟底**。」突磨爲躊躇之義；跟底與根底同。復次，根底之義，相當於面或邊或前，二字分開單用時，義亦同。其單用根字者例如下。杜甫《過孟氏》詩：「負米夕葵外，讀書秋樹**根**。」此與外字對舉，秋樹根，猶云秋樹邊也。又《蟋蟀》詩：「草**根**吟不穩，牀下夜相親。」此與下字對舉，草根，猶云草邊也。李賀《南園》詩：「熟杏暖香梨葉老，草梢竹柵鎖池**根**。」池根，猶云池邊也。薛能《楊柳》詞：「西園高樹後庭**根**，處處尋芳有折痕。」後庭根，猶云後庭邊也。《陽春白雪》七，胡伯雨《少年遊》詞：「深倚屏**根**，閒敲詩字，酒醒倍春寒。」屏根，猶云屏邊也。吳文英《瑞鶴仙》詞：「蘭情蕙盼，惹相思春**根**酒畔。」春根猶云春前；此當前義，與畔字對舉。而在曲文或白中又習用根前一語。《兒女團圓》劇二：「我這大嫂**根前**，所生了個添添孩兒，經今可早十三年光景。」此猶云大嫂那邊。《魯齋郎》劇一：「我只得破步撩衣，走到**根前**。」此猶云走到那邊。《趙氏孤兒》劇三：「擡舉你那孩兒成人長大，在你**根前**習文，送在我**根前**演武。」此猶云你這邊、我這邊。《蕭淑蘭》劇一：「怕甚麽孀母舌兒尖，梅香嘴兒尖，恐早晚根前冷句兒添。」言早晚在面前說閑話也。《樂府新聲》上，關漢卿《新水令》套，「玉驄系鞚金鞍鞊」篇：「酒勸到根前，只辦的推延。」此猶云酒到面前。又：「母親根前，您兒情願，一任當刑憲，死而心無怨。」此猶云母親面前。亦作跟前。《西廂》二之二：「可早鶯鶯跟前，姐姐呼之，喏喏連聲。」此猶云鶯鶯面前，或鶯鶯那邊；方諸生本及西河論定本作跟前，暖紅室覆刻卽空觀本及《雍熙樂府》七，均作根前。跟前與根前同，亦猶跟底與根底同也。其單用底字者例如下。杜甫《晝夢》詩：「故鄉門戶荆棘底，中原君臣豺虎邊。」此與邊字對舉而互文。白居易《代州民問》詩：「龍昌寺底開山路，巴子臺前種柳林。」此與前字對舉而互文。大抵所謂邊與前者，均爲渾指彼處之辭，初不泥於方位之在邊或在前也。《花草粹編》一，無名氏《塞上秋》詞：「西風塞上胡笳，月明馬上琵琶，那底昭君恨多，李陵臺下，淡烟衰草黃沙。」此亦猶云那邊，爲渾指彼處之辭。《陽春白雪》八，張榘《應天長》詞，《兩峯插雲》：「便歸去，酒底花邊，猶自看得。」此亦與邊字互文，猶云酒邊。姜夔《解連環》詞：「水驛燈昏，又見在曲屏近底。」此猶云曲屏近旁，亦猶云屏邊或屏前。周邦彥《夜游宮》詞：「古屋寒窗底，聽幾片井桐飛墜。」窗底與窗兒根底同，義見前。又《六醜》詞：「靜繞珍叢底，成歎息。」珍叢指花樹，言繞行樹邊也。又《還京樂》詞：「到長淮底，過當時樓下，殷勤爲說，春來羈旅况味。」言到淮水邊也。張樞《瑞鶴仙》詞：「吟邊眼底，披嫩綠移紅換紫。」

此亦與邊字對舉，眼底，猶云眼前也。賀鑄《眼兒媚》詞：「惜分長怕郎先去，直待醉時休。今宵眼**底**，明朝心上，後日眉頭。」義同上。曾覿《柳梢青》詞：「無奈情何，不來眼**底**，常在心頭。」義同上。丘崈《念奴嬌》詞：「淺笑輕顰追想處，眼**底**如今歷歷。」言歷歷如在眼前也。《西廂》四之三：「雖然眼**底**人千里，且進生前酒一杯。」眼底人千里，言眼前之人，有千里之遠行也。餘義詳底字條。

根脚

根脚，出身之義。《西廂》五之四：「我仁者能仁身裏出身的**根脚**。」關漢卿《拜月亭》劇：「從今後休從俺耶娘家**根脚**排，只做兒夫家親眷者。」《樂府陽春白雪》後二，劉時中《端正好》套，《上高監司》第二首：「那問他無**根脚**，只要肯出頭顱，扛扶着便補。」《太平樂府》二，〔張〕小山小令，《水仙子》：「淡文章不到紫薇郎，小**根脚**難登白玉堂。」又九，睢景臣《哨遍套》《高祖還鄉》：「你須身姓劉，您妻須姓呂，把你兩家兒**根脚**從頭數。」皆其例也。

表德　表得

表德，名、字、綽號之通稱。《隔江鬭智》劇二：「在下官名是劉封，**表德**喚做眞油嘴。」此所謂表德，乃綽號也。《瀟湘雨》劇二：「小官姓趙名錢，有一班好事的，就與我起個表德，喚做孫李。」義同上。《曲江池》劇一：「自家趙大戶的便是。人見我有些錢鈔，與我起個表德，喚做趙牛觔。」亦同上。蘇軾《減蘭》詞，《贈勝之》：「天然宅院，賽了千千并萬萬。說與賢知，表德元來是勝之。」龍沐勛《東坡樂府箋》引傅注，題下有「乃徐君猷侍兒」六字。此所謂表德乃名也。《曲江池》劇一：「小生姓鄭，表德元和，滎陽人氏。」義同上。張詠《畫像自贊》：「乖則違衆，崖不利物。乖崖之名，聊以表德。」張詠字乖崖，此則說明取字之作用矣。此所謂表德乃字也。《來生債》劇二：「正末唱：『他出來的不誠心，無實行，一個個強文假醋。』卜兒云：『如今有一等高巾傲帶，表德相呼，不知他那肚皮裏如何。』正末唱：『怕不他表德相呼，你問波！可甚的是那衣冠文物。』」按舊習，普通人祇有名而無字，惟高自標異之士流乃有所謂字。此所謂表德相呼，言普通人亦以字相呼也。亦作表得。《樂府陽春白雪》後三，劉時中《端正好》套，《上高監司》第二首：「堪笑這沒見識街市匹夫，好打那好頑劣江湖伴侶。旋將表得官名相體呼，聲音多廝稱，字樣不尋俗。聽我一個個細數：糶米的喚子良，賣肉的呼仲甫。做皮的是仲才邦輔，喚清之必定開沽。賣油的喚仲明，賣鹽的稱士魯。號從簡是采帛行鋪，字敬先是魚鮓之徒。開張賣飯的呼君寶，磨麵登羅底叫得夫。何足云乎！」玩文中所列舉，皆字或號也。開沽元作開活，茲從任訥校。按所謂聲音多廝稱者，今尚大半可辨，子良取音於糧，仲甫取音於脯，士魯取音於滷，從簡取音於縑，敬先取音於鮮，君寶取音於飽，得夫取音於麩。又：「窮漢每將綽號稱，把頭每表得呼。」窮漢每元作窮漢刀，茲從任訥校。復次，《顏氏家訓·風操》：「古者名以正體，字以表德。」知表德本指字而言，特後人沿用，則名也、字也、綽號也，無分別矣。

慚愧 慚 愧

慚愧，感幸之辭，猶云多謝也；僥倖也；難得也。字亦作慙媿。王績《過酒家》詩：「來時長道貰，**慚愧**酒家胡。」此多謝義。長道，猶云常是。元稹《杏花》詩：「常年出入右銀臺，每怪春光例早回。**慚媿**杏園行在景，同州園裏也先開。」此難得義。又《喜五兄自泗州至》詩：「眼中三十年來淚，一望南雲一度垂。**慚媿**臨淮李常侍，遠教形影暫相隨。」此多謝或難得義。又《長灘夢李紳》詩：「**慙媿**夢魂無遠近，不辭風雪到長灘。」此難得義。徐凝《題杭州開元寺牡丹》詩：「此花南地知誰種，**慚愧**僧閒用意栽。」此難得義。張籍《答韋使君寄車前子》詩：「**慚愧**使君憐病眼，三千餘里寄閒人。」此多謝或難得義。齊己《早行》詩：「蒼茫平野水，**慚愧**遠峯明。」此難得義。韓偓《春盡》詩：「**慚媿**流鶯相厚意，清晨猶爲到西園。」此多謝或難得義。劉克莊《田舍即事》詩：「野老逢人說**慙愧**，長官淸白社公靈。」此難得或僥倖義。蘇軾《浣溪沙》詞：「**慚愧**今年二麥豐，千畦翠浪舞晴空。化工餘力染夭紅。」此難得義。黃庭堅《虞美人》詞，《至當塗呈郭功甫》：「當塗艤棹蒹葭外，賴有賓朋在。此身無路入修門，**慚愧**詩翁清些與招魂。」此多謝義。劉克莊《木蘭花慢》詞：「也**慚愧**君恩，放還田舍，免詣公車。」此亦多謝義。《董西廂》三：「比及到黃昏，沒亂煞。花影透窗紗，幾時是黑，得見那死冤家。……**慚愧**啞(吓)！僧院已聞鴉。碧天涯幾縷兒殘霞，漸聽得瓓瓓地昏鐘兒打。」此描寫巴望天晚情形。慚愧，猶云僥倖也，猶云謝天謝地也。又四：「越越的哭得燈兒滅，**慚愧**啞(吓)！秋天甫能明夜，一枕清風半窗月。」此描寫巴望天明情形，慚愧義同上。明夜，後半夜也，言甫能到半夜以後也。《風月紫雲庭》劇：「他道是喜的女孩兒感得些風寒證，**慚愧**呵！謝天地不是相思病。」《黃粱夢》劇二：「洞賓云：『我看着老院公面皮，饒你這一命。』正末云：『好**慚愧**也。』」《西廂》五之一：「紅云：『琴童在門首，見了夫人了，使他進來見姐姐，姐夫有書。』旦云：『**慚愧**！我也有盼着他的日頭。』」又五之四：「紅上云：我巴不得見他，元來得官回來。**慚愧**！這是非對着也。」《漁樵記》劇三：「**慚愧**！俺家女壻做了官也。」《紅梨花》劇一：「小生**慚愧**，有緣遇這箇小娘子。」凡此慚愧，均為僥倖義，或謝天謝地義。

又有只用一慚字或一愧字者。皮日休《夏景沖澹偶然作》詩：「紅印寄泉**慚**郡守，青筐與筍**媿**僧家。」慚郡守猶云謝郡守，愧僧家猶云謝僧家也。陸龜蒙《自遣》詩：「心搖祗待東方曉，長**媿**寒雞第一聲。」言常常感謝寒雞之報曉也。李羣玉《答友人寄新茗》詩：「**媿**君千里分滋味，寄與春風酒渴人。」言謝君遠分滋味也。

罪過

罪過，猶云多謝也；幸虧也。王建《山中惜花》詩：「忽看花漸稀，罪過酒醒遲。尋覓風來處，驚張夜落時。」此幸虧義。言幸而酒醒遲，免得見花之夜落也。楊萬里《聽蟬》詩：「罪過渠儂商略秋，從朝至暮不曾休。」此多謝義。《花草粹編》七，薛泳《客中憶》詞，《守歲》：「一盤消夜江南果，喫果看書只清坐。罪過梅花料理我。一年心事，半生牢落，盡向今宵過。」料理之料平聲，料理我猶云安排我，言幸虧有梅花作伴也。辛棄疾《夜遊宮》詞：「有箇尖新底，說底話非名卽利。說的口乾罪過你。」罪過你，猶云多謝你也，此反語。

勞動 勞

勞動，猶云多謝也。白居易《病起》詩：「經年不上江樓醉，勞動春風颺酒旗。」言多謝春風好意，颺動酒旗，勸我一醉也。又《病中龐少尹攜魚酒見過》詩：「勞動故人龐閣老，提魚攜酒遠相尋。」言多謝故人云云也。王建《酬于汝錫曉雪見寄》詩：「勞動更裁新樣綺，紅燈一夜剪刀寒。」此亦多謝義。又《從軍後寄山中友人》詩：「勞動先生遠相示，別來弓箭不離身。」義同上。亦有只用一勞字者。白居易《錢湖州以箬下酒，李蘇州以五般酒相次寄到》詩：「勞將箬下忘憂物，寄與江城愛酒翁。」勞將，猶云謝將也。

定害

定害，打攪或煩擾之義。《勘頭巾》劇一：「我數番**定害**他，今日到他家去，若見員外，好歹與我些東西。」此打擾義。又二：「**定害**了你一日酒，肚裏疼了一夜。」《青衫淚》劇一：「只是大姐費了茶酒，**定害**這一日，容下官陪補。」《合汗衫》劇二：「必然見我早晚吃穿衣飯，**定害**他了，因此上恩多怨深。」以上均打擾義。《薦福碑》劇一：「比及道河出圖，洛出書。怎禁那水牛背上喬男女，端的可便**定害**殺這個漢相如。」按劇情，爲敍鄉村訓蒙事，意言被村童煩擾殺或糾纏殺。又：「您兄弟吃這些學生每**定害**殺我也。」《兒女團圓》劇二：「則被我那兩個姪兒**定害**殺老夫也呵！」義均同上。《望江亭》劇一：「我每日**定害**姑姑，多承雅意。」此亦煩擾義。《寃家債主》劇二：「如今則有俺哥哥那分家私，也吃我**定害**不過，俺哥哥如今染病哩！」此亦煩擾或糾纏義。《西遊記》劇十四：「此間小洞中，索是**定害**娘子。」此由煩擾義引申爲勞苦或委屈義。

生受

生受，有吃苦或爲難義；有麻煩或煩勞義。三十種本《竹葉舟》劇：「枉了學鑿壁匡衡講究，枉了受映雪孫康**生受**。」此吃苦義。又：「天涯倦客空**生受**，憑着短劍長琴，遊遍七國春秋。」義同上。《東窗事犯》劇：「臣在生時多**生受**，馳甲冑做先鋒帥首。」《霍光鬼諫》劇：「於家謾劬勞，爲國空**生受**。」《酷寒亭》劇三：「謝俺那侍長，見我**生受**多年，與了我一張從良文書。」《冤家債主》劇二：「隨你便儹黃金過北斗，只落的乾**生受**。」巾箱本《琵琶記》二十二：「百愁萬苦千**生受**。」《太平樂府》六，朱庭玉《行香子》套，《寄情》：「枉交（教）咱千**生**萬**受**。」以上均爲吃苦義。《蕭何追韓信》劇：「將謂韓信功名如此艱辛，元來這打魚的覓衣飯吃，更是**生受**。」此爲難義。《陳母敎子》劇二：「古人是有以顯父母，身榮後，入八位，不**生受**。」此猶云不爲難。黃庭堅《宴桃源》詞：「**生受**，**生受**，更被養娘催繡。」此麻煩義。養娘卽侍婢。《霍光鬼諫》劇：「不望高原葬土丘，何必追齋枉**生受**，看誦經文念破口。」此猶云何必追薦多麻煩也。《樂府新聲》下，馬致遠小令，《四塊玉》：「命裏無來莫剛求，隨時過遣休**生受**。」此猶云休麻煩也。亦可解爲休自討苦吃。《陳州糶米》劇二：「他每都穿連透，我則怕關節兒枉**生受**。」言打通關節，徒事麻煩枉費心也。由麻煩義引申之則爲感謝辭，猶云煩勞。《西遊記》劇二：「到瓜洲渡口，有人親救，對天禱告還**生受**，保護得他速見東流。」意言禱告上天，煩勞好爲保護也。《魯齋郎》劇二：「**生受**你，將酒來吃三杯。」《貨郎旦》劇三：「副旦云：『三條道兒，該往那條道兒上去？』李彥和云：『你往中間那條路上去便是。』副旦云：『**生受**哥哥。』」《金鳳釵》劇三：「張千云：『你收了金釵者，我回大人話去。』正末云：『**生受**大哥。』」以上皆猶云煩勞，爲感謝口氣。

將息

將息，保重身體之義。有用之於普通問候者。王建《寄劉蕡問疾》詩：「年少病多應爲酒，誰家**將息**過新春。」誰家將息，猶云如何保重也。楊萬里《寄題永新昊天觀賀知官方外軒》詩：「若見君家兩仙伯，爲儂寄聲好**將息**。」好將息，猶云善自保重也。《樂府陽春白雪》後二，無名氏《賞花時》套，「春夜深沉庭院幽」篇：「空躭着悶憂，虛陪了**將息**，不承望剛做了个口兒休。」虛陪了將息，意言虛陪了將息云云之一套問候話也。有用之於臨別時者。王建《留別張廣文》詩：「千萬求方好**將息**，杏花寒食約同行。」此用之於留別詩，義甚明。謝逸《柳梢青》詞：「香肩輕拍，尊前忍聽，一聲**將息**。昨夜濃歡，今朝別酒，明日行客。」石孝友《醉落魄》詞：「相逢後會知何日，去也奴哥，千萬好**將息**。」辛棄疾《破陣子》詞，《贈行》：「我定思君拚瘦損，君不思兮可奈何！天寒**將息**呵！」《陽春白雪》八，胡蒙泉《南歌子》詞：「翻成怕見別離時，只寄一聲**將息**當相思。」《董西廂》二：「張生欲去心將碎，卻往京師裏。收拾琴劍背書囊，道保重紅娘**將息**。」《樂府陽春白雪》前三，關漢卿小令，《沉醉東風》：「手執着餞行盃，眼閣着別離淚。剛道得聲保重**將息**，痛煞煞教人捨不得。」《幽閨記》二十七：「那肯放容他些兒箇叮嚀囑咐。將他倒拽橫拖奔去途。回頭道不得聲**將息**，幾曾有這般慈父。」蓋臨別時之道聲將息，乃當時之習慣也。

珍重 保重

珍重，猶云多謝也；難得也；幸虧也。又猶云仔細或保重也。劉禹錫《劉駙馬水亭避暑》詩：「盡日逍遙避煩暑，再三**珍重**主人翁。」此多謝義。曹唐《小遊仙》詩：「穿花渡水來相訪，**珍重**多才阮步兵。」此多謝或難得義。吳融《得京中親友書以詩代謝》：「**珍重**故人知我者，九霄休復寄音徽。」此多謝義。羅隱《寄酬鄴王羅令公》詩：「**珍重**珠璣兼繡段，草《玄》堂下寄揚雄。」此多謝或難得義。徐鉉《謫居舒州寄韓高二舍人》詩：「**珍重**韓君與高子，殷勤書札寄相思。」義同上。朱熹《次韻劉秀才早梅》詩：「不愛紅芳愛素芳，多情**珍重**老劉郎。」此難得義。楊萬里《寄題王國華環秀樓》詩：「**珍重**主人將好手，盡驅秀色入樓中。」此亦難得義。范成大《朝中措》詞：「**珍重**西風袪暑，輕衫早怯秋涼。」此幸虧義。又《減蘭》詞：「枕書睡熟，**珍重**月明相伴宿。」此亦幸虧義。呂本中《漁家傲》詞：「小院悠悠春未遠，牡丹昨夜開猶淺。**珍重**使君簾盡卷，風欲轉，綠陰掩映閒庭院。」此亦幸虧義。楊萬里《白蓮》詩：「**珍重**兒童輕手折，綠針刺手却渠憎。」此近本義，猶云仔細也。又《雪晴》詩：「**珍重**北簷殊韻勝，且留殘玉不教融。」此亦仔細義。復次，**保重將息**，均爲臨別時之客套語，見將息條引《董西廂》「道保重紅娘將息」句及關漢卿「剛道得聲保重將息」句。《董西廂》四：「君瑞道閨房裏保重，鶯鶯道路途上寧耐。」亦爲臨別時語。珍重與保重同，亦於臨別時用之。李紳《肥河維舟阻凍詩，壽陽罷郡日作》：「珍重八公山下叟，不勞重淚更追攀。」此蓋罷郡日父老攀轅相送致別父老之詞也。王安石《送李生白華巖修道》詩：「珍重此行吾不及，爲傳消息結因緣。」此亦送別時語。楊萬里《送劉覺之歸蜀》詩：「相逢幾日又相別，珍重兩字不忍說。」又《送醫家孟良漢卿》詩：「贈別只有七字詩，千萬珍重慰相思。」此爲致別之詞更明白。周必大《道中憶胡季懷》詩：「珍重臨分白玉卮，醉中那暇說相思。天寒道遠酒醒處，始是憶君腸斷時。」臨分，卽臨別也，義同上。

穩便

穩便，請便之義。辛棄疾《鵲橋仙》詞：「高車駟馬，金章紫綬，傳語渠儂**穩便**。」此猶云請他放手隨便幹也。《兩世姻緣》劇一：「將羅袖捲，香醪勸，請學士官人**穩便**。」此勸酒時語，猶云請您儘量隨便飲也。亦有用爲暫別時之客套語者。《麗春堂》劇四：「夫人云：『老相公**穩便**！我着那歌兒舞女來伏侍老相公。』」《東坡夢》劇二：「正末云：『貧僧告睡去也。』東坡云：『禪師請**穩便**！』」《㴲江亭》劇一：「牛員外云：『大姐請**穩便**！等牛璘前後執料去者。』」此等用法，與離別時之稱珍重同。

體面

體面，規矩之義。《東堂老》劇一：「我媳婦來見叔叔，我怕他年紀小，失了**體面**。」此猶云失了規矩或失了禮貌。《玉鏡臺》劇一：「夫人云：『小姐！把**體面**拜哥哥。』」此亦規矩或禮貌之義。《魯齋郎》劇一：「是誰人牆外邊，直恁的沒**體面**！」此魯齋郎在張珪墳院牆外打彈子傷及珪子時，張珪唱辭。沒體面，猶云沒規矩或沒道理。《梧桐葉》劇一：「你是女子，賡和他人詞章，是何**體面**！」此猶云成何規矩或成何體統。《藍采和》劇一：「俺將這古本相傳，路岐**體面**，習行院。」路岐義爲伶人，此猶云伶人規矩。

不錯

不錯，明白鑒諒之義。《董西廂》三：「思量俺，日前恩，元非小。今夕是他**不錯**。」言是他能明白鑒諒也。又三：「你好好承當，咱好好的商量，我管**不錯**。」言我定能明白鑒諒也。又三：「有事敢相煩，問庫師兄**不錯**。」言請師兄明白鑒諒也。《老生兒》劇楔子：「我似那老樹上今日箇長出些笋根苗，你心中可便**不錯**，你是必休將兀那熱湯澆。」《樂府陽春白雪》後四，《鬬鵪鶉》套，「雨意雲情」篇：「不隄防側脚裏姨夫每鬧，全在你箇有終始寃家**不錯**。」義均同上。側脚裏，從旁之義；姨夫，同嫖一妓者之稱；冤家，所暱者之稱。《虎頭牌》劇三：「小官每豈敢自專，望從容尊鑑**不錯**。」《倩女離魂》劇一：「小生不敢自專，母親尊鑒**不錯**。」凡卑者對於尊者訴陳事情既畢，必曰不敢自專，尊鑒不錯，此爲一種格式，舉兩則爲例，餘不備舉。

好在

好在，存問之辭。翫其口氣，彷彿「好麼」，用之既熟，則轉而義如「無恙」，又轉而不爲存問口氣，義如「依舊」矣。其可作好麼解者。杜甫《送蔡魯都尉還隴右因寄高三十五書記》詩：「因君問消息，**好在**阮元瑜。」按以阮元瑜比高書記也。白居易《初到忠州贈李六》詩：「**好在**天涯李使君，江頭相見日黃昏。」又《代人贈王員外》詩：「**好在**王員外，平生記得不？」張籍《和郭明府與友人縣中會飲》詩：「一尊清酒兩人同，**好在**街西水縣中。」以上皆爲對其人直接存問之語，均作好麼解。其可作無恙解者。柳宗元《再上湘江》詩：「**好在**湘江水，今朝又上來。」此視湘江如故人，猶云故人無恙也。白居易《履道池上》詩：「家池動作經年別，松竹琴魚**好在**無？」意猶云無恙否。蘇軾《和子由初到陳州見寄》詩：「舊隱三年別，松杉**好在**不？」義同上。又《答王定民》詩：「筆蹤**好在**留臺寺，旗隊遙知到石溝。」言寺壁留題無恙也。賀鑄《風流子》詞：「念北里音塵，魚封永斷，便橋烟雨，鶴表相望。**好在**後庭桃李，應記劉郎。」此視桃李如故人，猶云故人無恙也。蘇軾《南鄉子》詞：「不到謝公臺，明月清風**好在**哉！」猶云無恙耶。丘崈《滿江紅》詞：「十載重游，愧**好在**吳中父老。官事裏空然凝絶，竟何曾了。」此父老無恙之意，愧者謝辭。周密《甘州》詞：「喜故人**好在**，水驛寄詩筒。」言故人無恙也。以上均作無恙解。其可作依舊解者。常建《長安落第》詩：「家園**好在**尙留秦，恥作明時失路人。恐逢故里鶯花笑，且向長安度一春。」言家園依舊在秦，人則暫時作客也。陸游《湖上》詩：「猶憐不負湖山處，**好在**平生舊釣磯。」意言依舊漁釣生涯也。又《乙丑元日》詩：「**好在**屠蘇酒，扶衰把一巵。」此猶云照例飲屠蘇酒。陳人傑《沁園春》詞：「看錦江**好在**，卧龍已矣！玉山無恙，躍馬何之？」此猶云錦江如故。史達祖《風流子》詞：「想霧帳吹香，獨憐奇俊；露杯分酒，誰伴嬋娟。**好在**夜軒涼月，空自團圓。」想字貫下六句一氣讀，言想見其依舊孤月獨圓也。陳亮《好事近》詞，《詠梅》：「**好在**屋簷斜入，傍玉奴横笛。」此言梅之疏影横斜依舊也。趙以夫《芙蓉月》詞：「記天香國色，曾占春暮。依然**好在**，還伴清霜涼露。」此猶云依然如故也。又《尾犯》詞，《重九》：「黄花長**好在**，俯仰節物驚換。」言菊花如故也。以上均作依舊解。

好去

好去，居者安慰行者之辭。杜甫《送張十二參軍赴蜀州》詩：「**好去**張公子，通家別恨添。」

劉禹錫《柳枝》詞：「春盡絮飛留不得，隨風**好去**落誰家？」白居易《南浦別》詩：「南浦淒淒別，西風嫋嫋秋。一看一腸斷，**好去**莫回頭！」又《待漏入閣書事》詩：「**好去**鴛鴦侶，沖天便不還。」金地藏《送童子下山》詩：「**好去**不須頻下淚，老僧相伴有烟霞。」金爲新羅國王子，詩見《全唐詩》。唐宣宗宮人韓氏《題紅葉》詩：「流水何太急，深宮盡日閒。殷勤謝紅葉，**好去**到人間！」李中《放鷺鷥》詩：「**好去**兼葭深處宿，月明認取舊江秋。」陳允平《訴衷情》詞：「怨紅一葉，流水東風，**好去**人間。」《太平樂府》九，馬致遠《耍孩兒》套，《借馬》：「道一聲**好去**，早兩淚雙垂。」皆其例也。

好住

好住，行者安慰居者之辭。元稹《酬樂天醉別》詩：「前回一去五年別，此別又知何日回，**好住**樂天休悵望，匹如元不到京來。」白居易《別種東坡花樹》詩：「花林**好住**莫顦顇，春至但知依舊春。樓上明年新太守，不妨還是愛花人。」又《答林泉》詩：「**好住**舊林泉，回頭一悵然。」王建《別自栽小樹》詩：「去年今日栽，臨去見花開。**好住**守空院，夜間人不來。」賀鑄《小重山》詞：「月華歌調轉《清商》，尊酒畔，**好住**伴劉郎。」又《減蘭》詞：「探香幽徑，**好住**東風誰主領。多謝流鶯，欲別頻啼四五聲。」皆其例也。

看看

看看，估量時間之辭。有轉眼義；有當前義；又由當前義轉而爲剛剛義。其作轉眼義者如下。杜牧《湖南正初招李郢秀才》詩：「**看看**白蘋花欲吐，雪舟相訪勝閒行。」此正初預約口氣，言轉眼蘋花欲吐也。柳永《殢人嬌》詞：「別來光景，**看看**經歲。昨夜裏，方把舊歡重繼。」此猶云匆匆，言轉眼已經歲也。又《留客住》詞：「惆悵舊歡何處，後約難憑，**看看**春又老。」言轉眼春又老也。周邦彥《留客住》詞：「乍見花紅柳綠，處處林茂。又覩霜前籬畔，菊散餘香，**看看**又還秋暮。」言轉眼秋又暮也。又《玉燭新》詞，《早梅》：「風嬌雨秀，好亂插繁花盈首。須信道，羌管無情，**看看**又奏。」意言轉瞬羌管一奏，梅花又落也。辛棄疾《虞美人》詞，《送趙達夫》：「問誰分我漁樵席，江海消閒日。**看看**天上拜恩濃，卻怕畫樓無處着春風。」此猶云早晚之間，亦轉眼義。范成大《蝶戀花》詞：「秀麥連岡桑葉賤，**看看**嘗麵收新繭。」此亦轉眼義。盧炳《念奴嬌》詞，《上巳》：「嫩綠成陰，落紅堆繡，只恐春將暮。園林清晝，**看看**又見飛絮。」義同上。《魯齋郎》劇楔子：「小人害急心疼，**看看**至死，怎麽救小人一命！」言轉眼卽死也。《鐵拐李》劇三：「**看看**的過百日，官事又縈羈，衣食又催逼，兒女又央及。」言轉眼一過百日也。按劇情，此爲鐵拐李借屍還魂後預料其妻改嫁之語。以上均作轉眼解。其作當前義者如下。施肩吾《望夫詞》：

「**看看**北雁又南飛，薄倖征夫久不歸。」言正當雁來時候也。柳永《古傾杯》詞：「想帝里**看看**，名園芳樹，爛漫鶯花好。」言帝里正當鶯花時候也。又《傾杯》詞：「離宴殷勤，蘭舟凝滯，**看看**送行南浦。」言正當送行之際也。程垓《浣溪沙》詞：「翠葆扶疏傍藥欄，亂飄綠沼滿書單。清明時節又**看看**。」言又正當清明時節也。吳潛《朝中措》詞：「時光轉眼，兔葵燕麥，又是**看看**。」言又正當兔葵燕麥時候也。其作剛剛義者如下。《樂府新聲》上，無名氏《夜行船》套，「院宇深沉人靜悄」篇：「兩三番嫁字兒**看看**道，道來到口角頭連忙嚥了。」言剛剛說出口來之際也。《三奪搠》劇：「單雄信先地趕上，手撚着六沉槍。槍尖兒**看看**地着脊背又透過胸堂。那時若不是胡敬德，誰答救小秦王。」言剛剛槍尖將要刺着之際也。

看即　看則

看即，猶云隨即也。李賀《野歌》：「寒風又變爲春柳，條條**看即**煙濛濛。」陸龜蒙《和吳中書事》詩：「不用懷歸忘此景，吳王**看即**奉弓招。」張嬪《送友人歸武陵》詩：「遊秦未得意，**看即**更離家。」按此詩一作崔魯詩。黃庭堅《次韻游景叔聞洮河捷報寄諸將》詩：「定知獻馬胡雛入，**看即**稱觴都護來。」楊萬里《送詹進卿出宣城》詩：「玉皇香案方虛着，**看即**徵黃侍紫清。」周邦彥《荔枝香近》詞：「大都世間最苦，唯聚散。到得春殘，**看即**是，開離宴。」又《醜奴兒》詞，詠梅：「高歌羌管吹遙夜，**看卽**紛披。已恨來遲，不見娉婷帶雪時。」曾覿《木蘭花慢》詞：「**看卽**天涯秋也，恨隨一葉梧桐。」《樂府雅詞》，趙子發《點絳脣》詞：「去歲吾家，曾插黃花醉。今那是，杖藜西指，**看卽**成千里。」史浩《清平樂》詞：「**看卽**關河恢復，千秋永輔淳熙。」皆其例也。亦有作看則者。呂濱老《好事近》詞：「曉來枝上語綿蠻，應悔向來錯。**看則**綠陰青子，却悽惶無託。」義亦同上。

卽今　只今　祗今　如今　而今　今來

卽今，今也；亦作只今、祗今；又作如今、而今。今來亦同。杜甫《曲江陪鄭八丈南史飲》詩：「近侍**卽今**難浪迹，此身那得更無家？」高適《送桂陽孝廉》詩：「**卽今**江海一歸客，他日雲霄萬里人。」又《送李少府貶峽中王少府貶長沙》詩：「聖代**卽今**多雨露，暫時分手莫躊躇。」卽一作祇。顧況《聽劉安唱歌》詩：「**卽今**法曲無人唱，已逐《霓裳》飛上天。」以上略舉卽今之例。李嶠《汾陰行》：「不見**只今**汾水上，惟有年年秋雁飛。」李白《蘇臺覽古》詩：「**只今**惟有西江月，曾照吳王宮裏人。」高適《九曲》詞：「青海**只今**將飲馬，黃河不用更防秋。」錢起《江行》詩：「**只今**誰善舞，莫恨廢章臺。」只一作祇。以上略舉只今之例。岑參《凱歌》：「天子預開麟閣待，**祗今**誰數貳師功！」崔護《題都城南莊》詩：「人面**祗今**何處在，桃花依舊笑春風。」李商隱《過故府中武威公交城舊莊感事》詩：「山下**祇今**黃絹字，淚痕猶墮六州兒。」祇一作只。杜荀鶴《傷病馬》詩：「**祇今**筋骨渾全在，春暖莎青放未遲。」以上略舉祇今之例。李涉《遇湖州妓宋態宜》詩：「當時驚覺高唐夢，唯有**如今**宋玉知。」如一作而。王播《題木蘭院》詩：「三十年來塵撲面，**如今**始得碧紗籠。」如一作而。以上略舉如今、而今相通之例。王維《桃源行》：「自謂經過舊不迷，誰知峯壑**今來**變。」羅鄴《宮中》詩：「還是當時歌舞曲，**今來**何處最承恩。」杜荀鶴《再經胡城縣》詩：「**今來**縣宰加朱紱，便是生靈血染成。」陳陶《贈溫州韓使君》詩：「**今來**誰似韓家貴，越絕麾幢雁影連。」以上略舉今來之例。

明當

明當，猶云明日也。王維《宿鄭州》詩：「**明當**渡京水，昨晚猶金谷。」張彪《古別離》詩：「縱知**明當**返，一息千萬思。」劉克莊《謁南嶽》詩：「鄴侯何嘗死，懶殘元非寂。恍疑在山中，**明當**往尋覓。」《宋百家詩存》，姚鏞《春日書懷》詩：「**明當**理星駕，歸息清溪潯。」吳潛《水調歌頭》詞：「倚棹**明當**發，歸夢落三洲。」皆其例也。

舊家　故家

舊家，猶云從前。家爲估量之辭，與作世家解之舊家異。陳與義《和顏持約》詩：「多少巫山舊家事，老來分付水東流。」楊萬里《答章漢直》詩：「老裏睡多吟裏少，舊家句熟近來生。」林景熙《蘇小小墓》詩：「歌扇風流憶舊家，一丘落月照啼鴉。」然以見於詞中者爲多。歐陽修《玉樓春》詞：「尋思還有舊家心，蝴蝶時時來役夢。」柳永《少年遊》詞：「想得別來，舊家模樣，只是翠蛾顰。」又《小鎮西》詞：「夜來魂夢裏，尤花殢雪，分明似舊家時節。」李清照《南歌子》詞：「舊時天氣舊時衣，只有情懷不似舊家時。」姜夔《玉梅令》詞：「疏疏雪片，散入溪南苑，春寒鎖舊家亭館。」周邦彥《瑞龍吟》詞：「唯有舊家秋娘，聲價如故。」史達祖《三姝媚》詞：「又入銅駝，徧舊家門巷，首詢聲價。」辛棄疾《踏歌》詞：「秋被夢，春閨月。舊家事却對何人說。」張炎《新雁過妝樓》詞：「料得曾留堤上月，舊家伴侶有書無？」郭應祥《好事近》詞，詠《丁卯元夕》：「今歲度元宵，隨分點些燈火。不比舊家繁盛，有紅蓮千朵。」蔣捷《女冠子》詞：「吳牋銀粉砑，待把舊家風景，寫成閒話。」元好問《石州慢》詞：「舊家年少，也曾東抹西塗，鬢毛爭信星星却。」要之皆從前之義也。按元好問詞中舊家字尤多，不備舉。亦作故家。嚴仁《南柯子》詞：「門前溪水泛花流，流到西州猶是故家愁。」故與舊同義，故家與舊家同爲從前義。猶是故家愁，言猶是從前之愁也。張炎《思佳客》詞，《題周草窗武林舊事》：「銅駝煙雨棲芳草，休向江南問故家。」言武林從前盛事不可復問也。元好問《八聲甘州》詞：「一枕繁華夢醒，問故家桃李，何許爭妍。便牛羊丘隴，百草動荒烟。」言不見從前桃李，只有丘隴荒烟也。王惲《感皇恩》詞，《贈提刑曹仲明》：「把酒愛髯卿，**故家**風度，不爲臨江老能賦。」言愛其人雖老而仍舊從前風度也。又《喜遷鶯》詞，《飲賈方叔家，樂籍劉氏歌以侑觴，劉因求樂府於予》：「風流**故家**未減，自笑杜陵衰叟。」言彼美風流不減從前也。邵亨貞《齊天樂》詞，《己卯春，客樓雨中，懷小谿故人行樂》：「客裏王孫，**故家**樂事尚能省。」言從前行樂，尚能記省也。

年時

年時，猶云當年或那時也。蘇庠《菩薩蠻》詞：「**年時**憶着花前醉，而今花落人憔悴。」此與而今字相應。《花草粹編》三，曹元寵《十二時》詞：「**年時**酒伴，**年時**去處，**年時**春色。清明又近也！却天涯爲客。」此與清明句相應。謝逸《江神子》詞：「夕陽樓外晚煙籠，粉香融，淡眉峯。記得**年時**相見畫屏中。只有關山今夜月，千里外，素光同。」此與今夜字相應。趙長卿《浪淘沙》詞：「記得**年時**中酒後，直至而今。」此與而今字相應。又《清平樂》詞：「試着春衫羞自看，窄似**年時**一半。」辛棄疾《鷓鴣天》詞，《重九席上》：「十分筋力誇強健，只比**年時**病起時。」又《漢宮春》詞：「**年時**燕子，料今宵夢到西園。」此與今宵字相應。張鎡《瑞鶴仙》詞：「悵**年時**攜手同來，笑裏繡簾斜倚。佳節悤悤又至，撫事驚心，忍堪重記。」此與又字、重字相應。劉辰翁《青玉案》

詞：「前度劉郎重喚渡。漫山寂寂，**年時**花下，往往無尋處。」此與重字相應。《天下同文》，盧摯《清平樂》詞：「**年時**寒食，直到清明節。草草杯盤聊自適，不管家徒四壁。今年寒食無家，東風恨滿天涯。早是海棠睡去，莫教醉了梨花。」此與今年字相應。《樂府新聲》下，無名氏小令，《梧葉兒》，《正月》：「**年時**節，元夜時。雲鬟插，小桃枝。今年早不見爾，淚珠兒滴滿了春衫袖兒。」此亦與今年字相應。

當元

當元，猶云當初也。《周公攝政》劇：「陛下**當元**本子(只)是弔民伐罪，今來有罪的伐了，有功的賞了。」《北詞廣正譜》三，《仙呂宮》，石子章小令，《元和令》：「**當元**說盡海山盟，一星星，不應口。」巾箱本《琵琶記》二十一：「**當元**是舊絃，俺彈得慣，這是新絃，俺彈不慣。」又三十：「既道是養兒代(待)老，何似**當元**休教來赴舉，不好！」又三十七：「**當元**蔡伯喈臨去之時，把爹娘分付與我來。」皆其例也。

當來

當來，猶云將來也。拾得詩：「不憂**當來**果，惟知造惡因。」陳師道《別月華殿》詩：「**當來**第三會，此界卻逢迎。」卻者，再也。柳永《八六子》詞：「如花貌，**當來**便約，永結同心偕老。」《董西廂》二：「性者我也；身者舍也。若**當來**限盡之後，一性既往，四大狼籍。」《劉行首》劇一：「你往汴梁劉家托生，**當來**爲劉行首二十年，還了五世宿債。」《桃園結義》劇三：「他生的耳垂過肩，手垂過膝，隆準龍顔，實爲貴相，此人**當來**有福也。」《劉弘嫁婢》劇楔子：「這一莊(樁)最當緊，你**當來**乏嗣無兒也。」皆其例也。

當年

當年，猶云少年或壯年也。李白《相逢行》：「**當年**失行樂，老去徒傷悲。」此與老去作對，猶云少壯也。元稹《夢遊春》詩：「**當年**二紀初，嘉節三星度。」此與嘉節作對，猶云妙年也。令狐楚《少年行》：「**當年**稱意須行樂，不到天明未肯休。」此爲少年行樂義。李商隱《送千牛李將軍赴闕》詩：「照席瓊枝秀，**當年**紫綬榮。」馮浩注：「《呂氏春秋》：『士有當年而不耕者。』高誘訓解：『當其丁壯之年。』」案此卽鼎盛春秋意也，亦卽壯年意也。陳師道《寄提刑李學士》詩：「上冢過家眞樂事，平時持節貴**當年**。」又《和顔生同游南山》詩：「**當年**此日仍爲客，病目今來喜再明。」又《寄晁曹州大夫》詩：「東方千騎貴**當年**，白髮居頭也自賢。」義均同上。《宋百家詩存》，楊傑《和酬致政朱殿丞》詩：「今古辭榮人不少，惟公知足最**當年**。」言不俟老而致政也。《董西廂》

三：「薄情業種，咱兩箇彼各**當年**。」彼各當年，猶云彼此少年也。三十種本《鐵拐李》劇：「則為你有人才，多嬌態，不老像，正**當年**。」《元曲選》本後二句作不老相，正中年。中年猶壯年也。

來日

來日，猶云往日也。與作將來解者異。李白《來日大難》詩：「**來日**一身，攜糧負薪。道長日盡，苦口焦脣。今日醉飽，樂過千春。」來日一身，往日一身也；與下文今日字相應。王維《雜詩》：「君自故鄉來，應知故鄉事。**來日**綺窗前，寒梅著花未？」言往日綺窗前之梅花，而今開未也。陳與義《和王東卿絕句》：「**來日**安榴花尚稀，壓牆丹實已垂垂。」言往日則榴花尚稀，而今則榴子已結也。

夜來　昨夜

夜來，猶云昨日也。昨夜亦同。賀鑄《浣溪沙》詞：「笑撚粉香歸繡戶，半垂羅障護窗紗。東風寒似**夜來**些。」言東風較昨日寒也。劉學箕《鷓鴣天》詞，《賦雪》：「歌白雪，醉流霞。晚寒寒似**夜來**些。明朝酒醒掀簾幕，簷幕依然賣酒家。」此亦昨日義，與明朝相應。《絕妙好詞續》，翁元龍《江城子》詞：「明日柳邊春意思，便不與，**夜來**同。」此與明日相應，義同上。《西廂》一之二：本云：「**夜來**老僧不在，有失迎迓，望先生恕罪。」生云：「欲來座下聽講，不期昨日不得相遇，今能一見，是在下三生有幸矣。」法本口中曰夜來，張生口中曰昨日，夜來卽昨日也。《蕭淑蘭》劇一：「張世英上云：『昨日蕭公舉家拜掃。……』正旦扮嬷嬷上云：『……**夜來**淸明，滿家上墳。……』」嬷嬷口中曰夜來，世英口中曰昨日，夜來卽昨日也。《度柳翠》劇二：「**夜來**八月十五日你不出來，今日八月十六日你可出來。」言昨日八月十五日也，與今日八月十六日相應。可出來，却出來也。《魯齋郎》劇楔子：「好女人也！比**夜來**增十分顏色。」按劇情，魯齋郎於前一日見張珪之妻，此爲第二日見時語；故夜來卽昨日也。《東坡夢》劇二：「佛印白：「昨日被東坡學士魔障一日。」東坡白：「行者！報復去說，**昨夜**的客又來也。」佛印白：「學士！**夜來**多有簡慢，望乞恕罪。」東坡白：「禪師！**夜來**多有攪擾。」」夜來卽昨日，義同上。昨夜亦與昨日同，佛印口中曰昨日，東坡口中曰昨夜，昨夜卽昨日也。復次，李白《下途歸石門舊居》詩：「數人不知幾甲子，昨來猶帶冰霜顏。」詩見王琦注《李太白全集》二十二，琦於昨來之來字下注：「蕭本作**夜**，誤。」按蕭本似非誤，昨夜猶云昨日，與昨來之義相通也。

時下

時下，猶云目下或一時也。楊澤民《一絡索》詞：「譜裏知名自久，眞情難有。縱然**時下**有眞情，又還似，章臺柳。」此作一時解。《西廂》二之四：「你則道夫人**時下**有人唧噥，好共歹，不教你落空。」此作目下解。《破窰記》劇一：「雖然是**時下**貧，有朝發憤日，那其間報答恩德。」《蝴蝶夢》劇楔子：「且休說文章可立身，爭奈家私**時下**窘。」義均同上。《王粲登樓》劇一：「**時下**便有些怪，到後來謝也謝不及哩！」此一時與目下均可解。《樂府羣玉》二，喬夢符小令，《折桂令》，《勸求妓者》：「**時下**收心，眼前改志，怎換皮毛。」時下與眼前互文，眼前即目下也。

時間

時間，與時下同，亦猶云目下或一時也。《翦髮待賓》劇一：「雖則**時間**受困，久後必然發跡。」此作目下解。《雲窗夢》劇二：「也待花滿眼，酒盈尊，奈**時間**受窘。」此目下與一時均可解。《老君堂》劇二：「今日箇多承賢士恩難斷，救得俺時**時間**倒懸。」此作一時解。《襄陽會》劇三：「奈**時間**將少兵微，你則去訪覓英賢可便廝扶持。」此作目下解。

時務

時務，猶云時候或時世也。《救孝子》劇四：「那時是五月中旬，正是個農忙**時務**。」言農忙時候也。《老生兒》劇三：「冬至來一百五日，正是那寒食**時務**。」言寒食時候也。《東堂老》劇三：「誰家個年小無徒，他生在無憂愁太平**時務**。」此猶云太平時候或太平時世。《合同文字》劇三：「想着俺劬勞父母，遇了這饑荒**時務**。」此猶云饑荒時候或饑荒時世。《救孝子》劇三：「若是沒清官，無良吏，教我對誰分訴。早是俺活計消疏，更打着這非錢兒不行的**時務**。」此猶云非錢不行的時世。打着猶云碰着或遇着。

天道

天道，猶云時候或天氣也。《燕青博魚》劇四：「可怎生在曠野荒郊，月黑時光，風高**天道**，獨自個背着衣包。」此與時光對舉。《秋胡戲妻》劇四：「第一來怕鴉**飛天道**黑，第二來又則怕蠶老麥焦黃。」此意言天色怕暗，亦時候義。《黃粱夢》劇三：「這一個骨聳着肩，那一個拳聯着脚，正揚風攪雪**天道**。」此猶云天氣。《樂府新聲》中，無名氏小令，《沉醉東風》：「困人時，春**天道**，落花飛紅雨瀟瀟。」《看錢奴》劇二：「正值暮冬**天道**，下着連日大雪。」《倩女離魂》劇一：「可正是暮秋**天道**。」《竇娥冤》劇三：「如今是三伏**天道**。」《救孝子》劇二：「這夏間**天道**。」又：「如今是六月**天道**。」以上時候與天氣均可解。《雍熙樂府》一，《醉花陰》套，《仕女圍棊》：「困人**天道**，沒心情，拈繡作。」此猶云困人天氣。**又三**，《端正好》套，《思憶》：「幾時得金雞報曉，端的是困人**天道**。」義同上。

早晚(一)

早晚，猶云何日也，此多指將來而言。岑參《送郭乂》詩："何時過東洛，**早晚**度盟津？"早晚與何時互文。李白《口號贈楊徵君》詩："不知楊伯起，**早晚**向關西？"猶云何日向關西也。白居易《種柳三詠》："白頭種松桂，**早晚**見成林？不及栽楊柳，明年便有陰。"又《暮歸》詩："歸來長困臥，**早晚**得開顏？"雍裕之《農家望晴》詩："嘗聞秦地西風滿，爲問西風**早晚**回？"令狐楚《遠別離》詩："春來消息斷，**早晚**是歸時？"羅隱《淮南高駢所造迎仙樓》詩："鸞音鶴信杳難迴，鳳駕龍車**早晚**來？仙境是誰知處所，人間空自造樓臺。"凡上各早晚字，皆可以何日易之。蘇軾《今年正月與子由別於陳州，五月子由復至齊安》詩："**早晚**青山映黃髮？相看萬事一時休。"意言何日得歸老青山也。又《次韻曾子開從駕》詩："道旁儻有山中舊，問我收身**早晚**回？"施注引歐陽詩"何日蚤收身，江湖一漁艇"以爲證。唐昭宗《菩薩蠻》詞："**早晚**是歸期？蒼穹知不知。"按《詞林紀事》引《中朝故事》，李茂貞之變，帝次華州，鬱鬱不樂，每登城西齊雲樓遠望云云。詞當作於是時，故有早晚是歸期之語，言何日是歸期也。牛希濟《生查子》詞："兩朵隔牆花，**早晚**成連理？"晏殊《蝶戀花》詞："消息未知歸**早晚**？斜陽只送平波遠。"晁元禮《菩薩蠻》詞："芳草伴離愁，綿綿**早晚**休？"以上各詞之早晚字，亦可以何日易之。《西廂》五之一："書封雁足此時修，情繫人心早晚休？」《漢宮秋》劇二：「情繫人心早晚休？則除是雨歇雲收。」義均同上。《莊周夢》劇三：「春花秋月何時了？夜去明來早晚休？」早晚與何時互文也。

早晚（二）

早晚，猶云若干時也，往往冠以來字而曰來早晚，此專指過去而言。白居易《臥疾來早晚》詩：「臥疾來早晚，懸懸將十旬。」言臥疾以來，已經幾日也。又《正月三日閒行》詩：「借問春風來早晚，只從前日到今朝。」言春風之來，已經幾日也。又《除夜》詩：「潯陽來早晚，明日是三年。」言到潯陽以來，已經若干歲月也。又《棣華驛見楊八題夢兄弟》詩：「遙聞旅宿夢兄弟，應爲郵亭名棣華。名作棣華來早晚，自題詩後屬楊家。」言棣華驛之定名，已經若干年歲也。

早晚（三）

早晚，估量時間之詞，現在、過去、將來，均適用之。《董西廂》三：「你試尋思，早晚時分。迤逗得鶯鶯去，推探張生病。恁般言語，教人怎地信？」此指夜間幽會之事，早晚時分，猶云這般時候也。《西廂》二之三：「若有話說，明日妾來回報，這早晚怕夫人尋我，回去也。」此猶云這時。又四之一：「這早晚初更盡也，不見來呵！小姐又說謊麼？」義同上。《紅梨花》劇一：「正旦云：『梅香！喒去來！這**早晚**多**早晚**也？』梅香云：『姐姐！這**早晚**初更時分了。』」這早晚、多早晚，猶云這時候、甚時候也。以上均指現在。《謝金吾》劇四：「你便做着東廳樞密使來！想你當初不得志時，提着個灰罐兒，賣詩寫狀，那**早晚**也是東廳樞密使來！」此云從前那時候也。此指過去。《黑旋風》劇三：「我隨身帶着這蒙汗藥，我如今攪在這飯裏。他吃了呵！明日這**早晚**，他還不醒哩！」此云明日這時候也。此指將來。

早晚(四)

早晚，猶云隨時也；日日也。杜甫《江雨有懷鄭典設》詩：「春雨闇闇塞峽中，**早晚**來自楚王宮。」此隨時與日日均可解。韓翃《送山陰姚丞攜妓之任》詩：「他日如尋始寧墅，題詩**早晚**寄西人。」此隨時義，意盼其隨時寄詩也。舒亶《鵲橋仙》詞：「兩隄芳草一江雲，**早晚**是西樓望處。」此日日義。又《虞美人》詞：「故人**早晚**上高臺，寄我江南春色一枝梅。」義同上。上高臺爲盼望意，言盼望寄我一枝梅也。《隔江鬭智》劇二：「劉封做拜科云：『母親！您孩兒有些不成器，**早晚**要你照顧咱。』」此隨時義。《竇娥冤》劇楔子：「女孩兒**早晚**呆癡，看小生薄面，看覷女孩兒咱。」看覷，猶云特別看待。又：「你如今在這裏，**早晚**若頑劣呵！你只討那打罵吃。」《打董達》劇一：「鄭恩云：『二位哥哥！則怕鄭恩**早晚**莽撞，沖撞哥哥，是必寬恕者。』」《金鳳釵》劇三：「店小二云：『小人**早晚**言語高低，躭待些兒。』」言語高低猶云沖撞；躭待猶云寬恕。《西廂》三之二：「若**早晚**夫人見些破綻，你我何安？」以上所云早晚，均爲隨時義。

早晚(十五)

早晚，猶云那得或何曾也，此殆從何日之義轉變而來。拾得詩：「箇箇入地獄，**早晚**出頭時！」「早晚一作那得，早晚即那得也。貫休《大駕西幸秋日聞雷》詩：「黎庶何由泰，鑾輿**早晚**回！」此亦那得義，故與何由作對；若作何日解，義自可通，然不對勁。白居易《和行簡望郡南山》詩：「反照前山雲樹明，從君苦道似華清；試聽腸斷巴猿叫，**早晚**驪山有此聲！」言那得有此聲也，亦猶言何曾有此聲也。柳永《剔銀燈》詞：「豔杏夭桃，垂楊芳草，各鬬雨膏烟膩。如斯佳致，**早晚**是讀書天氣？漸漸園林明媚，便好安排歡計；論檻買花，盈車載酒，百琲千金邀妓。」言何曾是讀書天氣，正是尋歡作樂天氣也；此與俗傳嬾學詩春天不是讀書天，秋天不是讀書天云云相似。

前期

前期，猶云預期或預約也。有指已往者。白居易《夢仙》詩：「空山三十載，日望輜軿迎。**前**

期過已久，鸞鶴無來聲。」陸游《枕上作》詩：「龍鍾七十豈**前期**，矮帽枯笻與老宜。」柳永《少年遊》詞：「歸雲一去無蹤跡，何處是**前期**。狎興生疏，酒徒蕭索，不似去年時。」有指將來者。杜甫《晚發公安》詩：「舟楫眇然自此去，江湖遠適無**前期**。」司空曙《別盧秦卿》詩：「知有**前期**在，難分此夜中。」難分，難以離別也。郭良《早春寄朱放》詩：「心知剡溪路，聊且寄**前期**。」楊萬里《寒食雨中同舍人約遊天竺》詩：「遊山不合作**前期**，便被山靈聖得知。」聖得知，猶云神通自知也，詳見聖字條。柳永《玉蝴蝶》詞：「結**前期**，美人才子，合是相知。」結前期，猶云訂預約也。

去處　去

去處，猶云地方或所在。李白《少年行》：「蘭蕙相隨喧妓女，風光**去處**滿笙歌。」楊萬里《寒食遊翟園》詩：「天欲做春無**去處**，只堆濃綠柳梢頭。」又《休日晚步》詩：「莫道行春無**去處**，山礬香裏聽溪聲。」又《午熱登多稼亭》詩：「避暑無藏身**去處**，追涼行盡竹旁邊。」又《紅葉》詩：「寫遍壁間無**去處**，却將紅葉強題秋。」《花草粹編》三，曹元寵《十二時》詞：「年時酒伴，年時**去處**，年時春色。」吳泳《八聲甘州》詞：「底是無波**去處**，空弄一竿梔。」《陽春白雪》七，趙汝茪《江城梅花引》詞：「惟有月知君**去處**，今夜月，照秦樓，第幾間。」段克己《水龍吟》詞：「況人生自有，安排**去處**，須富貴，何時有。」趙輯《宋金元人》詞，趙文《鶯啼序》詞：「到昨日看花**去處**，如今盡是相思樹。」《薦福碑》劇一：「我左右來無一個**去處**，天也，則索閣落裏韞匱藏諸。」《玉壺春》劇一：「俺來到這花深**去處**，將那春盛擔兒放在一壁。」《金線池》劇三：「我想此處有箇所在，叫做金線池，是箇勝景**去處**。」又四：「但這法堂上，是斷合的**去處**，不是你配合的**去處**。」《幽閨記》四：「朝廷上尊嚴**去處**，豈容你談論是非！」又七：「這不是說話的**去處**，且隨我到花亭上來。」《琵琶記》十五：「這秀才好不曉事，聖旨誰敢別！這裏不是鬧炒**去處**。」皆其例也。《馬陵道》劇一：「貧道與元帥都是鬼谷先生弟子，雖同傳授，各用心機。便是元帥也有不知貧道演習的**去處**，貧道也有不知元帥的**去處**，總之一般。」此去處字卽文言中之處字，口語中亦曰地方。《金錢記》劇三：「先生既看《周易》，必然有甚心得**去處**。」義同上。《灰闌記》劇四：「老夫昨日見鄭州申文，說一婦人喚做張海棠，因姦藥死丈夫，……恐其中或有寃枉，老夫已暗地着人弔取原告幷干證人等到來，以憑覆勘。這也是老夫公平的**去處**。」義同上。此外，去處亦有作到處或隨處解者。《西廂》四之二：「我着你但**去處**行監坐守，誰着你迤逗的胡行亂走。」此猶云隨處。《藍采和》劇二：「俺俺俺做場處見景生情；你你你上高處捨身拚命；喒喒喒但**去處**奪利爭名。」此猶云到處。復次，去處爲地方或所在之義，而有時單用一去字，其義亦同，蓋去卽處也。孟浩然《送王七尉松滋得陽臺雲》詩：「愁君此**去**爲仙尉，便逐行雲去不回。」去一作處，去卽處也；此去卽此處也。王維《從岐王過楊氏別業應教》詩：「楊子談經所，淮王載酒過。」所字《文苑英華》

作處，郭茂倩《樂府》作**去**（《樂府》題爲《崑崙子》）。談經去卽談經處也。《絕妙好詞》二，史達祖《綺羅香》詞：「臨斷岸新綠生時，是落紅帶愁流**去**。」汲古閣本及四印齋本《梅溪詞》均作流處，流去卽流處也。辛棄疾《鵲橋仙》詞：「莫嫌白髮不思量，也須有思量**去**裏！」裏與哩同，猶云也自有思量處哩。《太平樂府》一，馬九皐小令，《塞鴻秋》，《凌歊臺懷古》：「凌歊臺畔黃山鋪，是三千歌舞亡家處；望夫山下烏江渡，是八千子弟思鄉**去**。」去與處互文也。同卷馮海粟小令，《鸚鵡曲》，《憶西湖》：「草萋萋一道裙腰，軟綠斷橋斜**去**。」卽斷橋斜處也。又前人前調，《至上京》：「李陵臺往事休休，萬里漢長城**去**。」卽漢長城處也。

在處

在處，猶云到處或隨處也。賈島《贈某翰林》詩：「看花**在處**多隨駕，召宴無時不及身。」張籍《贈別王侍御赴任陜州司馬》詩：「京城**在處**閑人少，惟共君行並馬蹄。」又《喜王起侍郎放牒》詩：「誰家不借花園看，**在處**多將酒器行。」許棠《寫懷》詩：「**在處**有岐路，何人無別離。」薛逢《六街塵》詩：「六街塵起鼓鼕鼕，馬足車輪**在處**通。」崔塗《蜀城春望》詩：「**在處**有芳草，滿城無故人。」周邦彥《夜游宮》詞：「月白風淸**在處**見。奈今宵，照初弦，吹一箭。」沈會宗《蝶戀花》詞：「物華不逐人間老。日日春風，**在處**花枝好。」皆其證也。

著處

著處，猶云到處或隨處也。王維《遊春辭》：「經過柳陌與桃蹊，尋逐春光著處迷。」崔國輔《王孫遊》詩：「應由春草誤，著處不成歸。」杜甫《清明》詩：「著處繁華矜是日，長沙千人萬人出。」又《卜居》詩：「未成遊碧海，著處覓丹梯。」又《遠遊》詩：「賤子何人記，迷方著處家。」陸龜蒙《和襲美新秋言懷》詩：「好夢經年說，名方著處抄。」元好問《送杜子》詩：「洛陽塵土化緇衣，又見孤雲著處飛。」皆其證也。

觸處

觸處，猶云到處或隨處也。白居易《春盡日宴罷感事獨吟》詩：「閒聽鶯語移時立，思逐楊花觸處飛。」元稹《清明日》詩：「常年寒食好風輕，觸處相隨取次行。」許渾《及第後春情》詩：「世間得意是春風，散誕經過觸處通。」姚合《楊柳枝》詞：「二月楊花觸處飛，悠悠漠漠自東西。」皮日休《襄州春遊》詩：「信馬騰騰觸處行，春風相引與詩情。」李商隱《月》詩：「過水穿樓觸處明，藏人帶樹遠含清。」李咸用《雪》詩：「也知觸處花相似，可到貧家影便稀。」陸游《遣興》詩：「浮生觸處無眞實，豈獨南柯是夢中！」皆其證也。

諸處

諸處，猶云他處也；猶云處處也。白居易《微之宅殘牡丹》詩：「**諸處**見時猶悵望，況當元九小亭前。」又《冬夜示敏巢》詩：「他時**諸處**重相見，莫忘今宵燈下時。」又《龍門下作》詩：「筋力不將**諸處**用，登山臨水詠詩行。」許棠《題青山館》詩：「境槩殊**諸處**，依然是謝家。」以上當作他處解。王建《題詵法師院》詩：「僧院不求**諸處**好，轉經唯有一窗明。」張先《醉垂鞭》詞：「細看**諸處**好，人人道，小腰身。」以上當作處處解。

下裏

下裏，猶云方面；凡云幾**下裏**，猶云幾方面也。《氣英布》劇一：「喒一**下裏**相迎，你且一**下裏**趓。」姚述堯《洞仙歌》詞，《七夕》：「念歲歲年年，今夕之前，兩**下裏**千山萬水。」《董西廂》三：「今宵兌得，兩**下裏**孤眠。」《詞林摘豔》一，無名氏小令，《一江風》：「效綢繆拆散鸞凰友，兩**下裏**不成就。」《後庭花》劇三：「三**下裏**葫蘆提把我來傒倖殺，連累着七八十家。」《蝴蝶夢》劇四：「九重天飛下紙詔書來，你三**下裏**休將招狀責。」三十種本《博望燒屯》劇：「四**下裏**火燒着積草屯糧。」《雍熙樂府》九，《梁州第七》套，《妓門庭》：「端的俺許你，許你這一片心，過從着四**下裏**。」

過從，猶云對付；許，猶云服。《哭存孝》劇三：「今日九牛力，當不的五輛車，五**下裏**把身軀拽。」按劇情，李存孝係五馬分屍，故云然。《五馬破曹》劇四：「依師父佈陣排兵在五**下裏**。曹丞相心忙意急，他見俺五員將怎生支持。」《樂府陽春白雪》後三，劉時中《端正好》套，「既官府甚清明」篇：「三二百錠費本錢，七八**下裏**去幹取。」《風月紫雲庭》劇：「俺家裏七八**下裏**窩弓陷坑，你便有七步才，無錢也不許行。」《太平樂府》八，宋方壺《一枝花》套，《妓女》：「打發了這壁，安排下那壁，七八**下裏**郎君，都應付得喜。」《馬陵道》劇三：「有一日兵臨城下，將至壕邊，四**下裏**安營，八**下裏**札寨。」《誶范叔》劇一：「四**下裏**安環，八**下裏**拽砲。」《太平樂府》九，高安道《哨遍》套，《嗓淡行院》：「四壁廂土糝，八**下裏**磚彫。」三十種本《遇上皇》劇：「八**下裏**胡論告，廝商量。」皆其例也。

川　平川

川，陸地也。崔顥《黃鶴樓》詩：「晴**川**歷歷漢陽樹。」晴川，猶云晴郊或晴野也。趙嘏《東望》詩：「微綠含風樹滿**川**。」滿川，猶云滿野也。邵雍《落花吟》：「萬紫千紅處處飛，滿**川**桃李漫成蹊。」義同上。王安石《出郊》詩：「**川**原一片綠交加，深樹冥冥不見花。」川原聯用，川卽原也。程顥《春日偶成》詩：「傍花隨柳過前**川**。」前川，猶云前村也。朱熹《進賢道中漫成》詩：「夜宿林岡月滿川。」月滿川，猶云月滿地也。杜甫《秋日夔府詠懷》詩：「有時驚疊嶂，何處覓平川。」平川，卽平地也。歐陽修《太白戲聖俞》詩：「李白落筆生雲煙，千奇萬險不可攀。却視蜀道猶平川。」蘇軾《遊徑山》詩：「衆峯來自天目山，勢若駿馬奔平川。」朱熹《武夷櫂歌》：「九曲將窮眼豁然，桑麻雨露見平川。」楊萬里《過陂子逕五十餘里喬木蔽天遣悶》詩：「山窮喜見一平川，不似林中不識天。」陸游《漢宮春》詞：《初自南鄭來成都作》：「羽箭雕弓，憶呼鷹古壘，截虎平川。」以上所云平川，義均同。按今皮黃劇《武家坡》詞：「腰中取出銀一錠，將銀放在地平川。」猶沿用此義。

一川

一川，估量情形之辭，猶云滿地或一片也。杜甫《自瀼西荆扉且移居東屯茅屋》詩：「平地一川穩，高山四面同。」平地一川，平地一片也。司空圖《力疾下山吳邨看杏花》詩：「春來漸覺一川明，馬上繁花作陣迎。」一川明，猶云一片春光明媚也。楊萬里《李與賢閒居五詠次韻》詩：「先生小試南風手，寫得一川山水音。」此亦一片義。又《郡圃上巳》詩：「映出一川桃李好，只消外面矮青山。」此爲一片或滿地義。又《和昌英叔覓松枝》詩：「先人手種一川松。」又《秋曉出郊》詩：「雪白一川蕎麥花。」義均同上。朱熹《題鄭德輝悠然堂》詩：「移笻綠幄成三徑，回首黃塵自一川。」義亦同上。賀鑄《青玉案》詞：「試問閒愁知幾許？一川煙草，滿城風絮，梅子黄時雨。」一川煙草，猶云滿地一片烟草。趙長卿《南歌子》詞：「一川芳草綠生煙，客裏因循重過豔陽天。」此亦滿地一片義。《花菴中興詞選》，吕本中《滿江紅》詞：「東里先生，家何在，山陰溪曲。對一川平野，數間茅屋。」一川平野，一片平野也。張翥《高陽臺》詞：「如今歸去湖山畔，對一川平野，一片閒雲。」《太平樂府》九，曾褐夫《哨遍》套，《羊訴寃》：「趁滿目無窮草地，散一川平野，走四塞荒陂。」義均同上。

造化 造物

造化，猶云運氣也。《黑旋風》劇二：「今日造化低，惹場大是非。」此猶云運氣不好。《合同文字》劇一：「也是他的造化低，誰想兩口兒染成疾病，一卧不起。」義同上。《隔江鬬智》劇四：「那孫家裹擺的好席面，只是我劉封沒造化，單只看的一看，做了眼飽肚中饑哩！」此猶云沒運氣。《燕青博魚》劇一：「則他便是楊衙内，是個有權有勢的人。……你和他打了這一操，他如今不來尋你，就是你的造化了。」《灰闌記》劇一：「我如今過去問他討些盤纏與你。若有呵！你也休歡喜；若無呵！你也休煩惱。只看你的造化。」義均同上。《爭報恩》劇一：「好造化也！恰好兩處都吃不成酒。」此爲反語。亦有云造物者，義亦同。《范張雞黍》劇一：「正末云：『你怎生得這一任官來？』王仲略云：『這是各人的造物。』」《勘頭巾》劇一：「你看我那造物，不見一個人，當門臥着一隻惡犬。」《爭報恩》劇三：「哎喲！你看我那造物，清早晨纔開店，走進三個人來吃粥。……一個錢不曾與，粥又吃了，連碗盞都打破了。難道我造物這等低！」以上所云造物，亦均猶云運氣也。

采 彩 倸

采，幸運之義。《南宋六十家》，許棐《選官圖》詩：「縱有黃金無好采，也難平白到公卿。」意言無好運也。《董西廂》一：「得後！是自家采；不得後！是自家命。」又二：「不來後！是衆僧大家采；來後！怎當待？」此來與不來，指孫飛虎叛軍言。後字相當於呵或啊字。自家采，自家幸運也；大家采，大家幸運也。又二：「君瑞恩情試想，自家倒大采。百媚的寃家，風流的姐姐，有分同諧。」《看錢奴》劇二：「賣與個有兒女的，是孩兒命衰；賣與個無子嗣的，是孩兒大采。」大采，猶云大幸也。《李逵負荊》劇四：「怎擘劃，但得箇完全屍首，便是十分采。」十分采，猶云十分幸運也。亦作彩。《來生債》劇三：「這便是風送王勃赴洪都的命彩。」此直作命運好解。《抱妝盒》劇二：「太子也！但得箇屍首完全，是大古裏彩。」亦作倸。《虎頭牌》劇四：「只留得潦倒餘生，便是大古裏倸。」《合汗衫》劇三：「我今日先認了那箇孫兒大古來倸。」義均同。按

《演繁露》云：「博用六子，《楚辭》謂之六博。采本是采色之采，指其文而言也。如黑白之以色別，雉犢之以物別，皆采也。投得何色，其中程者勝，因遂名之爲采，今俗語凡事小而幸得者，皆以采名之，義蓋起此也。」

聖　會聖　聖得知

聖，神通之義；此與通靈顯聖之聖字義近。《劉知遠傳》十一：「洪義怒，呼哨一聲，洪信和兩個婦人以(已)聖至。」言仿佛如神通般，立刻即至也。《樂府新聲》上，關漢卿《新水令》套：「玉驄系鞚金鞍鞊」篇：「忙加玉鞭，急催駿騘，恨不聖到俺佳人家門前。」言恨不能如神通般立刻到佳人處也。此外詞章家所使用者，則有會聖一語，會聖，猶云有神通本領，亦仿佛今人所云超人也。《花草粹編》十一，曹元寵《憶瑤姬》詞：「祇恐更把風流逞，便因循誤人無定。恁時節若要眼兒廝覷，除非會聖。」言若要相見，非凡人所能辦到，除非神通矣。《董西廂》一：「欲要成秦晉，天天除會聖。」天天，天之重言，猶云「天乎！好事能成，除非神通矣。」又二：「去了紅娘，會聖肯書幃裏坐！坐不定，一地裏篤磨。」意言只有超人纔能坐得定也。一地裏篤磨，猶云一味的打回旋。又二：「只除會聖，一命難逃。」又三：「婆婆知道，除會聖，雲雨怎得成合。」又四：「淚漫漫地，會聖也難交睫。」又四：「暫合眼，強睡些。便會聖，怎寧貼。」以上所云會聖，義均同。

此外又有聖得知一語，意猶云神通得知也。韓愈《盆池》詩：「泥盆淺小詎成池，夜半青蛙聖得知。」黄庭堅《次韻中玉早梅》詩：「羅帷翠幕深調護，已被遊蜂聖得知。」楊萬里《宿孔鎮觀雨中蛛絲》詩：「網羅最巧是蛛絲，却被秋蟲聖得知。」又《寒食雨中同舍人約游天竺》詩：「遊山不合作前期，便被山靈聖得知。」范成大《續長恨歌》：「無端却作人間念，已被仙宮聖得知。」陸游《鳴禽》詩：「新霜池館春來早，簾外鳴禽聖得知。」方岳《受誥口號》：「雪寒月瘦鬢成絲，緣底天家聖得知。」《南宋六十家》，施樞《一春屢有陽明之約，雨輒尼之，傳外舅來游，喜賦》詩：「幾有行山約，山靈聖得知。」呂勝己《鷓鴣天》詞：「人去後，信來稀。等閒屈指數歸期。門前恰限行人至，喜鵲如何聖得知。」凡云聖得知，義並同。

天天

天天，卽天也，重言以呼之則曰天天。張先《夢仙鄉》詞：「離聚此生緣，無計問天天。」蔣捷《小重山》詞：「勸花休苦恨天天，從來道，薄命是朱顏。」《元草堂詩餘》，趙文《八聲甘州》詞：「怪天天何物，堪作玉彈棋。」又王從叔《南柯子》詞，《苦雨》：「鷓鴣啼罷竹鷄啼，不曉天天，何意要梅肥。」《小孫屠》戲文：「千般受險危，幸得天天周濟。」《望江亭》劇四：「呀！除非天見憐，奈天天又遠。」《連環計》劇二：「幾番告天，奈天天相隔人寰遠。」玩上各證，知於籲天、問天、謝天、怨天時用之。亦有疊用三天字者：石孝友《長相思》詞：「你又癡，我又迷。到此癡迷復爲誰，天天天怎知？」《馮玉蘭》劇二：「到今朝，遇賊徒，天天天！只願的神明護。」蓋皆爲呼天之詞也。

人人

人人，對於所暱者之稱，多指彼美而言。歐陽修《蝶戀花》詞：「翠被雙盤金縷鳳，憶得前春，有箇人人共。」黄庭堅《少年心》詞：「似合歡桃核眞堪人恨，心兒裏有兩箇人人。」晏幾道《生查子》詞：「歸傍碧紗窗，說與人人道。眞箇別離難，不似相逢好。」又《踏莎行》詞：「傷心最是醉歸時，眼前少箇人人送。」又《醉落魄》詞：「斷盡柔腸歸思切。都爲人人，不許多時別。」周邦彥《紅窗迥》詞：「有箇人人，生得濟楚，來向耳邊問道，今朝醒未？」辛棄疾《尋芳草》詞：「更也沒書來，那堪被雁兒調戲。道無書却有書中意，排幾箇，人人字。」又《南歌子》詞，《新開池戲作》：「鬬勻紅粉照香腮，有箇人人，當做鏡兒猜。」張榘《水龍吟》詞：「逗歸來折得花枝教看，人人似麼？」玩上各證，知以情語、膩語爲多也。

寃家

寃家，所歡之暱稱。《花草粹編》一，唐無名氏《醉公子》詞：「門外猧兒吠，知是蕭郎至。剗襪下、香階，寃家今夜醉。」黃庭堅《晝夜樂》詞：「其奈寃家無定據，約雲朝又還雨暮。」王之道《惜奴嬌》詞：「從前事不堪回顧，怎奈寃家，抵死牽腸割肚。」石孝友《惜奴嬌》詞：「寃家！你敎我如何割捨。」又前調：「寃家！休直待敎人呪罵。」韓玉《且坐令》詞：「寃家何處貪歡樂，引得我，心兒惡。」《樂府陽春白雪》後四，《鬭鵪鶉》套，「半世飄蓬」篇：「則恐怕伏侍寃家不到頭。」又前套，「雨意雲情」篇：「全在你個有終始寃家不錯。」又後二，《賞花時》套，「只爲多情忒俊雅」篇：「潛潛等等，不見劣寃家。」張可久小令，《一半兒》：「劣寃家，一半兒眞情一半兒假。」又小令，《醉太平》：「小寃家怕不道心兒裏愛，老妖精拘管得人來煞。」煞讀如晒音。《太平樂府》五，關漢卿小令，《一半兒》：「罵你個俏寃家，一半兒難當一半兒耍。」《樂府陽春白雪》後五，關漢卿《新水令》套，「楚臺雲雨會巫峽」篇：「懷兒裏摟抱着俏寃家。」《董西廂》三：「想料死寃家心中先有，琴感其心，見得十分能勾。」又四：「短命的死寃家，甚不怕神夭折？一自別來整一年，爲箇甚音書斷絕？」義並同。

薄倖　倖薄

薄倖，猶云薄情也。邵雍《落花吟》：「多情惟粉蝶，**薄倖**是游蜂。」薄倖與多情作對，知薄倖卽薄情也；倖卽恩倖之倖，意云無恩情也。秦觀《記蘇子瞻江南所題詩補遺》：「晞草露如郎**倖**

薄，亂花飛似妾情多。」倖薄與情多作對，雖倒其文而意仍同。然普通使用之義，則爲所歡之暱稱，猶之寃家，恨之深正見其愛之深也。杜牧《遣懷》詩：「十年一覺揚州夢，贏得青樓**薄倖**名。」知已爲妓女對於游婿之名稱矣。更廣其例。《醉翁琴趣》，歐陽修《蝶戀花》詞：「**薄倖**辜人終不憤，何時枕畔分明問。」辜人，負人也；不憤，不服氣也。此薄倖字爲暱稱。秦觀《虞美人》詞：「**薄倖**不來春老，羞帶宜男草。」何籀《點絳脣》詞：「**薄倖**不來，前事思量遍。無由見，淚痕如線，界破殘妝面。」黄機《醜奴兒》詞：「淚滿烏絲，**薄倖**知他知不知？」周紫芝《謁金門》詞：「**薄倖**更無書一紙，畫樓愁獨倚。」《花草粹編》五，無名氏《南柯子》詞：「海棠開盡柳飛花，**薄倖**只知游蕩不思家。」又五，無名氏《鷓鴣天》詞：「思**薄倖**，憶多情，玉纖彈處暗銷魂。」義均同上。

勞承　勞成　牢成　牢誠

勞承，殷勤之義。勞亦作牢；承亦作成，作誠。此專用於男女相悅間。《兩世姻緣》劇二：「緊緊的將咱摟定，那溫存，那將惜，那**勞承**。」那勞承，猶云那殷勤也。《對玉梳》劇一：「覷了這惜玉憐香心上人，教咱家情越親。那**勞承**，那敬愛，那溫存。」義同上。由殷勤之義又轉而爲敷衍之義，例如下。《曲江池》劇三：「只爲你虛心假意會**勞承**，賺的他囊橐如冰。」蓋假殷勤則成爲敷衍矣。《太平樂府》六，無名氏《夜行船》套，《悔悟》：「它盡是**勞成**，咱都是志誠。」義同上。

由敷衍之義又轉而爲名辭，如蘇滬方言所謂滑頭，卽以之爲所歡之暱稱，例如下。《樂府陽春白雪》後四：無名氏《梅花引》套：「蘭蕊檀心仙袂香」篇：「近來陡恁无情況，自寫你個**勞成**不良。三兩遍問佳期，一千般到說謊。」《詞林摘豔》五，無名氏《新水令》套，「鳳臺人去憶簫聲」篇：「幾番待撇**勞成**，暫合眼先到夢兒裏等。」《詞林摘豔》三，《粉蝶兒》套，《雲窗夢》第三折：「可摟着懷兒裏抱定，覷着這短命**牢成**。」可，猶恰也。此與涵芬本《雲窗夢》劇文字微有異同。《樂府新聲》上，侯正卿《醉花陰》套，「涼夜厭厭露華冷」篇：「**牢成**！**牢成**！一句句罵得心疼。據蹤跡疏狂似浮萍，山般誓，海樣盟，半句兒何曾應。」又下，無名氏小令，《步步嬌》：「吃不過**牢成**廝熬煎，望門前，覷得沒人時旋。」又下，前調：「我知就裏，不放了**牢成**可憎賊。」玩上所列各曲文，皆打情罵俏口吻也。《樂府新聲》中，無名氏小令，《滿庭芳》：「小**牢誠**近日鋪謀大，今夜誰家？……眼睜睜望他，和淚倚琵琶。」小牢誠，猶今所云小滑頭矣。鋪謀，猶云用計。

娘　你娘　他娘　麼娘　末娘　沒娘　什麼娘　甚末娘　甚娘　且是娘　些娘

娘，表示驚異或怨詈之辭，與今人口語同。張可久小令，《寨兒令》，《閨思》：「噤末聲離繡牀，躡着脚步迴廊。**娘**！何處也畫眉郎？」末，與這麼、那麼之麼同，詳末字條。此娘字按譜爲一字句，疑是郎至而結果不見影蹤，故以娘字表示其失望。《陳州糶米》劇二：「出言語不識**娘**

羞。我須是筆尖上掙闔來的千鍾祿，你可甚劍鋒頭博換來的萬戶侯。」詈其不識羞，加娘字以重其語氣也。《劉知遠傳》二：「罵斬娘打脊窮神，把小妹孩兒引逗。」詈其可斬，加娘字以重其語氣也。又十一：「斬娘脫空漢，不尋常。」義同上。有云你娘者。《貨郎旦》劇二：「只願的下霞子，打你娘驢頭。」《十樣錦》劇二：「夏侯惇云：『放你娘臭屁！我的功勞，倒不如你！』張士貴云：『你正是不識你娘羞哩！我若說起功來，諕的你一步八跌。』」此與今人口語同。有云他娘者。《太平樂府》七，關漢卿《青杏子》套，《離情》：「常言道好事天慳，美因緣他娘間阻，生拆散鸞交鳳友。」此猶今人所云他媽的。《盆兒鬼》劇二：「正是那一個骨屑，留在家裏，恐怕惹出些無頭禍來，不如摔碎他娘！」《陳州糶米》劇一：「這百姓每刁潑，拏那金鎚來打他娘！」《金線池》劇二：「天若使石好問復任濟南，少不得告他娘着他流遞！」《合汗衫》劇三：「你也不叫，我也不叫，餓他娘老弟子！」義均同上。有云麼娘者，麼爲這麼之約辭，猶云這也。《生金閣》劇二：「高杆首吊脊梁，木驢上碎分張。渾身的害麼娘椀大血疔瘡！」《漁樵記》三：「你看我抖擻着老精神，我與你便花白麼娘那小賤人！」花白，猶云譏嘲也。《緋衣夢》劇四：「到來日雲陽鬧市中，殺麼娘七代先靈！」《風月紫雲庭》劇：「我正唱到不肯上販茶船的小卿，向那岸邊相刁蹬。俺這虔婆道：兀得不好拷末娘七代先靈！」末與麼同。《酷寒亭》劇一：「我待揪扯着他，學一句燕京廝罵：入沒娘老大小西瓜！」沒亦與麼同。按此係穢辭。有云什麼娘者，此亦今人口語所有。《殺狗勸夫》劇一：「今日個到墳堂中來廝認，是你**什麼娘**祖代宗親！」《風月紫雲庭》劇：「俺兩處，各心碎。是有遭間阻的，也不似俺不吉利。兀的是**甚末娘**別離！」是有，猶云雖有，見是字條。甚末與什麼同，卽甚麼。有云甚娘者，卽甚麼娘之約辭。《樂府新聲》上，商政叔《一枝花》套，《歎秀英》：「紂撇丁走踢飛拳，老妖精縛手纏脚，揀掙勤到下鍬鑊。**甚娘**過活！」過活卽生活，意言過的是甚麼生活也。此敍妓女怨歎之意。紂爲詈辭，義與村同。撇丁，指龜奴之類；老妖精指鴇母；嫖客曰勤兒。掙者，美好或漂亮之義。到與倒同。下鍬鑊，猶今妓門中云砍斧頭，爲要錢之義。又無名氏《風入松》套，「暮雲樓閣景蕭疏」篇：「夜深香燼冷金爐，對銀釭**甚娘**情緒！」《太平樂府》八，李致遠《一枝花》套，《孤悶》：「風流偏阻，好事多辜。……怨苦，自取。世間情知他是**甚娘**般物！」三十種本《薛仁貴》劇：「知他是**甚娘**喬爲！直吃得恁般來殺勢。」喬，詈辭。爲，卽行爲。殺勢，猶云模樣。《貨郎旦》劇二：「住了雨也，曬**甚娘**褐袖！」《後庭花》劇四：「他門定桃符，辟邪祟。增福祿，畫鍾馗。知他**甚娘**報門神戶尉！」《雍熙樂府》十二，《夜行船》套，《間別》：「從此歡娛，全無指望。冷清清**甚娘**情況！」又《風入松》套，《離情》：「後期遠約今秋判，那其間**甚娘**情款！」義均同上。有云且是娘者，且是猶云正是或倒是，亦驚異義。《太平樂府》七，喬夢符《鬭鵪鶉》套，《歌姬》：「向尊席之上，談笑其間，意思相攀。**且是娘**剔透玲瓏不放閒！不枉了喚聲妝旦。」此猶云正是。《東堂老》劇二：「我着那好言語勸你你不應；那廝們謊話兒弄你**且是娘**的靈！」此猶云正是或倒是。《雍熙樂府》八，《一枝花》套，《秋》：「雁兒往時盼程途，奔江湖，**且是娘**悲悲切切鬧喧呼！今夜毛團爲甚不言語？莫不是那答兒錯下了斷腸書？」言往時倒是大聲呼叫，今夜爲甚無聲也。毛團，詈雁辭。有云些娘者，則專於形容小物時使用之，亦驚異義。趙師俠《蝶戀花》詞：「茶飲不懽猶自可，臉兒瘦得**𣅜娘**大！」𣅜與些同。《風月紫雲庭》劇：「況兼俺正廳兒雖是則(只)**些娘**大！坐着俺那愛錢的劣虔婆。」《竹葉舟》劇四：「只要你覷的那名利場做**些娘**大！」張可久小令，《齊天樂過紅衫兒》：「笑指梅香罵，檀口**些娘**大！」《樂府新聲》下，無名氏小令，《寄生草》：「他生的腰肢一搦堪描畫，朱唇一點**些娘**大！」《樂府陽春白雪》後五，無名氏《風入松》套，「顏色天然風韻佳」篇：「微露金蓮唐裙下，端的是**些娘**大！剛半札。」半札，與半折同，猶云半握。又前四，商左山小令，《潘妃曲》：「金縷唐裙鴛鴦結，偏趁**些娘**撇！」元時脚之隱語曰撇道。

柳青

柳青，娘之歇後語，因曲牌名有《柳青娘》也；然多以指妓門中之老鴇。《太平樂府》一，貫酸齋小令，《塞鴻秋》：「推道是板障**柳青**嚴，統鏝姨夫欠。」板障，猶云阻礙。統鏝，猶云有錢。姨夫，指同嫖一妓之他客，即今所謔稱同靴者。欠爲風魔之義。《風月紫雲庭》劇：「也難奈何俺那六臂哪吒般狠**柳青**。我唱的那七國裏龐涓也沒這短命，則是個八怪洞裏愛錢精。」《樂府羣玉》四，無名氏小令，《普天樂》：「**柳青**嚴，宛家塹，情傳眼角，恨寄眉尖。」《雍熙樂府》二，《端正好》套，《蘇卿題恨》：「被幾文潑銅錢，將**柳青**來買轉。」《詞林摘豔》三，《粉蝶兒》套，《雲窗夢》第三折：「恨則恨馮魁那醜生，買轉俺那**柳青**。一壁廂穩住雙生，一壁廂遞流小卿。」醜生亦作丑生，卽畜生也。又八，《一枝花》套，「烏雲綰髻鴉」篇：「將你那花枝般身體須憐愛，錦片似前程索自裁。小可裏塡還了**柳青**債。也休愁無米共柴，也休憂沒錢和（和原作布）帛，你但得（得原作將）脫離了風塵大古裏采。」大古裏采，意言十分幸運也。按以上各曲之柳青，皆指鴇母，則柳青殆所謂勾欄語也。

男女

男女，奴僕自稱之辭。《張協狀元》戲文：「末上白：『南人不夢駞，北人不夢象，……那張介（解）元教請過員（圓）夢先生，……且待**男女**叫一聲，先生在？』……『那張介元特遣**男女**請先生員一夢。』……『先生少待，**男女**請出那解元來。』」按原本去此之脚色爲末，通常戲劇，以末去院子，茲證之《琵琶記》。巾箱本《琵琶記》二十三：「生：『院子過來！』末上：『相公有何指揮？』生：『我有事和你商量，你休要走了言語！』末：『相公指揮，**男女**怎敢漏泄！』……『**男女**每見相公憂悶不樂，不知這個就裏。』……『**男女**專當小心踏逐。』」踏逐爲尋訪之意。蓋《張協狀元》之末，與《琵琶記》之末，同爲院子，故均自稱男女也。因男女爲奴僕卑賤之稱，故又引伸而爲詈辭。《董西廂》二：「盡是些沒意頭撈搜**男女**。」此指孫飛虎叛軍。《遇上皇》劇二：「小人則(只)是箇隨驢把馬喬**男女**。」此趙元自稱。喬亦詈辭，猶云歹也。《秋胡戲妻》劇三：「原來是個不曉事的喬**男女**。」此秋胡妻詈秋胡語。《兒女團圓》劇三：「他是個不覩事的喬**男女**。」此院公詈王獸醫語。義均同上。

侍長　使長

侍長，奴僕對主人之稱。《黃粱夢》劇二：「報道前廳上**侍長**恰到來，却怎生不聽的把玳筵排。」此院公稱主人呂岩。《㑳梅香》劇二：「請**侍長**，快疾行，到夫人行去來，敎奴胎，喫頓拷。」此侍婢樊素稱小姐小蠻。又四：「我既是你家女婿，也是你的**侍長**，我怎生不敢打你。」此白敏中對於侍婢樊素之自稱。《西廂》三之一：「**侍長**請起，我去則便了。」此紅娘稱鶯鶯。按侍長亦作使長，徐渭《南詞敍錄》：「金元謂主曰使長。」《詞謔》附載詞套，《大石調》《念奴嬌》套：「請**使長**，快疾行，交奴台，喫頓拷。」即上所引《㑳梅香》劇文也。

使數

使數，奴僕之稱。《生金閣》劇一：「便好道，未見其人，先觀**使數**。我這兩個小的，是我心腹人，一個叫做張龍，一個叫做趙虎。」《來生債》劇二：「**喒**家中奴僕**使數**的，每人與他一紙兒從良文書，再與他二十兩銀子，着他各自還家。」《西廂》五之四：「我則見丫鬟**使數**都廝覷，莫不我身邊有甚事故。」《玉鏡臺》劇三：「到這裏論甚**使數**，問甚官媒，緊逐定一團兒休廝離。」《張天師》劇一：「則俺三個在這月明之下，又無甚跟隨的**使數**，怎生是好？」《張生煮海》劇四：「擺列着水裏兵卒，都是些黿將軍、鼉先鋒、鼈大夫；看了這海中**使數**，無過是赤鬚蝦、銀脚蟹、錦鱗魚。」義均同。

妻夫

妻夫，卽夫妻之倒稱，當時口語之習慣也。《董西廂》三：「如今欲待去，又關了門戶，不如**喒**兩箇權做**妻夫**。」暖紅室本《西廂》五之四：「受了些活地獄，下了些死工夫，不甫能得做**妻夫**。」《後庭花》劇二：「兀的不歡喜殺子父，快活殺俺**妻夫**。」《魯齋郎》劇三：「呸！不識羞閉言長語，他須是你兒女**妻夫**。」涵芬本《遇上皇》劇二：「他倚官強拆散俺**妻夫**，眞乃是馬牛襟裾。」《雍熙樂府》一，《醉花陰》套，《祿山戲楊妃》：「則敎俺壓子嗣，義爲兒母；誰敎俺背君王，做**妻夫**。」又七，《粉蝶兒》套，《烟花夢》：「我和你百年恩愛做**妻夫**，既知心可腹，似水如魚，誰承望踏枝不着空回去。」皆其例也。

兒男

兒男，卽男兒之倒稱，當時口語之習慣也。《張協狀元》戲文：「別無**兒男**，只有一女，小字勝花。」《玉鏡臺》劇一：「別無兒**男**，止生得一個女兒，小字倩英。」涵芬本《遇上皇》劇一：「別無甚麽**兒男**，止生了這個女孩兒，小字月仙。」巾箱本《琵琶記》三十三：「算忤逆**兒男**和孝順爹娘之子，若無報應，果是乾坤有私。」皆其例也。按今皮黃劇《探陰山》詞文：「連累了顏査散年幼的**兒男**。」尙其遺也。

男兒

男兒，夫壻之稱。關漢卿《拜月亭》劇：「**男兒**呵！如今父親將我去也，你好生覰當你身起！」身起，猶云身體。又：「**男兒**！怕你大(待)贖藥時準備春衫當。」又：「我不曾有片時忘的下俺那染病的**男兒**，知他如今死那活那？」又：「這一炷香，則願俺那抛閃下的**男兒**較些。」較爲病愈之義，見較字條。按劇情，以上各男兒，皆王瑞蘭稱其夫。《玉鏡臺》劇四：「你在黑閣落裏欺你**男兒**。」按劇情，爲溫嶠對其妻自稱。《灰闌記》劇二：「我將這虛空中神靈來禱告，便做道**男兒**無顯跡，可難道天理不昭昭。」顯跡猶云顯靈。按劇情，爲張海棠稱其亡夫。《剪髮待賓》劇二：「喒這婦道人家，有這箇信字呵，則被這親**男兒**敬重做賢達婦。」凌本《幽閨記》三十二：「這一枝香呵！願抛閃下**男兒**疾較些，得再覩同歡同悅。」又：「妹子！你啼哭爲何因？莫非是我**男兒**舊妻妾。」又：「你休隨我跟脚，久已後須是我的**男兒**那枝葉。」又：「是我**男兒**敎我怎割捨？」按《幽閨記》故事，原本《拜月亭》劇，故語意有相似處。

兒夫

兒夫，夫壻之稱。劉釆春《囉嗊曲》：「不喜秦淮水，生憎江上船。載兒夫壻去，經歲又經年。」《尊前集》，歐陽炯《木蘭花》詞：「兒家夫壻心容易，身又不來書不寄。」又魏承班《滿宮花》詞：「夢中幾度見**兒夫**，不忍罵伊薄倖。」兒與兒家，皆自稱之辭，兒夫，猶云我的夫壻也，然此爲唐五代人語。其後之兒夫字，似兼釆男兒與夫壻之字面，玩你的兒夫、我的兒夫等語，則知其不爲兒的夫壻之義矣，例如下。《張協狀元》戲文：「把你攛掇嫁一箇好**兒夫**。」巾箱本《琵琶記》八：「敎我倩着誰人，傳語我的**兒夫**。」又二十四：「你**兒夫**曾付託，我怎生違背！」又三十三：

「你的兒夫在那裏？」又：「莫學我的兒夫，把親躭誤。」《西遊記》劇一：「傾陷了俺兒夫。」皆其例也。

大嫂

大嫂，夫稱其妻之辭。《兒女團圓》劇二：「我這大嫂根前，所生了個添添孩兒。」此爲俞循禮稱其妻。《東堂老》劇三：「揚州奴云：『大嫂！你說那裏話，正是上門兒討打吃。』」此爲揚州奴稱其妻。《殺狗勸夫》劇三：「孫大云：『大嫂！我吃酒回來，到後門前，不知是誰殺下一個人？』」此孫大稱其妻。《鐵拐李》劇楔子：「大嫂！你好狠也！」此岳孔目稱其妻。《岳陽樓》劇二：「大嫂！茶客也未來哩！」此郭馬兒稱其妻。稱妻曰大嫂，蓋當時習慣如此。

子弟

子弟，嫖客之稱。《玉壺春》劇二：「你那裏知道做子弟的聲傳四海，名上青樓，比爲官還有好處。做子弟的有十個母兒：一家門；二生像(相)；三吐談；四串仗；五溫和；六省傍；七博覽；八歌唱；九枕席；十件當。做子弟的須要九流三教皆通，八萬四千旁門盡曉，纔做得子弟，非同容易也呵！」《救風塵》劇一：「妹子！那做丈夫的做的子弟，做子弟的做不的丈夫。……

那做**子弟**的他影兒裏會虛脾，那做丈夫的忒老實。」《還牢末》劇二：「你當初上花臺，做**子弟**，怎生受用快活？」《百花亭》劇一：「我也曾向烟月所，上花臺，做**子弟**倈。」倈與來同，語助辭。《度柳翠》劇一：「正末云：『我是和尚中爲頭的一箇**子弟**。』旦兒云：『那個和尚做**子弟**來那！』」《對玉梳》劇一：「全用些野狐涎，撲**子弟**，打郎君。」又二：「紅蓮舌是斬郎君古定刀，青絲髮是縛**子弟**降魔索。」《度柳翠》劇三：「也則是土葬了你那送**子弟**麻花孝衣，火燒了你那戰郎君的這鎧甲頭盔。」上三則子弟，均與郎君對舉而互文。

弟子

弟子，妓女之稱。《劉行首》劇三：「俺那員外近來養着一個**弟子**，喚做劉行首。」妓院亦稱行院；行首猶云妓女首領。《羅李郎》劇三：「穿茶坊，入酒肆。把家財，胡亂使。占猱兒，養**弟子**。」猱兒亦妓女之稱，故與弟子對舉。《度柳翠》劇三：「你娘呵，則是倚仗你箇**弟子**猱兒。」又四：「這的是**弟子**歌，又不是猱兒唱。」義例均同上。《謝天香》劇一：「賣弄的有伎倆，賣弄的有豔姿，則落的臨老來呼**弟子**。」意言老而尙爲妓也。《貨郎旦》劇一：「俺這廝偏意信調唆，這**弟子**業口沒遭磨。」按劇情，係指妓女張玉娥。又二：「你箇潑**弟子**！我敎你與我嚻一嚻，怎麽不肯！」按劇情，乃借用以罵孀母張三姑。潑亦詈辭。《酷寒亭》劇一：「戀着那送舊迎新潑**弟子**，全不想生男育女舊嬌娃。」按劇情，係指妓女蕭娥。又按唐明皇選樂工數百人，自教法曲於梨園，謂之皇帝梨園弟子。至今謂優女爲弟子，此其始也。說見宋程大昌《演繁露》。由是推之，弟子乃受過訓練者，猶云官妓。故弟子與豨兒，渾言之，均爲妓稱；若析言之，則弟子爲官妓，豨兒乃普通之妓也。故《度柳翠》劇四云：「這的是弟子歌，又不是豨兒唱」也。

撅丁　憠丁

撅丁，龜奴之稱。《雍熙樂府》五，《點絳脣》套，「雨約雲情」篇：「我子(只)待看承倈貨，怎的肯再嫁**撅丁**。」此妓女口氣。又六，《粉蝶兒》套，《割耳寄》：「禿頂老沒分沒曉，劣**撅丁**越顯越惱，歪剌骨不道的堪畫堪描。」《太平樂府》九，《耍孩兒》套，《拘刷行院》：「老卜兒藉不得板，一味地趄；狠**撅丁**夾着鑼，則(只)顧得走。」卜兒，《雍熙樂府》七作鴇兒。《太平樂府》三，無名氏小令，《柳營曲》：「保(鴇)兒心，雄糾糾；**憠**(撅)**丁**臉，冷搊颼。」又八，喬夢符《一枝花》套，《私情》：「老婆婆坐守行監；狠**撅丁**暮四朝三。」按上三則之撅丁，均與鴇母對舉，其爲龜奴之義更明。

弟子孩兒　弚子孩兒

弟子孩兒，詈辭。《合汗衫》劇三：「我過去打這**弟子孩兒**。」《爭報恩》劇三：「你個**弟子孩**

兒，百忙裏討甚麽粥錢！」此在劇曲白文中習見，不備舉。舉其冠以特稱者如下。詈老人則曰「**老弟子孩兒**」，見《虎頭牌》劇三、《羅李郎》劇四、《看錢奴》劇二、《凍蘇秦》劇二、《桃花女》劇一及四、《魔合羅》劇四。詈幼童則曰「**小弟子孩兒**」，見《後庭花》劇四、《合同文字》劇三、《兒女團圓》劇二、《神奴兒》劇一、《酷寒亭》劇二、《魔合羅》劇二。詈其歹則曰「**歹弟子孩兒**」，見《灰闌記》劇三、《鴛鴦被》劇二、《漁樵記》劇三、《東堂老》劇一及三、《兒女團圓》劇三、《馬陵道》劇二。詈其村則曰「**村弟子孩兒**」，此與歹義近，見《魯齋郎》劇一、《硃砂擔》劇一、《神奴兒》劇楔子、《燕青博魚》劇二、《盆兒鬼》劇一。詈以賊則曰「**賊弟子孩兒**」，見《盆兒鬼》劇一、《殺狗勸夫》劇二、《爭報恩》劇二、《硃砂擔》劇二。詈其窮則曰「**窮弟子孩兒**」，見《看錢奴》劇二、《漁樵記》劇二、《合汗衫》劇一、《老生兒》劇二、《勘頭巾》劇一、《忍字記》劇一。詈其傻則曰「**傻弟子孩兒**」，見《陳州糶米》劇三、《爭報恩》劇楔子、《小尉遲》劇四、《黑旋風》劇三。詈其醜則曰「**醜弟子孩兒**」，見《鴛鴦被》劇三、《酷寒亭》劇一。詈其饞則曰「**饞弟子孩兒**」，見《陳母教子》劇二、《鴛鴦被》劇三。詈其呆則曰「**呆弟子孩兒**」，見《漁樵記》劇三。詈飲酒則曰「**糟弟子孩兒**」，見涵芬本《遇上皇》劇一。詈其説謊則曰「**謅弟子孩兒**」，見《降桑椹》劇一。詈以狗則曰「**狗弟子孩兒**」，見涵芬本《遇上皇》劇一。以上各例證，爲避繁起見，不引原文，故僅標劇名及折數。復次，弟子孩兒亦作㢸子孩兒，凌本《幽閨記》二十五：「這個**㢸子孩兒**，人也不識。」羅懋登本此文作弟子孩兒，可證。

八十孩兒

八十孩兒，保嬰之吉語也。大約宋時風俗，朱書八十字於小兒額上，以取長壽之義。《宋百家詩存》，陳藻《邱叔喬八十》詩：「樂欲永千年，愁難禁一夕。大家於此且貪生，八十孩兒題向額。」辛棄疾《鵲橋仙》詞，《爲人慶八十，席間戲作》：「人間八十最風流，長帖在兒兒額上。」兒兒與孩兒同義。盧祖皋《臨江仙》詞：「雙添雛鳳趁稱觴。爭書八十字，分抱綵衣旁。」劉辰翁《一剪梅》詞：「人生總被業風吹。三歲兒兒，八十兒兒。」吳潛《賀新郎》詞，《丁巳歲壽叔氏》：「只比兒兒額上壽，尚有時光如許。」陳著《寶鼎現》詞：「爭指畫額兒兒，歡祝處荷薰吹曉。記蘭湯初試，當日風光又到。」見《彊村叢書·本堂詞》。以上皆指小兒額上書八十字事。周必大《三月三日適值清明會客》詩：「兄弟相看俱八十，研朱贏得祝嬰孩。」辛棄疾《鵲橋仙》詞，《慶岳母八十》：「八旬慶會，人間盛事，齊勸一盃春釀。臙脂小字點眉間，猶記得舊時宮樣。」劉辰翁《最高樓》詞：「朱頂字，八十正平頭。添作八千秋。」《花草粹編》十一，游文仲《千秋歲》詞，《姪壽叔》：上片云「預慶我公年八袠，來獻新詞一闋」。下片云「笑道兒時，風流丹篆，寫向龍駒額。更將綵筆，十字頭上添一ノ」。以上皆指兒額八十字爲朱書事。

海裏猴兒　海底猴兒　海底鷗兒　海猴兒

海裏猴兒，暱辭也。蘇軾《減蘭》詞：「今年十四，**海裏猴兒**奴子是。」龍沐勛《東坡樂府箋》引傅幹注蘇詞：「海猴兒，好孩兒也。」按海與好，猴與孩，均取其音近。孩兒亦爲對於所暱者之稱，辛棄疾《南鄉子》詞《贈妓》：「今日新歡須記取，孩兒。更過十年也似他。」《董西廂》二：「道九百孩兒，休把人厮啈。」此張生稱紅娘。又四：「孩兒我須有見伊時，咱對着惺惺人說。」此張生稱鶯鶯。俱可證。裏，猶底也；言好底孩兒也。石孝友《亭前柳》詞：「識盡千千幷萬萬，那得恁**海底猴兒**。」蔣捷《風入松》詞《戲人去妾》：「恨殺河東獅子，**驚回海底鷗兒**。」鷗與孩亦音近。《董西廂》三：「**這心頭橫儻箇海猴兒**。」義均同。

渾家　渾舍

渾家，猶云全家也。與稱妻爲渾家之義異。戎昱《苦哉行》：「身爲最小女，偏得**渾家**憐。」言全家愛憐之也。黃庭堅《戲呈聞善二兄》詩：「想得尊前敧醉帽，**渾家**兒女笑山公。」按黃詩史容注云：「《南唐故事》史虛白詩，風雨揭却屋，**渾家**醉不知。」亦同爲全家義也。按黃庭堅《清江引》詞，有「全家醉著篷底眠」之句，其字正作全家。陸游《上章納祿恩畀外祠遂東歸》詩：「百錢

濁酒渾家醉，六月飛蚊徹曉無。」又《秋夕》詩：「菰蔣入饌**渾家**喜，碪杵催寒並舍聞。」王炎《豐年謠》：「共言官府催科緩，飽飯**渾家**百不憂。」《南宋六十家》，鄭淸之《夢中作偈》詩：「賊去主人歸，**渾家**不相識。」毛幵《滿庭芳》詞：「**渾家**數口，又泛五湖舟。」陳著《沁園春》詞，《示諸兒》：「奈**渾家**夢飯，穀難虛貸；長年斷肉，菜亦慳搜。」《飛刀對箭》劇二：「我**渾家**大小七八十口人，打着千斤望下墜，也不曾墜的這弓開一些兒。」義均同上。又有渾舍一語，義亦與渾家同。韓愈《寄盧仝》詩：「每騎屋山下窺闞，**渾舍**驚怕走折趾。」陸游《農家》詩：「低垣矮屋俯江流，**渾舍**相娛到白頭。」又《題庠闍黎畫雪景》詩：「**渾舍**喜翁歸，地爐煨芋熱。」凡云渾舍，亦爲全家義也。

弟兄

弟兄，猶今云弟弟也。今人稱弟弟爲兄弟，古人亦稱弟弟爲弟兄。《小孫屠》戲文：「忽然見**弟兄**持刀刃，連叫兩三聲，莫不是嫂嫂不欽敬。」按劇情，爲孫必達謂其弟必貴也。《賺蒯通》劇三：「都是些羊**弟兄**，狗哥哥。」此與哥哥對舉，猶云弟弟也。《虎頭牌》劇二：「買的這一瓶兒村醅酒，待與我第二個**弟兄**祖餞。」此云第二個弟弟也。

牙推

牙槌　牙搥　牙椎

牙推，醫卜星算等術士之稱。推亦作槌，作搥，作椎。關漢卿《拜月亭》劇一：「怕不大（待）傾心吐膽，盡筋竭力，把個**牙推**請，只怕小處盡是打當。」此指醫生，打當牙推，爲當時流行語，打當猶云打算，意言使用心機也。《秋胡戲妻》劇二：「怕不待要請太醫，看脈息，着甚麽做藥錢醫治，赤緊的當村裏都是些打當的**牙槌**。」《劉弘嫁婢》劇二：「他一片家嫉妬心，無半點兒賢達意。聽的海棠身邊有些春消息；他背地裏使心機，尋箇打當的**牙搥**。」背地裏兩句，意指尋醫生打胎。言大婦嫉妬妾媵，聽得妾媵有懷孕消息，便暗使心機，尋醫生擺佈也。《岳陽樓》劇三：「我穿着領布懶衣，不吃煙火食，淡則淡淡中有味。又不是坐崖頭打當**牙椎**。」以上四則，均與打當字相關聯。《雍熙樂府》六，《粉蝶兒》套，《子弟收心》：「我其實怕你，我情願做秋後扇子，病後**牙椎**。」病愈則醫生無用，故與秋後扇子並比。又十一，《新水令》套，《王魁負桂英》：「今日個在那裏？做了箇使過的公吏，病痾的**牙推**。」義同上，病痾卽病可，言病愈也。《劉知遠傳》十一：「再見貪金搗的岐路，賣假藥的**牙推**。」此猶云賣假藥的醫生。以上所引各例，均指醫生而言。按陸游《老學庵筆記》二：「陳亞詩云：『陳亞今年新及第，滿城人賀李衙推。』李乃亞之舅，爲醫者也。今北人謂卜相之士爲巡官，巡官，唐五代郡僚之名，或謂以其巡遊賣術，故有此稱。然北方人市醫皆稱衙推，又不知何謂。」衙推卽牙推，然則牙推爲醫生之意義，在南宋人亦有所不知矣。《劉知遠傳》一：「我女兒曾有**牙推**算，不久咱門風也改換，你管有分帶（戴）盤龍九鳳冠。」此指算命者而言。

又一：「便問陰陽**牙推**，揀擇個吉日。」又一：「安帳地，東南上，**牙推**道：『此間房舍沒災凶。』」（按凶字原爲闕文，依上文縱從韻，臆補凶字。）上兩則指星卜者而言。復次，三十種本《遇上皇》劇：「幾曾見皋田院土地拜鍾馗，判官當廳問**牙推**。」涵芬本作牙椎，此當爲别一義，牙推本爲官名，此或與官吏之義有關矣。

當家

當家，猶云本家或自家；又猶云本等或內行。王建《贈王樞密》詩：「長承密旨歸家少，獨奏邊機出殿遲。不是**當家**頻向說，九重爭得外人知！」此言王樞密（守澄）以宮中之事告人也。建與樞密同姓，故稱當家，即本家也。當家句一作「不爲姓同偏向說」，可證。白居易《贈楚州郭使君》詩：「**當家**美事堆身上，何啻林宗與細侯。」此亦猶云本家，以用郭姓典故也。黃庭堅《送少章從翰林蘇公餘杭》詩：「文學縱橫乃如此，故應**當家**有季子。」義同上，以用蘇姓典故也。楊萬里《寄題福帥張子儀尚書禊游堂》詩：「不要外人來作記，**當家**自有筆如椽。」序云：「子儀帥福，自作記以書其事。」此猶云自家。又《題王子宣主簿青山讀書堂》詩：「謝家青山李家據，王家青山**當家**住。」義同上。又《寄題龍泉項聖與瀘溪書院》詩：「不論**當家**與外人，不日天池看鯤化。」此與外人對舉，當然爲自家義。又《千葉水仙花》詩：「向來山谷相看日，知是他家是**當家**。」此與他家對舉，猶云知是兩家是一家，本家義與自家義俱可通。又《胡英彥得歐陽公二帖刻石以遺》詩：「**當家**有學林，滿腹惟典記。」自注云：「英彥道號曰學林。」此爲自家義。《南宋六十家》，施樞《生公講臺》詩：「千人湊座雨天花，片石雖頑識**當家**。」此猶云本師或內行，即慣家識慣家之意。又朱南杰《餞徐衍道知縣》詩：「事業文章屬**當家**，刃游餘地宰金沙。」此猶云本等，猶云當行家，言出色也。范成大《二月一十七日病後始能扶頭》詩：「心爲早衰元自化，髮從無病已先華。更蒙厲鬼相提唱，此去山林屬**當家**。」此亦猶云本等。此去，猶言此後，意言此後無事可爲，惟有退隱是本等是出色也。《樂府羣玉》五，張小山小令，《滿庭芳》，《湖上酸齋索賦》：「到處鶯花醉鄉，**當家**風月排場。」此亦當行家義、出色義。《紅梨花》劇一：「你一個小梅香今後休奸詐，只說那秀才每不**當家**。」義同上。復次，《通俗編》二十一當家條，引沈作喆《寓簡》：「近世言翰墨之美者多云合作，予問邵公濟，合作何意？曰，猶俗語**當家**也。當，去聲。」按此即內行義。參看當行家條。

當行家　當行　行家

當行家，內行之義，擅長或出色之義，猶今所云拿手好戲之拿手。方岳《趙龍學寄陽羨茶》詩：「團鳳烹來奴僕等，老龍畢竟**當行家**。」又《雪後梅邊》詩：「半身蒼蘚雪槎枒，直到頂頭纔數花。看盡玉林山上下，須還渠是**當行家**。」劉克莊《水龍吟》詞：「讓**當行家**，勒浯西頌，草淮南詔。」皆其例也。亦省之云當行或行家。《樂府陽春白雪》後二，彭壽之《八聲甘州》套：「偷方覓便俏家風，**當行**識**當行**。」《盆兒鬼》劇二：「誰着你燒窰人不賣**當行**貨，倒學那打劫的僂儸。」《僧尼共犯》劇一：「人說除了**當行**都是難，你我眞是一對**行家**。若是俗人，那裏知道其中道理。」凡云當行或行家，均爲內行之義。茲更以他書證之。《太和正音譜》有雜劇十二科一條，略云：「子昂趙先生曰：良家子弟所扮雜劇，謂之**行家**生活；娼優所扮者，謂之戾家把戲。……今……反以娼優扮者謂之**行家**，失之遠也。或問其故何哉？則應之曰：雜劇出於鴻儒碩士騷人墨客所作；……若非我輩所作，娼優豈能扮乎？推其本而明其理，故以爲戾家也。關漢卿曰：非是他**當行**本事，我家生活。他不過……供笑獻勤，以奉我輩耳。子弟所扮，是我一家風月。」按此文，行家與戾家對舉，行家卽內行，戾家卽外行也。復次，《通俗編》二十一行家條引《傳燈錄》：「寰普云：耕夫製玉漏，不是**行家**作。」按此亦內行義。

兩事家

兩事家，猶云對頭或敵人也。《後庭花》劇三：「則這包龍圖怕也不怕？老夫怎敢共夫人做**兩事家**。」此猶云對頭。《兩世姻緣》劇三：「你這般耀武揚威待怎麼？將北海尊罍做了**兩事家**。」

義同上。《揚州夢》劇三：「則今日一言定，便休作**兩事家**，將你個撮合山慢慢酬答。」按劇情，杜牧愛牛僧孺侍婢張好好，白文禮允爲之説合。此係杜謝白語，意言不得言而無信，使我怨你如對頭也。《小尉遲》劇四：「你將這徐茂公親身拜，分付與你**兩事家**劉季眞。」此猶云敵人，言將敵人劉季眞擒來交付你也。《三戰呂布》劇三：「拏住箇奸細，手中將着幾件東西，也不是**兩事家**使的槍刀劍戟。」義同上。言不是敵人所使之兵器也。《雁門關》劇三：「不剌剌直趕到海角天涯。生熬的**兩事家**心驚膽戰，力困神乏。」言硬逼得敵人困乏也。

對門　門對

對門，夫妻配合之義。《詐妮子調風月》劇：「怕不依隨，蒙君一夜恩。爭奈忒達地，忒知根；兼上親上成親好**對門**。」《裴度還帶》劇四：「幾曾見酩子裏兩**對門**，你道是五百年宿緣分。」《雲窗夢》劇二：「夫人自有夫人分，百年誰是百年人，難尋這白頭的**對門**。」《女姑姑》劇一：「有一日車乘駟馬，或是你官封五霸，你纔與那卓王孫能彀做一箇**對門**家。」《娶小喬》劇一：「老夫務要尋箇**對門**，方許成親。」又：「小生舉意去求親，女貌郎才作**對門**。」《渭塘奇遇》劇一：「你道他有莊田廣有銀，有宅子華屋新，有妝匳錦繡裀，有梅香使數人，好和他做**對門**。」義並同。亦倒其文而作門對。《劉弘嫁婢》劇二：「今日紅妝共秀才，您兩箇爲**門對**。」《桃花女》劇三：「別人家聘女求妻，也索是兩家**門對**。」義亦同。

正本　掙本　徵本　證本　折證

正本，猶今云償本或够本，本爲本錢之本。正字當作掙。《張千替殺妻》劇：「我與你有恩，念哥哥**掙了本**。」言掙到了本錢也。假正爲掙，則曰正本。《董西廂》一：「倘或明日見他時分，把可憎的媚臉兒飽看了一頓，便做受了這恓皇也**正本**。」《詐妮子調風月》劇二：「這一交，直是哏。虧折了，難**正本**。」虧折，卽折本也。《蕭何追韓信》劇二：「我親掛了元戎印，久已後我王掌十萬里錦乾坤，恁時節，須**正本**。」《救風塵》劇三：「倒貼了匳房和你爲眷姻，我將你寫了的休書**正**了**本**。」《東堂老》劇四：「我只着你受盡了的饑寒，敢可也還**正**的**本**。」亦作徵本。《西遊記》劇二：「與我那十八年的淚珠兒都**徵**了**本**。」亦作證本。《凍蘇秦》劇四：「蘇秦只是舊蘇秦，今日箇**證本**，想皇天也不負讀書人。」《後庭花》劇一：「有一日嫁夫君顯耀精神，將你那綠慘紅愁**證**了**本**。」亦有**折證**二字合用者。《西廂》二之二：「才子多情，佳人薄倖，兀的不擔閣下人性命。誰無信行？誰無志誠？您今夜親**折證**。」折者折本，證者掙本。言誰多情，誰薄倖，誰掙錢，誰蝕本，您今夜親自清算可耳。《爭報恩》劇二：「儘着他放浪形骸，我可也萬千事不**折證**，則我只心兒裏忍耐。」此意言一切事不計較，亦淸算義。《兒女團圓》劇一：「你辦着一片志誠的心，可自有個崢嶸日。你是必休折證，是和非。」義同上。《殺狗勸夫》劇三：「俺哥哥便有事呵！到明日旋折證。」義同上。

圈圚 圈樻 圈圍 圈樻 圈繢 圚 繢

圈圚，猶云圈套也。趙長卿《賀新郎》詞：「被旁人賺後失圈圚，經一事，長一智。」失圈圚，當爲失誤於圈套之意，猶云落圈套也。《小孫屠》戲文：「假意成謀居此處，分明中你圈圚。」義同上。《董西廂》三：「著他方言語，把人調戲，不道俺也識你恁般圈圚。」義同上。亦作圈樻。向滈《青玉案》詞：「萬種千般說不盡。喫他圈樻，被他拖逗，便佛也，須教恨。」亦作圈圍。《小孫屠》戲文：「假尸形陷我落在圈圍。」巾箱本《琵琶記》二十五：「折摸你是怎生俑俏的，也落在我圈圍。」亦作圈樻。同上《琵琶記》文，凌刻臞仙本作「遮莫你怎生逋峭的，也落在我圈樻。」注云：「樻音諱，紐也。」陳眉公本作「也落在我圈套」。可證圈樻與圈套同義。亦作圈繢。《對玉梳》劇一：「若早知你這般圈繢，那般局段。」要之或形近，或音近，義均同也。亦有單用圚字或繢字者。《太平樂府》六，趙彥暉《點絳脣》套，《省悟》：「我恰待踏折他花套竿，撞出錦圚頭。」盧校，圚，抄本作圍。又七，馬致遠《青杏子》套，《悟迷》：「活繢兒從他套共搨。」亦均圈套義也。然圈套爲喻義，其本義亦得證如下。《樂府陽春白雪》後二，《賞花時》套，「卧枕着牀」篇：「一日有兩三次頻將帶續兒移。」《雍熙樂府》五載此曲，帶續作紐扣，蓋帶續卽古所云帶眼，以帶眼頻移形容瘦損，意與紐扣頻移同也。

巴鼻　巴避　巴臂　把背　笆壁

巴鼻，猶云來由也；辦法也。上文往往連一否定詞如沒、無之類。《後山詩話》：「熙寧初，有人自常調上書迎合宰相意，遂丞御史。蘇長公戲之曰，有甚意頭求富貴？沒些巴鼻使姦邪！」沒些巴鼻，猶云沒些來由也。吳潛《望江南》詞：「着甚來由爲皎皎？好無巴鼻弄醒醒！」此與來由互文。《詞苑叢談》十一，陳藏一雪詞：「沒巴沒鼻，霎時間做出漫天漫地。」義同上，按爲《念奴嬌》調。亦作巴避。《董西廂》三：「一刻兒沒巴避抵一夏。」此猶云沒辦法，意言一時等不得二時，急得沒辦法也。《太平樂府》九，杜善夫《耍孩兒》套，《喻情》：「閒槽坊裏趓酒無巴避。」此猶云沒辦法，意言造酒之處無從避酒也；趓爲躲字之借。亦作巴臂。《小孫屠》戲文：「這般閒爭甚巴臂？旁人聽，是何張志？」甚巴臂，亦爲沒來由之意。巾箱本《琵琶記》十二：「這般說謊沒巴臂。」義同上。亦作把背。《雍熙樂府》十一，《新水令》套，《祿山憶楊妃》：「往常時胖得來無把背，如今瘦得來忒恁地。」言胖得來不由自主也，亦無來由之義。亦作笆壁。《秋胡戲妻》劇二：「秋胡呵！他去了那五載十年，阻隔着千山萬水。早則俺那婆娘家無依倚，更合着這子母每無笆壁。」言子母們無辦法也，此秋妻唱詞，子母指秋母及秋胡。

聽沉

聽沉，猶云聽也。黃庭堅《定風波》詞：「上客休辭酒淺深，素兒歌裏細聽沉。」細聽沉，細聽也。《董西廂》三：「窗下立了多時，聽沉了一餉，流淚濕却胭脂。」此猶云聽了一會也。《劉知遠傳》二：「側耳聽沉久，心中暢歡樂。」又：「當此李洪義，遂側耳聽沉兩迴三度。」《來生債》劇二：「我則道是誰人向這槽畔低低敍，聽沉了着我慘慘的怕怖。」《㑳梅香》劇一：「聽沉罷，過初更。更闌也休得消停。」又一：「聽沉了半晌空傒倖，靜無人悄悄冥冥。」《燕青博魚》劇四：「我這裏聽沉了多時靜悄悄。」《盆兒鬼》劇三：「我聽沉了半多晌，觀瞻了四週圍。」《倩女離魂》劇二：「我這裏順西風悄悄聽沉罷。」《忍字記》劇二：「我這裏疑慮絕，觀覷了，聽沉罷。」義均同上。復次，玩上各劇文，沉字之下可接罷了等字，則沉字之非助辭可知；而聽沉二字，或與觀瞻作對，或與疑慮及觀覷作對，則沉字直用與聽字同義。蓋宋元時之語言然也。

噤痒　噤瘮　禁瘮　噤嘇　噤　痒痒

噤痒，發噤之義。韓愈《鬬雞聯句》：「磔毛各噤痒。」此言毛羽豎起如發噤也。韓偓《日高》

詩：「噤瘁餘寒酒半醒。」此言寒噤也。亦作噤瘮。牛僧孺《李蘇州遺太湖石》詩：「噤瘮微寒早。」亦作禁瘮。陳克《鷓鴣天》詞：「禁瘮餘寒酒半醒。」亦作噤嘇。辛棄疾《菩薩蠻》詞：「噤嘇山花冷。」以上皆爲寒噤義。亦有止用一噤字者。柳永《宣清》詞：「背銀釭，孤館乍眠；擁重衾，醉魄猶噤。」晁元禮《脫銀袍》詞：「燕愁鶯懶，怕輕寒猶噤。」亦有疊用兩瘁字者。費冠卿《答蕭建問九華山》詩：「入林寒瘁瘁，近瀑雨濛濛。」《南宋六十家》，敖陶孫《大風懷林伯農》詩：「江湖易高風，六月寒瘁瘁。」亦皆寒噤義也。

癡掙　寱掙　讛掙　囈掙　意掙　掙

癡掙，發噤或發怔之義。《黑旋風》劇一：「他可慣聽我這莽壯聲，諕他一個癡掙。」《連環計》劇二：「懒懆的我渾如癡掙，直似風顛。」《馮玉蘭》劇四：「不由我不喪膽銷魂忽地驚，渾如癡掙。」《硃砂擔》劇一：「天也！好着我又不敢問他問他名姓，早則是打了個渾身癡掙。」《雍熙樂府》一，《醉花陰》套，《趕蘇卿》：「愁切切有如癡掙，悶懨懨卽漸成病。」凡云癡掙，義並同。亦作寱掙。《倩女離魂》劇四：「這的是俺娘的弊病，要打滅醜聲，佯做個寱掙。」亦作讛掙。《氣英布》劇二：「眼睜睜慢打回合，氣撲撲重添讛掙。」亦作囈掙。《梧桐雨》劇一：「我恰待行，打個囈掙，怪玉籠中鸚鵡知人性，不住的語偏明。」亦作意掙。《雍熙樂府》一，《醉花陰》套，《趕蘇卿》：

「喚梢公忙答應，休得要**意掙**。」《喬斷鬼》劇三：「猛見箇碑亭似大漢，諕的我打了箇**意掙**。」義亦並同。亦有止用一掙字者。《董西廂》一：「立**掙**了渾身森地。」又：「立**掙**了法堂。」凡云掙，皆發怔義也。

阿鵲　阿吒

阿鵲，嚏聲也。《南宋六十家》，張至龍《擬韓偓體》詩：「一聲**阿鵲**顫鸞雙，學調新詞未得腔。」鸞雙當爲飾物，因打嚏故顫動也。辛棄疾《謁金門》詞：「因甚無箇**阿鵲**地？沒工夫說裏！」凡有人在背地裏記憶怗念則打嚏。蘇軾《元日過丹陽》詩：「白髮蒼顏誰肯記，曉來頻嚏爲何人？」又按《容齋隨筆》云：「今人噴嚏不止者，必噀唾祝云，有人說我。」詞意言所以無嚏者，因無人說着也。裏，語助辭，見裏字條。《陽春白雪》五，趙立之《瑞鶴仙》詞：「**阿鵲**幽芳月淡，紫曲雲昏，有人說著。」言所以嚏者，因有人說着也。洪咨夔《南鄉子》詞，《德清舟中》：「**阿鵲**數歸程，人倚低窗小畫屏。」此在旅程中忽然一嚏，知家人怗念，正在數其歸程，何日可到也。《陽春白雪》五，黃濬翁《瑞鶴仙》詞：「因省。春風如舊，人面何歸，對時傷景。樓高望迴。潮有信，雁無準。任相如多病，沈郎全瘦，都沒音塵寄問。便做無**阿鵲**頻頻，可能睡穩？」大意言情人既不歸來，又無音訊，毫不怗念我，我縱使不打嚏頻頻，亦安能睡得穩也。陳著《霜天曉角》

詞，《行止阮橋宿，風雨衣身俱溼》：「一聲**阿鵲**，人在雲西角。……頗寄香箋歸去，教看了，細揉嚼。」此亦言客程中有家人惦念也。《浩然齋雅談》，孫花翁《水龍吟》詞，《除夕》：「驅儺爆竹，軟餳酥豆，通宵不睡。四海皆兄弟，**阿鵲**也同添一歲。願家家戶戶，和和順順，樂昇平世。」此因守歲而推念四海同胞皆添一歲也。打嚏爲添歲之徵，玩李處全（四印齋本《晦菴詞》）守歲詞，《玉樓春》云：「要知一歲已尋儂，聽打箇驚人噴嚏。」可證。其字亦作阿叱。《雍熙樂府》十二，《新水令》套，《仗義疏財》：「猛聽的說原因，罵的那李山兒實是狠。他罵道剮骨分身，剔髓抽筋。好教人耳熱燒輪，怒氣氤氳。**阿叱阿叱**打了幾箇嚏噴，得你那黑爹爹強自忍。」蓋取其聲似，字形不拘也。《奢摩他室曲叢》本《誠齋樂府》，嚏噴作涕噴。

老

老，稱身體之某部分時，用爲語尾助辭。《董西廂》一：「小顆顆一點朱脣，溜沏沏一雙渌**老**。」渌老，眼也。又：「那多情媚臉兒，那鶻鴒渌**老**兒。」鶻鴒爲靈活之義。又二：「等得夫人眼兒落，斜着渌**老**兒不住瞅。」《西廂》一之二：「鶻伶渌**老**不尋常。」義均同上。《樂府陽春白雪》後二，王嘉甫《八聲甘州》套，「鶯花伴侶」篇：「窄弓弓撇道，溜刀刀六**老**。」六老與渌老同。《董西廂》三：「東傾西側做些腌軀**老**。」軀老，身也。腌軀老，猶云難看的身段。又：「煞撇撇地做些腌軀**老**。」《西厢》五之三：「喬嘴臉，腌軀**老**，死身分。」義均同上。《爭報恩》劇一：「怎覷那喬軀**老**，屈脊低腰，款那（挪）步，輕擡脚。」喬軀老義與腌軀老同，言難看也。《宦門子弟錯立身》戲文：「莊家調判，難看區**老**。」區老與軀老同。《玉壺春》劇二：「舒着一雙黑爪**老**，搭着一條黄桑棒。」爪老，手也。《雍熙樂府》六，《粉蝶兒》套，《割耳寄》：「將一箇聽**老**可叉的去了。」聽老，耳也。可叉，爲刀割之聲。又：「秃頂**老**沒分沒曉。」頂老，頭也，秃頂老指僧人。《割耳寄》係詠僧人偷情被割耳事，故云然。按妓女之諢名亦曰頂老。《誠齋樂府》，《慶朔堂》劇：「腆着箇惹大小的腌**老**，尋歹鬬，厮傒落。」腌老，肚腹也。復次，方諸生本《西厢》五之三注云：「北人鄉語，多以老作襯字，如眼爲睩**老**，鼻爲嗅**老**，牙爲柴**老**，耳爲聽**老**，手爲爪**老**，拳爲扣**老**，肚爲菴**老**之類。」此亦可參證者也。又《詞謔》載掉説《醉太平帶蓮花落》，有「再休題嗑着齒**老**，剪着稍**老**，睜着臚**老**，側着聽**老**，聳着訓**老**，摸着乳**老**，舒着爪**老**。」云云，雖不能盡解其義，要亦大都爲身體上名辭也。

骨 心骨

骨，猶心也。江淹《別賦》：「心折**骨**驚。」善注：「互文也。」因是，後人亦每以骨字代心字用。杜甫《投簡成華兩縣諸子》詩：「長安苦寒誰獨悲，杜陵野老**骨**欲折。」骨欲折猶云心欲折，心欲折猶云魂欲斷也。孟浩然《送從弟邕下第後尋會稽》詩：「向來共歡娛，日夕成楚越。落羽更紛飛，誰能不驚**骨**。」驚骨字卽本江淹《别賦》。李賀《許公子鄭姬歌》：「莫愁簾中許合歡，淸絃五十爲君彈。彈聲咽春弄君**骨**，**骨**與牽人馬上鞍。」弄君骨，猶云動君心；骨與，猶云心奮。姚合《聞新蟬寄李餘》詩：「往年六月蟬應到，每到聞時**骨**欲驚。」骨一作心，蓋骨與心同義也。亦有心骨二字聯用者。元稹《連昌宮詞》：「我聞此語心**骨**悲，太平誰致亂者誰？」此猶云心悲。李賀《開愁歌》：「主人勸我養心**骨**，莫受俗物相塡豗。」此猶云養心。又《送沈亞之歌》：「吾聞壯夫重心**骨**，古人三走無摧捽。」此心骨字猶云志氣或意氣。黄庭堅《鷓鴣天》詞：「萬事令人心**骨**寒，故人墳上土新乾。」此猶云心寒。

大走

大走，猶云大步行走也。《爭報恩》劇四：「我這裏急慌忙那(挪)身起，**大走**到向他根底。」《神奴兒》劇楔子：「我與你**大走**去可兀的買將來。」《劉行首》劇一：「脫離了火院，**大走**入玄門。」《王粲登樓》劇一：「我怎肯空隱在嚴子陵釣灘，我怎肯甘老在班定遠玉關，我則待**大走**上韓元帥將壇。」《生金閣》劇二：「小丫鬟忙來呼喚，道衙內共我商量。豈敢行唐，**大走**向庭前去問當。」義並同。

倒指

倒指，猶云屈指也。《宋百家詩存》，黃庶《送劉孟卿遊天台雁蕩二山》詩：「縈紆長淮下平席，**倒指**計日觀怒濤。」又曹勛《和王倅見惠詩》：「**倒指**三十載，猶記潮陽路。」又陳淵《同楊遵道出京》詩：「此行過襄陽，**倒指**不旬數。」《南宋六十家》，劉過《送王東卿歸天台》詩：「欲數人材難**倒指**，有如公者又東歸。」又朱南杰《夜坐書懷》詩：「**倒指**新芻當已熟，且煨閬芋一中之。」又薛嵎《漁村雜句》詩：「非智非愚浪着鞭，前程**倒指**事茫然。」又劉仙倫《有懷二小姪》詩：「**倒指**今三年，爲學當日佳。」葛長庚《水調歌頭》詞：「**倒指**兩三載，行過百來州。」《陽春白雪》八，張榘《應天長》詞，《雷峯夕照》：「飛鴻倦，低未泊，鬬**倒指**數來還錯。」皆其例也。

叉手 抄手 插手

叉手，交手也。然含義尙有小異之處，玆分爲三項述之。其一爲合掌。陳師道《寄滕縣李奉議》詩：「曲躬**叉手**前致言，畜眼未見耳不聞。暮年何以答此恩，請頌《華嚴》壽我君。」此詩多用釋氏語，叉手卽僧禮之合掌，亦卽合十也。佛經中所見長跪叉手或合掌叉手之類，屬於此項。其二爲垂拱。《瀛奎律髓》二十一，王半山《次韻雪》詩：「戲挼（奴回切）亂掬輸兒女，羔袖龍鍾**手**獨

叉。」方虛谷注云：「戲挼亂掬者，見女曹不畏雪也，老人則叉手於袖中耳。」按龍鍾爲袖垂貌，此蓋兩手相叉而籠於袖中，與拜揖時之高拱手有別，蓋垂拱也。蘇軾《袁公濟和復次韻答之》詩：「文如翻水成，賦作**叉手**速。」此卽用溫八叉故事。《全唐詩話》四，溫庭筠條：「庭筠才思豔麗，工於小賦。每入試押官韻作賦，凡八叉手而八韻成。時號溫八叉。多爲鄰鋪假手，日救數人。」按此亦垂拱也，一韻寫畢時，兩手略略相叉，作籠手狀；及第二韻腹稿成，卽舉手再寫。故在試場撰稿時之叉手，當然非如拜揖時之高拱手也。亦作抄手。涵芬本《單刀會》劇二：「我如今緊**抄**定兩隻拿雲**手**，再不出麻袍袖。」此猶云緊緊籠手，不復與聞世事也。《百花亭》劇二：「從今後，牢收起愛月惜花心，緊**抄**定偷香竊玉**手**。」此猶云緊緊籠手，不再偷香竊玉也。其三爲高拱。《南宋六十家》，林希逸《力學》詩：「醉知**叉手**矜持易，過似科頭點檢難。」此爲表示恭敬，當爲高拱手義。方岳《賀新郎》詞：「似恁疏頑何爲者，向人前不解高**叉手**。寧學圃，種菘韭。」此爲拱手求人義。陳著《虞美人》詞，《詠菊》：「老來猶解高**叉手**，遙上花前壽。」此爲拱手上壽義。上述兩詞，皆拜揖時之高拱手也。《詞謔》附載費唐臣《新水令》套，《夜月追韓信》：「我又怕**叉手**告人難，因此上懶下寶雕鞍。」告人卽求人。《西廂》二之二：「生云：『拜揖小娘子。』紅唱：『則見**叉手**忙將禮數迎，萬福先生！』」三十種本《西蜀夢》劇：「往常眞戶尉，見咱當胸**叉手**。」又《看錢奴》劇：「窮漢每祗揖頭也不點，佯呆着**手**也不**叉**。」《竹葉舟》劇三：「你枉了告玄冥，禮河伯，頻叉手。」《盆兒鬼》劇一：「那太僕兩手忙叉。」《趙氏孤兒》劇四：「我恰纔叉定手，向前來緊趨伏。」以上所述之叉手，均爲請求或趨承性質也。亦作抄手。《瀟湘雨》劇一：「則見他抄定攀蟾折桂手，待趨前，還褪後。我則索慌忙施禮半含羞。」所云施禮者，乃答其抄手之禮，則爲高拱手可知。亦作插手。《秋胡戲妻》劇三：「我見他便躬着身，插着手，陪言語。」《薦福碑》劇二：「比及見這四方豪士頻插手，我爭如學五柳先生懶折腰。」義均同上。蓋抄插皆與叉爲一聲之轉也。

頭抵　頭敵　敵頭

頭抵，敵對或對頭之義。楊萬里《聽蟬》詩：「更從誰子做頭抵，只放斜陽不放休。」此猶云做對頭也。《董西廂》二：「把破設設地偏衫揭將起，手提着戒刀三尺，道我待與羣賊做頭抵。」又四：「我去後，必定有官防，君莫怕，我待做頭抵。」《謝金吾》劇三：「我須是天潢支派，沒猜疑。來來來！我敢和你做頭抵。」義均同上。亦作頭敵。《黃鶴樓》劇四：「若有些箇爭競，半米兒疏失。來來來！我和你做一箇頭敵。」《酷寒亭》劇二：「我本待好心腸苦勸你，你倒惡狠狠把咱推。來來來！我便死也拚得和你做頭敵。」亦倒其文而爲敵頭。《西廂》四之二：「世有，便休；罷手。大恩人怎做敵頭。」《氣英布》劇三：「元來他罵的也則是鄉間漢，田下叟，須不共英雄輩做敵頭。」《千里獨行》劇二：「你當日逞英雄，與曹操做敵頭。」義均同。《趙氏孤兒》劇二：「這兩家做下敵頭重。但要訪的孤兒有影踪，必然把太平莊上兵圍擁，鐵桶般密不通風。」《小尉遲》劇一：「則他那尉遲敬德敵頭重，你那裏高叫響如鐘，空逞僫的好喉嚨。」敵頭重，蓋猶云對頭兒也。復次，敵頭亦有作同等相偶之義者。《董西廂》三：「一對兒佳人才子，年紀又敵頭。」《劉知遠傳》三：「求親不肯揀高樓，怕倒了高樓一世休，司公故交（敎）他女嫁敵頭。」皆其例也。

歇馬

歇馬，小駐之義；多爲貶謫時用語。《裴度還帶》劇一：「近日聞朝廷差一李公子，來此歇馬。」又：「今奉聖人命，……着某隨處體察採訪，某來到這洛陽歇馬。」《梧桐葉》劇一：「今往大慈寺過，權且歇馬。」又二：「到此大慈寺中歇馬，壁間寫下一詞釋悶。」凡云歇馬，皆小駐之義也。其爲貶謫時用語者，例如下。《東坡夢》劇一：「誰想王安石將小官《滿庭芳》奏與聖人，貶小官黃州歇馬。」《麗春堂》劇三：「近聞京師有四丞相因打李圭，如今貶在濟南府歇馬。」《射柳捶丸》劇一：「小官舉一人，……小字延壽馬，此人驍勇，膽略過人，先帝手中，待罪在雲中歇馬。」《鴈門關》劇一：「因某帶酒打傷國舅段文楚，聖人大怒，貶某在沙陀歇馬三年。」《紫泥宣》劇一：「聖人欲將我拿下，衆官叩頭作保，看我是有功之臣，貶我在這沙陀地面，閒居歇馬。」凡貶謫時所云歇馬，殆猶停止活動之義也。

撒和　和

撒和，餵飼牲畜及馴調牲畜之義。《西廂》一之一：「店小二云：『官人要下呵！俺這裏有乾淨店房。』生云：『頭房裏下，先**撒和**那馬者。』」《倩女離魂》劇四：「行了些這沒**撒和**的長途有十數程，越恁的骨瘦蹄輕。」按此亦指馬而言。《凍蘇秦》劇二：「大的個孩兒，他撒**和**頭口兒去了。」頭口，卽牲畜。《來生債》劇一：「洗了麩，又要**撒和**頭口。」《㑳梅香》劇四：「山人云：『將五穀寸草來！』官媒云：『要做甚麼？』山人云：『先把新女壻**撒和**撒**和**，不認生。』官媒云：『你正是精驢，休要胡說！』」山人，結婚時之服役者。亦有只用一和字者。《爭報恩》劇一：「這裏又無那盛料盆，又無那餵馬槽，妹子也！你可甚空房中來**和**草。」此和字卽撒和之和也。

攛廂　攛箱

攛廂，衙役幺喝也。《元曲選》白文中，每遇縣官坐堂放告，必先有喝攛廂云云，其最明白易曉者爲《竇娥寃》。《竇娥寃》劇二：「今早升廳坐衙，左右！喝攛廂！〔祗候幺喝科〕」又四：「今早升廳坐衙，張千！喝**攛廂**者！〔張千做幺喝科云〕在衙人馬平安擡書案。」則知喝攛廂，猶舊時吏役之排衙，分列兩廂，作幺喝聲也。亦曰**擺箱**。《魔合羅》劇三：「則聽的鼕鼕傳擊鼓，喏喏報**擺箱**。」蓋廂與箱本同義也。餘不備舉。

問事

問事，刑具也。《誶范叔》劇二：「須賈云：『將**問事**來！』〔祗從丢下**問事**〕正末做慌科，云：『酒席上怎麼用這東西？』唱：『只見一條沉鐵索當前面，兩束粗荆棍在邊廂。』」此科白所謂問事，即唱辭所謂鐵索荆棍也。又四：「〔正末〕云：『張千！將**問事**來！』張千云：『理會的。』〔做丢下**問事**科〕正末唱：『早準備拶子麻槌。』」此科白所謂問事，即唱辭所謂拶子麻槌也。《勘金環》劇四：「張千！將**問事**來，我則(只)理會的王條依正行。」又：「丢下那一堆家**問事**，那裏肯容咱分細。」《雍熙樂府》十二，《新水令》套，《陳琳抱妝盒》：「打的荒把陳琳便指，你常是無三思，我根前，下**問事**。」此作寇承御口吻，言於我身上用刑具也。按此即《抱妝盒》之第三折，《元曲選》本與此文字微有異同。任訥校本《樂府陽春白雪》補集，無名氏小令，《紅繡鞋》：「也不索使**問事**，也不索下鉗鎚。」使問事與下問事義同。復次，《後漢書·禰衡傳》：「令五百將出，欲加箠。」注：「五百，猶今之問事也。」《通鑑》漢獻帝建安九年注：「問事，卒也，主行杖，猶伍伯之類。」則知問事本爲行刑之卒，而在後世則義爲刑具矣。

休務　入務

休務，猶云辦公休止也。蘇軾《臨江仙》詞：「自古相從**休務**日，何妨低唱微吟。」龍沐勛箋：「休務即休沐。文同詩：『掩門**休務**外，隱几坐忘中。』休務，當爲宋人語也。」趙令畤《浣溪沙》詞：「少日懷山老住山，一官**休務**得身閒。」此當爲休官義。万俟雅言《三臺》詞：「斂兵衞，閶闔門開；住傳宣，又還**休務**。」住者，停住之義。趙以夫《二郎神》詞：「任詩卷拋荒，棋枰**休務**。」此借用官文書中語以喻休息停止也。又有入務一辭，義亦相同。白居易《晚興》詩：「將吏隨衙散，文書**入務**稀。」言文書因休務而稀也；題爲晚興，當爲晚衙散後情景。蘇軾《七月五日》詩：「避謗詩尋醫，畏病酒**入務**。」王注：「酒入務，謂止酒不飲也。」施注：「法令所載，尋醫爲去官，入務乃住理，詩中所用蓋出此。」按住理者，停住辦理也。又《趙郎中見和戲復答》詩：「趙子飲酒如淋灰，一年十萬八千盃，若不令君早**入務**，飲竭東海生黃埃。」此仍前詩酒入務之義也。葛郯《念奴嬌》詞：「詩卷尋醫，禪林結局，酒**入**昏田**務**。」此仍沿用尋醫入務故事，要之爲止酒義。

點湯

點湯，送客之義。《通俗編》二七，《撮泡茶》條：「《禪寄筆談》：『杭俗用細茗置甌，以沸湯點之，名爲撮泡。』按古人飲茶皆擣末爲團餅，投湯煎之，撮泡但起於一方，今則各處行矣。」是知點湯卽泡茶也。舊時主客會晤，有端茶送客之習慣，客瀕行時，主人必端茶敬客，以爲禮節。其有惡客不願與之久談者，主人亦往往端茶示意以速其行。此在元劇中則屢見點湯送客之事，情節正同。《凍蘇秦》劇三：「張千云：『點湯！』正末唱：『哇！你敢也走將來喝點湯，喝點湯。』云：『點湯是逐客，我則索起身。』」《王粲從軍》劇二：「蒯越云：『點湯！』正末云：『點湯呼遣客，某只索回去。』」《龍虎風雲會》劇三：「你休來耳邊廂叫點湯。」《詞林摘豔》四，《秋夜雲窗夢》劇一：「赤緊的咱心不願，請點湯宴(晏)叔元，告迴避白樂天。」告迴避，猶云請迴避，猶云請走罷。請點湯義亦同，蓋以點湯寓逐客之意也。

點茶

點茶，與點湯同，卽泡茶也。米黻《將之苕溪戲作》詩：「懶傾惠泉酒，點盡壑源茶。」《南宋六十家》，鄭清之《湖上口占》：「野徑偏穿人借問，僧茶旋點客先嘗。」旋點，猶云現點。又宋伯仁《久坐》詩：「瓶笙聲未絕，更點土山茶。」姬翼《一剪梅》詞：「客至何妨不點茶，相忘交結，冷淡生涯。」《董西廂》三：「只怕我今宵磕睡呵！先點建溪茶。」皆其例也。

玉東西　玉西東　東西玉　東西　西東

玉東西，酒盃也。黄庭堅《次韻吉老》詩：「佳人斗南北，美酒玉東西。」史容注云：「酒盃名。」試更以其他詩詞證之。范成大《次韻王夷仲同遊成氏園》詩：「秀巖堂上玉東西，把酒登臨望眼迷。」趙長卿《別怨》詞：「如何見得，明年春事濃時。穩乘金騕褭，來爛醉，玉東西。」又《滿庭芳》詞：「羅絃管，合歡聲裏，爛醉玉東西。」周紫芝《瀟湘夜雨》詞：「仙翁醉，問春何在，春在玉東西。」《花菴中興詞選》，張東父《鷓鴣天》詞：「金底背，玉東西，前歡贏得兩相思。」皆其例也。亦作玉西東。《南宋六十家》，鄭清之《和盧齋勸農》詩：「酡顏醉客玉西東，半濕塵衫上翠空。」辛棄疾《臨江仙》詞：「畫樓人把玉西東。舞低花外月，唱徹柳邊風。」朱敦儒《卜算子》詞：「深勸玉西東，低唱黄金縷。」盧祖皋《鷓鴣天》詞：「閒意態，小房櫳。丁寧須滿玉西東。」皆其例也。亦作東西玉。秦觀《次韻宋履中》詩：「病來怕飲東西玉，老去慚陪大小山。」蔣捷《賀新郎》詞：「鴛樓碎瀉東西玉，問芳蹤何時再展，翠釵難卜。」皆其例也。亦有祗云東西者，如王安石《寄程給事》詩：「舞急錦腰迎十八，酒酣金盞照東西」是也。亦有祗云西東者，如趙長卿《朝中措》詞：「此去定膺光寵，且須滿醉西東」是也。要之皆以稱酒盃也。

澁道

澁道，階基之屬。《升庵詩話》《澁浪條》：「蔡衡仲一日舉溫庭筠《華清宮》詩『澁浪浮瓊砌，晴陽上綵斿』之句問予曰：『澁浪何語也？』予曰：『子不觀《營造法式》乎？宮墻基自地上一丈餘，疊石凹入爲崕險狀，謂之疊澁；石多作水文，謂之澁浪。』」按疊澁卽階基也，元劇中屢見澁道字，形狀當然不能盡同，要之亦階基之屬，或有石級以供人行登降之用者。《魔合羅》劇二：「我這裏慢騰騰行出靈神廟，舉目偷瞧，我與你恰下**澁道**，立在簷梢。」《襄陽會》劇二：「入的這館驛儀門，遶着這虛檐**澁道**。」《勘頭巾》劇二：「出司房，忙進步，登**澁道**，下階址。」《裴度還帶》劇三：「出廟門迸下**澁道**，近行徑轉過牆角。」《硃砂擔》劇三：「我與你登**澁道**，七林林過曲闌。」皆其例也。

毬樓亮槅　虯鏤　虯樓　求樓　明亮槅

毬樓與亮槅，均窗門之屬。毬樓亦作虯鏤、虯樓或求樓。《燕青博魚》劇二：「比及我唾潤開窗紙偷睛覷，他可也背靠定**毬樓**側耳聽。」言靠住窗門也。又：「他把我那竹眼籠的**毬樓**蹬折了四五根。」此竹眼籠之門，形如窗者也。所云四五根者，卽構成竹眼之槅子也。《揚州夢》劇一：

「近雕欄，穿玉戶，龜背毬樓。」此言窗門上之槅子，形如龜背之六角紋也。《莊周夢》劇三：「怎禁他狐魅精靈潑鬼頭，挨亮槅，靠毬樓。」互文以見義也。《謝金吾》劇一：「把金釘朱戶生扭開，虬鏤亮槅盡毀敗。」按劇情，此敍拆倒清風無佞樓時情形。《魏徵改詔》劇二：「大踏步走上階基，踹亮槅虬樓紛碎。」按劇情，此敍秦叔寶追趕李世民打進老君廟時情形。《風月紫雲庭》劇：「將蛾眉址道登，到求樓軟門外。」此可證求樓之爲門屬；址道當是澁道，參看《澁道條》。《黄粱夢》劇二：「我這裏七林林轉過庭槐，慢騰騰行過廳階，孤椿椿靠定明亮槅。」明亮槅與亮槅同。復次，窗槅之槅字，宋人詩詞中作隔。楊萬里《重九前四日晝睡獨覺》詩：「添糊窗隔無風氣，旋曬衣裘有日香。」又《荔支堂夕眺》詩：「迎寒窗隔重糊遍，只放書邊數眼明。」周邦彦《六醜》詞：「但蜂媒蝶使，時叩窗隔。」皆其例也。

林浪　林郎　林榔　林琅　林瑯　林根

林浪，深林之義。《張協狀元》戲文：「林浪裏假妝做猛獸，山徑上潛等着客人。」又：「林浪裏五十個大漢，不得出來，我獨自一箇奈何它。」又：「跳出林浪之中，直奔草徑之上。」《救孝子》劇楔子：「你送到林浪嘴兒邊，可便回來。」又二：「聽說林浪中一個屍骸，准是我那女孩兒的。」皆其例也。亦作林郎。《對玉梳》劇三：「見一簇惡林郎黑模糊，不由我心兒裏猛然添怕懼。」亦作林槨。《幽閨記》二十二：「〔生〕『你記得林槨中的言語來！』〔旦〕『林槨中曾與秀才說兄妹同行』」亦作林琅。《三戰呂布》劇三：「恰離了軍陣中，早來到林琅裏。」亦作林瑯。《五馬破曹》劇三：「奉軍師的將令，領兵在此林瑯裏埋伏。」亦作林稂。《九宮大成》十四，引《雍熙樂府》《粉蝶兒》套，「賽社處人齊」篇：「忽的向林稂中，則見山崦裏，閃出一隊勇烈軍旗。」要之皆雙聲字，義並同。

雲陽

雲陽，行刑之處。《元曲選》屢見雲陽斬首語。《魔合羅》劇四：「我將殺人賊斬首在雲陽內，還報的銜冤負屈鬼。」《神奴兒》劇四：「便應該斬首雲陽，更揭榜曉諭多人。」《趙氏孤兒》劇楔子：「他平白地使機謀，將俺雲陽市斬首。」又二：「他父親斬首在雲陽，他娘呵囚在禁中。」餘不備舉。按雲陽之語，唐人詩中已見之，胡曾《詠史詩之上蔡》一首云：「上蔡東門狡兔肥，李斯何事忘南歸。功成不解謀身退，直待雲陽血染衣。」曹鄴《讀李斯傳》詩：「不見三尺墳！雲陽草空綠。」按《史記·李斯列傳》則云棄市咸陽，不云雲陽也。唐人詠李斯事，其曰雲陽，當有所本，俟考。復次，今皮黃劇尙有沿用雲陽之典故者，如《青霜劍》云：「拋下了嬌妻幼子，死不瞑目，喪在雲陽」是也。

四星

四星，有兩義：一取義於斗星，一取義於秤梢。其取義於斗星者，爲零落淒涼之義。《樂府新聲》上，侯正卿《醉花陰》套「涼夜厭厭露華冷」篇：「短吁長歎千萬聲，幾時到得天明。被賓鴻喚回離愁興，雨淚盈盈。天如懸罄，月如明鏡，桂影浮，素魄輝，玉盤光靜，澄澄萬里晴。一縷雲生，恰遮了北斗杓兒柄，這淒涼有**四星**。」斷句依《北詞廣正譜》。《樂府新聲》中，無名氏小令，《水仙子》：「鳳凰臺上月兒明。恰似團員雲霧生，正遮了北斗杓兒柄，這淒涼有**四星**。」上兩曲語意相同，蓋北斗七星，遮去斗杓三星，零賸四星，故曰淒涼有四星也。《淮南子·天文訓》，斗杓爲小歲注：「斗第五至第七星爲杓。」故斗杓三星也。《西廂》一之三：「却尋歸路，佇立空庭。竹梢風擺，斗柄雲橫。呀！今夜淒涼有**四星**。」機軸與上述兩曲文同，義亦同。方諸生本《西廂》一之三注引馬東籬《青衫淚》劇：「直到夢撒撩丁也，纔子**四星**歸天。」今《元曲選》本《青衫淚》劇無此文，當已被刪改過。此文當爲第二折尾煞「女愛的親，娘不顧戀，娘愛的鈔，女不樂願」之上下文。夢撒撩丁爲無錢義。曰四星歸天，則取義於北斗可知。大約言至無錢之時，亦終如四星之淒涼而沒落也，意以諷娘之愛鈔也。又前書注引石君寶《曲江池》劇：「倒宅計坑的他**四星**。」今《元曲選》本《曲江池》劇亦無此文。義同上，言坑陷得他淒涼也。其取義於秤梢者，爲下梢或前程之義。《五劇箋疑》：「古人釘秤，每斤處用五星，惟到末梢爲四星。故往往諱言下梢曰**四星**。」蓋秤桿末梢較細，故只釘四星也。《兩世姻緣》劇二：「我比那卓文君，有上梢沒了**四星**。」義爲沒下梢；意則云沒前程也。三十種本《氣英布》劇：「分明見劉沛公濯雙足，慢自家有**四星**，却交（敎）我撲鄧鄧按不住雷霆。」言沛公傲慢着自家有前程也。《元曲選》本《氣英布》劇，慢自家句作「覷當陽君沒半星」，則已改易過矣。《詐妮子調風月》劇：「俺那廝做事一滅行，這妮子更敢有**四星**。」言恐其沒前程也。《陳州糶米》劇一：「正末唱：『你比那開封府包龍圖少**四星**。』大斗子云：『兀那老子休要胡說！他兩個是權豪勢要的人，休要惹他！』」你比那云云，言比包龍圖差些前程；意猶云你有多大前程也。方諸生本《西廂》一之三注，引《玉鏡臺》劇：「折莫發作半生，我也忍得**四星**。」言忍得到末梢，猶云忍耐到底也。《元曲選》本作「遮莫你駡我盡情，我不敢回你半聲。」意義同而文字則改易矣。又前書注引《雲窗秋夢》劇：「瘦得那俊龐兒沒了**四星**。」此亦當取義於秤桿末梢之磨滅也。按涵芬本元無名氏《鄭月蓮秋夜雲窗夢》劇三：「愁煩疊萬簇，凄涼有**四星**。」《詞林摘豔》三，《粉蝶兒》套，亦載此折，作「愁煩迭萬挨，凄涼有**四星**」。則取義於斗星，與方諸生所引之本異文。《還魂記》十六，《詰祟》：「他一搦身形，瘦的龐兒沒了**四星**。」此與方諸生《西廂》注所引之《雲窗秋夢》劇文同義。

九百　九伯　九陌

九百，癡呆之義。《後山詩話》：「世以**癡**爲**九百**，謂其精神不足也。」此爲宋元時一種方言，然其字多作九伯，間亦作九陌。沈瀛《柳梢青》詞：「跳過世界三千，特特地人間**九百**。」此佯狂避世義，詞見彊村本《竹齋詞》。《董西廂》二：「道**九百**孩兒，休把人廝啈。」此猶云癡孩兒。孩兒爲暱辭。啈爲哄騙之義。以上作九百。《董西廂》一：「**九伯**了法寶，輭攤了智廣。」此爲發怔義。又一：「抖擻風狂，擺弄**九伯**，作怪作怪。」此爲發癡義。然普通多與風魔字合用。《董西廂》三：「我曾見風魔**九伯**，不曾見這般箇神狗乾郎在。」神狗乾郎不知其確解，大約爲瘋狂過度之義。在字爲語助辭，猶云着，言不曾見着過也。《風月紫雲庭》劇：「除是害**九伯**風魔病。」《魯齋郎》劇二：「纔五更天氣，你敢風魔**九伯**，引的我那裏去。」《馬陵道》劇二：「我問你，你是風魔呵是**九伯**？」《誤入桃源》劇三：「這兩個漢子，是風魔？是**九伯**？」《岳陽樓》劇二：「他又風，我又**九伯**，俺大家耍一會。」《藍采和》劇一：「則你那六道輪迴怎脫免，使不得你**九伯**風顛。」風顛卽瘋癲也。以上作九伯。《元明雜劇》本《酷寒亭》劇三：「言多語少，小人有些**九陌**風魔。」此則作九陌，陌與百同，足陌錢卽足百錢，可證也。

二四

二四，任意之義。《董西廂》一：「放**二四**，不拘束。」此猶云浪漫。又二：「當初遭難，與俺成親事，及至如今放**二四**。」此言任意悔親。又三：「放**二四**不識娘羞！待要打折我大腿縫合我口。」此言不知輕重。《氣英布》劇四：「只怕他放**二四**，又做出那濯足踞胡牀。」此言不客氣。涵芬本《遇上皇》劇一：「**二四**的司公能主張，則他三個人狠心腸。做夫妻四年向上，五十次告官房。」此言無忌憚的官吏。《樂府羣玉》二，王日華小令，《鳳引雛》，再問〔蘇卿〕：「休胡蘆提**二四**嚒！相傒倖，端的接誰紅定？」此言任意答應。

夢撒撩丁　夢撒寮丁　猛殺鐐丁　嘹叮孟撒　撩丁　遼丁

夢撒撩丁，無錢之義，大約撩丁指錢而言，夢撒則猶云無也。《對玉梳》劇一：「有一日使的來赤手空拳，**夢撒撩丁**。」《曲江池》劇二：「恁時分，我直着你**夢撒**了**撩丁**倒折了本。」方諸生本《西廂》一之三注引馬東籬《青衫淚》劇：「直到**夢撒撩丁**也，纔子四星歸天。」按今《元曲選》本《青衫淚》無此文。《太平樂府》六，朱庭玉《夜行船》套，《悔悟》：「若是自家空藏瓶，**夢撒撩丁**。花姑不重女孫輕，誰任見哽。」《慶朔堂》劇一：「你敎我留一個有錢的富的，我則怕**夢撒**了**撩丁**鏝的。」義均同。《太平樂府》八，鍾繼先《一枝花》套，《自敍醜齋》：「有錢的高貴，無錢的低微，那裏間風流子弟？……設答了鏝的，夢撒了寮丁，他采(睬)你也不見得。」則撩丁又作寮丁，設答之義未詳。《雍熙樂府》十作沒答了鏝的；鏝亦指錢而言。《錯立身》戲文：「空滴溜下老大小荷包，猛殺了鐐丁鍉底。」則夢撒又作猛殺，撩丁又作鐐丁，鍉底之義未詳，大意言空膁下偌大荷包而無錢也。《雍熙樂府》四，《點絳唇》套，《嘲鹽商》：「虛飄飄鎖兩箇籠箱，絮叨叨寫幾行支帳，只弄得嘹叮孟撒不還鄉。」則撩丁又作嘹叮，夢撒又作孟撒，義均同。以下更舉撩丁與夢撒之分用者證之。《張協狀元》戲文：「錢又沒撩丁，米又沒半升。」撩丁與半升對舉，則撩丁亦少數，殆猶云分文也。復旁證之《五代史評話》，《周史》：「郭威見說，謝長看覷；但小人身畔沒個遼丁，怎生敢說婚姻的話？」則撩丁又作遼丁也，義同上。《樂府羣玉》三，周仲彬小令，《朝天子》：「韓香剛待探手拿，小胆兒還驚怕。柳外風前，花間月下，斷腸人敢道麽？演撒，夢撒，告一句知心話。」演撒，意云有也，見有字條。與夢撒對舉，猶云有耶無耶；意則猶云對於我有意耶、無意耶，請問一句眞心話也。告爲請求義，見告字條。《雍熙樂府》十三，無名氏《鬬鵪鶉》套，《勸人收心》：「待去呵！青蚨又夢撒；不去呵！寸心又牽掛。」此描寫嫖客心理，言青蚨無有也，仍爲無錢義。

方頭不劣　不劣方頭　方頭不律　不律頭

方頭不劣，爲倔強不馴之義。不劣亦作不律，亦倒之而爲不劣方頭，亦省之而爲不律頭。《緋衣夢》劇四：「俺這裹有箇裴炎，好生**方頭不劣**。」《陳州糶米》劇二：「我從來**不劣方頭**，恰便似火上澆油。」《金鳳釵》劇二：「見一箇**方頭不律**的人，欺負一箇年老的。」《冤家債主》劇三：「俺孩兒也不曾訛言謊語，又不曾**方頭不律**。」其作不律頭者如下。《樂府新聲》中，無名氏小令，《滿庭芳》：「突柱門**不律頭**天生劣，不肯輸半點兒虧折。」《詞林摘豔》四，《杜鵑啼》傳奇一：「暢好是沒來由，女孩兒家村冑，休學那**不律頭**。」要之皆爲倔強不馴義也。

歪剌骨　歪剌

歪剌骨，對於婦女之詈辭。《酷寒亭》劇二：「我罵你這**歪剌骨**，我罵你這潑東西。」潑亦詈辭。《竇娥冤》劇一：「這**歪剌骨**便是黃花女兒，剛剛扯的一把，也不消這等使性。」《兒女團圓》劇一：「說的我好也！我打這**歪剌骨**。」《救風塵》劇一：「這**歪剌骨**好歹嘴也！」亦省之而爲歪剌。《貨郎旦》劇二：「難道你不聽得，任憑這老乞婆臭**歪剌**罵我哩！」《四聲猿·狂鼓吏》：「他若討吃麼？你與他幾塊**歪剌**。」眉注云：「歪剌，牛角中臭肉也，故娼家以比無用之妓。」又前劇：

「臨死時和些**歪剌**們活離別，又賣履分香待怎麽。」又：「不想這些**歪剌**們呵！帶衣麻就摟別家。」大抵歪剌骨或歪剌，皆取義於臭也。復次，《通俗編》二十二，瓦剌國條：「洪容齋《俗考》：『瓦剌虜人最醜惡，故俗詆婦女之不正者曰瓦剌國。』汪价《儂雅》：『今俗轉其音曰歪賴貨。』」其說亦足備考。按《還魂記》三十，《歡撓》：「一天好事，兩個瓦剌姑掃興。」瓦剌姑，卽瓦剌國之異文也。

五代史 八陽經

《五代史》，胡鬧之義。《八陽經》亦同。《樂府新聲》中，無名氏小令，《滿庭芳》：「**五代史**般聒聒炒炒，**八陽經**般絮絮叨叨。」《風月紫雲庭》劇：「我唱的是《三國志》先饒十大曲，俺娘便**五代史**續添**八陽經**。」《對玉梳》劇一：「因甚的鬧炒炒做不得箇存活。每日間**八陽經**便少呵也有三千卷，**五代史**至輕呵也有二百合。又不是風魔。」《羅李郎》劇三：「人都道你是敎師，人都道你是浪子。上長街百十樣風流事，到家中一千場**五代史**。」《翫江亭》劇二：「好一會，弱一會。連麻頭，續麻尾。空着我念**八陽經**，陶到有一車氣。」皆其例也。

不伏燒埋

不伏燒埋，爲不受勸解或不聽說話之義。《爭報恩》劇二：「恰待分說，又道咱家**不伏燒埋**。」

《張天師》劇四：「却帶累花神，干連風雪，都也**不伏燒埋**。」《虎頭牌》劇四：「休想他低頭做小心腸改，便死也只吃杯兒淡酒何傷害，到底個**不伏燒埋**。」《兩世姻緣》劇四：「也是他買了個陪錢貨無如之奈，笑你個強項侯**不伏燒埋**。」義均同。按負刑事責任者賠償被害人之損害，則有燒埋錢，《香囊怨》劇四：「我的箇女兒，被你狐媚的他想你死去了，我不問你要**燒埋**錢還好哩！你又來討我女兒骨殖。」此燒埋之本義也，則所云不伏燒埋者，意云雖賠償之而仍不伏也。

唱叫揚疾　暢叫揚疾　出醜揚疾

唱叫揚疾，爲吵鬧相駡之義。茲先舉唱叫以起例。《風月紫雲庭》劇：「比及攛斷那**唱叫**，先索打拍那精神。」攛斷那唱叫，猶云表演那吵鬧。《劉行首》劇二：「走將來**唱叫**麄豪，只不住絮絮叨叨。」《漁樵記》劇二：「我和他**唱叫**了一日，則這兩句話，傷了我的心。」《貨郎旦》劇一：「你若不還他禮，他要**唱叫**起來，就不像體面了。」凡此唱叫字，義皆爲吵鬧，其曰唱叫揚疾者義亦同。《風月紫雲庭》劇：「則管裏唇三口四，**唱叫揚疾**。」《灰闌記》劇四：「氣的個親男兒**唱叫揚疾**。」《後庭花》劇三：「則聽的**唱叫揚疾**鬧怎麼？」《桃花女》劇二：「他這般**唱叫揚疾**不俫便可也爲甚麼。」不俫爲語助，無意義。《劉行首》劇四：「呀！你今日悔後遲，可笑愚癡，不辨個高低，**暢叫揚疾**。」暢叫與唱叫同。照字面講，揚疾者，以舉發惡事相駡也，然曲文曲白中往往與出醜並用而曰出醜揚疾，其義亦不限於相罵時用之。《玉鏡臺》劇三：「這一場**出醜揚疾**，安排着佯小心，妝大膽，丹方一味。」《兒女團圓》劇一：「有甚事叫喚聲疼，沒來由**出醜揚疾**。」《凍蘇秦》劇二：「却不道相隨百步有這徘徊意，俺爺娘便怎肯**出醜**的這**揚疾**。」的這爲語助，無意義。《蕭淑蘭》劇四：「兒的**出醜揚疾**，也見我祖宗家門清潔。」蓋出醜揚疾並用時，其義偏重於出醜也。

惡叉白賴　惡茶白賴

惡叉白賴，無賴之義。《任風子》劇一：「你這般惡**叉白賴**的！哎！這婆娘不賢。」《漁樵記》劇二：「哎！劉家女俫！你怎生只學的這般**惡叉白賴**。」《青衫淚》劇一：「更待要秦樓夜訪金釵客，索甚麼**惡叉白賴**鬧了洛陽街。」《望江亭》劇一：「一會兒甜言熱趲，一會兒**惡叉白賴**，姑姑也！只被你直着俺兩下做人難。」叉亦作茶。《金線池》劇三：「那裏也**惡茶白賴**尋爭競，最不愛打揉人七八道貓煞爪，搯紐的三十馱鬼揑青。」《還魂記》五十四《聞喜》：「那平章奏他，**惡茶白賴**把陰人竊。」義並同。

爲人做人

爲人與做人，均有解事義或體面義。方諸生本《西廂》五之三：「道禮數**爲人做人**，有信行知恩報恩。」**爲人**與**做人**本同義，此聯用之，含有解事及體面兩義。道猶知也，見道字條。惟其知禮數故解事，亦惟其知禮數故體面也。《董西廂》三：「姐姐**爲人**是稔色，張生做事忒通疏。」此體面義，稔色猶云美貌。《詐妮子調風月》劇一：「雖是搽胭粉，子(只)爭不裹頭巾。將那等不**做人**的婆娘恨。」此解事義，不做人的婆娘，猶云不解事的婆娘也。《青衫淚》劇二：「一個俏魂靈，不離了我打盤旋。我**做人**的解元！」按劇情，解元係指白樂天，爲妓女裴興奴唱詞，此時訛傳樂天已死，故云然。我做人的解元，猶云我那解事的情郎也。三十種本《博望燒屯》劇：「諸亮无能，賴主公洪福，衆將軍虎威，交(教)貧道**做人**。」此爲體面義，猶云幫我體面也。《東堂老》劇三：「苦惱苦惱！你當初也是**做人**的來，你也曾照顧我來，我便下的要你做傭工，還舊帳。」此兩義均有之，言你當初有錢，也是體面的來，解事的來，曾經照顧我來。便下的猶云豈忍得。《舉案齊眉》劇一：「小姐！則揀那富貴的招一個，又**爲人**，又受用。」招者，招壻也。此爲體面義；惟貴故體面，惟富故受用也。《剪髮待賓》劇四：「母三宣朝鳳闕，兒一舉跳龍門。俺孩兒寒窗下**爲人**，今日箇成家計，會秦晉。」此亦體面義；寒窗下爲人，猶云寒門出上品也。

拆白道字

拆白道字，文字游戲之一種也。《西廂》五之三：「紅唱：『我**拆白道字**，辨與你個清渾。君瑞是箇肖字這壁着箇立人，你是箇木寸馬戶尸巾。」淨云：「木寸馬戶尸巾，你道我是箇村驢屌。』」按肖字着立人，乃拆俏字也。《竹葉舟》劇楔子：「行童做入見科云：『師父！外面有個故人，自稱耳東禾子卽夕，特來相訪。』惠安云：『這廝胡說，世上那有這等姓名的人。』……行童云：『我說與你，這個叫做**拆白道字**，耳東是個陳字，禾子是個季字，卽夕是個卿字，却不是你的故人陳季卿來了也？』」復次，此體在宋人詞中亦有爲之者，黄庭堅《兩同心》詞：「你共人女邊着子，爭知我門裏挑心。」蓋暗拆好字、悶字也。

頂眞續麻

頂眞續麻，文字游戲之一種也。頂眞亦曰頂鍼，《金線池》劇三：「**續麻**道字**鍼鍼頂**。」蓋以次句首字，頂上句末字也。其曰續麻者，《翫江亭》劇二云：「連麻頭，**續麻**尾，」卽其注脚也。二者名異而實同。《中原音韻·作詞十法定格》條，《小桃紅》：「斷腸人寄斷腸詞，詞寫心間事，事到頭來不由自，自尋思，思量往日眞誠志，志誠是有，有情誰似，似俺那人兒。」評曰：「**頂眞**妙。」蓋卽指其爲**頂眞**格也。任訥《元人曲論》云：「一稱聯珠格，喬吉嘗效之，見《樂府羣玉》。」按《樂府羣玉》二，喬夢符(吉)《小桃紅》，《效聯珠格》：「落花飛絮隔珠簾，簾靜重門掩，掩鏡羞看臉兒皺，皺眉尖，尖指屈將歸期念，念他拋閃，閃咱少欠，欠你病厭厭。」原本尖指作眉尖**指**，此眉字當以涉上句而衍也。又按《㑳梅香》劇一之《賺煞》，亦作此體：「你道信步出蘭庭，庭院悄，人初靜，靜聽是彈琴的那生，生猜咱無情似有情，情知喒甚意來聽，聽沉罷，過初更，更闌也休得消停，停待甚，忙將那脚步兒行，行過那梧桐樹兒邊金井，井闌邊把身軀兒掩映，映着我這影兒呵，好着我嫌煞月兒明。」此鄭德輝手筆也。

么篇

么篇，後篇也。么爲後之縮寫字，北曲之第二曲曰么，么篇卽後篇，此其例可於詞徵之。詞之分上下兩片者，上片稱前篇，下片稱後篇，後字省之則爲么。白樸《天籟集》上，《水龍吟》詞，短亭休唱陽關柳一首，其上片結處爲「更黃花細雨，征鞍催上，青衫淚，一時濺。」自注云：「么前三字用仄者，見田不伐《萍嘔集》。」按謂下片以前之第三字，卽上片末句一時濺之一字也。詞之下片稱么，此其明證也。《元曲選》《望江亭》劇三：「正旦云，回奉相公一首，詞寄《夜行船》，……云：『花底雙雙鶯燕語，也勝他鳳隻鸞孤。一霎恩情，片時雲雨，關連着宿緣前注。天保今生爲眷屬，但則願似水如魚。冷落江湖，團圞人月，相連着夜行船去。』衙內云：『妙妙妙！』……正旦云：『相公再飲一杯。』衙內云：『酒勾了也，小娘子休唱前篇，則(只)唱**么篇**。』正旦云：『冷落江湖，團圞人月，相隨着夜行船去。』」按冷落江湖三句正爲下片中語，所謂則唱么篇也。此以幺篇與前篇相對，詞之上片稱前篇，下片稱幺篇，幺篇卽後篇，更其明證也。《西遊記》劇十二：「〔仙呂《點絳唇》〕露滴疏杉，霧迷衰柳星光淡。秋色將三，皓月如懸鑑。〔幺〕薄倖不來，獨倚雕花檻。閑瞻覽，烏鵲投南，驚破偷香膽。」按曲中用《點絳唇》詞爲引子時，慣例只用上片，本折上下片全用，故下片標明幺字。此引子所用之詞，下片稱幺，又一證也。陳眉公本《琵琶記》十一：「商調引子，〔《憶秦娥》先〕長吁氣，自憐薄命相遭際。相遭際，暮年姑舅，薄情夫壻。〔《憶秦娥》後〕孩兒一去無消息，雙親老境難存濟。難存濟，不思前日，強教孩兒出去。」本折《憶秦娥》詞上下片全用，上片稱先，下片稱後。此引子所用之詞，下片稱後，後與幺同，又一證也。毛西河論定《西廂記》一，楔子幺篇注云：「幺，後曲也；唐人幺遍皆疊唱，故後曲名幺。」此說最允；然幺實後之縮寫字也。

路岐

路岐，伶人之別稱也，其義由岐路而起。蘇軾《次韻周開祖長官見寄》詩：「俯仰東西閱數州，老於岐路豈伶優！」吳潛《秋夜雨》詞，《戲賦傀儡》：「誰知鮑老從旁笑，更郭郎搖手消薄，岐路難准託，田稻熟只宜村落。」玩蘇詩及吳詞，知宋時說伶人事每牽涉到岐路之義，寖遂倒其字而逕稱伶人爲路岐矣。茲證之《錯立身》戲文，本劇演完顏延壽馬戀愛女伶王金榜，甘爲樂戶女壻事。其文有云：「爲**路岐**，戀佳人，金珠使盡沒分文。」又：「一意隨他去，情願爲**路岐**。」又：「怎地孩兒爲**路岐**。」又：「**路岐**岐路兩悠悠，不到天涯未肯休。」此則直將由岐路演變而爲路岐之意義，亦交代明白矣。又其題目云：「衝州撞府妝旦色，走南投北俏郎君。」亦與蘇詩之意合，蓋一如今日之走江湖賣技藝者流也。故《病劉千》劇一：「折拆驢云，**路岐**岐路兩悠悠，不到天涯未肯休，有人學的輕巧藝，敢走南州共北州。」折拆驢爲打擂者流，其身世正與伶優同也。次證之《風月紫雲庭》劇，本劇演女伶韓楚蘭戀愛完顏靈春馬事，情節與《錯立身》劇文相同。其文有曰：「**路岐**人生死心難忘，謝相公賣發覷當。」又：「這條衝州撞府的紅塵路，是俺娘剪徑截商的白草坡。」衝州撞府之語，亦與蘇詩意合。再次證之《藍采和》劇。本劇演漢鍾離度脫伶人藍采和事。第一折云：「俺將這古本相傳，**路岐**體面，習行院。」又：「俺**路岐**每怎敢自專，這的是才人書會剗新編。」第四折云：「是一火(夥)村**路岐**，料應在那公科地，持着些鎗刀劍戟，鑼板和鼓笛，更有那額帳牌旗。」村路岐，意殆云鄉間戲班。

單于

《單于》，曲調名。李益《聽曉角》詩：「無數塞鴻飛不度，秋風卷入《小**單于**》。」按聞人倓《古詩箋》，七言二，《梅花落》注云：「唐大角曲，有《大單于》、《小單于》、《大梅花》、《小梅花》等曲。」

《小單于》乃調名也。韋莊《綏州》詩：「一曲《單于》暮烽起，扶蘇城上月如鉤。」黃庭堅《漁家傲》詞：「一見桃花參學了，呈法要，無絃琴上《單于》調。」秦觀《阮郎歸》詞：「麗譙吹罷《小單于》，迢迢清夜徂。」張掄《霜天曉角》詞：「夜夜《單于》聲裏，燈花共，淚珠落。」《花菴唐宋詞選》八，魯逸仲《南浦》詞：「風悲畫角，聽《單于》三弄落譙門。」《陽春白雪》三，吳大年《燭影搖紅》詞：「臘雪初晴，麗譙吹罷《單于》晚。」《花草粹編》三，王通叟《菩薩蠻》詞：「《單于》吹落山頭月，漫漫江上沙如雪。」曹冠《水龍吟》詞，《詠梅》：「一任嚴城上，《單于》奏角聲淒切。」以上各詩詞所云《單于》或《小單于》，義並同爲曲調名。復次，四印齋本《草堂詩餘》下，梅花類，朱希眞《絳都春》詞：「更莫待《單于》吹老，便須折取歸來，膽缾頓了。」單于下注云：「畫角也。」當改作「畫角所吹曲調名也」方合。如曰單于卽畫角，則魯逸仲詞既曰風悲畫角，又接曰單于三弄，曹冠詞既曰單于奏，又接曰角聲淒切，均不成文理矣，此亦可就文作證者也。

跋

《詩詞曲語辭匯釋》，先師杭州張獻之先生相之遺著也。是書之作，實取唐宋詩詞、金元雜劇所用語辭明其訓詁，且以治史之法溯其流變。其釋一辭，下一解，必羅列唐宋金元之詩詞劇曲至數十百種，擷取其每一辭之例證，由十餘至五十餘則，綜貫之得一義，取其義施之各例而一一通其解，始敢假定其訓詁並明其辭義之流變。少不安，輒棄去，重取其例證而一一反覆吟哦之，體會之，揣摩之，印證之，然後更假定一新義——如是者往往至再至三，乃至四五。猶恐其未安也，則引人相與吟哦體會，相與揣摩印證，反覆質難，必求其安而後已。如梓窾學，亦在所不棄，入蜀前，嘗承命相與上下反覆其辭義而至漏夜，廢寢忘食有弗顧也。夫此固不特一二僻辭孤義然，全書所收五六百辭無不皆然。此梓之所親炙而間亦身經之者也。

先師作是書所以如是其難其慎者，則以實字有音形之可據，有字典辭書之足徵，而所謂語辭也者，則類皆用以組辭成語，間亦以襯托神情，故實字猶骨骼，此則其關節脈絡也。而況詩詞曲中之語辭，尤類多方音俗語，不特「非雅詁舊義所能賅」，亦非八家派古文所習見」，如篇首敍言之所自述，抑且或則音轉，或則形訛，儘有與雅詁舊義相違甚遠或竟至適相反，如「去」之訓「來」，「可憎」之訓「可喜」者。假令體會不盡精微，將無以通其解；蒐羅不極弘富，尤無以塞羣疑。先師自謂取徑於劉淇之《助字辨略》、王引之之《經傳釋詞》，實則其難於措手，蓋有什佰倍於劉王兩先生之所爲，則以劉王兩先生之作，固猶有雅詁舊義可遵以取舍是正，而先師此作則固一空依傍者也。

詩詞曲中所用語辭所以如是其難求解，固非作者之有意以艱深生僻擅勝場也。反之，凡今所視爲難求解者，皆當時人習用之口語也。於何徵之？即徵之於今語。蓋此等語辭固迄今尚有存於各地人民大衆之口中也。例如「鬬」之訓「湊合」，「箇」之訓「此」（音如格），「央」之訓「託」，「特骨」之訓「特別」，「攛斷」之訓「慫恿」，「惡叉白賴」之訓「無賴」，在今吾鄉人民口中皆猶所習聞。「的」之爲「得」，「麼」之爲「門」，「多喒」之訓「大概」，「敢則是」（今音轉如敢情）之訓「大約是」，今京語猶習用之；「能」之訓「如此」，「罪過」之訓「多謝」，「誰家」之音轉爲「啥箇」，今吳語猶習用之；「憋」之訓「賭」，音如「別」（如別苗頭之別），滬語習用之；「沒」、「摩」、「末」之訓「什麼」，音如「馬」，津語習用之；「剗」之訓「只」，杭語習用之。今口語然，歌辭亦猶是也。京劇《法門寺》「叫衙役將人犯與爺帶定」之「定」，「住」義也；《武家坡》「將身跪在地平川」之「川」，「原」義也。此固非惟斯二劇爲然，亦一切京劇習見之用法也。凡此，驟視之固皆艱且僻，或竟以與雅詁舊義相違過遠，易目爲不辭，讀是書則皆可知其爲人人口中所能道。梓足跡所至本不廣，故所能辨聽之方音自不多，隨手所舉，已如上述；由此推之，今尚流行各地而爲梓所不能辨聽乃至未嘗聞知之者正復不知其凡幾。故此其語辭，似艱深而實非艱深，似生僻而實非生僻，推其所以艱深生僻之由，則由吾國從來述作者文必求古，義必求雅，遂至口與手分，目與耳分，明明通俗，明明習用，然而艱深矣，生僻矣，求之字典辭書而不可得矣。

至於詩詞曲之所以必用此等出於口語之語辭，則以其本爲配合音樂之歌辭。唐世王之渙等之旗亭賭唱；宋有飲水處能歌柳永詞，姜白石有自度腔，均足徵詩與詞原皆所以譜之管絃；至劇曲則不僅譜之管絃，抑且以之粉墨登場矣。詩詞曲既爲配合音樂之歌辭，自須使聽之者入於耳而卽可瞭然於心。欲其入於耳而卽可瞭然於心，則必其辭之能徑道俗情。蓋音樂歌辭之傳達在聲音，聲音之傳達由口耳，固過而不留者也，不似文字之傳達由手眼，可有餘裕咀嚼其辭義也。夫能徑道俗情之辭，自非人人耳熟能詳之口語莫屬矣。顧正唯其爲口語，向來卽僅以口耳相傳，絕少寫成文字。卽有寫成文字者，亦往往只寫其聲而不復顧及其義，故卽僅有寫成文字之口語，亦悉憑寫之者之方音寫之，異地之人卽不易通其解；上舉例證之不辭，坐此也。今粵語中往往有特製以寫其聲之字，吾人讀之，抑非特無以辨其義，亦且無從識其文；卽以通常文字寫其聲者，用魯語寫者，南人不能卒讀，以吳語寫者，北人亦詫爲難通。同時異地之人且然，而況更益之以異時。蓋同一辭，同一聲，異代之人寫之，卽往往異其寫；故同一「爭」聲也，唐人寫作「爭」，宋人則寫成「怎」；同一「拚」聲也，宋人寫作「拚」，唐人則寫成「判」；於是此等語辭既歧於異地，復亂於異時；益以異地異時之故，辭之聲音與涵義又往往有所更移，如「惡叉白賴」在吾鄉今語中已音轉爲「惡積不剌」而涵義則爲「惡作劇」，與「無賴」亦有間矣。故口語之寫成文字，往往荆棘滿目，卽坐只能求之於聲而不復能求之於義也。夫詩詞曲中所用之語辭，多出唐宋金元時之口語，距今已多則千年，少亦五百餘載。當時人之寫之者已往往人異其寫，而況世代相懸如是其緜遠，則歧之中自又有歧焉矣。英戲曲大家莎士比亞距今纔三百年耳，今英人之讀其樂府歌辭者已非備一專讀《莎氏樂府》之辭書不可；然則吾人居今日而欲尙讀唐詩、宋詞、金元雜劇，其不能求解於尋常之字典辭書，亦固其所。此固今之有意整理吾國文學遺產者所由引爲一大憾事也。先師是書則正可以彌此闕憾，蓋是書固不惟明其訓詁，抑亦兼溯其沿革，由其沿革而得其訓詁，則向所目爲艱僻之死語，遂無不栩栩欲生；而況其所釋者，又皆語言之關節，有關文法之構成，固將亘百世而不變者，非如實字之有廢興也。

是書殺青日，梓適避寇巴中，先師彌留時，曾遺命梓校讀一過，而梓遲遲未東歸；東歸後，又卒卒未暇讀。因思窾學如梓，卽讀之又何能贊一辭，遂以付排。版將成，梓又適患偏廢，校讀之勞，遂一由朱文叔張潤之兩先生任之。今者排版已成，中華書局命梓作最後之校讀，遂不得不力疾爲之。校讀既竟，心有所會，不敢自安緘默，用敢略述所見並是書遲遲問世之本末如上。

一九五二年十一月弟子金華金兆梓謹跋

附錄　語辭筆畫索引

四畫

五畫

六畫

七畫

八畫

九畫

十畫

十一畫

十二畫

十四畫

十七畫

十八畫

十九畫

二十畫